AF660548

मैं मृत्यु सिखाता हूं—

ओशो द्वारा ध्यान, मृत्यु और समाधि पर दिए गए
15 अमृत प्रवचनों एवं ध्यान-प्रयोगों का
अपूर्व संकलन।

ओशो

मैं मृत्यु सिखाता हूं

ISBN : 978-81-718-2409-0

संकलन : स्वामी नरेन्द्र बोधिसत्व, स्वामी प्रेम राजेन्द्र
संपादन : स्वामी योग चिन्मय, स्वामी आनंद सत्यार्थी
संयोजन : स्वामी अमानो मनीष
प्रकाशक: डायमंड पॉकेट बुक्स (प्रा.) लि.
X-30, ओखला इंडस्ट्रियल एरिया, फेज-II
नई दिल्ली-110020
फोन : 011-40712100, 41611861-65
फैक्स : 011-41611866
ई-मेल : sales@dpb.in
वेबसाइट : www.dpb.in
संस्करण : 2019

MAIN MRITYU SIKHATA HOON IN HINDI
Originally published as 'Main Mrityu Sikhata Hoon' in Hindi.
Copyright© 1977 Osho International Foundation
All rights reserved.

OSHO® is a registered trademark of Osho International Foundation

---

सर्वाधिकार सुरक्षित : इस पुस्तक अथवा इस पुस्तक के किसी अंश को इलेक्ट्रॉनिक, मैकेनिकल, फोटोकॉपी, रिकार्डिंग या अन्य सूचना-संग्रह साधनों एवं माध्यमों द्वारा मुद्रित अथवा प्रकाशित करने के पूर्व **ओशो इंटरनेशनल फाउंडेशन** की लिखित अनुमति अनिवार्य है।

भूमिका

मैं आज ओशो के विचारों से उतना ही अभिभूत अनुभव करता हूं जितना पहली बार हुआ था। नया-नया 'धर्मयुग' में सहायक संपादक हुआ था। उन दिनों भारती जी (डा. धर्मवीर भारती, पूर्व संपादक 'धर्मयुग') के निजी सचिवालय में कमलाकांत पाठक हिंदी के एक ऐसे स्टेनो-टाइपिस्ट थे जो अपनी रफ्तार और शुद्धता दोनों के लिए बंबई में मशहूर थे। उन्हें उनके खाली समय में ओशो के व्याख्यान ज्यों के त्यों, बोले रूप में टाइप करने के लिए बुलाया जाता था।

उन व्याख्यानों का टाइप रूप पढ़ने का सुयोग सबसे पहले मुझे मिलता था। यही वह कड़ी थी जिसने मुझे ओशो का मुरीद बनाया। उनकी भाषा में व्यावहारिक-रचाव, विचारों में क्रांति का क्रमिक उद्घोष और शैली में अनूठापन मुझे इतना प्रिय लगा कि मैं उनका एक दक्ष संपादक बन गया। उनकी पुस्तक 'महावीर वाणी' को संपादित करने, उसके प्रवाह को अक्षुण्ण रखकर छोटे-छोटे रोचक शीर्षकों-उपशीर्षकों में बांधने का जिम्मा लेने का प्रलोभन मैं इसीलिए संवरण नहीं कर सका था क्योंकि उनका विचार मुझे जीवन से जोड़ता था। उनकी उन्मुक्तता मुझे अपनी जीवन-शैली में स्वतंत्रता के जयघोष का संबल महसूस होती थी। सड़ी-गली परंपरा से लड़ने और नए समाज के निर्माण के लिए वह एक ऐसी गली में ले जाती थी जिसकी अंधेरी गुफा के पार मुझे रोशनी का समंदर नजर आता था। उस समंदर में जीवन अपनी उन्मुक्त ठांठें भरता दिखता था। बाद में जब मैं बंबई से दिल्ली आ गया तो दिनकर जी (स्व. रामधारी सिंह दिनकर) से कुछ वैचारिक क्रांतियों पर चर्चा के दौरान पता चला कि वे ओशो की 'संभोग से समाधि की ओर' कई बार इसलिए पढ़ चुके हैं कि वह दार्शनिक उन्हें नवीनता का बोध कराते हुए भी परंपरा से जोड़ता है और उदात्त बनाने की दिशा में प्रेरित कर देता है।

यह उदात्तता पारलौकिक नहीं, सर्वथा इसी लोक में उदात्त जीवन जी सकने की कुंजी थी, है, और रहेगी, ऐसा मेरा भी मानना है।

जो लोग उनके उन्मुक्त जीवन जीने के उपदेश को यौन उच्छृंखलता सिखाने का पर्याय मानते रहे हैं वे देह के पुल पर खड़े रह जाने वाले लोग हैं। उनका कहना था, अगर देह बाधक है, जीवन की यात्रा में आपको अटकाती है, अवरोध बनकर प्रवाह को ठहराती है तो उस देह को पुल बनाओ और निस्संकोच उससे होकर देह के पार जाओ। जीवन को ठहराओ नहीं, नैसर्गिक रूप से बहाओ। पानी को ठहरने दोगे तो सड़ेगा, बदबू मारेगा। इसीलिए वे कहते थे : जीवन को सुगंध बनाओ। बिखेरो। ठहराओ मत। क्योंकि ठहरना ही मृत्यु है।

तो क्या वे मृत्यु से विमुख थे?

मात्र जीवन की आराधना करने वाले मृत्यु को जीवन का दुश्मन समझकर उसके विपरीत बोलते हैं। कमाल के थे 'ओशो'। वे कहते हैं: 'मैं मृत्यु सिखाता हूं। लेकिन इसका मतलब नहीं कि मैं जीवन का विरोधी हूं।' उनके लिए जीवन और मृत्यु सिर्फ दो पलड़े हैं। मृत्यु के भय से त्रस्त लोगों ने भाग-भागकर जीवन के पलड़े में घुसना और उसी में सवार हो जाना अपना लक्ष्य बना लिया। नतीजा यह हुआ कि जीवन का पलड़ा भारी हो गया, संतुलन बिगड़ गया।

फिर निसर्ग को उस संतुलन को ठीक करने के लिए आगे आना होता है। इससे आपको मृत्यु और अधिक भयकारी लगने लगती है। मृत्यु रहस्यमय हो जाती है।

मृत्यु के इसी रहस्य को यदि मनुष्य समझ ले तो जीवन सहज हो जाए। जीवन के मोह से चिपटना कम हो जाए तो अपराध कम हों। मृत्यु से बचने के लिए मनुष्य ने क्या-क्या अपराध किए हैं, इसे अगर जान लिया जाए तो जीवन और मृत्यु का पलड़ा बराबर लगने लगे। इसलिए जीवन को जानने के बजाय यदि मृत्यु को जान लें तो फिर आप उसी अवस्था में होंगे जहां सिद्ध लोग होते हैं। 'दुर्गाशप्तसती' का पाठ करते हुए आस्थावान हिंदू 'भयभ्यस्त्राहि नो देवि, दुर्गे देवि नमोस्तुते' का महामंत्र जपते हैं। मृत्यु भय से मुक्ति जीवन का सुख देती है। इसलिए जब ओशो कहते हैं कि 'मैं मृत्यु सिखाता हूं' तो मुझे लगता है जीवन का सच्चा दर्शन तो इस व्यक्ति ने पकड़ रखा है, उसी के नजदीक, उसी के विचारों के करीब आपको यह पुस्तक ले जाती है।

जीवन को सहज, आनंद, मुक्ति और स्वच्छंदता के साथ जीना है तो इसके लिए आपको मृत्यु को जानकर, उसके रहस्य को समझकर ही चलना होगा। मृत्यु को जानना ही जीवन का मर्म पाना है। मृत्यु के घर में से होकर ही आप सदैव जीवित रहते हैं। उसका आलिंगन जीवन का चरम लक्ष्य बना लेने पर मृत्यु हार जाती है। इसी दृष्टि से ओशो की यह पुस्तक अर्थवान है।

कन्हैयालाल नंदन

(हिंदी जगत में श्री कन्हैयालाल नंदन एक जाना-माना स्वर हैं। बच्चों की पत्रिका 'पराग' से लेकर जन-लोकप्रिय 'धर्मयुग' और 'दिनमान' आदि स्तरीय पत्रिकाओं के संपादन से श्री नंदन देश-विदेश में समान रूप से लोकप्रिय रहे हैं। अमेरिका, यूरोप, सोवियत यूनियन आदि विश्व के अधिकांश देशों में विभिन्न सांस्कृतिक-साहित्यिक संगोष्ठियों में भाग लेने के साथ ही साथ श्री नंदन एक उच्चकोटि के पत्रकार भी हैं और उन्होंने पिछले तीन दशकों में विश्व के लगभग सभी अग्रणीय व्यक्तियों के साक्षात्कार लिये हैं। आपने एक दर्जन से भी अधिक पुस्तकें लिखी हैं जिनमें काव्य-संग्रह, निबंध-संग्रह, यात्रा-संस्मरण एवं रंगमंचीय समालोचनाएं सम्मिलित हैं। विख्यात चित्रकार स्व.अमृतेश्वर गिल पर आपकी लिखी जीवनी पर उ.प्र.सरकार ने अज्ञेय पुरस्कार भी प्रदान किया है। अन्य पुरस्कारों में मीडिया इंडिया अवार्ड, भारतेंदु अवार्ड और मैन आफ दि डिकेड अवार्ड सम्मिलित हैं। सम्प्रति श्री नंदन 'संडे मेल' साप्ताहिक समाचारपत्र एवं 'समाचार मेल' दैनिक पत्र के प्रधान संपादक हैं।)

अनुक्रम

पहला प्रवचन

आयोजित मृत्यु अर्थात ध्यान और समाधि के प्रायोगिक रहस्य

मेरे प्रिय आत्मन्!

जीवन क्या है, मनुष्य इसे भी नहीं जानता है। और जीवन को ही हम न जान सकें, तो मृत्यु को जानने की तो कोई संभावना ही शेष नहीं रह जाती। जीवन ही अपरिचित और अज्ञात हो, तो मृत्यु परिचित और ज्ञात नहीं हो सकती है। सच तो यह है कि चूंकि हमें जीवन का पता नहीं, इसलिए ही मृत्यु घटित होती प्रतीत होती है। जो जीवन को जानते हैं, उनके लिए मृत्यु एक असंभव शब्द है, जो न कभी घटा, न घटता है, न घट सकता है। जगत में कुछ शब्द बिलकुल ही झूठे हैं, उन शब्दों में कुछ भी सत्य नहीं है। उन्हीं शब्दों में मृत्यु भी एक शब्द है, जो नितांत असत्य है। मृत्यु जैसी घटना कहीं भी नहीं घटती। लेकिन हम लोगों को तो रोज मरते देखते हैं, चारों तरफ रोज मृत्यु घटती हुई मालूम होती है। गांव-गांव में मरघट हैं। और ठीक से हम समझें तो ज्ञात होगा कि जहां-जहां हम खड़े हैं, वहां-वहां न मालूम कितने मनुष्यों की अर्थी जल चुकी है। जहां हम निवास बनाए हुए हैं, उस भूमि के सभी स्थल मरघट रह चुके हैं। करोड़ों-करोड़ों लोग मरे हैं, रोज मर रहे हैं, और अगर मैं यह कहूं कि मृत्यु जैसा झूठा शब्द नहीं है मनुष्य की भाषा में, तो आश्चर्य होगा।

एक फकीर था तिब्बत में मारपा। उस फकीर के पास कोई गया और पूछने लगा कि मैं जीवन और मृत्यु के संबंध में कुछ पूछने आया हूं। मारपा बहुत हंसने लगा और उसने कहा, अगर जीवन के संबंध में पूछना हो, तो जरूर पूछो, क्योंकि जीवन का मुझे पता है। रही मृत्यु, तो मृत्यु से आज तक मेरा कोई मिलना नहीं हुआ, मेरी कोई पहचान नहीं है। मृत्यु के संबंध में पूछना हो, तो उनसे पूछो जो मरे ही हुए हैं या मर चुके हैं। मैं तो जीवन हूं, मैं जीवन के संबंध में बोल सकता हूं, बता सकता हूं। मृत्यु से मेरा कोई परिचय नहीं।

यह बात वैसी ही है जैसी आपने सुनी होगी कि एक बार अंधकार ने भगवान से जाकर प्रार्थना की थी कि यह सूरज तुम्हारा, मेरे पीछे बहुत बुरी तरह पड़ा हुआ है। मैं बहुत थक गया हूं। सुबह से मेरा पीछा होता है और सांझ मुश्किल से मुझे छोड़ा जाता है। मेरा कसूर क्या है? दुश्मनी कैसी है यह? यह सूरज क्यों मुझे सताने के लिए मेरे पीछे दिन-रात दौड़ता रहता है? और रात भर में मैं दिन भर की थकान से विश्राम भी नहीं कर पाता हूं कि फिर सुबह सूरज द्वार पर आकर खड़ा हो जाता है। फिर भागो! फिर बचो! यह अनंत काल से चल रहा है। अब मेरी धैर्य की सीमा आ गई और मैं प्रार्थना करता हूं, इस सूरज को समझा दें।

सुनते हैं, भगवान ने सूरज को बुलाया और कहा कि तुम अंधेरे के पीछे क्यों पड़े हो? क्या बिगाड़ा है अंधेरे ने तुम्हारा? क्या है शत्रुता? क्या है शिकायत? सूरज कहने लगा, अंधेरा! अनंत काल हो गया मुझे विश्व का परिभ्रमण करते हुए, लेकिन अब तक अंधेरे से मेरी कोई मुलाकात नहीं हुई। अंधेरे को मैं जानता ही नहीं। कहां है अंधेरा? आप उसे मेरे सामने बुला दें, तो मैं क्षमा भी मांग लूं और आगे के लिए पहचान लूं कि वह कौन है ताकि उसके प्रति कोई भूल न हो सके।

इस बात को हुए भी अनंत काल हो गए। भगवान की फाइल में यह बात वहीं की वहीं पड़ी है। वह अब तक अंधेरे को सूरज के सामने नहीं बुला सके हैं। नहीं बुला सकेंगे। यह मामला हल नहीं होने का है। सूरज के सामने अंधकार कैसे बुलाया जा सकता है? अंधकार की कोई सत्ता ही नहीं है, कोई एग्झिस्टेंस नहीं है। अंधकार की कोई पॉज़िटिव, कोई विधायक स्थिति नहीं है। अंधकार तो सिर्फ प्रकाश के अभाव का नाम है। वह तो प्रकाश की गैर मौजूदगी है, वह तो एबसेंस है, वह तो अनुपस्थिति है। तो सूरज के सामने ही सूरज की अनुपस्थिति को कैसे बुलाया जा सकता है?

नहीं! अंधकार को सूरज के सामने नहीं लाया जा सकता है। सूरज तो बहुत बड़ा है, एक छोटे से दीये के सामने भी अंधकार को लाना मुश्किल है। दीये के प्रकाश के घेरे में अंधकार का प्रवेश मुश्किल है। दीये के सामने मुठभेड़ मुश्किल है। प्रकाश है जहां, वहां अंधकार कैसे आ सकता है! जीवन है जहां, वहां मृत्यु कैसे आ सकती है! या तो जीवन है ही नहीं, और या फिर मृत्यु नहीं है। दोनों बातें एक साथ नहीं हो सकतीं।

हम जीवित हैं, लेकिन हमें पता नहीं कि जीवन क्या है। इस अज्ञान के कारण ही हमें ज्ञात होता है कि मृत्यु भी घटती है। मृत्यु एक अज्ञान है। जीवन का अज्ञान ही मृत्यु की घटना बन जाती है। काश! हम उस जीवन से परिचित हो सकें जो भीतर है, तो उसके परिचय की एक किरण भी सदा-सदा के लिए इस अज्ञान को तोड़ देती है कि मैं मर सकता हूं, या कभी मरा हूं, या कभी मर जाऊंगा। लेकिन उस प्रकाश को हम जानते नहीं हैं जो हम हैं, और उस अंधकार से हम भयभीत होते हैं जो हम नहीं हैं। उस प्रकाश से हम परिचित नहीं हो पाते जो हमारा प्राण है, जो हमारा जीवन है, जो हमारी सत्ता है; और उस अंधकार से हम भयभीत होते हैं, जो हम नहीं हैं।

मनुष्य मृत्यु नहीं है, मनुष्य अमृत है। समस्त जीवन अमृत है। लेकिन हम अमृत की ओर आंख ही नहीं उठाते हैं। हम जीवन की तरफ, जीवन की दिशा में कोई खोज ही नहीं करते हैं, एक कदम भी नहीं उठाते। जीवन से रह जाते हैं अपरिचित और इसलिए मृत्यु से भयभीत प्रतीत होते हैं। इसलिए प्रश्न जीवन और मृत्यु का नहीं है, प्रश्न है सिर्फ जीवन का।

मुझे कहा गया है कि मैं जीवन और मृत्यु के संबंध में बोलूं। यह असंभव है बात। प्रश्न तो है सिर्फ जीवन का और मृत्यु जैसी कोई चीज ही नहीं है। जीवन ज्ञात होता है, तो जीवन रह जाता है। और जीवन ज्ञात नहीं होता, तो सिर्फ मृत्यु रह जाती है। जीवन और मृत्यु दोनों एक साथ कभी भी समस्या की तरह खड़े नहीं होते। या तो हमें पता है कि हम जीवन हैं, तो फिर मृत्यु नहीं है। और या हमें पता नहीं है कि हम जीवन हैं, तो फिर मृत्यु ही है, जीवन नहीं है। ये दोनों बातें एक साथ मौजूद नहीं होती हैं, नहीं हो सकती हैं। लेकिन हम सारे लोग तो मृत्यु से भयभीत हैं।

मृत्यु का भय बताता है कि हम जीवन से अपरिचित हैं। मृत्यु के भय का एक ही अर्थ है—जीवन से अपरिचय। और जीवन हमारे भीतर प्रतिपल प्रवाहित हो रहा है—श्वास-श्वास में, कण-कण में, चारों ओर, भीतर-बाहर सब तरफ जीवन है और उससे ही हम अपरिचित हैं। इसका एक ही अर्थ हो सकता है कि आदमी किसी गहरी नींद में है। नींद में ही हो सकती है यह संभावना कि जो हम हैं, उससे भी अपरिचित हों। इसका एक ही अर्थ हो सकता है कि आदमी किसी गहरी मूर्च्छा में है। इसका एक ही अर्थ हो सकता है कि आदमी के प्राणों की पूरी शक्ति सचेतन नहीं है, अचेतन है, अनकांशस है, बेहोश है।

एक आदमी सोया हो तो उसे फिर कुछ भी पता नहीं रह जाता कि मैं कौन हूं? क्या हूं? कहां से हूं? नींद के अंधकार में सब डूब जाता है और उसे कुछ पता नहीं रह जाता कि मैं हूं भी या नहीं हूं? नींद का पता भी उसे तब चलता है, जब वह जागता है। तब उसे पता चलता है कि मैं सोया था, नींद में तो इसका भी पता नहीं चलता कि मैं सोया हूं। जब नहीं सोया था, तब पता चलता था कि मैं सोने जा रहा हूं। जब तक जागा हुआ था, तब तक पता था कि मैं अभी जागा हुआ हूं, सोया हुआ नहीं हूं। जैसे ही सो गया, उसे यह भी पता नहीं चलता कि मैं सो गया हूं। क्योंकि अगर यह पता चलता रहे कि मैं सो गया हूं, तो उसका यह अर्थ है कि आदमी जागा हुआ है, सोया हुआ नहीं है। नींद चली जाती है तब पता चलता है कि मैं सोया था, लेकिन नींद में पता नहीं चलता कि मैं हूं भी या नहीं हूं। जरूर मनुष्य को कुछ भी पता नहीं चलता है कि मैं हूं या नहीं हूं, या क्या हूं।

इसका एक ही अर्थ हो सकता है कि कोई बहुत गहरी आध्यात्मिक नींद, कोई स्प्रिचुअल हिप्नोटिक स्लीप, कोई आध्यात्मिक सम्मोहन की तंद्रा मनुष्य को घेरे हुए है। इसलिए उसे जीवन का ही पता नहीं चलता कि जीवन क्या है।

नहीं, लेकिन हम इनकार करेंगे। हम कहेंगे, कैसी आप बात करते हैं? हमें पूरी तरह पता है कि जीवन क्या है। हम जीते हैं, चलते हैं, उठते हैं, बैठते हैं, सोते हैं।

एक शराबी भी चलता है, उठता है, बैठता है, चलता है, श्वास लेता है, आंख खोलता है, बात करता है। एक पागल भी उठता है, बैठता है, सोता है, श्वास लेता है, बात करता है, जीता है। लेकिन इससे न तो शराबी होश में कहा जा सकता है और न पागल सचेतन है, यह कहा जा सकता है।

एक सम्राट की सवारी निकलती थी एक रास्ते पर। एक आदमी चौराहे पर खड़ा होकर पत्थर फेंकने लगा और अपशब्द बोलने लगा और गालियां बकने लगा। सम्राट की बड़ी शोभायात्रा थी। उस आदमी को तत्काल सैनिकों ने पकड़ लिया और कारागृह में डाल दिया। लेकिन जब वह गालियां बकता था और अपशब्द बोलता था, तो सम्राट हंस रहा था। उसके सैनिक हैरान हुए, उसके वजीरों ने कहा, आप हंसते क्यों हैं? उस सम्राट ने कहा, जहां तक मैं समझता हूं, उस आदमी को पता नहीं है कि वह क्या कर रहा है। जहां तक मैं समझता हूं, वह आदमी नशे में है। खैर, कल सुबह उसे मेरे सामने ले आएं। कल सुबह वह आदमी सम्राट के सामने लाकर खड़ा कर दिया गया। सम्राट उससे पूछने लगा, कल तुम मुझे गालियां देते थे, अपशब्द बोलते थे, क्या था कारण उसका? उस आदमी ने कहा, मैं! मैं और अपशब्द बोलता था! नहीं महाराज, मैं नहीं रहा होऊंगा, इसलिए अपशब्द बोले गए होंगे। मैं शराब में था, मैं बेहोश था, मुझे कुछ पता नहीं कि मैंने क्या बोला, मैं नहीं था।

हम भी नहीं हैं। नींद में हम चल रहे हैं, बोल रहे हैं, बात कर रहे हैं, प्रेम कर रहे हैं, घृणा कर रहे हैं, युद्ध कर रहे हैं। अगर कोई दूर के तारे से देखे मनुष्य-जाति को, तो वह यही समझेगा कि सारी मनुष्य-जाति इस भांति व्यवहार कर रही है जिस तरह नींद में, बेहोशी में कोई व्यवहार करता हो।

तीन हजार वर्षों में मनुष्य-जाति ने पंद्रह हजार युद्ध किए हैं। यह जागे हुए मनुष्य का लक्षण नहीं है। जन्म से लेकर मृत्यु तक की सारी कथा, चिंता की, दुख की, पीड़ा की कथा है। आनंद का एक क्षण भी उपलब्ध नहीं होता। आनंद का एक कण भी नहीं मिलता है जीवन में। खबर भी नहीं मिलती कि आनंद क्या है। जीवन बीत जाता है और आनंद की झलक भी नहीं मिलती। यह आदमी होश में नहीं कहा जा सकता है। दुख, चिंता, पीड़ा, उदासी और पागलपन--सारे जन्म से लेकर मृत्यु तक की कथा है।

लेकिन शायद हमें पता नहीं चलता, क्योंकि हमारे चारों तरफ भी हमारे जैसे ही सोए हुए लोग हैं। और कभी अगर एकाध जागा हुआ आदमी पैदा हो जाता है, तो हम सोए हुए लोगों को इतना क्रोध आता है उस जागे हुए आदमी पर कि हम बहुत जल्दी ही उस आदमी की हत्या कर देते हैं। हम ज्यादा देर उसे बर्दाश्त नहीं करते।

जीसस को हम इसीलिए सूली पर लटका देते हैं कि तुम्हारा कसूर है कि तुम जागे हुए आदमी हो। हम सोए हुए लोगों को तुम्हें देखकर बहुत अपमानित होना पड़ता है। हम सोए हुए आदमियों के लिए तुम एक अपमानजनक चिह्न बन जाते हो कि तुम सोए हुए लोग हो। तुम्हारी मौजूदगी हमारी नींद में बाधा डालती है। हम तुम्हारी हत्या कर देंगे। हम सुकरात को जहर पिलाकर मार डालते हैं,

हम मंसूर की गरदन काट डालते हैं। हम जागे हुए आदमियों के साथ वही व्यवहार करते हैं, जो पागलों की बस्ती में उस आदमी के साथ होगा, जो पागल नहीं है। आपको इसका अंदाज नहीं है।

मेरे एक मित्र पागल थे। और वह एक पागलखाने में बंद कर दिए गए। पागलपन में उन्होंने फिनाइल की एक बाल्टी, जो पागलखाने में रखी थी, वह पी गए। उसके पी जाने से उनको इतनी उल्टियां हुईं, इतने दस्त लगे कि पंद्रह दिन तक सारा शरीर रूपांतरित हो गया। उनकी सारी गर्मी जैसे शरीर से निकल गई और वह ठीक हो गए। लेकिन उन्हें छह महीने के लिए पागलघर में भेजा गया था। वह ठीक हो गए और उन्होंने मुझसे कहा कि जब मैं पागल था तब, और जब मैं ठीक हो गया उस पागलपन से और तीन महीने तक ठीक होकर जब मैं पागलघर में रहा, तब जो पीड़ा मैंने अनुभव की, उसका हिसाब लगाना बहुत मुश्किल है। जब तक मैं पागल था, तब तक कोई कठिनाई न थी, क्योंकि और सब भी मेरे जैसे लोग थे। जब मैं ठीक हो गया, तब मुझे लगा कि मैं कहां हूं! क्योंकि मैं सो रहा हूं और दो आदमी मेरी छाती पर सवार हो गए हैं। मैं चल रहा हूं और कोई मुझे धक्के मार रहा है। उस सबका मुझे पहले कुछ भी पता नहीं चला था, क्योंकि मैं भी पागल था। मुझे यह भी पता नहीं चला था कि ये लोग पागल हैं जब तक मैं पागल था। जब मैं पागल न रहा तो मुझे पता चला कि ये सारे लोग पागल हैं। और जैसे ही मैं पागल न रहा, मैं उन सारे पागलों का शिकार बन गया। और मेरी कठिनाई यह थी कि मुझे सब समझ में आ रहा था कि अब मैं बिलकुल ठीक हूं, और अब क्या होगा और क्या नहीं होगा, और अब मैं कैसे बाहर निकलूं! और अगर मैं चिल्लाकर कहता कि मैं पागल नहीं हूं, तो सभी पागल यही चिल्लाकर कहते हैं कि हम पागल नहीं हैं, कोई डाक्टर मानने को राजी नहीं था।

हमारे चारों तरफ सोए हुए लोगों की भीड़ है, और इसलिए हमें पता नहीं चलता कि हम सोए हुए आदमी हैं। और जागे हुए आदमी की हम जल्दी से हत्या कर देते हैं, क्योंकि वह आदमी हमें बहुत कष्टपूर्ण मालूम होने लगता है, बहुत डिस्टर्बिंग, बहुत विघ्नकारक मालूम होने लगता है।

एक अंग्रेज विद्वान कैनेथ वाकर ने एक किताब लिखी है और उस किताब को एक फकीर गुरजिएफ को समर्पित किया है। समर्पण में, डेडीकेशन में उसने जो शब्द लिखे हैं, वे बड़े अदभुत हैं। उसने डेडीकेशन में, समर्पण में लिखा है : 'टु जार्ज गुरजिएफ, दि डिस्टर्बर आफ माई स्लीप', मेरी नींद तोड़ने वाले जार्ज गुरजिएफ को समर्पित।

थोड़े-से लोग हुए हैं जमीन पर, जो लोगों की नींद तोड़ने की कोशिश करते हैं। लेकिन अगर आप किसी की नींद तोड़ने की कोशिश करेंगे, तो निश्चित ही वह आपसे बदला लेगा। किसी सोते हुए आदमी को जगाने की कोशिश करिए, वह आपकी गरदन पकड़ लेगा। आज तक मनुष्य को आध्यात्मिक नींद से जिन्होंने जगाने की कोशिश की है, हमने उनकी भी गरदनें पकड़ ली हैं। हमारे बीच हमें पता नहीं चलता इसीलिए कि हम सब एक जैसे नींद में सोए हुए लोग हैं।

एक गांव के संबंध में मैंने सुना है कि वहां एक दिन एक जादूगर आ गया था और उस गांव के कुएं में उसने एक पुड़िया डाल दी थी और कहा था कि इस कुएं का पानी जो भी पीएगा, वह पागल हो जाएगा। एक ही कुआं था उस गांव में। एक कुआं और था, लेकिन वह गांव का कुआं न था, वह राजा के महल में था। सांझ होते-होते तक गांव के हर आदमी को पानी पीना पड़ा। चाहे पागलपन की कीमत पर भी पीना पड़े, लेकिन मजबूरी थी। प्यास तो बुझानी पड़ेगी, चाहे पागल ही क्यों न हो जाना पड़े। गांव के लोग अपने को कब तक रोकते, उन्होंने पानी पीया। सांझ होते-होते पूरा गांव पागल हो गया।

सम्राट बहुत खुश था, उसकी रानियां बहुत खुश थीं, महल में गीत और संगीत का आयोजन

हो रहा था। उसके वजीर खुश थे कि हम बच गए, लेकिन सांझ होते-होते उन्हें पता चला कि गलती में हैं वे, क्योंकि सारा महल सांझ होते-होते गांव के पागलों ने घेर लिया। पूरा गांव हो गया था पागल। राजा के पहरेदार और सैनिक भी हो गए थे पागल। सारे गांव ने राजा के महल को घेर कर आवाज लगाई कि मालूम होता है कि राजा का दिमाग खराब हो गया है। हम ऐसे पागल राजा को सिंहासन पर बर्दाश्त नहीं कर सकते। महल के ऊपर खड़े होकर राजा ने देखा कि बचाव का अब कोई उपाय नहीं है। राजा अपने वजीर से पूछने लगा कि अब क्या होगा? हम तो सोचते थे कि भाग्यवान हैं हम कि हमारे पास अपना कुआं है। आज यह महंगा पड़ गया है। सभी राजाओं को एक न एक दिन अलग कुआं महंगा पड़ता है। सारी दुनिया में पड़ रहा है। जो अभी भी राजा हैं, कल उनको भी कुआं महंगा पड़ेगा। अलग कुआं खतरनाक है।

लेकिन तब तक खयाल नहीं था। वजीर से राजा कहने लगा, क्या होगा अब? वजीर ने कहा, अब कुछ पूछने की जरूरत नहीं है। आप भागें पीछे के द्वार से, और गांव के उस कुएं का पानी पीकर जल्दी लौट आएं। अन्यथा यह महल खतरे में है। सम्राट ने कहा, उसे कुएं का पानी! क्या तुम मुझे पागल बनाना चाहते हो? वजीर ने कहा, अब पागल बने बिना बचने का कोई उपाय नहीं है।

राजा भागा, उसकी रानियां भागीं। उन्होंने जाकर उस कुएं का पानी पी लिया। उस रात उस गांव में एक बड़ा जलसा मनाया गया। सारे गांव के लोगों ने खुशी मनाई, बाजे बजाए, गीत गाए और भगवान को धन्यवाद दिया कि हमारे राजा का दिमाग ठीक हो गया है। क्योंकि राजा भी भीड़ में नाच रहा था और गालियां बक रहा था। अब राजा का दिमाग ठीक हो गया।

चूंकि हमारी नींद सावजनिक है, सार्वभौमिक है, क्योंकि हम जन्म से ही सोए हुए हैं, इसलिए हमें पता नहीं चलता है। इस नींद में हम क्या समझ पाते हैं जीवन को? इतना ही कि यह शरीर जीवन है। इस शरीर के भीतर जरा भी प्रवेश नहीं हो पाता। यह समझ वैसी ही है, जैसे किसी राजमहल के बाहर दीवाल के आसपास कोई घूमता हो और समझता हो कि यह राजमहल है। दीवाल पर, बाहर की दीवाल पर, चारदीवारी पर, परकोटे पर, परकोटे के बाहर कोई घूमता हो और सोचता हो कि राजमहल है। और परकोटे की दीवाल से टिक कर सो जाता हो और सोचता हो कि महलों में विश्राम कर रहा हूं। शरीर के आसपास जिनके जीवन का बोध है, वह उसी नासमझ आदमी की तरह हैं जो महल की दीवाल के बाहर खड़े होकर समझता है कि महल का मेहमान हो गया हूं।

शरीर के भीतर हमारा कोई प्रवेश नहीं है, हम शरीर के बाहर जीते हैं। बस शरीर की पर्त, बाहर की पर्त...। शरीर की, भीतर की पर्त तक का कोई पता हमें नहीं चलता। बस दीवाल के बाहर का हिस्सा...दीवाल के भीतर का हिस्सा ही पता नहीं चलता, महल तो बहुत दूर है। दीवाल के बाहर के हिस्से को ही महल समझते हैं, दीवाल के भीतर के हिस्से तक से परिचय नहीं हो पाता।

हम अपने शरीर को अपने से बाहर से जानते हैं, हमने कभी भीतर खड़े होकर भी शरीर को नहीं देखा है—भीतर से, फ्राम विदिन। जैसे मैं इस कमरे के भीतर बैठा हूं, आप इस कमरे के भीतर बैठे हैं। हम इस कमरे को भीतर से देख रहे हैं। एक आदमी बाहर घूम रहा है। वह इस मकान को बाहर से देख रहा है। आदमी अपने शरीर के घर में अपने को भीतर से भी देखने में समर्थ नहीं हो पाता है, बाहर से ही जानता है। और तब मौत पैदा हो जाती है। क्योंकि जिसे हम बाहर से जानते हैं, वह केवल खोल है। वह केवल बाहरी वस्त्र है। वह केवल मकान के बाहर की दीवाल है, घर का मालिक नहीं। घर का मालिक भीतर है। उस भीतर के मालिक से तो पहचान ही हमारी नहीं हो

पाती। भीतर की दीवाल तक से पहचान नहीं हो पाती तो भीतर के मालिक से कैसे पहचान होगी?

यह जो जीवन का अनुभव है फ्राम विदाउट, बाहर से, यह जीवन का अनुभव ही मृत्यु का अनुभव बनता है। यह जीवन का अनुभव जिस दिन हाथ से खिसक जाता है...क्योंकि जिस दिन इस घर को छोड़ कर भीतर के प्राण सिकुड़ते हैं और बाहर की दीवाल से चेतना भीतर चली जाती है, उसी दिन बाहर के लोगों को पता चलता है कि मर गया यह आदमी। और उस आदमी को भी लगता है कि मरा, मरा, मरा। क्योंकि जिसे वह जीवन समझता था, वहां से चेतना भीतर सरकने लगती है। जिस तल पर उसे ज्ञात था कि यह जीवन है, उस तल से चेतना भीतर सरकने लगती है नई यात्रा की तैयारी में। और उसके प्राण चिल्लाने लगते हैं कि मरा! गया! सब डूबता है! क्योंकि जिसे वह समझता था कि मैं जीवन हूं वह डूब रहा है, वह छूट रहा है। बाहर के लोग समझते हैं कि यह आदमी मर गया और वह आदमी भी मरते क्षण में, इस मरने के क्षण में, इस बदलाहट के क्षण में समझता है कि मैं मरा, मैं मरा, मैं मरा, मैं गया।

यह जो देह है हमारी, यह जो शरीर है, यह शरीर हमारा वास्तविक होना नहीं है। यह हमारी आथेंटिक बीइंग नहीं है। गहराई में इससे बहुत भिन्न और बिलकुल दूसरे प्रकार का हमारा व्यक्तित्व है। इस शरीर से बिलकुल विपरीत और उलटा हमारा जीवन है।

एक बीज को हम देखते हैं। बीज के ऊपर की खोल होती है बहुत सख्त ताकि भीतर जो छिपा हुआ जीवन का अंकुर है कोमल, डेलीकेट, वह उसकी रक्षा कर सके। भीतर का अंकुर तो होता है बहुत कोमल और उसकी रक्षा के लिए बहुत कठोर दीवाल, एक घेरा, एक खोल बीज के ऊपर चढ़ी होती है। वह जो खोल है, वह बीज नहीं है। और जो उस खोल को ही बीज समझ लेगा, वह कभी भी उस जीवन के अंकुर से परिचित नहीं हो पाएगा जो भीतर छिपा है। वह खोल को ही लिये रह जाएगा और अंकुर कभी पैदा नहीं होगा।

नहीं, खोल बीज नहीं है। बल्कि सच तो यह है कि बीज जब पैदा होता है तो खोल को मिट जाना पड़ता है, टूट जाना पड़ता है, बिखर जाना पड़ता है, मिट्टी में गल जाना पड़ता है। जब खोल गल जाती है, तब बीज भीतर से प्रकट होता है।

यह शरीर एक बीज है। और जीवन, चेतना और आत्मा का एक अंकुर भीतर है। लेकिन हम इस खोल को ही बीज समझकर नष्ट हो जाते हैं और वह अंकुर पैदा भी नहीं हो पाता है, वह अंकुर फूट भी नहीं पाता है। जब वह अंकुर फूटता है, तो जीवन का अनुभव होता है। जब वह अंकुर फूटता है, तो मनुष्य का बीज होना समाप्त होता है और मनुष्य वृक्ष बनता है। जब तक मनुष्य बीज है, तब तक वह सिर्फ एक पोटेंशियलिटी है, एक संभावना है। और जब उसके भीतर वृक्ष पैदा होता है जीवन का, तब वह वास्तविक बनता है। उस वास्तविकता को कोई आत्मा कहता है, उस वास्तविकता को कोई परमात्मा कहता है।

मनुष्य है बीज परमात्मा का। मनुष्य सिर्फ बीज है। जीवन का पूर्ण अनुभव तो वृक्ष को होगा, बीज को क्या हो सकता है? बीज क्या जान सकता है वृक्ष के आनंद को? बीज क्या जान सकता है कि आएंगे पत्ते हरे, जिन पर सूरज की किरणें नाचेंगी? बीज क्या जान सकता है कि हवाएं बहेंगी पत्तियों और शाखाओं से और प्राण संगीत में गूंजेंगे? बीज कैसे जान सकता है कि खिलेंगे फूल और आकाश के तारों को मात कर देंगे? बीज कैसे जान सकता है कि पक्षी गीत गाएंगे और यात्री छाया में विश्राम करेंगे? बीज कैसे जान सकता है? वृक्ष के अनुभव को बीज कैसे जान सकता है? बीज को तो कुछ भी पता नहीं। वह तो सपना भी नहीं देख सकता उसका, जो वृक्ष होने पर संभव होगा। वह तो वृक्ष होकर ही जाना जा सकता है।

आदमी जीवन को नहीं जानता है, क्योंकि उसने बीज को ही अपनी परिपूर्णता समझ ली है। वह तो जीवन को तभी जानेगा, जब भीतर के जीवन का पूरा वृक्ष प्रकट हो। लेकिन भीतर के जीवन का वृक्ष प्रकट होना तो दूर, भीतर कुछ है शरीर से भिन्न और अलग, इसका हमें कोई बोध ही नहीं हो पाता। इसकी हमें कोई स्मृति, इसका कोई स्मरण, इसकी कोई रिमेंबरिंग ही पैदा नहीं हो पाती कि अलग भी कुछ है शरीर से भिन्न। जीवन की समस्या, जो भीतर है, उसके अनुभव की समस्या है। जो भीतर है, उसके अनुभव की समस्या है जीवन की समस्या। और हम जीवन को मान लेते हैं वह, जो कि बाहर विस्तीर्ण है।

एक वृक्ष से मैंने पूछा, तेरा जीवन कहां है? वह वृक्ष कहने लगा, उन जड़ों में जो दिखाई नहीं पड़तीं। जड़ें दिखाई नहीं पड़तीं, वहां जीवन है। वृक्ष जो दिखाई पड़ता है, वह वहां से जीवन लेता है जो अदृश्य है।

माओत्से तुंग ने अपने बचपन की एक घटना लिखी है कि मेरी मां की झोपड़ी के पास एक बगिया थी। उसने जीवन भर उस बगिया को संभाला था। उसके फूल इतने बड़े और प्यारे होते थे कि दूर-दूर के गांव के लोग देखने आते थे। और बगिया के पास से गुजरता हुआ ऐसा कठोर आदमी कभी नहीं देखा गया जो दो क्षण ठहर न गया हो उन फूलों को देख कर! मां बूढ़ी हो गई और बीमार पड़ गई। माओ छोटा था, पर उसने अपनी मां को कहा कि फिक्र मत करो—घर में और बड़ा तो कोई था नहीं—उसने कहा, फिक्र मत करो, तुम चिंता मत करो पौधों की, मैं उनकी फिक्र कर लूंगा।

पंद्रह दिन बाद मां उठी। माओ दिन भर बगीचे में मेहनत करता रहता, दिन-रात, सुबह से लेकर आधी रात तक। मां निश्चिंत थी। लेकिन जिस दिन पंद्रह दिन बाद उठकर वह बगीचे में आई तो देखा बगिया पूरी कुम्हला गई है। फूल तो जा चुके कभी के, पत्ते भी मुर्दा हो गए हैं, सारे वृक्ष उदास खड़े हैं। ऐसा ही लगा होगा उस बुढ़िया को जैसा कि आज अगर किसी के पास आंखें हो, तो सारी मनुष्य की बगिया को देखकर लगेगा—सब फूल गिर गए, सब पत्ते कुम्हला गए, सब वृक्ष उदास खड़े हैं। वह तो छाती पीटकर रोने लगी कि यह तूने क्या किया! और तू सुबह से सांझ तक करता क्या था?

माओ भी रोने लगा। उसने कहा कि मैंने बहुत कुछ किया जो मैं कर सकता था। एक-एक फूल की धूल झाड़ता था, एक-एक पते की धूल झाड़ता था। एक-एक फूल को चूमता था, एक-एक फूल पर पानी छिड़कता था। पता नहीं लेकिन क्या हुआ! इतना श्रम! और सारे वृक्ष कुम्हला गए हैं।

उसकी मां रोने में भी हंसने लगी। उसने कहा, पागल! शायद तुझे पता नहीं कि वृक्षों के प्राण पत्तों और फूलों में नहीं होते। वृक्षों के प्राण जड़ों में होते हैं, जो दिखाई नहीं पड़तीं। तू फूल और पत्तों को पानी देगा, तू फूल और पत्तों को चूमेगा और प्रेम करेगा, तो सब निरर्थक है। फूल-पत्ते की फिक्र ही मत कर। अगर अदृश्य जड़ें शक्तिशाली होती चली जाती हैं, तो फूल-पत्ते अपने से निकल आते हैं, उनकी चिंता नहीं करनी पड़ती है।

लेकिन आदमियों ने जीवन को समझा है बाहर का सारा का सारा फूल-पत्ते का जो फैलाव है वह, और भीतर की जड़ें बिलकुल उपेक्षित हैं, निग्लेक्टेड हैं। आदमी के भीतर की जड़ें बिलकुल ही उपेक्षित पड़ी हैं। स्मरण भी नहीं कि भीतर भी मैं कुछ हूं। और जो भी है वह भीतर है। सत्य भीतर है, शक्ति भीतर है, जीवन की सारी क्षमता भीतर है। वहां से वह प्रकट हो सकती है बाहर। बाहर प्रकटीकरण होता है, होना भीतर है। बीइंग भीतर है, बिकमिंग बाहर होती है। वह जो

वास्तविक है, वह भीतर है। जो फैलता है और अभिव्यक्त होता है, मैनीफेस्टेशन जो है वह बाहर है। बाहर है अभिव्यक्ति, आत्मा तो भीतर है।

और बाहर की अभिव्यक्ति को ही जो जीवन समझ लेते हैं, उनका सारा जीवन मृत्यु के भय से आक्रांत होता है। वे जीते हैं तो भी मरे-मरे और डरे हुए कि कभी भी मर जाएंगे, किसी भी क्षण मर जाएंगे। और यही मरने से डरे हुए लोग किसी की मौत पर रोते और परेशान होते हैं। ये किसी और की मौत पर रोते और परेशान नहीं हो रहे हैं, हर मौत इन्हें इनकी मौत की खबर ले आती है। हर मौत इन्हें खबर लाती है इनकी मौत की। और जो अपने हैं, बहुत निकट हैं, उनकी मौत तो बहुत जोर से खबर लाती है अपनी मौत की। और तब प्राण भीतर कंप जाते हैं, तब भय पकड़ लेता है, तब कंपन पकड़ लेता है। और उस कंपन में, उस भय में आदमी अच्छी-अच्छी बातें सोचता है--आत्मा अमर है, हम तो भगवान के अंश हैं, हम तो ब्रह्म के स्वरूप हैं। ये सब बकवास की बातें हैं। और यह अपने को धोखा देने से ज्यादा नहीं है, सेल्फ डिसेप्शन है।

यह मौत से डरा हुआ आदमी अपने को मजबूत करने के लिए दोहराता है कि आत्मा अमर है। वह यह कह रहा है कि नहीं, नहीं, मुझे नहीं मरना पड़ेगा, आत्मा अमर है। लेकिन भीतर प्राण कंप रहे हैं और वह ऊपर से कह रहा है कि आत्मा अमर है। जो आदमी जानता है कि आत्मा अमर है, उसे एक बार भी यह दोहराने की जरूरत नहीं है कि आत्मा अमर है। क्योंकि वह जानता है, बात खतम हो गई।

लेकिन यह मौत से डरने वाले लोग मौत से डरते हैं, जीवन को जान नहीं पाते हैं, और फिर बीच में एक नई तरकीब और एक नया धोखा पैदा करते हैं कि आत्मा अमर है।

इसीलिए तो आत्मा को अमर मानने वाले लोगों से ज्यादा मौत से डरनेवाली कौम खोजनी कठिन है। इस देश में ही यह दुर्भाग्य घटित हुआ है। इस देश में आत्मा की अमरता माननेवाले सर्वाधिक लोग हैं पृथ्वी पर, और इस देश में मौत से डरने वाले कायरों की संख्या भी सर्वाधिक है। ये दोनों बातें एक साथ कैसे हो गईं?

जो जानते हैं कि आत्मा अमर है, उनके लिए तो मृत्यु हो गई समाप्त, उनके लिए तो भय हो गया विसर्जित, उन्हें तो अब कोई मार नहीं सकता। उन्हें तो अब कोई नहीं मार सकता। और दूसरी बात भी ध्यान में ले लेना: न उन्हें कोई मार सकता है और न अब वे इस भ्रम में हो सकते हैं कि मैं किसी को मार सकता हूं। क्योंकि मारने की घटना ही खतम हो गई। और इस राज को थोड़ा समझ लेना जरूरी है।

जो लोग कहेंगे आत्मा अमर है, वे मौत से डरे हुए हैं और दोहरा रहे हैं कि आत्मा अमर है। और साथ ही ऐसे मौत से डरने वाले लोग अहिंसा की भी बहुत बात करेंगे। इसलिए नहीं कि वे किसी को न मारें, बल्कि इसलिए कि बहुत गहरे में कोई उन्हें मारने को तैयार न हो जाए। दुनिया अहिंसक होनी चाहिए! क्यों? कहेंगे तो वे यही कि किसी को भी मारना बुरा है, लेकिन बहुत गहरे में वे यह कह रहे हैं कि कोई मुझे मार न डाले। किसी को भी मारना बुरा है! लेकिन अगर उन्हें पता चल गया है कि मृत्यु होती ही नहीं, तो न मरने का डर है, न मारने का डर है और न ये बातें अर्थपूर्ण रह गईं।

कृष्ण ने कहा अर्जुन से कि तू भयभीत मत हो, क्योंकि तू जिन्हें सामने खड़ा देख रहा है, वे बहुत बार रहे हैं पहले भी। तू भी था, मैं भी था, हम सब बहुत बार थे और हम सब बहुत बार होंगे। जगत में कुछ भी नष्ट नहीं होता। इसलिए न मरने का डर नहीं है, न मारने का डर है। सवाल

है जीवन को जीने का। और जो मरने और मारने दोनों से डरते हैं, वे जीवन की दृष्टि में एकदम नपुंसक और इंपोटेंट हो जाते हैं। जो न मर सकता है, न मार सकता है, वह जानता ही नहीं कि जो है वह न मारा जा सकता है, न मर सकता है

कैसी होगी वह दुनिया जिस दिन सारा जगत जानेगा भीतर से कि आत्मा अमर है! उस दिन मृत्यु का सारा भय विलीन हो जाएगा! उस दिन मरने का भय भी विलीन हो जाएगा, मारने की धमकी भी विलीन हो जाएगी। उसी दिन युद्ध विलीन होंगे, उसके पहले नहीं।

जब तक आदमी को लगता है कि मारा जा सकता है, मर सकता हूं, तब तक दुनिया से युद्ध विलीन नहीं हो सकते। चाहे गांधी समझाएं अहिंसा, और चाहे बुद्ध और चाहे महावीर। चाहे सारी दुनिया में अहिंसा के कितने ही पाठ पढ़ाए जाएं। जब तक मनुष्य को भीतर से यह अनुभव पैदा नहीं हो जाता कि जो है, वह अमृत है, तब तक दुनिया में युद्ध बंद नहीं हो सकते। वे, जिनके हाथों में तलवारें दिखती हैं, यह मत समझ लेना कि वे बहुत बहादुर लोग हैं। तलवार सबूत है कि यह आदमी भीतर से डरपोक है, कायर है, कावर्ड है। चौरस्तों पर जिनकी मूर्तियां बनाते हैं तलवारें हाथ में लेकर, वे कायरों की मूर्तियां हैं। बहादुर के हाथ में तलवार की कोई जरूरत नहीं है, क्योंकि वह जानता है कि मरना और मारना दोनों बच्चों की बातें हैं।

लेकिन एक अदभुत प्रवंचना आदमी पैदा करता है। जिन बातों को वह नहीं जानता है, उन बातों को भी वह दिखाने की इस भांति कोशिश करता है कि जैसे हम जानते हैं। भय के कारण, भीतर है भय, भीतर वह जानता है कि मरना पड़ेगा, लोग रोज मर रहे हैं। भीतर वह देखता है कि शरीर क्षीण हो रहा है, जवानी गई, बुढ़ापा आ रहा है। देखता है कि शरीर जा रहा है। लेकिन भीतर दोहरा रहा है कि आत्मा अजर-अमर है। वह अपना विश्वास जुटाने की कोशिश कर रहा है, हिम्मत जुटाने की कोशिश कर रहा है कि मत घबराओ। मत घबराओ। मौत तो है, लेकिन नहीं, नहीं, ऋषि-मुनि कहते हैं कि आत्मा अमर है। मौत से डरने वाले लोग ऐसे ऋषि-मुनियों के आस-पास इकट्ठे हो जाते हैं और भीड़ कर लेते हैं, जो आत्मा की अमरता की बातें करते हैं।

मैं यह नहीं कह रहा हूं कि आत्मा अमर नहीं है। मैं यह कह रहा हूं कि आत्मा की अमरता का सिद्धांत मौत से डरने वाले लोगों का सिद्धांत है। आत्मा की अमरता को जानना बिलकुल दूसरी बात है। और यह भी ध्यान रहे कि आत्मा की अमरता को वे ही जान सकते हैं, जो जीते जी मरने का प्रयोग कर लेते हैं। उसके अतिरिक्त कोई जानने का उपाय नहीं। इसे थोड़ा समझ लेना जरूरी है।

मौत में होता क्या है? प्राणों की सारी ऊर्जा जो बाहर फैली हुई है, विस्तीर्ण है, वह वापस सिकुड़ती है, अपने केंद्र पर पहुंचती है। जो ऊर्जा प्राणों की सारे शरीर के कोने-कोने तक फैली हुई है, वह सारी ऊर्जा वापस सिकुड़ती है, बीज में वापस लौटती है। जैसे एक दीये को हम मंदा करते जाएं, धीमा करते जाएं, तो फैला हुआ प्रकाश सिकुड़ आएगा, अंधकार घिरने लगेगा। प्रकाश सिकुड़ कर फिर दीये के पास आ जाएगा। अगर हम और धीमा करते जाएं और धीमा करते जाएं, तो फिर प्रकाश बीज-रूप में, अनुरूप में निहित हो जाएगा, अंधकार घेर लेगा।

प्राणों की जो ऊर्जा फैली हुई है जीवन की, वह सिकुड़ती है, वापस लौटती है अपने केंद्र पर। नई यात्रा के लिए फिर बीज बनती है, फिर अणु बनती है। यह जो सिकुड़ाव है, इसी सिकुड़ाव से, इसी संकुचन से पता चलता है कि मरा! मैं मरा! क्योंकि जिसे मैं जीवन समझता था, वह जा रहा है, सब छूट रहा है। हाथ-पैर शिथिल होने लगे, श्वास खोने लगी, आंखों ने देखना बंद कर दिया, कानों ने सुनना बंद कर दिया। ये सारी इंद्रियां, यह सारा शरीर तो किसी ऊर्जा के साथ संयुक्त

होने के कारण जीवंत था। ऊर्जा वापस लौटने लगी है। देह तो मुर्दा है, वह फिर मुर्दा रह गई। घर का मालिक घर छोड़ने की तैयारी करने लगा, घर उदास हो गया, निर्जन हो गया। लगता है कि मरा मैं। मृत्यु के इस क्षण में पता चलता है कि जा रहा हूं, डूब रहा हूं, समाप्त हो रहा हूं।

और इस घबराहट के कारण कि मैं मर रहा हूं, इस चिंता और उदासी के कारण, इस पीड़ा, इस एंग्विश के कारण, यह एंग्झायटी कि मैं मर रहा हूं, समाप्त हो रहा हूं, यह इतनी ज्यादा चिंता पैदा कर देती है मन में कि वह उस मृत्यु के अनुभव को भी जानने से वंचित रह जाता है। जानने के लिए चाहिए शांति। हो जाता है इतना अशांत कि मृत्यु को जान नहीं पाता।

बहुत बार हम मर चुके हैं, अनंत बार, लेकिन हम अभी तक मृत्यु को जान नहीं पाए। क्योंकि हर बार जब मरने की घड़ी आई है, तब फिर हम इतने व्याकुल और बेचैन और परेशान हो गए हैं कि उस बेचैनी और परेशानी में कैसा जानना, कैसा ज्ञान? हर बार मौत आकर गुजर गई है हमारे आस-पास से, लेकिन हम फिर भी अपरिचित रह गए हैं उससे।

नहीं, मरने के क्षण में नहीं जाना जा सकता है मौत को। लेकिन आयोजित मौत हो सकती है। आयोजित मौत को ही ध्यान कहते हैं, योग कहते हैं, समाधि कहते हैं। समाधि का एक ही अर्थ है कि जो घटना मृत्यु में अपने आप घटती है, समाधि में साधक चेष्टा और प्रयास से सारे जीवन की ऊर्जा को सिकोड़ कर भीतर ले जाता है, जानते हुए। निश्चित ही अशांत होने का कोई कारण नहीं है। क्योंकि वह प्रयोग कर रहा है भीतर ले जाने का, चेतना को सिकोड़ने का। वह शांत मन से चेतना को भीतर सिकोड़ता है। जो मौत करती है, उसे वह खुद करता है। और इस शांति में वह जान पाता है कि जीवन-ऊर्जा अलग बात है, शरीर अलग बात है। वह जो बल्ब, जिससे बिजली प्रगट हो रही है, अलग बात है, और वह जो बिजली प्रकट हो रही है वह अलग बात है। बिजली सिकुड़ जाती है, बल्ब निर्जीव होकर पड़ा रह जाता है।

शरीर बल्ब से ज्यादा नहीं है। जीवन वह विद्युत है, वह ऊर्जा है, वह इनर्जी, वह प्राण है, जो शरीर को जीवित किए हुए है, गर्म किए हुए है, उत्तप्त किये हुए है। समाधि में साधक मरता है स्वयं, और चूंकि वह स्वयं मृत्यु में प्रवेश करता है, वह जान लेता है इस सत्य को कि मैं हूं अलग, शरीर है अलग। और एक बार यह पता चल जाए कि मैं हूं अलग, तो मृत्यु समाप्त हो गई। और एक बार यह पता चल जाए कि मैं हूं अलग, तो जीवन का अनुभव शुरू हो गया। मृत्यु की समाप्ति और जीवन का अनुभव एक ही सीमा पर होते हैं, एक ही साथ होते हैं। जीवन को जाना कि मृत्यु गई, मृत्यु को जाना कि जीवन हुआ। अगर ठीक से समझें तो यह एक ही चीज को कहने के दो ढंग हैं। यह एक ही दिशा में इंगित करने वाले दो इशारे हैं।

धर्म को इसलिए मैं कहता हूं, धर्म है मृत्यु की कला। वह है आर्ट आफ डेथ। लेकिन आप कहेंगे, कई बार मैं कहता हूं धर्म है जीवन की कला, आर्ट आफ लिविंग। निश्चित ही दोनों बात मैं कहता हूं, क्योंकि जो मरना जान लेता है वही जीवन को जान पाता है। धर्म है जीवन और मृत्यु की कला। अगर जानना है कि जीवन क्या है और मृत्यु क्या है, तो आपको स्वेच्छा से शरीर से ऊर्जा को खींचने की कला सीखनी होगी, तभी आप जान सकते हैं, अन्यथा नहीं। और यह ऊर्जा खींची जा सकती है। इस ऊर्जा को खींचना कठिन नहीं है। इस ऊर्जा को खींचना सरल है। यह ऊर्जा संकल्प से ही फैलती है और संकल्प से ही वापस लौट आती है। यह ऊर्जा सिर्फ संकल्प का विस्तार है, विल फोर्स का विस्तार है।

संकल्प हम करें तीव्रता से, टोटल, समग्र, कि मैं वापस लौटता हूं अपने भीतर। सिर्फ आधा घंटा भी कोई इस बात का संकल्प करे कि मैं वापस लौटना चाहता हूं, मैं मरना चाहता हूं, मैं डूबना

चाहता हूं अपने भीतर, मैं अपनी सारी ऊर्जा को सिकोड़ लेना चाहता हूं, तो थोड़े ही दिनों में वह इस अनुभव के करीब पहुंचने लगेगा कि ऊर्जा सिकुड़ने लगी है भीतर। शरीर छूट जाएगा बाहर पड़ा हुआ। एक तीन महीने का थोड़ा गहरा प्रयोग, और आप शरीर अलग पड़ा है, इसे देख सकते हैं। अपना ही शरीर अलग पड़ा है, इसे देख सकते हैं। सबसे पहले तो भीतर से दिखाई पड़ेगा कि मैं अलग खड़ा हूं भीतर—एक तेजस, एक ज्योति की तरह और सारा शरीर भीतर से दिखाई पड़ रहा है जैसा कि यह भवन है। और फिर थोड़ी और हिम्मत जुटाई जाए, तो वह जो जीवंत-ज्योति भीतर है, उसे बाहर भी लाया जा सकता है। और हम बाहर से देख सकते हैं कि शरीर अलग पड़ा है।

एक अदभुत अनुभव मुझे हुआ, वह मैं कहूं। अब तक उसे कभी कहा नहीं। अचानक खयाल आ गया तो कहता हूं। कोई सत्रह-अट्ठारह साल पहले बहुत रातों तक मैं एक वृक्ष के ऊपर बैठकर ध्यान करता था। ऐसा बार-बार अनुभव हुआ कि जमीन पर बैठकर ध्यान करने पर शरीर बहुत प्रबल होता है। शरीर बनता है पृथ्वी से और पृथ्वी पर बैठकर ध्यान करने से शरीर की शक्ति बहुत प्रबल होती है। वह जो ऊंचाइयों पर, हाइट्स पर, पहाड़ों पर, और हिमालय जाने वाले योगियों की चर्चा है, वह अकारण नहीं है, बहुत वैज्ञानिक है। जितनी पृथ्वी से दूरी बढ़ती है शरीर की, उतना ही शरीरतत्व का प्रभाव भीतर कम होता चला जाता है। तो एक बड़े वृक्ष पर ऊपर बैठकर मैं ध्यान करता था रोज रात। एक दिन ध्यान में कब कितना लीन हो गया, मुझे पता नहीं और कब शरीर वृक्ष से गिर गया, वह मुझे पता नहीं। जब नीचे गिर पड़ा शरीर, तब मैंने चौंक कर देखा कि यह क्या हो गया।

मैं तो वृक्ष पर ही था और शरीर नीचे गिर गया—कैसा हुआ अनुभव कहना बहुत मुश्किल है। मैं तो वृक्ष पर ही बैठा था और शरीर नीचे गिरा था और मुझे दिखाई पड़ रहा था कि वह नीचे गिर गया है। सिर्फ एक रजत-रज्जु, एक सिलवर कार्ड नाभि से मुझ तक जुड़ी हुई थी। एक अत्यंत चमकदार शुभ्र रेखा। कुछ भी समझ के बाहर था कि अब क्या होगा? कैसे वापस लौटूंगा?

कितनी देर यह अवस्था रही होगी, यह पता नहीं, लेकिन अपूर्व अनुभव हुआ। शरीर के बाहर से पहली दफा देखा शरीर को और शरीर उसी दिन से समाप्त हो गया। मौत उसी दिन से खतम हो गई। क्योंकि एक और देह दिखाई पड़ी जो शरीर से भिन्न है। एक और सूक्ष्म शरीर का अनुभव हुआ। कितनी देर यह रहा, कहना मुश्किल है। सुबह होते-होते दो औरतें वहां से निकलीं दूध लेकर किसी गांव से, और उन्होंने आकर पड़ा हुआ शरीर देखा। वह मैं सब देख रहा हूं ऊपर से कि वे करीब आकर बैठ गई हैं। कोई मर गया! और उन्होंने सिर पर हाथ रखा और एक क्षण में जैसे तीव्र आकर्षण से मैं वापस अपने शरीर में आ गया और आंख खुल गई।

तब एक दूसरा अनुभव भी हुआ। वह दूसरा अनुभव यह हुआ कि स्त्री पुरुष के शरीर में एक कीमिया और केमिकल चेंज पैदा कर सकती है और पुरुष स्त्री के शरीर में एक केमिकल चेंज पैदा कर सकता है। यह भी खयाल हुआ कि उस स्त्री का छूना और मेरा वापस लौट आना, यह कैसे हो गया। फिर तो बहुत अनुभव हुए इस बात के और तब मुझे समझ में आया कि हिंदुस्तान में जिन तांत्रिकों ने समाधि पर और मृत्यु पर सर्वाधिक प्रयोग किए थे, उन्होंने क्यों स्त्रियों को भी अपने साथ बांध लिया था। गहरी समाधि के प्रयोग में अगर शरीर के बाहर तेजस शरीर चला गया, सूक्ष्म शरीर चला गया, तो बिना स्त्री की सहायता के पुरुष के तेजस शरीर को वापस नहीं लौटाया जा सकता है। या स्त्री का तेजस शरीर अगर बाहर चला गया तो बिना पुरुष की सहायता के उसे वापस नहीं लौटाया जा सकता। स्त्री और पुरुष के शरीर के मिलते ही एक विद्युत वृत्त, एक

इलेक्ट्रिक सर्किल पूरा हो जाता है और वह जो बाहर निकल गई है चेतना, तीव्रता से भीतर वापस लौट आती है

फिर तो छह महीने में कोई छह बार यह अनुभव हुआ निरंतर, और छह महीने में मुझे अनुभव हुआ कि मेरी उम्र कम से कम दस वर्ष कम हो गई। कम हो गई मतलब, अगर मैं सत्तर साल जीता तो साठ साल ही जी सकूंगा। छह महीने में अजीब-अजीब से अनुभव हुए। छाती के सारे बाल मेरे सफेद हो गए छह महीने के भीतर। मेरी समझ के बाहर हुआ कि यह क्या हो रहा है।

और तब यह भी खयाल में आया कि इस शरीर और उस शरीर के बीच के संबंध में व्याघात पड़ गया है, उन दोनों का जो तालमेल था वह टूट गया है। और तब मुझे यह भी समझ में आया कि शंकराचार्य का तैंतीस साल की उम्र में मर जाना या विवेकानंद का छत्तीस साल की उम्र में मर जाना कुछ और ही कारण रखता है। अगर इन दोनों का संबंध बहुत तीव्रता से टूट जाये, तो जीना मुश्किल है। और तब मुझे यह भी खयाल में आया कि रामकृष्ण परमहंस का बहुत बीमारियों से घिरे रहना और रमण का कैंसर से मर जाने का भी कारण शारीरिक नहीं है, उस बीच के तालमेल का टूट जाना ही कारण है।

लोग आमतौर से कहते हैं कि योगी बहुत स्वस्थ होते हैं, लेकिन सचाई बिलकुल उलटी है। सचाई आज तक यह है कि योगी हमेशा रुग्ण रहा है और कम उम्र में मरता रहा है। और उसका कुल कारण इतना है कि उन दोनों शरीरों के बीच जो एडजेस्टमेंट चाहिए, जो तालमेल चाहिए, उसमें विघ्न पड़ जाता है। जैसे ही एक बार वह शरीर बाहर हुआ, फिर ठीक से पूरी तरह कभी भी पूरी अवस्था में भीतर प्रविष्ट नहीं हो पाता है। लेकिन उसकी कोई जरूरत भी नहीं रह जाती, उसका कोई प्रयोजन भी नहीं रह जाता, उसका कोई अर्थ भी नहीं रह जाता।

संकल्प से भीतर खींची जा सकती है ऊर्जा। सिर्फ संकल्प से, सिर्फ यह धारणा, सिर्फ यह भावना कि मैं अंदर वापस लौट आऊं, वापस लौट आऊं, वापस लौट आऊं—इसकी तीव्र पुकार, इसका तीव्र आंदोलन, पूरे प्राण इससे भर जाएं कि मैं भीतर वापिस लौट आऊं—मैं केंद्र पर वापिस लौट आऊं, मैं वापस लौट आऊं, मैं वापस लौट आऊं। इसकी इतनी तीव्र पुकार कि यह सारे कण-कण में शरीर के गूंज जाए, श्वास-श्वास को पकड़ ले। और किसी भी दिन यह घटना घट जाती है कि एक झटके के साथ आप भीतर पहुंच जाते हैं और पहली दफा फ्राम विदिन शरीर को देखते हैं।

यह जो हजारों नाड़ियों की बात की है योग ने, वह फिजियोलॉजी को जानकर नहीं की है। शरीर-शास्त्र से उसका कोई संबंध नहीं है। वे नाड़ियां जानी गई हैं भीतर से। और इसलिए आज जब फिजियोलॉजी उन पर विचार करती है तो पाती है कि वे नाड़ियां कहां हैं? ये जो सात चक्र बताए हैं, ये कहां हैं? वे कहीं भी नहीं हैं शरीर में! शरीर में वे कहीं भी नहीं हैं, क्योंकि शरीर को हम बाहर से जांच रहे हैं, वे कहीं नहीं मिलेंगे। एक और जांच है, शरीर को भीतर से जानना, इनर-फिजियोलॉजी। वह बहुत सटल फिजियोलॉजी है, वह बहुत सूक्ष्म शरीर-शास्त्र है। वहां से जानने पर जो नाड़ियां जानी गई हैं और जो केंद्र जाने गए हैं, वे बिलकुल अलग हैं। इस शरीर में खोजने से वे कहीं भी नहीं मिलेंगे। वे केंद्र इस शरीर और उस भीतर की आत्मा के कांटेक्ट फील्ड्स हैं, जहां ये दोनों मिलते हैं।

सबसे बड़ा कांटेक्ट फील्ड, सबसे बड़ा संपर्क का स्थल नाभि है। इसलिए आपको खयाल होगा कि अगर आप कार चला रहे हों और एकदम से एक्सीडेंट होने लगे, तो सबसे पहले नाभि प्रभावित हो जाएगी। एकदम नाभि अस्तव्यस्त हो जाएगी, क्योंकि वहां सबसे ज्यादा गहरा उस

आत्मा और इस शरीर के बीच संबंध का क्षेत्र है। वह सबसे पहले अस्तव्यस्त हो जाएगा मौत को देख कर। जैसे ही मौत सामने दिखाई पड़ेगी कि नाभि अस्तव्यस्त हो जाएगी सारे शरीर के केंद्र से। और शरीर की एक आंतरिक व्यवस्था है, जो उस अंतस शरीर और इस शरीर के बीच संपर्क से स्थापित हुई है। जिन चक्रों की बात है, वे उनके संपर्क-स्थल हैं। निश्चित ही एक बार भीतर से शरीर को जानना एक बिलकुल ही दूसरी दुनिया को जान लेना है, जिसका हमें कोई भी पता नहीं है। मेडिकल साइंस जिसके संबंध में एक शब्द भी नहीं जानती और नहीं जान सकेगी अभी।

एक बार यह अनुभव हो जाए कि मैं अलग और यह शरीर अलग, तो मौत खतम हो गई। मृत्यु नहीं है फिर। और फिर तो शरीर के बाहर आकर खड़े होकर देखा जा सकता है। यह कोई फिलासफिक विचार नहीं है, यह कोई दार्शनिक तात्विक चिंतन नहीं है कि मृत्यु क्या है, जीवन क्या है। जो लोग इस पर विचार करते हैं, वे दो कौड़ी का भी फल कभी नहीं निकाल पाते। यह तो है एक्झिस्टेंशियल एप्रोच, यह तो है अस्तित्ववादी खोज। जाना जा सकता है कि मैं जीवन हूं, जाना जा सकता है कि मृत्यु मेरी नहीं है। इसे जीया जा सकता है, इसके भीतर प्रविष्ट हुआ जा सकता है।

लेकिन जो लोग केवल सोचते हैं कि हम विचार करेंगे कि मृत्यु क्या है, जीवन क्या है, वे लाख विचार करें, जन्म-जन्म विचार करें, उन्हें कुछ भी पता नहीं चल सकता है। क्योंकि हम विचार करके, विचार करेंगे क्या? केवल उसके संबंध में विचार किया जा सकता है जिसे हम जानते हों। जो नोन है, जो ज्ञात है, उसके बाबत विचार हो सकता है। जो अननोन है, जो अज्ञात है, उसके बाबत कोई विचार नहीं हो सकता। आप वही सोच सकते हैं, जो आप जानते हैं।

कभी आपने खयाल किया कि आप उसे नहीं सोच सकते हैं, जिसे आप नहीं जानते। उसे सोचेंगे कैसे? हाउ टु कन्सीव इट? उसकी कल्पना ही कैसे हो सकती है? उसकी धारणा ही कैसे हो सकती है जिसे हम जानते ही नहीं हैं? जीवन हम जानते नहीं, मृत्यु हम जानते नहीं। सोचेंगे हम क्या? इसलिए दुनिया में मृत्यु और जीवन पर दार्शनिकों ने जो कहा है, उसका दो कौड़ी भी मूल्य नहीं है। फिलासफी की किताबों में जो भी लिखा है मृत्यु और जीवन के संबंध में, उसका कौड़ी भर मूल्य नहीं है। क्योंकि वे लोग सोच-सोच कर लिख रहे हैं। सोच कर लिखने का कोई सवाल नहीं है। सिर्फ योग ने जो कहा है जीवन और मृत्यु के संबंध में, उसके अतिरिक्त आज तक सिर्फ शब्दों का खेल हुआ है। क्योंकि योग जो कह रहा है वह एक एक्झिस्टेंशियल, एक लिविंग, एक जीवंत अनुभव की बात है।

आत्मा अमर है, यह कोई सिद्धांत, कोई थ्योरी, कोई आइडियोलाजी नहीं है। यह कुछ लोगों का अनुभव है। और अनुभव की तरफ जाना हो तो ही...अनुभव हल कर सकता है इस समस्या को कि क्या है जीवन, क्या है मौत। और जैसे ही यह अनुभव होगा, ज्ञात होगा कि जीवन है, मौत नहीं है। जीवन ही है, मृत्यु है ही नहीं।

फिर हम कहेंगे, लेकिन यह मृत्यु तो घट जाती है। उसका कुल मतलब इतना है कि जिस घर में हम निवास करते थे, उस घर को छोड़कर दूसरे घर की यात्रा शुरू हो जाती है। जिस घर में हम रह रहे थे, उस घर से हम दूसरे घर की तरफ यात्रा करते हैं। घर की सीमा है, घर की सामर्थ्य है। घर एक यंत्र है, यंत्र थक जाता है, जीर्ण हो जाता है, और हमें पार हो जाना होता है।

अगर विज्ञान ने व्यवस्था कर ली, तो आदमी के शरीर को सौ, दो सौ, तीन सौ वर्ष भी जिलाया जा सकता है। लेकिन उससे यह सिद्ध नहीं होगा कि आत्मा नहीं है। उससे सिर्फ इतना ही सिद्ध होगा कि आत्मा को कल तक घर बदलने पड़ते थे, अब विज्ञान ने पुराने ही घर को फिर से

ठीक कर देने की व्यवस्था कर दी है। उससे यह सिद्ध नहीं होगा, इस भूल में कोई वैज्ञानिक न रहे कि हम आदमी की उम्र अगर पांच सौ वर्ष कर लेंगे, हजार वर्ष कर लेंगे, तो हमने सिद्ध कर दिया कि आदमी के भीतर कोई आत्मा नहीं है। नहीं, इससे कुछ भी सिद्ध नहीं होता। इससे इतना ही सिद्ध होता है कि मैकेनिजम शरीर का जो था, उसे आत्मा को इसीलिए बदलना पड़ता था कि वह जराजीर्ण हो गया था। अगर उसको रिप्लेस किया जा सकता है, हृदय बदला जा सकता है, आंख बदली जा सकती है, हाथ-पैर बदले जा सकते हैं, तो आत्मा को शरीर बदलने की कोई जरूरत न रही। पुराने घर से ही काम चल जाएगा। रिपेयरमेंट हो गया। उससे कोई आत्मा नहीं है, यह दूर से भी सिद्ध नहीं होता।

और यह भी हो सकता है कि कल विज्ञान टेस्ट-टयूब में जन्म दे सके, जीवन को पैदा कर सके। और तब शायद वैज्ञानिक इस भ्रम में पड़ेगा कि हमने जीवन को जन्म दे लिया, वह भी गलत है। यह भी मैं कह देना चाहता हूं कि उससे भी कुछ सिद्ध नहीं होता।

मां और बाप मिलकर क्या करते हैं? एक पुरुष और एक स्त्री मिलकर क्या करते हैं स्त्री के पेट में? आत्मा को जन्म नहीं देते। दे जस्ट क्रियेट ए सिचुएशन, वे सिर्फ एक अवसर पैदा करते हैं जिसमें आत्मा प्रविष्ट हो सकती है। मां का और पिता का अणु मिलकर एक अपरचुनिटी, एक अवसर, एक सिचुएशन पैदा करते हैं जिसमें आत्मा प्रवेश पा सकती है। कल यह हो सकता है कि हम टेस्ट-टयूब में यह सिचुएशन पैदा कर दें। इससे कोई आत्मा पैदा नहीं हो रही है। मां का पेट भी तो एक टेस्ट-टयूब है, एक यांत्रिक व्यवस्था, वह प्राकृतिक है। कल विज्ञान यह कर सकता है कि प्रयोगशाला में जिन-जिन रासायनिक तत्वों से पुरुष का वीर्याणु बनता है और स्त्री का अणु बनता है, उन-उन रासायनिक तत्वों की पूरी खोज और प्रोटोप्लाज्म की पूरी जानकारी से यह हो सकता है कि हम टेस्ट-टयूब में रासायनिक व्यवस्था कर लें। तब जो आत्माएं कल तक मां के पेट में प्रविष्ट होती थीं, वे टेस्ट-टयूब में प्रविष्ट हो जाएंगी। लेकिन आत्मा पैदा नहीं हो रही है, आत्मा अब भी आ रही है। जन्म की घटना दोहरी घटना है—शरीर की तैयारी और आत्मा का आगमन, आत्मा का उतरना।

आत्मा के संबंध में आने वाले दिन बहुत खतरनाक और अंधकारपूर्ण होने वाले हैं, क्योंकि विज्ञान की प्रत्येक घोषणा आदमी को यह विश्वास दिला देगी कि आत्मा नहीं है। इससे आत्मा असिद्ध नहीं होगी, इससे सिर्फ आदमी के भीतर जाने का जो संकल्प था, वह क्षीण होगा। अगर आदमी को यह समझ में आने लगे कि ठीक है, उम्र बढ़ गई, बच्चे टेस्ट-टयूब में पैदा होने लगे, अब कहां है आत्मा? इससे आत्मा असिद्ध नहीं होगी, इससे सिर्फ आदमी का जो प्रयास चलता था अंतस की खोज का, वह बंद हो जाएगा। और यह बहुत दुर्भाग्य की घटना घटने वाली है, जो आने वाले पचास वर्षों में घटेगी। इधर पिछले पचास वर्षों में उसकी भूमिका तैयार हो गई है।

दुनिया में आज तक पृथ्वी पर दीन लोग रहे हैं, दरिद्र लोग रहे हैं, दुखी लोग रहे हैं, बीमार लोग रहे हैं, उनकी उम्र कम थी, उनके पास भोजन न था अच्छा, कपड़े न थे अच्छे। लेकिन आत्मा की दृष्टि से दरिद्र लोगों की संख्या जितनी आज है, उतनी कभी भी नहीं थी। और उसका कुल एक ही कारण है कि भीतर कुछ है ही नहीं, तो भीतर जाने का सवाल क्या है। एक बार अगर मनुष्य-जाति को यह विश्वास आ गया कि भीतर कुछ है ही नहीं, तो वहां जाने का सवाल खतम हो जाता है।

आने वाला भविष्य अत्यंत अंधकारपूर्ण और खतरनाक हो सकता है। इसलिए हर कोने से इस संबंध में प्रयोग चलते रहने चाहिए कि ऐसे कुछ लोग खड़े होकर घोषणा करते रहें—सिर्फ

शब्दों की और सिद्धांतों की नहीं, गीता, कुरान और बाइबिल की पुनरुक्ति की नहीं, बल्कि घोषणा कर सकें जीवंत—कि मैं जानता हूं कि मैं शरीर नहीं हूं। और न केवल यह घोषणा शब्दों की हो, यह उनके सारे जीवन से प्रकट होती रहे, तो शायद हम मनुष्य को बचाने में सफल हो सकते हैं। अन्यथा विज्ञान की सारी की सारी विकसित अवस्था मनुष्य को भी एक यंत्र में परिणत कर देगी। और जिस दिन मनुष्य-जाति को यह खयाल आ जाएगा कि भीतर कुछ भी नहीं है, उस दिन से शायद भीतर के सारे द्वार बंद हो जाएंगे। और उसके बाद क्या होगा, कहना कठिन है।

आज तक भी अधिक लोगों के भीतर के द्वार बंद रहे हैं, लेकिन कभी-कभी कोई एक साहसी व्यक्ति भीतर की दीवालें तोड़ कर घुस जाता है। कभी कोई एक महावीर, कभी कोई एक बुद्ध, कभी कोई एक क्राइस्ट, कभी कोई एक लाओत्से तोड़ देता है दीवाल और भीतर घुस जाता है। उसकी संभावना भी रोज-रोज कम होती जा रही है। हो सकता है, सौ दौ सौ वर्षों के बाद, जैसा मैंने आपसे कहा कि मैं कहता हूं, जीवन है, मृत्यु नहीं है; सौ दो सौ वर्षों बाद मनुष्य कहे कि मृत्यु है, जीवन नहीं है। इसकी तैयारी तो पूरी हो गई है। इसको कहने वाले लोग तो खड़े हो गये हैं। आखिर मार्क्स क्या कह रहा है! मार्क्स यह कह रहा है कि मैटर है, माइंड नहीं है। मार्क्स यह कह रहा है कि पदार्थ है, परमात्मा नहीं है। और जो तुम्हें परमात्मा मालूम होता है वह भी बाई-प्रोडक्ट है मैटर का। वह भी पदार्थ की ही उत्पत्ति है, वह भी पदार्थ से ही पैदा हुआ है। मार्क्स यह कह रहा है कि जीवन नहीं है, मृत्यु है। क्योंकि अगर आत्मा नहीं है और पदार्थ ही है तो फिर जीवन नहीं है, मृत्यु ही है।

मार्क्स की इस बात का प्रभाव बढ़ता चला गया है, यह शायद आपको पता नहीं होगा। दुनिया में ऐसे लोग रहे हैं हमेशा, जिन्होंने आत्मा को इनकार किया है, लेकिन आत्मा को इनकार करने वालों का धर्म आज तक दुनिया में पैदा नहीं हुआ था। मार्क्स ने पहली दफा आत्मा को इनकार करने वाले लोगों का धर्म पैदा कर दिया है। नास्तिकों का अब तक कोई आर्गनाइजेशन नहीं था। चार्वाक थे, बृहस्पति थे, एपीकुरस था। दुनिया में अदभुत लोग हुए जिन्होंने यह कहा कि नहीं है आत्मा, लेकिन उनका कोई आर्गनाइजेशन, उनका कोई चर्च, उनका कोई संगठन नहीं था। मार्क्स दुनिया में पहला नास्तिक है जिसके पास आर्गनाइज्ड चर्च है और आधी दुनिया उसके चर्च के भीतर खड़ी हो गई है। और आने वाले पचास वर्षों में बाकी आधी दुनिया भी खड़ी हो जाएगी।

आत्मा तो है, लेकिन उसको जानने और पहचानने के सारे द्वार बंद होते जा रहे हैं। जीवन तो है, लेकिन उस जीवन से संबंधित होने की सारी संभावनाएं क्षीण होती जा रही हैं। इसके पहले कि सारे द्वार बंद हो जाएं, जिनमें थोड़ी भी सामर्थ्य और साहस है, उन्हें अपने ऊपर प्रयोग करना चाहिए और चेष्टा करनी चाहिए भीतर जाने की, ताकि वे अनुभव कर सकें। और अगर दुनिया में सौ दो सौ लोग भी भीतर की ज्योति को अनुभव करते हों, तो कोई खतरा नहीं है। करोड़ों लोगों के भीतर का अंधकार भी थोड़े से लोगों की जीवन-ज्योति से दूर हो सकता है और टूट सकता है। एक छोटा-सा दीया और न मालूम कितने अंधकार को तोड़ देता है।

अगर एक गांव में एक आदमी भी है, जो जानता है कि आत्मा अमर है, तो उस गांव का पूरा वातावरण, उस गांव की पूरी की पूरी हवा, उस गांव की पूरी की पूरी जिंदगी बदल जाएगी। एक छोटा-सा फूल खिलता है और दूर-दूर के रास्तों पर उसकी सुगंध फैल जाती है। एक आदमी भी अगर इस बात को जानता है कि आत्मा अमर है, तो उस एक आदमी का एक गांव में होना पूरे गांव की आत्मा की शुद्धि का कारण बन सकता है।

लेकिन हमारे मुल्क में तो कितने साधु हैं और कितने चिल्लाने और शोरगुल मचानेवाले

लोग हैं कि आत्मा अमर है। और उनकी इतनी लंबी कतार, इतनी भीड़ और मुल्क का यह नैतिक चरित्र और मुल्क का यह पतन! यह साबित करता है कि यह सब धोखेबाज धंधा है। यहां कहीं कोई आत्मा-वात्मा को जानने वाला नहीं है। यह इतनी भीड़, इतनी कतार, इतनी मिलिटरी, यह इतना बड़ा सर्कस साधुओं का सारे मुल्क में—कोई मुंह पर पट्टी बांधे हुए एक तरह का सर्कस कर रहे हैं, कोई डंडा लिये हुए दूसरे तरह का सर्कस कर रहे हैं, कोई तीसरे तरह का सर्कस कर रहे हैं—यह इतनी बड़ी भीड़ आत्मा को जानने वाले लोगों की हो और मुल्क का जीवन इतना नीचे गिरता चला जाए, यह असंभव है।

और मैं आपको कहना चाहता हूं कि जो लोग कहते हैं कि आम आदमी ने दुनिया का चरित्र बिगाड़ा है, वे गलत कहते हैं। आम आदमी हमेशा ऐसा रहा है। दुनिया का चरित्र ऊंचा था, कुछ थोड़े से लोगों के आत्म-अनुभव की वजह से। आम आदमी हमेशा ऐसा था। आम आदमी में कोई फर्क नहीं पड़ गया है। आम आदमी के बीच कुछ लोग थे जीवंत, जो समाज और उसकी चेतना को सदा ऊपर उठाते रहे, सदा ऊपर खींचते रहे। उनकी मौजूदगी, उनकी प्रजेंस, कैटेलेटिक एजेंट का काम करती रही है और आदमी के जीवन को ऊपर खींचती रही है। और अगर आज दुनिया में आदमी का चरित्र इतना नीचा है, तो जिम्मेवार हैं साधु, जिम्मेवार हैं महात्मा, जिम्मेवार हैं धर्म की बातें करने वाले झूठे लोग। आम आदमी जिम्मेवार नहीं है। उसकी कभी कोई रिस्पांसबिलिटी नहीं है। पहले भी नहीं थी, आज भी नहीं है।

अगर दुनिया को बदलना हो, तो इस बकवास को छोड़ दें कि हम एक-एक आदमी का चरित्र सुधारेंगे, कि हम एक-एक आदमी को नैतिक शिक्षा का पाठ देंगे। अगर दुनिया को बदलना चाहते हैं, तो कुछ थोड़े से लोगों को अत्यंत इंटेंस इनर एक्सपेरिमेंट में से गुजरना पड़ेगा। जो लोग बहुत भीतरी प्रयोग से गुजरने को राजी हैं। ज्यादा नहीं, सिर्फ एक मुल्क में सौ लोग आत्मा को जानने की स्थिति में पहुंच जाएं तो पूरे मुल्क का जीवन अपने आप ऊपर उठ जायेगा। सौ दीये जीवित और सारा मुल्क ऊपर उठ सकता है।

तो मैं तो राजी हो गया था इस बात पर बोलने के लिए सिर्फ इसलिए कि हो सकता है कि कोई हिम्मत का आदमी आ जाए, तो उसको मैं निमंत्रण दूंगा कि मेरी तैयारी है भीतर ले चलने की, तुम्हारी तैयारी हो तो आ जाओ। तो वहां बताया जा सकता है कि जीवन क्या है और मृत्यु क्या है।

मेरी बातों को इतने प्रेम और शांति से सुना, उसके लिए बहुत-बहुत अनुगृहीत हूं। और अंत में सबके भीतर बैठे परमात्मा को प्रणाम करता हूं, मेरे प्रणाम स्वीकार करें।

दूसरा प्रवचन

आध्यात्मिक विश्व आंदोलन—ताकि कुछ व्यक्ति प्रबुद्ध हो सकें

मेरे प्रिय आत्मन्!

कल संध्या की चर्चा में कुछ बातें मैंने कही हैं। उस संबंध में स्पष्टीकरण के लिए कुछ प्रश्न आए हैं। एक मित्र ने पूछा है कि यदि मां के पेट में पुरुष और स्त्री आत्मा के जन्मने के लिए अवसर पैदा करते हैं, तो इसका अर्थ यह हुआ कि आत्माएं अलग-अलग हैं और सर्वव्यापी आत्मा नहीं है। उन्होंने यह भी पूछा है कि मैंने तो बहुत बार कहा है कि एक ही सत्य है, एक ही परमात्मा है, एक ही आत्मा है, फिर ये दोनों बातें तो कंट्राडिक्टरी, विरोधी मालूम होती हैं।

ये दोनों बातें विरोधी नहीं हैं। परमात्मा तो एक ही है, आत्मा तो वस्तुतः एक ही है, लेकिन शरीर दो प्रकार के हैं। एक शरीर जिसे हम स्थूल शरीर कहते हैं, जो हमें दिखाई पड़ता है, एक शरीर जो सूक्ष्म शरीर है, जो हमें दिखाई नहीं पड़ता है। एक शरीर की जब मृत्यु होती है, तब स्थूल शरीर तो गिर जाता है, लेकिन जो सूक्ष्म शरीर है, वह जो सटल बाडी है, वह नहीं मरती है।

आत्मा दो शरीरों के भीतर वास कर रही है, एक सूक्ष्म शरीर और एक स्थूल शरीर। मृत्यु के समय स्थूल शरीर गिर जाता है। यह जो मिट्टी-पानी से बना हुआ शरीर है, यह जो हड्डी-मांस-मज्जा की देह है, यह गिर जाती है। फिर अत्यंत सूक्ष्म विचारों का, सूक्ष्म संवेदनाओं का, सूक्ष्म वायब्रेशंस का, सूक्ष्म तंतुओं का शरीर शेष रह जाता है।

वह तंतुओं से घिरा हुआ शरीर आत्मा के साथ फिर यात्रा शुरू करता है और फिर नए जन्म के लिए स्थूल शरीर में प्रवेश करता है। जब एक मां के पेट में नई आत्मा का प्रवेश होता है, तो उसका अर्थ है सूक्ष्म शरीर का प्रवेश।

मृत्यु के समय सिर्फ स्थूल शरीर गिरता है, सूक्ष्म शरीर नहीं। लेकिन परम मृत्यु के समय—जिसे हम मोक्ष कहते हैं—उस परम मृत्यु के समय स्थूल शरीर के साथ ही सूक्ष्म शरीर भी गिर जाता है। फिर आत्मा का कोई जन्म नहीं होता, फिर वह आत्मा विराट में लीन हो जाती है। वह जो विराट में लीनता है, वह एक ही है। जैसे एक बूंद सागर में गिर जाती है।

तीन बातें समझ लेनी जरूरी हैं। आत्मा का तत्व एक है। उस आत्मा के तत्व के संबंध में आकर दो तरह के शरीर सक्रिय होते हैं—एक स्थूल शरीर और एक सूक्ष्म शरीर। स्थूल शरीर से हम परिचित हैं, सूक्ष्म शरीर से योगी परिचित होता है। और योग के भी जो ऊपर उठ जाते हैं, वे उससे परिचित होते हैं जो आत्मा है।

सामान्य आंखें देख पाती हैं स्थूल शरीर को। योग-दृष्टि, ध्यान देख पाता है सूक्ष्म शरीर को। लेकिन ध्यानातीत, बियांड योग, सूक्ष्म के भी पार, उसके भी आगे जो शेष रह जाता है, उसका तो समाधि में अनुभव होता है। ध्यान से भी जब व्यक्ति ऊपर उठ जाता है, तो समाधि फलित होती है। और उस समाधि में जो अनुभव होता है, वह परमात्मा का अनुभव है।

साधारण मनुष्य का अनुभव शरीर का अनुभव है, साधारण योगी का अनुभव सूक्ष्म शरीर का अनुभव है, परम योगी का अनुभव परमात्मा का अनुभव है। परमात्मा एक है, सूक्ष्म शरीर अनंत हैं, स्थूल शरीर अनंत हैं। वह जो सूक्ष्म शरीर है, वह है कॉजल बाडी। वह जो सूक्ष्म शरीर है, वही नए स्थूल शरीर ग्रहण करता है। हम यहां देख रहे हैं कि बहुत से बल्ब जले हुए हैं। विद्युत तो एक है, विद्युत बहुत नहीं है। वह ऊर्जा, वह शक्ति, वह इनर्जी एक है, लेकिन दो अलग बल्बों से वह प्रकट हो रही है। बल्ब का शरीर अलग-अलग है, उसकी आत्मा एक है। हमारे भीतर से जो चेतना झांक रही है, वह चेतना एक है। लेकिन उस चेतना के झांकने में दो उपकरणों का, दो वेहिकल्स का प्रयोग किया गया है। एक सूक्ष्म उपकरण है, सूक्ष्म देह; और दूसरा उपकरण है, स्थूल देह।

हमारा अनुभव स्थूल देह तक ही रुक जाता है। यह जो स्थूल देह तक रुक गया अनुभव है, यही मनुष्य के जीवन का सारा अंधकार और दुख है। लेकिन कुछ लोग सूक्ष्म शरीर पर भी रुक सकते हैं। जो लोग सूक्ष्म शरीरों पर रुक जाते हैं, वे ऐसा कहेंगे कि आत्माएं अनंत हैं। लेकिन जो सूक्ष्म शरीर के भी आगे चले जाते हैं, वे कहेंगे, परमात्मा एक है, आत्मा एक है, ब्रह्म एक है।

मेरी इन दोनों बातों में कोई विरोध नहीं है। मैंने जो आत्मा के प्रवेश के लिए कहा, उसका अर्थ है वह आत्मा जिसका अभी सूक्ष्म शरीर गिर नहीं गया है। इसलिए हम कहते हैं कि जो आत्मा परम मुक्ति को उपलब्ध हो जाती है, उसका जन्म-मरण बंद हो जाता है। आत्मा का तो कोई जन्म-मरण है ही नहीं, वह तो न कभी जन्मी है और न कभी मरेगी। वह जो सूक्ष्म शरीर है, वह भी समाप्त हो जाने पर कोई जन्म-मरण नहीं रह जाता है। क्योंकि सूक्ष्म शरीर ही कारण बनता है नए जन्मों का।

सूक्ष्म शरीर का अर्थ है, हमारे विचार, हमारी कामनाएं, हमारी वासनाएं, हमारी इच्छाएं, हमारे अनुभव, हमारा ज्ञान, इन सबका जो संग्रहीभूत, जो इंटिग्रेटेड सीड है, इन सबका जो बीज ह
वह हमारा सूक्ष्म शरीर है। वही हमें आगे की यात्राओं पर ले जाता है। लेकिन जिस मनुष्य के सारे विचार नष्ट हो गए, जिस मनुष्य की सारी वासनाएं क्षीण हो गईं, जिस मनुष्य की सारी इच्छाएं विलीन हो गईं, जिसके भीतर अब कोई भी इच्छा शेष न रही, उस मनुष्य को जाने के लिए कोई जगह नहीं बचती, जाने का कोई कारण नहीं रह जाता। जन्म की कोई वजह नहीं रह जाती।

रामकृष्ण के जीवन में एक अदभुत घटना है। रामकृष्ण को जो लोग बहुत निकट से जानते थे, उन सबको यह बात जानकर अत्यंत कठिनाई होती थी कि रामकृष्ण जैसा परमहंस, रामकृष्ण जैसा समाधिस्थ व्यक्ति भोजन के संबंध में बहुत लोलुप था। रामकृष्ण भोजन के लिए बहुत आतुर होते थे और भोजन के लिए इतनी प्रतीक्षा करते थे कि कई बार उठकर चौके में पहुंच जाते और पूछते शारदा को, बहुत देर हो गई, क्या बन रहा है आज? ब्रह्म की चर्चा चलती और बीच में ब्रह्म-चर्चा छोड़कर पहुंच जाते किचन में और पूछने लगते, क्या बना है आज? और खोजने लगते। शारदा ने भी उन्हें कहा कि आप क्या करते हैं ऐसा? लोग क्या सोचते होंगे कि ब्रह्म की चर्चा छोड़कर एकदम अन्न की चर्चा पर आप उतर आते हैं! रामकृष्ण हंसते और चुप रह जाते। उनके शिष्यों ने भी उन्हें बहुत बार कहा कि इससे बहुत बदनामी होती है। लोग कहते हैं कि ऐसा व्यक्ति क्या ज्ञान को उपलब्ध हुआ होगा, जिसकी अभी रसना, जिसकी अभी जीभ इतनी लालायित होती है भोजन के लिए!

एक दिन शारदा ने—रामकृष्ण की पत्नी ने—बहुत कुछ भला-बुरा कहा तो रामकृष्ण ने कहा कि पागल, तुझे पता नहीं, जिस दिन मैं भोजन के प्रति अरुचि प्रकट करूं, तू समझ लेना कि अब मेरे जीवन की यात्रा केवल तीन दिन और शेष रह गई। बस तीन दिन से ज्यादा फिर मैं जीऊंगा नहीं। जिस दिन भोजन के प्रति मेरी उपेक्षा हो, तू समझ लेना कि तीन दिन बाद मेरी मौत आ गई है। शारदा कहने लगी, इसका अर्थ? रामकृष्ण कहने लगे, मेरी सारी वासनाएं क्षीण हो गई हैं, मेरी सारी इच्छाएं विलीन हो गई हैं, मेरे सारे विचार नष्ट हो गए हैं, लेकिन जगत के हित के लिए मैं रुका रहना चाहता हूं। मैं एक वासना को जबर्दस्ती पकड़े हुए हूं, जैसे किसी नाव की सारी जंजीरें खुल गई हों और एक जंजीर से नाव अटकी रह गई हो; और एक जंजीर और छूट जाए तो नाव अपनी अनंत यात्रा पर निकल जाएगी। मैं चेष्टा करके रुका हुआ हूं।

उस दिन किसी की समझ में शायद यह बात नहीं आई। लेकिन रामकृष्ण की मृत्यु के तीन

दिन पहले शारदा थाली लगाकर रामकृष्ण के कमरे में गई। वे बैठे हुए देख रहे थे। उन्होंने थाली देखकर आंखें बंद कर लीं, लेट गए, और पीठ कर ली शारदा की तरफ। उसे एकदम से खयाल आया कि उन्होंने कहा था कि तीन दिन बाद मौत हो जाएगी, जिस दिन भोजन के प्रति अरुचि प्रकट करूं। उसके हाथ से थाली झन्नाकर नीचे गिर पड़ी, वह छाती पीट कर रोने लगी। रामकृष्ण ने कहा, रोओ मत! तुम जो कहती थीं वह बात भी अब पूरी हो गई। ठीक तीन दिन बाद रामकृष्ण की मृत्यु हो गई। एक छोटी-सी वासना को प्रयास करके वे रोके हुए थे। उतनी छोटी-सी वासना जीवन-यात्रा का आधार बनी थी, वह वासना भी चली गई तो जीवन-यात्रा का सारा आधार समाप्त हो गया।

जिन्हें हम तीर्थंकर कहते हैं, जिन्हें हम बुद्ध कहते हैं, जिन्हें हम ईश्वर के पुत्र कहते हैं, जिन्हें हम अवतार कहते हैं, उनकी भी एक ही वासना शेष रह गई होती है। और उस वासना को वे शेष रखना चाहते हैं करुणा के हित, सर्वमंगल के हित, सर्व लोक के हित। जिस दिन वह वासना भी क्षीण हो जाती है, उसी दिन जीवन की यह यात्रा समाप्त और अनंत की अंतहीन यात्रा शुरू हो जाती है। उसके बाद जन्म नहीं है, उसके बाद मरण नहीं है, उसके बाद...उसके बाद न एक है, न अनेक है। उसके बाद तो जो शेष रह जाता है, उसे संख्या में गिनने का कोई उपाय नहीं है।

इसलिए जो जानते हैं, वे यह भी नहीं कहते हैं कि ब्रह्म एक है, परमात्मा एक है। क्योंकि एक कहना व्यर्थ है जब कि दो की गिनती न बनती हो। एक कहने का कोई अर्थ नहीं, जब कि दो और तीन न कहे जा सकते हों। एक कहना तभी तक सार्थक है जब तक कि दो तीन चार भी सार्थक होते हैं। संख्याओं के बीच ही एक की सार्थकता है। इसलिए जो जानते हैं, वे यह भी नहीं कहते कि ब्रह्म एक है, वे कहते हैं, ब्रह्म अद्वैत, नानडुअल है, दो नहीं है। बहुत अदभुत बात कहते हैं। वे कहते हैं, परमात्मा दो नहीं है। वे यह कहते हैं कि परमात्मा को संख्या में गिनने का उपाय नहीं है, एक कहकर भी हम संख्या में गिनने की कोशिश करते हैं, वह गलत है। लेकिन उस तक पहुंचना तो दूर, अभी तो हम स्थूल शरीर पर खड़े हैं, उस शरीर पर, जो अनंत है, अनेक है। उस शरीर के भीतर हम प्रवेश करेंगे, तो एक और शरीर उपलब्ध होगा, सूक्ष्म शरीर। उस शरीर को भी पार करेंगे, तो वह उपलब्ध होगा, जो शरीर नहीं है, अशरीर है, जो आत्मा है।

मैंने जो कल कहा, उसमें जरा भी विरोध नहीं है, उसमें कोई विरोधाभास नहीं है।

एक और मित्र ने पूछा है, आत्मा शरीर के बाहर चली जाए, तो क्या दूसरे मृत शरीर में भी प्रवेश कर सकती है?

कर सकती है। लेकिन दूसरे मृत शरीर में प्रवेश करने का कोई अर्थ और प्रयोजन नहीं रह जाता। क्योंकि दूसरा शरीर इसीलिए मृत हुआ है कि उस शरीर में रहने वाली आत्मा अब उस शरीर में रहने में असमर्थ हो गई थी। वह शरीर व्यर्थ हो गया था, इसीलिए छोड़ा गया है। कोई प्रयोजन नहीं है उस शरीर में प्रवेश का। लेकिन इस बात की संभावना है कि दूसरे शरीर में प्रवेश किया जा सके।

लेकिन यह प्रश्न पूछना मूल्यवान नहीं है कि हम दूसरे के शरीर में कैसे प्रवेश करें, अपने ही शरीर में हम कैसे बैठे हुए हैं, इसका भी हमें कोई पता नहीं। हम दूसरे के शरीर में प्रवेश करने की व्यर्थ का बातों पर विचार करने से क्या फायदा उठा सकते हैं? हम अपने ही शरीर में कैसे प्रविष्ट हो गए हैं, इसका भी हमें कोई पता नहीं। हम अपने ही शरीर में कैसे जी रहे हैं, इसका भी कोई पता नहीं। हम अपने ही शरीर से पृथक होकर अपने को देख सकें, इसका भी कोई अनुभव नहीं। दूसरे के शरीर में प्रवेश का प्रयोजन भी नहीं है।

लेकिन वैज्ञानिक रूप से यह कहा जा सकता है कि दूसरे के शरीर में प्रवेश संभव है। क्योंकि शरीर न दूसरे का है, न अपना है। सब शरीर दूसरे हैं। जब मां के पेट में एक आत्मा प्रविष्ट होती है, तब भी वह शरीर में ही प्रवेश हो रही है। बहुत छोटे शरीर में प्रवेश हो रही है, एटामिक बाडी में प्रवेश हो रही है, लेकिन शरीर तो है।

वह जो पहले दिन अणु बनता है मां के पेट में, वह अणु आपके पूरे शरीर की रूपाकृति अपने में छिपाए हुए है। पचास साल बाद आपके बाल सफेद हो जाएंगे, यह संभावना भी उस छोटे-से बीज में छिपी हुई है। आपकी आंख का रंग कैसा होगा, यह संभावना भी उस बीज में छिपी हुई है। आपके हाथ कितने लंबे होंगे, आप स्वस्थ होंगे कि बीमार, आप गोरे होंगे कि काले, कि बाल घुंघराले होंगे, ये सारी बातें उस छोटे-से बीज में पोटेंशियली छिपी हुई हैं। वह छोटी देह है, एटामिक बाडी है, अणु शरीर है, उस अणु शरीर में आत्मा प्रविष्ट होती है। उस अणु शरीर की जो संरचना है, उस अणु शरीर की जो स्थिति है, जो सिचुएशन है, उसके अनुकूल आत्मा उसमें प्रविष्ट होती है।

और दुनिया में जो मनुष्य-जाति का जीवन और चेतना रोज नीचे गिरती जा रही है, उसका एक मात्र कारण है कि दुनिया के दंपति श्रेष्ठ आत्माओं के जन्म लेने की सुविधा पैदा नहीं कर रहे हैं। जो सुविधा पैदा की जा रही है, वह अत्यंत निकृष्ट आत्माओं के पैदा होने की सुविधा है। आदमी के मर जाने के बाद जरूरी नहीं है कि उस आत्मा को जल्दी ही जन्म लेने का अवसर मिल जाए। साधारण आत्माएं जो न बहुत श्रेष्ठ होती हैं, न बहुत निकृष्ट होती हैं, तेरह दिन के भीतर नए शरीर की खोज कर लेती हैं। लेकिन बहुत निकृष्ट आत्माएं भी रुक जाती हैं, क्योंकि उतना निकृष्ट अवसर मिलना मुश्किल होता है। उन निकृष्ट आत्माओं को ही हम प्रेत और भूत कहते हैं। बहुत श्रेष्ठ आत्माएं भी रुक जाती हैं, क्योंकि उतने श्रेष्ठ अवसर का उपलब्ध होना मुश्किल होता है। उन श्रेष्ठ आत्माओं को ही हम देवता कहते हैं।

पहली पुरानी दुनिया में भूत-प्रेतों की संख्या बहुत ज्यादा थी और देवताओं की संख्या बहुत कम। आज की दुनिया में भूत-प्रेतों की संख्या बहुत कम हो गई है और देवताओं की संख्या बहुत। क्योंकि देव पुरुषों को पैदा होने का अवसर कम हो गया है, भूत-प्रेतों को पैदा होने का अवसर बहुत तीव्रता से उपलब्ध हुआ है। तो जो भूत-प्रेत रुके रह जाते थे मनुष्य के भीतर प्रवेश करने से, वे सारे के सारे मनुष्य-जाति में प्रविष्ट हो गए हैं। इसीलिए आज भूत-प्रेतों का दर्शन मुश्किल हो गया है, क्योंकि उसके दर्शन की कोई जरूरत नहीं। आप आदमी को ही देख लें और उसके दर्शन हो जाते हैं। और देवता पर हमारा विश्वास कम हो गया है, क्योंकि देव पुरुष ही जब दिखाई न पड़ते हों, तो देवता पर विश्वास करना बहुत कठिन है।

एक जमाना था कि देवता उतनी ही वास्तविकता थी, उतनी ही एक्चुअलटी थी जितना कि हमारे जीवन के और दूसरे सत्य हैं। अगर हम वेद के ऋषियों को पढ़ें, तो ऐसा नहीं मालूम पड़ता कि वे देवताओं के संबंध में जो बात कह रहे हैं, वह किसी कल्पना के देवता के संबंध में बात कह रहे हों। नहीं, वे ऐसे देवता की बात कर रहे हैं जो उनके साथ गीत गाता है, हंसता है, बात करता है। वे ऐसे देवता की बात कर रहे हैं जो जैसे पृथ्वी पर चलता है, उनके अत्यंत निकट है। हमारा देव लोक से सारा संबंध विनष्ट हुआ है, क्योंकि हमारे बीच ऐसे पुरुष नहीं जो सेतु बन सकें, जो ब्रिज बन सकें, जो देवताओं और मनुष्यों के बीच में खड़े होकर घोषणा कर सकें कि देवता कैसे होते हैं। और इसका सारा जिम्मा मनुष्य-जाति के दांपत्य की जो व्यवस्था है, उस पर निर्भर है। मनुष्य-जाति की दांपत्य की सारी की सारी व्यवस्था कुरूप, अग्ली और परवर्टेड है।

पहली तो बात यह है कि हमने हजारों साल से प्रेमपूर्ण विवाह बंद कर दिये हैं और विवाह हम बिना प्रेम के कर रहे हैं। जो विवाह बिना प्रेम के होगा, उस दंपति के बीच कभी भी वह आध्यात्मिक संबंध उत्पन्न नहीं होता जो प्रेम से संभव था। उन दोनों के बीच कभी भी वह हार्मनी, कभी भी वह एकरूपता और संगीत पैदा नहीं होता, जो एक श्रेष्ठ आत्मा के जन्म के लिए जरूरी है। उनका प्रेम केवल साथ रहने की वजह से पैदा हो गया साहचर्य होता है। उनके प्रेम में वह आत्मा का आंदोलन नहीं होता, जो दो प्राणों को एक कर देता है। प्रेम के बिना जो बच्चे पैदा होते हैं पृथ्वी पर, वे बच्चे प्रेमपूर्ण नहीं हो सकते, वे देवता जैसे नहीं हो सकते। उनकी स्थिति भूत-प्रेत जैसी ही होगी, उनका जीवन घृणा, क्रोध और हिंसा का ही जीवन होगा। जरा सी बात फर्क पैदा करती है। अगर व्यक्तित्व की बुनियादी हार्मनी, अगर व्यक्तित्व की बुनियादी लयबद्धता नहीं है तो अदभुत परिवर्तन होते हैं।

शायद आपको पता न होगा, स्त्रियां पुरुषों से ज्यादा सुंदर क्यों दिखाई पड़ती हैं। शायद आपको खयाल न होगा, स्त्री के व्यक्तित्व में एक राउंडनेस, एक सुडौलता क्यों दिखाई पड़ती है। वह पुरुष के व्यक्तित्व में क्यों नहीं दिखाई पड़ती? शायद आपको खयाल में न होगा कि स्त्री के व्यक्तित्व में एक संगीत, एक नृत्य, एक इनर डांस, एक भीतरी नृत्य क्यों दिखाई पड़ता है, जो पुरुष में दिखाई नहीं पड़ता। एक छोटा-सा कारण है, बहुत बड़ा कारण नहीं है। एक छोटा-सा, इतना छोटा है कि आप कल्पना भी नहीं कर सकते। इतने छोटे से कारण पर व्यक्तित्व का इतना भेद पैदा हो जाता है।

मां के पेट में जो बच्चा, पहला अणु निर्मित होता है, उस पहले अणु में चौबीस जीवाणु पुरुष के होते हैं और चौबीस जीवाणु स्त्री के होते हैं। अगर चौबीस-चौबीस के दोनों जीवाणु मिलते हैं तो अड़तालीस जीवाणुओं का पहला सेल निर्मित होता है। अड़तालीस सेल से जो प्राण पैदा होता है, वह स्त्री का शरीर बन जाता है। उसके दोनों बाजू चौबीस-चौबीस सेल के होते हैं बैलेंस्ड, संतुलित। पुरुष का जो जीवाणु होता है, वह सैंतालिस जीवाणुओं का होता है। एक तरफ चौबीस होते हैं, एक तरफ तेईस। बस यह बैलेंस टूट गया वहीं से व्यक्तित्व का। संतुलन टूट गया, हार्मनी टूट गई। स्त्री के दोनों पलड़े व्यक्तित्व के बराबर संतुलन के हैं। उससे सारा स्त्री का सौंदर्य, उसकी सुडौलता, उसकी कला, उसके व्यक्तित्व का रस, उसके व्यक्तित्व का काव्य पैदा होता है।

और पुरुष के व्यक्तित्व में जरा सी कमी है। उसका एक तराजू चौबीस जीवाणुओं से बना हुआ है। मां से जो जीवाणु मिलता है, वह चौबीस का बना हुआ है और पुरुष से जो मिलता है, वह तेईस का बना हुआ है। पुरुष के जीवाणुओं में दो तरह के जीवाणु होते हैं, चौबीस कोष्ठधारी और तेईस कोष्ठधारी। तेईस कोष्ठधारी जीवाणु अगर मां के चौबीस कोष्ठधारी जीवाणु से मिलता है, तो पुरुष का जन्म होता है। इसलिए पुरुष में एक बेचैनी जीवन भर बनी रहती है, एक इंटेंस डिसकंटेंट बना रहता है। क्या करूं, क्या न करूं, एक चिंता, एक बेचैनी, यह कर लूं, वह कर लूं, यह कर लूं। पुरुष की जो बेचैनी है, वह एक छोटी-सी घटना से शुरू होती है और वह घटना है कि उसके एक पलड़े पर एक अणु कम है। उसका व्यक्तित्व का बैलेंस कम है। स्त्री का बैलेंस पूरा है, स्त्री की हार्मनी पूरी है, उसकी लयबद्धता पूरी है।

इतनी सी घटना इतना फर्क लाती है। हालांकि इससे स्त्री सुंदर तो हो सकी, लेकिन स्त्री विकासमान नहीं हो सकी। क्योंकि जिस व्यक्तित्व में समता है, वह विकास नहीं करता, वह ठहर जाता है। पुरुष का व्यक्तित्व विषम है। विषम होने के कारण वह दौड़ता है, विकास करता है। एवरेस्ट पर चढ़ता है, पहाड़ पार करता है, चांद पर जाएगा, तारों पर जाएगा, खोज-बीन करेगा,

सोचेगा- विचारेगा, ग्रंथ लिखेगा, धर्म-निर्माण करेगा। स्त्री यह कुछ भी नहीं करेगी। न वह एवरेस्ट पर जाएगी, न वह चांद-तारों पर जाएगी, न वह धर्मों की खोज करेगी, न ग्रंथ लिखेगी, न विज्ञान की शोध करेगी, वह कुछ भी नहीं करेगी। उसके व्यक्तित्व में एक संतुलन है, वह संतुलन उसे पार होने के लिए तीव्रता से नहीं भरता है।

पुरुष ने सारी सभ्यता विकसित की, एक छोटी सी बात के कारण कि उसमें एक अणु कम है, और स्त्री ने सारी सभ्यताएं विकसित नहीं की, उसमें एक अणु पूरा है। इतनी छोटी-सी घटना इतने व्यक्तित्व का भेद ला सकती है! मैं इसलिए यह कह रहा हूं कि यह तो बायलॉजिकली है, यह तो जीव-शास्त्र कहेगा कि इतना सा फर्क इतने भिन्न व्यक्तित्वों को जन्म दे देता है। और भी गहरे फर्क हैं, और इनर डिफरेंस हैं।

दो पुरुष और स्त्री के मिलने पर जिस बच्चे का जन्म होता है, वह उन दोनों व्यक्तियों में कितना गहरा प्रेम है, कितनी आध्यात्मिकता है, कितनी पवित्रता है, कितने प्रेयरफुल, कितने प्रार्थनापूर्ण हृदय से वे एक-दूसरे के पास आए हैं, इस पर निर्भर करेगा कि कितनी ऊंची आत्मा उनकी तरफ आकर्षित होती है। कितनी विराट आत्मा उनकी तरफ आकर्षित होती है, कितनी महान दिव्य चेतना उस घर को अपना अवसर बनाती है, यह इस पर निर्भर करेगा।

मनुष्य-जाति क्षीण और दीन और दरिद्र और दुखी होती चली जा रही है। उसके बहुत गहरे में कारण मनुष्य के दांपत्य का विकृत होना है। और जब तक हम मनुष्य के दांपत्य जीवन को सुकृत, सुसंस्कृत नहीं कर लेते, जब तक उसे हम स्प्रिचुलाइज नहीं कर लेते, तब तक हम मनुष्य के भविष्य को सुधार नहीं सकते हैं। और इस दुर्भाग्य में उन लोगों का भी हाथ है, जिन लोगों ने गृहस्थ जीवन की निंदा की है और संन्यासी जीवन का बहुत ज्यादा शोरगुल मचाया है। उनका हाथ है। क्योंकि एक बार जब गृहस्थ जीवन कंडेम्ड हो गया, निंदित हो गया, तो उस तरफ हमने विचार करना छोड़ दिया।

नहीं, मैं आपसे कहना चाहता हूं, संन्यास के रास्ते से बहुत थोड़े से लोग ही परमात्मा तक पहुंच सकते हैं। बहुत थोड़े से लोग, कुछ विशिष्ट तरह के लोग, कुछ अत्यंत भिन्न तरह के लोग, संन्यास के रास्ते से परमात्मा तक पहुंचते हैं। अधिकतम लोग गृहस्थ के रास्ते से और दांपत्य के रास्ते से ही परमात्मा तक पहुंचते हैं। और आश्चर्य की बात है यह कि गृहस्थ के मार्ग से पहुंच जाना अत्यंत सरल और सुलभ है, लेकिन उस तरफ कोई ध्यान नहीं दिया गया। आज तक का सारा धर्म संन्यासियों के अति प्रभाव से पीड़ित है। आज तक का पूरा धर्म गृहस्थ के लिए विकसित नहीं हो सका। और अगर गृहस्थ के लिए धर्म विकसित होता, तो हमने जन्म के पहले क्षण से विचार किया होता कि कैसी आत्मा को आमंत्रित करना है, कैसी आत्मा को पुकारना है, कैसी आत्मा को प्रवेश देना है जीवन में।

अगर धर्म की ठीक-ठीक शिक्षा हो सके और एक-एक व्यक्ति को अगर धर्म की दिशा में ठीक विचार, कल्पना और भावना दी जा सके, तो बीस वर्षों में आनेवाली मनुष्य की पीढ़ी को बिलकुल नया बनाया जा सकता है।

वह आदमी पापी है जो आदमी आने वाली आत्मा के लिए प्रेमपूर्ण निमंत्रण भेजे बिना भोग में उतरता है। वह आदमी अपराधी है, उसके बच्चे नाजायज हैं—चाहे उसने बच्चे विवाह के द्वारा पैदा किये हों—जिन बच्चों के लिए उसने अत्यंत प्रार्थना और पूजा से और परमात्मा को स्मरण करके नहीं बुलाया है। वह आदमी अपराधी है, सारी संततियों के सामने वह अपराधी रहेगा।

कौन हमारे भीतर प्रविष्ट होता है, इस पर निर्भर करता है सारा भविष्य। हम शिक्षा की फिक्र

करते हैं, हम वस्त्रों की फिक्र करते हैं, हम बच्चों के स्वास्थ्य की फिक्र करते हैं, लेकिन बच्चों की आत्मा की फिक्र हम बिलकुल ही छोड़ दिये हैं। इससे कभी भी कोई अच्छी मनुष्य-जाति पैदा नहीं हो सकती।

इसलिए यह बहुत फिक्र न करें कि दूसरे के शरीर में कैसे प्रवेश करें। इस बात की फिक्र करें कि आप इस शरीर में ही कैसे प्रवेश कर गए हैं।

इस संबंध में भी एक मित्र ने पूछा है कि क्या हम अपने अतीत जन्मों को जान सकते हैं?

निश्चित ही जान सकते हैं। लेकिन अभी तो आप इस जन्म को भी नहीं जानते हैं, अतीत के जन्मों को जानना तो फिर बहुत कठिन है। निश्चित ही मनुष्य जान सकता है अपने पिछले जन्मों को, क्योंकि जो भी एक बार चित्त पर स्मृति बन गई है, वह नष्ट नहीं होती। वह हमारे चित्त के गहरे तलों में, अनकांशस हिस्सों में सदा मौजूद रहती है। हम जो भी जानते हैं, उसे कभी नहीं भूलते हैं।

अगर मैं आपसे पूछूं कि उन्नीस सौ पचास में एक जनवरी को आपने क्या किया था? तो शायद आप कुछ भी नहीं बता सकेंगे। आप कहेंगे कि मुझे क्या याद है, मुझे कुछ भी याद नहीं। एक जनवरी उन्नीस सौ पचास, कुछ भी खयाल नहीं आता कि मैंने कुछ किया।

लेकिन अगर आपको सम्मोहित किया जा सके, हिप्नोटाइज किया जा सके—और सरलता से किया जा सकता है—और आपको बेहोश करके पूछा जाए कि एक जनवरी उन्नीस सौ पचास को आपने क्या किया? तो आप सुबह से सांझ तक का ब्यौरा इस तरह बता देंगे जैसे अभी वह एक जनवरी आपके सामने से गुजर रही है। आप यह भी बता देंगे कि एक जनवरी को सुबह जो मैंने चाय पी थी उसमें शक्कर थोड़ी कम थी। आप यह भी बता देंगे कि जिस आदमी ने मुझे चाय दी थी, उस आदमी के शरीर से पसीने की बदबू आ रही थी। आप इतनी छोटी बातें बता देंगे कि जो जूता मैं पहने हुआ था, वह मेरे पैर में काट रहा था।

सम्मोहित अवस्था में आपके भीतर की स्मृति को बाहर लाया जा सकता है। मैंने उस दिशा में बहुत-से प्रयोग किए हैं, इसलिए आपसे कहता हूं। और जिस मित्र को भी इच्छा हो अपने पिछले जन्मों में जाने की, उसे ले जाया जा सकता है। लेकिन पहले उसे इसी जन्म में पीछे लौटना पड़ेगा। इस जन्म की ही स्मृतियों में पीछे लौटना पड़ेगा। वहां तक पीछे लौटना पड़ेगा, जहां वह मां के पेट में कंसीव हुआ, गर्भ-धारण हुआ। और उसके बाद फिर दूसरे जन्मों की स्मृतियों में प्रवेश किया जा सकता है।

लेकिन ध्यान रहे, प्रकृति ने पिछले जन्मों को भुलाने की व्यवस्था अकारण नहीं की है। कारण बहुत महत्वपूर्ण हैं। और पिछले जन्म तो दूर हैं, अगर आपको एक महीने की भी सारी बातें याद रह जाएं, तो आप पागल हो जाएंगे। एक दिन की भी अगर सुबह से शाम तक की सारी बातें याद रह जाएं, तो आप जिंदा नहीं रह सकेंगे।

तो प्रकृति की सारी व्यवस्था यह है कि आपका मन कितने तनाव झेल सकता है, उतनी ही स्मृति आपके भीतर शेष रहने दी जाती है। शेष सब अंधेरे गर्त में डाल दी जाती है। जैसे घर में एक कबाड़-घर होता है पीछे। बेकार चीजें आप कबाड़-घर में डालकर दरवाजा बंद कर देते हैं, वैसे ही स्मृति का एक कलेक्टिव हाउस है, एक अनकांशस घर है, एक अचेतन घर है, जहां स्मृति में जो बेकार होता चला जाता है, जिसे चित्त में रखने की जरूरत नहीं है, वह सब संगृहीत होता रहता है। वहां जन्मों-जन्मों की स्मृतियां संगृहीत हैं। लेकिन अगर कोई आदमी अनजाने, बिना समझे हुए उस घर में प्रविष्ट हो जाए, तो तत्क्षण पागल हो जाएगा। इतनी ज्यादा हैं वे स्मृतियां।

एक महिला मेरे पास प्रयोग करती थी। उनको बहुत इच्छा थी कि वह पिछले जन्मों को जानें। मैंने उन्हें कहा कि यह हो सकता है, लेकिन आगे की जिम्मेवारी समझ लेनी चाहिए। क्योंकि हो सकता है पिछले जन्म को जानने से आप बहुत चिंतित और परेशान हो जाएं। उन्होंने कहा कि नहीं, मैं क्यों परेशान होऊंगी? पिछला जन्म तो हो चुका है, अब क्या फिक्र की बात! उन्होंने प्रयोग शुरू किया। वे एक कालेज में प्रोफेसर थीं, बुद्धिमान थीं, समझदार थीं, हिम्मतवर थीं। उन्होंने प्रयोग शुरू किया और जिस भांति मैंने कहा, उन्होंने गहरे से गहरे मेडीटेशन किये, गहरे से गहरा ध्यान किया। धीरे-धीरे स्मृति के नीचे की पर्तों को उघाड़ना शुरू किया। और एक दिन, जिस दिन पहली बार उन्हें पिछले जन्म में प्रवेश मिला, वह भागती हुई आईं, उनके हाथ-पैर कंप रहे थे, आंख से आंसू बह रहे थे, वे एकदम छाती पीट-पीटकर रोने लगीं और कहने लगीं कि मैं भूलना चाहती हूं उस बात को जो मुझे याद आ गयी। मैं उस पिछले जन्म में अब आगे नहीं जाना चाहती। मैंने कहा कि अब मुश्किल है, जो याद आ गयी उसे भूलने में फिर बहुत वक्त लग जाएगा। लेकिन इतनी घबड़ाहट क्या है? उन्होंने कहा कि नहीं, नहीं, पूछिये ही मत! मैं तो सोचती थी कि मैं बहुत पवित्र हूं, बहुत सचरित्र हूं, लेकिन पिछले जन्म में एक मंदिर में वेश्या थी दक्षिण के। मैं देवदासी थी। और मैंने हजारों पुरुषों के साथ संभोग किया और मैंने अपने शरीर को बेचा। नहीं, मैं उसे भूलना चाहती हूं, मैं उसे एक क्षण भी याद नहीं रखना चाहती हूं। मैंने कहा कि अब यह इतना आसान नहीं है। याद करना बहुत आसान है, भूलना बहुत मुश्किल है।

पिछले जन्म में जाया जा सकता है। और जिसकी भी मर्जी हो, उसके रास्ते हैं, मेथडोलाजी है। महावीर और बुद्ध दोनों मनुष्यों ने मनुष्य-जाति को जो बड़े से बड़ा दान दिया है, वह उनकी अहिंसा-वहिंसा का सिद्धांत नहीं है। वह सबसे बड़ा दान है, जाति-स्मरण का सिद्धांत। वह है, पिछले जन्मों की स्मृति में उतरने की कला। महावीर और बुद्ध दोनों ही पहले आदमी हैं पृथ्वी पर, जिन्होंने प्रत्येक साधक के लिए यह कहा कि तब तक तुम आत्मा से परिचित नहीं हो सकोगे, जब तक तुम पिछले जन्मों में नहीं उतरते हो। और उन्होंने प्रत्येक साधक को पिछले जन्म में ले जाने की फिक्र की।

और एक बार कोई आदमी अपने पिछले जन्मों की स्मृतियों में जाने की हिम्मत जुटा ले, वह दूसरा आदमी हो जाएगा। क्योंकि उसे पता चलेगा कि जिन बातों को मैं हजारों बार कर चुका हूं, उन्हीं को फिर कर रहा हूं। कैसा पागल हूं! कितनी बार मैंने संपत्ति इकट्ठी की है, कितनी बार मैंने करोड़ों के अंबार लगा दिए, कितनी बार मैंने महल खड़े किए, कितनी बार इज्जत, शान और पद और कितनी बार दिल्ली के सिंहासनों की यात्रा कर ली है। कितनी बार, कितनी अनंत बार किया! और फिर मैं वही कर रहा हूं। और हर बार वह यात्रा असफल हो गई है, वह यात्रा इस बार भी असफल हो जाएगी। तत्क्षण उसकी संपत्ति की दौड़ बंद हो जाएगी, तत्क्षण उसके पदों का मोह नष्ट हो जाएगा। वह आदमी जानेगा कि मैंने हजारों-हजारों वर्षों में कितनी स्त्रियां भोगीं, स्त्री जानेगी कि मैंने हजारों-हजारों वर्षों में कितने पुरुष भोगे, और न किसी पुरुष से तृप्ति मिली और न किसी स्त्री से तृप्ति मिली! और अब भी मैं यही सोच रहा हूं कि इस स्त्री को भोगूं, उस स्त्री को भोगूं, इस पुरुष को भोगूं, उस पुरुष को भोगूं। यह करोड़ बार हो चुका है।

एक बार स्मरण आ जाए इसका, तो फिर यह दोबारा नहीं हो सकता। क्योंकि इतनी बार जब हम कर चुके हों और कोई फल न पाया हो, तो फिर आगे उस दोहराए जाने का कोई उपाय नहीं है, कोई अर्थ नहीं है। बुद्ध और महावीर दोनों ने जाति-स्मरण के गहरे प्रयोग किए, स्मृति के, अतीत जन्मों की स्मृति के। और जो साधक एक बार उस स्मृति से गुजर गया, वह आदमी दूसरा हो गया,

ट्रांसफार्म हो गया, बदल गया।

जिन मित्र ने पूछा है, मैं उनको जरूर कहूंगा कि अगर उनकी इच्छा हो तो उन्हें पिछली स्मृति में ले जाया जा सकता है। लेकिन बहुत सोच-समझकर ही उस प्रयोग में जाया जा सकता है। इस जिंदगी की चिंताएं ही काफी हैं, इस जिंदगी की परेशानियां ही बहुत हैं। इस जिंदगी को भूलने के लिए आदमी शराब पीता है, सिनेमा देखता है, ताश खेलता है, जुआ खेलता है। इस जिंदगी को भी भूलने के लिए, दिन भर को भूलने के लिए रात शराब पी लेता है। जो आदमी आज के दिन भर को याद नहीं रख सकता, इतना साहस नहीं है कि जिंदगी को फेस कर ले, वह आदमी कैसे पिछले जन्मों को याद करने की हिम्मत जुटा पाएगा?

यह जानकर आपको हैरानी होगी कि सारे धर्मों ने शराब का विरोध किया है। और ये साधारण, बिलकुल न समझने वाले नेतागण जो दुनिया को समझाते हैं कि शराब का इसलिए विरोध किया है कि उससे चरित्र नष्ट हो जाता है, कि उससे घर की संपत्ति नष्ट हो जाती है, कि आदमी लड़ने-झगड़ने लगता है, ये सब बेवकूफी की बातें हैं। धर्मों ने शराब का विरोध सिर्फ इसलिए किया है कि जो आदमी शराब पीता है, वह अपने को भुलाने का उपाय कर रहा है। और जो आदमी अपने को भुलाने का उपाय कर रहा है, वह अपनी आत्मा से कभी भी परिचित नहीं हो सकता। क्योंकि आत्मा से परिचित होने के लिए तो अपने को जानने का उपाय करना है। इसलिए शराब और समाधि दो विरोधी चीजें बन गईं। उनका इससे कोई मतलब नहीं है। क्योंकि सच तो यह है और यह बात बहुत समझ लेने जैसी है। आमतौर से लोग समझते हैं कि शराबी आदमी बुरा होता है। मैं शराबियों को भी जानता हूं और उनको भी जो शराब नहीं पीते हैं। मैंने आज तक हजारों अनुभव में यह पाया है कि शराब पीने वाला न पीने वाले से कई अर्थों में अच्छा होता है। मैंने शराब पीने वालों में जितनी दया और करुणा देखी, उतनी मैंने शराब न पीने वालों में नहीं देखी। मैंने शराब पीने वाले में जितनी विनम्रता देखी, जितनी ह्युमिलिटी, उतनी मैंने शराब नहीं पीने वाले में नहीं देखी। जितनी अकड़ मैंने देखी शराब न पीने वाले में, उतनी अकड़ शराब पीने वाले में दिखाई नहीं पड़ी।

लेकिन इन सारी बातों से नहीं किया है विरोध धर्म ने। और ये जो साधारण नेतागण समझाते फिरते हैं कि इसलिए विरोध किया है, इसलिए विरोध नहीं किया है। विरोध किया है इसलिए कि जो आदमी अपने को भूलने का उपाय करता है, वह आदमी अपने साहस को छोड़ रहा है याद करने के, रिमेंबरिंग के, स्मृति के। और जो आदमी इसी जन्म को भूलने की फिक्र में लगा है, वह पिछले जन्मों को याद कैसे कर सकेगा? और जो पिछले जन्मों को याद नहीं कर सकता, वह इस जन्म को बदलेगा कैसे?

फिर एक अंधा रिपीटीशन चलता रहेगा। जो हमने बार-बार किया है वही हम बार-बार करते चले जाएंगे। अंतहीन है यह प्रक्रिया और जब तक हमें स्मरण नहीं होगा, हम बार-बार जन्मेंगे और उन्हीं बेवकूफियों को बार-बार करेंगे, जिन्हें हमने बार-बार किया है। और इसका कोई अंत नहीं है। इस बोर्डम का, इस श्रृंखला का कोई अंत नहीं है। क्योंकि बार-बार हम फिर मर जाएंगे, फिर भूल जाएंगे, फिर वही शुरू हो जाएगा। एक सर्किल की तरह, कोल्हू के बैल की तरह हम घूमते रहेंगे। जिन लोगों ने इस जीवन को संसार कहा है... संसार का आप मतलब समझते हैं? संसार का मतलब है व्हील, एक घूमता हुआ चाक। जिसमें स्पोक जो हैं, आरे जो हैं, वे फिर ऊपर चले जाते हैं, फिर नीचे आ जाते हैं, फिर ऊपर चले जाते हैं, फिर नीचे आ जाते हैं।

वह जो हिंदुस्तान के राष्ट्रीय ध्वज पर व्हील बना हुआ है, वह पता नहीं हिंदुस्तान के सोचने-

समझने वालों ने किस वजह से वहां रख दिया। शायद उनको पता नहीं है, वे न मालूम क्या सोचते होंगे। अशोक ने उस चक्र को इसलिए खुदवाया था अपने स्तूपों पर, ताकि आदमी को पता रहे कि जिंदगी एक घूमता हुआ चाक है, कोल्हू का बैल है। उसमें हर चीज घूमकर फिर वहीं आ जाती है। फिर घूमनी शुरू हो जाती है। वह जो ह्वील है, संसार का प्रतीक है। वह ह्वील किसी विजय-यात्रा का प्रतीक नहीं है। वह जिंदगी के रोज-रोज हार जाने का प्रतीक है। वह इस बात का प्रतीक है कि जिंदगी जो है, वह एक रिपीटीटिव बोर्डम है, वह बार-बार दोहर जाने वाला चाक है। लेकिन हर बार हम भूल जाते हैं, इसलिए दोबारा फिर बड़े रसलीन होकर दोहराने लगते हैं।

एक युवक एक युवती की तरफ बढ़ रहा है प्रेम करने को। उसे पता नहीं कि वह कितनी बार बढ़ चुका है, कितनी युवतियों के पीछे दौड़ चुका है! लेकिन अब वह फिर बढ़ रहा है और सोचता है कि जिंदगी में पहली दफा यह घटना घट रही है। यह अदभुत घटना है। यह अदभुत घटना बहुत दफे घट चुकी है। और अगर उसे पता चल जाए तो उसकी हालत वैसी हो जाएगी जैसी किसी आदमी की एक ही फिल्म को दस-पच्चीस दफा देख कर हो जाती है। अगर आप आज फिल्म देखने गए हैं तो बात और है, कल भी आपको ले जाया जाए तो आप बर्दाश्त कर लेंगे। तीसरे दिन आप कहने लगेंगे, क्षमा करिए, अब मैं नहीं जाना चाहता हूं। लेकिन आपको मजबूर किया जाए, कि पुलिस वाले पीछे लगे हैं, ये आपको ले ही जाएंगे और पंद्रह दिन वही फिल्म, तो सोलहवें दिन आप गर्दन दबाकर मरने की कोशिश करेंगे कि अब इस फिल्म को मैं नहीं देखना चाहता हूं। यह हद हो गई, पंद्रह दिन देख चुका हूं, अब कब तक देखता रहूंगा? लेकिन वह पुलिस वाले पीछे लगे हैं कि नहीं, यह तो देखनी ही पड़ेगी। लेकिन अगर रोज फिल्म देखने के बाद अफीम खिला दी जाए और भूल जाएं आप कि मैंने फिल्म देखी थी, तो दूसरे दिन फिर आप टिकट लेकर उसी फिल्म में मौजूद हो सकते हैं और बड़े मजे से देख सकते हैं।

आदमी हर बार जब शरीर को बदलता है, तब उस शरीर में संजोई गई स्मृतियों का द्वार क्लोज हो जाता है, बंद हो जाता है। फिर नया खेल शुरू हो जाता है। फिर वही खेल, फिर वही बात, फिर सब वही जो बहुत बार हो चुका है। जाति-स्मरण से यह स्मरण आता है कि यह तो बहुत बार हो चुका है, यह कहानी तो बहुत बार देखी जा चुकी है, यह गीत तो बहुत बार गाए जा चुके हैं, यह तो बर्दाश्त के बाहर हो गई है बात।

जाति-स्मरण से पैदा होती है विरक्ति, जाति-स्मरण से पैदा होता है वैराग्य। और किसी तरह वैराग्य उत्पन्न नहीं होता। वैराग्य उत्पन्न होता है जाति-स्मरण से, रिमेंबरिंग आफ द पास्ट, वह जो बीत गए जन्म हैं उनकी स्मृति से। और इसीलिए दुनिया में वैराग्य कम हो गया है, क्योंकि पिछले जन्मों का कोई स्मरण नहीं, कोई उपाय नहीं।

जिन मित्र ने पूछा है, उनको मैं कहूंगा कि मेरी तैयारी पूरी है। मैं जो भी कह रहा हूं, उसे सिर्फ इसलिए नहीं कह रहा हूं कि मेरे लिए वह कोई सिद्धांत है। मैं जो भी कह रहा हूं, एक-एक शब्द पर जिद के साथ प्रयोग करने की मेरी तैयारी है। और कोई भी आदमी की तैयारी हो, तो मुझे बहुत खुशी होगी। कल मैंने निमंत्रण दिया था कि जो लोग संकल्प करने की हिम्मत रखते हैं...। दो-चार मित्रों के पत्र आए और मुझे बड़ी खुशी हुई। उन्होंने खबर दी है कि हम बहुत उत्सुक हैं और हम प्रतीक्षा में थे कि कोई हमें बुलाए। और आपने पुकार दी, तो हम राजी हैं। वे राजी हैं तो मुझे बहुत खुशी है और मेरा द्वार उनके लिए खुला है। मैं उन्हें जितनी दूर ले चलना चाहूं, वे जितनी दूर चलना चाहें, उतनी दूर उन्हें ले जाया जा सकता है। इस बार जरूरत पड़ गई है दुनिया को कि कम से कम थोड़े से लोग प्रबुद्ध हो सकें। अगर थोड़े-से लोग भी प्रबुद्ध हो सकें, तो हम

मनुष्य-जाति के सारे अंधकार को तोड़ सकते हैं।

हिंदुस्तान में दो प्रयोग चलते थे पिछले पचास सालों में। शायद आपको खयाल में भी नहीं होगा कि हिंदुस्तान में दो विपरीत ढंग के प्रयोग पचास सालों में चले। एक प्रयोग गांधी ने किया, एक प्रयोग श्री अरविंद करते थे। गांधी ने एक प्रयोग किया, एक-एक मनुष्य के चरित्र को ऊपर उठाने का। उसमें गांधी सफल होते हुए दिखाई पड़े, लेकिन बिलकुल असफल हो गए। और गांधी के पीछे जिन लोगों को गांधी ने सोचा था कि इनका चरित्र मैंने उठा लिया, वे बिलकुल मिट्टी के पुतले साबित हुए। जरा-सा पानी गिरा और सब रंग-रोगन बह गया। बीस साल में उनका रंग-रोगन बह गया, वह हम सब देख रहे हैं। दिल्ली में उनके नंगे शरीर खड़े हैं, उनका सब रंग-रोगन बह गया। कहीं कोई रंग-रोगन नहीं रहा अब। वह जो गांधी ने पोतपात कर तैयार किया था, वह सब वर्षा में बह गया। जब तक पद की वर्षा नहीं हुई थी, तब तक उनकी शकलें बहुत शानदार मालूम पड़ती थीं, और उनके खादी के कपड़े बहुत धुले हुए दिखाई पड़ते थे, और उनकी टोपियां ऐसी लगती थीं कि मुल्क को ऊपर उठा लेंगी। लेकिन आज वे ही टोपियां इस योग्य हो गई हैं कि गांव-गांव में उनकी होली जलाई जाए। क्योंकि वह बुर्जुआ, क्योंकि वह मुल्क के भ्रष्टाचार की प्रतीक बन गई हैं। गांधी ने एक प्रयोग किया था जिसमें मालूम हुआ कि वे सफल हो रहे हैं, लेकिन बिलकुल असफल हो गए। गांधी जैसा प्रयोग बहुत बार किया गया और हर बार असफल हो गया।

श्री अरविंद एक प्रयोग करते थे, जिसमें वह सफल होते हुए नहीं मालूम पड़े, नहीं सफल हो सके, लेकिन उनकी दिशा बिलकुल ठीक थी। वे यह प्रयोग कर रहे थे कि क्या यह संभव है कि थोड़ी-सी आत्माएं इतने ऊपर उठ जाएं कि उनकी मौजूदगी, उनकी प्रेजेंस दूसरी आत्माओं को ऊपर उठाने लगे और पुकारने लगे और दूसरी आत्माएं ऊपर उठने लगें। क्या यह संभव है कि एक मनुष्य की आत्मा ऊपर उठे तो उसके साथ पूरी मनुष्य-जाति की आत्मा का स्तर ऊपर उठ जाए?

यह न केवल संभव है, बल्कि केवल यही संभव है। दूसरी आज कोई बात सफल नहीं हो सकती। आज आदमी तो इतना नीचे गिर चुका है कि अगर हमने यह फिक्र की कि हम एक-एक आदमी को बदलेंगे, तो शायद यह बदलाहट कभी नहीं होगी। बल्कि जो आदमी उनको बदलने जाएगा, उनके सत्संग में उसके खुद के बदल जाने की संभावना ज्यादा है। उसके बदल जाने की संभावना ज्यादा है कि वह भी उनके साथ भ्रष्ट हो जाए।

आप देखते हैं, जितने जनता के सेवक जनता की सेवा करने जाते हैं, थोड़े दिन में पता चलता है कि वे ही जनता की जेब काटनेवाले सिद्ध हो रहे हैं। वे गए थे सेवा करने, वे गए थे लोगों को सुधारने, थोड़े दिन में पता चलता है कि लोग उनको सुधारने का विचार कर रहे हैं। नहीं, यह नहीं हो सकता है।

दुनिया का मनुष्य-जाति की चेतना का इतिहास यह कहता है कि दुनिया की चेतना किन्हीं कालों में एकदम ऊपर उठ गई। आपको शायद अंदाज न हो, पच्चीस सौ वर्ष पहले हिंदुस्तान में बुद्ध हुए, महावीर हुए, प्रबुद्ध कात्यायन हुआ, मक्खली गोशाल हुआ, संजय वेलट्ठीपुत्र हुआ। यूनान में सुकरात हुआ, प्लेटो हुआ, अरस्तू हुआ, प्लेटिनस हुआ। चीन में लाओत्से हुआ, कंफ्यूशियस हुआ, च्वांगत्से हुआ। पच्चीस सौ साल पहले सारी दुनिया में कुछ दस-पंद्रह लोग इतनी कीमत के हुए कि उन सौ वर्षों में दुनिया की चेतना एकदम आकाश छूने लगी। सारी दुनिया का स्वर्णयुग आ गया, ऐसा मालूम हुआ। इतनी प्रखर आत्मा मनुष्य की कभी प्रकट नहीं हुई थी।

महावीर के साथ पचास हजार लोग दीयों की तरह जल गए और गांव-गांव घूमने लगे। बुद्ध

के साथ हजारों भिक्षु खड़े हो गए और उनकी रोशनी और उनकी ज्योति गांव-गांव को जगाने लगी। जिस गांव में बुद्ध अपने दस हजार भिक्षुओं को लेकर पहुंच जाते, तीन दिन के भीतर उस गांव की हवा के अणु बदल जाते। जिस गांव में वे दस हजार भिक्षु बैठ जाते, जिस गांव में वे दस हजार भिक्षु प्रार्थना करने लगते, उस गांव से जैसे अंधकार मिट जाता, जैसे उस गांव में प्रार्थना छा जाती, जैसे उस गांव के हृदय में कुछ फूल खिलने लगते जो कभी नहीं खिले थे।

कुछ थोड़े-से लोग उठे ऊपर और उनके साथ ही नीचे के लोगों की आंखें ऊपर उठीं। नीचे के लोगों की आंखें तभी ऊपर उठती हैं जब ऊपर देखने जैसा कुछ हो। ऊपर देखने जैसा कुछ भी नहीं है, नीचे देखने जैसा बहुत कुछ है। जो आदमी जितना नीचे उतर जाता है, उतना बड़ा मकान बना लेता है। जो आदमी जितना नीचे उतर जाता है, उतनी बड़ी तिजोरी बना लेता है। जो आदमी जितना नीचे उतर जाता है, वह उतनी बढ़िया केडिलक खरीद लाता है। तो नीचे देखने जैसा बहुत कुछ है। दिल्ली बिलकुल गड्ढे में बस गई है, बिलकुल नीचे। वहां नीचे देखो पाताल में, तो दिल्ली है। तो जिसको भी दिल्ली पहुंचना हो, उसको पाताल में उतरना चाहिए; नीचे, नीचे, नीचे, उतरते जाना चाहिए।

ऊपर देखने जैसा कुछ भी नहीं है। किसकी तरफ देखो? कौन है ऊपर? और इससे बड़ा दुर्भाग्य क्या हो सकता है कि ऊपर देखने जैसी आत्माएं नहीं हैं! जिनकी तरफ देखकर प्राणों में आकर्षण उठता है, जिनकी तरफ देखकर प्राणों में पुकार उठती है, जिनकी तरफ देखकर प्राण धिक्कारने लगते हैं अपने को कि यह दीया तो मैं भी हो सकता था, यह फूल तो मेरे भीतर भी खिल सकते थे, यह गीत तो मैं भी गा सकता था। यह बुद्ध और यह महावीर और यह कृष्ण और क्राइस्ट तो मैं भी हो सकता था। एक बार यह खयाल आ जाए कि मैं भी हो सकता था यह—लेकिन कोई हो तो जिसे देखकर यह खयाल आ जाए—तो प्राण ऊपर की यात्रा शुरू कर देते हैं। और स्मरण रहे कि प्राण हमेशा यात्रा करते हैं, अगर ऊपर की नहीं करते हैं तो नीचे की करते हैं। प्राण रुकते कभी नहीं हैं, या तो ऊपर जाएंगे या नीचे, रुकाव जैसी कोई चीज नहीं है। ठहराव जैसी कोई चीज नहीं है, स्टेशन जैसी कोई जगह नहीं है चेतना के जगत में कि जहां आप रुक जाएं और विश्राम कर लें, या ऊपर या नीचे। जीवन प्रति क्षण गतिमान है। ऊपर की तरफ चेतनाएं खड़ी करनी हैं।

मैं सारी दुनिया में एक आंदोलन चाहता हूं। बहुत ज्यादा लोगों का नहीं, थोड़े से हिम्मतवर लोगों का, जो प्रयोग करने को राजी हों। अगर सौ लोग हिंदुस्तान में प्रयोग करने को राजी हों और सौ लोग कश्त कर लें इस बात को कि हम अब आत्मा को उन ऊंचाइयों तक ले जाएंगे जहां तक आदमी का जाना संभव है, तो बीस वर्ष में हिंदुस्तान की पूरी शकल बदल सकती है। विवेकानंद ने मरते वक्त कहा था कि मैं पुकारता रहा सौ लोगों को, सौ लोग आ जाओ, लेकिन वे सौ लोग नहीं आए और मैं हारा हुआ मर रहा हूं। सिर्फ सौ लोग आ जाते, तो मैं पूरे देश को बदल देता।

लेकिन विवेकानंद पुकारते रहे, सौ लोग नहीं आए। और मैंने यह तय किया है कि मैं पुकारूंगा नहीं, गांव-गांव में खोजूंगा, आंख-आंख में झांकूंगा कि वह कौन आदमी है। जो आदमी अगर पुकारने से नहीं आता है, तो उसे खींचकर लाना पड़ेगा। अगर सौ लोगों को भी लाया जा सके, तो यह मैं आपको विश्वास दिलाता हूं कि उन सौ लोगों की उठती हुई आत्माएं एक एवरेस्ट की तरह, एक गौरीशंकर की तरह खड़ी हो जाएंगी। और पूरे मुल्क के प्राण उस यात्रा पर आगे बढ़ सकते हैं।

तो जिन मित्रों को मेरी चुनौती ठीक लगती हो और जिनको साहस और बल मालूम पड़ता हो कि जाने की हिम्मत है उस रास्ते पर, जो बहुत अनजान है, जो बहुत अपरिचित है, उस रास्ते

पर, उस समुद्र में, जिसका कोई नक्शा नहीं है हमारे पास, तो उसमें जाने की जिसकी भी हिम्मत हो, जिसका भी साहस हो, उसे समझ लेना चाहिए कि उसमें इतनी हिम्मत और साहस सिर्फ इसलिए है कि बहुत गहरे में परमात्मा ने उसको पुकारा होगा, नहीं तो इतना साहस और इतनी हिम्मत नहीं हो सकती थी। मिश्र में कहा जाता था कि जब कोई परमात्मा को पुकारता है तो उसे जान लेना चाहिए कि उससे बहुत पहले परमात्मा ने उसे पुकार लिया होगा, अन्यथा पुकार ही पैदा नहीं होती।

जिनके भीतर भी पुकार है, उनके ऊपर एक बड़ा दायित्व है आज जगत के लिए। आज तो जगत के कोने-कोने में जाकर कहने की यह बात है कि कुछ थोड़े से लोग बाहर निकल आएं और सारे जीवन को समर्पित कर दें ऊंचाइयां अनुभव करने के लिए। जीवन के सारे सत्य, जीवन के आज तक के सारे अनुभव असत्य हुए जा रहे हैं। जीवन की आज तक की जितनी ऊंचाइयां थीं, जो छुई गई थीं, वह सब काल्पनिक हुई जा रही हैं, पुराण-कथाएं हुई जा रही हैं। सौ, दो सौ वर्ष बाद बच्चे इनकार कर देंगे कि बुद्ध और महावीर और क्राइस्ट जैसे लोग नहीं हुए, ये सब कहानियां हैं।

एक आदमी ने तो पश्चिम में एक किताब लिखी है और उसने कहा है कि क्राइस्ट जैसा आदमी कभी नहीं हुआ। यह सिर्फ एक पुराना ड्रामा है जो धीरे-धीरे लोग भूल गए कि ड्रामा है और लोग समझने लगे कि हिस्ट्री है।

अभी हम रामलीला खेलते हैं। हम समझते हैं कि राम कभी हुए और इसलिए हम रामलीला खेलते हैं। सौ वर्ष बाद बच्चे कहेंगे कि रामलीला खेली जाती रही और लोगों को भ्रम पैदा हो गया कि राम कभी हुए। रामलीला पहले है, राम पीछे। या रामलीला एक नाटक रहा होगा, बहुत दिनों से चलता रहा। क्योंकि जब हमारे सामने राम और बुद्ध और क्राइस्ट जैसे आदमी दिखाई पड़ने बंद हो जाएंगे, तो हम कैसे विश्वास कर लें कि ये लोग कभी हुए!

फिर आदमी का मन कभी यह मानने को राजी नहीं होता कि उससे ऊंचे आदमी भी हो सकते हैं। आदमी का मन यह मानने को कभी राजी नहीं होता कि मुझसे ऊंचा भी कोई है। हमेशा उसके मन में यह मानने का मन होता है कि मैं सबसे ऊंचा आदमी हूं। अपने से ऊंचे आदमी को तो बहुत मजबूरी में मानता है, नहीं तो कभी मानता नहीं है। हजार कोशिश करता है खोजने की कि कोई भूल मिल जाए, कोई खामी मिल जाए, तो बता दूं कि यह आदमी भी नीचा है। तृप्त हो जाऊं कि नहीं, यह बात गलत थी। कोई पता चल जाए तो जल्दी से घोषणा कर दूं कि पुरानी मूर्ति खंडित हो गई, वह पुरानी मूर्ति अब मेरे मन में नहीं रही, वह खंडित हो गई। क्योंकि यह आदमी, अरे! इस आदमी में यह गलती मिल गई। खोज इसी की चलती है कि कोई गलती मिल जाए। नहीं मिल जाए, तो ईजाद कर लो। ताकि तुम निश्िंचत हो जाओ अपनी मूढ़ता में और तुम्हें लगे कि मैं बिलकुल ठीक हूं।

आदमी धीरे-धीरे सबको इनकार कर देगा, क्योंकि उनके प्रतीक, उनके चिह्न कहीं भी दिखाई नहीं पड़ते। पत्थर की मूर्तियां कब तक बताएंगी कि बुद्ध हुए थे और महावीर हुए थे! और कागज पर लिखे गए शब्द कब तक समझाएंगे कि क्राइस्ट हुए थे! और कब तक तुम्हारी गीता बता पाएगी कि कृष्ण थे!

नहीं, ज्यादा दिन यह नहीं चलेगा। हमें आदमी चाहिए, जीसस जैसे, कृष्ण जैसे, बुद्ध जैसे, महावीर जैसे। अगर हम वैसे आदमी आने वाले पचास वर्षों में पैदा नहीं करते हैं, तो मनुष्य-जाति एक अत्यंत अंधकारपूर्ण युग में प्रविष्ट होने को है। उसका कोई भविष्य नहीं है।

जिन लोगों को भी लगता हो कि जीवन के लिए वे कुछ कर सकते हैं, उनके लिए एक बड़ी

चुनौती है। और मैं तो गांव-गांव यह चुनौती देता हुआ घूमूंगा। और जहां भी मुझे कोई आंखें मिल जाएंगी कि लगेगा कि यह दीया बन सकती हैं, इनमें ज्योति जल सकती है, तो मैं अपना पूरा श्रम करने को तैयार हूं। मेरी तरफ से पूरी तैयारी है। देखना है कि मरते वक्त मैं भी कहीं यह न कहूं कि सौ आदमियों को खोजता था, वे मुझे नहीं मिले।

मेरी बातों को इतने प्रेम और शांति से सुना, उसके लिए बहुत अनुगृहीत हूं। और अंत में सबके भीतर बैठे परमात्मा को प्रणाम करता हूं, मेरे प्रणाम स्वीकार करें।

तीसरा प्रवचन

जीवन के मंदिर में द्वार है मृत्यु का

मेरे प्रिय आत्मन्!

जिसे हम जान लेते हैं, उससे हम मुक्त हो जाते हैं। और जिसे हम जान लेते हैं, उसे हम जीत भी लेते हैं। हमारी हार और पराजय हमारे अज्ञान के अतिरिक्त और कुछ भी नहीं है। अंधकार है, इसलिए पराजय है। प्रकाश हो तो पराजय असंभव है। प्रकाश विजय बन जाएगा।

मृत्यु के संबंध में पहली बात आपसे यह कहना चाहूंगा कि मृत्यु से अधिक असत्य और कुछ भी नहीं है। लेकिन मृत्यु ही सत्य मालूम होती है। न केवल सत्य मालूम होती है, बल्कि जीवन का केंद्रीय सत्य भी वही मालूम होती है। और ऐसा प्रतीत होता है कि सारा जीवन मृत्यु से घिरा हुआ है। और चाहे हम भूल जाते हों, भुला देते हों, लेकिन फिर भी मृत्यु चारों तरफ निकट ही खड़ी रहती है। अपनी छाया से भी ज्यादा अपने पास मृत्यु है।

जीवन का जो रूप हमने दिया है, वह भी मृत्यु के भय के कारण ही दिया है। मृत्यु के भय ने समाज बनाया है, राष्ट्र बनाए हैं, परिवार बनाए हैं, मित्र इकट्ठे किये हैं। मृत्यु के भय ने धन इकट्ठे करने की दौड़ दी है, मृत्यु के भय ने पदों की आकांक्षा दी है, और सबसे बड़ा आश्चर्य यह है कि मृत्यु के भय ने ही हमारे भगवान और हमारे मंदिर भी खड़े कर दिए हैं। मृत्यु से भयभीत घुटने टेक कर प्रार्थना करते हुए लोग हैं। मृत्यु से भयभीत आकाश की तरफ, परमात्मा की तरफ हाथ जोड़े हुए लोग हैं। और मृत्यु से ज्यादा असत्य कुछ भी नहीं है। इसीलिए मृत्यु को सत्य मानकर हमने जो भी जीवन की व्यवस्था की है, वह सब भी असत्य हो गई है।

लेकिन मृत्यु का असत्य हमें कैसे पता चले? यह हम कैसे जान पाएं कि मृत्यु नहीं है? और जब तक हम यह न जान पाएं, तब तक हमारा भय भी विलीन नहीं होगा। और जब तक हम यह न जान पाएं कि मृत्यु असत्य है, तब तक जीवन हमारा सत्य नहीं हो सकता है। जब तक मृत्यु का भय है, तब तक जीवन सत्य नहीं हो सकता है। और जब तक मृत्यु से हम डरे हुए कंप रहे हैं, तब तक जीवन को जीने की क्षमता भी हम नहीं जुटा सकते।

जीवन को केवल वही जी सकता है, जिसके सामने से मृत्यु की छाया विदा और विलीन हो गई है। कंपता हुआ मन कैसे जीएगा? डरा हुआ मन कैसे जीएगा? और मौत जब प्रतिपल आती हुई मालूम पड़ती हो तो हम कैसे जीएं? हम कैसे जी सकते हैं?

और हम कितना ही भुलाए रखें मृत्यु को, वह भूली नहीं रहती। मरघट हम गांव के बाहर बनाएं तो भी कोई फर्क नहीं पड़ता, वह दिखाई पड़ ही जाता है। रोज कोई न कोई मरता है, रोज कहीं न कहीं मृत्यु घटित होती है और हमारे जीवन की सारी की सारी नींव हिल जाती है। और प्रत्येक बार जब भी मृत्यु घटती हुई दिखाई पड़ती है, तभी हम जानते हैं कि मैं भी मरूंगा। जब हम किसी की मृत्यु पर रोते हैं, तब हम सिर्फ उसकी मृत्यु पर ही नहीं रोते, अपनी मृत्यु की खबर पर भी रोते हैं। और जब हम दुखी और पीड़ित होते हैं दूसरे की मृत्यु देखकर, तब हम दूसरे की मृत्यु को देखकर ही दुखी और पीड़ित नहीं होते, उसमें हमारे मरने की संभावना भी प्रकट हो गई होती है।

हर मृत्यु हमारी मृत्यु भी है। और ऐसे जब तक हम घिरे रहें, तब तक हम कैसे जी सकेंगे? तब तक जीना असंभव है। तब तक हमें जीवन का पता भी नहीं चल सकता, न उसके आनंद का, न उसके सौंदर्य का, न उसके रस का। तब तक जीवन का जो परम सत्य है—परमात्मा, उसके मंदिर के द्वार पर भी हम नहीं पहुंच सकते।

मृत्यु के भय ने एक तरह के मंदिर निर्मित किए हैं, वे परमात्मा के मंदिर नहीं हैं। और मृत्यु

के भय से एक तरह की प्रार्थनाएं निर्मित हुई हैं, वे भी परमात्मा की प्रार्थनाएं नहीं हैं। परमात्मा के मंदिर पर तो वह पहुंचता है, जो जीवन के आनंद से परिपूरित हो जाता है। और परमात्मा की सीढ़ियां जीवन के सौंदर्य और जीवन के रस से भरी हुई हैं। और परमात्मा के द्वार की घंटियां सिर्फ उनके लिए बजती हैं, जो सब तरह के भय से मुक्त होकर अभय हो जाते हैं।

तब तो बड़ी कठिनाई मालूम पड़ती है। हम मृत्यु से भरे हुए जीना चाहते हैं। ऐसा कभी भी नहीं हो सकता है। दो में से एक ही बात सत्य हो सकती है। ध्यान रहे, यदि जीवन सत्य है, तो मृत्यु सत्य नहीं हो सकती; और अगर मृत्यु सत्य है, तो जीवन सिर्फ एक सपना होगा—एक झूठ। वह सत्य नहीं हो सकता है। ये दोनों बातें एक साथ होनी असंभव हैं।

लेकिन हमने इन दोनों बातों को एक साथ पकड़ रखा है। ऐसा भी लगता है कि हम जीते हैं, और ऐसा भी लगता है कि हम मरेंगे।

मैंने सुना है कि किसी दूर पहाड़ की तलहटी के पास एक फकीर का निवास था। बहुत लोग उसके पास बहुत-सी बातें पूछने चले जाते थे। एक बार एक आदमी उससे पूछने गया कि हमें जीवन और मृत्यु के संबंध में कुछ बताएं। उस फकीर ने कहा, अगर जीवन के संबंध में जानना हो तो स्वागत है तुम्हारा, आओ द्वार खुले हैं। लेकिन अगर मृत्यु के संबंध में जानना हो तो कहीं और जाओ, क्योंकि मैं न तो कभी मरा हूं और न कभी मर सकता हूं। मृत्यु का मुझे कोई अनुभव नहीं है। अगर मृत्यु के संबंध में जानना है तो उनसे पूछो जो मर चुके हैं, उनसे पूछो जो मर गए हैं। लेकिन तब वह फकीर हंसने लगा और उसने कहा कि उनसे तुम पूछोगे कैसे जो मर ही चुके हैं! उनसे पूछने का भी तो कोई उपाय नहीं है। और उस फकीर ने यह भी कहा कि अगर तुम मुझसे यह पूछो कि किसी मरे हुए का पता-ठिकाना दे दूं, तो भी मैं नहीं दे सकता। क्योंकि जब से मुझे यह पता चला है कि मैं नहीं मर सकता हूं, तब से मुझे यह भी पता चल गया है कि कोई कभी नहीं मरता है। कोई मरा ही नहीं है, उस फकीर ने कहा।

कैसे हम मानें उसकी बात? हम तो रोज किसी को मरते देखते हैं। रोज मृत्यु घटित होती है। मृत्यु बड़ा सत्य है, प्राणों को छेद कर दिखाई पड़ता है। आंखें बंद करें कितनी ही, तो भी दिखाई पड़ता है। कितना ही भागें और बचें, वह तो हमें घेर ही लेती है। इस सत्य को कैसे झुठला दें?

कुछ लोग झुठलाने की कोशिश भी करते हैं। कुछ लोग मृत्यु से भय के कारण ही यह मान लेते हैं कि आत्मा अमर है—सिर्फ भय के कारण। जानते नहीं हैं, सिर्फ मान लेते हैं। कुछ लोग रोज सुबह उठकर यह दोहरा रहे हैं—मंदिरों में बैठकर, मस्जिदों में बैठकर—कि आत्मा अमर है, आत्मा कभी नहीं मरती, आत्मा अमर है। और वे इस भ्रम में हैं कि शायद बार-बार दोहराने से आत्मा अमर हो जाएगी। और शायद वे इस खयाल में हैं कि बार-बार दोहराने से मौत को झूठा किया जा सकता है।

मौत झूठी नहीं होती है दोहराने से। मौत तो सिर्फ जानने से झूठी हो सकती है।

ध्यान रहे, यह बहुत आश्चर्य की बात है कि हम जिस बात को दोहराते हैं, उससे विपरीत को हम सदा स्वीकार करते हैं। जब एक आदमी कहता है कि मैं अमर हूं, आत्मा अमर है, और इसको दोहराता है, तब वह इस बात का पता देता है कि भीतर वह जानता है कि मैं मरूंगा, मुझे मरना पड़ेगा। अगर वह यह जानता है कि मैं मरूंगा नहीं, तो अब इस बात को दोहराने की कोई भी जरूरत नहीं है। इसे सिर्फ दोहराता वही है, जो डरा हुआ है।

और इसलिए यह दिखाई पड़ेगा कि जो देश, जो समाज, आत्मा की अमरता की बातें करते हैं, उनसे ज्यादा मौत से डरनेवाले लोग खोजने कठिन हैं। यह हमारा ही देश है जो आत्मा की

अमरता की बात करते थकता नहीं है, लेकिन फिर भी हमसे ज्यादा मौत से कोई डरता है इस पृथ्वी पर? हमसे ज्यादा मौत से कोई भी नहीं डरता है।

इन दोनों बातों में कैसे तालमेल बैठेगा? आत्मा को जो अमर मानते हैं, उनके गुलाम होने की कभी संभावना है? वे मर सकेंगे। मरने के लिए तैयार रहेंगे। क्योंकि वे जानते हैं कि मृत्यु है ही नहीं। जो जानते हैं कि जीवन अमर है, आत्मा अमर है, वे पहले चांद पर उतरेंगे। वे पहले एवरेस्ट पर चढ़ेंगे। वे पहले प्रशांत महासागर की गहराइयों में उतरेंगे।

नहीं, हम उनमें से नहीं हैं। न हम एवरेस्ट की चोटी पर चढ़ते हैं, न हम चांद पर उतरते हैं, न हम पैसेफिक महासागर की गहराइयों में जाते हैं, और हम आत्मा को अमर माननेवाले लोग हैं। हम असल में इतना डरते हैं मृत्यु से कि उसी डर के कारण हम आत्मा अमर है, इसको भी दोहराते रहते हैं। और हमें यह भ्रम है कि शायद बार-बार दोहरा लेने से, जो हम दोहरा रहे हैं वह सच हो जाएगा।

दोहराने से कोई भी बात सच नहीं हो सकती है। मृत्यु नहीं है, ऐसा दोहराने से मृत्यु नहीं नहीं हो जाएगी। मृत्यु को जानना पड़ेगा कि क्या है, मृत्यु का साक्षात्कार करना पड़ेगा कि मृत्यु क्या है। मृत्यु को आंखों के सामने खड़ा करना पड़ेगा, देखना पड़ेगा, जीना पड़ेगा, मृत्यु से पहचान करनी पड़ेगी।

और हम सब तो मृत्यु की तरफ पीठ करके भागते रहते हैं, तो मृत्यु को देख कैसे सकेंगे। हम तो सब मृत्यु की तरफ आंख बंद कर लेते हैं। बाहर कोई मरता हो, रास्ते पर किसी की लाश निकलती हो, तो मां अपने बेटे को घर के भीतर बंद कर लेती है और कहती है कि बाहर मत जाओ, कोई मर गया है। मरघट इसीलिए गांव के बाहर बनाते हैं ताकि वह बार-बार दिखाई न पड़े। मौत आमने- सामने न आ जाए। अगर किसी से मरने की बात करो तो वह कहेगा, ये बातें मत करिए।

एक संन्यासी के साथ मैं कुछ दिन तक ठहरा हुआ था। वे संन्यासी रोज-रोज आत्मा की अमरता की बात चलाते थे। मैंने उनसे कहा, कभी आप यह भी सोचते हैं कि आपके मरने का दिन करीब आ रहा है? उन्होंने कहा कि ऐसी अपशकुन की बातें मत करिए। यह बात ही मत करिए। यह बात करनी ठीक नहीं है। मैंने उनसे कहा, जो आदमी कहता है, आत्मा अमर है, उसे मृत्यु की बात में अपशकुन दिखाई पड़े, तब तो बड़ी गड़बड़ हो गई। मृत्यु की बात में तो उसे कोई भी भय, और कोई भी अपशकुन और कोई भी बुराई नहीं दिखाई पड़नी चाहिए। क्योंकि मृत्यु तो उसके लिए है ही नहीं। उन्होंने कहा कि हां, आत्मा अमर है। और फिर भी मैं मृत्यु के बाबत कुछ बात करने की इच्छा नहीं रखता हूं। ऐसी बेकार की बातें नहीं करनी चाहिए, ऐसी खतरनाक बातें नहीं करनी चाहिए।

हम सब भी यही कर रहे हैं। और मृत्यु की तरफ पीठ करके भागे हुए हैं।

मैंने सुना है कि एक गांव में एक बार एक आदमी को एक बड़ा पागलपन सवार हो गया। वह एक रास्ते से गुजर रहा था। भरी दोपहरी थी, अकेला रास्ता था, निर्जन था। तेजी से चल रहा था कि निर्जन में कोई डर न हो जाए।

हालांकि डर वहां हो भी सकता है, जहां कोई और हो; जहां कोई भी नहीं है, वहां डर का क्या उपाय हो सकता है! लेकिन हम वहां बहुत डरते हैं, जहां कोई भी नहीं होता है। असल में हम अपने से ही डरते हैं। और जब हम अकेले रह जाते हैं, तो बहुत डर लगने लगता है। हम अपने से जितना डरते हैं, उतना किसी से भी नहीं डरते। इसलिए कोई साथ हो—कोई भी साथ हो—तो भी डर कम लगता है। और बिलकुल अकेले रह जाएं, तो बहुत डर लगने लगता है।

वह आदमी अकेला था और डर गया और भागने लगा। और सन्नाटा था, सुनसान था, दोपहर थी, कोई भी न था। जब वह तेजी से भागा, तो उसे अपने ही पैरों की आवाज पीछे से आती हुई मालूम पड़ी। और वह डरा कि शायद कोई पीछे है। फिर उसने डरे हुए, चोरी की आंख से पीछे झांककर देखा, तो एक लंबी छाया उसका पीछा कर रही थी। वह उसकी अपनी ही छाया थी। लेकिन यह देखकर कि कोई लंबी छाया पीछे पड़ी हुई है, वह और भी तेजी से भागा। फिर वह आदमी कभी रुक नहीं सका मरने के पहले। क्योंकि वह जितनी तेजी से भागा, छाया उतनी ही तेजी से उसके पीछे भागी। फिर वह आदमी पागल हो गया।

लेकिन पागलों को पूजनेवाले भी मिल जाते हैं। जब वह गांव से भागता हुआ निकलता और लोग देखते कि वह भागा जा रहा है, तो लोग समझते कि वह बड़ी तपश्चर्या में रत है। वह कभी रुकता नहीं था। वह सिर्फ रात के अंधेरे में रुकता था, जब छाया खो जाती थी। तब वह सोचता था कि अब कोई पीछे नहीं है। सुबह हुई और वह भागना शुरू कर देता था। फिर तो बाद में उसने रात में भी रुकना बंद कर दिया। उसे ऐसा समझ में आया कि जब तक मैं विश्राम करता हूं, मालूम होता है, जितना दूर भागकर दिन भर में मैं दूर निकलता हूं, उतनी देर में छाया फिर वापस आ जाती है, सुबह फिर मेरे पीछे हो जाती है।

तब उसने रात में भी रुकना बंद कर दिया। फिर वह पूरा पागल हो गया। फिर वह खाता भी नहीं, पीता भी नहीं। भागते हुए लाखों की भीड़ उसको देखती, फूल फेंकती। कोई राह चलते उसके हाथ में रोटी पकड़ा देता, कोई पानी पकड़ा देता। उसकी पूजा बढ़ती चली गई। लाखों लोग उसका आदर करने लगे।

लेकिन वह आदमी पागल होता चला गया। और अंततः वह आदमी एक दिन गिरा और मर गया। गांव के लोगों ने, जिस गांव में वह मरा था, उसकी कब्र बना दी एक वृक्ष के नीचे छाया में। और उस गांव के एक बूढ़े फकीर से उन्होंने पूछा कि हम इसकी कब्र पर क्या लिखें? तो उस फकीर ने एक लाइन उसकी कब्र पर लिख दी।

किसी गांव में, किसी जगह, वह कब्र अब भी है। हो सकता है, कभी आपका उस जगह से निकलना हो, तो पढ़ लेना। उस कब्र पर उस फकीर ने लिख दिया है कि यहां एक ऐसा आदमी सोता है, जो जिंदगी भर अपनी छाया से भागता रहा है, जिसने जिंदगी छाया से भागने में गंवा दी। और उस आदमी को इतना भी पता नहीं था, जितना उसकी कब्र को पता है। क्योंकि कब्र छाया में है और भागती नहीं, इसलिए कब्र की कोई छाया ही नहीं बनती है। इसके भीतर जो सोया है उसे इतना भी पता नहीं था, जितना उसकी कब्र को पता है।

हम भी भागते हैं। हमें आश्चर्य होगा कि कोई आदमी छाया से भागता था। हम सब भी छायाओं से ही भागते रहते हैं। और जिससे हम भागते हैं, वही हमारे पीछे पड़ जाता है। और जितनी तेजी से हम भागते हैं, उसकी दौड़ भी उतनी ही तेज हो जाती है, क्योंकि वह हमारी ही छाया है।

मृत्यु हमारी ही छाया है। और अगर हम उससे भागते रहे तो हम उसके सामने कभी खड़े होकर पहचान न पाएंगे कि वह क्या है। काश, वह आदमी रुक जाता और पीछे लौटकर देख लेता, तो शायद अपने पर हंसता और कहता, कैसा पागल हूं, छाया से भागता हूं।

अब छाया से कोई भागे, तो कभी भी भाग नहीं सकता। और छाया से कोई लड़े, तो कभी भी जीत नहीं सकता। इसका यह मतलब नहीं है कि छाया बहुत ताकतवर है, उससे हम जीत नहीं सकते। इसका केवल इतना ही मतलब है कि छाया है ही नहीं, उससे जीतने की कोई बात ही नहीं उठती। जो नहीं है, उससे जीता नहीं जा सकता है।

इसीलिए लोग मृत्यु से हारते चले जाते हैं, क्योंकि मृत्यु केवल जीवन की छाया है। जब जीवन चलता है, तो छाया भी चलती है उसके पीछे। वह जीवन के पीछे बननेवाली शैडो है, और हम कभी लौटकर नहीं देखना चाहते कि वह क्या है। तो हम कई बार दौड़-दौड़ कर, थक-थक कर गिर चुके हैं बहुत बार। इस तट पर आप पहली ही बार आए होंगे, ऐसा नहीं है। और बहुत बार भी आ चुके होंगे। यह तट न रहा होगा, कोई और तट रहा होगा। यह शरीर न रहा होगा, कोई और शरीर रहा होगा। लेकिन दौड़ यही रही होगी, पैर यही रहे होंगे, भाग यही रही होगी।

वही मृत्यु से डरते हुए हम अनेक जीवन जी लेते है, और फिर भी पहचान नहीं पाते और देख नहीं पाते। और हम इतने भयभीत और इतने डरे हुए लोग हैं कि जब मौत सामने आती है, जब वह पूरी छाया हमें घेरती है, तब हम डर के कारण बेहोश हो जाते हैं।

कोई भी आदमी साधारणतः मरते क्षण होश में नहीं रहता। अगर होश में एक बार रह जाए, तो फिर मृत्यु का भय उसके लिए सदा के लिए विलीन हो जाए। अगर वह एक दफा देख ले कि मरना यानी क्या, मरने में होता क्या है, तो फिर दुबारा उसे मृत्यु का भय न रहे, क्योंकि मृत्यु ही न रहे। और ऐसा नहीं है कि वह मृत्यु पर विजय पा ले। विजय तो हम उस पर पाते हैं जो हो। सिर्फ जानने से ही मृत्यु मिट जाती है। विजय पाने को कुछ शेष नहीं रह जाता है।

लेकिन हम भी बहुत बार मरे हैं। लेकिन जब भी मरे हैं, तब बेहोश हो गए हैं। जैसा कि डाक्टर या सर्जन आपरेशन करता है, तो आपरेशन के पहले बेहोशी की दवा दे देता है, ताकि आपको पता न चले कि तकलीफ हो रही है, पीड़ा हो रही है। मरने से हम इतने डरे हुए लोग हैं कि मरते वक्त हम स्वेच्छा से ही बेहोश हो जाते हैं। मरने के थोड़ी देर पहले ही बेहोश हो जाते हैं। बेहोशी में ही मरते हैं, फिर बेहोशी में ही नया जन्म हो जाता है। न हम मृत्यु को देख पाते हैं, न जन्म को देख पाते हैं। और इसलिए हम कभी भी नहीं समझ पाते हैं कि जीवन शाश्वत है। मृत्यु और जन्म बीच में आए हुए पड़ाव से ज्यादा नहीं हैं, जहां हम वस्त्र बदल लेते हैं या घोड़े बदल लेते हैं।

पुराने जमाने में रेलगाड़ियां न थीं, लोग घोड़ों की गाड़ियों से यात्रा करते थे। तो एक गांव से दूसरे गांव जाते थे, फिर वहां घोड़े बदल लेते थे, क्योंकि घोड़े थक जाते थे। घोड़े बदल कर वापस कर देते, दूसरे घोड़े उस सराय से ले लेते थे। फिर आगे के गांव में घोड़े बदल लेते थे। लेकिन उन घोड़े बदलनेवालों को ऐसा नहीं लगता था कि हम मर गए, हमारा फिर जन्म हुआ है! क्योंकि वे होश में बदलते थे।

लेकिन कभी-कभी ऐसा भी होता था कि कोई घोड़ेवाला शराब पीकर यात्रा करता था। तो जब घोड़े तो बदल जाते थे, जैसे ही घोड़ा बदलता था, जब वह फिर गौर से देखता था तो वह कहता था, अरे! यह सब बदल गया, यह सब दूसरा हो गया।

मैंने सुना है कि कभी कोई शराब पीने वाले घुड़सवार ने यह भी कहा था कि कहीं मैं भी तो नहीं बदल गया! यह वह घोड़ा नहीं है, यह वह घोड़ा नहीं मालूम होता है जिस पर मैं था, तो मैं कहीं दूसरा आदमी तो नहीं हो गया हूं।

जन्म और मृत्यु सिर्फ वाहन बदलने के स्थान हैं, जहां पुराना वाहन छोड़ दिया जाता है। थके घोड़े छोड़ दिए जाते हैं और ताजे घोड़े ले लिये जाते हैं। लेकिन ये दोनों कृत्य हमारी बेहोशी में हो जाते हैं। और जिसका जन्म और मृत्यु बेहोशी में है, उसका जीवन भी होश में नहीं हो सकता है। उसका जीवन भी करीब-करीब अर्द्ध-बेहोशी में, अर्द्ध-मूर्च्छित ही रह जाता है।

तो मैं क्या कहना चाहता हूं? मैं यह कहना चाहता हूं कि मृत्यु को देखना जरूरी है, जानना

जरूरी है, उसे पहचानना जरूरी है। लेकिन यह तो जब मरेंगे, तब हो सकता है। मैं जब मरूंगा, तब देख सकूंगा। फिर अभी क्या उपाय है? और जब कोई मरेगा, तब अगर देख सकेगा तो फिर समझना कि उपाय ही नहीं है। क्योंकि वह बेहोश ही हो जाएगा मरते वक्त।

हां, अभी एक उपाय है। अभी हम स्वेच्छा से मृत्यु में प्रवेश का प्रयोग कर सकते हैं। और मैं आपसे कहना चाहता हूं कि ध्यान या समाधि और कुछ भी नहीं है। ध्यान और समाधि स्वेच्छा से मृत्यु के अनुभव में प्रवेश है। जो शरीर के छूटने पर एक दिन अपने आप घटित होगी घटना, वह हम अभी भी अपनी स्वेच्छा से शरीर को भीतर छोड़कर हट जा सकते हैं और जान सकते हैं कि मृत्यु हो गई, मृत्यु गुजर गई। हम मृत्यु का आज भी, इस रात भी साक्षात्कार कर सकते हैं। क्योंकि मृत्यु की घटना का कुल इतना मतलब है कि हमारा शरीर और हमारी आत्मा एक उस यात्रा पर भेद को अनुभव कर लें, जहां बैलगाड़ी छूट जाती है और यात्री आगे निकल जाता है।

मैंने सुना है, शेख फरीद के पास कभी एक आदमी गया। और उस आदमी ने पूछा कि सुनते हैं हम कि जब मंसूर के हाथ काटे गये, पैर काटे गये, तो मंसूर को कोई तकलीफ न हुई, लेकिन विश्वास नहीं आता। पैर में कांटा गड़ जाता है, तो तकलीफ होती है। हाथ-पैर काटने से तकलीफ न हुई होगी? यह सब कपोल-कल्पित कहानियां मालूम होती हैं। और उस आदमी ने कहा, यह भी हम सुनते हैं कि जब जीसस को सूली पर लटकाया गया, तो वे जरा भी दुखी न हुए। और जब उनसे कहा गया कि अंतिम कुछ प्रार्थना करनी हो तो कर सकते हो। तो सूली पर लटके हुए, कांटों से छिदे हुए, हाथों में खीलों से बिंधे हुए, लहू बहते हुए उस नंगे जीसस ने अंतिम क्षण में जो कहा वह विश्वास के योग्य नहीं है, उस आदमी ने कहा। जीसस ने यह कहा कि क्षमा कर देना इन लोगों को, क्योंकि ये नहीं जानते कि ये क्या कर रहे हैं।

यह वाक्य आपने भी सुना होगा। और सारी दुनिया में जीसस को मानने वाले लोग निरंतर इसको दोहराते हैं। यह वाक्य बड़ा सरल है। जीसस ने कहा कि इन लोगों को क्षमा कर देना परमात्मा, क्योंकि ये नहीं जानते कि ये क्या कर रहे हैं। आमतौर से इस वाक्य को पढ़नेवाले ऐसा समझते हैं कि जीसस ने यह कहा कि ये बेचारे नहीं जानते कि मुझ अच्छे आदमी को मार रहे हैं, इनको पता नहीं है।

नहीं, यह मतलब जीसस का न था। जीसस का मतलब यह था कि इन पागलों को यह पता नहीं है कि जिसको ये मार रहे हैं, वह मर ही नहीं सकता है। इनको माफ कर देना, क्योंकि इन्हें पता नहीं है कि ये क्या कर रहे हैं। ये एक ऐसा काम कर रहे हैं, जो असंभव है। ये मारने का काम कर रहे हैं, जो असंभव है।

उस आदमी ने कहा कि विश्वास नहीं आता कि कोई मारा जाता हुआ आदमी इतनी करुणा दिखा सकता हो। उस वक्त तो वह क्रोध से भर जाएगा।

फरीद खूब हंसने लगा। और उसने कहा कि तुमने अच्छा सवाल उठाया। लेकिन सवाल का जवाब मैं बाद में दूंगा, एक छोटा-सा मेरा काम कर लाओ। पास में पड़ा हुआ एक नारियल उठाकर दे दिया उस आदमी को, और कहा कि इसे फोड़ लाओ। लेकिन ध्यान रहे, इसकी गिरी को पूरा बचा लाना, गिरी टूट न जाये। लेकिन वह नारियल था कच्चा। उस आदमी ने कहा, माफ करिए, यह काम मुझसे न हो सकेगा। नारियल बिलकुल कच्चा है। और अगर मैंने इसकी खोल तोड़ी, तो गिरी भी टूट जाएगी। तो उस फकीर ने कहा, उसे रख दो। दूसरा नारियल उसने दिया जो कि सूखा था और कहा कि अब इसे तोड़ लाओ। इसकी गिरी तो तुम बचा सकोगे? उस आदमी ने कहा, इसकी गिरी बच सकती है।

तो उस फकीर ने कहा कि मैंने तुम्हें जवाब दिया, कुछ समझ में आया? उस आदमी ने कहा, मेरी कुछ समझ में नहीं आया। नारियल से और मेरे जवाब का क्या संबंध है? मेरे सवाल का क्या संबंध है? उस फकीर ने कहा, यह नारियल भी रख दो, कुछ फोड़ना-फाड़ना नहीं है। मैं तुमसे यह कह रहा हूं कि एक कच्चा नारियल है, जिसकी गिरी और खोल अभी आपस में जुड़ी हुई है। अगर तुम उसकी खोल को चोट पहुंचाओगे तो उसकी गिरी भी टूट जाएगी। फिर एक सूखा नारियल है। सूखे नारियल और कच्चे नारियल में फर्क ही क्या है? एक छोटा-सा फर्क है कि सूखे नारियल की गिरी सिकुड़ गई है भीतर और खोल से अलग हो गई है। गिरी और खोल के बीच में एक फासला, एक डिस्टेंस हो गया है, एक दूरी हो गई है। अब तुम कहते हो कि इसकी हम खोल तोड़ देंगे तो गिरी बच सकती है। तो मैंने तुम्हारे सवाल का जवाब दे दिया।

उस आदमी ने कहा, मैं फिर भी नहीं समझा। तो उस फकीर ने कहा, जाओ, मरो और समझो। इसके बिना तुम समझ नहीं सकते। लेकिन तब भी तुम समझ नहीं पाओगे, क्योंकि तब तुम बेहोश हो जाओगे। खोल और गिरी एक दिन अलग होंगे, लेकिन तब तुम बेहोश हो जाओगे। और अगर समझना है, तो अभी खोल और गिरी को अलग करना सीखो। अभी, जिंदा में। और अगर अभी खोल और गिरी अलग हो जाएं, तो मौत खतम हो गई। वह फासला पैदा होते से ही हम जानते हैं कि खोल अलग, गिरी अलग। अब खोल टूट जाएगी तो भी मैं बचूंगा, तो भी मेरे टूटने का कोई सवाल नहीं है, तो भी मेरे मिटने का कोई सवाल नहीं है। मृत्यु घटित होगी, तो भी मेरे भीतर प्रवेश नहीं कर सकती है, मेरे बाहर ही घटित होगी। यानी वही मरेगा, जो मैं नहीं हूं। जो मैं हूं, वह बच जाएगा।

ध्यान या समाधि का यही अर्थ है कि हम अपनी खोल और गिरी को अलग करना सीख जाएं। वे अलग हो सकते हैं, क्योंकि वे अलग हैं। वे अलग-अलग जाने जा सकते हैं, क्योंकि वे अलग हैं।

इसलिए ध्यान को मैं कहता हूं स्वेच्छा से मृत्यु में प्रवेश, वालेंटरी एन्ट्रेंस इनटू डेथ, अपनी ही इच्छा से मौत में प्रवेश। और जो आदमी अपनी इच्छा से मौत में प्रवेश कर जाता है, वह मौत का साक्षात्कार कर लेता है कि यह रही मौत और मैं अभी भी हूं।

सुकरात मर रहा है, आखिरी क्षण है। जहर पीसा जा रहा है उसे मारने के लिए। और वह बार-बार पूछता है कि बड़ी देर हो गई, जहर कब तक पिस पाएगा! उसके मित्र रो रहे हैं और कह रहे हैं कि आप पागल हो गए हैं। हम तो चाहते हैं कि थोड़ी देर और जी लें। तो हमने जहर पीसने वाले को रिश्वत दी है, समझाया-बुझाया है कि थोड़े धीरे-धीरे पीसना। वह सुकरात बाहर उठकर पहुंच जाता है और जहर पीसनेवाले से पूछता है कि बड़ी देर लगा रहे हो, बड़े अकुशल मालूम होते हो, नए-नए पीस रहे हो? पहले कभी नहीं पीसा? पहले किसी फांसी की सजा दिए हुए आदमी को तुमने जहर नहीं दिया है?

वह आदमी कहता है, जिंदगी भर से दे रहा हूं। लेकिन तुम जैसा पागल आदमी मैंने नहीं देखा। तुम्हें इतनी जल्दी क्या पड़ी है? और थोड़ी देर सांस ले लो, और थोड़ी देर जी लो, और थोड़ी देर जिंदगी में रह लो। तो मैं धीरे पीस रहा हूं। और तुम खुद ही पागल की तरह बार-बार पूछते हो कि बड़ी देर हुई जा रही है। इतनी जल्दी क्या है मरने की?

सुकरात कहता है कि बड़ी जल्दी है, क्योंकि मैं मौत को देखना चाहता हूं। मैं देखना चाहता हूं कि मौत क्या है। और मैं यह भी देखना चाहता हूं कि मौत भी हो जाए और फिर भी मैं बचता हूं या नहीं बचता हूं। अगर नहीं बचता हूं, तब तो सारी बात ही समाप्त हो जाती है। और अगर बचता

हूं तो मौत समाप्त हो जाती है। असल में मैं यह देखना चाहता हूं कि मौत की घटना में कौन मरेगा, मौत मरेगी कि मैं मरूंगा। मैं बचूंगा या मौत बचेगी, यह मैं देखना चाहता हूं। तो बिना जाए कैसे देखूं।

फिर सुकरात को जहर दे दिया गया। सारे मित्र छाती पीटकर रो रहे हैं, वे होश में नहीं हैं, और सुकरात क्या कर रहा है? सुकरात उनसे कह रहा है कि मेरे पैर मर गए, लेकिन अभी मैं जिंदा हूं। सुकरात कह रहा है, मेरे घुटने तक जहर चढ़ गया है, मेरे घुटने तक के पैर बिलकुल मर चुके हैं। अब अगर तुम इन्हें काटो, तो भी मुझे पता नहीं चलेगा। लेकिन मित्रो, मैं तुमसे कहता हूं कि मेरे पैर तो मर गए हैं, लेकिन मैं जिंदा हूं। यानी एक बात पक्की पता चल गई कि मैं पैर नहीं था। मैं अभी हूं, मैं पूरा का पूरा हूं। मेरे भीतर अभी कुछ भी कम नहीं हो गया है। फिर सुकरात कहता है कि अब मेरे पूरे पैर ही जा चुके, जांघों तक सब समाप्त हो चुका है। अब अगर तुम मेरी जांघों तक मुझे काट डालो, तो मुझे कुछ भी पता नहीं चलेगा, लेकिन मैं हूं! और वे मित्र हैं कि रोए चले जा रहे हैं।

और सुकरात कह रहा है कि तुम रोओ मत, एक मौका तुम्हें मिला है, देखो। एक आदमी मर रहा है और तुम्हें खबर दे रहा है कि फिर भी वह जिंदा है। मेरे पैर तुम पूरे काट डालो तो भी मैं नहीं मरा हूं, मैं अभी हूं। और फिर वह कहता है कि मेरे हाथ भी ढीले पड़े जा रहे हैं, हाथ भी मर जाएंगे। आह, मैंने कितनी बार अपने हाथों को स्वयं समझा था, वे हाथ भी चले जा रहे हैं, लेकिन मैं हूं। और वह आदमी, वह सुकरात मरता हुआ कहता चला जाता है। वह कहता है, धीरे-धीरे धीरे-धीरे सब शांत हुआ जा रहा है, सब डूबा जा रहा है, लेकिन मैं उतना का ही उतना हूं। और सुकरात कहता है, हो सकता है थोड़ी देर बाद मैं तुमको खबर देने को न रह जाऊं, लेकिन तुम यह मत समझना कि मैं मिट गया। क्योंकि जब इतना शरीर मिट गया और मैं नहीं मिटा, तो थोड़ा शरीर और मिट जाएगा, तब भी मैं क्यों मिटूंगा! हो सकता है, मैं तुम्हें खबर न दे सकूं, क्योंकि खबर शरीर के द्वारा ही दी जा सकती है। लेकिन मैं रहूंगा। और फिर वह आखिरी क्षण कहता है कि शायद आखिरी बात तुमसे कह रहा हूं। जीभ मेरी लड़खड़ा गई है। और अब इसके आगे मैं एक शब्द नहीं बोल सकूंगा, लेकिन मैं अभी भी कह रहा हूं कि मैं हूं। वह आखिरी वक्त तक यह कहता हुआ मर गया है कि मैं हूं।

ध्यान में भी धीरे-धीरे ऐसे ही भीतर प्रवेश करना पड़ता है। और धीरे-धीरे एक-एक चीज छूटती चली जाती है, एक-एक चीज से फासला पैदा होता चला जाता है। और फिर वह घड़ी आ जाती है कि लगता है कि सब दूर पड़ा है—जैसे तट पर किसी और की लाश पड़ी होगी, ऐसा लगेगा—और मैं हूं। और शरीर वह पड़ा है और फिर भी मैं हूं—अलग और भिन्न और बिलकुल दूसरा।

जैसे ही यह अनुभव हो जाता है, हमने मृत्यु का साक्षात्कार कर लिया जीते हुए। फिर अब मृत्यु से हमारा कोई संबंध कभी नहीं होगा। मृत्यु आती रहेगी, लेकिन तब वह पड़ाव होगी, वस्त्र का बदलना होगा, जहां हम नए घोड़े ले लेंगे और नए शरीरों पर सवार हो जाएंगे और नई यात्रा पर निकलेंगे, नए मार्गों पर, नए लोकों में। लेकिन मृत्यु हमें मिटा नहीं जाएगी।

इस बात का पता साक्षात्कार से ही हो सकता है, एनकाउंटर से ही हो सकता है। हमें जानना ही पड़ेगा, हमें गुजरना ही पड़ेगा। और मरने से हम इतना डरते हैं, इसीलिए हम ध्यान भी नहीं कर पाते।

मेरे पास कितने लोग आते हैं, वे कहते हैं कि हम ध्यान नहीं कर पाते हैं। अब मैं उनसे क्या

कहूं कि उनकी असली तकलीफ और है। असली तकलीफ, उनके मरने का डर है। और ध्यान मरने की एक प्रक्रिया है। ध्यान में हम वहीं पहुंच जाते हैं, पूरे ध्यान में, जहां मरा हुआ आदमी पहुंचता है। फर्क सिर्फ एक होता है कि मरा हुआ आदमी बेहोश पहुंचता है, हम होश में पहुंच जाते हैं। बस इतना ही फर्क होता है। मरे हुए आदमी को पता नहीं होता है कि क्या हो गया, खोल कैसे टूट गई और गिरी बच गई। और हमें पता होता है कि गिरी अलग हो गई है और खोल अलग हो गई।

जो लोग भी ध्यान में नहीं जा पाते हैं, उनके न जाने का बुनियादी कारण मृत्यु का भय है, और कोई भी कारण नहीं है। और जो व्यक्ति भी मृत्यु से डरे हुए हैं, वे कभी समाधि में प्रवेश नहीं कर सकते हैं। समाधि अपने हाथ से मृत्यु को निमंत्रण है। मृत्यु को आमंत्रण है कि आओ, मैं मरने को तैयार हूं, मैं जानना चाहता हूं कि मौत हो जाएगी, मैं बचूंगा कि नहीं बचूंगा? और अच्छा है कि मैं होशपूर्वक जान लूं, क्योंकि बेहोशी में यह घटना घटेगी तो मैं कुछ भी न जान पाऊंगा।

इसलिए पहली बात आज की रात आपसे यह कहता हूं कि मृत्यु से जब तक आप भागेंगे, तब तक आप मृत्यु से हारते रहेंगे। और जिस दिन खड़े होकर मृत्यु के आमने-सामने खड़े हो जाएंगे, उसी दिन मौत विदा हो जाएगी, आप शेष रह जाएंगे।

इधर इन आने वाले तीन दिनों में मृत्यु के आमने-सामने आप कैसे खड़े हो सकते हैं, उसकी ही प्रक्रिया पर मैं सारी बात करूंगा। इन तीन दिनों में आशा करूंगा कि बहुत-से लोग मरना जान लेंगे, मर सकेंगे। और अगर यहां मर सकें—इस तट पर—और यह तट बहुत अदभुत है, इस तट पर उस आदमी के पैर पड़े हैं जिसने किसी युद्ध में यह कहा था...अर्जुन को कहा था कृष्ण ने कि तू फिक्र मत कर और डर मत। तू मरने-मारने से मत डर, क्योंकि मैं तुझसे कहता हूं कि न कोई मरता है, न कोई मारता है। न कोई कभी मरा है, न कोई कभी मर सकता है। और जो मरता है और जो मर सकता है, वह मरा ही हुआ है। और जो नहीं मरता है और नहीं मर सकता है, उसके मारने का कोई उपाय नहीं है, वही जीवन है।

इस तट पर उस कृष्ण के पैर पड़े हैं, इस पर हम अचानक आज इकट्ठे हो गए हैं। इस रेत ने उस कृष्ण को आते और जाते देखा। लोगों ने समझा होगा, कृष्ण मर गये हैं, मर ही गए। हम सब जो मरने को ही सत्य मानते हैं, उनके लिए सब मर जाते हैं। इस सागर ने, इस रेत ने नहीं जाना कि वे मर गए। इस आकाश ने, चांद-तारों ने नहीं जाना कि वे मर गए। जीवन में कहीं भी मृत्यु की कोई लहर ही नहीं है, लेकिन हम सब ने यही जाना कि वे मर गए। और हम सब इसीलिए ऐसा जान लेते हैं क्योंकि हमको अपने ही मरने का खयाल सवार है।

और हमें अपने मरने का इतना खयाल क्यों सवार है? हम अभी तो जी रहे हैं, लेकिन हम मरने से इतने भयभीत क्यों हैं? हम मरने से इतने डरे हुए क्यों हैं? असल में इसके पीछे एक राज है। वह हमें समझ लेना चाहिए।

एक गणित है और वह गणित बड़े मजे का है। हमने अपने को तो मरते कभी नहीं देखा है, लेकिन हम दूसरों को मरते देखते हैं। और दूसरों को मरते देखकर हमको धीरे-धीरे यह धारणा मजबूत हो जाती है कि मुझे भी मरना पड़ेगा।

अब एक बूंद है, और हजार बूंदों के बीच में पड़ी है। सूरज की किरण आई और उस एक बूंद पर जोर से पड़ी और वह बूंद भाप बनकर उड़ गई। आसपास की बूंदों ने समझा कि वह मर गई, वह खतम हो गई। और ठीक ही सोचा उन बूंदों ने, क्योंकि उन्हें दिखाई पड़ा कि अब तक थी, अब नहीं है। लेकिन वह बूंद अब भी बादलों में है। यह वे बूंदें कैसे जानें जो खुद भी बादल न हो जाएं। या बूंद अब सागर में जाकर फिर बूंद बन गई होगी, यह भी बूंदें कैसे जानें, जब तक कि वे

खुद उस यात्रा पर न निकल जाएं।

हम सब आसपास जब किसी को मरते देखते हैं तो हम समझते हैं कि गया, एक आदमी मरा। हमें पता नहीं कि वह इवोपरेट हुआ, वह वाष्पीभूत हुआ। वह फिर सूक्ष्म में गया और फिर नई यात्रा पर निकल गया। वह बूंद भाप बनी और फिर बूंद बनने के लिए भाप बन गई। यह हमें कैसे दिखाई पड़े? हम सबको लगता है कि एक व्यक्ति और खो गया, एक व्यक्ति और मर गया। और ऐसे रोज कोई मरता जाता है, और रोज कोई बूंद खोती चली जाती है, और धीरे-धीरे हमें भी पक्का हो जाता है कि मुझे भी मर जाना पड़ेगा। मैं भी मर जाऊंगा। और तब एक भय पकड़ लेता है कि मैं मर जाऊंगा! दूसरों को देखकर यह भय पकड़ लेता है। दूसरों को देखकर ही हम जीते हैं, इसलिए हमारी बड़ी कठिनाई है।

कल रात ही मैं कुछ मित्रों को कह रहा था। एक यहूदी फकीर हुआ। वह फकीर अपने दुखों से बहुत परेशान हो गया है। कौन परेशान नहीं हो जाता है? हम सब अपने दुखों से परेशान हैं। और हमारे दुख की परेशानी में सबसे बड़ी परेशानी दूसरों के सुख हैं। दूसरे सुखी दिखाई पड़ते हैं और हम दुखी होते चले जाते हैं। और इसमें बड़ा गणित है, वही गणित, जिसकी मैंने आपसे मौत के संबंध में बात की। हमें अपना दुख दिखाई पड़ता है और दूसरों के चेहरे दिखाई पड़ते हैं। उनके भीतर का दुख तो दिखाई पड़ता नहीं, उनकी आंखों की, उनके होंठों की मुस्कुराहटें दिखाई पड़ती हैं। और कभी अगर हम अपने बाबत भी समझें तो हम समझ लेंगे कि हम भी भीतर दुखी होते हैं, तब भी हम बाहर मुस्कुराए चले जाते हैं। असल में दुख को छिपाने की मुस्कुराहट एक तरकीब है।

कोई अपने को दुखी नहीं दिखाना चाहता है। अगर सुखी न हो सके, तो भी कम से कम सुखी हो गया है, ऐसा तो दिखाना ही चाहता है। क्योंकि अपने को दुखी दिखाना बड़ी दीनता और हार की और पराजय की बात है। इसलिए हम बाहर एक मुस्कुराता हुआ चेहरा बना लेते हैं—नाटक, अभिनय। और भीतर हम जो हैं, वह रहते हैं। भीतर आंसू इकट्ठे होते चले जाते हैं, बाहर मुस्कुराहट का अभ्यास कर लेते हैं। फिर जब बाहर से कोई हमें देखता है तो हमारी मुस्कुराहट दिखाई पड़ती है, और अपने भीतर देखता है तो दुख दिखायी पड़ता है, तब वह मुश्किल में पड़ जाता है। वह सोचता है, सारी दुनिया सुखी है, एक मैं ही दुखी हूं।

उस फकीर को भी ऐसा ही हुआ। उसने एक दिन रात परमात्मा को कहा कि मैं तुझसे यह नहीं कहता कि मुझे दुख न दे, क्योंकि अगर मैं दुख देने योग्य हूं तो मुझे दुख मिलेगा ही, लेकिन इतनी प्रार्थना तो कर सकता हूं कि इतना ज्यादा मत दे। दुनिया में सब लोग हंसते दिखाई पड़ते हैं, लेकिन मैं भर एक रोता हुआ आदमी हूं। सब खुश नजर आते हैं, मैं भर दुखी हूं। सब प्रसन्न दिखाई पड़ रहे हैं, एक मैं ही उदास, अंधेरे में खो गया हूं। आखिर मैंने तेरा क्या बिगाड़ा है? एक कृपा कर, मुझे किसी भी दूसरे आदमी का दुख दे दे और मेरा दुख उसे दे दे, बदल दे किसी से भी, तो भी मैं राजी हो जाऊंगा।

रात वह सोया और उसने एक सपना देखा। सपने में उसने देखा, एक बहुत बड़ा भवन है और उस भवन में लाखों खूंटियां लगी हैं। और लाखों लोग चले आ रहे हैं। और प्रत्येक आदमी अपनी- अपनी पीठ पर दुखों की एक गठरी बांधे हुए है। दुखों की गठरी देखकर वह बहुत डर गया, क्योंकि उसे बड़ी हैरानी मालूम पड़ी। जितनी उसकी गठरी है दुखों की—वह भी अपनी दुखों की गठरी टांगे हुए है—सबके दुखों की गठरियों का जो आकार है, जो साइज है, वह बिलकुल बराबर है।

मगर वह बड़ा हैरान हुआ। यह पड़ोसी तो उसका रोज मुस्कुराता दिखता था! और सुबह

जब उससे पूछता था कि कहो कैसे हाल हैं, तो वह कहता था कि बड़ा आनंद है, ओ के, सब ठीक है। यह आदमी भी इतने ही दुखों का बोझ लिये चला आ रहा है। उसमें नेता भी उतना ही बोझ लिये हुए हैं। अनुयायी भी उतना ही बोझ लिये हुए हैं। उसमें गुरु भी उतना ही बोझ लिये हुए हैं। शिष्य भी उतना ही बोझ लिये हुए हैं। उसमें सभी उतना बोझ लिये हुए चले आ रहे हैं। ज्ञानी और अज्ञानी, और अमीर और गरीब, और बीमार और स्वस्थ, सबके बोझ की गठरी बराबर है।

वह बहुत हैरान हो गया। आज पहली दफा गठरियां दिखाई पड़ीं। अब तक तो चेहरे दिखाई पड़ते थे। फिर उस भवन में एक जोर की आवाज गूंजी कि सब लोग अपने-अपने दुखों को खूंटियों पर टांग दें। इसने भी जल्दी से अपना दुख खूंटी पर टांग दिया। सारे लोगों ने जल्दी की है अपना दुख टांगने की। कोई एक क्षण अपने दुख को अपने ऊपर रखना नहीं चाहता। टांगने का मौका मिले, तो हम जल्दी से टांग ही देंगे। और तभी एक दूसरी आवाज गूंजी कि अब जिसको जिसकी गठरी चुनना हो, वह चुन ले।

तो हम सोचेंगे कि उस फकीर ने जल्दी से किसी और की गठरी चुन ली होगी। नहीं, ऐसी भूल उसने नहीं की। वह भागा घबरा कर अपनी ही गठरी को उठाने के लिए कि कहीं और कोई पहले न उठा ले, अन्यथा मुश्किल में पड़ जाये, क्योंकि गठरियां सब बराबर थीं। अब उसने सोचा कि अपनी गठरी ही ठीक है, कम से कम परिचित दुख तो हैं उसके भीतर। दूसरे की गठरियों के भीतर पता नहीं कौन से अपरिचित दुख हैं। परिचित दुख फिर भी कम दुख है—जाना-माना, पहचाना। घबराहट में दौड़कर अपनी गठरी उठा ली कि कोई और दूसरा मेरी न उठा ले।

लेकिन जब उसने घबराहट में उठाकर चारों तरफ देखा तो उसने देखा कि सारे लोगों ने दौड़कर अपनी ही उठा ली है, किसी ने भी किसी की नहीं उठाई। उसने पूछा कि इतनी जल्दी क्यों कर रहे हो अपनी उठाने की? तो उन्होंने कहा कि हम डर गए। अब तक हम यही सोचते थे कि सारे लोग सुखी हैं, हम ही दुखी हैं। उसने जिससे पूछा उस भवन में, उसने यही कहा कि हम यही सोचते थे कि सारे लोग सुखी हैं। हम तो तुम्हें भी सुखी समझते थे, तुम भी तो रास्ते पर मुस्कुराते हुए निकलते थे। हमने कभी सोचा न था कि तुम्हारे भीतर भी इतनी गठरियों के दुख हैं। उस फकीर ने पूछा, अपने-अपने क्यों उठा लिए, बदल क्यों न लिए? उन्होंने कहा, हम सबने प्रार्थना की थी भगवान से आज रात कि हम अपनी गठरियां बदलना चाहते हैं दुखों की। मगर हम डर गए। हमें खयाल भी न था कि सब के दुख बराबर हो सकते हैं। फिर हमने सोचा अपना ही उठा लेना अच्छा है। पहचान का है, परिचित है। और नए दुखों में कौन पड़े। पुराने दुख, धीरे-धीरे हम आदी भी तो हो जाते हैं उनके।

उस रात किसी ने भी किसी की गठरी न चुनी। फकीर की नींद टूट गई। उसने भगवान को धन्यवाद दिया कि तेरी बड़ी कृपा है कि मेरा ही दुख मुझे वापस मिल गया। अब मैं कभी ऐसी प्रार्थना न करूंगा।

असल में एक गणित है—दूसरों के चेहरे हमें दिखाई पड़ते हैं और अपनी असलियत दिखाई पड़ती है। और तब बड़ी भूल हो जाती है। जिंदगी और मृत्यु के संबंध में भी वही भूल का गणित काम कर रहा है। दूसरे मरते दिखाई पड़ते हैं, आपने अपने को तो मरते कभी नहीं जाना। दूसरों की मृत्यु दिखाई पड़ती है और भीतर उनके कुछ बचता है या नहीं बचता, हमें कुछ पता नहीं चलता। और जब हम मरते हैं, तब हम बेहोश हो जाते हैं, इसलिए मृत्यु अपरिचित रह जाती है।

इसलिए जरूरी है कि हम अपनी स्वेच्छा से मृत्यु में उतरें। और एक बार जो मृत्यु के दर्शन कर लेता है, वह मृत्यु से मुक्त हो जाता है, मृत्यु का विजेता हो जाता है। विजेता कहना बेकार है,

क्योंकि कुछ बचता ही नहीं है जीतने को, मृत्यु असत्य हो जाती है। मृत्यु रहती ही नहीं।

जैसे कोई आदमी दो और दो जोड़कर पांच लिख दे और फिर कल उसको समझ में आ जाए कि दो और दो चार हैं, तो वह क्या यह कहेगा कि मैंने पांच को जीतकर चार बना दिया है? वह कहेगा कि जीत का सवाल ही न था, पांच थे ही नहीं, पांच मेरी भूल थी, मेरा भ्रम था। गलत था मेरा हिसाब। हिसाब तो चार ही था, मैं पांच समझ रहा था, वह मेरी भूल थी। भूल दिख गई, बात खतम हो गई। फिर क्या वह आदमी यह कहेगा कि मैं पांच से कैसे छुटकारा पाऊं? क्योंकि अब दो और दो चार हो रहे हैं, लेकिन पांच मैंने जोड़े थे, अब मैं उससे कैसे मुक्त होऊं? वह आदमी पूछने नहीं आएगा मुक्ति के लिए, क्योंकि जैसे ही यह दिख गया कि दो और दो चार हैं, बात खतम हो गई। पांच रहे ही न, मुक्त किससे होना है?

मृत्यु से न तो मुक्त होना है और न मृत्यु को जीतना है। मृत्यु को जानना है। जानना ही मुक्ति बन जाता है, जानना ही जीत बन जाता है। इसलिए मैंने पहले कहा कि ज्ञान शक्ति है, ज्ञान मुक्ति है, ज्ञान विजय है। मृत्यु का ज्ञान मृत्यु को विलीन कर देता है, तब अनायास ही हम पहली बार जीवन से संबंधित हो पाते हैं।

इसलिए ध्यान के संबंध में एक बात मैंने यह कही कि ध्यान स्वेच्छा से मृत्यु में प्रवेश है। और दूसरी बात यह कहना चाहता हूं कि जो स्वेच्छा से मृत्यु में प्रवेश करता है, वह अनायास ही जीवन में प्रविष्ट हो जाता है। वह जाता तो है मृत्यु को खोजने, लेकिन मृत्यु को तो नहीं पाता है, वहां परम जीवन को पा लेता है। वह जाता तो है मृत्यु के भवन में खोज करने, लेकिन पहुंच जाता है जीवन के मंदिर में। और जो मृत्यु के भवन से भागता है, वह जीवन के मंदिर में नहीं पहुंच पाता है।

क्या मैं आपसे कहूं कि जीवन का जो मंदिर है, उसकी दीवालों पर मृत्यु की छायाओं के चित्र खुदे हैं! क्या मैं आपसे कहूं कि जीवन का जो मंदिर है, उसकी दीवालों पर मौत के नक्शे बने हैं! और हम मौत से भागने की वजह से जीवन के मंदिर से भी भागते रहते हैं। क्योंकि जब हम मौत के लिए राजी हो जाएं तो हम दीवालों के लिए राजी हों, भीतर प्रवेश करें तो हम जीवन के मंदिर में पहुंच जाएं। जीवन का तो देवता है और मृत्यु की दीवालें हैं। जीवन का तो मंदिर है और मृत्यु के द्वार-दरवाजों पर सब तरफ चित्र खुदे हैं। हम उन्हीं को देखते और भागते रहे हैं।

अगर आप कभी खजुराहो गए हैं, तो एक अदभुत बात आपको दिखाई पड़ेगी। दिखाई पड़ेगा कि खजुराहो के मंदिरों में, चारों तरफ मंदिर के सेक्स की, मैथुन की प्रतिमाएं खुदी हैं। नग्न और अश्लील दिखाई पड़ती हैं। अगर कोई आदमी उनको देखकर ही भाग जाए, तो भीतर के मंदिर के परमात्मा तक नहीं पहुंच पाएगा। भीतर परमात्मा की प्रतिमा है और बाहर काम की, वासना की, मैथुन की सारी प्रतिमाएं खुदी हैं।

वे बड़े अदभुत लोग थे, जिन्होंने खजुराहो के मंदिर बनाए होंगे। उन्होंने जीवन की एक गहरी बात खोद दी। उन्होंने कहा कि बाहर दीवाल पर तो सेक्स है और अगर दीवाल से ही भाग गए तो ब्रह्मचर्य को कभी उपलब्ध न होओगे, क्योंकि ब्रह्मचर्य भीतर है। और अगर दीवालों के भीतर प्रवेश कर गए तो ब्रह्मचर्य को भी उपलब्ध हो जाओगे। और बाहर की दीवालों पर तो संसार है। और अगर संसार से ही भागते रहे, तो परमात्मा तक कभी न पहुंच पाओगे, क्योंकि संसार की दीवालो के भीतर जो बैठा है, वह परमात्मा है।

ठीक वही मैं आपसे कहता हूं। कहीं न कहीं हमें किसी गांव में एक मंदिर बनाना चाहिए, जिसकी दीवालों पर तो मौत हो और भीतर जीवन का देवता बैठा हो। ऐसा ही सत्य है। लेकिन हम

मौत से भागते हैं, तो जीवन के देवता से भी वंचित रह जाते हैं।

तो मैं ये दोनों बातें एक साथ कहता हूं: स्वेच्छा से मृत्यु में प्रवेश ध्यान है, और जो स्वेच्छा से मृत्यु में प्रवेश करता है, वह जीवन को उपलब्ध हो जाता है। यानी जो मृत्यु का साक्षात्कार करने जाता है, अंततः पाता है कि मृत्यु तो विलीन हो गई है और जीवन से आलिंगन हो गया है। बड़ी उलटी बातें हैं, बड़ा उलटा मालूम पड़ता है—मृत्यु को खोजने जाएं और जीवन मिल जाए। लेकिन उलटा नहीं है।

मैं वस्त्र पहने हुए हूं। अगर मुझे खोजने आएंगे, तो पहले तो मेरे वस्त्र ही मिलेंगे। वस्त्र मैं नहीं हूं। और अगर मेरे वस्त्रों से ही डर गए और भाग गए, तो मेरा कभी भी पता नहीं चल पाएगा। लेकिन अगर मेरे वस्त्रों से न डरे और निकट आए, और निकट आए, तो मेरे वस्त्रों के भीतर मेरा शरीर है, वह मिल जाएगा। लेकिन शरीर भी और गहरे अर्थों में वस्त्र है। और अगर मेरे शरीर से ही दूर भाग गए, तो फिर मेरे शरीर के भीतर जो बैठा है, वह न मिल सकेगा। और अगर शरीर से भी न डरे और शरीर को भी वस्त्र मानकर और भीतर यात्रा की, तो भीतर वह बैठा हुआ है, जिससे मिलन की सबको आकांक्षा है।

कैसा मजा है! शरीर की दीवाल है और आत्मा का देवता भीतर विराजमान है। मैटर, पदार्थ की दीवाल है और भीतर परमात्मा, चेतना विराजमान है। ये उलटी बातें हैं—दीवाल पदार्थ की और देवता जीवन का! अगर इसे ठीक से समझ लें, तो मृत्यु की दीवाल है और जीवन का देवता है।

ऐसे ही जैसे कई बार चित्रकार चित्र बनाता है। अगर सफेद रंग उभारना हो, तो काले रंग की चारों तरफ पृष्ठभूमि दे देता है। काले रंग की पृष्ठभूमि में सफेद रेखाएं उभरकर दिखाई पड़ने लगती हैं। अगर कोई काले से डर जाए, तो वह सफेद तक पहुंच ही न पाए। लेकिन उसे पता नहीं कि काला सफेद को उभार जाता है।

जैसे कि गुलाब में कांटे लगे हुए हैं और फूल खिला हुआ है। अगर कोई कांटों से डर जाए, तो फूल तक कभी भी न पहुंच पाएगा। भागता रहे कांटों से, तो फिर फूल से भी वंचित रह जाएगा। लेकिन जो कांटों के लिए राजी हो जाए और पास पहुंच जाए और डर छोड़ दे, वह हैरान हो जाता है कि कांटे सिर्फ फूल की रक्षा हैं, सिर्फ उसके बाहर की दीवाल बना रहे हैं—रक्षा की दीवाल। बीच में फूल खिला है, और कांटे-फूल में दुश्मनी नहीं है। फूल भी कांटे के अंग हैं। कांटे भी फूल के अंग हैं। एक ही पौधे की रस-धार से दोनों का आना हुआ है।

जिसे हम जीवन कह रहे हैं, वह जीवन; और जिसे हम मृत्यु कह रहे हैं, वह मृत्यु; दोनों एक ही महाजीवन के अंग हैं। दोनों एक ही महाजीवन के अंग हैं। मैं श्वास ले रहा हूं। एक श्वास बाहर जाती है, एक श्वास भीतर आती है। जो श्वास बाहर आती है, वही फिर थोड़ी देर में भीतर जाती है; जो भीतर जाती है, वही थोड़ी देर में बाहर हो जाती है। श्वास का आना जीवन है, श्वास का जाना मृत्यु है। लेकिन दोनों एक ही महाजीवन के कदम हैं—दायां और बायां, और दोनों साथ-साथ चलते रहते हैं। जन्म एक कदम है, मृत्यु दूसरा कदम है। लेकिन अगर हम देख पाएं, उतर पाएं भीतर, तो महाजीवन का दर्शन हो जाता है।

इधर इन तीन दिनों में ध्यान का जो प्रयोग हम करने जा रहे हैं, वह मृत्यु में प्रवेश का प्रयोग है। उसके बहुत से पहलुओं के संबंध में मैं आपसे बात करूंगा। अभी आज रात, पहले दिन के जो हम प्रयोग में बैठेंगे, उस संबंध में थोड़ी-सी बातें समझा दूं।

मेरी दृष्टि आपके खयाल में आ गई है कि हमें उस जगह जाना है, जहां मरने का कोई उपाय नहीं रह जाता है—भीतर, भीतर और भीतर। और बाहर की वह सारी परिधि छोड़ देनी है, जो मृत्यु

में छूट जाती है।

मृत्यु में शरीर छूट जाता है, भाव छूट ज़ाते हैं, विचार छूट जाते हैं, मित्रता छूट जाती है, शत्रुता छूट जाती है। सब छूट जाता है। बाहर की दुनिया का सब छूट जाता है। रह जाते हैं सिर्फ अकेले हम, सिर्फ मैं रह जाता हूं, सिर्फ चेतना रह जाती है ऊपर।

तो ध्यान में भी हमें सब छोड़कर मर जाना है। और सिर्फ उतना ही रह जाए—मैं जानता हुआ, द्रष्टा मात्र रह जाऊं भीतर—तो मृत्यु घटित हो जाएगी। और इन तीन दिनों के निरंतर प्रयोग में अगर अपने को छोड़ा और मरने की हिम्मत दिखाई, तो वह घटना घट जाएगी, जिसको समाधि कहते हैं।

यह ध्यान रहे, समाधि शब्द बड़ा अदभुत है। ध्यान की परिपूर्णता को भी समाधि कहते हैं और कोई आदमी मर जाता है, तो उसकी कब्र को भी समाधि कहते हैं। यह कभी खयाल किया? इन दोनों को समाधि कहते हैं! असल में इन दोनों में राज है, रहस्य है, मिला हुआ अर्थ है।

असल में जो आदमी समाधि को उपलब्ध होता है, उसका शरीर कब्र ही रह जाता है और कुछ नहीं रह जाता है। फिर वह जानता है कि भीतर कोई और ही है, बाहर तो सिर्फ घेरा है। जैसे कोई आदमी मर जाता है, हम उसकी कब्र बना देते हैं और कहते हैं, समाधि है। लेकिन वह समाधि दूसरे बनाएंगे। और इसके पहले कि दूसरे हमारी समाधि बनाएं, अगर हम ही अपनी समाधि बना सकें, तो जीवन में वह घटना घट जाती है, जिसके लिए हम प्यासे हैं। दूसरों को समाधि बनाने का मौका तो मिलेगा ही, लेकिन यह हो सकता है, हम अपनी समाधि न बना पाएं।

अगर हम अपनी समाधि बना लें, तो फिर सिर्फ शरीर ही मरेगा, मेरे मरने का कोई सवाल ही नहीं है। मैं कभी भी न मरा हूं, न मर सकता हूं। कोई भी कभी नहीं मरा है, न मर सकता है। लेकिन इसे जानने को मृत्यु की सारी सीढ़ियां उतरनी पड़ेंगी।

तो तीन सीढ़ियां मैं आपको बताना चाहता हूं। अभी हम प्रयोग भी करेंगे। कौन जाने इस तट पर वह घटना घट जाए कि आपकी समाधि बन जाए! वह समाधि नहीं, जो दूसरे बनाते हैं; वह समाधि, जो आप स्वेच्छा से अपनी निर्मित कर लेते हैं।

तीन चरण हैं। पहला चरण तो है शरीर की शिथिलता, शरीर का रिलेक्शेसन। शरीर को इतना शिथिल छोड़ देना है कि ऐसा लगने लगे कि वह दूर ही पड़ा रह गया है, हमारा उससे कुछ लेना-देना नहीं है। शरीर से सारी ताकत को भीतर खींच लेना है। हमने शरीर में ताकत डाली हुई है। जितनी ताकत हम शरीर में डालते हैं, उतनी पड़ती है; जितनी हम खींच लेते हैं, उतनी खिंच जाती है।

आपने कभी खयाल किया है कि किसी से झगड़ा हो जाए, तो आपके शरीर में ज्यादा ताकत कहां से आ जाती है! और आप इतना बड़ा पत्थर उठाकर फेंक सकते हैं क्रोध की हालत में, जितना बड़ा पत्थर आप शांति की हालत में हिला भी न सकते थे। कभी आपने सोचा, यह ताकत कहां से आ गई है? शरीर आपका है, यह ताकत कहां से आ गई? यह ताकत आप डाल रहे हैं। जरूरत पड़ गई है, खतरा है, मुसीबत है, दुश्मन सामने खड़ा है। पत्थर को हटाना है नहीं तो जिंदगी खतरे में पड़ जाएगी। तो आप अपनी सारी ताकत डाल देते हैं शरीर में।

एक बार ऐसा हुआ कि एक आदमी दो वर्षों से पैरेलाइज्ड था, लकवा लग गया था। और पड़ा था अपनी खाट पर, उठ नहीं सकता, हिल नहीं सकता। डाक्टर इलाज करके परेशान हो गए। आखिर उन्होंने कह दिया कि अब जिंदगी भर पक्षाघात ही रहेगा। फिर अचानक एक रात उस आदमी के घर में आग लग गई। सारे लोग घर के बाहर भागे। बाहर जाकर उन्हें खयाल आया कि अपने

परिवार के प्रमुख को तो भीतर छोड़ आए हैं—बूढ़े को। वह तो भाग भी नहीं सकता, उसका क्या होगा? लेकिन तब उन्होंने देखा कि—अंधेरे में कुछ लोग मशालें लेकर आए—तो देखा कि बूढ़ा उनके पहले बाहर निकल आया है। उन सब ने उससे पूछा, आप चल कर आए क्या? उसने कहा, अरे! वह वहीं पक्षाघात खाकर फिर गिर पड़ा। उसने कहा कि मैं तो चल ही कैसे सकता हूं? यह कैसे हुआ? लेकिन चल चुका था वह, हुआ का सवाल ही न था।

आग लग गई थी घर में, सारा घर भाग रहा था। एक क्षण को वह भूल गया कि मैं लकवा का बीमार हूं। सारी शक्ति वापस शरीर में उसने डाल दी। लेकिन बाहर आकर जब मशाल जली और लोगों ने देखा कि आप! आप बाहर कैसे आए? उसने कहा, अरे! मैं तो लकवे का बीमार हूं। वह वापस गिर पड़ा, उसकी शक्ति फिर पीछे लौट गई।

अब उसकी ही समझ के बाहर है कि यह कैसे घटना घटी। अब उसे सब समझा रहे हैं कि तुम्हें लकवा नहीं है, क्योंकि तुम इतना तो चल सके और अब तुम जिंदगी भर चल सकते हो। लेकिन वह कहता है कि मेरा तो हाथ भी नहीं उठता है, मेरा तो पैर भी नहीं उठता है। यह कैसे हुआ, मैं भी नहीं कह सकता। पता नहीं कौन मुझे बाहर ले आया!

कोई उसे बाहर नहीं ले आया। वह खुद ही बाहर आया। लेकिन उसे पता नहीं कि उसने खतरे की हालत में उसकी आत्मा ने सारी शक्ति उसके शरीर में डाल दी। और यह भी उसका भाव है कि उसने शक्ति फिर वापिस अपने भीतर खींच ली, और अब वह फिर लकवे का मरीज हो गया। और ऐसा लकवे के एकाध मरीज के साथ हुआ हो, ऐसा नहीं है। ऐसी सैकड़ों घटनाएं पृथ्वी पर घटी हैं, जब कि लकवे का आदमी बाहर आ गया है। आग लगने की हालत में या किसी खतरे की हालत में और भूल गया है, खतरे में भूल गया है कि मैं किस हालत में हूं।

मैं आपसे यह कह रहा हूं कि शरीर में हमारी शक्ति हमारी डाली हुई है, लेकिन निकालने का हमें कोई पता नहीं कि हम वापस कैसे निकालें। रात इसीलिए हमें आराम मिल जाता है कि अपने आप शक्ति वापस चली जाती है भीतर और शरीर शिथिल होकर पड़ जाता है। सुबह हम फिर ताजे हो जाते हैं। लेकिन कुछ लोग रात को भी अपनी शक्ति बाहर नहीं निकाल पाते हैं, शरीर में शक्ति रह ही जाती है। तब नींद मुश्किल हो जाती है। इनसोमेनिया या नींद का न आना सिर्फ एक ही बात का लक्षण है कि शरीर में डाली गई ताकत पीछे लौटने का रास्ता नहीं जानती है।

पहला तो ध्यान के लिये, मृत्यु में प्रवेश का जो पहला चरण है, वह शरीर से सारी शक्ति को निकाल लेना है।

अब यह बड़े मजे की बात है कि सिर्फ भाव करने से शक्ति अंदर वापस लौट जाती है। अगर थोड़ी देर तक कोई मन में यह भाव करता रहे कि मेरी शक्ति अंदर वापस लौट रही है और शरीर शिथिल होता जा रहा है, तो वह पाएगा कि शरीर शिथिल हो गया है, शिथिल हो गया है, शिथिल हो गया है। और शरीर उस जगह पहुंच जाएगा कि खुद ही अपना हाथ उठाना चाहे तो नहीं उठा सकेगा, सब शिथिल हो जाएगा। यह हमारा भाव है, जो हम शरीर से वापस खींच सकते हैं।

तो पहली तो बात है, शरीर से सारे प्राण का भीतर वापस पहुंच जाना। तो शरीर खोल की तरह पड़ा रह जाएगा और बराबर ऐसा दिखाई पड़ेगा कि नारियल में फासला पड़ गया है। हम अलग हो गए हैं और शरीर की खोल बाहर पड़ी है, वस्त्रों की भांति।

फिर दूसरी बात है, श्वास को शिथिल छोड़ना। श्वास और गहरे में हमारे प्राणों को पकड़े हुए है। इसलिए श्वास के टूटते ही आदमी मर जाता है। श्वास और गहरे में हमें शरीर से जोड़े हुए है। श्वास शरीर और आत्मा के बीच सेतु है, वहीं से हम बंधे हैं। इसलिए श्वास को हम प्राण कहते

हैं। वह गई कि प्राण गया। लेकिन बहुत प्रयोग इस संबंध में होते हैं। और अगर कोई व्यक्ति अपनी श्वास को पूरा शिथिल छोड़ दे, पूरा शिथिल छोड़ दे, शांत छोड़ दे, तो धीरे-धीरे, धीरे-धीरे श्वास उस जगह आ जाती है कि भीतर पता ही नहीं चलता है कि श्वास चल रही है कि नहीं चल रही है। कई बार शक हो जाता है कि कहीं मैं मर तो नहीं गया। यह श्वास चल नहीं रही, हुआ क्या है! श्वास इतनी शांत हो जाती है कि पता ही नहीं चलता कि चल रही है कि नहीं चल रही है।

और अगर एक क्षण के लिए भी श्वास ठहर जाती है...ठहराना नहीं है। क्योंकि जिसने ठहराया, उसकी श्वास कभी नहीं ठहरेगी। यदि ठहराया, तो श्वास बाहर निकलने की कोशिश करेगी। अगर बाहर रोका, तो भीतर जाने की कोशिश करेगी।

इसलिए मैं कह रहा हूं, अपनी तरफ से कुछ भी नहीं करना है, सिर्फ शिथिल छोड़ते जाना है, शांत, शांत, शांत। धीरे-धीरे श्वास एक बिंदु पर जाकर ठहर जाती है। और एक क्षण को भी ठहर जाए, तो उसी क्षण में आत्मा और शरीर के बीच अनंत फासला दिखाई पड़ जाता है। उसी मोमेंट में वह फासला दिखाई पड़ जाता है। जैसे बिजली चमक जाए अभी और मुझे आप सबके चेहरे दिखाई पड़ जाएं एक क्षण में। फिर बिजली खो जाए, लेकिन फिर मैंने आपके चेहरे देख लिये। ठीक एक क्षण को जब श्वास बिलकुल मध्य में ठहर जाती है, तो एक क्षण के लिए बिजली कौंध जाती है पूरे व्यक्तित्व में और दिखाई पड़ जाता है कि शरीर अलग, मैं अलग। मृत्यु घटित हो गई। तो दूसरे तल पर श्वास को शिथिल छोड़ना है।

और तीसरे तल पर मन को शिथिल छोड़ना है। क्योंकि अगर श्वास भी शिथिल हो जाए और मन शिथिल न हो पाए, तो बिजली भी कौंध जाएगी, लेकिन आपको दिखाई नहीं पड़ पायेगा कि क्या हुआ। क्योंकि मन तो अपने विचारों में उलझा रहेगा। अगर यहां बिजली चमक जाए और मैं अपने खयालों में खोया रहूं, तो बिजली चमक जाएगी, तब मुझे पता चलेगा कि अरे! कुछ हो गया। लेकिन तब तक बिजली चमक चुकी है और मैं अपने विचारों में खोया रह गया हूं। बिजली तो चमक जाएगी श्वास के ठहरते ही, लेकिन उस पर ध्यान तभी जाएगा जब विचार भी बंद हो गए हों। नहीं तो ध्यान नहीं जाएगा और मौका चूक जाएगा। इसलिए तीसरी चीज है विचार को शिथिल छोड़ देना।

ये तीन चरण हम प्रयोग करेंगे और चौथे चरण में हम दस मिनट के लिए चुपचाप बैठे रहेंगे। कोई चाहे तो लेट जा सकता है, कोई चाहे तो बैठा रह सकता है। लेटना ही सरल पड़ेगा। और इतना अच्छा तट है, इसका ठीक उपयोग किया जा सकता है।

तो सारे लोग जगह बना लें और लेट सकें...किसी को बैठना ठीक लगे, वह बैठा रह सकता है। लेकिन बैठा हुआ व्यक्ति अगर बाद में गिरने लगे, तो अपने को रोकेगा नहीं। क्योंकि जब शरीर बिलकुल शिथिल होगा तो आप गिर सकते हैं, और अगर उसे रोकने में लग गए तो शरीर पूरा शिथिल नहीं हो पाएगा।

तो ये तीन चरण में हम ध्यान करेंगे और फिर दस मिनट के लिए मौन में पड़े रहेंगे। उस मौन में, इन तीन दिनों में मृत्यु अवतरित हो जाए, मृत्यु का दर्शन हो जाए, उसकी चेष्टा रहेगी।

तो मैं आपको सुझाव दूंगा कि आप भाव करें कि शरीर शिथिल हो रहा है, श्वास शिथिल हो रही है, मन शिथिल हो रहा है। फिर मैं चुप हो जाऊंगा, यहां अंधेरा कर दिया जाएगा, फिर आप अपनी जगह दस मिनट चुपचाप पड़े रह जाएंगे। जो भी भीतर हो रहा हो, उसे देखते हुए मौन में ठहर जाएंगे।

तो इतनी जगह बना लें कि कोई अगर गिरे बाद में तो किसी के ऊपर न गिरे। और जिनको

लेट जाना हो, वे अपनी जगह बनाकर लेट जाएं।

उचित यही होगा कि चुपचाप रेत पर लेट जाएं...कोई बात नहीं करेगा, कोई बीच में उठकर नहीं जाएगा...हां, बैठ जाएं...जो जहां हैं वहीं बैठ जाएं या लेट जाएं...आंख बंद कर लें। आंख बंद कर लें...आंख बंद कर लें और शरीर को शिथिल छोड़ दें, ढीला छोड़ दें। फिर मैं सुझाव देता हूं, मेरे साथ अनुभव करें। जैसे-जैसे अनुभव करेंगे, शरीर और शिथिल होता जाएगा, और शिथिल होता जाएगा। फिर शरीर बिलकुल शिथिल होकर पड़ जाएगा, जैसे उसमें कोई प्राण न रहे।

अनुभव करें, शरीर शिथिल हो रहा है...और ढीला छोड़ते जाएं...ढीला छोड़ते जाएं। शरीर को ढीला छोड़ते जाएं और अनुभव करें कि शरीर शिथिल हो रहा है...शरीर शिथिल हो रहा है...अनुभव करें...पूरा अंग-अंग ढीला छोड़ दें...और भीतर अनुभव करें...शरीर शिथिल हो रहा है। मेरी शक्ति भीतर वापस लौट रही है...शरीर से शक्ति भीतर वापस लौट रही है...शक्ति वापस लौट रही है। शरीर शिथिल होता जा रहा है...शरीर शिथिल हो रहा है...शरीर शिथिल हो रहा है...शरीर शिथिल हो रहा है...शरीर शिथिल हो रहा है...शरीर शिथिल हो रहा है...। छोड़ दें बिलकुल, जैसे कोई प्राण न रह गए हों। गिरता हो, गिर जाए। बिलकुल ढीला छोड़ दें...शरीर शिथिल हो गया है...शरीर शिथिल हो गया है...शरीर शिथिल हो गया है...शरीर शिथिल हो गया है...छोड़ दें...छोड़ दें। शरीर शिथिल हो गया है। शरीर बिलकुल शिथिल हो गया है, जैसे उसमें प्राण ही न हों। शरीर की सारी शक्ति भीतर पहुंच गई है...शरीर शिथिल हो गया है...शरीर शिथिल हो गया है...शरीर शिथिल हो गया है...शरीर शिथिल हो गया है...शरीर शिथिल हो गया है...। छोड़ दें, बिलकुल छोड़ दें, जैसे शरीर रहा ही नहीं, हम भीतर सरक गए हैं। शरीर शिथिल हो गया है...शरीर शिथिल हो गया है...शरीर शिथिल हो गया है...।

श्वास शांत होती जा रही है...श्वास को भी ढीला छोड़ दें...बिलकुल ढीला छोड़ दें...अपने आप आए-जाए...ढीला छोड़ दें...रोकना नहीं है, धीमी नहीं करनी है। सिर्फ शिथिल छोड़ दें। जितनी आए, आए...जितनी जाए, जाए...श्वास शिथिल हो रही है...श्वास शांत हो रही है...ऐसा भाव करें...श्वास शांत होती जा रही है...श्वास शांत और शिथिल होती जा रही है...श्वास शांत और शिथिल होती जा रही है...श्वास शिथिल होती जा रही है...श्वास शांत होती जा रही है...श्वास शांत हो गई है...श्वास शांत हो गई है...श्वास शांत हो गई है...श्वास शांत हो गई है...।

अब मन को भी शिथिल छोड़ दें और भाव करें कि विचार शांत होते जा रहे हैं...विचार शांत होते जा रहे हैं...विचार शांत होते जा रहे हैं...विचार शांत हो गये हैं...।

(साधक बिना हिले-डुले लेटे हैं, बैठे हैं...वृक्षों से टिके हैं...रात्रि का गहन सन्नाटा है...सागर के तट से टकराती लहरों का गर्जन है।...सारी प्रकृति शांत और मौन है।...जैसे आसपास कोई भी प्राणी या मनुष्य न हो।...साधक बिलकुल मरे हुए से पड़े हैं।...श्वास उनकी बिलकुल धीमी हो गई है...चेहरे पर शांति का भाव गहन हो उठा है...और उनके प्राण किसी गहन अंतर्यात्रा के लिए मानों भीतर सिकुड़ गए हैं।

शरीर, श्वास और विचार शून्यवत हो गए हैं...मानों वे हैं ही नहीं, अस्तित्व मात्र शेष रह गया है...होश मात्र रह गया है...व्यक्ति विसर्जित हो गया है, चेतना मात्र रह गई है।

दस-पंद्रह मिनट साधक इस स्थिति में डूबे रहे...फिर धीरे-धीरे उन्हें ध्यान से वापस लौटने का सुझाव दिया गया...आंखें धीरे से खोलने को कहा गया...और रात्रि की इस ध्यान की बैठक की समाप्ति की घोषणा की गई। साधक धीरे-धीरे अपने निवास की ओर लौटने लगे हैं...अनेक साधक अभी ध्यान में डूबे ही हुए हैं।)

चौथा प्रवचन

सजग मृत्यु और जाति-स्मरण के रहस्यों में प्रवेश

मेरे प्रिय आत्मन्!

कल रात की चर्चा के संबंध में कुछ प्रश्न पूछे गए हैं। एक मित्र ने पूछा है, होश से मरा तो जा सकता है, लेकिन होश से जन्मा कैसे जा सकता है?

असल में मृत्यु और जन्म दो घटनाएं नहीं हैं, एक ही घटना के दो छोर हैं। इसलिए एक ही सिक्के के दो पहलू होते हैं। अगर सिक्के का एक पहलू हाथ में आ जाए, तो दूसरा पहलू अपने-आप हाथ में आ जाएगा। ऐसा नहीं होता कि सिक्के का एक पहलू मेरे हाथ में हो, तो दूसरे को कैसे हाथ में लूं। वह दूसरा अपने-आप हाथ में आ जाता है। मृत्यु और जन्म एक ही घटना के दो छोर हैं। मृत्यु अगर होशपूर्ण हो जाए, तो जन्म अनिवार्य रूप से होशपूर्ण हो जाता है। मृत्यु यदि बेहोश हो, तो जन्म भी बेहोश होता है। अगर कोई मरते क्षण में होश से भरा रहे, तो अपने नए जन्म के क्षण में भी पूरे होश से भरा रहता है। मरते क्षण में बेहोश हो, तो नये जन्म के क्षण में भी बेहोश होता है।

हम सब बेहोश ही मरते हैं और बेहोश ही जन्मते हैं, इसलिए हमें पिछले जन्मों का कोई स्मरण नहीं रह जाता है। लेकिन पिछले जन्मों की पूरी स्मृति हमारे मन के किसी कोने में सदा उपस्थित रहती है। और यदि हम चाहें, तो इस स्मृति को जगाया जा सकता है।

दूसरी बात, जन्म के संबंध में सीधा कुछ भी नहीं किया जा सकता। जो कुछ भी किया जा सकता है, वह मृत्यु के संबंध में ही किया जा सकता है। क्योंकि मर जाने के बाद कुछ भी करना संभव नहीं है। मरने के पहले ही कुछ भी किया जा सकता है। अब एक व्यक्ति बेहोश मर गया, तो यह बेहोश व्यक्ति अब जन्मने के पहले तक तो कुछ भी नहीं कर सकता है। कोई उपाय नहीं है। यह बेहोश ही रहेगा।

इसलिए जन्म तो अगर आप बेहोश मरे हैं, तो बेहोशी में ही लेना पड़ेगा। जो कुछ भी किया जा सकता है, वह मृत्यु के संबंध में किया जा सकता है। क्योंकि मृत्यु के पहले हमें बहुत मौका है, एक पूरे जीवन का अवसर है। और इस जीवन के पूरे अवसर में जागने का प्रयास हो सकता है। फिर अगर कोई मृत्यु की प्रतीक्षा करता रहे कि मरते वक्त जाग जाएंगे, तो वह बड़ी भूल में है। मरते वक्त नहीं जाग सकते हैं। जागने की साधना तो मरने के बहुत पहले शुरू कर देनी पड़ेगी। उसकी तो तैयारी करनी पड़ेगी। क्योंकि अगर तैयारी नहीं है, तो बेहोशी आ ही जाएगी। बेहोशी हितकर है, अगर तैयारी न हो तो।

काशी नरेश के पेट का एक आपरेशन हुआ 1915 के करीब। वह पहला आपरेशन था पूरी पृथ्वी पर, जो बिना बेहोशी की दवा दिए किया गया। पहले तो डाक्टरों ने इनकार कर दिया। तीन अंग्रेज डाक्टर थे। उन्होंने इनकार कर दिया कि यह संभव नहीं है। क्योंकि किसी आदमी के पेट का आपरेशन हो, और दो घंटे, डेढ़ घंटे तक उसका पेट खुला रहे, बड़ा आपरेशन हो और उसे बेहोश न किया जाए, तो पूरा खतरा है। खतरा यह है कि इतनी पीड़ा हो कि वह आदमी चिल्लाने लगे, उछलने लगे, कूदने लगे, गिर पड़े। कुछ भी हो सकता है। इसलिए डाक्टर राजी नहीं थे।

लेकिन काशी नरेश का कहना यह था कि मैं जितनी देर ध्यान में रहूं, उतनी देर कोई चिंता नहीं है; और मैं डेढ़ घंटे, दो घंटे ध्यान में रह सकूंगा। काशी नरेश राजी नहीं थे बेहोशी की दवा लेने को। वे कहते थे कि मैं होश में ही आपरेशन कराना चाहता हूं। और डाक्टर होश में करने को राजी नहीं थे। क्योंकि होश में उतनी पीड़ा से गुजरना खतरनाक हो सकता है।

लेकिन और कोई रास्ता न देखकर फिर उन्होंने पहले तो प्रयोगात्मक रूप से नरेश को ध्यान

में जाने को कहा और कुछ हाथ पर छुरी चलाई ताकि वे पता लग सकें कि हाथ में कंपन होता है या नहीं। लेकिन कंपन भी नहीं हुआ और दो घंटे के बाद ही नरेश कह सके कि मेरे हाथ में दर्द हो रहा है। दो घंटे तक तो कुछ पता नहीं चला। तब फिर आपरेशन किया गया।

वह पहला आपरेशन था पृथ्वी पर, जिसमें पेट पर डेढ़ घंटे तक डाक्टर काम करते रहे पेट खोलकर और किसी तरह की बेहोशी की दवा नहीं दी गई थी। नरेश पूरे होश में था।

लेकिन इतने होश में होने के लिए गहरे ध्यान की जरूरत है। इतने ध्यान की जरूरत है, जहां कि यह पूरा पता हो कि शरीर अलग है और मैं अलग हूं। इसमें रत्ती भर भी संदेह न हो। इसमें रत्ती भर भी संदेह रहा कि मैं शरीर हूं, ऐसा जरा भी खयाल रहा, तो खतरा हो सकता है।

तो मृत्यु तो बहुत बड़ा आपरेशन है, बहुत बड़ा सर्जिकल आपरेशन है। इतना बड़ा आपरेशन किसी डाक्टर ने कभी नहीं किया है जितना बड़ा मृत्यु है। क्योंकि मृत्यु में प्राणों को एक शरीर से पूरा का पूरा निकालकर दूसरे शरीर में प्रवेश करवाने का उपाय है। इतना बड़ा कोई आपरेशन नहीं हुआ है और न हो सकता है अभी। एकाध अंग हम काटते हैं, एकाध हिस्से को हम बदलते हैं। यहां तो पूरे प्राण की शक्ति को, पूरी ऊर्जा को, एक शरीर से हटाकर दूसरे शरीर में प्रवेश कराना है।

तो प्रकृति ने पहले से इंतजाम कर रखा है कि आप बेहोश हो जाएं। यह हितकर है। क्योंकि उतनी पीड़ा को शायद झेला ही न जा सके। और यह भी हो सकता है कि चूंकि उतनी पीड़ा नहीं झेली जा सकती, इसलिए ही हम बेहोश हो जाते हैं।

लेकिन हितकर तो है, एक गहरे अर्थों में अहितकर भी है। क्योंकि फिर हमें स्मरण नहीं रह जाता कि पीछे क्या हुआ। और करीब-करीब हर जन्म में हम वही नासमझी दोहराए चले जाते हैं जो हमने पिछले जन्म में दोहराई होगी। यदि याद आ जाए कि पिछले जन्म में हमने क्या किया, तो शायद हम उन्हीं गड्ढों में दुबारा नहीं उतरेंगे जिनमें हम पिछले जन्म में उतरे थे। और अगर याद आ जाए कि हमने पिछले सारे जन्मों में क्या किया है, तो हम यही आदमी नहीं हो सकेंगे, जो हम हैं।

यह असंभव है कि हम यही आदमी हो सकें। क्योंकि हमने बहुत बार धन इकट्ठा किया है और हर बार मृत्यु ने सारे इकट्ठे धन को व्यर्थ कर दिया है, तो शायद आज धन इकट्ठे करने की उतनी पागल दौड़ हमारे भीतर न रह जाए। हमने हजार बार प्रेम किया है और सब प्रेम व्यर्थ हो गया है, तो शायद प्रेम करने और प्रेम पाने की पागल दौड़ विलीन हो जाए। हमने हजार-हजार बार महत्वाकांक्षा की है, अहंकार किया है, यश पाया है, पद पाए हैं और सब व्यर्थ हो गए हैं, सब धूल में मिल गए हैं। अगर यह स्मरण आ जाए, तो शायद आज हमारी महत्वाकांक्षा एकदम क्षीण हो जाए। हम वही आदमी नहीं हो सकते हैं, जो हम हैं।

अहित यह हो जाता है कि हमें पिछले का कोई स्मरण नहीं रह जाता है। इसलिए करीब-करीब एक चक्कर में आदमी घूमता रहता है। उसे पता ही नहीं कि इस चक्कर से मैं बहुत बार गुजर चुका हूं। और इस बार भी वह उसी आशा से गुजरता है, जिस आशा से पहले भी बहुत बार गुजरा है। और फिर मौत आकर सब आशाएं व्यर्थ कर देती है। फिर चक्कर शुरू हो जाएगा। कोल्हू के बैल की तरह आदमी घूमता रहता है।

अहित यह है। इस अहित से बचा जा सकता है, लेकिन उसके लिए काफी जागरूक प्रयोग चाहिए। और एकदम से मृत्यु की प्रतीक्षा नहीं की जा सकती है, क्योंकि इतने बड़े आघात में, इतने बड़े आपरेशन में, एकदम से नहीं जागा जा सकता है। हमें धीरे-धीरे प्रयोग करने पड़ेंगे, धीरे-धीरे छोटे दुखों पर प्रयोग करने पड़ेंगे कि हम छोटे दुखों में जाग सकें। सिर में दर्द है, तभी जागरण मिट

जाता है और ऐसा लगता है कि मुझे दर्द हो रहा है। ऐसा नहीं लगता कि सिर को दर्द हो रहा है। तो सिर के छोटे दर्द में प्रयोग करके सीखना पड़ेगा कि दर्द हो रहा है सिर को, मैं जान रहा हूं।

स्वामी राम अमरीका गए तो वहां के लोग उनकी बात समझने में बड़ी कठिनाई में पड़े शुरू-शुरू में। अमरीका का प्रेसिडेंट उनसे मिलने आया था तो वह भी बड़ी मुश्किल में पड़ा और उसने कहा, आप कैसी भाषा बोलते हैं? क्योंकि राम थर्ड पर्सन में बोलते थे। वह ऐसा नहीं कहते थे कि मुझे भूख लगी है। वह कहते थे कि राम को बड़ी भूख लगी है। वह ऐसा नहीं कहते थे कि मेरे सिर में दर्द हो रहा है। वह कहते थे, राम के सिर में बहुत दर्द हो रहा है। तो पहले तो लोग बड़ी मुश्किल में पड़े कि वह कह क्या रहे हैं। वह कहते थे कि रात राम को बड़ी सर्दी लगती रही। तो कोई उनसे पूछता कि किसकी आप बात कर रहे हैं? किसके संबंध में कह रहे हैं? तो वह कहते कि राम के संबंध में। वे पूछते, कौन राम? तो वह कहते, यह राम। इसको रात बड़ी सर्दी लगती रही और हम बड़े हंसते रहे कि देखो राम, कैसी सर्दी झेल रहे हो। और वह कहते कि रास्ते पर राम जा रहे थे, कुछ लोग गालियां देने लगे, तो हम खूब हंसने लगे कि देखो राम, कैसी गालियां पड़ीं। मान खोजने निकलोगे तो अपमान होगा ही। लोग कहते, लेकिन आप बात किसकी कर रहे हैं? किसके संबंध में कह रहे हैं? कौन राम? तो वह कहते, यह राम।

छोटे-छोटे जीवन के दुखों से प्रयोग शुरू करना पड़ेगा। जीवन में रोज छोटे दुख आते हैं, रोज प्रतिपल वे खड़े हैं। और दुख ही क्यों, सुख से भी प्रयोग करना पड़ेगा। क्योंकि दुख में जागना उतना कठिन नहीं है, जितना सुख में जागना कठिन है। यह अनुभव करना बहुत कठिन नहीं है कि सिर अलग है और उसमें दर्द हो रहा है। लेकिन यह अनुभव करना और भी कठिन है कि शरीर अलग है और स्वास्थ्य का जो रस आ रहा है, वह भी अलग है, वह भी मैं नहीं हूं। सुख में दूर होना और भी कठिन है, क्योंकि सुख में हम पास होना चाहते हैं, और पास होना चाहते हैं; दुख में तो हम दूर होना ही चाहते हैं। यानी कि दुख में तो यह पक्का पता चल जाए कि दुख दूर है, तो यह हमारी इच्छा भी है कि दुख दूर हो। तो हम को यह पता चल जाए तो दुख से हमारा छुटकारा हो जाए।

तो दुख में भी जागने के प्रयोग करने पड़ेंगे और सुख में भी जागने के प्रयोग करने पड़ेंगे। और इन प्रयोगों में जो उतरता है, वह कई बार स्वेच्छा से दुख वरण करके भी प्रयोग कर सकता है। सारी तपश्चर्या का मूल रहस्य इतना ही है। वह स्वेच्छा से दुख को वरण करके किया गया प्रयोग है।

जैसे एक आदमी उपवास कर रहा है, भूखा खड़ा है। वह यह जानने की कोशिश कर रहा है भूख के उस प्रयोग में...आमतौर से जो लोग उपवास करते हैं, उन्हें खयाल भी नहीं है कि क्या कर रहे हैं वे। वे सिर्फ भूखे हैं और कल खाना खाना है, उसकी प्रतीक्षा कर रहे हैं।

लेकिन उपवास का जो मौलिक प्रयोग है, वह यह है कि भूख है और भूख मुझसे दूर है, इसका अनुभव करना है, मैं भूखा नहीं हूं। तो भूख को अपने हाथ से पैदा करके यह जानने की भीतर चेष्टा चल रही है कि भूख वहां है, राम को भूख लगी है। मैं भूखा नहीं हूं। मैं जान रहा हूं कि भूख लगी है। और इसे जानना है, जानना है, जानना है...और उस घड़ी पर पहुंच जाना है, जहां भूख और मेरे बीच एक फासला हो, मैं भूखा न रह जाऊं। भूख में भी, मैं भूखा न रह जाऊं। शरीर भूखा रहे और मैं जानूं। मैं सिर्फ जानने वाला रह जाऊं। तब तो उपवास का बड़ा गहरा अर्थ हो जाता है। उसका अर्थ सिर्फ भूखा रहना नहीं है।

और आमतौर से जो आदमी उपवास करते हैं, वे चौबीस घंटे यह दोहराते रहते हैं कि मैं

भूखा हूं, आज खाना नहीं खाया है। और कल खाना खाने की योजना में चित्त रमा रहता है। और कल क्या खाना है, उसकी भी योजना बनती रहती है। तब उपवास व्यर्थ हो गया, तब वह सिर्फ अनशन रहा। अनशन और उपवास का यही फर्क है। अनशन का मतलब है, न खाना। उपवास का मतलब है, और निकट, और निकट निवास करना। किसके? उपवास का मतलब है, और निकट, और निकट निवास करना। किसके निकट निवास करना? अपने! शरीर से फासले पर, स्वयं के करीब आना। उपवास का मतलब ही यही है। उपवास के मतलब से...उपवास में कहीं भी भूखा रहने का सवाल ही नहीं है। उपवास शब्द में भी भूखा रहने का कोई प्रश्न नहीं है। उपवास का मतलब है, आवास—निकट, और निकट। किसके? किसके पास? अपने पास। अपने पास रहना और शरीर से दूर। तब फिर यह भी हो सकता है कि एक आदमी भोजन किए हुए भी उपवासा हो। क्योंकि अगर भोजन करते हुए भी वह जानता हो कि भोजन दूर हो रहा है और मैं कहीं और हूं, तो उपवास है; और यह भी हो सकता है कि एक आदमी भोजन न किए हुए भी उपवासा न हो क्योंकि वह जानता हो कि मैं भूखा हूं। मैं भूखा मरा जा रहा हूं। उपवास तो एक मनोवैज्ञानिक बोध है, भूख से भिन्नता का।

तो ऐसे और दुख भी पैदा किए जा सकते हैं स्वेच्छा से भी। लेकिन स्वेच्छा से पैदा किये गये दुख बहुत गहरा प्रयोग है। एक आदमी कांटे पर भी लेट सकता है सिर्फ यह जानने के लिए कि कांटे मुझे नहीं चुभ रहे हैं, कांटे कहीं और छिदे हुए हैं और मैं कहीं और हूं। मैं कहीं और हूं, यह अनुभव करने के लिए दुख आमंत्रित भी किया जा सकता है। लेकिन अभी तो अन-आमंत्रित दुख ही काफी हैं। उन्हें और आमंत्रित करने जाने की कोई जरूरत नहीं है। दुख हमेशा ही बहुत हैं। अभी उनसे ही प्रयोग शुरू करना चाहिए। दुख ऐसे ही चले आते हैं। आए हुए दुख में भी अगर यह बोध रखा जा सके कि मैं भिन्न हूं, मैं दूर हूं, तो दुख साधना बन जाता है।

आए हुए सुख में भी साधना करनी पड़ेगी। क्योंकि दुख में तो हो सकता है हम अपने को धोखा भी दे दें। क्योंकि मन मानने को करता है कि दुख मैं नहीं हूं, लेकिन सुख को तो मन मानने को करता है कि मैं सुख हूं। इसलिए सुख में साधना और मुश्किल हो जाती है। असल में सुख से दूर अनुभव करना सबसे बड़ा दुख है। सुख से अपने को दूर अनुभव करना बहुत दुख है। क्योंकि वहां तो मन होता है कि डूब जाओ पूरे और भूल जाओ कि मैं अलग हूं। सुख डुबाता है, दुख तो वैसे ही तोड़ता है और अलग करता है। दुख को तो हम मजबूरी में ही साथ है, ऐसा मान पाते हैं, लेकिन सुख को तो हम पूरे प्राणों से अंगीकार कर लेना चाहते हैं।

आए हुए दुख में जागें, आए हुए सुख में जागें, और कभी-कभी प्रयोग के लिए आमंत्रित दुख में भी जागें। क्योंकि आमंत्रित दुख में थोड़ा फर्क है। क्योंकि जिसे हम बुलाते हैं, जिसे हम न्योता देते हैं, उसके साथ हम पूरे कभी नहीं डूब सकते। क्योंकि वह बुलाया हुआ है, निमंत्रित है, यह बोध भी फासला पैदा करता है। अतिथि कभी भी हम नहीं हो सकते। घर में आया हुआ अतिथि हमसे अलग ही है। जब हम दुख को अतिथि की तरह बुला लेते हैं कभी, तब वह अलग ही होता है, क्योंकि हमने उसे बुलाया है।

रास्ते पर चलते वक्त पैर में कांटा लग गया है, यह एक दुर्घटना है और दुख डुबा लेगा! लेकिन आप कांटा लाए हैं और पैर में चुभाया है और जाना है प्रतिपल कि मैं कांटा चुभा रहा हूं और देख रहा हूं कि दुख कहां है। इस घटना में थोड़ा फर्क है। लेकिन मैं नहीं कहता हूं कि आप अभी दुख आमंत्रित करने जाएं, दुख वैसे ही बहुत हैं। उनको जीएं और उनके बीच जागें। और फिर सुख को जीएं और उसके बीच जागें। तब कभी आपको लग सकता है कि कभी किसी दुख को

बुलाकर भी देखें कि कितनी दूर हम खड़े रह सकते हैं।

और ध्यान रहे, दुख को बुलाना एक बहुत महत्वपूर्ण प्रयोग है। क्योंकि सुख को सब बुलाना चाहते हैं, दुख को कोई भी बुलाना नहीं चाहता। और मजे की बात यह है कि जिस दुख को हम नहीं बुलाना चाहते हैं, वह आता है; और जिस दुख को हम बुलाते हैं, वह आ ही नहीं पाता है। आ भी जाता है, तो द्वार के बाहर ही खड़ा रह जाता है। जिस सुख को हम बुलाते हैं, वह कभी नहीं आता; और जिस सुख को हम नहीं बुलाते हैं, वह आ जाता है। तो दुख को जब बुलाने की क्षमता कोई जुटा लेता है, तब उसका मतलब यह है कि वह इतना सुखी हो गया है कि अब दुख बुला सकता है। वह इतने आनंद में जी रहा है कि अब दुख को बुलाने में कोई भी कठिनाई नहीं है। अब दुखों को कहा जा सकता है कि आओ और ठहर जाओ।

पर वह गहरे प्रयोग की बात है। उसके पहले तो जो दुख आ रहे हैं, उनमें ही जागने का प्रयोग करना चाहिए। और अगर दुखों के प्रति हम जागते चले जाएं, तो वह क्षमता आ जाएगी मृत्यु के क्षण तक कि हम मृत्यु में भी जाग सकेंगे और प्रकृति भी हमें छूट दे देगी कि जागे रहो। क्योंकि प्रकृति ने भी अनुभव कर लिया है कि यह व्यक्ति दुखों में जाग सकता है, तो अब मृत्यु में भी जाग सकता है। लेकिन अनायास मृत्यु में कोई भी नहीं जाग सकता है।

अभी एक आदमी मरा पी.डी.आस्पेंस्की। वह रूस का एक बड़ा गणितज्ञ था। और मृत्यु के संबंध में इस सदी में सबसे ज्यादा प्रयोग उसी आदमी ने किए हैं। मरने के समय, जब कि वह बुरी तरह बीमार है और चिकित्सकों ने कहा है कि वह बिस्तर से न उठे, तब तीन महीने तक इतना श्रम उसने किया है कि जो अकल्पनीय है। रात-रात भर सोता नहीं है, सफर करता है, चलता रहता है, दौड़ता रहता है, भागता रहता है, और चिकित्सक हैरान हैं। वे कहते हैं, उसे पूर्ण आराम करना चाहिए। उसने अपने सारे निकट मित्रों को बुला लिया है और उसने सब बातचीत बंद कर दी है, लेकिन वह श्रम में लगा हुआ है। और जो मित्र उसके साथ मरते समय तीन महीने रहे हैं, उनका कहना यह है कि हमने अपनी आंखों के सामने पहली दफे मृत्यु को जागे हुए किसी आदमी को लेते हुए देखा। और जब उससे उन्होंने कहा कि चिकित्सक कहते हैं आराम करो, तुम आराम क्यों नहीं कर रहे हो? तो उसने कहा कि मैं सारे दुख देख लेना चाहता हूं। कहीं ऐसा न हो जाए कि मरते वक्त दुख इतना बड़ा हो कि मैं सो जाऊं, बेहोश हो जाऊं। तो मैं उसके पहले वह सब दुख देख लेना चाहता हूं जो कि वह क्षमता पैदा कर दे, वह स्टेमिना दे दे, वह ऊर्जा दे दे कि मृत्यु के समय मैं होश में मर सकूं। तो सब तरह के दुख उसने तीन महीने तक झेलने की कोशिश की।

उसके मित्रों ने लिखा है कि हम जो पूर्ण स्वस्थ थे, हम उसके साथ थक जाते थे, लेकिन उसे हमने थकते नहीं देखा। और चिकित्सक कह रहे हैं कि उसको बिलकुल ही विश्राम करना चाहिए, नहीं तो बहुत नुकसान हो जाएगा। जिस रात वह मरा है, पूरी रात टहलता रहा है। एक पैर उठाने की उसकी ताकत नहीं है। डाक्टर उसकी जांच करके कहते हैं कि एक पैर उठाने की ताकत उसमें नहीं है, लेकिन वह रात भर चलता रहा है। वह कहता है कि मैं चलते-चलते ही मरना चाहता हूं। कहीं बैठे हुए मरूं और बेहोश न हो जाऊं, कहीं सोया हुआ मरूं और बेहोश न हो जाऊं। और चलते-चलते चलते उसने खबर दी है अपने मित्रों को कि बस इतनी देर और। यह दस कदम मैं और उठा पाऊंगा, बस। डूबा जा रहा है सब। लेकिन आखिरी कदम भी मैं उठाऊंगा, क्योंकि मैं आखिरी क्षण तक कुछ करते ही रहना चाहता हूं ताकि मैं पूरा जागा रहूं। ऐसा न हो कि मैं विश्राम में सो जाऊं।

वह आखिरी कदम चलते हुए मरा है। कम ही लोग चलते हुए मरे हैं जमीन पर। वह चलता

हुआ ही गिरा है। यानी वह गिरा ही तब है, जब मौत आ गई। और आखिरी कदम के पहले उसने कहा है कि बस अब यह आखिरी कदम है और अब मैं गिर जाऊंगा। लेकिन मैं तुम्हें कहे जाता हूं कि शरीर छूट गया है बहुत पहले। अब तुम देखोगे कि शरीर छूट रहा है, लेकिन मैं बहुत देर से देख रहा हूं कि शरीर छूट गया है और मैं हूं। संबंध टूट गए हैं और मैं भीतर हूं। इसलिए अब शरीर ही गिरेगा, मेरे गिरने का कोई उपाय नहीं है। और मरते क्षण में उसकी आंखों में जो चमक, उसमें जो शांति, उसमें जो आनंद, उसमें जो दूसरी दुनिया के द्वार पर खड़े हो जाने का प्रकाश है, वह उसके मित्रों ने अनुभव किया है।

लेकिन इसकी तैयारी करनी पड़ेगी। इसकी निरंतर तैयारी करनी पड़ेगी। और अगर यह तैयारी पूरी हो जाती है, तो मृत्यु की घटना अदभुत घटना है। उससे कीमती कोई घटना नहीं है। क्योंकि उसमें जो हम जान सकते हैं, वह हम और कभी नहीं जान सकते हैं। तब मृत्यु मित्र मालूम होने लगती है। क्योंकि मृत्यु की घटना में ही, हम जीवन हैं, इसका अनुभव हो सकता है, उसके पहले अनुभव नहीं हो सकता है।

ध्यान रहे, जितनी घनी अंधेरी रात हो, तारे उतने ही चमकते दिखाई पड़ते हैं। और जितने काले बादल हों, बिजली की चमक चांदी बन जाती है। जब मृत्यु पूरी तरह चारों तरफ खड़ी हो जाती है, तब वह जीवन का जो बिंदु है, वह पूरी चमक में प्रकट होता है, उसके पहले कभी प्रकट नहीं होता है। मृत्यु अंधेरा बन जाती है चारों तरफ और बीच में वह जो जीवन का बिंदु है, जिसे हम आत्मा कहें, वह पूरे प्रकाश में चमक उठता है। चारों तरफ घिरा अंधेरा उसे चमकाने का काम करता है। लेकिन हम उस वक्त बेहोश हो जाते हैं। आत्मा को जानने का जो क्षण हो सकता था मृत्यु, उस वक्त हम बेहोश हो जाते हैं।

इसकी तैयारी करनी पड़ेगी। ध्यान इसकी तैयारी है।

ध्यान, धीरे-धीरे कैसे मरा जाता है, स्वेच्छा से, उसका प्रयोग है। कैसे हम भीतर सरकते हैं और कैसे हम शरीर को छोड़ते चले जाते हैं, उसका प्रयोग है। और ध्यान की तैयारी चले और चलती रहे, तो मृत्यु के क्षण में पूर्ण ध्यान उपलब्ध हो जाएगा। और यह जो मृत्यु होगी जागे हुए, ऐसे व्यक्ति की आत्मा फिर जागी हुई ही जन्म लेती है। और तब उसका पहला दिन जन्म के बाद का, अज्ञान का नहीं होता, तब ज्ञान का ही होता है। तब प्रतिपल गर्भ में भी वह पूरे होश से भरा हुआ है। और एक बार जो जागकर मरा है, उसका फिर एक ही जन्म हो सकता है। उसके फिर ज्यादा जन्म नहीं हो सकते हैं। जाग कर मरे हुए व्यक्ति का एक ही जन्म और होता है, फिर दुबारा कोई जन्म नहीं हो सकता है। क्योंकि जिसे इतना अनुभव हो गया है कि मृत्यु क्या है, जन्म क्या है और जीवन क्या है, उसके लिए परम मुक्ति उपलब्ध हो जाती है।

यह जो एक जन्म है जागे हुए व्यक्ति का, ऐसे ही व्यक्तियों को हम अवतार, तीर्थंकर, बुद्ध, जीसस और कृष्ण कहते रहे हैं, ऐसे ही लोगों को। ऐसे लोगों को हम आदमी से अलग गिनते रहे हैं। उसका कोई और कारण नहीं है। उसका कुल इतना ही कारण है कि वे निश्चित हमसे बहुत अलग हैं। फर्क इतना ही है कि हम सोये हुए हैं और वे जागे हुए हैं। और यह उनकी अंतिम यात्रा है इस पृथ्वी पर। और इसलिए कुछ उनमें है, जो हममें नहीं है; और कुछ उनमें है, जो हम तक पहुंचाने की वे अथक चेष्टा करते रहेंगे। फर्क उनमें और हममें इतना ही है कि उनका यह जन्म और पिछली मृत्यु जाग्रत हुई है, इसलिए यह पूरा जीवन जागा हुआ है।

तिब्बत में बारदो करके एक छोटा-सा ध्यान का प्रयोग है। कीमती प्रयोग है। वह मरते क्षण ही करवाया जाता है। जब कोई मर रहा होता है, तब चारों तरफ, जो जानते हैं, इकट्ठे होकर बारदो

करवाते हैं। लेकिन बारदो भी उसको ही करवाया जा सकता है, जिसने जीवन में ध्यान किया हो। जिसने ध्यान न किया हो, उसे बारदो नहीं करवाया जा सकता है। जैसे ही कोई व्यक्ति मरता है, तो बारदो के प्रयोग में उसे पूरा जागने के लिए बाहर से सूचनाएं दी जाती हैं कि वह जागा रहे। और उसे यह सब बताया जाता है कि अब क्या-क्या होगा, वह देखता रहे। क्योंकि बहुत बार ऐसी घटनाएं घटती हैं कि जिन्हें वह समझ ही नहीं सकता। नई घटनाओं को एकदम से समझा भी नहीं जा सकता है।

मरने के बाद अगर कोई आदमी जागा रहे, तो पहले तो बहुत देर तक उसे पता ही नहीं चलेगा कि मैं मर गया हूं। उसे तो पता ही तब चलेगा जब उसकी लाश लोग उठाने लगेंगे और उसको मरघट पर जलाने लगेंगे, तब उसे पक्का पता चलेगा कि मैं मर गया हूं। क्योंकि भीतर तो कुछ मरता ही नहीं, सिर्फ एक फासला हो जाता है। लेकिन फासले का जिंदगी में कभी अनुभव नहीं किया। वह अनुभव इतना नया है कि उसको समझने की कोई पुरानी परिभाषा नहीं है उसके पास। तो उसे सिर्फ इतना ही लगता है कि कुछ अलग-अलग हो गया है। लेकिन कुछ मर गया है, यह उसकी समझ में तभी आता है, जब चारों तरफ लोग रोने-चिल्लाने लगते हैं, और उसकी लाश के आस-पास गिरने लगते हैं और उसको उठाकर ले जाने लगते हैं।

लाश को जल्दी से मरघट पहुंचा देने का कारण है। लाश को जितनी जल्दी हो सके दफना देने का, आग लगा देने का कारण है। उतनी ही जल्दी उस आत्मा को पक्का पता चल जाए कि शरीर गया, जल गया। लेकिन अगर आदमी मूर्च्छित है, तो यह भी उसे पता नहीं चल पाता है। यह भी होश में जाए तो ही पता चल पाता है। अपने शरीर को जलता हुआ देखना—इसके लिए बारदो में वे सुझाव देते हैं कि अपने शरीर को ठीक से जलते हुए देख लेना, भाग मत जाना, जल्दी हट मत जाना। मरघट पर और लोग ही तुम्हें पहुंचाने न जाएं, तुम भी वहां मौजूद रहना। अपने शरीर को ठीक से जलते हुए देख लेना, ताकि अगली बार यह शरीर का मोह पकड़े न। क्योंकि जो जलता हुआ देख लिया गया हो, उसका मोह विलीन हो जाता है।

लेकिन दूसरे लोग तो देख ही लेंगे जलते हुए। वह आदमी नहीं देख पाएगा। आमतौर से हजार में नौ सौ निन्यानबे मौकों पर वह बेहोश होता है, उसे पता ही नहीं होता है। और अगर कभी एक मौके पर वह होश में भी होता है तो अपने जलते हुए शरीर को देखकर भाग जाता है, हट जाता है वहां से, मरघट पर नहीं पहुंचता है, जहां सब जाते हैं। तो बारदो में वे उससे कहते हैं कि देख, इस मौके को मत छोड़ देना। अपने शरीर को जलते हुए देखना। उसे जलते हुए देख ही लेना, जो तू समझता था कि मैं हूं। उसे मिटते हुए पूरी तरह देख ही लेना। उसको भस्मीभूत होते हुए, राख में विलीन होते हुए देख ही लेना, ताकि अगले जन्म में तुझे खयाल रहे कि तू कौन है।

जैसे ही व्यक्ति मरता है, वैसे ही एक नए लोक में उसका पदार्पण होता है, जिसका हमें कोई अनुभव नहीं होता। वह लोक हमें इतना घबड़ा भी सकता है, डरा भी सकता है, भयभीत भी कर सकता है। वह लोक हमारी किसी भी अनुभूति के अनुकूल-प्रतिकूल नहीं है। उससे हमारा कोई संबंध ही नहीं है। जैसे कि हम एक व्यक्ति को बिलकुल ही अनजान देश में प्रवेश करवा दें जहां की वह भाषा नहीं जानता है, जहां लोगों के चेहरे नहीं जानता है, जहां लोगों के ढंग नहीं जानता है, तो जैसा घबड़ा जाए, उससे भी बड़ी घबड़ाहट है। क्योंकि चाहे कैसा भी मनुष्य हो, कैसी भी भाषा बोलता हो, कैसे भी ढंग हों उसके जीने के, फिर भी वह मनुष्य है और हमारे और उसके बीच एक संबंध है। हम जिस दुनिया में रह रहे हैं, वह शरीर की दुनिया है। उसके छूटते ही अशरीर की दुनिया शुरू होती है। और अशरीरी प्राणों का अनुभव हमें बिलकुल नहीं है। उस अशरीरी जीवन

के, अशरीरी-योनि में प्रवेश करते ही हम इतने भयभीत और डरे हुए हो जा सकते हैं कि जिसका कोई हिसाब न रहे।

तो आमतौर से तो हम बेहोश ही गुजरते हैं, इसलिए कोई पता नहीं रहता है। लेकिन होश में जो जाता है, वह बहुत मुश्किल में पड़ जाता है। तो बारदो में उसे समझाने की कोशिश करते हैं कि क्या-क्या होगा, कैसा जगत होगा, कैसे व्यक्तित्व होंगे, तुम कहां प्रवेश कर गए हो। लेकिन यह प्रयोग उनको ही करवाया जा सकता है, जो ध्यान के गहरे प्रयोग से गुजरते रहे हों, अन्यथा नहीं करवाया जा सकता है।

इधर मैं निरंतर सोचता हूं कि जो मित्र ध्यान के प्रयोग से गुजर रहे हैं, उन्हें किसी न किसी रूप में बारदो का प्रयोग करवाया जा सके। लेकिन वह तभी करवाया जा सकता है जब वे पहले ध्यान में गहरे गुजर जाएं, अन्यथा वे सुन भी न पाएंगे। मरते क्षण में उन्हें सुनाई भी नहीं पड़ेगा कि क्या कहा जा रहा है। उन्हें कौन-सी बात बताई जा रही है, वह उनके खयाल में भी नही आएगी। उसके लिए अत्यंत शांत और शून्य चित्त होना जरूरी है, तभी वे बातें खयाल में आ सकती हैं। और जब चेतना डूबती चली जाती है, डूबती चली जाती है, विलीन होती चली जाती है, इस जगत से संबंध टूटने लगते हैं, तो इस जगत से दिए गए कोई भी संदेश अत्यंत शांत मन में ही सुने जा सकते हैं, अन्यथा नहीं सुने जा सकते।

और यह ध्यान रहे कि मृत्यु के साथ हम कुछ कर सकते हैं, जन्म के साथ कुछ भी नहीं कर सकते। लेकिन मृत्यु के साथ जो हमने किया, वह हमारे जन्म के साथ भी हो जा सकता है। हो ही जाता है। जैसे हम मरते हैं, वैसे ही हम जन्मते हैं। जागा हुआ व्यक्ति अपने गर्भ के चुनाव में भी मुक्त हो जाता है। यानी वह अंधे की तरह कुछ भी नहीं चुन लेता है, बेहोश की तरह कुछ भी नहीं चुन लेता है। जागा हुआ व्यक्ति अपने मां और पिता का वैसे ही चुनाव करता है, जैसे कि कोई समृद्ध व्यक्ति अपने रहने के मकान का चुनाव करता है। लेकिन गरीब आदमी अपने रहने के मकान का चुनाव नहीं कर पाता है। चुनाव करने के लिए सामर्थ्य चाहिए। मकान खरीदने की सामर्थ्य चाहिए। गरीब आदमी अपने मकान का चुनाव नहीं करता। कहना चाहिए कि मकान ही गरीब आदमी को चुनता है। गरीब मकान, गरीब आदमी को चुन लेता है। अमीर आदमी अपने मकान का निर्णय करता है कि मैं कहां रहूं, कैसा बगीचा हो, द्वार कहां हो, दरवाजा कहां हो, सूरज की रोशनी पूरब से आए कि पश्चिम से, हवाएं कैसी आएं, कितना खुला हो—वह सब चुनाव करता है।

जाग्रत व्यक्ति अपने गर्भ का चुनाव करता है। वह उसकी च्वाइस है। महावीर या बुद्ध जैसे व्यक्ति हर कहीं पैदा नहीं हो जाते हैं। वे सारी संभावनाओं को देखकर ही पैदा होते हैं। कैसा शरीर मिलेगा, किस मां-बाप से, कैसी शक्ति मिलेगी, कैसी सामर्थ्य मिलेगी, कैसी सुविधा मिलेगी, क्या मिलेगा, वह सब देखकर पैदा होते हैं। उनके सामने चुनाव है स्पष्ट कि वह किसको चुनें, कहां जाएं। और इसलिए उनका जीवन पहले दिन से ही अपना चुना हुआ जीवन होता है। अपने चुने हुए जीवन का आनंद ही दूसरा है, क्योंकि वहां से स्वतंत्रता का प्रारंभ है। और मिले हुए जीवन का वह आनंद कभी भी नहीं हो सकता है, क्योंकि वह एक परतंत्रता है। हम ढकेल दिए गए हैं, एक धक्का दे दिया गया है और जो भी हो गया है, वह हो गया है। उसमें हमारा कोई हाथ नहीं है।

यह जो जागरण संभव हो सके तो चुनाव बिलकुल ही किया जा सकता है। और अगर जन्म ही हमारा चुनाव हो, तो पूरा जीवन हमारा चुनाव हो जाता है। तब हम एक जीवन-मुक्त की तरह जीते हैं। जिस व्यक्ति की मृत्यु जागे हुए होती है, उसका जन्म जागा हुआ होता है, और फिर उसका

जीवन मुक्त होता है।

जीवन-मुक्त शब्द को हम सुनते हैं बार-बार, लेकिन हमें खयाल में नहीं होगा कि जीवन-मुक्त का क्या अर्थ है। जीवन-मुक्त का अर्थ है, जिसका जन्म जागा हुआ हो। वही जीवन-मुक्त हो सकता है। अन्यथा मुक्ति की चेष्टा कर सकता है, अगला जीवन उसका मुक्त हो सकता है, लेकिन यह जीवन मुक्त नहीं हो पाएगा। इस जीवन के मुक्त होने के लिए पहले दिन से ही अपनी स्वतंत्रता का चुनाव होना चाहिए। और वह हम तभी कर सकते हैं, जब हमने पिछली मृत्यु के जागरण का उपाय किया हो।

अब वह तो सवाल न रहा। यह जीवन हमारे पास है। अभी मृत्यु नहीं आई है। आएगी, आना सुनिश्चित है। मृत्यु से ज्यादा सुनिश्चित कुछ भी नहीं है। सब संबंध में संदेह हो सकता है, मृत्यु के संबंध में कोई भी संदेह नहीं है। परमात्मा के संबंध में संदेह करने वाले लोग हैं, आत्मा के संबंध में संदेह करने वाले लोग हैं, लेकिन ऐसा आदमी आपने नहीं सुना होगा जो मृत्यु के संबंध में संदेह करता हो। वह असंदिग्ध है। वह आएगी ही। आ ही रही है। उसका आना हो ही रहा है, प्रतिपल निकट होती चली जा रही है। ये जो क्षण हमारे और उसके बीच में बचे हैं, इनका हम जागने के लिए उपयोग कर सकते हैं। ध्यान उसकी ही प्रक्रिया है। वह इन तीन दिनों में मैं आपको कोशिश करूंगा कि खयाल में आ जाए कि ध्यान उसकी ही प्रक्रिया है।

एक और मित्र ने पूछा है कि ध्यान की विधि और जाति-स्मरण में क्या संबंध है?

जाति-स्मरण का अर्थ है, पिछले जन्मों के स्मरण की विधि। पहले जो हमारा होना हुआ है, उसके स्मरण की विधि। ध्यान का ही एक रूप है जाति-स्मरण। ध्यान का ही एक प्रयोग है। स्पेसिफिक, एक खास प्रयोग है ध्यान का। जैसे नदी है, और कोई पूछे कि नहर क्या है? तो हम कहेंगे कि नदी का ही एक विशेष प्रयोग है—सुनियोजित; नदी का ही, पर नियंत्रित, व्यवस्थित। नदी है अव्यवस्थित, अनियंत्रित। नदी भी पहुंचेगी कहीं, लेकिन पहुंचने की कोई मंजिल का पक्का नहीं है। लेकिन नहर सुनिश्चित है कि कहां पहुंचानी है।

तो ध्यान तो बड़ी नदी है। पहुंचेगी सागर तक। पहुंच ही जाएगी। परमात्मा तक पहुंचा ही देगा ध्यान। लेकिन ध्यान के और अवांतर प्रयोग भी हैं। ध्यान की छोटी-छोटी शाखाओं को नियोजित करके नहर की तरह भी बहाया जा सकता है। जाति-स्मरण उनमें एक है। ध्यान की शक्ति को हम अपने पिछले जन्मों की तरफ भी प्रवाहित कर सकते हैं। ध्यान का तो मतलब है सिर्फ अटेंशन। ध्यान का मतलब है, 'ध्यान'। किस चीज पर ध्यान देना है, उसके बहुत प्रयोग हो सकते हैं। उसका एक प्रयोग जाति-स्मरण है, कि मेरे पिछले जन्मों की स्मृति कहीं पड़ी है।

स्मृतियां मिटतीं नहीं, ध्यान रहे। कोई स्मृति कभी नहीं मिटती है, सिर्फ स्मृति दबती है या उभरती है। दबी हुई स्मृति, मिटी हुई मालूम पड़ती है। अगर मैं आपसे पूछूं कि उन्नीस सौ पचास की एक जनवरी को आपने क्या किया था? तो ऐसा तो नहीं है कि आपने कुछ भी न किया होगा, लेकिन बता आप कुछ भी न पाएंगे कि एक जनवरी उन्नीस सौ पचास को क्या किया। एकदम खाली हो गया है एक जनवरी उन्नीस सौ पचास का दिन। पर खाली न रहा होगा जिस दिन बीता होगा, उस दिन भरा हुआ था। लेकिन आज खाली हो गया है। आज का दिन भी कल इसी तरह खाली हो जाएगा। दस साल बाद आज के दिन का भी कोई पता नहीं चलेगा। लेकिन इसका यह मतलब नहीं है कि एक जनवरी उन्नीस सौ पचास नहीं था। न इसका यह मतलब है कि एक जनवरी उन्नीस सौ पचास को आप नहीं थे। न इसका यह मतलब है कि चूंकि आप स्मरण नहीं कर पाते हैं, इसलिए उस दिन को हम कैसे मानें। वह था और उसे जानने का भी उपाय है। ध्यान को उसकी तरफ भी

ले जाया जा सकता है। और जैसे ही ध्यान का प्रकाश उस पर पड़ेगा, आप हैरान हो जाएंगे, वह उतना ही जीवंत वापस दिखाई पड़ने लगेगा, जितना जीवंत उस दिन भी न रहा होगा। जैसे कि कोई टार्च को लेकर एक अंधेरे कमरे में आए और घुमाए। तो वह बाईं तरफ देखे, तो दाईं तरफ अंधेरा हो जाता है, लेकिन दाईं तरफ मिट नहीं जाता। वह टार्च को घुमाए और दाईं तरफ ले आए, तो दाईं तरफ फिर जीवित हो जाता है, लेकिन बाईं तरफ छिप जाता है।

ध्यान का एक फोकस है और अगर विशेष दिशा में प्रवाहित करना हो तो टार्च की तरह प्रयोग करना पड़ता है ध्यान का। और अगर परमात्मा की तरफ ले जाना हो, तो दीये की तरह प्रयोग करना पड़ता है ध्यान का। इसको ठीक से समझ लें।

दीये का कोई फोकस नहीं होता, दीया अनफोकस्ड है। दीया सिर्फ जलता है। चारों तरफ रोशनी उसकी फैल जाती है। रोशनी किसी एक दिशा में नहीं बहती है, बस बहती है, चारों तरफ एक-सी। दीये का कोई मोह नहीं कि यहां बहे वहां बहे, यहां जाए वहां जाए। इसलिए जो भी है वह दीये की रोशनी में प्रकट हो जाता है। लेकिन टार्च दीये का फोकस के रूप में प्रयोग है। उसमें हम सारी रोशनी को बांधकर एक तरफ बहाते हैं। इसलिए यह हो सकता है कि दीये के कमरे में जलने पर चीजें साफ दिखाई न पड़ें; दिखाई पड़ें, लेकिन साफ दिखाई न पड़ें। साफ दिखाई पड़ने के लिए दीये की रोशनी को हम एक ही जगह बांधकर डालते हैं, वह टार्च बन जाती है। तब फिर एक चीज पूरी तरह साफ दिखाई पड़ती है। लेकिन एक चीज पूरी साफ दिखाई पड़ती है, तो शेष सब चीजें दिखाई पड़नी बंद हो जाती हैं। असल में एक चीज को अगर साफ देखना हो, तो सारे ध्यान को एक ही दिशा में बहाना पड़ेगा, शेष सब तरफ अंधेरा कर लेना पड़ेगा।

तो जिसे सीधे जीवन के सत्य को ही जानना है, वह तो दीये की तरह ध्यान को विकसित करेगा। अन्य कोई प्रयोजन नहीं है उसे। और सच तो यह है कि दीये का प्रयोजन इतना ही है कि दीया अपने को ही देख ले, बस इतना ही प्रकाशित हो जाए तो काफी है। बात खतम हो गई। लेकिन अगर कोई विशेष प्रयोग करने हों, जैसे पिछले जन्मों के स्मरण का, तो फिर ध्यान को एक दिशा में प्रवाहित करना होगा। और उस दिशा में प्रवाहित करने के दो-तीन सूत्र आपसे कहता हूं। पूरे सूत्र नहीं कहता हूं, क्योंकि शायद ही किसी को प्रवाहित करने का खयाल हो। जिनको खयाल हो, वे मुझसे अलग से मिल ले सकते हैं। लेकिन दो-तीन सूत्र कहता हूं। समझ में भर बात आ जाये। उतने से आप प्रयोग न कर सकेंगे, लेकिन बात भर समझ सकेंगे। और सबके लिए प्रयोग करना शायद उचित भी नहीं है, इसलिए पूरी बात नहीं कहूंगा। क्योंकि कई बार प्रयोग आपको खतरे में उतार दे सकता है।

एक घटना मैं आपसे कहूं। उससे खयाल आ जाए। एक प्रोफेसर महिला कोई दो-तीन वर्ष तक ध्यान के संबंध में मेरे निकट में रही। उसका अति आग्रह था कि जाति-स्मरण का प्रयोग करना है, पिछला जन्म जानना है। तो उसे मैंने जाति-स्मरण के प्रयोग करवाए। मैंने उससे बहुत कहा भी कि यह प्रयोग अभी न करो तो अच्छा है। क्योंकि ध्यान पूरा विकसित हो जाए, तब तो जाति-स्मरण के प्रयोग से कोई खतरा नहीं होता है। लेकिन पूरा विकसित न हो, तो खतरे हो सकते हैं। क्योंकि एक ही जीवन की स्मृतियों को झेलना भी बहुत बोझिल है। दो-चार जीवन की स्मृतियां एकदम से द्वार तोड़ कर भीतर आ जाएं, तो आदमी पागल भी हो सकता है। और इसीलिए प्रकृति ने व्यवस्था की है कि आप भूलते चले जाएं। जानने से ज्यादा भूलने की व्यवस्था की है। जितना आप स्मरण करते हैं, उससे ज्यादा विस्मरण करवा दिया जाता है, ताकि आपके चित्त के ऊपर ज्यादा बोझ कभी भी न हो जाए। चित्त की सामर्थ्य बढ़ जाए, तो ज्यादा बोझ झेला जा सकता है। लेकिन सामर्थ्य न

बढ़े और बोझ आ जाए, तो कठिनाई शुरू हो जाती है। पर उनका आग्रह था, वह नहीं मानीं और उन्होंने प्रयोग किये।

जिस दिन उनको पहले दिन पिछले जन्म की स्मृति की धारा टूटी, उस दिन रात के कोई दो बजे वह भागी हुई मेरे पास आईं। एकदम हालत उनकी खराब थी। बहुत ही मुश्किल और कठिनाई में पड़ गई थीं वह। उन्होंने कहा, अब किसी तरह इसको बिलकुल बंद हो जाना चाहिए, मैं उस तरफ कुछ देखना ही नहीं चाहती। लेकिन इतना आसान नहीं है कुछ नहर को बुला लेना और फिर एकदम से बंद कर देना। इतना आसान नहीं है। द्वार टूट जाए तो उसे एकदम से बंद करना बहुत मुश्किल है। क्योंकि द्वार खुलता नहीं, टूटता है। वक्त लगा कोई पंद्रह दिन, तभी वह स्मृतियों की धारा बंद हो सकी। कठिनाई क्या आ गई?

उन देवी को अत्यंत पवित्र, चरित्रवान होने का खयाल था। और पिछले जन्म की स्मृति आई कि वह वेश्या थी। और जब वेश्या होने के सारे चित्र उभरने शुरू हुए, तो उनके प्राण कंप गए। और इस जीवन की जो सारी नैतिकता थी, वह सब डावांडोल हो गई। और वह स्मृति ऐसी नहीं आती कि कोई और वेश्या थी। ऐसी नहीं है वह स्मृति। यही जो अब चरित्रवान है, वही वेश्या थी। और अक्सर ऐसा होता है कि पिछले जन्म में जो वेश्या हो, वह इस जन्म में बहुत सती हो जाए। वह पिछले जन्म की प्रतिक्रिया है, पिछले जन्म का दुख भाव है। वह पिछले जन्म की पीड़ादायक स्मृति है, जो उसे सती बना देती है।

इसलिए अक्सर ऐसा हो जाता है कि पिछले जन्म के गुंडे इस जन्म में महात्मा हो जाते हैं, इस जन्म के महात्मा अगले जन्म में गुंडे हो जाते हैं। इसलिए महात्माओं और गुंडों में बड़ा गहरा संबंध है। अक्सर यह प्रतिक्रिया हो जाती है। उसका कारण यह है कि जो हम जान लेते हैं, उससे हम पीड़ित हो जाते हैं, उससे हम विपरीत चले जाते हैं। चित्त का जो पेंडुलम है, वह बिलकुल विपरीत घूमता रहता है। बाएं को छू लेता है, फिर दाएं की तरफ जाना शुरू हो जाता है। दाएं को छू नहीं पाता है कि फिर बाएं की तरफ जाना शुरू हो जाता है। जब घड़ी के पेंडुलम को आप बाईं तरफ जाते देखें, तो आप समझ लेना कि वह दाईं तरफ जाने की तैयारी कर रहा है। बाईं तरफ जब वह जा रहा है तब वह दाईं तरफ जाने की शक्ति जुटा रहा है। और जितनी दूर तक बाएं जाएगा, उतनी ही दूर तक दाएं जाएगा। और इसलिए जीवन में अक्सर ऐसा होता रहता है, बुरा अच्छा बन जाता है, अच्छा बुरा बन जाता है। निरंतर यह होता रहता है। प्रत्येक जीवन में यह डावांडोलपन होता रहता है।

इसलिए आमतौर से ऐसा मत सोचना कि जो आदमी इस जन्म में महात्मा बन गया है, वह पिछले जन्म में भी महात्मा रहा हो। ऐसा जरूरी नहीं है। जरूरी इससे उलटा कहीं ज्यादा है। पिछले जन्म में जो उसने जाना है, उसकी पीड़ा ने उसे भर दिया है।

मैंने सुना है कि एक पड़ोस में एक साधु है और सामने एक वेश्या है। वे दोनों मरे हैं एक ही दिन। वेश्या स्वर्ग की तरफ जा रही है और साधु नर्क की तरफ जा रहा है। और वे जो उसे लेने आए हैं यमदूत, वे बड़े हैरान हैं। और यमदूत आपस में पूछते हैं कि यह क्या गड़बड़ हो गई है, कुछ भूल तो नहीं हो गई? क्योंकि इस साधु को हम नर्क क्यों ले जा रहे हैं? यह साधु साधु था। तो उनमें जो जानता है, वह कहता है कि वह साधु जरूर था, लेकिन वेश्या के प्रति निरंतर ईर्ष्या से भरा था। और निरंतर यह सोचता था कि पता नहीं कौन-सा राग-रंग वहां चल रहा है! कौन-सा सुख वहां मिल रहा है! वेश्या के घर से आते हुए वीणा के स्वर उसके प्राणों को बहुत कंपा देते थे, और वेश्या के घर से बजते हुए घूंघर की आवाज उसे इतना आंदोलित कर देती थी जितना वेश्या

के सामने बैठे हुए लोग आंदोलित नहीं होते थे। और उसका चित्त वहीं लगा रहता था। वह भगवान की पूजा भी करता था, तो भी उसके हाथ वेश्या की तरफ ही जुड़े रहते थे। और वह वेश्या निरंतर सोचती थी कि साधु न मालूम किस आंतरिक आनंद में जी रहा है, मैं कैसी गर्त में पड़ गई हूं। मैं न मालूम कैसे दुख में पड़ गई हूं। और जब वह साधु को सुबह पूजा के फूल लिये हुए जाते देखती थी, तो सोचती थी कि कब ऐसा संभव होगा कि मैं भी प्रभु के मंदिर में पूजा के फूल ले जाने के योग्य हो जाऊंगी। लेकिन मैं तो इतनी अपवित्र हूं कि मंदिर में जाने का साहस भी नहीं जुटा सकती हूं। और जब साधु के घर में पूजा का धुआं उठता था और पूजा के दीप जलते थे और पूजा की घंटियां बजती थीं, तो वेश्या किसी ध्यान में खो जाती थी, जैसा साधु कभी नहीं खो पाता था। और ऐसा उलटा होता रहा। और वेश्या ने निरंतर अर्जन कर लिया था साधु होने का और साधु ने अर्जन कर लिया था वेश्या होने का। उनकी यात्राएं, जो बिलकुल विपरीत थीं, बिलकुल विपरीत हो गई थीं। जो बिलकुल उलटी मालूम होती थीं, वह बिलकुल बदल गई थीं। अक्सर ऐसा होता है। इसके होने के नियम हैं।

तो उन देवी को जब पूर्वजन्म का स्मरण आया, तो उन्हें बहुत पीड़ा हुई। पीड़ा यह हुई कि उनका सारा अहंकार गल गया और टूट गया। जो उन्होंने जाना, वह कंपा देने वाला सिद्ध हुआ। अब उसे भुलाना चाहती हैं। मैंने उनको कहा था कि इसे याद करना, करने की तैयारी रखनी चाहिए। अगर तैयारी न हो तो याद नहीं करना चाहिए।

इसलिए मैं आपको दो-तीन सूत्र कहता हूं, जिनसे आप जाति-स्मरण का अर्थ पूछा है वह समझ सकें। लेकिन उससे प्रयोग आपसे नहीं हो सकेगा। जिन्हें करना हो उन्हें अलग से ही सोचना पड़ेगा।

पहली तो बात यह है कि अगर जाति-स्मरण में उतरना हो, अतीत जन्म को जानना हो, तो पहली जो जरूरत है चित्त की, वह भविष्य की तरफ से चित्त को मोड़ना पड़ता है। हमारा चित्त भविष्यगामी है। हमारा चित्त जो है वह फ्यूचर सेंटर्ड है आमतौर से, अतीतगामी नहीं है। चित्त आमतौर से भविष्य की तरफ गति करता है। चित्त की जो धारा है, वह भविष्य की तरफ उन्मुख है। और जीवन के हित में यही है कि भविष्य की तरफ चित्त उन्मुख हो, अतीत की तरफ उन्मुख न हो। क्योंकि अतीत से अब क्या लेना-देना है, वह गया, वह जा चुका। अभी जो आने को है उसकी तरफ हम उत्सुक हैं।

इसीलिए तो हम ज्योतिषियों के पास पूछते फिरते हैं कि कल क्या होने वाला है? भविष्य में क्या होने वाला है? भविष्य के प्रति हम उत्सुक हैं कि क्या होने वाला है। अब जिस व्यक्ति को अतीत स्मरण करना हो, उसे भविष्य की उत्सुकता बिलकुल छोड़ देनी पड़ती है। क्योंकि चित्त का जो फोकस है, उसकी जो धारा है, अगर भविष्य की तरफ बह रही है उसके टार्च की धारा, तो अतीत की तरफ नहीं बह सकती है।

तो पहला तो काम यह करना पड़ता है कि भविष्य उन्मुखता बिलकुल तोड़ देनी पड़ती है कुछ महीनों के लिए, एक निश्चित समय के लिए। छह महीने के लिए भविष्य को नहीं सोचूंगा, भविष्य का खयाल आ जाएगा, तो उसको नमस्कार कर लूंगा। भविष्य का भाव आएगा, तो मैं उस तरफ नहीं बहूंगा। भविष्य है ही नहीं, ऐसा छह महीने मानकर चलूंगा। सिर्फ अतीत ही है और पीछे की तरफ बहूंगा। पहली बात।

और जैसे ही भविष्य टूटता है, चित्त की धारा पीछे की तरफ मुड़नी शुरू हो जाती है। फिर पीछे की तरफ पहले तो इसी जन्म में पीछे की तरफ लौटना पड़ेगा। एकदम पिछले जन्म में नहीं

लौटा जा सकता है। इसी जन्म में पीछे की तरफ लौटना पड़ेगा। तो उसके प्रयोग हैं कि इस जन्म में हम पीछे की तरफ कैसे लौटें।

जैसे कि मैंने कहा एक जनवरी उन्नीस सौ पचास को आपने क्या किया, इसका आपको कोई पता नहीं है। तो इसका प्रयोग है, इसे जाना जा सकता है।

जैसे मैं ध्यान के लिए कहता हूं, ऐसा ध्यान करें और दस मिनट के बाद जब ध्यान में चित्त चला जाए, शरीर शिथिल हो जाए, श्वास शिथिल हो जाए, मन शांत हो जाए, तब एक ही बात चित्त में रह जाए कि एक जनवरी उन्नीस सौ पचास को क्या हुआ? बस यह एक ही बात चित्त में रह जाए, सारा चित्त इस पर घूमने लगे—एक जनवरी उन्नीस सौ पचास को क्या हुआ? एक जनवरी उन्नीस सौ पचास को क्या हुआ? बस चित्त के चारों तरफ गूंजता हुआ यह एक ही स्वर रह जाए। तो आप दो-चार दिन में पाएंगे कि अचानक एक दिन जैसे पर्दा उठ गया और एक जनवरी आ गई और सुबह से सांझ तक एक-एक चीज दौड़ गई। और आपने इस तरह एक जनवरी देखी, जैसी आपने उस दिन भी न देखी होगी, क्योंकि इतना होश आपने उस दिन भी न रखा होगा। जिस दिन एक जनवरी गुजरी थी, इतना होश उस दिन भी न रहा होगा।

तो पहले इसी जन्म में पीछे लौट कर प्रयोग करना पड़ेगा। फिर पांच वर्ष तक प्रयोगों को ले जाना बहुत सरल है। पांच वर्ष की उम्र तक पीछे लौटना बहुत सरल है, बहुत कठिन नहीं है। लेकिन पांच वर्ष के बाद बड़ी बाधा पड़ती है। इसलिए आमतौर से हमारी स्मृति पांच वर्ष की उम्र के पहले की नहीं होती। पीछे से पीछे की स्मृति करीब पांच वर्ष के करीब की होती है। हां, कुछ लोगों को तीन वर्ष तक हो सकती है, लेकिन तीन वर्ष से पहले तो बहुत ही मुश्किल बात हो जाती है। वहां एकदम द्वार अटक जाता है, जैसे सब बंद हो गया है वहां तक।

लेकिन जो व्यक्ति इसमें समर्थ हो जाएगा, पांच वर्ष की उम्र तक की किसी भी दिन की स्मृति को पूरा जगाने लगेगा...और वह पूरी तरह जगने लगती है। और फिर उसको इस तरह जांच कर लेनी चाहिए। जैसे आज का दिन गुजर रहा है, तो आज के दिन की कुछ बातें नोट करके ताले में बंद कर दें। दो साल बाद आज के दिन को याद करें। वह सब खो जाएगा आज का दिन। और तब स्मरण करें, और स्मरण करके फिर ताला तोड़ें, और फिर मेल करें कि वह बात मेल खा गई कि नहीं। और आप हैरान होंगे...आप हैरान होंगे कि जितनी बातें आपने लिखी थीं, उनसे बहुत ज्यादा बातें और भी याद आई हैं जो आप उस दिन भी नोट नहीं कर पाए थे। वे तो सब बातें याद आ ही जाएंगी।

इसको बुद्ध ने नाम दिया है, आलय-विज्ञान। मनुष्य के मन का एक कोना है, जिसको उन्होंने आलय-विज्ञान कहा है। आलय-विज्ञान का मतलब होता है, स्टोर हाउस आफ कांशसनेस। जैसे घर में एक कबाड़खाना होता है, जहां हम सब बेकार हो गई चीजों को डालते चले जाते हैं। ऐसा चित्त की स्मृतियों को संग्रह करने वाला एक स्टोर हाउस है, जहां सब चीजें संगृहीत होती चली जाती हैं जन्मों-जन्मों की। वे कभी वहां से हटती नहीं हैं, क्योंकि कब जरूरत पड़ जाए उनकी, इसलिए वे वहां संगृहीत होती हैं। शरीर बदल जाता है, लेकिन वह स्टोर हाउस हमारे साथ चलता है। वह कब जरूरत पड़ जाएगी उसकी, कुछ कहा नहीं जा सकता है। और जिंदगी में जो-जो हमने किया है, जो-जो हमने जीया है, जो-जो भोगा है, जो-जो जाना है, जो-जो जीया है, वह सब वहां संग्रहीत है।

तो फिर जिस व्यक्ति को यह पांच वर्ष तक स्मरण आने लगे, वह पांच वर्ष के पीछे उतर सकता है। कठिनाई नहीं है बहुत। प्रयोग यही रहेगा पांच वर्ष के पीछे उतरने का। पांच वर्ष के पीछे

फिर एक दरवाजा है, जो वहां तक ले जाएगा जहां तक जन्म हुआ, पृथ्वी पर आना हुआ। फिर एक कठिनाई मालूम होती है, क्योंकि मां के पेट की स्मृतियां भी हैं, वे भी मिटती नहीं हैं। उसमें भी प्रवेश किया जा सकता है। और तब उस क्षण तक पहुंचा जा सकता है, जिस क्षण कंसेप्शन होता है, जिस क्षण मां और पिता के अणु मिलते हैं और आत्मा प्रवेश करती है। और वहां तक पहुंच जाने के बाद ही फिर पिछले जन्मों में उतरा जा सकता है। सीधे नहीं उतरा जा सकता है। इतनी यात्रा पीछे करनी पड़े, तब पिछले जन्म में भी सरका जा सकता है।

पिछले जन्म में सरकने पर पहला स्मरण जो आएगा, वह अंतिम घटना का आएगा। ध्यान रहे, जैसे कि हम किसी फिल्म को उलटा चलाएं, तो समझ में नहीं आएगी एकदम से। अगर किसी फिल्म की रील को उलटा चलाएं तो समझ में नहीं आएगी, या कोई आदमी किसी उपन्यास को उलटा पढ़े तो समझ में बिलकुल नहीं आएगा, बहुत मुश्किल में पड़ जाएगा। इसलिए पहली दफा पीछे की तरफ लौटने में कुछ भी समझ में नहीं आएगा, क्योंकि यह बिलकुल उलटा है। घटना के घटने का जो क्रम था, उससे यह बिलकुल उलटा क्रम है।

अगर आप पीछे लौटेंगे, तो जन्म पहले आएगा इस जन्म का, और मृत्यु बाद में आएगी पिछले जन्म की। मृत्यु पहले आएगी, बुढ़ापा पहले आएगा, फिर जवानी आएगी, फिर बचपन आएगा, फिर जन्म आएगा। तो उलटा क्रम होगा और उलटे क्रम में पहचानना बहुत मुश्किल होगा।

इसलिए पहली दफा स्मरण आ जाने पर बड़ी बेचैनी और तकलीफ शुरू होती है, क्योंकि पहचानना मुश्किल होता है कि यह क्या हो रहा है। जैसे कि कोई आदमी तय कर ले कि मैं उपन्यास को उलटा पढूंगा या फिल्म को उलटा देखूंगा, तो बहुत कठिनाई में पड़ जाएगा। दस-पच्चीस दफे देखकर शायद वह ठीक जमा पाए कि यह इस तरह घटना घटी होगी।

इसलिए पिछले जन्म की स्मृति का जो सबसे बड़ा कठिन श्रम है, वह है कि उलटे में देखना पड़ेगा उसको जो सीधे में घटा था। और सीधा-उलटा क्या है, हमारे आने-जाने का सवाल है।

बीज को हम बोते हैं, आखिर में फूल आता है। अगर उलटा लौटना पड़े तो पहले फूल आ जाएगा, फिर कली आएगी, फिर पौधा आएगा, फिर पत्ते आएंगे, फिर सिकुड़ कर छोटा अंकुर रह जाएगा, फिर बीज आएगा। और इस उलटे क्रम का हमें कोई बोध नहीं होता। इसलिए पिछले जन्म की स्मृति को आ जाने पर भी व्यवस्थित करने में बहुत समय लग जाता है—साफ-साफ व्यवस्थित करने में कि कैसी घटना घटी होगी, उसका क्या तारतम्य रहा होगा। अब यह बहुत अजीब बात है न कि मृत्यु पहले आएगी, फिर बुढ़ापा आएगा, फिर बीमारी आएगी, फिर जवानी आएगी, चीजें उलटी घटेंगी। यानी किसी से अगर हमने शादी की होगी और तलाक दिया होगा, तो तलाक पहले आएगा, फिर प्रेम होगा, फिर शादी होगी। तो इस उलटे क्रम में उसको समझ पाना एकदम मुश्किल हो जाएगा। क्योंकि हमारे चित्त के समझने का क्रम एक तरफ है, एक दिशा में है, वन डायमेंशनल है। चित्त के समझने का जो आयाम है, वह एक दिशा में है। और उलटा देखना बहुत ही कठिन मामला है। और कभी हमें उलटे का कोई अनुभव नहीं होता है, सीधे ही हम जीते हैं। लेकिन प्रयास किया जाए, तो उलटे देखकर भी समझा जा सकता है। लेकिन यह बहुत अदभुत अनुभव होगा।

और अगर हम उलटा देख सकें, तो हम बहुत हैरान होंगे। क्योंकि तलाक अगर पहले घट जाए, फिर प्रेम हो, फिर विवाह हो, तो हमको चीजें पहली दफा दिखाई पड़ेंगी कि यह तो बहुत हैरानी की बात है। तब हमें दिखाई पड़ेगा कि तलाक घटना तो बिलकुल अनिवार्य था। जिस तरह का प्रेम हुआ था, उसमें तलाक होने ही वाला था। और जिस तरह का विवाह हुआ था, उसकी तलाक ही परिणति थी। लेकिन जब हमने विवाह किया था, तब हमने सोचा भी न था कि इसमें

तलाक घट सकता है। लेकिन तलाक उसी विवाह का फल था। और जब हम इस बात को पूरी तरह देख लेंगे, तो आज प्रेम करना बहुत और हो जाएगी बात, क्योंकि उसमें तलाक हमें पहले से दिखाई पड़ सकता है। उसमें मित्रता करने के पहले शत्रुता का आगमन दिखाई पड़ सकता है।

जो मैं कह रहा हूं कि पिछले जन्म की स्मृति इस जन्म को अस्त-व्यस्त कर देगी एकदम से, क्योंकि आप फिर उसी तरह से नहीं जी सकेंगे जैसा आप पिछले जन्म में जीए थे। उस बार ऐसा लगा था, और अभी भी ऐसा लग रहा है...अभी भी ऐसा लग रहा है कि धन इकट्ठा करते जा रहे हैं, धन इकट्ठा करते जा रहे हैं, धन इकट्ठा करते जा रहे हैं...तो बड़ी सफलता मिल जाएगी, बड़ा आनंद मिल जाएगा। उसमें उलटा दिखाई पड़ेगा। उसमें दिखाई पड़ेगा कि दुख मिला और फिर धन इकट्ठा कर रहे हैं...और धन इकट्ठा कर रहे हैं। दुख मिलना पहले दिखाई पड़ जाएगा और धन इकट्ठा करना पीछे दिखाई पड़ेगा। और तब यह साफ दिखाई पड़ जाएगा कि वह धन इकट्ठा करना सुख में ले जाने का आधार नहीं था, वह ले गया दुख में। मित्र बनाना शत्रु बनाने में ले गया। जिसे हम प्रेम करना कहते थे वह घृणा में ले गया है। जिसे हम मेल कहते थे, वह विरह में ले गया है। तब चीजें अपने पूरे अर्थ में प्रकट होंगी और वह अर्थ हमारे इस जीवन के जीने को एकदम बदल देगा। एकदम बदल देगा, क्योंकि तब बड़ी अन्यथा बात हो जाएगी।

एक फकीर के संबंध में मैंने सुना है। कोई आदमी उसके पास गया है और उसने उससे कहा है कि बड़ी कृपा होगी, मैं आपका अनुयायी बनना चाहता हूं। तो उस फकीर ने कहा, अब अनुयायी न बनाऊंगा। उस आदमी ने पूछा, क्यों न बनाएंगे? उसने कहा, पिछले जन्म में बनाए थे, लेकिन जिनको अनुयायी बनाया था, वे ही पीछे दुश्मन बन गए। अब मैं देख चुका हूं घटना को और अब मैं जानता हूं कि अनुयायी बनाना यानी दुश्मन बनाना। मित्र तय करना यानी शत्रुता के बीज बोना। तो उसने कहा, अब मैं शत्रु किसी को नहीं बनाना चाहता हूं, इसलिए मित्र भी नहीं बनाता हूं। और अब किसी को दुश्मन नहीं बनाना है, इसलिए मैत्री भी नहीं करता हूं। अब मैंने जान लिया है कि अकेला होना ही काफी है। दूसरे को पास लाना, दूसरे को दूर ले जाने का उपाय है।

बुद्ध ने कहा है, प्रिय के मिलने से खुशी होती है, अप्रिय के बिछुड़ने से खुशी होती है। प्रिय के बिछुड़ने से दुख होता है, अप्रिय के मिलने से दुख होता है। ऐसा देखा था, ऐसा समझा था। लेकिन यह बहुत बाद में समझ में आया है कि जिसे हम प्रिय कहते हैं, वही अप्रिय बन जाता है; और जिसे हम अप्रिय कहते हैं, वही प्रिय भी बन सकता है।

लेकिन अगर पिछले स्मरण आ जाएं, तो ये स्थितियां बहुत बदल जाएंगी, बहुत भिन्न हो जाएंगी। यह स्मरण संभव है, आवश्यक नहीं। संभव है, अनिवार्य नहीं। और कभी-कभी तो ध्यान करते-करते आकस्मिक रूप से भी टूट पड़ता है, कोई प्रयोग बिना किए भी। और अगर ध्यान करते-करते आकस्मिक रूप से प्रकट भी हो जाये, तो भी उसमें बहुत रस मत लेना, देख लेना और साक्षी-भाव ही रखना। क्योंकि साधारणतः चित्त की इतनी सामर्थ्य नहीं होती कि इतने उपद्रवों को, इतने अनंत उपद्रवों को एक साथ झेल सके। उस झेलने में विक्षिप्त हो जाने की पूरी संभावना है।

एक लड़की को मेरे पास लाया गया था। उसकी उम्र कोई बारह वर्ष थी। उसे तीन जन्मों का स्मरण था, आकस्मिक रूप से ही। कोई प्रयोग नहीं किया है उसने। कई बार आकस्मिक रूप से, कुछ कारणों से यह भूल हो जाती है। यह भूल ही है प्रकृति की, यह कोई कृपा नहीं है उसके ऊपर। इसमें प्राकृतिक रूप से कुछ गलती हो गई है। जैसे किसी व्यक्ति को तीन आंखें आ जाएं या चार हाथ आ जाएं, वह भूल है। और चार हाथ दो हाथ से कम ताकतवर होते हैं। और चार हाथ उतना काम नहीं कर पाते जितना दो हाथ कर पाते हैं। चार हाथ कमजोर कर जाते हैं शरीर को, शक्तिशाली

नहीं कर जाते। मेरे पास लायी गयी थी, बारह वर्ष उम्र होगी उसकी। उसको तीन जन्मों का स्मरण है।

इस संबंध में बहुत खोज-बीन हुई। पिछले जन्म में वह, जहां मैं रहता हूं वहां से कोई अस्सी मील दूर जिस घर में थी, उस घर में वह चालीस वर्ष की होकर मरी। उस घर के लोग अब मेरे ही गांव में रहते हैं। तो वह उन सबको पहचान सकी। अपने भाई को, अपनी लड़कियों को, अपनी लड़कियों के बच्चों को, अपने दामादों को, उन सबको वह हजारों लोगों की भीड़ में भी खड़ा करने पर पहचान सकी थी। वह दूर-दूर के रिश्तेदारों को पहचान सकी और ऐसी बहुत सी बातें वह उनसे कह सकी जो कि वे भी भूल गए थे। उसका बड़ा भाई अभी जिंदा है। उसके सिर पर थोड़ी सी चोट का निशान है। तो मैंने उस लड़की से पूछा कि उस चोट के संबंध में तुम्हें कुछ पता है? वह लड़की हंसी, उसने कहा कि भाई को भी पता न होगा। भाई ही बता दे कि यह चोट कब लगी और कैसे लगी। भाई खुद ही याद नहीं कर पाया कि चोट कब लगी। उसने कहा कि मुझे खयाल ही नहीं है। तो उस लड़की ने कहा कि जब मेरे भाई की शादी हुई और वह घोड़े पर बैठा था, तो घोड़े से गिर पड़ा। लेकिन तब उसकी उम्र केवल दस साल थी। और यह घोड़े से गिरने से शादी के वक्त चोट लग गई थी। और इसको गांव के बड़े-बूढ़ों ने भी कन्फर्म किया कि यह बात ठीक है कि यह लड़का घोड़े से गिरा था। लेकिन वह व्यक्ति खुद ही भूल चुका था। फिर तो उसने घर में गड़ा हुआ खजाना भी बताया जो वह गड़ा गई थी। वह भी उसने खोज कर बताया। ठीक जगह पर उसने वह जगह भी खोदकर बता दी।

पिछले जन्म में वह चालीस वर्ष की होकर मरी। और उससे पहले वह आसाम के किसी गांव में पैदा हुई थी, जहां वह सात वर्ष की होकर मरी। उस गांव का वह पता नहीं बता पाई, नाम भी नहीं बता पाई। लेकिन सात वर्ष की लड़की जितनी आसामी भाषा बोलती है, उतनी वह बोल सकती थी। और सात वर्ष की लड़कियां जिस तरह नाच सकती हैं, गाना गा सकती हैं आसामी का, उतना भी वह कर सकती थी। बहुत ही खोजबीन की, लेकिन उस परिवार का कोई पता नहीं चल सका।

अब उसको सैंतालीस वर्ष का तो पिछला अनुभव है और बारह वर्ष का यह। तो उसकी आंखों में आप बराबर पैंसठ-सत्तर साल की स्त्री की झलक देख सकते हैं, और है वह बारह साल की। उसके चेहरे पर पैंसठ-सत्तर साल की स्त्री का भाव है। न तो वह खेल खेल सकती है किसी बच्चे के साथ, क्योंकि वह बूढ़ी है। स्मृति तो सत्तर साल पुरानी है, तो उसको सत्तर साल के होने का खयाल है। उसकी उम्र तो बारह साल है। वह स्कूल में पढ़ नहीं सकती, क्योंकि वह अपने शिक्षक को बेटा कह सकती है। उसकी जो स्मृति है वह सत्तर साल की है, उसका व्यक्तित्व सत्तर साल का है। और उसका शरीर बारह साल का है। वह खेल नहीं सकती, वह कोई रस नहीं ले सकती। वह गंभीर बातों में जैसा कि बूढ़ी स्त्रियां बातें करती हैं, उनमें ही रस ले सकती है और किसी बात में रस नहीं ले सकती। और उसमें इतना तनाव है और इतनी परेशानी है, क्योंकि शरीर उसका बारह साल का है और स्मृति सत्तर साल की है। इनमें कोई तालमेल नहीं बैठता है। एकदम उदास और पीड़ित और परेशान है।

तो मैंने उसके मां और पिता को कहा कि उसे मेरे पास ले आएं, मैं उसकी स्मृति को भुला दूं। क्योंकि जो स्मृति को याद करने का रास्ता है, उससे उलटा जाने से स्मृतियां भूल भी जाती हैं। उसकी स्मृतियां भुला दें...। लेकिन वे तो रस में थे, उनको तो आनंद आ रहा था, भीड़-भाड़ होती थी, लाखों लोग आते थे। लड़की की पूजा शुरू हो गई थी। उन्होंने कहा कि भुलवाएंगे क्यों! मैंने

उनको कहा, लड़की पागल हो जाएगी। लेकिन वे नहीं माने और आज लड़की की हालत करीब-करीब पागल जैसी हो गई है। क्योंकि वह उतनी स्मृतियों को झेल नहीं सकती है। और उसकी कठिनाई यह हो गई है कि अब उसका विवाह कैसे हो! वह ऐसा ही सोचती है कि वह सत्तर साल की बूढ़ी औरत है और अब विवाह करने का सोच रही है। तो उसके मन का कहीं तालमेल ही नहीं है किसी बात का। शरीर उसका जवान है और मन बूढ़ा है, तो बहुत कठिनाई हो गई। उसे जीने में बहुत कठिनाई हो रही है।

पर यह आकस्मिक है। आप प्रयोग से भी यह धारा तोड़ सकते हैं। लेकिन उस धारा को तोड़ने की दिशा में जाना कोई बहुत आवश्यक नहीं है। किन्हीं को उसकी उत्सुकता हो, तो प्रयोग कर सकते हैं। लेकिन उन प्रयोगों से पहले ध्यान में काफी गहरे प्रयोग जरूरी हैं, ताकि मन इतना शांत और शक्तिशाली हो जाए कि कोई भी चीज जब टूट पड़े, तो आप उसको साक्षी-भाव से देख सकें। और अगर कोई व्यक्ति साक्षी-भाव में विकसित हो जाता है, तब पुराने जन्म देखे गये सपनों से ज्यादा नहीं मालूम पड़ते हैं। तब उनसे कोई पीड़ा नहीं होती। तब ऐसा ही लगता है, जैसे ये सपने हमने देखे हैं! सपनों से ज्यादा उनका अर्थ नहीं रह जाता। और जब हमें पुराने दो-चार जन्म याद आ जाते हैं और सपनों की तरह मालूम पड़ते हैं, तो यह जन्म भी तत्काल सपने की तरह मालूम पड़ने लगता है।

तो जिन लोगों ने इस जगत को माया कहा है, उनके माया कहने का और कोई बुनियादी कारण नहीं है, फिर और सब तो कुछ भी बातें होती हैं। उसका बुनियादी कारण जाति-स्मरण ही है। जिन्होंने भी पिछले स्मरण किए हैं, सब मामला माया हो गया है। एकदम इलूजन, सपना हो गया है। क्योंकि कहां हैं वे मित्र, जो पिछले जन्म में थे? कहां हैं वे मकान? कहां है वह पत्नी? कहां हैं वे बेटे? कहां गई वह दुनिया जो पिछले जन्म में थी? कहां गया वह सब, जिसको हमने इतना सत्य मान रखा था कि वह है? कहां गईं वे चिंताएं जिनके लिए हम रात भर नहीं सोए थे? कहां गए वे दुख, वे पीड़ाएं जिनको हमने पहाड़ समझ रखा था और ढोया था? कहां गए वे सुख जिनके लिए हमने आकांक्षा की थी? कहां गया वह सब जिसके लिए हम दुखी, पीड़ित, परेशान हुए थे? अगर पिछला जन्म याद आ जाए और सत्तर वर्ष आप जीए हों, तो उन सत्तर वर्षों में जो देखा गया था वह एक सपना मालूम पड़ेगा या सत्य? एक सपना ही मालूम पड़ेगा, जो आया और गया।

मैंने सुना है, एक सम्राट अपने बेटे के पास बैठा है। उसका बेटा मरने के करीब है। और एक ही बेटा है। आठ रातें हो गई हैं, और वह न तो बचाया जा सकता है, न मृत्यु आ रही है, बहुत मुश्किल हो गयी है। अब यह खुद ही सोचने लगा है कि इतनी पीड़ा है कि मर ही जाए। मन कहता है कि बच जाए, लेकिन एक मन कहता है कि इतना दुख, इतनी पीड़ा है कि मर ही जाए तो भी ठीक है। आठ रात से सम्राट सोया नहीं है। कोई चार बजे होंगे रात के और सम्राट को झपकी लग गई है। और उस झपकी में वह सपना देखने लगता है। और सपने अक्सर हम वही देखते हैं, जो जिंदगी में कमी रह जाती है।

एक ही बेटा था और वह भी मरने के करीब पहुंच रहा है। तो उसने सपना देखा है कि उसके बारह बेटे हैं। और वे बड़े सुंदर हैं, उनकी स्वर्ण जैसी काया है, बड़े-बड़े महल हैं, बड़ा साम्राज्य है, सारी पृथ्वी का वह मालिक है और बड़े आनंद में है। और वह यह सपना देख ही रहा था...क्योंकि सपना देखने में बहुत देर नहीं लगती है। सपने का टाइमिंग जो है वह हमारी जिंदगी के समय की धारा से बिलकुल भिन्न है। तो हम क्षण में वर्षों का सपना देख सकते हैं। एक क्षण

झपकी लगे, आप इतना बड़ा सपना देख सकते हैं कि वर्षों तक फैल जाए और जागकर आपको मुश्किल मालूम पड़े कि इन कुछ क्षणों में वर्षों का सपना कैसे देख लिया! असल में समय की गति सपने में बहुत तीव्र है। कहीं एक क्षण में वर्षों पार किए जा सकते हैं। तो उस एक क्षण में उसने सपना देख लिया है, बारह लड़के हैं, उनकी सुंदर स्त्रियां हैं, बड़े सुंदर भवन हैं, बड़ा राज्य है। और तभी उसका वह बाहर का लड़का मर गया। पत्नी चीख मारकर चिल्लायी है तो सम्राट की नींद खुल गयी। नींद टूटी तो वह एकदम से चौंका हुआ उठा। पत्नी ने समझा कि शायद वह घबरा गया है। उसने पूछा, इतने घबरा क्यों गये हो, आंखों में आंसू भी नहीं हैं! कुछ बोलते भी नहीं हो! सम्राट ने कहा, नहीं, मैं घबरा नहीं गया हूं, बड़ी मुश्किल में पड़ गया हूं। मैं यह सोचता हूं कि मैं किसके लिए रोऊं। अभी बारह लड़के थे, वे खो गये, उनके लिए रोऊं! या एक लड़का यह खो गया है, इसके लिए रोऊं! मैं इस चिंता में पड़ गया हूं कि कौन मरा है। और मजा यह है कि जब मैं उन बारह लड़कों के बीच में था, तो इस लड़के का मुझे कोई पता नहीं था, यह था ही नहीं। यह खो गया था, तू खो गई थी, यह महल खो गया था। अब यह महल है, तू है, यह लड़का है; लेकिन वे महल खो गए, वे लड़के खो गए। कौन सत्य है? यह सत्य है या वह? और मैं बड़ी मुश्किल में पड़ गया हूं।

अगर एक बार पिछले जन्मों का स्मरण आ जाए, तो आप बड़ी मुश्किल में पड़ जाएंगे कि जो अभी देख रहा हूं, वह सत्य है? क्योंकि ऐसा तो बहुत बार देखा है, लेकिन सब मिट गया है, सब खो गया है। तो एक सवाल उठ जाएगा कि जो हम देख रहे हैं वह, वह भी उतना ही सच है जितना वह था। वह भी एक सपने की तरह दौड़ जाएगा और मिट जाएगा। और जैसे सब सपने अंत तक पहुंच गए, वैसे ही यह सपना भी अंत तक पहुंच जायेगा।

लेकिन जब हम फिल्म बैठकर देखते हैं, तब फिल्म भी सच मालूम होने लगती है। जब पर्दा उठता है, अंधेरा मिट जाता है, और जब हम हाल के बाहर जाने लगते हैं, तब भी दो-चार क्षण लग जाते हैं वापस लौटने में। आंख मीचते-मीचते हाल के बाहर आते हैं, तब जरा होश आता है कि वह सब एक सपना है। एक नाटक था, जो देखा। लेकिन वहां रो भी लिए, आंसू भी पोंछ लिए। सच तो यह है कि चौबीस घंटे जो लोग नहीं रो पाते, वे अपना रोना वहां जाकर निकाल लेते हैं फिल्म देखने के बहाने। और बड़ा अच्छा हुआ। रोते तो हैं वे, तो कोई दूसरा बहाना खोजना पड़ता, यह बहाना बहुत मुक्त कर सकता है। वहां रो लेते हैं, हंस लेते हैं। न दिन में हंसते हैं न रोते हैं। वहां एक उपाय मिल जाता है।

तो बाहर आकर एकदम चौंकते हैं, और जो पहला खयाल आता है वह यह आता है कि बड़े दुख में पड़ गए। लेकिन कोई रोज-रोज ऐसा सिनेमा देखता रहे, तो फिर धीरे-धीरे यह धोखा साफ होने लगता है। लेकिन पिछले सिनेमा की स्मृति भूल जाती है बार-बार। जब फिर दुबारा देखने जाते हैं, तो फिर वह सच मालूम होने लगता है।

यदि पिछले जन्मों की स्मृतियां आ जाएं, तो जो जन्म अभी चल रहा है, वह भी सब सपने जैसा मालूम पड़ेगा। ये हवाएं कितनी दफे नहीं चलीं! लेकिन अब वे हवाएं कहां हैं जो चलीं? और ये आकाश में बादल कितने दफे नहीं घिरे! लेकिन अब वे बादल कहां हैं जो घिरे? वे सब खो गए, ये सब भी खो जाएंगे। ये सब भी खोने के क्रम में ही लगे हुए हैं।

यह अगर बोध हो जाए, तो माया का अनुभव होगा। लेकिन इसके साथ ही दूसरा भी अनुभव होगा कि चीजें बड़ी असत्य हैं, घटनाएं बड़ी असत्य हैं, आती हैं और खो जाती हैं, लेकिन एक चीज बिलकुल नहीं खोती—मैं। मैं बिलकुल नहीं खोता। एक सपना आता है, दूसरा सपना आता

है, तीसरा सपना आता है। लेकिन वह जिसको सपने आते हैं, वह बचा ही रहता है। वह यात्री जो एक शरीर से निकलता है, दूसरे शरीरों में चला जाता है। एक देह मिट जाती है, दूसरी मिट जाती है, तीसरी खो जाती है, लेकिन वह यात्री चलता चला जाता है।

तो एक ही साथ दो अनुभव होते हैं—एक अनुभव कि जगत माया है, और द्रष्टा सत्य है; दृश्य असत्य है और द्रष्टा सत्य है; यह एक ही साथ दोनों अनुभव होते हैं। दृश्य तो रोज बदल जाते हैं, हर बार बदल गए हैं, लेकिन द्रष्टा, वह देखने वाला, वही है, वही है, वही है। और ध्यान रहे, जब तक दृश्य सत्य मालूम होते हैं, तब तक द्रष्टा पर ध्यान नहीं जाता है। जब दृश्य एकदम असत्य हो जाते हैं, तब द्रष्टा पर ध्यान जाता है।

इसलिए मैं कहता हूं, उपयोगी तो है, लेकिन उपयोगी उनके लिए है जो थोड़े ध्यान में गहरे जाएं और प्रयोग करें। ध्यान में गहरे उतरें, तो फिर जीवन को सपने की तरह देखने की क्षमता आ जाए। जैसे महात्मा होना उतना ही सपना है, जितना चोर होना सपना है। और सपने अच्छे भी देखे जा सकते हैं और बुरे भी देखे जा सकते हैं। और मजे की बात यह है कि चोर होने का सपना जरा जल्दी टूट भी सकता है, लेकिन महात्मा होने का सपना जरा देर से टूटता है, क्योंकि वह बड़ा सुखद मालूम पड़ता है। इसलिए महात्मा होने का सपना, चोर होने के सपने से ज्यादा खतरनाक है, क्योंकि वहां बड़ा सुख मालूम पड़ता है। ऐसा लगता है सपना चलता ही रहे। सुखद सपने होते हैं और दुखद सपने भी होते हैं। सुखद सपने में यह खराबी होती है कि उसको चलाये रखने का मन होता है। दुखद सपने में जहां छाती पर कोई चढ़ गया है और प्राण संकट में पड़े हैं और पहाड़ पर से गिर गये हैं—अपने आप ही टूटने का मन होने लगता है कि टूट जाये, घबड़ाहट इतनी ज्यादा है।

इसलिए बहुत बार यह हो जाता है कि पापी पहुंच जाते हैं परमात्मा के पास, पुण्यात्मा नहीं पहुंच पाते। क्योंकि पापी का सपना बड़ा दुखद है। महात्मा का सपना बहुत सुखद है। गेरुवे वस्त्रों में लिपटे हुए सपनों को बचाने का बड़ा मन होता है। वे बड़े प्रीतिकर हैं।

ये थोड़ी-सी बातें मैंने आपको जाति-स्मरण के संबंध में कहीं, लेकिन इसके लिए तो प्रयोग में उतरना पड़ेगा। लेकिन अभी आज से ही हम भीतर उतरना शुरू करें, तभी पीछे भी उतर सकते हैं। भीतर ही कोई न उतरना चाहे तो मुश्किल है।

जैसे कि कोई बड़ा मकान है और उसके नीचे तलघरे हैं। और आदमी मकान के बाहर खड़ा है और वह कहता है कि मुझे तो मेरे तलघरों तक जाना है। तो हम उसे कहेंगे कि पहले अपने मकान के भीतर तो घुसो। क्योंकि तलघरों के भीतर जाने का रास्ता मकान के भीतर से होकर जाता है, मकान के बाहर से नहीं। और वह आदमी कहता है, मैं अपने मकान के बाहर खड़ा हूं और मुझे तलघरों तक जाना है। वह आदमी तलघरों तक नहीं जा सकता। तलघरों तक जाया जा सकता है, लेकिन पहले उसे मकान के भीतर घुसना पड़ेगा।

जिंदगी जो बीत गई है वह हमारा तलघरा हो गई है। जो जीवन हो चुके हैं वह हमारे तलघरे हैं। उन खंडों में हम कभी जीए थे, हमने उन खंडों को छोड़ दिया है। हम दूसरे खंडों में जी रहे हैं। लेकिन हम खंडों में नहीं जी रहे हैं, अभी हम मकान के बाहर खड़े हैं, हम अपने बाहर खड़े हैं। और हम पीछे नहीं उतर सकते जब तक हम भीतर न उतर जाएं। पीछे उतरने की पहली शर्त है कि पहले भीतर उतर जाएं। और जो भीतर उतर जाता है तो उसे पीछे जाने में न कोई कठिनाई है, न कोई खतरा है, न कोई उपद्रव है।

एक मित्र ने पूछा है कि उनके कोई मित्र हैं, वे योगी हैं और कहते हैं कि पिछले जन्म में वे

चिड़िया थे। तो क्या आदमी पशु भी हो सकता है?

आदमी कभी पशु हो सकता है, लेकिन दुबारा पशु नहीं हो सकता। पीछे लाटना नहीं होता, पीछे लौटना असंभव है। तो यह तो हो सकता है कि पीछे की योनि में से आगे आना हो, लेकिन यह नहीं हो सकता कि आगे की योनि में से पीछे लौटना पड़े। इस जगत में पीछे लौटना होता ही नहीं, पीछे लौटने का उपाय ही नहीं है। दो ही उपाय हैं—या तो आगे बढ़ें, या जहां हैं वहां ही रुक जाएं। पीछे नहीं लौट सकते। जैसे स्कूल में बच्चा पहली कक्षा में पढ़ता है। वह उत्तीर्ण हो जाए तो दूसरी कक्षा में चला जाए, और अनुत्तीर्ण हो जाए तो पहली कक्षा में ही रह जाए, लेकिन पहली कक्षा से उसे निकालने का कोई उपाय नहीं है। जब दूसरी कक्षा में कोई असफल हो जाए, तो उसे पहली कक्षा में उतारने का भी कोई उपाय नहीं। तो जिस योनि में हम होते हैं, हम या तो उस योनि में टिक सकते हैं बहुत लंबे समय तक, या हम आगे जा सकते हैं, लेकिन पीछे नहीं लौट सकते।

तो इसकी कोई बहुत कठिनाई नहीं है कि कोई पीछे पशु योनि में रहा हो। रहा ही है। कितने जन्मों तक रहा है, यह दूसरी बात है। इसमें जरा भी कठिनाई नहीं है। और अगर हम अपने पिछले जन्मों में उतरेंगे, तो हमें याद आएंगे वह सब जन्म, जब हम चिड़िया भी रहे होंगे, पशु भी रहे होंगे, स्त्री भी रहे होंगे, पक्षी भी रहे होंगे। और-और नीचे, और-और नीचे, इतनी जड़ता रही होगी जहां कि चेतना का कोई सूत्र ही खोजना मुश्किल है।

पहाड़ भी जीवन है। वहां भी जीवन है, लेकिन चेतना न के बराबर है। निन्यानबे प्रतिशत जड़ता है, एक प्रतिशत चेतना है। निरंतर चेतना बढ़ती चली जाती है और जड़ता कम होती चली जाती है। परमात्मा है, वह सौ प्रतिशत चेतन है। पदार्थ और परमात्मा में प्रतिशत का अंतर है। पदार्थ और परमात्मा में कोई क्वालिटी का अंतर नहीं है, क्वांटिटी का अंतर है। कोई गुण का अंतर नहीं है, मात्रा का अंतर है। इसलिए पदार्थ परमात्मा हो सकता है।

तो यह बहुत हैरानी या कठिनाई की बात नहीं है कि कोई आदमी पिछले जन्मों में पशु रहा हो। बड़ी कठिनाई तो तब होती है, जब कुछ लोग आदमी होते हुए भी पशु ही होते हैं। यह तो बहुत आश्चर्यजनक नहीं है, पिछले जन्मों में कभी न कभी हम सभी पशु रहे होंगे। लेकिन आदमी होते हुए भी हमारी चेतना इतनी क्षीण हो सकती है कि सिर्फ देह के तल पर हम आदमी मालूम हो सकते हैं। अगर हम अपनी वृत्तियों को खोजने जायें, तो हमें ऐसा ही लगेगा कि हम पशु तो नहीं रहे हैं, लेकिन आदमी भी नहीं हो गए हैं। कहीं बीच में अटक गये हैं। और इसलिए जब भी मौका आता है, तो हम फिर से पशु हो जाने में देर नहीं लगाते।

जैसे कि कोई आदमी आकर आपको एक धक्का मार जाए। आप बड़े भले आदमी की तरह चले जा रहे हैं और एक आदमी ने आपको घूंसा मार दिया और एक गाली दे दी। और आप अचानक पाते हैं कि जो आपका भला आदमी था वह एकदम तिरोहित हो गया है और आप वहां खड़े हो गये हैं, जहां आप किसी पिछले जन्म में रहे होंगे। आप पशु हो गये। हमारी आदमियत बहुत स्किन डीप है। जरा-सा हम खरोंच दें तो भीतर का पशु निकल आता है। और वह निकल इसीलिए आता है क्योंकि हम वह रहे हैं। क्योंकि वह जो ग्रोथ है हमारी, वह जो आदमी होना है, वह ऊपर से तो आ गया, लेकिन भीतर अभी भी पशु मौजूद है। और इसलिए उसको खोदने में देर नहीं लगती। हिंदुओं को कह दो कि हिंदू धर्म खतरे में है, खुद जाता है। मुसलमान को कह दो कि मुसलमान धर्म खतरे में है, खुद जाता है। कहीं गहरे नहीं जाना पड़ता। गुजराती आदमी भी, जो बिलकुल भला दिखाई पड़ता है, सफेद कपड़े पहने हुए, खादी पहने हुए, वह भी वही है। वह भी सब स्किन डीप है। जरा सा खरोंच दो तो भीतर का पशु निकल आये। और जब पशु निकलता है, तो इतने जोर से

प्रकट होता है कि ऐसा लगता है कि यह आदमी कभी आदमी रहा होगा, यह भी संदिग्ध है।

यह जो हमारी स्थिति है, उसमें हमारा वह सब मौजूद है, जो हम कभी रहे होंगे। उसकी परतें हैं भीतर, और अगर जरा खोदा जाए तो भीतर की परतों तक हम पहुंच सकते हैं। हम पत्थर की परत पर भी पहुंच जा सकते हैं, वह भी हमारी परत है। क्योंकि बहुत गहरे अंतःकरण में हम अब भी पत्थर हैं। और इसलिए अगर वहां तक हमें खरोंचा जाये, तो हम पत्थर की तरह भी व्यवहार करते हैं, कर सकते हैं। पशु की तरह भी व्यवहार करते हैं, कर सकते हैं। और आगे की हमारी सिर्फ संभावनाएं हैं, वे हमारी परतें नहीं हैं। इसलिए कभी-कभी छलांग लगाकर छूते हैं, लेकिन फिर जमीन पर वापस लौट आते हैं। वह हमारी संभावनाएं हैं। देवता भी हम हो सकते हैं, लेकिन हम कभी रहे नहीं। परमात्मा हम कभी हो सकते हैं, लेकिन...जो हम रहे हैं, वह हमारी स्थिति है।

तो ये दो बातें हैं कि अगर हमारे अंदर थोड़ा खोदा जाए, तो हमारे भीतर की स्थितियां मिल जाएंगी; और अगर हमें और आगे फेंका जाए, तो हमारी आगे की स्थितियों का अनुभव होता है। लेकिन जैसे कोई आदमी जमीन पर छलांग लगाए, तो एक सेकेंड को जमीन के बाहर हो जाता है, आकाश में होता है, लेकिन फिर वापिस जमीन पर खड़ा होता है। ऐसे ही हम छलांग लगा-लगाकर आदमी होते रहते हैं। हम कभी-कभी आदमी होते हैं, बाकी हम पीछे खड़े हो जाते हैं। अगर बहुत गौर से देखें, तो चौबीस घंटे में हम कभी-कभी किसी क्षण में ठीक आदमी होते हैं। हम सब जानते भी हैं।

भिखमंगे आपने देखे हैं। वह सुबह भीख मांगने आते हैं, शाम नहीं आते। क्योंकि शाम तक आदमी होने की संभावना कम हो जाती है। सुबह-सुबह ताजा आदमी होता है, रात भर का विश्राम किया हुआ। न कोई झगड़ा, न कोई कलह, न गाली, न गलौज, न उपद्रव। सुबह उठता है, ताजा-ताजा होता है। भिखारी सामने आ जाता है, तो आशा होती है कि वह थोड़ी आदमियत का व्यवहार करेगा। लेकिन सांझ ऐसी आशा नहीं होती है। इसलिए सांझ भिखारी नहीं आता है। वह जानता है कि दिन भर की खरोंच ने आदमी के भीतर की परतों को जगा दिया होगा—दफ्तर ने, दुकान ने, बाजार ने, दंगा-फसाद ने, अखबार ने, नेताओं ने गड़बड़ कर दिया होगा। और वह भीतर की जो परतें हैं, वे जग गई होंगी। सांझ को कोई भिखमंगा भीख मांगने नहीं आता, क्योंकि सांझ को आदमी थक गया होता है, जानवर हो गया होता है।

इसलिए रात को जो क्लब पैदा होते हैं, उनमें जानवरियत दिखाई पड़ती है। इसका और कोई कारण नहीं है। रात के क्लब, नाइट क्लब, जरूर वह पशुओं की प्रवृत्तियों के हो जाते हैं। वह दिन भर का थका हुआ आदमी आदमियत से थक जाता है। वह कहता है, हमें पशु चाहिए, शराब चाहिए, जुआ चाहिए, नाच चाहिए, नंगापन चाहिए, हो-हुल्लड़ चाहिए। तो रात के जो क्लब हैं, वे आदमी की पशुता के इर्द-गिर्द निर्मित होते हैं। इसलिए प्रार्थना करनी हो, तो सुबह ही अच्छा है। सांझ जरा शक है कि प्रार्थना संभव हो पाए। इसीलिए मंदिर सुबह घंटियां बजा देते हैं। रात में क्लबों के द्वार खुल जाते हैं, जुआघर खुल जाते हैं, शराबखाने खुल जाते हैं। वेश्या सुबह-सुबह नहीं आमंत्रण दे पाती, रात में ही आमंत्रण दे पाती है।

दिन भर का थका हुआ आदमी जानवर हो जाता है। इसलिए रात के अलग धंधे हैं और सुबह की अलग दुनिया है। ये चर्च सुबह, ये मस्जिद सुबह अजान दे देती है, मंदिर सुबह घंटी बजा देते हैं। थोड़ी-सी आशा है कि सुबह का जागा हुआ आदमी शायद परमात्मा की तरफ थोड़ी आंख उठा ले। सांझ को थके हुए आदमी से कम आशा रह जाती है। और इसीलिए बच्चों से ज्यादा आशा होती है कि वे परमात्मा की तरफ झुक जाएं। बूढ़ों से कम आशा होती है, क्योंकि वह सांझ

है जिंदगी की। वह जिंदगी भर ने उनका सब उघाड़ दिया होगा, सब उखाड़ दिया होगा। इसलिए जितनी जल्दी हो सके, जितनी सुबह हो सके, उतनी जल्दी यात्रा पर निकल जाना चाहिए। सांझ आ ही जाएगी। इसके पहले कि सांझ आए अगर हम सुबह यात्रा पर निकल गए हों, तो यह भी हो सकता है कि सांझ भी हमें मंदिर में पाए।

तो वह मित्र ठीक पूछते हैं। यह संभव है कि कोई आदमी पशु रहा हो, पक्षी रहा हो। ध्यान यह रखना चाहिए कि अब भी तो पशु और पक्षी नहीं हैं। उसका स्मरण रखना जरूरी है।

कुछ एक-दो प्रश्न और हैं, वह रात में या कल सुबह बात कर लेंगे। अब हम सुबह के ध्यान के लिए बैठें।

दो-तीन बातें समझ लें। एक तो पूरी तरह छोड़ देना है अपने को। अगर हमने थोड़ा भी अपने को पकड़ रखा तो वह पकड़ ही ध्यान में बाधा बन जाएगी। और इस भांति छोड़ देना है, जैसे हम मर ही रहे हों, मर ही गए हों; इस भांति छोड़ देना है। और मृत्यु को स्वीकार ही कर लेना है कि आ गई है मौत, सब मर गया है और हम पीछे डूबते चले जा रहे हैं। अब तो वही बचेगा, जो बच ही जाएगा; बाकी हम सभी छोड़ देंगे, जो मर सकता है।

इसलिए मैंने कहा कि यह मृत्यु का ही प्रयोग है।

इस प्रयोग के तीन हिस्से हैं। पहला, शरीर की शिथिलता। दूसरा, श्वास की शिथिलता। और फिर तीसरा, विचार की शिथिलता। तीनों को छोड़ते चले जाना है। तो थोड़े-थोड़े फासले पर बैठ जाएं। और हो सकता है कोई गिर जाए। इसलिए थोड़ा फासला कर लें। कुछ पीछे हट जाएं, कुछ आगे हट आयें।

हां, थोड़े फासले पर हो जायें। कोई किसी को छूता हुआ न हो, नहीं तो फिर पूरे वक्त अपने को संभाल कर बैठना पड़ता है कि किसी पर गिर न जाएं। या किसी पर गिर जाएं, तो उसकी मुसीबत हो जाती है। और शरीर जब ढीला छूटता है, तो कोई भरोसा नहीं, आगे गिर सकता है, पीछे गिर सकता है। जब तक आप संभाले हुए हैं, तभी तक भरोसा है। जब आप संभालना छोड़ देते हैं, तब शरीर गिर ही जाएगा। आपकी जब पकड़ छूटेगी भीतर से, तो शरीर को कौन संभालेगा? वह गिर ही सकता है। और अगर उसको संभालने के लिए समय लगाना पड़ा, शक्ति लगानी पड़ी, तो वहीं अटक जाएंगे, पीछे न जा सकेंगे। इसलिए शरीर जब गिरता हो, तब उसे सौभाग्य समझना। उसे एकदम छोड़ देना, उसे रोकना मत, क्योंकि उसे रोकने पर वहीं रुकना हो जाएगा, उससे फिर भीतर जाना नहीं होगा। और अगर कोई आपके ऊपर भी गिर जाये, तो परेशान मत होना। गिर गया तो गिर गया। थोड़ी देर उसका सिर आपकी गोद में पड़ा रह गया तो कुछ परेशानी की बात नहीं है, उसे पड़ा रहने दें।

पहली बात, आंख बंद कर लें...आंख बंद कर लें...आंख बंद कर लें। किसी से बात नहीं करनी है। आंख बंद कर लें...शरीर को ढीला छोड़ें...शरीर को बिलकुल ढीला छोड़ दें जैसे उसमें कोई प्राण ही नहीं है। अपनी सारी शक्ति भीतर ले जायें...शरीर के तल से अपनी सारी शक्ति भीतर ले जायें। शक्ति भीतर जा रही है...शरीर शिथिल होता जाएगा। अब मैं सुझाव देता हूं कि शरीर शिथिल हो रहा है...ऐसा अनुभव करें। और जैसे-जैसे अनुभव करेंगे, शरीर शिथिल होगा... शिथिल होगा...शिथिल होगा, फिर बिलकुल लाश की तरह पड़ा रहा जाएगा—झुक जाए, गिर जाए—जो हो, हो। आप छोड़ दें।

शरीर शिथिल हो रहा है, अनुभव करें...अनुभव करें, शरीर शिथिल हो रहा है...शरीर शिथिल हो रहा है...शरीर शिथिल हो रहा है। छोड़ दें। बिलकुल भीतर हट जाएं। जैसे कोई व्यक्ति

अपने घर के भीतर चला जाए, ऐसे अपने भीतर हट जाएं। हटें, सरकें, भीतर हट जाएं। शरीर शिथिल हो रहा है...शरीर शिथिल हो रहा है...शरीर शिथिल हो रहा है...शरीर शिथिल हो रहा है...शरीर शिथिल हो रहा है। छोड़ दें, बिलकुल छोड़ दें, बिलकुल निर्जीव, जैसे कोई प्राण न रह गए हों। शरीर शिथिल हो गया है...शरीर शिथिल हो गया है...शरीर शिथिल हो गया है...शरीर शिथिल हो गया है... शरीर शिथिल हो गया है...शरीर शिथिल हो गया है...शरीर शिथिल हो गया है...शरीर बिलकुल शिथिल हो गया है...।

अब मैं मान लूं कि आपने बिलकुल शिथिल छोड़ दिया है—सारी पकड़ छोड़ दी, शरीर गिरता हो, गिर जाए; आगे झुके, झुक जाए; जो होना हो, हो; आप छोड़ दें। आपकी कहीं पकड़ न रह जाए। भीतर देख लें कि मेरी कोई पकड़ शरीर पर नहीं है, अब मैं पकड़े हुए नहीं हूं, अब मैंने छोड़ दिया है।

शरीर शिथिल हो गया है...शरीर शिथिल हो गया है। श्वास शांत हो रही है, श्वास शांत हो रही है। अनुभव करें—श्वास शांत हो रही है...श्वास शांत हो रही है...श्वास शांत हो रही है... श्वास शांत होती जा रही है...श्वास शांत हो रही है, बिलकुल छोड़ दें। श्वास को भी छोड़ दें। अपनी पकड़ ही छोड़ दें। श्वास शांत हो रही है...श्वास शांत हो रही है...श्वास शांत हो रही है...श्वास शांत हो रही है...श्वास शांत हो रही है...श्वास शांत हो रही है...श्वास शांत हो रही है...श्वास भी शांत हो गई...श्वास शांत हो गई...।

श्वास शांत हो गई है...विचार भी शांत होते जा रहे हैं। अनुभव करें, विचार शांत हो रहे हैं...विचार शांत हो रहे हैं...विचार शांत हो रहे हैं...विचार शांत हो रहे हैं...विचार शांत हो रहे हैं...विचार शांत होते जा रहे हैं। छोड़ दें, शरीर छोड़ दिया, श्वास छोड़ दी, विचार भी छोड़ दें। हट जाएं, बिलकुल भीतर हट जाएं, विचार से भी पीछे हट जाएं।

सब शांत हो गया...सब शांत हो गया है...जैसे मर ही गए। बाहर सब मर गया। सब मर गया...सब मर गया। बिलकुल सब शांत हो गया...भीतर सिर्फ चेतना रह गई...एक दीया जलता रह गया चेतना का, बाकी सब मर गया। छोड़ दें, छोड़ दें, बिलकुल छोड़ दें—जैसे हैं ही नहीं। बिलकुल छोड़ दें...शरीर जैसे मर गया...शरीर है ही नहीं...श्वास गई...विचार गये...मृत्यु जैसे आ गई। और हट जाएं, बिलकुल भीतर हट जाएं। छोड़ दें। सब कुछ छोड़ दें। बिलकुल छोड़ दें, कोई पकड़ न रखें। मर ही गए हैं।

अनुभव करें, जैसे सब मर गया...सब मर गया...भीतर सिर्फ एक ज्योति जली रह गई और सब मर गया...सब मिट गया...सब मिट गया। दस मिनट के लिए शून्य में खो जायें। साक्षी बने रहें...इस मृत्यु को देखते रहें। सब कुछ चारों तरफ मिट गया। शरीर भी छूट गया है दूर...दूर रह गया है...हम हट गये हैं। अब देखते रहें, द्रष्टा बने रहें। दस मिनट के लिए सिर्फ भीतर देखते रहें...।

(मौन सन्नाटा, सागर का गर्जन, पक्षियों की आवाजें, हवा की सरसराहट, हृदय की धड़कनें... सब मौन, सब स्थिर हो गया है।)

(भगवान श्री कुछ मिनट मौन रहकर फिर सुझाव देना शुरू करते हैं।)

भीतर देखते रहें...बाहर सब मृत हो जाएगा। छोड़ दें...बिलकुल मृत...देखते रह जाएं... द्रष्टा मात्र रह जाएं...सब छोड़ दें...जैसे मर ही गए हैं...शरीर बाहर मर गया है। शरीर थिर... विचार थिर...सिर्फ ज्योति रह गई भीतर देखती हुई, सिर्फ द्रष्टा भर रह गया, साक्षी भर रह गया। छोड़ दें...छोड़ दें...बिलकुल छोड़ दें...।

(मौन, निर्जन, सन्नाटा...)

जो होता है होने दें...बिलकुल छोड़ दें...सिर्फ भीतर देखते रह जाएं और सब छोड़ दें...सारी पकड़ छोड़ दें...।

मन शांत और शून्य हो गया है...मन बिलकुल शून्य हो गया है...मन शांत और शून्य हो गया है...मन बिलकुल शून्य हो गया है...। थोड़ी सी पकड़ रखी हो तो उसे भी छोड़ दें...बिलकुल छोड़ दें...मिट जाएं...जैसे हैं ही नहीं। मन शून्य हो गया है...मन शांत और शून्य हो गया है...मन बिलकुल शून्य हो गया है...। भीतर देखें, भीतर होश से देखें—सब शांत हो गया है...शरीर दूर रह गया है...मन दूर रह गया है...सिर्फ एक ज्योति जलती रह गई है। चेतना का एक दीया रह गया है, प्रकाश रह गया है...।

(मौन, निर्जन, सन्नाटा...)

अब धीरे-धीरे दो-चार गहरी श्वास लें। श्वास को भी देखते रहें। प्रत्येक श्वास के साथ शांति और गहरी होगी...धीरे-धीरे दो-चार गहरी श्वास लें और भीतर देखते रहें, श्वास के भी द्रष्टा रहें। मन और भी शांत हो जाएगा...धीरे-धीरे दो-चार गहरी श्वास लें...फिर धीरे-धीरे आंख खोलें। कोई गिर गया हो तो पहले गहरी श्वास लें, फिर धीरे-धीरे उठें, उठते न बने तो जल्दी न करें। आंख खोलने में भी अगर किसी को कठिनाई हो, तो जल्दी न करें, पहले गहरी श्वास लें, फिर धीरे-धीरे आंख खोलें...बहुत आहिस्ता से उठें, झटके से कुछ भी न करें—न तो उठें, न आंख खोलें...।

हमारी सुबह की ध्यान की बैठक समाप्त हुई।

पांचवां प्रवचन

स्व है द्वार—सर्व का

मेरे प्रिय आत्मन्!
एक मित्र ने पूछा है कि मैंने सत्य को या परमात्मा को पाने की जो विधि बताई है—सबका निषेध कर के और स्वयं को जानने की—क्या इससे उलटा नहीं हो सकता है कि हम सबमें ही परमात्मा को जानने का प्रयास करें? सर्व में वही है, यह भाव करें?

इसे थोड़ा समझना उपयोगी होगा। जो व्यक्ति स्वयं में परमात्मा को नहीं जानता है, वह सर्व में उसे कभी भी नहीं जान सकता है। जो अभी स्वयं में भी उसे नहीं पहचान पाया, वह और किसी में उसे नहीं पहचान पा सकता है। स्वयं का मतलब है, जो मेरे निकटतम है। और फिर तो कोई भी होगा तो मुझसे थोड़ा दूर और दूर और दूर ही होगा। और निकटतम मैं हूं, उसमें भी मुझे परमात्मा दिखाई न पड़ता हो, तो मुझसे जो दूर हैं, उनमें तो कभी भी नहीं दिखाई पड़ सकता है।

पहले तो स्वयं में ही जानना होगा। पहले तो जानने वाले में ही जानना होगा। वह निकटतम द्वार है। लेकिन ध्यान रहे, यह बहुत मजे की बात है कि जो व्यक्ति स्वयं के द्वार में प्रवेश करता है, वह अचानक सर्व में प्रविष्ट हो जाता है। स्वयं का द्वार सर्व का ही द्वार है। जो अपने भीतर प्रवेश करता है, वह भीतर पहुंचते ही पाता है कि वह सबके भीतर पहुंच गया है। क्योंकि बाहर से हम सब भिन्न-भिन्न हैं, लेकिन भीतर से हम भिन्न-भिन्न नहीं हैं।

अगर कोई व्यक्ति एक वृक्ष के एक-एक पत्ते को बाहर से खोजने जाए तो सभी पत्ते अलग-अलग हैं। और अगर एक पत्ते के भीतर भी प्रविष्ट हो जाए, तो वह उस वृक्ष की भूल धारा में पहुंच जाएगा, जहां सभी पत्ते इकट्ठे हैं। एक-एक पत्ते को अलग से देखेगा तो एक-एक पत्ता अलग-अलग है, लेकिन किसी भी पत्ते को भीतर से जान ले, तो वृक्ष की उस मूल धारा में पहुंच जाएगा, जहां से सारे पत्ते निकलते हैं और जहां सब पत्ते विलीन हो जाते हैं।

यदि हम अपने भीतर उतर जाएं, तो हम सर्व के भीतर भी उतर जाते हैं। जब तक हम अपने भीतर नहीं उतरे हैं, तभी तक मैं और तू का भेद है, और जिस दिन हम मैं के भीतर उतर जाएंगे, उस दिन मैं भी मिट जाता है, और तू भी। उस दिन सर्व ही शेष रह जाता है।

असल में सर्व का मतलब ऐसा नहीं है कि मैं और तू के जोड़ का नाम सर्व है। ऐसा नहीं। सर्व का अर्थ मैं और सब तू का जोड़ नहीं है। सर्व का मतलब है जहां मैं न रह गया, तू न रह गया। फिर जो शेष रह जाता है, उसका नाम सर्व है। और अगर मेरा मैं अभी नहीं मिटा है, तो मैं सर्व का जोड़ ही कर सकता हूं, लेकिन वह जोड़ सत्य न होगा। सारे पत्तों को भी मैं जोड़ लूं, तो भी वृक्ष नहीं बनता है, यद्यपि वृक्ष में सारे पत्ते जुड़े हैं। वृक्ष सारे पत्तों के जोड़ से ज्यादा है। असल में जोड़ से कोई संबंध ही नहीं है, जोड़ना ही गलत है। जोड़ने में हमने अलग-अलग मान ही लिया है। वृक्ष अलग-अलग है ही नहीं। जैसे ही हम मैं में उतर जाएं, वैसे ही मैं विलीन हो जाता है। स्वयं में उतरते ही जो सबसे पहली चीज मिटती है, वह स्वयं का होना है। और जहां स्वयं मिट गया, वहां तू भी मिट गया, पराया भी मिट गया। फिर जो शेष रह जाता है, वह सर्व है।

उसे सर्व कहना भी ठीक नहीं है, क्योंकि सर्व शब्द पुराने मैं की ही भाषा है। इसलिए जो जानते हैं, वे उसे सर्व भी न कहेंगे। क्योंकि वे कहेंगे, किसका जोड़? कौन सब? तब वे कहेंगे, एक ही बच जाता है। लेकिन शायद वे एक कहने में भी हिचकेंगे, क्योंकि एक कहने से दो का खयाल पैदा होता है। क्योंकि ऐसा लगता है कि अगर एक बच जाता है, तो एक का कोई अर्थ ही नहीं होता दो के बिना। दो हो, तो ही एक होता है। इसलिए जो और समझ पाते हैं, वे यह भी नहीं कहते कि एक ही बच जाता है। वे कहते हैं, अद्वैत बच जाता है।

बहुत मजे की बात है। वे यह कहते हैं कि दो नहीं बचते। वे यह नहीं कहते कि एक बच जाता है, वे कहते हैं, दो नहीं बचते। इसलिए अद्वैत। अद्वैत का मतलब है, जहां दो नहीं हैं। यह उलटे कहने की क्या जरूरत है, सीधा कहो न कि एक है। लेकिन एक कहने में खतरा है। क्योंकि एक से दो का खयाल पैदा होता है। और जब हम कहते हैं, जहां दो नहीं हैं, वहां तीन भी नहीं हैं, वहां एक भी नहीं है, वहां अनेक भी नहीं हैं, वहां सर्व भी नहीं है।

असल में वह जो हमारे देखने की दुनिया थी मैं के रहते, उसकी वजह से विभाजन पैदा हुआ था। अब अविभाज्य, जो भी है, अविभाजित, इनडिवीजिबल, वह शेष रह जाता है। लेकिन उसे जानने के लिए अगर कोई ऐसा करे—जैसा मेरे मित्र ने पूछा है—कि ऐसा अगर करे कि सब में परमात्मा की कल्पना करे! लेकिन वह कल्पना ही होगी। और कल्पना सत्य नहीं है।

मेरे पास एक फकीर को लाया गया था बहुत दिन हुए। जो लोग उन्हें लाए थे, उन्होंने मुझे कहा कि उन फकीर को सब जगह परमात्मा के दर्शन होते हैं। आज तीस वर्षों से निरंतर उन्हें प्रत्येक चीज में परमात्मा के दर्शन होते हैं। फूल में, पौधे में, पत्थर में, सब में। मैंने उन फकीर से पूछा कि आपको ये दर्शन किसी अभ्यास से तो नहीं हुए? अगर अभ्यास से हुए हैं, तो दर्शन बड़े झूठे हैं। उन्होंने कहा, मैं समझा नहीं। मैंने उनसे कहा, क्या आपने कभी सब में परमात्मा को देखने की कल्पना और कामना तो नहीं की थी? तो उन्होंने कहा कि निश्चित ही! तीस वर्ष पहले मैंने वह साधना शुरू की थी कि मैं प्रत्येक चीज में परमात्मा को देखने का प्रयास करता था—पत्थर में भगवान, पौधे में भगवान, पहाड़ में भगवान, सब में भगवान। इसको मैं देखने का प्रयास करता था। फिर मुझे भगवान दिखाई पड़ने लगे। तो मैंने उनसे कहा, तीन दिन मेरे पास रुक जाएं और तीन दिन कृपा करके प्रयास न करें, सबमें भगवान है, इसका प्रयास न करें।

वे मेरे पास रुक गए हैं, और दूसरे दिन सुबह उन्होंने मुझसे कहा कि आपने तो मुझे बड़ा नुकसान पहुंचाया। बारह घंटे ही मैंने प्रयास नहीं किया है तो मुझे पत्थर पत्थर दिखाई पड़ने लगा है और पहाड़ पहाड़ दिखाई पड़ने लगा। आपने तो मेरा भगवान छीन लिया। आप कैसे आदमी हैं? आपने तो मुझे बड़ा नुकसान पहुंचा दिया। मैंने उनसे कहा कि जो भगवान बारह घंटे अभ्यास छोड़ने से छूट जाता हो, वह भगवान नहीं था, सिर्फ अभ्यास का प्रतिफलन था। जैसे कोई आदमी किसी चीज को जोर-जोर से दोहराता रहे, दोहराता रहे, दोहराता रहे, तो एक भ्रम पैदा कर लेता है। नहीं, पत्थर में भगवान देखने नहीं हैं। उस स्थिति में पहुंचना है जहां पत्थर में भगवान के सिवाय कुछ और देखने को शेष ही नहीं रह जाता है। ये दोनों भिन्न बातें हैं।

पत्थर में भगवान को देखने की कोशिश से पत्थर में भगवान दिखाई पड़ने लगेंगे, लेकिन वे भगवान प्रोजेक्शन से ज्यादा नहीं हैं। वे आपकी ही कल्पना को पत्थर पर आरोपित किया गया है। आपने ही थोप दिया है पत्थर के ऊपर भगवान को। वे भगवान बिलकुल आपके बनाए हुए हैं। वे भगवान बिलकुल आपकी कल्पना का विस्तार हैं। वे भगवान आपके सपने से ज्यादा नहीं हैं। और आप दोहरा-दोहरा कर सपने को मजबूत करते रहेंगे, वे बराबर दिखाई पड़ते रहेंगे। लेकिन यह भ्रमजाल में जीना है, यह किसी सत्य में उतर जाना नहीं है।

हां, एक दिन ऐसा जरूर होता है जब स्वयं मिट जाता है व्यक्ति, तब सिवाय भगवान के और कोई दिखाई नहीं पड़ता। तब ऐसा नहीं होता कि पत्थर में भगवान है, तब ऐसा होता है कि पत्थर कहां है, भगवान ही है। मेरा फर्क समझ रहे हैं आप? तब ऐसा नहीं होता है कि पत्थर में, पौधे में भगवान हैं। पौधा भी है और उसमें भगवान भी है, ऐसा नहीं होता है। तब ऐसा होता है कि पौधा कहां गया, पत्थर कहां गया, पहाड़ कहां गया? क्योंकि जो शेष रह गया है, वह भगवान ही

है। और तब आपके अभ्यास पर निर्भर नहीं है वह बात। आपके अनुभव पर निर्भर है।

और सबसे बड़ा खतरा जो है साधना की दुनिया में, वह कल्पना का खतरा है। सबसे बड़ा खतरा जो है वह यह है कि हम उन सत्यों की कल्पना भी कर सकते हैं, जिन सत्यों का अनुभव होना चाहिए। अनुभव और कल्पना में भेद है। एक आदमी ने दिन भर खाना नहीं खाया है। रात सपने में भोजन कर लेता है। जहां तक भोजन सपने में करने का संबंध है, सपने में बड़ी तृप्ति मिल जाती है भोजन करने की। शायद जागते में इतना आनंद नहीं आता है जितना सपने में भोजन करने में आता है। क्योंकि जितना चाहे और जैसा चाहे वैसा भोजन कर लेता है। लेकिन सुबह उठकर उस भोजन से पेट नहीं भर जाता है, न उस भोजन से खून बनता है। और अगर सपने के भोजन पर कोई आदमी जिंदा रहने लगे, तो आज नहीं कल मरेगा, जिंदा नहीं रह सकता है। क्योंकि सपने का भोजन कितनी ही तृप्ति देता हो, फिर भी भोजन नहीं है। और न रक्त बन सकता है, न मांस बन सकता है, न हड्डी-मांस-मज्जा बन सकता है। सपने में सिर्फ धोखा बन सकता है।

सपने के भोजन ही नहीं होते, सपने के भगवान भी होते हैं। और सपने का मोक्ष भी होता है। और सपने की शांति भी होती है। और सपने के सत्य भी होते हैं। आदमी के मन की सबसे बड़ी क्षमता जो है, वह यह है कि वह खुद को धोखा दे लेने की क्षमता है। लेकिन उस तरह के धोखे में पड़ने से कोई कभी भी आनंद को, मुक्ति को उपलब्ध नहीं हो सकता है।

इसलिए मैं आपसे यह नहीं कहता हूं कि आप सबमें भगवान देखना शुरू करें। मैं आपसे सिर्फ यह कहता हूं कि आप भीतर देखना शुरू करें कि वहां क्या है। और जब आप भीतर देखना शुरू करेंगे कि वहां क्या है, तो सबसे पहले जो व्यक्ति विदा हो जाएगा, वह आप हैं। आप सबसे पहले विदा हो जाएंगे। आप नहीं बचेंगे वहां भीतर। पहली दफा आप पाएंगे कि यह मेरे होने का बड़ा भ्रम था कि मैं हूं। यह तो खो गया, यह तो विदा हो गया। भीतर झांकते ही मैं पहले विदा हो जाता है, अहंकार पहले विदा हो जाता है। असल में हमने झांककर नहीं देखा है, तभी तक मालूम होता है कि मैं हूं। और शायद इसीलिए हम भीतर झांककर देखने में डरते भी हैं कि भीतर झांक कर देखें तो कहीं खो न जाएं।

कभी आपने देखा होगा, कोई आदमी एक मशाल हाथ में ले ले और जोर से घुमाने लगे, तो एक फायर सर्किल बन जाता है, एक अग्नि-वृत्त बन जाता है। दिखाई पड़ने लगता है कि आग का एक गोल घेरा है। गोल घेरा कहीं भी नहीं है, सिर्फ एक मशाल है जो जोर से घूम रही है। अगर आप पास जाकर गौर से देखें, तो गोल घेरा मिट जाएगा, रह जाएगी मशाल। लेकिन तेजी से घूमने की वजह से मशाल गोल घेरा मालूम होती है आग का। दूर से देखने पर लगता है कि आग का वृत्त है, गोल घेरा है। है कहीं भी नहीं, लेकिन दिखाई पड़ता है। लेकिन अगर निकट जाकर पहचानें, तो पता चलेगा कि जोर से घूमती हुई मशाल है। वृत्त झूठ है, अग्नि-वृत्त झूठ है। ऐसे ही ये भीतर अगर हम गौर से जाकर देखेंगे, तो पता चलेगा कि मैं बिलकुल ही झूठ है। तेजी से घूमती हुई चेतना के कारण मैं का भ्रम पैदा हो जाता है, जैसे तेजी से घूमती हुई मशाल के कारण वृत्त का भ्रम पैदा हो जाता है। यह एक वैज्ञानिक सत्य है, जो समझ लेना चाहिए।

शायद आपको खयाल भी न हो कि हमारे जीवन के सारे भ्रम तेजी से घूमने के भ्रम हैं। दीवाल ठोस दिखाई पड़ती है, पत्थर पड़ा है पैर के नीचे, कितना साफ और ठोस है। लेकिन वैज्ञानिक कहते हैं कि ठोस पत्थर जैसी कोई चीज है ही नहीं। तब तो हम बड़ी मुश्किल में पड़ जाएंगे। क्या आपको पता है कि वैज्ञानिक मैटर के, पदार्थ के जितने ही पास गया, उतना ही पदार्थ विलीन हो गया। जब तक दूर था, तो समझता था कि पदार्थ है। और सबसे ज्यादा वैज्ञानिक ही

घोषणा करता था कि पदार्थ ही सत्य है। लेकिन अब वैज्ञानिक ही कहता है कि पदार्थ तो है ही नहीं। तेजी से घूमते हुए विद्युत-कण इतनी तेजी से घूम रहे हैं कि उनकी तेजी से घूमने की वजह से ठोसपन का भ्रम पैदा होता है। ठोसपन कहीं भी नहीं है।

जैसे बिजली का पंखा जोर से घूमता है तो उसकी तीन पंखुड़ियां दिखाई नहीं पड़ती हैं। फिर कोई गिनकर बता नहीं सकता है कि पंखुड़ियां कितनी हैं। और तेजी से घूमे, और तेजी से घूमे तो फिर हमें लगेगा कि एक टीन का गोल चक्कर घूम रहा है। फिर पंखुड़ियां दिखाई ही नहीं पड़ेंगी। इतने तेजी से भी घुमाया जा सकता है उसे कि आप उसके ऊपर बैठ जाएं और आपको ऐसा पता न लगे कि पंखुड़ियां बीच से आ रही हैं, जा रही हैं। आपको ऐसा ही लगेगा कि मैं किसी ठोस चीज पर बैठा हुआ हूं। अगर इतनी तेजी से घूमे कि एक पंखुड़ी जाए, उसके पहले दूसरी पंखुड़ी आपके नीचे आ जाए, तो आपको कभी पता नहीं चलेगा कि आपके बीच-बीच में खड्डे भी आते हैं। पंखा इतनी तेजी से घूमे तो आपको पता नहीं चलेगा।

पदार्थ में उतनी ही तेजी से घूम रहे हैं उसके कण। और कण पदार्थ नहीं है, कण सिर्फ विद्युत ऊर्जा है, इलेक्ट्रिक इनर्जी है, वह तेजी से घूम रही है। घूमने की वजह से ठोसपन का भाव दे रही है। सारा पदार्थ सिर्फ तेजी से घूमती हुई ऊर्जा का फल है। दिखाई पड़ता है, है कहीं भी नहीं। ठीक ऐसे ही चित्त की ऊर्जा, इनर्जी आफ कांशसनेस इतनी तेजी से घूम रही है कि मैं का भ्रम पैदा होता है।

दो भ्रम हैं जगत में, एक पदार्थ का भ्रम, मैटर का भ्रम और दूसरा मैं का भ्रम, ईगो का, अहंकार का भ्रम। ये दोनों भ्रम एकदम ही झूठे हैं, लेकिन इनके पास जाने से पता चलता है कि ये नहीं हैं। विज्ञान पदार्थ के पास गया तो पदार्थ विलीन हो गया। और धर्म मैं के पास गया, तो मैं विदा हो गया। धर्म की खोज है कि मैं नहीं है और विज्ञान की खोज है कि पदार्थ नहीं है। जितने निकट जाते हैं, उतना ही भ्रम टूट जाता है।

तो इसलिए मैं कहता हूं कि भीतर जाएं, निकट करीब से भीतर देखें, वहां कोई मैं है? और मैं नहीं कहता कि ऐसा मान लें कि मैं नहीं हूं। अगर मान लिया तो झूठ हो जाएगा। मैं नहीं कहता हूं। मेरी बात अगर मानकर आप चल गए और आप ऐसा सोचने लगे कि मैं नहीं हूं, अहंकार झूठ है, मैं तो आत्मा हूं, मैं तो ब्रह्म हूं, अहंकार नहीं है, तो आप गड़बड़ में पड़ गए। क्योंकि आप यह दोहरा रहे हैं तो फिर यह झूठ ही दोहराएंगे आप। मैं यह नहीं कहता हूं कि आप ऐसा दोहराएं। मैं यह कहता हूं कि आप भीतर जाएं, देखें, पहचानें। जो पहचानता है, देखता है, वह पाता है कि मैं नहीं हूं। फिर कौन है? जब मैं नहीं हूं, कोई तो है। मेरे न होने से कोई भी नहीं है, ऐसा नहीं। क्योंकि भ्रम को जानने के लिए भी कोई तो चाहिए। भ्रम भी पैदा हो जाए, इसके लिए कोई तो चाहिए।

मैं नहीं हूं, फिर कौन है? फिर जो शेष रह जाता है, उसका अनुभव ही परमात्मा का अनुभव है। लेकिन उसका अनुभव एकदम विस्तीर्ण हो जाता है। मेरे गिरते ही तू भी गिर जाता है, वह भी गिर जाता है, फिर एक सागर ही रह जाता है चेतना का। उस स्थिति में दिखाई पड़ेगा कि परमात्मा ही है। तब तो शायद यह कहना भी गलत मालूम पड़े कि परमात्मा ही है। क्योंकि यह कहना भी पुनरुक्ति है। जब हम कहते हैं गाड इज, ईश्वर है, तो हम पुनरुक्ति कर रहे हैं। पुनरुक्ति इसलिए कर रहे हैं कि जो है, उसी का दूसरा नाम ईश्वर है। है का ही दूसरा नाम ईश्वर है। इसलिए ईश्वर है, ऐसा एक ही चीज को दोहराना है, यह टोटॉलाजी है। एक ही बात को दोबारा कहना है। ठीक नहीं है यह बात।

ईश्वर है का क्या मतलब? हम है उस चीज को कहते हैं जो नहीं है भी हो सकती हो। हम

कहते हैं, टेबिल है, क्योंकि कल टेबिल नहीं हो सकती है और कल टेबिल नहीं थी। जो चाज नहीं थी, फिर नहीं हो सकती है, उसको है कहने का कोई मतलब है। लेकिन ईश्वर न तो ऐसा है कि कभी नहीं था और न ऐसा हो सकता है कि कभी नहीं होगा। उसे है कहने का कोई भी मतलब नहीं। वह है ही, असल में जो है, उसका ही वह दूसरा नाम है। होने का ही दूसरा नाम परमात्मा है। एक्झिस्टेंस, अस्तित्व का ही दूसरा नाम परमात्मा है।

मेरी दृष्टि में, अगर हमने इस जो है, इस पर अपने परमात्मा को थोपा तो हम झूठ में उतर जाएंगे। और ध्यान रहे, परमात्मा भी अपने-अपने ट्रेड मार्क के अलग-अलग हैं। हिंदू का अपना है थोपने के लिए, मुसलमान का अपना है, ईसाई का अपना है, जैन का अपना है, बौद्ध का अपना है। सबके अपने-अपने शब्द हैं, अपने-अपने परमात्मा हैं। परमात्मा का भी बड़ा गृह उद्योग खुला हुआ है। अपने-अपने घर में परमात्मा को ढाला जा सकता है। होम इंडस्ट्री है उसकी। अपने-अपने घर में ढालो, अपने-अपने परमात्मा का निर्माण करो।

और फिर ये परमात्माओं को ढालने वाले वैसे ही बाजार में लड़ते हैं, जैसे सभी अपने-अपने घर में सामान ढालने वाले बाजार में, दुकानों पर लड़ते हैं। ऐसे बाजार में वे भी लड़ते हुए दिखाई पड़ते हैं। एक-दूसरे का परमात्मा भी भिन्न पड़ जाता है। असल में जब तक मैं हूं, तब तक मैं जो भी करूंगा वह आपसे भिन्न होगा। जब तक मैं हूं, मेरा धर्म भिन्न होगा, मेरा ईश्वर भिन्न होगा, क्योंकि वे मेरे मैं के निर्माण होंगे। मैं भिन्न हूं, इसलिए मेरा सब भिन्न होगा।

अगर दुनिया में ठीक-ठीक धर्म-निर्माण करने की स्वतंत्रता हो तो जितने आदमी हैं, उतने ही धर्म होंगे। इससे कम नहीं हो सकते। वह तो ठीक-ठीक स्वतंत्रता नहीं है।

हिंदू बाप अपने बेटे को इसके पहले कि वह स्वतंत्र हो जाए, हिंदू बना डालता है। मुसलमान बाप अपने बेटे को इसके पहले कि उसमें बुद्धि आए, मुसलमान बना देता है। क्योंकि बुद्धि आने पर न कोई हिंदू बनेगा, न कोई मुसलमान बनेगा। इसलिए बुद्धि आने के पहले ही सब नासमझियां अंदर डाल देने की जरूरत है। इसलिए सब बाप उत्सुक हैं कि बेटा जब छोटा है, तभी से धर्म की शिक्षा हो जानी चाहिए उसकी। क्योंकि कल वह जवान हो जाए, सोचने लगे, तो फिर दिक्कत देगा। विचार आ जाएगा, तो पच्चीस प्रश्न खड़े करेगा और पच्चीस प्रश्नों के उत्तर नहीं हो पाएंगे। और फिर वह ऐसी बातें करेगा कि जिनको हल करना मुश्किल होगा। इसलिए सब बाप उत्सुक हैं कि उनके बेटे और उनकी बेटियों को जन्म लेते ही उनकी घुटी में धर्म पिला दिया जाए, उनके खून में धर्म डाल दिया जाए। तब होश नहीं रहता, समझ नहीं रहती, कुछ भी नासमझी सिखा दो, वह सीख लेता है। एक आदमी मुसलमान हो जाता है, एक हिंदू, एक जैन, एक बौद्ध, जो भी सिखाओ, वह आदमी हो जाता है। बुद्धि होती नहीं पास में।

इसलिए धार्मिक जिसको हम आदमी कहते हैं, वह अक्सर बुद्धिहीन पाया जाता है। उसमें बुद्धि होती ही नहीं। क्योंकि जिसको हम धर्म कहते हैं, वह बुद्धि होने के पहले ही पकड़ ली गई चीज है। बुद्धि आने पर भी वह जकड़े रहती है, फिर वह पंजा पकड़ लेती है हमारे भीतर से। हिंदू, मुसलमान लड़ता हुआ देखा जाता है, ईश्वर के नाम पर लड़ता हुआ देखा जाता है, मंदिर-मस्जिद के नाम पर लड़ता हुआ देखा जाता है। आश्चर्य की बात है।

क्या ईश्वर भी बहुत प्रकार के हैं? हिंदू का ईश्वर अलग ढंग का है। और मूर्ति तोड़ दी जाए तो हिंदू के ईश्वर का अपमान हो जाता है। और मुसलमान का ईश्वर और प्रकार का है। और अगर मस्जिद तोड़ दी जाए, आग लगा दी जाए, तो उसके ईश्वर का अपमान हो जाता है।

ईश्वर तो उसका नाम है जो है। मस्जिद में भी वह उतना ही है जितना मंदिर में। बूचड़खाने

में भी वह उतना ही है जितना मंदिर में। और शराब घर में भी उतना ही है जितना मस्जिद में। चोर के भीतर वह उतना ही है, जितना महात्मा के भीतर है। रत्ती भर कम नहीं है। हो भी नहीं सकता। आखिर चोर के भीतर कौन होगा, अगर परमात्मा न होगा? वह राम के भीतर उतना ही है, जितना रावण के भीतर। रत्ती भर कम नहीं हो सकता रावण के भीतर। वह हिंदू के भीतर भी उतना ही है, जितना मुसलमान के भीतर।

लेकिन वह जो हमारा गृह उद्योग है भगवान बनाने का, उस गृह उद्योग को बड़ा धक्का लग जाएगा अगर हम यह मान लें कि सभी के भीतर वही है। तो हमें अपना-अपना ईश्वर थोपे चले जाना चाहिए। अगर एक फूल में हिंदू भी ईश्वर देखे और मुसलमान भी, तो भी झगड़ा हो सकता है, क्योंकि उस फूल में हिंदू अपना ईश्वर ढालेगा, मुसलमान अपना ईश्वर ढालेगा। हिंदू-मुसलमान तो जरा दूर की बातें हैं, पास-पास की दुकानों में भी झगड़े होते हैं। ये दुकानें तो जरा फासले पर हैं। काशी और मक्का में काफी फासला है, लेकिन काशी में राम के और कृष्ण के मंदिर में इतना फासला नहीं है। वहां भी झगड़ा इतना ही है।

मैंने सुना है, एक बड़े संत को—और बड़े सिर्फ इसलिए कहता हूं कि लोग कहते हैं और संत भी सिर्फ इसलिए कहता हूं कि लोग कहते हैं—वे राम के भक्त थे, उनको कृष्ण के मंदिर में ले जाया गया तो उन्होंने हाथ जोड़ने से इनकार कर दिया। उन्होंने कहा, कृष्ण के मंदिर में मैं हाथ नहीं जोड़ सकता। मंदिर की मूर्ति के सामने खड़े होकर उन्होंने कहा कि अगर धनुष-बाण अपने हाथ में लो, तो मैं सिर झुका सकता हूं। इस बांसुरी लिये हुए हाथ को सिर झुकाना मेरे वश के बाहर है।

भगवान पर भी भक्त शर्त लगाता है कि इस पोजीशन में, इस ढंग से खड़े हो जाओ, तो हम नमस्कार करेंगे। यानी नमस्कार करने के पहले तुम नाचो हमारे इशारे पर, तब हम नमस्कार करेंगे। हमारी नमस्कार पीछे होगी, पहले तुम नमस्कार करो हमको, धनुष-बाण हाथ में लो या बांसुरी हाथ में लो। किस आसन में बैठो, किस ढंग से खड़े हो, यह भक्त प्रिस्क्राइब करता है भगवान के लिए। वह बताता है कि ऐसा-ऐसा करो, तब हम तुम्हें नमस्कार कर सकते हैं। भक्त भी शर्त लगाता है, कंडीशन लगाता है।

अब आश्चर्य की बात है कि भगवान को भी मुझे निर्धारित करना है, आपको निर्धारित करना है! लेकिन अब तक जिसको हम भगवान कहते रहे हैं, वह आदमियों के द्वारा निर्धारित भगवान है। और जब तक आदमियों के द्वारा निर्धारित भगवान बीच में खड़ा है, तब तक हम उसको न जान सकेंगे जो हमारे द्वारा निर्धारित नहीं है। जिसके द्वारा हम निर्धारित हैं, उसे हम कभी भी न जान सकेंगे। इसलिए आदमियों के भगवान से मुक्त होना है अगर उस भगवान को जानना हो जो कि है। लेकिन बड़ा कठिन है, अच्छे से अच्छे आदमी को भी कठिन है। जिसको हम अच्छा आदमी कहते हैं, वह और भी मुश्किल से छूट पाता है। वह भी पकड़े रहता है, वह भी नहीं छोड़ता। वह भी बुनियादी नासमझियों को उतना ही जकड़कर पकड़ता है, जितना नासमझ आदमी। नासमझ माफ किया जा सकता है, लेकिन समझदार को माफ करना एकदम मुश्किल है।

अभी खान अब्दुलगफ्फार खां आए हैं। वे सारे मुल्क को समझाते फिरते हैं हिंदू-मुस्लिम एकता की बात, लेकिन वे पक्के मुसलमान हैं, उसमें रत्ती भर कमी नहीं है। उनके पक्के मुसलमान होने में रत्ती भर कमी नहीं है। उनके मस्जिद में नमाज पढ़ने में कोई सवाल नहीं उठता उनको। वे पक्के मुसलमान हैं और हिंदू-मुसलमान की एकता समझा रहे हैं। गांधीजी पक्के हिंदू थे और हिंदू-मुसलमान की एकता समझा रहे थे। जैसे गुरु थे वैसे उनके शिष्य हैं। वे पक्के हिंदू थे, उनके शिष्य

पक्के मुसलमान हैं। और जब तक दुनिया में पक्के हिंदू और पक्के मुसलमान हैं, तब तक एकता हो कैसे सकती है। इनको थोड़ा कच्चा करना जरूरी है, तभी एकता हो सकती है। ये पक्के होकर एकता नहीं हो सकती। ये ही झगड़े की जड़ हैं। लेकिन ये झगड़े की जड़ें दिखाई नहीं पड़ती हैं। ये समझा रहे हैं लोगों को कि सबको एक हो जाना चाहिए। लेकिन ये नहीं जानते कि एक हो कैसे सकते हैं।

जब तक भगवान अलग-अलग हैं और जब तक मंदिर अलग-अलग हैं, और जब तक प्रार्थनाएं अलग-अलग हैं और सत्य के शास्त्र अलग-अलग हैं, और किसी का कुरान पिता है और किसी की गीता माता है, तब तक यह उपद्रव बंद नहीं हो सकता। लेकिन इस को तो हमने पकड़ लिया है कि ये बिलकुल सच्ची बातें हैं। और हम कहते हैं कि कुरान की आयत पढ़ो और लोगों को समझाओ कि एक हो जाओ। गीता के वचन पढ़ो और लोगों को समझाओ कि एक हो जाओ। लेकिन हमें पता नहीं है कि गीता के वचन और कुरान की आयत झगड़े की जड़ें हैं।

किसी गाय की पूंछ कट जाए तो हिंदू-मुस्लिम में दंगा हो जाएगा। तो हम कहेंगे कि गुंडों ने दंगा कर दिया। और बड़े मजे की बात है कि किसी गुंडे ने नहीं समझाया है कि गऊ जो है वह माता है। यह समझा रहे हैं महात्मा कि गऊ माता है। और गऊ माता है जब समझा रहे हैं तब झगड़े का आरोपण कर रहे हैं। किसी दिन पूंछ कट जाएगी, तो गऊ की पूंछ थोड़े ही कटती है, माता की पूंछ कट गई। और जब माता की पूंछ कट जाएगी, तो झगड़ा शुरू होगा। और गुंडे फंस जाएंगे पीछे कि गुंडों ने झगड़ा करवा दिया। सब झगड़े की जड़ में जिनको हम महात्मा कहते हैं, वे लोग हैं। और अगर महात्मा झगड़े की जड़ से हट जाएं, तो गुंडे बहुत निरीह हैं, कोई झगड़ा-वगड़ा करने की उनकी सामर्थ्य नहीं है। महात्माओं का बल चाहिए पीछे, तब गुंडों में जान आती है, नहीं तो गुंडों में कोई जान नहीं आती।

लेकिन महात्मा बच जाता है, क्योंकि हमें खयाल ही नहीं है कि महात्मा झगड़े की जड़ में हो सकता है। और झगड़े की जड़ क्या है? झगड़े की जड़ है, वह घर-घर में पैदा किया गया परमात्मा। आप अपने घर के परमात्मा से बचने की कोशिश करना। आपके घर में आप परमात्मा नहीं ढाल सकते। और ढाला हुआ निपट धोखा होगा।

तो मैं नहीं कहता हूं कि आप परमात्मा का आरोपण करें। आप क्या करेंगे? परमात्मा के नाम से करेंगे क्या आरोपण? अगर कृष्ण का भक्त देखेगा तो सीधे कहेगा कि झाड़ में बांसुरी बजाने वाले भगवान छिपे हैं। और धनुर्धारी भगवान वाला धनुर्धारी को देखेगा। और कोई कुछ और देखेगा, कोई कुछ और देखेगा। यह जो देखना है, यह हमारी ही इच्छाओं, हमारे ही विचारों को थोपना है। ऐसा भगवान नहीं है। हमारे विचार, इच्छाओं को थोपने से उसका पता नहीं चल सकता है। हमें तो मिटना ही पड़ेगा। अपने सब विचार, अपने सब आरोपण लेकर डूब ही जाना पड़ेगा। हमें तो खत्म ही होना पड़ेगा। दोनों बातें एक साथ नहीं हो सकती हैं। मेरे रहते भगवान का अनुभव असंभव है। मुझे विदा होना ही पड़ेगा, तभी उसका अनुभव हो सकता है। ये दोनों एक साथ नहीं होगा। मैं, मैं रहते हुए, भगवान के द्वार पर प्रवेश नहीं पा सकता हूं।

मैंने एक कहानी सुनी है कि एक आदमी सब कुछ छोड़कर भगवान के द्वार पर पहुंच गया। सब कुछ छोड़कर—धन छोड़कर, पत्नी छोड़कर, मकान छोड़कर, बच्चे छोड़कर, समाज छोड़कर—सब छोड़कर भगवान के द्वार पर पहुंच गया। लेकिन द्वारपाल ने हाथ से उसे रोक लिया और कहा कि अभी भीतर मत आ जाना। जाओ, पहले छोड़ कर आओ। उस आदमी ने कहा, मैं सब छोड़कर आ रहा हूं। द्वारपाल ने कहा, मैं को तो कम से कम जरूर साथ ले आए हो। और

सबसे हमें कोई मतलब नहीं है, हमें सिर्फ मैं से मतलब है। तुम कहते हो, मैं सब छोड़कर आ रहा हूं। हमें इन सब से कोई मतलब नहीं है, हमें तो मैं से मतलब है। जाओ मैं छोड़कर आओ। वह आदमी कहता है कि मेरे पास तो कुछ भी नहीं है। मेरी झोली बिलकुल खाली है, न धन है, न पत्नी है, न बच्चे, कोई भी मेरे पास नहीं है। वह द्वारपाल कहता है, कम से कम तुम्हारी झोली में तुम तो हो। उसे छोड़कर आओ। यह द्वार बंद है उनके लिए, जो मैं को लेकर आते हैं। वह द्वार सदा से बंद है।

लेकिन मैं को हम कैसे छोड़ दें। अगर हम छोड़ने की कोशिश करेंगे तो मैं कभी भी छूटने वाला नहीं है। क्योंकि मैं कैसे छोडूंगा। मैं को मैं कैसे छोडूंगा? मैं ही मैं को कैसे छोडूंगा? यह तो हो नहीं सकता। यह तो ऐसे ही है जैसे कोई अपने जूते के बंदों से अपने को उठाने की कोशिश करे। तो मुश्किल में पड़ जाएगा। मैं मैं को कैसे छोडूंगा। सब छोड़ने के पीछे मैं फिर बच जाऊंगा। तो यहां तक हो सकता है कि एक आदमी कहने लगे कि मैंने सब अहंकार छोड़ दिया। मेरे पास अहंकार ही नहीं। मगर इसके पास भी मैं है। अहंकार छोड़ने का भी अपना अहंकार है। तो क्या करे आदमी, बहुत मुश्किल की बात है। मुश्किल की बात नहीं है। मैं छोड़ने को नहीं कहता हूं। मैं आपसे कुछ भी करने को नहीं कहता हूं, क्योंकि सब करने से मैं ही मजबूत होता है। मैं तो सिर्फ भीतर जाकर जानने को कहता हूं कि देखें, मैं कहां है। अगर होगा, तो छोड़ने का कोई उपाय नहीं है। है ही, तो छोड़ेंगे क्या? और अगर नहीं है, तब भी छोड़ने का कोई उपाय नहीं है। क्योंकि जो नहीं है, उसको छोड़ेंगे कैसे।

तो भीतर जाएं और देखें, खोजें वहां मैं है या नहीं। और इतना मैं कहता हूं कि जो भीतर जाकर देखता है, वह एकदम हंसने लगता है। वह कहता है, मैं तो हूं ही नहीं। तब कौन रह जाता है? तब जो रह जाता है, उसका नाम परमात्मा है। और जो मेरे न होने पर रह जाता है, क्या वह आपसे अलग होगा? जब मैं ही न रहा, तो अलग करनेवाला कौन होगा? मेरा मैं ही तो आपको मुझसे अलग करता है, मुझे आपसे अलग करता है।

यह घर की हमारी दीवाल है। घर की दीवाल आकाश को दो हिस्सों में विभाजित करती है, ऐसा दीवालों को भ्रम होता है। हालांकि आकाश दो हिस्सों में विभाजित होता नहीं। आकाश अविभाजित है: चाहे कितनी ही सख्त दीवाल बनाओ, कितनी ही ठोस, लेकिन मकान के भीतर का आकाश और मकान के बाहर का आकाश दो चीजें नहीं हैं, एक ही चीज है। कितनी ही बड़ी दीवाल उठाओ, तो भी मकान के भीतर का आकाश और बाहर का आकाश दो नहीं हो जाते। लेकिन मकान के भीतर रहने वाले आदमी को लगता है कि आकाश के हमने दो हिस्से कर दिए—एक मेरे घर के भीतर का आकाश, एक घर के बाहर का आकाश। लेकिन कल अगर दीवाल गिर जाए, तो वह आदमी कैसे पता लगाएगा कि कौन मेरे घर के भीतर का आकाश है, कौन मेरे घर के बाहर का आकाश है। कैसे पता लगाएगा? तब तो आकाश ही रह जाएगा।

ऐसे ही हमने चेतना को मैं की दीवालें उठाकर खंड-खंड किया है। और जब मैं की दीवाल गिर जाएगी तो फिर ऐसा नहीं है कि मुझे आपमें परमात्मा दिखाई पड़ने लगेगा। नहीं, तब मुझे आप दिखाई नहीं पड़ेंगे, और परमात्मा दिखाई पड़ने लगेगा। इसको ठीक से समझ लेना, इस बारीक फर्क को।

ऐसा नहीं है कि मैं आपमें परमात्मा देखने लगूंगा, यह गलत बात है। ऐसा कि आप नहीं दिखाई पड़ेंगे और परमात्मा दिखाई पड़ेगा। ऐसा नहीं है कि वृक्ष में परमात्मा दिखाई पड़ने लगेगा। नहीं, ऐसा कि वृक्ष नहीं दिखाई पड़ेगा और परमात्मा दिखाई पड़ने लगेगा। जब कोई कहता है,

कण-कण में परमात्मा है, तो वह बिलकुल गलत कहता है। क्योंकि कण-कण भी उसे दिखाई पड़ रहा है और परमात्मा भी दिखाई पड़ रहा है। ये दोनों बातें एक साथ दिखाई नहीं पड़ सकतीं। सच बात यह है कि कण-कण परमात्मा ही है। यानी ऐसा नहीं है कि कण-कण में परमात्मा है। कोई परमात्मा अलग से भीतर उनके बैठा हुआ है, कण कोई बाहर से उसे घेरे हुए हैं, ऐसा नहीं है। जो है, वह परमात्मा है। जो है, इसका ही प्रेम में दिया गया नाम परमात्मा है। जो है, उसका ही नाम सत्य है। प्रेम में हम उसे परमात्मा कहते हैं। इससे कोई फर्क नहीं पड़ता है।

इसलिए मैं आपको नहीं कहता हूं कि आप सबमें परमात्मा देखना शुरू करें। मैं आपसे कहता हूं कि आप अपने में देखना शुरू करें। देखते ही आप मिट जाएंगे। आपके मिटते ही जो दिखाई पड़ेगा, वह परमात्मा है।

एक दूसरे मित्र ने पूछा है कि यदि ध्यान से समाधि में जाया जा सकता है और समाधि से परमात्मा को जाना जा सकता है, तो फिर आजकल के मंदिरों में जाना व्यर्थ है? और उन्हें हटा देना चाहिए?

मंदिरों में जाना तो व्यर्थ है, हटाने की कोशिश भी उतनी ही व्यर्थ है। जिनमें भगवान है ही नहीं, उनको हटाने की झंझट में भी किसी को नहीं पड़ना चाहिए। वे बेचारे जहां हैं, हैं। उन्हें हटाने का क्या सवाल है? और अक्सर यह दिक्कत होती है। जैसे कि मोहम्मद ने लोगों को कहा कि मूर्ति में परमात्मा नहीं है। तो मुसलमानों ने सोचा कि मूर्तियों को मिटा डालना चाहिए। और तब एक बड़े मजे का काम शुरू हुआ दुनिया में—एक तरफ मूर्तियों को बनाने वाले पागल हैं और दूसरी तरफ मूर्तियों को मिटाने वाले पागलों की जमात खड़ी हो गई। अब मूर्ति को बनाने वाला मूर्ति को बनाने में परेशान है और मूर्ति को मिटाने वाला दिन-रात इस उधेड़बुन में लगा है कि मूर्ति को कैसे मिटा दें।

अब कोई पूछे कि मोहम्मद ने यह कब कहा था कि मूर्ति के तोड़ देने में भगवान है। मूर्ति में न होगा, लेकिन मूर्ति के तोड़ देने में है, यह किसने कहा। और अगर मूर्ति के तोड़ देने में भगवान है तो फिर मूर्ति के होने में भी क्या कठिनाई है? उसमें भी भगवान हो सकता है। अगर न होगा, तो तोड़ने में कैसे हो जाएगा।

मैं नहीं कहता हूं कि मंदिरों को हटा देना चाहिए। मैं यह कहता हूं कि इस सत्य को जानना चाहिए कि वह सब जगह है। और जब हम इस सत्य को जानेंगे, तो सब कुछ ही उसका मंदिर हो जाएगा। तब मंदिर और गैर-मंदिर को अलग करना मुश्किल होगा। तब जहां हम खड़े होंगे वहां उसका मंदिर होगा, जहां आंख उठाएंगे वहां उसका मंदिर होगा, जहां बैठेंगे वहां उसका मंदिर होगा। तब दुनिया में तीर्थ न रह जाएंगे, क्योंकि पूरी दुनिया उसका तीर्थ होगी। तब उसकी अलग-अलग मूर्तियां ढालना व्यर्थ हो जाएगा, क्योंकि तब जो भी है, उसकी ही मूर्ति होगी। मैं जो कह रहा हूं, वह यह नहीं कह रहा हूं कि जाकर मंदिर मिटाने में लगें, या मंदिर हटाने में लगें, या किसी को समझाने जाएं कि मंदिर मत जाओ। क्योंकि मैंने यह कभी नहीं कहा कि मंदिर में भगवान नहीं है। मैं सिर्फ यह कह रहा हूं कि जो मंदिर में ही देखता है, उसे भगवान का कोई पता नहीं है।

जिसे भगवान का पता होगा, उसे तो सब जगह भगवान होगा। मंदिर में भी, नहीं मंदिर है वहां भी। तब वह फर्क कैसे करेगा कि कौन-सा मंदिर है और कौन-सा मंदिर नहीं है। क्योंकि मंदिर हम उसे कहते हैं, जहां भगवान है। और जब सब जगह भगवान है, तो सभी जगह मंदिर है। फिर अलग से मंदिर बनाने की जरूरत न रह जाएगी। और मंदिर तोड़ने की भी कोई जरूरत न रह जाएगी।

अक्सर यह भूल हो जाती है। अक्सर यह भूल होती है कि चीजों को समझने की जगह हम उलटी चीज को समझने की कोशिश शुरू कर देते हैं। बजाय इसके कि हम समझें कि मैं क्या कह रहा हूं, किसको हटाना है, किसको तोड़ना है, किसको मिटाना है, इसमें हम ज्यादा उत्सुक हो जाते हैं। क्या है, उसे समझने की...और यह निरंतर भूल होती रही है।

आदमी ने जो बुनियादी भूलें की हैं, उनमें एक यह है कि जब भी उसे कुछ कहा जाता है तब वह तत्काल न मालूम क्या सुन लेता है, जो कहा ही नहीं गया था। अब मुझे कोई मंदिर का दुश्मन समझ सकता है। लेकिन मुझसे ज्यादा मंदिर को प्रेम करने वाला आदमी पाना मुश्किल है। यह मैं क्यों कहता हूं? यह मैं इसलिए कहता हूं कि मैं तो सारी पृथ्वी को ही मंदिर देखा जा सके, सब कुछ मंदिर हो सके, इसकी फिक्र में लगा हूं। लेकिन मेरी बात सुनकर कोई यह समझ सकता है कि वे जो छोटे-छोटे मंदिर बने हैं, उनको मिटा दो तो सब काम पूरा हो जाएगा। उनको मिटा देने से काम पूरा नहीं हो जाएगा, सारे जीवन को मंदिर बना लेने से काम पूरा होगा।

और ये दोनों आदमी गलत हैं। जो मंदिर में ही भगवान को देख रहा है, वह यह गलती कर रहा है कि शेष में वह किसको देख रहा है। मंदिर से बाहर किसको देख रहा है? मंदिर उसका बड़ा छोटा है और भगवान बड़ा विराट है, और इसलिए छोटे-छोटे मंदिरों में समा नहीं सकता है। और फिर दूसरा आदमी मंदिरों को तोड़ने में लग जाए कि मंदिरों को हटाओ, मंदिरों को मिटाओ, तब भगवान को देख सकेंगे। इतने छोटे-छोटे मंदिर न तो भगवान का आवास बन सकते हैं और न इतने छोटे-छोटे मंदिर भगवान को देखने में बाधा बन सकते हैं। ध्यान रखें, उनका छोटा होना इतना छोटा है कि न तो वह उसका घर बन सकते हैं और न उसका कारागृह बन सकते हैं कि उनको मिटाओ तो भगवान मुक्त हो जाएगा। समझने की आवश्यकता है, मैं क्या कह रहा हूं।

मैं यह कह रहा हूं कि अगर हम ध्यान में प्रवेश करते हैं, तो ही हम मंदिर में प्रवेश करते हैं। क्योंकि ध्यान ही एक मंदिर है, जिसकी कोई दीवाल नहीं है। और ध्यान ही एक मंदिर है, जहां प्रवेश पाते ही व्यक्ति मंदिर में प्रविष्ट हो जाता है। और ध्यान में जो जीने लगता है, वह चौबीस घंटे मंदिर में ही जीने लगता है। और जो ध्यान में नहीं जीता है, वह मंदिर में भी जाकर क्या करेगा? जिसको हम मंदिर कहते हैं, वहां भी क्या करेगा? कोई इतना आसान तो नहीं है मामला कि दुकान पर बैठे-बैठे आप एकदम मंदिर में चले जाएं। हां, शरीर को ले जाना बहुत आसान है। शरीर बेचारा बड़ा सरल है। उसको कहीं भी ले जाओ। मन इतना सरल नहीं है। एक दुकानदार बैठा हुआ दुकान कर रहा है और गिनती कर रहा है रुपयों की। वह चाहे तो उठकर फौरन शरीर को मंदिर में ले जा सकता है। लेकिन शरीर मंदिर में चला जायेगा और मन...! शरीर मंदिर में चला जाएगा और वह धोखे में पड़ेगा कि मैं मंदिर में आ गया। लेकिन अपने मन में थोड़ा झांककर देखेगा, तो बहुत हैरान हो जाएगा कि मन अब भी दुकान पर बैठा हुआ है और रुपयों की गिनती कर रहा है।

मैंने सुना है, एक आदमी अपनी पत्नी से बहुत परेशान था। ऐसे तो सभी आदमी परेशान रहते हैं। वह बहुत परेशान था। धार्मिक आदमी था और पत्नी बड़ी अधार्मिक थी। यह बड़ा उल्टा मामला है, होता अक्सर उलटा है। पत्नी धार्मिक होती है और पति अधार्मिक होते हैं। लेकिन सब संभव है। वह आदमी तो धार्मिक था, पत्नी अधार्मिक थी। और मेरी समझ में ऐसा आता है कि दो में से एक ही धार्मिक हो सकता है। असल में दोनों एक साथ हो ही नहीं सकते। एक कुछ हो जाएगा, तो दूसरा उसके विपरीत हो जाएगा। शायद पति पहले धार्मिक हो गया, तो पत्नी धार्मिक होने से बच गई। लेकिन पति रोज कोशिश करता था पत्नी को धार्मिक बनाने की।

धार्मिक आदमी में एक बुनियादी खराबी होती है—दूसरे को भी अपने जैसा बनाने की। यह

बड़ी खतरनाक बात है। यह हिंसा की बात है। किसी को अपने जैसा बनाने की चेष्टा बड़ी बुरी है। किसी को हम अपनी बात समझा दें, इतना काफी है। लेकिन किसी को हम अपने जैसा बनाने के लिए उसकी गर्दन पकड़ लें, तो यह बहुत तरकीब है दबाने की, सताने की—जिसको कहें कि एक आध्यात्मिक प्रकार की हिंसा है। और सभी गुरु यही काम करते हैं। इसलिए गुरुओं से ज्यादा हिंसात्मक आदमी खोजने मुश्किल हैं। किसी की गर्दन पकड़कर वे उसको ढालने की कोशिश करते हैं कि ऐसा कपड़ा पहनो, ऐसा बाल रखो, ऐसा सिर घुटाओ, यह करो, वह करो। सब कुछ बिलकुल थोप देते हैं कि यह खाओ, वह पीओ, ऐसे सोओ, ऐसे उठो। वह सब थोप कर उस आदमी को मार डालते हैं।

तो पति भी बड़ा उत्सुक था। असल में दूसरे को धार्मिक बनाने में मजा भी बहुत आता है। खुद धार्मिक बनना तो बड़ी क्रांति की बात है। लेकिन दूसरे को धार्मिक बनाने में बड़ा संतोष मिलता है। क्योंकि दूसरे को धार्मिक बनाने में हम तो धार्मिक पहले से ही स्वीकृत हो जाते हैं। अब दूसरे को बनाने की बात रह जाती है। लेकिन पत्नी थी कि सुनती ही न थी। तो उसने अपने गुरु को कहा कि मेरी पत्नी को बदल दें। एक दिन मेरे घर आयें और मेरी पत्नी को समझायें। तो सुबह ही सुबह पांच बजे होंगे कि उसका गुरु उसकी पत्नी को समझाने उसके घर पर आया। पत्नी बुहारी लगाती थी। घर के बाहर सीढ़ियां साफ कर रही थी। गुरु ने उसे वहीं रोका और कहा कि मैंने सुना है, तुम्हारे पति कहते हैं कि तुम बड़ी अधार्मिक हो, पूजा नहीं करती हो, प्रार्थना नहीं करती हो, घर में मंदिर बनाया है पति ने, उसमें जाती नहीं हो। सुबह पांच बजे हैं। पति मंदिर में बैठे हुए हैं जाकर। पत्नी बाहर साफ कर रही है बुहारी से। उस पत्नी ने कहा, मेरे पति ही कभी मंदिर में गए हों, ऐसा मुझे याद ही नहीं आता। पति मंदिर में था। यह आग भड़क गई।

धार्मिक आदमी को आग बहुत जल्दी भड़कती है। और मंदिर में जो बैठे हैं, उनकी आग भड़काना तो इतना आसान है कि जिसका कोई हिसाब नहीं है। पता नहीं वे आग छिपाने के लिए वहां बैठे रहते हैं या क्या करते हैं। धार्मिक आदमी इतना क्रोधी हो जाता है कि जिसका कोई हिसाब नहीं। एक आदमी घर में धार्मिक हो जाए, सारे घर में उपद्रव हो जाता है। उसकी आग भड़क गई। अपना मंत्र अभी पूरा ही कर रहा था, तो उसने जल्दी-जल्दी पूरा किया कि यह क्या सरासर झूठ हो रहा है। मैं मंदिर में हूं और मेरी पत्नी द्वार के बाहर मेरे गुरु से कह रही है कि वह कभी मंदिर में गए हों, ऐसा मुझे मालूम नहीं।

गुरु ने कहा, क्या कहती हो! वह तो निरंतर मंदिर में जाते हैं। तो पति ने वहां जोर-जोर से राम-राम की रट लगाई ताकि गुरु बाहर सुन लें। गुरु ने कहा, देखो, वह इतनी जोर से राम-राम की रट लगा रहा है। उसकी पत्नी ने कहा कि इस रट से आप भी धोखे में आते हैं! हद हो गई। जहां तक मैं समझती हूं—रट तो वे लगा रहे हैं—लेकिन जहां तक मैं समझती हूं, मंदिर वे नहीं गए हैं। वे चमार की एक दुकान पर गए हुए हैं और जूते खरीद रहे हैं।

पति की तो हद हो गई। गुस्से की सीमा के बाहर हो गई बात। मंत्र-वंत्र छोड़कर बाहर दौड़ा हुआ आया और कहा कि क्या सरासर झूठ हो रहा है। मैं मंदिर में बैठा प्रार्थना कर रहा हूं। उसकी पत्नी ने कहा, थोड़ा और गौर से देखें। सच में आप प्रार्थना कर रहे थे? जूते की दुकान पर जूता नहीं खरीद रहे थे? झगड़ा नहीं हो गया था जूते वाले से? पति एकदम हैरान हुआ। बात यही थी। उसने कहा, लेकिन तुझे यह कैसे पता चला? पत्नी ने कहा, रात आप जब सोए, तब मुझसे यही कहते सोए थे रात सोते वक्त कि कल सुबह जाकर जूता खरीदना है। और बड़े महंगे दाम बता रहा है, तो बिना जूता के ही बहुत दिन से काम चला रहा हूं। कल सुबह जूता खरीदना ही है। तो पत्नी

ने कहा कि मेरा अनुभव यह है कि रात सोते वक्त जो आखिरी खयाल होता है, सुबह उठते वक्त वह पहला खयाल होता है। मैंने सिर्फ अंदाज से कहा है कि इस वक्त जूते की दुकान पर होना चाहिए। पति ने कहा कि अब मैं कुछ कह नहीं सकता और बात यही सच है। मैं जोर-जोर से राम-राम कह रहा था, लेकिन जब इसने कहा कि मैं जूते की दुकान पर था और जूता फिर महंगा बता रहा था चमार, तो मैंने उसकी गर्दन पकड़ ली, झगड़ा हो गया था। और उस झगड़े में और जोर-जोर से राम-राम राम-राम कह रहा था। वह भीतर जो झगड़ा चल रहा था। यह ठीक ही कहती है। शायद यह ठीक ही कहती है, मैं मंदिर में कभी नहीं गया हूं।

मंदिर जाना इतना आसान तो नहीं है कि आप एक दीवाल के भीतर चले गए और मंदिर में पहुंच गए। हो सकता है, मंदिर में शरीर पहुंच गया हो, पर मन? मन का क्या भरोसा कि वह कहां है। और जिस दिन मन मंदिर में चला जाता है, उस दिन शरीर की क्या फिक्र कि वह मंदिर में गया है कि नहीं गया है! क्योंकि जिस दिन मन मंदिर में चला जाता है, उस दिन तो आप अचानक पाते हैं कि उसका बड़ा मंदिर चारों तरफ से घेरे हुए है। उसके मंदिर के बाहर जाना संभव कहां है? कहां जाइएगा कि उसके मंदिर के बाहर चले जाएंगे? चांद पर चले जाओ, अभी चांद पर आर्मस्ट्रांग चला गया, तो क्या उसके मंदिर के बाहर चला गया? उसके मंदिर के बाहर जाने का उपाय कहां है? क्योंकि उसके मंदिर के बाहर कोई जगह कहां है, जहां हम जा सकेंगे? लेकिन जो लोग सोच लेते हैं कि यह रहा उसका मंदिर, वे सोचते हैं कि इसके मंदिर के बाहर उसका मंदिर नहीं है। वे भी गलती में हैं। और जो सोचते हैं कि इस मंदिर को मिटा देंगे क्योंकि इसमें वह नहीं है, वे भी उतनी ही गलती में हैं।

उस मंदिर का बेचारे का क्या कसूर है? मंदिर बड़े सुंदर भी हो सकते हैं। अगर यह भ्रम हमारा मिट जाए कि वहीं भगवान है, तो मंदिर बड़े सुंदर हो सकते हैं, बड़े प्रेमपूर्ण हो सकते हैं, बड़े आनंदपूर्ण हो सकते हैं। असल में एक गांव बड़ा अधूरा लगता है, अगर उसमें एक मंदिर न दिखाई पड़ता हो। मंदिर का होना बड़ा आनंदपूर्ण हो सकता है। लेकिन हिंदू का मंदिर आनंदपूर्ण नहीं हो सकता है, मुसलमान का मंदिर आनंदपूर्ण नहीं हो सकता है, ईसाई का मंदिर आनंदपूर्ण नहीं हो सकता है। परमात्मा का मंदिर आनंदपूर्ण हो सकता है। लेकिन हिंदू, मुसलमान, ईसाई की राजनीति इतनी गहरी है कि वह परमात्मा के मंदिर का प्रतीक भी नहीं बनने देती। और इसलिए अब हिंदू का मंदिर और मुसलमान की मस्जिद तो बड़ी कुरूप मालूम पड़ती है, बहुत अग्ली। भला आदमी उनकी तरफ देखने में भी सकुचाता है। वहां बहुत दुष्टों का अड्डा जमा हुआ है। वहां उपद्रव की, मिस्चीफ की सारी की सारी योजनाएं रची जाती हैं। और यह भी जरूरी नहीं है कि जो योजनाएं रचते हों, बहुत जानकर रचते हों। क्योंकि मैं समझता हूं कि उपद्रव की योजना कोई भी जानकर नहीं रचता है, सिर्फ अज्ञान में ही रची जाती हैं। तो सारी पृथ्वी को उन्होंने इस हालत में डाल दिया है।

अगर पृथ्वी से कभी मंदिर मिटेंगे तो नास्तिकों के कारण नहीं, पृथ्वी से अगर कभी मंदिर मिटेंगे तो तथाकथित आस्तिकों के कारण। करीब-करीब मिट ही गए हैं, मिटे जा रहे हैं। पृथ्वी पर अगर मंदिर को बचाना हो, तो बड़े मंदिर को पहले देखना जरूरी है। फिर छोटे मंदिर उसमें अपने आप बच जाते हैं। तब वे प्रतीक रह जाते हैं। जैसे कि मैंने प्रेम में आपको एक रूमाल भेंट कर दिया। तो रूमाल चार आने का है, लेकिन आप उसे संभाल कर तिजोरी में रखते हैं।

मैं एक गांव में गया। स्टेशन पर लोग मुझे विदा करने आए थे। किसी ने फूलमाला मेरे गले में डाली। मैंने उसे उतार कर पास में एक लड़की खड़ी थी, उसको दे दी। छह साल बाद उस गांव

में गया—तो उस लड़की ने मुझे कहा कि आपकी फूलमाला को बड़ा संभाल कर मैंने रखा है। फूलमाला तो सूख गई। दूसरों को उसमें सुगंध नहीं आती, लेकिन मुझे अब भी आती है—आपने जो दी थी। उसके घर मैं गया हूं। उसने एक बड़ी सुंदर पेटी में उस फूलमाला को संभाल कर रखा हुआ है। न अब फूल बचे हैं, सब सूख गए हैं, न अब कोई सुगंध है। और कोई भी देखकर कहेगा तो कहेगा कि इस कचरे को इतनी खूबसूरत पेटी में क्यों रखा हुआ है? कोई भी देखकर कहेगा तो कहेगा इस कचरे को इतनी खूबसूरत पेटी में रखने की जरूरत? यह पेटी तो बहुत कीमती है, और यह कचरा तो बिलकुल बेकीमती है। लेकिन वह लड़की पेटी को फेंक सकती है, उस कचरे को नहीं। उस कचरे में उसे कुछ और दिखाई पड़ता है। वह एक प्रतीक है, एक सिंबल है। उस कचरे में किसी प्रेम की याददाश्त है। वह सारी दुनिया के लिए कचरा होगा, उसके लिए कचरा नहीं है।

अगर मंदिर, मस्जिद और गिरजे किसी दिन प्रभु की तरफ उठती हुई आकांक्षा की सिर्फ याददाश्त रह जाएं...और सच बात तो यही है, देखें गिरजे की उठती हुई मीनार, मस्जिद की उठती हुई मीनार, मंदिर का गुंबद, आकाश को छूते हुए कलश। वह मनुष्य के भीतर जो ऊपर उठने की आकांक्षा है, उस परमात्मा की तलाश के लिए जो यात्रा है, वे उसके सिर्फ प्रतीक हैं, उससे ज्यादा कुछ भी नहीं हैं। उसके सिर्फ प्रतीक हैं कि मनुष्य सिर्फ मकान से राजी नहीं है, मनुष्य मंदिर भी बनाना चाहता है। मनुष्य सिर्फ पृथ्वी से राजी नहीं है, आकाश की तरफ उठना भी चाहता है।

इसलिए मंदिरों में दीये जल रहे हैं। कभी सोचा है कि वे दीये किसलिए जल रहे हैं? घी के दीये जल रहे हैं। कभी सोचा है, वे घी के दीये किसलिए जल रहे हैं? कभी सोचा कि दीया भर एक चीज है जमीन पर, जो नीचे की तरफ कभी नहीं जाता, सदा ऊपर की तरफ ही जाता है। नीचे की तरफ ले जा नहीं सकते दीये को। अगर दीये को हम उलटा कर दें, तो भी ज्योति ऊपर की तरफ ही भागती रहेगी। ज्योति नीचे की तरफ भगाई जा नहीं सकती। दीया निरंतर ऊपर जा रहा है। तो वह दीये की जो जलती हुई ज्योति है, वह जो निरंतर ऊपर भाग रही है, वह प्रतीक है मनुष्य की आकांक्षाओं का। पृथ्वी पर हम रहते होंगे, लेकिन आकाश को भी अपना घर बनाना चाहते हैं। बंधे हम होंगे जमीन से, लेकिन हम खुले आकाश में मुक्त भी हो जाना चाहते हैं।

और देखा है कभी कि वह दीये की ज्योति कितनी शीघ्र उठ रही है और विलीन हो रही है! कभी यह देखा कि ज्योति उठी और विलीन हुई! फिर खोजने से भी पता न चलेगा कि कहां गई। वह भी प्रतीक है इस बात का कि जो ऊपर की तरफ जाएगा, वह विलीन हो जाएगा। दीया बहुत ठोस है और ज्योति बड़ी तरल है, और जरा उठी नहीं है ऊपर कि खो गई है। जो ऊपर की तरफ उठेगा, वह मिट जाएगा। वह उसकी भी प्रतीक है, वह उसकी भी खबर है।

फिर आदमी अपने प्रेम में घी का दीया जला रहा है। कोई हर्जा नहीं कि मिट्टी का तेल का जलाए। भगवान उसको मना करने नहीं आएगा। लेकिन हमारे भाव, हमारे भाव ये हैं कि ऊपर की तरफ वही जा सकता है जो नीचे घी की तरह पवित्र हो। ऊपर की तरफ जाने की संभावना तभी है। ऐसे तो मिट्टी के तेल का दीया भी ऊपर की तरफ जाएगा और मिट्टी के तेल में घी से कुछ कमी नहीं है। लेकिन हमारे भाव के प्रतीक हैं। और प्रतीक यह है कि घी की तरह पवित्र ऊपर जा सकेगा, ऊपर की यात्रा हो सकेगी।

मंदिर भी ऐसे ही प्रतीक हैं, मस्जिदें भी ऐसे ही प्रतीक हैं, गिरजे भी...वे बड़े प्यारे हो सकते थे। बहुत एस्थैटिक हैं, बहुत सौंदर्य के प्रतीक हैं। बड़े अदभुत चित्र हैं जो आदमी ने बनाए। लेकिन बड़े कुरूप हो गए हैं, क्योंकि उनके साथ बहुत बेहूदगियां जुड़ गई हैं। मंदिर मंदिर नहीं रहा, हिंदू का मंदिर हो गया। हिंदू का भी नहीं रहा, वैष्णव का हो गया। वैष्णवों का भी नहीं रहा, फलाने का

हो गया। टूटते-टूटते-टूटते सारे मंदिर राजनीति के अड्डे हो गए हैं, जहां से संगठन और संप्रदाय प्राण पाते हैं और खतरे में ले जाते हैं। और धीरे-धीरे वे सब दुकानें हो गए हैं, जहां शोषण चलता है और जहां न्यस्त स्वार्थ हैं।

तो मैं आपसे यह नहीं कहता कि मंदिर मिटा देना, मैं आपसे यह कहता हूं कि मंदिर से जुड़ा हुआ जो भी व्यर्थ है, उसको जरूर मिटाना है। न्यस्त स्वार्थ मिटाना है, मंदिर को दुकान होने से बचाना है। मंदिर को संगठनों और संप्रदायों से बचाना है। वह निपट परमात्मा की याद रह जाए, वह प्रतीक रह जाए, भागता हुआ आकाश की तरफ, तो मंदिर तो बड़ा सुंदर है।

और मैं आपसे यह कहता हूं कि जब तक मंदिर राजनीति के अड्डे है...और राजनीति के अड्डे ही हैं मंदिर अब। जब कोई मंदिर हिंदू का है, तो वह राजनीति का अड्डा हो गया। क्योंकि राजनीति यानी संगठन, और धर्म यानी जिसका संगठन से कोई संबंध नहीं। धर्म यानी साधना और राजनीति यानी संगठना। इतना खयाल रखना, धर्म का साधना से तो संबंध हो सकता है, संगठना से कोई भी नहीं। और राजनीति संगठन पर जीती है। संगठन घृणा पर जीता है, घृणा खून पर जीती है। और वह सब उपद्रव चलता रहता है।

मंदिर को नहीं मिटा देना है, मंदिर का प्रतीक अपवित्र हो गया है, वह अपवित्रता उससे झाड़ देनी है। तब बड़े सौंदर्य का प्रतीक रह जाएगा वह। अगर गांव में एक मंदिर रह जाए जो न हिंदू का है, न मुसलमान का, न ईसाई का, तो वह गांव बड़ा सुंदर हो जाएगा। वह मंदिर उस गांव की आभूषण बन जाएगा। वह गांव के बीच असीम की एक याद बन जाएगा। और तब उस मंदिर में जानेवाले ऐसा न समझेंगे कि मंदिर में जाकर हम भगवान के पास पहुंच गए और बाहर थे तो भगवान के पास नहीं थे। उस मंदिर में जानेवाले सिर्फ इतना ही समझेंगे कि मंदिर एक जगह है जहां हम अपने भीतर उतरने के लिए सुविधा, सौंदर्य, शांति, एकांत उपलब्ध करने के लिए हैं और कुछ भी नहीं। तब मंदिर भगवान के पास जाने का नहीं, ध्यान में जाने के लिए सिर्फ एक उपयुक्त स्थल रह जाएगा। और ध्यान परमात्मा में ले जाने का मार्ग बन जाता है।

हर आदमी अपने घर को इतना शांत नहीं बना सकता, मुश्किल है। लेकिन कम से कम गांव मिलकर तो एक घर ऐसा बना सकता है जो शांत हो। हर आदमी अपने घर में एक शिक्षक लगाकर अपने बच्चों को नहीं पढ़ा सकता। और अगर पढ़ाए भी, तो स्कूल जैसा भवन नहीं दे सकता, बगीचा नहीं दे सकता, मैदान नहीं दे सकता। एक-एक आदमी एक-एक स्कूल बनाए, अपने बच्चों के लिए शिक्षक लाए, तो बड़ी मुश्किल हो जाएगी। फिर थोड़े से ही बच्चे दुनिया में शिक्षित हो सकेंगे। हम गांव में एक स्कूल बना लिये हैं। जो घर में उपलब्ध नहीं है, वह हमने स्कूल में जुटा दिया है। इतना मैदान नहीं है खेलने को, इतने सुंदर स्वच्छ कमरे नहीं हैं बैठने को, इतने शिक्षक नहीं हैं समझाने को, तो गांव का एक स्कूल है उसमें सारे बच्चे इकट्ठे हो जाते हैं।

तो गांव के पास साधना का भी एक स्थल होना चाहिए। इतना ही मंदिर का अर्थ है, मस्जिद का अर्थ है, और कोई अर्थ नहीं है। लेकिन अब वे साधना के स्थल नहीं रह गए हैं। अब वे उपद्रव के स्थल हो गए हैं, जहां से झगड़े और आग फैलती है।

तो मंदिर को नहीं मिटा देना है। मंदिर उपद्रव न रह जाए, इसकी जरूर फिक्र करनी है। और मंदिर धर्म के हाथ में आ जाए, हिंदू-मुसलमान के हाथ में न रह जाए, इसकी भी जरूर फिक्र करनी है। और जिस गांव के बच्चे उतनी ही सरलता से मस्जिद में जा सकते हों जितनी सरलता से मंदिर में, उतनी ही सरलता से गिरजे में जा सकते हों जितनी सरलता से किसी और शिवालय में, वह गांव धार्मिक गांव है। उस गांव के लोग भले हैं। उस गांव के मां-बाप अपने बच्चों के दुश्मन नहीं

हैं। उस गांव के मां-बाप अपने बच्चों को प्रेम करते हैं। और उस गांव के मां-बाप एक बुनियाद रख रहे हैं कि उनके बच्चे कभी नहीं लड़ेंगे। उस गांव के मां-बाप कहते हैं, मस्जिद भी उसका घर है, मंदिर भी उसका घर है, जाओ जहां तुम्हें शांति मिले वहां बैठो, वहां उसे खोजो। घर तो सब कुछ उसका ही है, लेकिन एक दफा उसकी झलक मिल जाए, उसके लिए भीतर जाओ, कहीं भी जाओ। उस दिन दुनिया में ठीक-ठीक मंदिर बन सकेगा। अब तक वह नहीं बन सका है।

इसलिए मैं कोई मंदिर मिटाने वालों में से नहीं हूं। मैं तो यह कह रहा हूं कि मंदिर मिटा दिए गए हैं। और जो मंदिर के रक्षक मालूम हो रहे हैं, वे ही मंदिर के मिटाने वाले हैं। लेकिन कब हमें यह दिखाई पड़ेगा, कहना कठिन है। और तब कई दफे उलटा खयाल हो जाता है। ऐसा खयाल हे जाता है कि मैं कोई मंदिर को मिटाने वाले लोगों में से हूं। मुझे मंदिर को मिटाने से क्या प्रयोजन हो सकता है? हां, मंदिर के पास जो-जो गैर मंदिर जैसा इकट्ठा हो गया है, वह विदा जरूर हो जाना चाहिए। उसकी चेष्टा में जरूर रत होना उचित है।

एक अंतिम प्रश्न और, फिर हम ध्यान के लिए बैठेंगे। एक मित्र ने सुबह की चर्चा के बाद पूछा है कि क्या कुछ आत्माएं शरीर छोड़ने के बाद भटकती रह जाती हैं?

कुछ आत्माएं निश्चित ही शरीर छोड़ने के बाद एकदम से दूसरा शरीर ग्रहण नहीं कर पाती हैं। उसका कारण? उसका कारण है। और उसका कारण शायद आपने कभी न सोचा होगा कि यह कारण हो सकता है। दुनिया में अगर हम सारी आत्माओं को विभाजित करें, सारे व्यक्तित्वों को, तो वे तीन तरह के मालूम पड़ेंगे। एक तो अत्यंत निकृष्ट, अत्यंत हीन चित्त के लोग; एक अत्यंत उच्च, अत्यंत श्रेष्ठ, अत्यंत पवित्र किस्म के लोग; और फिर बीच की एक भीड़ जो दोनों का तालमेल है, जो बुरे और भले को मेल-मिलाकर चलती है। जैसे कि अगर डमरू हम देखें, तो डमरू दोनों तरफ चौड़ा है और बीच में पतला होता है। डमरू को उलटा कर लें। दोनों तरफ पतला और बीच में चौड़ा हो जाए, तो हम दुनिया की स्थिति समझ लेंगे। दोनों तरफ छोर और बीच में मोटा—डमरू उलटा। इन छोरों पर थोड़ी-सी आत्माएं हैं।

निकृष्टतम आत्माओं को भी मुश्किल हो जाती है नया शरीर खोजने में और श्रेष्ठ आत्माओं को भी मुश्किल हो जाती है नया शरीर खोजने में। बीच की आत्माओं को जरा भी देर नहीं लगती। यहां मरे नहीं, वहां नई यात्रा शुरू हो गई। उसके कारण हैं। उसका कारण यह है कि साधारण, मीडियाकर, मध्य की जो आत्माएं हैं, उनके योग्य गर्भ सदा उपलब्ध रहते हैं।

मैं आपको कहना चाहूंगा कि जैसे ही आदमी मरता है, मरते ही उसके सामने सैकड़ों लोग संभोग करते हुए, सैकड़ों जोड़े दिखाई पड़ते हैं, मरते ही। और जिस जोड़े के प्रति वह आकर्षित हो जाता है, वहां वह गर्भ में प्रवेश कर जाता है। लेकिन बहुत श्रेष्ठ आत्माएं साधारण गर्भ में प्रवेश नहीं कर सकतीं। उनके लिए असाधारण गर्भ की जरूरत है, जहां असाधारण संभावनाएं व्यक्तित्व की मिल सकें। तो श्रेष्ठ आत्माओं को रुक जाना पड़ता है। निकृष्ट आत्माओं को भी रुक जाना पड़ता है, क्योंकि उनके योग्य भी गर्भ नहीं मिलता। क्योंकि उनके योग्य मतलब अत्यंत अयोग्य गर्भ मिलना चाहिए, वह भी साधारण नहीं।

श्रेष्ठ और निकृष्ट, दोनों को रुक जाना पड़ता है। साधारण जन एकदम जन्म ले लेता है, उसके लिए कोई कठिनाई नहीं है। उसके लिए निरंतर बाजार में गर्भ उपलब्ध हैं। वह तत्काल किसी गर्भ के प्रति आकर्षित हो जाता है।

सुबह मैंने बारदो की बात की थी। बारदो की प्रक्रिया में मरते हुए आदमी से यह भी कहा जाता है कि अभी तुझे सैकड़ों जोड़े भोग करते हुए, संभोग करते हुए दिखाई पड़ेंगे। तू जरा सोच

कर, जरा रुक कर, जरा ठहर कर, गर्भ में प्रवेश करना। जल्दी मत करना, ठहर, थोड़ा ठहर! थोड़ा ठहर कर किसी गर्भ में जाना। एकदम मत चले जाना।

जैसे कोई आदमी बाजार में खरीदने गया है सामान। पहली दुकान पर ही प्रवेश कर जाता है। शो रूम में जो भी लटका हुआ दिखाई पड़ जाता है, वही आकर्षित कर लेता है। लेकिन बुद्धिमान ग्राहक दस दुकान भी देखता है। उलट-पुलट करता है, भाव-ताव करता है, खोज-बीन करता है, फिर निर्णय करता है। नासमझ जल्दी से पहले ही जो चीज उसकी आंख के सामने आ जाती है, वहीं चला जाता है।

तो बारदो की प्रक्रिया में मरते हुए आदमी से कहा जाता है कि सावधान! जल्दी मत करना। जल्दी मत करना। खोजना, सोचना, विचारना, जल्दी मत करना। क्योंकि सैकड़ों लोग निरंतर संभोग में रत हैं। सैकड़ों जोड़े उसे स्पष्ट दिखाई पड़ते हैं। और जो जोड़ा उसे आकर्षित कर लेता है, और वही जोड़ा उसे आकर्षित करता है जो उसके योग्य गर्भ देने के लिए क्षमतावान होता है।

तो श्रेष्ठ और निकृष्ट आत्माएं रुक जाती हैं। उनको प्रतीक्षा करनी पड़ती है कि जब उनके योग्य गर्भ मिले। निकृष्ट आत्माओं को उतना निकृष्ट गर्भ दिखाई नहीं पड़ता, जहां वे अपनी संभावनाएं पूरी कर सकें। श्रेष्ठ आत्मा को भी नहीं दिखाई पड़ता।

निकृष्ट आत्माएं जो रुक जाती हैं, उनको हम प्रेत कहते हैं। और श्रेष्ठ आत्माएं जो रुक जाती हैं, उनको हम देवता कहते हैं। देवता का अर्थ है, वे श्रेष्ठ आत्माएं जो रुक गईं। और प्रेत का अर्थ है, भूत का अर्थ है, वे आत्माएं जो निकृष्ट होने के कारण रुक गईं। साधारण जन के लिए निरंतर गर्भ उपलब्ध है। वह तत्काल मरा और प्रवेश कर जाता है। क्षण भर की भी देरी नहीं लगती। यहां समाप्त नहीं हुआ, और वहां वह प्रवेश करने लगता है।

उन्होंने यह भी पूछा है कि ये जो आत्माएं रुक जाती हैं, क्या वे किसी के शरीर में प्रवेश करके उसे परेशान भी कर सकती हैं?

इसकी भी संभावना है। क्योंकि वे आत्माएं, जिनको शरीर नहीं मिलता है, शरीर के बिना बहुत पीड़ित होने लगती हैं। निकृष्ट आत्माएं शरीर के बिना बहुत पीड़ित होने लगती हैं। श्रेष्ठ आत्माएं शरीर के बिना अत्यंत प्रफुल्लित हो जाती हैं। यह फर्क ध्यान में रखना चाहिए। क्योंकि श्रेष्ठ आत्मा शरीर को निरंतर ही किसी न किसी रूप में बंधन अनुभव करती है और चाहती है कि इतनी हलकी हो जाए कि शरीर का बोझ भी न रह जाए। अंततः वह शरीर से भी मुक्त हो जाना चाहती है, क्योंकि शरीर भी एक कारागृह मालूम होता है। अंततः उसे लगता है कि शरीर भी कुछ ऐसे काम करवा लेता है, जो न करने योग्य हैं। इसलिए वह शरीर के लिए बहुत मोहग्रस्त नहीं होता। निकृष्ट आत्मा शरीर के बिना एक क्षण भी नहीं जी सकती। क्योंकि उसका सारा रस, सारा सुख, शरीर से ही बंधा होता है।

शरीर के बिना कुछ आनंद लिये जा सकते हैं। जैसे समझें, एक विचारक है। तो विचारक का जो आनंद है, वह शरीर के बिना भी उपलब्ध हो जाता है। क्योंकि विचार का शरीर से कोई संबंध नहीं है। तो अगर एक विचारक की आत्मा भटक जाए, शरीर न मिले, तो उस आत्मा को शरीर लेने की कोई तीव्रता नहीं होती, क्योंकि विचार का आनंद तब भी लिया जा सकता है। लेकिन समझो कि एक भोजन करने में रस लेने वाला आदमी है, तो शरीर के बिना भोजन करने का रस असंभव है। तो उसके प्राण बड़े छटपटाने लगते हैं कि वह कैसे प्रवेश कर जाए। और उसके योग्य गर्भ न मिलता हो, तो वह किसी कमजोर आत्मा में—कमजोर आत्मा से मतलब है ऐसी आत्मा, जो अपने शरीर की मालिक नहीं है—उस शरीर में वह प्रवेश कर सकता है, किसी कमजोर आत्मा की भय की स्थिति में।

और ध्यान रहे, भय का एक बहुत गहरा अर्थ है। भय का अर्थ है जो सिकोड़ दे। जब आप

भयभीत होते हैं, तब आप सिकुड़ जाते हैं। जब आप प्रफुल्लित होते हैं, तो आप फैल जाते हैं। जब कोई व्यक्ति भयभीत होता है, तो उसकी आत्मा सिकुड़ जाती है और उसके शरीर में बहुत जगह छूट जाती है, जहां कोई दूसरी आत्मा प्रवेश कर सकती है। एक नहीं, बहुत आत्माएं भी एकदम से प्रवेश कर सकती हैं। इसलिए भय की स्थिति में कोई आत्मा किसी शरीर में प्रवेश कर सकती है। और करने का कुल कारण इतना होता है कि उसके जो रस हैं, वे शरीर से बंधे हैं। वह दूसरे के शरीर में प्रवेश करके रस लेने की कोशिश करती है। इसकी पूरी संभावना है, इसके पूरे तथ्य हैं, इसकी पूरी वास्तविकता है। इसका यह मतलब हुआ कि एक तो भयभीत व्यक्ति हमेशा खतरे में है। जो भयभीत है, उसे खतरा हो सकता है। क्योंकि वह सिकुड़ी हुई हालत में होता है। वह अपने मकान में, अपने घर के एक कमरे में रहता है, बाकी कमरे उसके खाली पड़े रहते हैं। बाकी कमरों में दूसरे लोग मेहमान बन सकते हैं।

कभी-कभी श्रेष्ठ आत्माएं भी शरीर में प्रवेश करती हैं, कभी-कभी। लेकिन उनका प्रवेश बहुत दूसरे कारणों से होता है। कुछ कृत्य हैं करुणा के, जो शरीर के बिना नहीं किए जा सकते। जैसे समझें कि एक घर में आग लगी है और कोई उस घर को आग से बचाने को नहीं जा रहा है। भीड़ बाहर घिरी खड़ी है, लेकिन किसी की हिम्मत नहीं होती कि आग में बढ़ जाए। और तब अचानक एक आदमी बढ़ जाता है और वह आदमी बाद में बताता है कि मुझे समझ में नहीं आया कि मैं किस ताकत के प्रभाव में बढ़ गया। मेरी तो हिम्मत न थी। वह बढ़ जाता है और आग बुझाने लगता है और आग बुझा लेता है। और किसी को बचा कर बाहर निकल आता है। और वह आदमी खुद कहता है कि ऐसा लगता है कि मेरे हाथ की बात नहीं है यह, किसी और ने मुझसे यह करवा लिया है। ऐसी किसी घड़ी में जहां कि किसी शुभ कार्य के लिए आदमी हिम्मत न जुटा पाता हो, कोई श्रेष्ठ आत्मा भी प्रवेश कर सकती है। लेकिन ये घटनाएं कम होती हैं।

निकृष्ट आत्मा निरंतर शरीर के लिए आतुर रहती है। उसके सारे रस उनसे बंधे हैं। और यह बात भी ध्यान में रख लेनी चाहिए कि मध्य की आत्माओं के लिए कोई बाधा नहीं है, उनके लिए निरंतर गर्भ उपलब्ध हैं।

इसीलिए श्रेष्ठ आत्मायें कभी-कभी सैकड़ों वर्षों के बाद ही पैदा हो पाती हैं। और यह भी जानकर हैरानी होगी कि जब श्रेष्ठ आत्माएं पैदा होती हैं, तो करीब-करीब पूरी पृथ्वी पर श्रेष्ठ आत्माएं एक साथ पैदा हो जाती हैं। जैसे कि बुद्ध और महावीर भारत में पैदा हुए आज से पच्चीस सौ वर्ष पहले। बुद्ध, महावीर दोनों बिहार में पैदा हुए। और उसी समय बिहार में छह और अदभुत विचारक थे। उनका नाम शेष नहीं रह सका, क्योंकि उन्होंने कोई अनुयायी नहीं बनाए। और कोई कारण न था, वे बुद्ध और महावीर की ही हैसियत के लोग थे। लेकिन उन्होंने बड़े हिम्मत का प्रयोग किया। उन्होंने कोई अनुयायी नहीं बनाए। उनमें एक आदमी था प्रबुद्ध कात्यायन, एक आदमी था अजित केसकंबल, एक था संजय विलट्ठीपुत्र, एक था मक्खली गोशाल, और लोग थे। उस समय ठीक बिहार में एक साथ आठ आदमी एक ही प्रतिभा के, एक ही क्षमता के पैदा हो गए। और सिर्फ बिहार में, एक छोटे-से इलाके में सारी दुनिया के। ये आठों आत्माएं बहुत देर से प्रतीक्षारत थीं। और मौका मिल सका तो एकदम से भी मिल गया।

और अक्सर ऐसा होता है कि एक शृंखला होती है अच्छे की भी और बुरे की भी। उसी समय यूनान में सुकरात पैदा हुआ थोड़े समय के बाद, अरस्तू पैदा हुआ, प्लेटो पैदा हुआ। उसी समय चीन में कंफ्यूशियस पैदा हुआ, लाओत्से पैदा हुआ, मेन्शियस पैदा हुआ, च्वांगत्से पैदा हुआ। उसी समय सारी दुनिया के कोने-कोने में कुछ अदभुत लोग एकदम से पैदा हुए। सारी पृथ्वी कुछ

अदभुत लोगों से भर गई।

ऐसा प्रतीत होता है कि ये सारे लोग प्रतीक्षारत थे, प्रतीक्षारत थीं उनकी आत्माएं और एक मौका आया और गर्भ उपलब्ध हो सके। और जब गर्भ उपलब्ध होने का मौका आता है, तो बहुत से गर्भ एक साथ उपलब्ध हो जाते हैं। जैसे कि फूल खिलता है एक। फूल का मौसम आया है, एक फूल खिला और आप पाते हैं कि दूसरा खिला और तीसरा खिला। फूल प्रतीक्षा कर रहे थे और खिल गए। सुबह हुई, सूरज निकलने की प्रतीक्षा थी और कुछ फूल खिलने शुरू हुए। कलियां टूटीं, इधर फूल खिला उधर फूल निकला। रात भर से फूल प्रतीक्षा कर रहे थे, सूरज निकला और फूल खिल गए।

ठीक ऐसा ही निकृष्ट आत्माओं के लिए भी होता है। जब पृथ्वी पर उनके लिए योग्य वातावरण मिलता है, तो एक साथ एक शृंखला में वे पैदा हो जाते हैं। जैसे हमारे इस युग में भी हिटलर और स्टैलिन और माओ जैसे लोग एकदम से पैदा हुए। एकदम से ऐसे खतरनाक लोग पैदा हुए, जिनको हजारों साल तक प्रतीक्षा करनी पड़ी होगी। क्योंकि स्टैलिन या हिटलर या माओ जैसे आदमियों को भी जल्दी पैदा नहीं किया जा सकता। अकेले स्टैलिन ने रूस में कोई साठ लाख लोगों की हत्या की—अकेले एक आदमी ने। और हिटलर ने—अकेले एक आदमी ने—कोई एक करोड़ लोगों की हत्या की।

हिटलर ने हत्या के ऐसे साधन ईजाद किए, जैसे पृथ्वी पर कभी किसी ने नहीं किए। हिटलर ने इतनी सामूहिक हत्या की, जैसी कभी किसी आदमी ने नहीं की। तैमूरलंग और चंगेजखां सब बचकाने सिद्ध हो गए। हिटलर ने गैस चेंबर्स बनाए। उसने कहा, एक-एक आदमी को मारना तो बहुत महंगा है। एक-एक आदमी को मारो, तो गोली बहुत महंगी पड़ती है। एक-एक आदमी को मारना महंगा है, एक-एक आदमी को कब्र में दफनाना महंगा है। एक-एक आदमी की लाश को उठाकर गांव के बाहर फेंकना बहुत महंगा है। तो कलेक्टिव मर्डर, सामूहिक हत्या कैसे की जाए! लेकिन सामूहिक हत्या भी करने के उपाय हैं। अभी अहमदाबाद में कर दी या कहीं और कर दी, लेकिन ये बहुत महंगे उपाय हैं। एक-एक आदमी को मारो, बहुत तकलीफ होती है, बहुत परेशानी होती है, और बहुत देर भी लगती है। ऐसे एक-एक को मारोगे, तो काम ही नहीं चल सकता। इधर एक मारो, उधर एक पैदा हो जाता है। ऐसे मारने से कोई फायदा नहीं होता।

हिटलर ने गैस चेंबर बनाए। एक-एक चेंबर में पांच-पांच हजार लोगों को इकट्ठा खड़ा करके बिजली का बटन दबाकर एकदम से वाष्पीभूत किया जा सकता है। बस, पांच हजार लोग खड़े किए, बटन दबा और वे गए। एकदम गए और इसके बाद हाल खाली। वे गैस बन गए। इतनी तेज चारों तरफ से बिजली गई कि वे गैस हो गए। न उनकी कब्र बनानी पड़ी, न उनको कहीं मार कर खून गिराना पड़ा।

खून-वून गिराने का हिटलर पर कोई नहीं लगा सकता जुर्म। अगर पुरानी किताबों से भगवान चलता होगा, तो हिटलर को बिलकुल निर्दोष पाएगा। उसने खून किसी का गिराया ही नहीं, किसी की छाती में उसने छुरा मारा नहीं, उसने ऐसी तरकीब निकाली जिसका कहीं वर्णन ही नहीं था। उसने बिलकुल नई तरकीब निकाली, गैस चेंबर। जिसमें आदमी को खड़ा करो, बिजली की गर्मी तेज करो, एकदम वाष्पीभूत हो जाए, एकदम हवा हो जाए, बात खतम हो गई। उस आदमी का फिर नामोल्लेख भी खोजना मुश्किल है, हड्डी खोजना भी मुश्किल है, उस आदमी की चमड़ी खोजना मुश्किल है। वह गया। पहली दफा हिटलर ने इस तरह आदमी उड़ाए जैसे पानी को गर्म करके भाप बनाया जाता है। पानी कहां गया, पता लगाना मुश्किल है। ऐसे सब खो गए आदमी।

ऐसे गैस चेंबर बनाकर उसने एक करोड़ आदमियों को अंदाजन गैस चेंबर में उड़ा दिया।

ऐसे आदमी को जल्दी गर्भ मिलना बड़ा मुश्किल है। और अच्छा ही है कि नहीं मिलता। नहीं तो बहुत कठिनाई हो जाए। अब हिटलर को बहुत प्रतीक्षा करनी पड़ेगी फिर। बहुत समय लग सकता है हिटलर को दोबारा वापस लौटने के लिए। बहुत कठिन है मामला। क्योंकि इतना निकृष्ट गर्भ अब फिर से उपलब्ध हो। और गर्भ उपलब्ध होने का मतलब क्या है? गर्भ उपलब्ध होने का मतलब है, मां और पिता, उस मां और पिता की लंबी श्रृंखला दुष्टता का पोषण कर रही है—लंबी श्रृंखला। एकाध जीवन में कोई आदमी इतनी दुष्टता पैदा नहीं कर सकता है कि उसका गर्भ हिटलर के योग्य हो जाए। एक आदमी कितनी दुष्टता करेगा? एक आदमी कितनी हत्याएं करेगा? हिटलर जैसा बेटा पैदा करने के लिए, हिटलर जैसा बेटा किसी को अपना मां-बाप चुने इसके लिए सैंकड़ों, हजारों, लाखों वर्षों की लंबी कठोरता की परंपरा ही कारगर हो सकती है। यानी सैकड़ों, हजारों वर्ष तक कोई आदमी बूचड़खाने में काम करते ही रहे हों, तब नस्ल इस योग्य हो पाएगी, वीर्याणु इस योग्य हो पाएगा कि हिटलर जैसा बेटा उसे पसंद करे और उसमें प्रवेश करे।

ठीक वैसा ही भली आत्मा के लिए भी है। लेकिन सामान्य आत्मा के लिए कोई कठिनाई नहीं है। उसके लिए रोज गर्भ उपलब्ध हैं। क्योंकि उसकी इतनी भीड़ है और उसके लिए चारों तरफ इतने गर्भ तैयार हैं और उसकी कोई विशेष मांगें भी नहीं हैं। उसकी मांगें बड़ी साधारण हैं। वही खाने की, पीने की, पैसा कमाने की, काम-भोग की, इज्जत की, आदर की, पद की, मिनिस्टर हो जाने की, इस तरह की सामान्य इच्छाएं हैं। इस तरह की इच्छाओं वाला गर्भ कहीं भी मिल सकता है, क्योंकि इतनी साधारण कामनाएं हैं कि सभी की हैं। हर मां-बाप ऐसे बेटे को चुनाव के लिए अवसर दे सकता है।

लेकिन अब किसी आदमी को एक करोड़ आदमी मारने हैं, किसी आदमी को ऐसी पवित्रता से जीना है कि उसके पैर का दबाव भी पृथ्वी पर न पड़े, और किसी आदमी को इतने प्रेम से जीना है कि उसका प्रेम भी किसी को कष्ट न दे पाए, उसका प्रेम भी किसी के लिए बोझिल न हो जाए, तो फिर ऐसी आत्माओं के लिए तो प्रतीक्षा करनी पड़ सकती है।

इस संबंध में एक-दो प्रश्न और हैं, वह कल सुबह हम बात कर सकेंगे। आपके जो भी और प्रश्न हों वह आप लिखकर दे देंगे।

अब हम रात्रि के ध्यान के लिए बैठेंगे।

तो दो-तीन बातें समझ लें। एक तो मैं अनुभव करता हूं कि आप पास-पास ही बैठे रहते हैं। तो फिर परिणाम यह होता है कि प्रत्येक व्यक्ति को संभल कर बैठा रहना पड़ता है कि कहीं वह किसी पर गिर न जाए। तो इतना संभल कर बैठने से गहराई में न जा सकेंगे। इसलिए पहला काम तो यह करें कि फासले पर हो जाएं। धूल में बैठना उतना बुरा नहीं है जितना पास में बैठना, धूल में बैठ जाएं उसका कोई हर्ज नहीं। ऊपर दहलान में चले जाएं। लेकिन आवाज न करें, चुपचाप हट जाएं...। बातचीत न करें। सारा वातावरण फिर पुनः आप खराब कर देते हैं। घंटे-भर की बात के बाद सारे वातावरण को खराब कर लेते हैं। चुपचाप हट जाएं। हटने में बातचीत का कोई सवाल ही नहीं है। हटने से बातचीत का क्या संबंध है? पैर से काम ले लें और हट जाएं।

हां, और जिन मित्रों को जाना हो वे बिलकुल मजे से चले जाएं, वापिस बीच में कोई नहीं जाएगा। और कल के जो मित्र हों अगर वे बदल कर आए हों तो ठीक है, नहीं तो वे चुपचाप विदा हो जाएं। हां, जिन्हें जाना है वे जल्दी चले जाएं ताकि जिन्हें बैठना है उनके लिए जगह भी हो सके। और दर्शक की तरह न कोई बैठेगा और न कोई खड़ा रहेगा, दर्शक की यहां कोई जरूरत नहीं है।

हां, ये जो बच्चे ऊपर सीढ़ियों पर बैठे हैं, ये पास से हटें वहां से, अलग-अलग बैठ जाएं। दूरी पर बैठें, यहां बैठने का ऐसा कोई फायदा नहीं होगा। फासले पर बैठें नीचे, इकट्ठे मत बैठें। और पास बैठने में तुम्हारा खतरा भी है, तुम बात करोगे। थोड़ा हटो वहां से।

हां, जिनको लेटना है वे पहले ही चुपचाप लेट जाएं ताकि पीछे किसी पर गिर न सकें। चुपचाप लेट जाएं। अभी सब अंधेरा हो जाएगा, अपनी जगह बना लें और लेट जाएं। और बाद में भी किसी को गिरने जैसा लगे, तो वह अपने को रोके नहीं, बिलकुल छोड़ दे और गिर जाए।

पहली बात है, आंख बंद कर लें...आंख बंद कर लें...आंख बंद कर लें...शरीर को ढीला छोड़ दें...शरीर को बिलकुल ढीला छोड़ दें, जैसे शरीर है ही नहीं। शरीर की सारी शक्ति भीतर आ रही है, ऐसा भाव करें...शरीर से हम भीतर वापिस लौट रहे हैं। अपनी सारी शक्ति को भीतर सिकोड़ लेना है, अपनी सारी शक्ति को भीतर बुला लेना है। तो मैं तीन मिनट तक सुझाव दूंगा कि शरीर शिथिल हो रहा है, शिथिल हो रहा है। वैसा ही अनुभव करेंगे। अनुभव करेंगे और शरीर को ढीला छोड़ते जायेंगे, ढीला छोड़ते जाएंगे। धीरे-धीरे ऐसा लगेगा कि जैसे शरीर गया। और जब शरीर गिर जाए या गिरने लगे, तो रोकेंगे नहीं, बिलकुल छोड़ देंगे और गिर जाने देंगे। आगे झुके, आगे झुके जाए, पीछे गिरे, पीछे गिर जाए। अपनी तरफ से कोई पकड़ शरीर पर नहीं रखनी है। सब पकड़ छोड़ देनी है, यह पहला चरण है। अब मैं तीन मिनट सुझाव देता हूं। फिर श्वास के लिए, फिर विचार के लिए कहूंगा। और अंत में दस मिनट के लिए हम मौन में खो जायेंगे।

शरीर शिथिल हो रहा है, ऐसा अनुभव करें...शरीर शिथिल हो रहा है...शरीर शिथिल हो रहा है...शरीर शिथिल हो रहा है...शरीर शिथिल हो रहा है...छोड़ दें, जैसे शरीर है ही नहीं। अपनी सारी पकड़ छोड़ दें। शरीर शिथिल हो रहा है...शरीर शिथिल हो रहा है...शरीर शिथिल हो रहा है...शरीर बिलकुल शिथिल हो रहा है। छोड़ दें, शरीर पर से सारी शक्ति छोड़ दें...जैसे शरीर मर ही गया, कोई प्राण न रहा, हम तो भीतर सरक गए, शरीर में प्राण कैसे रह जाएंगे। हम तो भीतर सरक आए, शरीर बिलकुल खोल की तरह रह गया है।

शरीर शिथिल हो रहा है...शरीर शिथिल हो रहा है...शरीर शिथिल हो रहा है...शरीर शिथिल हो रहा है...शरीर शिथिल हो रहा है...शरीर शिथिल होता जा रहा है...शरीर बिलकुल शिथिल हो गया है। छोड़ दें...बिलकुल लगेगा कि गया, गया, गया। गिर जाए तो गिर जाने दें। शरीर शिथिल हो रहा है...शरीर शिथिल हो रहा है...शरीर शिथिल हो रहा है...शरीर शिथिल होता जा रहा है...शरीर शिथिल हो रहा है...शरीर बिलकुल शिथिल होता जा रहा है। जैसे मर ही गए, जैसे शरीर है ही नहीं...शरीर बिलकुल न रहा, शरीर बिलकुल मिट गया।

श्वास भी शिथिल छोड़ दें। श्वास शांत हो रही है...श्वास शांत हो रही है...अनुभव करें कि श्वास शांत होती जा रही है...श्वास शांत हो रही है...श्वास शांत हो रही है...श्वास शांत होती जा रही है। अनुभव करें, श्वास शांत होती जा रही है...श्वास शांत हो रही है...श्वास शांत हो रही है...श्वास शांत हो गई है...श्वास बिलकुल शांत हो गई है। छोड़ दें, शरीर को भी, श्वास को भी। छोड़ दें। श्वास शांत हो गई है।

विचार भी शांत होते जा रहे हैं...विचार शांत होते जा रहे हैं...विचार शांत हो रहे हैं...अनुभव करें, विचार बिलकुल शांत होता जा रहा है...विचार शांत हो रहे हैं...विचार शांत हो रहे हैं...विचार शांत हो रहे हैं...भीतर भाव करें, विचार शांत होता जा रहा है...। शरीर शिथिल हो गया, श्वास शांत हो गई, विचार शांत हो गये...।

भीतर सब शून्य हो गया...इस शून्य में हम डूब रहे हैं, डूब रहे हैं, डूब रहे हैं, जैसे कोई

गहरे कुएं में गिरता जाए, गिरता जाए, गिरता जाए। और गिरता ही जाए...गिरता ही जाए...और नीचे तक न पहुंचे और गिरता ही जाए। ऐसे ही हम भीतर शून्य में गिरते जा रहे हैं...भीतर गिरते जा रहे हैं। छोड़ दें अपने को, बिलकुल पकड़ छोड़ दें! इस शून्य में डूबते जाएं, डूबते जाएं, डूबते जाएं...! फिर भीतर सिर्फ चेतना रह जाएगी, एक ज्योति की तरह जली, जो देख रही है, भीतर जान रही है, जो सिर्फ द्रष्टा है, साक्षी है।

अब सिर्फ साक्षी भाव रखें। देखते रहें भीतर। बाहर सब मर गया है, शरीर बिलकुल मृत हो गया है...श्वास शांत हो गई, विचार बंद हो गए, हम भीतर गिरते जा रहे हैं शून्य में। देखते रहें...देखते रहें...देखते रहें। देखते ही देखते और गहरी शांति और गहरा शून्य प्रकट हो जाएगा। उसी देखते-देखते में मैं भी खो जाएगा...बस सिर्फ एक प्रकाश, एक ज्योति भर शेष रह जाएगी।

अब दस मिनट के लिए मैं चुप हो जाता हूं, आप खो जाएं...भीतर...और भीतर...और भीतर! सब छोड़ दें, पकड़ छोड़ें। सिर्फ देखते रह जाएं। दस मिनट के लिए द्रष्टा भाव में, साक्षी भाव में रह जाएं।

(भगवान श्री कुछ मिनट मौन रहकर फिर सुझाव देना शुरू करते हैं।)

मन शांत होता जा रहा है...देखते रहें...भीतर देखें...भीतर देखें। सिर्फ देखना मात्र भीतर रह जाए। मन शांत होता जा रहा है। शरीर दूर पड़ा दिखाई पड़ने लगेगा...जैसे किसी और का शरीर पड़ा हो...शरीर से दूर हट जाएंगे, जैसे शरीर से बहुत दूर चले गए हैं...श्वास सुनाई पड़ती है बहुत दूर जैसे कोई और लेता हो। और भीतर...और भीतर हट जाएं...देखते रहें...देखते रहें...और मन शून्य में उतर जाता है।

(मौन, निर्जन, सन्नाटा...)

मन शांत होता जा रहा है। और गहरे डूब जाएं, और गहरे डूब जाएं...देखते रहें भीतर...मन शांत हो रहा है...मन शांत हो रहा है...मन शांत हो रहा है...मन बिलकुल शांत हो गया है।

शरीर तो दूर रह गया है...शरीर जैसे मर ही गया है...हम शरीर से दूर हट गए हैं...छोड़ दें, बिलकुल छोड़ दें, जरा भी पकड़ न रखें भीतर, जैसे मर ही गए...। बिलकुल छोड़ दें...बिलकुल छोड़ दें...मन और शून्य होता जा रहा है...।

(मौन, निर्जन, सन्नाटा...)

शरीर बिलकुल छूट गया है। देखें भीतर, शरीर दूर पड़ा रह गया है...हम शरीर से बहुत दूर निकल आए हैं...मन बिलकुल शांत हो गया है...। देखें भीतर, मैं तो बिलकुल मिट गया हूं...मैं बिलकुल मिट गया...शेष रह गई है चेतना, सिर्फ जानना शेष रह गया है और सब मिट गया है...।

(मौन, निर्जन, सन्नाटा...)

धीरे-धीरे दो-चार गहरी श्वास लें...मन बिलकुल शांत हो गया है। धीरे-धीरे दो-चार गहरी श्वास लें। प्रत्येक श्वास को देखते रहें, मन और शांत मालूम होगा। धीरे-धीरे श्वास लें, श्वास को भी देखते रहें। श्वास भी अलग मालूम पड़ेगी, स्वयं से बहुत दूर मालूम पड़ेगी...धीरे-धीरे श्वास लें...देखें, श्वास भी कितनी दूर है...श्वास भी कितनी अलग है।

धीरे-धीरे दो-चार गहरी श्वास लें...फिर धीरे-धीरे आंख खोलें...धीरे-धीरे आंख खोलें। न तो कोई जल्दी उठे, और अगर आंख न खुलती हो तो भी जल्दी न खोले। दो-चार गहरी श्वास लें...फिर धीरे-धीरे आंख खोलें और एक मिनट आंख खोलकर बाहर देखते रहें...।

छठवां प्रवचन

निद्रा, स्वप्न, सम्मोहन और मूर्च्छा से जागृति की ओर

मेरे प्रिय आत्मन्!

एक मित्र ने पूछा है कि ध्यान या साधना से मृत्यु पर विजय मिल सकती है, तो क्या वही स्थिति निद्रा में नहीं होती है? और यदि होती है, तो निद्रा से मृत्यु पर विजय क्यों नहीं मिल सकती?

पहली बात तो यह समझ लेनी जरूरी है कि मृत्यु पर विजय मिल सकती है, इसका यह अर्थ नहीं है कि मृत्यु है और हम उसे जीत लेंगे। मृत्यु पर विजय मिल सकती है, इसका इतना ही अर्थ है कि मृत्यु नहीं है, ऐसा हम जान लेंगे। मृत्यु का न होना जान लेना ही मृत्यु पर विजय है। मृत्यु कोई है नहीं जिसे जीत लेना है। मृत्यु नहीं है, ऐसा जानते ही वह जो मृत्यु से हमारी हार चल रही है, बंद हो जाती है। कुछ तो ऐसे शत्रु हैं, जो हैं। और कुछ ऐसे शत्रु हैं, जो नहीं हैं, सिर्फ प्रतीत होते हैं। मृत्यु उन शत्रुओं में से है, जो नहीं है और प्रतीत होता है।

इसलिए विजय का अर्थ ऐसा नहीं ले लेना कि कोई मृत्यु कहीं है और उसे हम जीत लेंगे। जैसे कोई आदमी अपनी छाया से लड़ने लगे और पागल हो जाए। और फिर हम उसे कहें कि गौर से देखो, छाया है ही नहीं! और वह छाया को देखे और हंसने लगे और जाने कि मैंने छाया को अब जीत लिया। छाया को जीतने का केवल इतना ही अर्थ है कि छाया इतनी भी न थी कि उससे लड़ा जाए। जो लड़ेगा, वह पागल हो जाएगा। जो मृत्यु से लड़ेगा, वह हार जाएगा। और जो मृत्यु को जान लेगा, वह जीत जाएगा।

इसका दूसरा मतलब यह भी हुआ कि अगर मृत्यु नहीं है, तो वस्तुतः हम कभी मरते ही नहीं हैं। चाहे हम जानते हों और चाहे न जानते हों। ऐसा नहीं है कि दुनिया में दो तरह के लोग हैं, एक वे जो मरते हैं और एक वे जो नहीं मरते हैं, ऐसा नहीं है। दुनिया में कोई भी कभी नहीं मरता है। लेकिन दुनिया में दो तरह के लोग हैं, एक वे जो जानते हैं कि नहीं मरते हैं, और एक वे जो नहीं जानते हैं। इतना ही फर्क है।

निद्रा में भी हम वहीं पहुंचते हैं, जहां ध्यान में पहुंचते हैं। लेकिन फर्क इतना ही है कि निद्रा में हम बेहोश होते हैं और ध्यान में हम जाग्रत होते हैं। अगर कोई निद्रा में भी जाग्रत होकर पहुंच जाए, तो वही हो जाएगा जो ध्यान में होता है। जैसे किसी बगीचे में किसी आदमी को हम क्लोरोफार्म देकर ले जाएं, स्ट्रेचर पर रखकर—बेहोश। स्ट्रेचर पर बेहोश पड़ा आदमी है, उसको हम बगीचे में ले जाएं। बगीचे में फूल होंगे, कोई बेहोश आदमी की वजह से फूल मिट नहीं जाएंगे, हवाएं होंगी, सुगंध होगी, सूरज निकला होगा, पक्षी गीत गाते होंगे, लेकिन उस आदमी को कुछ भी पता नहीं चलेगा। फिर हम उस बेहोश आदमी को बगीचे में घुमाकर वापस लौट आएं। वह आदमी जब होश में आए और हम उससे कहें कि देखा बगीचा? जाना बगीचा? वह कहेगा, कैसा बगीचा? फिर उस आदमी को हम कहें कि तब तुम होश में चलो। तो वह आदमी कहे कि होश में बगीचे में ही पहुंचूंगा न! तो फिर बेहोशी में पहुंचने में और होश में पहुंचने में फर्क क्या है? तब हम उससे कहेंगे कि फर्क इतना है कि होश में तुम जान सकोगे कि कहां पहुंचे, क्या देखा—फूल, सुगंध, पक्षियों के गीत, सुबह का सूरज। बेहोशी में तुम नहीं देख सकोगे। पहुंचोगे तो बेहोशी में भी उतना ही, जितना कि होश में पहुंचे थे। लेकिन बेहोशी में पहुंचा हुआ आदमी ऐसे ही रहता है, जैसे न पहुंचा हो। बेहोशी में

पहुंचने का मतलब न पहुंचना ही है।

हम नींद में भी वहीं पहुंचते हैं जहां ध्यान में कोई पहुंचता है। नींद में भी उसी बगीचे में प्रवेश कर जाते हैं, उसी जीवन के बगीचे में, जहां ध्यान में कोई प्रवेश करता है। लेकिन नींद में हम होते हैं बेहोश। रोज पहुंचते हैं और वापस लौट आते हैं।

हां, इतनी बात पक्की है कि चाहे कोई आदमी बेहोश बगीचे में गया हो, सुबह की ताजी हवाओं ने उसके शरीर को तो छुआ ही होगा, सुगंध उसके नासापुटों तक तो गई ही होगी, पक्षियों के गीत उसके कान तक तो गूंजे ही होंगे। वह नहीं जान सका, लेकिन बगीचे से बेहोश लौट आने पर भी शायद जगने पर वह कहे कि आज बड़ा अच्छा लग रहा है, बड़ी शांति मालूम हो रही है। नींद के बाद सुबह आप रोज कहते हैं कि नींद आ गई तो बड़ा अच्छा लग रहा है। क्या लग रहा है अच्छा? नींद आने से क्या अच्छा हो गया? जरूर नींद में आप कहीं गए हैं, जहां कुछ हुआ है, लेकिन उसका कोई पता नहीं। सिर्फ छोटी-सी खबर रह गई है पीछे कि अच्छा लग रहा है, सुबह जागकर अच्छा लग रहा है। तो जो आदमी रात गहरी नींद में पहुंच जाता है, वह सुबह ताजा होकर लौट आता है। वह किसी ताजगी के स्रोत तक गया है, लेकिन बेहोश। और जो आदमी रात नहीं सो पाता, वह सुबह और भी थका-मांदा होता है, जितना सांझ को थका-मांदा नहीं था। और अगर एक आदमी कुछ दिन तक न सो पाए, तो जीवन दूभर हो जाता है, क्योंकि जीवन के स्रोत से उसके संबंध विच्छिन्न हो जाते हैं। वह वहां तक नहीं पहुंच पाता है, जहां तक पहुंचना अत्यंत जरूरी है।

दुनिया में कठिन से कठिन अगर कोई सजा हो सकती है, तो वह मौत की नहीं है। मौत की सजा तो सरल है, क्षण भर में हो जाती है। सबसे बड़ी सजाएं जिन लोगों ने ईजाद की थीं, वह सजाएं थीं नींद न आने देने की। किसी व्यक्ति को नींद न आने देना सबसे बड़ी सजा है। तो आज भी चीन में या रूस में या हिटलर के जर्मनी में निरंतर कैदियों को जगाए रखने का उपाय किया जाता है। पंद्रह दिन किसी कैदी को न सोने दिया जाए, तो उसकी जो पीड़ादायक स्थिति हो जाती है, उसकी हम कल्पना भी नहीं कर सकते। वह करीब-करीब विक्षिप्त हो जाता है और वह वे सब बातें बोलने लगता है जिन्हें उसने रोकने की कोशिश की थी, जिन्हें कि उसके दुश्मन जानना चाहते हैं। वह अपने-आप बोलने लगता है, अनर्गल उसके मुंह से सब निकलने लगता है। उसे होश ही नहीं रह जाता है कि अब क्या हो रहा है।

तो चीन में तो पूरे व्यवस्थित उपाय बनाए हुए हैं कि छह-छह महीने तक कैदियों को न सोने देंगे। उनकी स्थिति बिलकुल विक्षिप्त हो जाएगी। वे भूल ही जाएंगे कि वे कौन हैं, उनका नाम क्या है, उनका धर्म क्या है, उनकी जाति क्या है, वे किस गांव के रहने वाले हैं, किस देश के रहने वाले हैं, वे सब भूल जाएंगे। क्योंकि निद्रा न आने से अराजक, अस्तव्यस्त उनका चित्त हो जाएगा। फिर उनको जो भी सिखाना है वह उनको सिखाया जाएगा।

तो अमेरिका के जो सैनिक कोरिया के युद्ध में चीन में पकड़े गए थे, उन सबको उन्होंने जगा-जगा कर ऐसी हालत कर दी कि जब वे वापस लौटे, तो वे अमेरिका को गाली देते हुए लौटे और कम्युनिज्म की प्रशंसा करते हुए लौटे। क्योंकि उनको पहले

सोने नहीं दिया गया, इसके बाद जब उनका चित्त अस्तव्यस्त हो गया तब उनको कम्युनिज्म का दिन-रात पाठ पढ़ाया गया। पहले उनकी आइडेंटिटी—वे कौन हैं—इसको अस्तव्यस्त कर दिया, फिर उनको बताया कि तुम कौन हो। उनको बताया कि तुम तो कम्युनिस्ट हो! वे बेचारे यही सीखकर वापस लौटे। उन सैनिकों को देखकर अमेरिका के मनोवैज्ञानिक हैरान हुए कि इनको क्या हो गया है।

नींद न आने दी जाए, तो व्यक्ति अपने जीवन-स्रोत से असंबंधित हो जाता है। दुनिया में नास्तिकता बढ़ती जाएगी जिस मात्रा में नींद कम होती चली जाएगी। जिन मुल्कों में नींद जितनी कम हो जाएगी, उन मुल्कों में नास्तिकता उतनी ही ज्यादा हो जाएगी। जिन मुल्कों में नींद जितनी गहरी होगी, आस्तिकता उतनी ही ज्यादा होगी। लेकिन यह आस्तिकता-नास्तिकता बिलकुल अनजानी है, परिचित नहीं है, बेहोशी की है। क्योंकि जो आदमी गहरा सोता है, वह दिन भर शांति से जीता भी है। और जो आदमी गहरा नहीं सोता है, वह दिन भर बेचैन और परेशान जीता है। बेचैन और परेशान मन ईश्वर को स्वीकार करने की किस हालत में व्यवस्था बनाए? पीड़ित, अतृप्त, क्रोध से भरा मन इनकार करता है, अस्वीकार करता है।

पश्चिम में जो निरंतर बढ़ती हुई नास्तिकता है, उसके बुनियाद में विज्ञान नहीं है, उसके बुनियाद में नींद का अस्तव्यस्त हो जाना है। आज न्यूयार्क में तीस प्रतिशत लोग हैं कम से कम, जो बिना दवा लिये नहीं सो सकते हैं। और मनोवैज्ञानिक कहते हैं कि सौ साल अगर ऐसी स्थिति रही, तो न्यूयार्क जैसे नगर में कोई भी व्यक्ति बिना दवा लिये नहीं सो सकेगा।

नींद एकदम खो गई है। और यह हो सकता है कि जो आदमी, जिसकी नींद खो जाती है, वह यह विश्वास न कर सके। अगर वह आपसे पूछे कि आप कैसे सोते हैं, आपके सोने की तरकीब क्या है? और आप कहें कि कोई तरकीब नहीं है। मैं तो बिस्तर पर सिर रखता हूं और सो जाता हूं, कोई तरकीब है ही नहीं। सोने की तरकीब है आपके पास! बस, सिर रखते हैं और सो जाते हैं। तो वह कहेगा, क्यों झूठ बोलते हैं, असंभव है यह बात। जरूर कोई तरकीब होगी, जो मुझे पता नहीं। क्योंकि सिर तो मैं भी रखता हूं तकिये पर, लेकिन सो नहीं पाता। तो झूठ कहते हैं आप।

और एक वक्त आ सकता है आज से हजार दो हजार वर्ष बाद—भगवान न करे ऐसा वक्त आए, लेकिन लगता है ऐसा वक्त आ जाएगा—जब कि स्वाभाविक नींद सभी की खो गई होगी। और तब लोग यह विश्वास न कर सकेंगे कि आज से हजार दो हजार साल पहले लोग रात को बस बिस्तर पर सिर रखते थे और सो जाते थे। और वे कहेंगे, ये कपोलकल्पित, पुराण की बातें मालूम होती हैं। ये बातें सच नहीं हैं। यह हो ही नहीं सकता। क्योंकि जो हमें नहीं होता है, वह किसी को कैसे हो सकता है? यही कठिनाई है।

मैं आपको यह इसलिए कह रहा हूं कि आज से तीन या चार हजार वर्ष पहले लोग इसी तरह आंख बंद करते थे और ध्यान में चले जाते थे, जितनी सरलता से आज आप सो जाते हैं। और दो हजार वर्ष बाद या आज भी न्यूयार्क में सोना मुश्किल है। बंबई में भी मुश्किल होता चला जा रहा है। आज नहीं कल द्वारका में भी मुश्किल होगा। यह

वक्त के फासले की बात है और कोई कठिनाई नहीं है इसमें। तो आज हम विश्वास नहीं कर सकते हैं कि एक जमाना ऐसा भी रहा होगा कि आदमी ने सोचा कि ध्यान में जाऊं, बैठा, आंख बंद की और ध्यान में चला गया। हम कहेंगे, यह कैसे हो सकता है! क्योंकि हम भी तो आंख बंद करके बैठते हैं, कहीं नहीं जाते हैं। विचार तो चक्कर ही लगाए रहते हैं। हम तो जा ही नहीं पाते।

ध्यान भी प्रकृति के निकट आदमी के लिए इतना ही सरल था, जितनी नींद प्रकृति के निकट जो आदमी है, उसको सरल है। पहले ध्यान गया, अब नींद जाएगी। क्योंकि पहले वे चीजें जाती हैं जो चेतन हैं, फिर वे चीजें जाती हैं जो अचेतन हैं। और ध्यान चला गया तो दुनिया करीब-करीब अधार्मिक हो गई है और नींद चली जाएगी तो दुनिया पूरी तरह अधार्मिक हो जाएगी। नींद से रिक्त पृथ्वी पर धर्म की कोई संभावना नहीं रह जाने वाली है।

यह आप कभी सोच ही नहीं सकते कि नींद से इतना संबंध हो सकता है। नींद से इतने गहरे संबंध हैं, जिनका हिसाब लगाना मुश्किल है। व्यक्ति कैसा सोता है, इस पर पूरा निर्भर है कि वह कैसा जीएगा। अगर वह नहीं सो पाता है तो उसका सारा जीवन अस्तव्यस्त हो जाएगा, सारे जीवन के संबंध उलझ जाएंगे, सब विषाक्त हो जाएगा, सब क्रोध से भर जाएगा। अगर व्यक्ति गहरा सोता है, तो उसके जीवन में एक ताजगी, एक शांति, एक आनंद का भाव बहता रहेगा। उसके संबंध में, उसके प्रेम में, उसकी सारी चीजों में एक शांति बनी रहेगी। लेकिन अगर नींद खो गई, तो उसका परिवार, उसकी पत्नी, उसका पति, उसका बेटा, उसकी मां, उसका पिता, उसका शिक्षक, विद्यार्थी, सब अस्तव्यस्त हो जाएंगे। क्योंकि नींद हमें अचेतन में वहां ले जाती है, जहां हम परमात्मा के भीतर डूब जाते हैं। ज्यादा देर को नहीं डूबते। स्वस्थ से स्वस्थ आदमी भी सिर्फ गहरे में दस मिनट के लिए पहुंचता है, पूरी रात की आठ घंटे की नींद में। दस मिनट के लिए ऐसा क्षण आता है, जब आप पूरी तरह डूब जाते हैं, जब सपना भी नहीं होता है।

जब तक सपना चल रहा है, तब तक नींद पूरी नहीं है। तब तक जागने और नींद के बीच में आप भटक रहे हैं। सपना जो है, वह अर्द्ध निद्रा, अर्द्ध जाग्रत स्थिति है। सपने का मतलब है कि आंख तो बंद है, लेकिन आप सो नहीं गए हैं। बाहर की दुनिया के प्रभाव अभी काम कर रहे हैं। दिन में जिनसे मिले थे, अभी रात में भी सपने में उनसे मिलना जारी है। सपना बीच की जगह है। और हममें से बहुत लोग नींद से तो टूट गए हैं, सपने में ही हैं, नींद तक पहुंचते ही नहीं। यह दूसरी बात है कि सुबह आपको याद न रह जाता हो कि रात भर सपना देखा।

लेकिन अभी अमेरिका में उन्होंने कोई दस बड़ी प्रयोगशालाएं स्थापित की हैं, जिनमें कोई हजार आदमी आज दस वर्षों से निरंतर प्रयोगशालाओं में सो रहे हैं जाकर रातभर। उनका अध्ययन किया जा रहा है कि नींद क्या है? अमेरिका की उत्सुकता इस समय नींद में इतनी है और इसीलिए ध्यान में भी है। इसलिए कोई महर्षि योगी या कोई भी जाते हैं, जिनका ध्यान से कोई भी संबंध नहीं है, वे लोग भी अमेरिका में जाकर कुछ भी ट्रिक्स की बातें कर दें कि राम-राम राम-राम जपो, तो लाखों लोग सुनने को उत्सुक हैं।

वह नींद टूट गई है, इसलिए वे ध्यान में भी उत्सुक हैं। वे सोचते हैं, शायद इससे भी नींद आ जाए, शांति आ जाए। इसलिए ध्यान उनको एक तरह का ट्रैंक्क्वेलाइजर से ज्यादा नहीं है। जब विवेकानंद ने पहली दफा अमेरिका में ध्यान की बात की, तो एक डक्टर ने आकर विवेकानंद को कहा कि मुझे तो आपके ध्यान से बड़ा आनंद आया। यह तो बिलकुल नान मेडिसनल ट्रैंक्क्वेलाइजर है—बिना दवा की नींद की दवा—नान मेडिसनल ट्रैंक्क्वेलाइजर। दवा भी नहीं है और नींद भी आ जाती है। यह तो बहुत ही अच्छा है।

अमेरिका में जो आपके योगियों का प्रभाव पड़ रहा है, उसका कारण योगी नहीं हैं, उसका कारण वहां नींद का खो जाना है। और कोई कारण नहीं है। वहां नींद एकदम खराब हो गई है। और नींद खराब हो गई, तो पूरा जीवन बोझिल और उदास और तनाव से भर गया है। इसलिए ट्रैंक्क्वेलाइजर का बढ़ता हुआ रूप निरंतर सामने आ रहा है—किसी तरह नींद कैसे लाई जा सके। करोड़ों-अरबों रुपए ट्रैंक्क्वेलाइजर पर अमेरिका खर्च कर रहा है प्रति वर्ष।

दस बड़ी लेबोरेट्रीज बना कर वहां हजारों लोगों को निरंतर सुलाया जा रहा है। सोने के पैसे दिए जा रहे हैं। सोने का रात भर का उनको पैसा होता है, क्योंकि रात भर उनकी नींद को कई तरह की तकलीफें दी जाती हैं। सब तरफ इलेक्ट्रोड लगे रहते हैं बिजली के, पूरे हजारों वायर लगे रहते हैं शरीर में। सब तरफ से जांच चलती रहती है कि उनके भीतर क्या हो रहा है।

एक सबसे अदभुत घटना जो उन प्रयोगों में सामने आई है वह यह है कि करीब-करीब आदमी रात भर सपने देखता है। वह आदमी भी, जो सुबह कहता है कि मैंने कोई सपना नहीं देखा। फर्क स्मृति का है। जो आदमी कहता है सुबह कि मैंने सपना देखा, उसकी स्मृति थोड़ी ठीक है। और जो आदमी कहता है कि मैंने रात सपना नहीं देखा, उसकी स्मृति थोड़ी कमजोर है। और कोई फर्क नहीं है। सारे लोग रात भर सपना देख रहे हैं। हां, यह अनुभव हुआ है कि दस मिनट के लिए पूर्ण स्वस्थ आदमी सपने से मुक्त हो जाता है।

सपने अब जांचे जा सकते हैं। क्योंकि हमारे मस्तिष्क की जो नसें हैं, वे चलती रहती हैं। जब सपना बंद होता है तो वे बंद हो जाती हैं। उनके बंद हो जाने से मशीन खबर दे देती है कि गैप आ गया। अब यह आदमी सपना भी नहीं देख रहा है। यह भीतर विचार भी नहीं कर रहा है, सपना भी नहीं देख रहा है। यह आदमी कहीं खो गया है।

यह बड़े मजे की बात है कि उन यंत्रों से जो उन्होंने जांच-पड़ताल की है, उस जांच-पड़ताल से तब तक तो पता चलता है कि आदमी क्या कर रहा है जब तक सब सपने चलते हैं। जैसे ही सपने गए कि मशीन गैप बता देती है कि अब गैप हो गया। आदमी कहां गया, पता नहीं। आप समझ रहे हैं न! गहरी नींद का मतलब है कि आदमी कहीं ऐसी जगह चला जाता है जो मशीन नहीं पकड़ पाती। उसी गैप में आदमी परमात्मा में प्रवेश कर जाता है। वह जो अंतराल है, बीच की जो खाली जगह है, जो मशीन नहीं पकड़ती है। मशीन इतनी खबर देती है कि यहां तक पकड़ा, फिर इसके बाद गैप, फिर आदमी कहीं खो गया। फिर दस मिनट के बाद पकड़ शुरू होगी। दस मिनट आदमी

कहां था, यह बताना मुश्किल है। इसलिए आज अमेरिका के मनोवैज्ञानिक कहते हैं कि नींद सबसे बड़ा रहस्य है। असल में परमात्मा के बाद नींद ही रहस्य है और कोई रहस्य नहीं है, सबसे ज्यादा मिस्टीरियस।

आप रोज सोते हैं, लेकिन आपको कुछ भी पता नहीं है कि नींद क्या है। जिंदगी भर से सो रहे हैं, लेकिन इससे कुछ फर्क नहीं पड़ता। यह मत सोचना कि हम जिंदगी भर से सो रहे हैं तो हमको पता है कि नींद क्या है। नींद का आपको बिलकुल पता नहीं है, क्योंकि नींद तब होती है जब आप नहीं होते हैं। ध्यान रखना, जब तक नींद नहीं होती, तब तक आप होते हैं। इसलिए आपको वहीं तक पता है जहां तक मशीन को पता है। जहां तक मशीन बताती है कि हां, अभी सपना चल रहा है, वहां तक आपको भी पता हो सकता है। क्योंकि उस गैप में, उस रिक्त स्थान में जहां मशीन चुप हो जाती है और कह देती है, बस, हमारे वश के बाहर हो गयी है यह बात, यह आदमी कहीं चला गया है, जहां हम नहीं पहुंचते, वहां आप भी नहीं पहुंचते। क्योंकि आप भी एक मशीन से ज्यादा नहीं हैं।

उस गैप में आप भी नहीं पहुंचते। इसलिए नींद एक रहस्य है, जहां हमारी कोई पहुंच नहीं है। इसलिए पहुंच नहीं है कि हम ही मिट जाते हैं, तभी नींद आती है। और इसलिए जितना अहंकार बढ़ता जाता है, उतनी नींद कम होती चली जाती है। अहंकारी आदमी की नींद खतम हो जाती है। क्योंकि अहंकार कहता है कि 'मैं', चौबीस घंटे कहता है, 'मैं'। उठता है तो कहता है, 'मैं', चलता है तो कहता है, 'मैं', सड़क पर निकलता है तो कहता है, 'मैं'। वह चौबीस घंटे 'मैं' इतना ज्यादा कहता है कि जब नींद के वक्त 'मैं' छोड़ने का समय आता है, तब वह 'मैं' को नहीं छोड़ पाता है और नींद मुश्किल हो जाती है। नींद असंभव है। 'मैं' के रहते नींद असंभव है। और मैंने कल आपसे कहा कि 'मैं' के रहते परमात्मा में प्रवेश असंभव है।

नींद और परमात्मा में प्रवेश बिलकुल एक-सी बात है, फर्क इतना ही है कि नींद बेहोशी में प्रवेश है और ध्यान होश में प्रवेश है। लेकिन यह फर्क बहुत बड़ा है। हजारों जन्मों तक नींद में आप परमात्मा में प्रवेश करते रहेंगे, लेकिन इससे आपको परमात्मा का कोई पता नहीं चलेगा। लेकिन एक क्षण भी अगर आप ध्यान में प्रवेश कर गए परमात्मा में, उस जगह पहुंच गए जहां नींद में हजारों बार पहुंचे हैं, लाखों बार पहुंचे हैं, तो आपकी जिंदगी पूरी बदल जाएगी। और मजे की बात यह है कि जो व्यक्ति एक बार ध्यान में प्रवेश कर जाता है—उस शून्य में, जहां नींद ले जाती है—उसके बाद वह नींद में भी कभी बेहोश नहीं रहता।

वह जो कृष्ण ने गीता में कहा है कि जब सब सोते हैं तब भी योगी जागता है, उसका यह अर्थ है। जब सब सो जाते हैं तब भी वह जागता है, इसका मतलब यह नहीं कि योगी नहीं सोता है। योगी से बढ़िया कोई भी नहीं सोता है। योगी जैसा सोता है वैसा कोई सोता ही नहीं। लेकिन फिर भी उसकी निद्रा की उस गहराई में भी उसका एक तत्व, जो ध्यान में प्रवेश हो गया है उसका, वह जागा रहता है। और वह जागता हुआ रोज नींद में प्रवेश करता है। तब उसके लिए ध्यान और नींद एक ही बात हो जाती है, कोई फर्क ही नहीं रह जाता। तब वह नींद में भी होश से ही प्रवेश करता है। एक बार ध्यान से कोई

भीतर चला जाए, फिर वह कभी भी नींद में बेहोश नहीं है।

बुद्ध के पास आनंद वर्षों तक रहा। वर्षों तक बुद्ध के पास सोया। एक दिन बुद्ध से सुबह-सुबह उसने पूछा कि मैं बड़ा हैरान हूं। आज वर्षों हो गए हैं, मैं आपको देखता हूं कि आप एक ही करवट सोते हैं रात-भर। जैसे सोते हैं, रात भर वैसे ही सोए रहते हैं। पैर जहां होते हैं सांझ, वह सुबह वहीं होते हैं। मैंने कई बार रात में जागकर भी देखा। कुछ रातें मैंने पूरे बैठकर भी देखा। आपका हाथ भी नहीं हिलता। जहां हाथ रख लेते हैं, बस वह वहीं रहता है; जहां पैर रख लेते हैं, वहीं रहता है। करवट भी नहीं लेते। क्या रात भर भी हिसाब रखते हैं सोने का भी? बुद्ध ने कहा, हिसाब रखने की जरूरत नहीं है। होश में ही सोता हूं। तो करवट बदलने की कोई जरूरत नहीं मालूम होती। जरूरत मालूम हो, तो बदल सकता हूं। बुद्ध ने कहा, तुम जो रात भर करवट बदलते हो, वह कोई नींद की जरूरत नहीं है, वह तुम्हारे बेचैन चित्त की जरूरत है। वह बेचैन चित्त एक जगह रात में भी नहीं टिक सकता, दिन की तो बात ही अलग है। रात सोते में भी शरीर पूरे वक्त बेचैनी जाहिर करता रहता है।

एक आदमी को अगर रात भर सोते हुए देखें—और जो प्रयोग कर रहे हैं वे हैरान हुए—रात भर बेचैनी जाहिर है, जारी है। जितना दिन में हाथ चलता है, उतना रात में भी चल रहा है। रात में भी जैसे कोई दिन में दौड़ता हो तो सांस भर जाए, ऐसा सपने में दौड़ना चल रहा है। सांस भर जाती है, थक जाता है आदमी। दिन में भी लड़ रहा है, रात में भी लड़ रहा है। दिन में भी क्रोध कर रहा है, रात में भी क्रोध कर रहा है। दिन में भी वासना से भरा है, रात भी वासना से भरा है। दिन और रात में कोई बुनियादी फर्क नहीं है। सिर्फ इतना ही फर्क है कि थक कर पड़ा हुआ है, बेहोश हो गया है, बाकी सब चल रहा है। बुद्ध ने कहा कि मुझे बदलना हो तो बदल लूं, लेकिन कोई जरूरत नहीं है।

पर हमें खयाल नहीं है। देखें, एक आदमी कुर्सी पर बैठा है तो पूरे वक्त टांगें हिला रहा है। कोई उससे पूछे कि ये टांगें किसलिए हिल रही हैं? चलते वक्त हिलें, समझ में आता है। ये कुर्सी पर बैठकर टांगें क्यों हिल रही हैं? कहते से ही बंद हो जाएगा एकदम। एक सेकेंड नहीं हिलायेगा फिर, लेकिन बता नहीं सकेगा कि क्यों हिल रही हैं। भीतर बेचैनी कंपा रही है, वह सब तरफ से सारे शरीर को कंपा रही है। भीतर बेचैन चित है। वह एक क्षण एक स्थिति में नहीं रह सकता। पैर चलाएगा, सिर हिलाएगा। बैठे-बैठे भी करवट बदलना चल रहा है।

इसीलिए तो दस मिनट ध्यान में बैठना मुश्किल हो जाता है, क्योंकि हजार शरीर के हिस्से कहने लगते हैं, यह करो, पैर को यहां करो, सिर को यहां करो, इसको ऐसा करो, इसको वैसा करो। वह तो पूरे वक्त करवाते रहते हैं, हमको खयाल नहीं है। लेकिन ध्यान में हम खयाल से बैठते हैं तो मालूम होता है कि यह शरीर कैसा है कि एक सेकेंड एक जगह नहीं रहना चाहता पूरे वक्त। वह मन की ही उलझन, तनाव और मन की ही उत्तेजना, मन की ही तरंगें शरीर तक प्रवाहित होती हैं।

नींद में कोई दस मिनट के लिए सब खो जाता है। वे दस मिनट पूर्ण स्वस्थ और शांत आदमी को उपलब्ध होते हैं, सभी को नहीं। कोई पांच मिनट, कोई चार मिनट, कोई तीन मिनट, कोई दो मिनट, कोई एक मिनट। अधिकतम लोगों को दो मिनट या

एक मिनट ही उपलब्ध होता है। उतने ही एक मिनट पर हम चौबीस घंटे चलाते हैं। उस एक मिनट में जो रस मिल जाता है जड़ों में उतर कर, तो उससे ही हम चौबीस घंटे के जीवन को चला लेते हैं। उतनी देर में दीया जो तेल पा जाता है, उससे ही चौबीस घंटे जल लेता है। इसलिए तो दीया बहुत मंद-मंद जलता है। उतना तेल ही नहीं इकट्ठा हो पाता है जीवन का कि दीया तेजी से जल सके, कि दीया मशाल बन सके। वह नहीं हो पाता।

ध्यान धीरे-धीरे, धीरे-धीरे जीवन के स्रोत पर खड़ा कर देता है। फिर ऐसा नहीं है कि हम उसमें से चुल्लू भर-भर कर लाते हैं। फिर हम स्रोत में ही खड़े हो जाते हैं। फिर ऐसा नहीं है कि हम तेल दीये में भरते हैं, फिर तो तेल का सागर ही उपलब्ध हो जाता है। फिर हम उसमें ही जीने लगते हैं। और वैसा जीना नींद को विलीन कर देता है। इस अर्थ में नहीं कि आदमी नहीं सोता है, इस अर्थ में कि सोते हुए भी भीतर कोई जागा ही रहता है और तब सपने बिलकुल खो जाते हैं।

योगस्थ व्यक्ति जागता है, सोता है, लेकिन सपने नहीं देखता है। सपने बिलकुल खो जाते हैं। और जब सपने खो जाते हैं तो विचार खो जाते हैं। जागरण में जिसे हम विचार कहते हैं, उसे ही निद्रा में स्वप्न कहते हैं। स्वप्न और विचार में फर्क नहीं है, फर्क थोड़ा-सा ही है। विचार थोड़े सभ्य हो गए सपने हैं और सपने थोड़े आदिम, एबओरीजनल विचार हैं। असल में बच्चे या पुरानी आदिम जातियां चित्रों में ही सोच सकती हैं, शब्दों में नहीं।

मनुष्य का पहला जो सोचना है, वह चित्रों में ही होता है। जैसे एक बच्चे को भूख लगी है, तो बच्चा शब्दों में नहीं सोचता कि मुझे भूख लगी है। बच्चा मां के स्तन को देख सकता है। स्तन को पीते हुए चित्र देख सकता है। स्तन मिलना चाहिए, ऐसी आकांक्षा से भर सकता है। शब्द नहीं बना सकता। शब्द तो बहुत बाद में बनने शुरू होते हैं, पहले तो चित्र ही होते हैं। और अगर हमें भाषा न आती हो, तो हम भी चित्रों का उपयोग करते हैं। आप कहीं परदेश चले जाएं, जहां की भाषा आपको नहीं आती हो और पानी पीना हो, तो आप दोनों हाथ मुंह के पास करके कहेंगे कि मुझे पानी पीना है। क्योंकि जब शब्द नहीं हैं, तब चित्र की जरूरत पड़ जाती है। और मजे की बात यह है कि शब्दों की भाषाएं अलग हैं, चित्रों की भाषाएं अलग नहीं हैं। दुनिया के किसी कोने में चले जाएं और हाथ चुल्लू बनाकर मुंह के पास करके कहें, कोई भी समझ लेगा कि पानी पीना है। क्योंकि चित्र की भाषा प्रत्येक आदमी की एक है।

शब्द हमने अलग-अलग ईजाद किए हैं, लेकिन चित्र हमारी ईजाद नहीं हैं। चित्र तो मनुष्य के मन की भाषा है। इसलिए दुनिया की किसी भी चित्रावली को, किसी भी पेंटिंग को कहीं भी समझा जा सकता है। चाहे कोई लियोनार्डो पेंटिंग बनाए और चाहे खजुराहो के मूर्तिकार मूर्तियां बनाएं, इनको समझने के लिए किसी भाषा का फर्क करने की जरूरत नहीं। खजुराहो की मूर्ति को एक फ्रेंच, एक जर्मन, एक चीनी आकर समझ लेगा उतना ही जितना आप समझते हैं। और आप अगर लूव्र में, फ्रांस में जाकर उनके म्यूजियम में खड़े हो जाएं चित्रों के, तो आप भी चित्रों को समझ लेंगे। उनके शीर्षक नहीं समझेंगे, शीर्षक तो फ्रेंच भाषा में हैं, लेकिन आप चित्र समझ लेंगे कि चित्र क्या है।

चित्र की भाषा सबकी है।

अभी शब्द की भाषा हमारे दिन में तो काम आ जाती है, लेकिन रात में काम नहीं आती। रात में हम फिर जंगली हो जाते हैं। नींद में हम फिर खो जाते हैं। हमारी सब शिक्षा, डिग्री, एजुकेशन, युनिवर्सिटी सब खो जाती है। हम वहीं खड़े हो जाते हैं जहां मौलिक आदमी खड़ा हुआ है। इसलिए रात में चित्र उठते हैं। दिन में शब्द, रात में चित्र।

और इसलिए दिन में अगर हमें किसी को प्रेम करना है, तो हम प्रेम करने की भाषा में सोच सकते हैं—भाषा में। लेकिन रात में अगर प्रेम करना है, तो सिवाय चित्रों के और कोई उपाय नहीं रह जाता, चित्र ही रह जाते हैं। इसलिए सपने बड़े जीवंत मालूम पड़ते हैं, उतना विचार जीवंत नहीं मालूम होता है। सपने बहुत जीवंत मालूम होते हैं। पूरा चित्र खड़ा हो जाता है। और इसीलिए अगर आप एक उपन्यास पढ़ें, तो आपको उतना आनंद नहीं आता। उसी उपन्यास की फिल्म बन जाए, तो बहुत आनंद आता है देखने में। उसका कुल कारण इतना है कि फिल्म जो है वह चित्रों की भाषा में है और उपन्यास जो है वह शब्दों की भाषा में है। इसलिए अगर मुझे आप सामने देखकर सुन रहे हैं तो आपको सुनने में ज्यादा आनंद आता है। मेरी यही बात आप टेप से सुनेंगे, तो उतना आनंद नहीं आएगा। क्योंकि यहां चित्र भी मौजूद है, वहां सिर्फ शब्द मौजूद हैं। चित्र हमारे निकट की भाषा है—प्राकृतिक। तो रात में शब्द चित्र बन जाते हैं, बस इतना ही फर्क है।

जिस दिन स्वप्न खोते हैं, उसी दिन विचार खो जाते हैं; और जिस दिन विचार खोते हैं, उसी दिन स्वप्न खो जाते हैं। दिन विचार से खाली हो जाए, तो रात सपनों से खाली हो जाएगी। और ध्यान रहे, सपने भी सोने नहीं देते और विचार जगने नहीं देते। इन दोनों बातों को समझ लेना—सपने सोने नहीं देते और विचार जगने नहीं देते। अगर सपने खो जाएं तो नींद पूरी हो जाए और अगर विचार खो जाएं तो जागरण पूरा हो जाए। और अगर जागरण पूरा हो जाए और निद्रा पूरी हो जाए, तो निद्रा और जागरण में कोई फर्क नहीं रह जाता है, सिर्फ आंख खुले होने और बंद होने का फर्क रह जाता है। शरीर के विश्राम करने और श्रम करने का फर्क रह जाता है। और कोई फर्क नहीं रह जाता। जो व्यक्ति पूरा जाग गया है, वह पूरा सोता है, लेकिन जागने में और नींद में उसकी चेतना में कोई फर्क नहीं पड़ता। चेतना एक ही होती है, सिर्फ शरीर में फर्क पड़ता है। जागने में शरीर श्रम में होता है और सोने में विश्राम में होता है। इतना ही फर्क होता है।

तो जिन मित्र ने पूछा है कि निद्रा में क्यों परमात्मा उपलब्ध नहीं हो जाता, उनसे मेरा यह कहना है कि हो सकता है, अगर निद्रा में भी जाग सकें। और ध्यान का इतना ही मतलब है। इसलिए मेरे ध्यान की जो प्रक्रिया है, वह असल में सोने की ही प्रक्रिया है, जागते हुए सोने की। जागते हुए नींद में जाने की। इसलिए शरीर को शिथिल करने को कहता हूं, श्वास को छोड़ देने को कहता हूं, मन को शांत करने को कहता हूं। यह नींद की तैयारी है। और इसलिए अक्सर ऐसा हो जाता है कि ध्यान में न जाकर कुछ मित्र नींद में चले जाते हैं। अक्सर ऐसा हो जाता है, क्योंकि यह तैयारी नींद की ही है। इस तैयारी को करते-करते वे कब सो जाते हैं, उन्हें पता नहीं चलता है। इसलिए तीसरी बात निरंतर कहता हूं कि भीतर जागे रहें, भीतर होश से भरे रहें। शरीर बिलकुल शिथिल छूट

जाए और श्वास बिलकुल शिथिल हो जाए, जितनी नींद में होती है उससे भी ज्यादा हो जाए। लेकिन भीतर जागे रहें, भीतर होश दीये की तरह जलता रहे, ताकि नींद न आ जाए।

ध्यान और नींद की प्रारंभिक शर्तें एक जैसी हैं। अंतिम शर्त में फर्क है। पहली शर्त यही है कि शरीर शिथिल हो। अगर डाक्टर के पास जायेंगे और कहेंगे कि नींद नहीं आती, तो वह आपको रिलैक्सेशन सिखाएगा, वह कहेगा कि शरीर को शिथिल करें। जो मैं आपसे कह रहा हूं, वही आपसे कहेगा कि शरीर को शिथिल छोड़ें, रिलैक्स करें, शरीर पर तनाव न रखें, सारे शरीर को ऐसा छोड़ दें जैसे रूई का फाहा बिलकुल ढीला छूटा है, ऐसा छोड़ दें। वह आपको कहेगा कि देखें एक बिल्ली को सोते हुए।

कभी बिल्ली को सोते देखा है? कुत्ते को सोते देखा है? वे कैसे सोते हैं? जैसे हैं ही नहीं। एकदम...एक छोटे बच्चे को सोते देखा है? कैसा सोता है? जैसे सब मिट गया है, कहीं कोई तनाव नहीं है। सब हाथ-पैर ऐसे ढीले पड़ गए हैं कि जिसका हिसाब नहीं। एक आदमी को सोते देखें, एक जवान आदमी को, एक बूढ़े आदमी को सोते देखें, सब खिंचा हुआ है।

तो डाक्टर कहेगा, चिकित्सक कहेगा कि बिलकुल ढीला छोड़ दें। नींद की भी शर्त वही है कि श्वास शिथिल और गहरी हो जाए, शांत हो जाए। क्योंकि आपने ध्यान किया होगा कि अगर दौड़ना पड़े, तो श्वास तेज हो जाएगी। दौड़ना पड़े तो श्वास तेज हो जाएगी। शरीर को श्रम करना पड़ता है, तो श्वास को तेज होना पड़ेगा, खून की गति बढ़ेगी। और अगर सोना है, तो खून की गति शिथिल हो जानी चाहिए, ठीक दौड़ने से उलटी हालत हो जानी चाहिए, तो श्वास शिथिल हो जाएगी। इसलिए दूसरी शर्त है श्वास शिथिल कर लें।

अगर विचार तेजी से चल रहे हैं, तो मस्तिष्क में खून को तेजी से दौड़ना पड़ता है। और खून तेजी से सिर में दौड़े, तो नींद असंभव है। नींद की शर्त है कि खून की दौड़ सिर में कम हो जाए। इसलिए आप तकिया रखते हैं। आपने कभी खयाल नहीं किया होगा कि तकिया क्यों रखते हैं। तकिया खून की गति को कम करने के लिए रखते हैं। अगर तकिया न रखें तो सिर शरीर के सतह पर होता है। सतह पर होने से खून की गति पूरी होती है। सिर से पैर तक बराबर होती है। सिर को ऊंचा कर लेते हैं, तो सिर पर खून को चढ़ने में मुश्किल हो जाती है। तो सिर में कम चढ़ता है, पूरे शरीर में गति करता है। सिर में गति कम हो जाती है। इसलिए जिनको जितनी मुश्किल से नींद आती है, उनको उतना तकिया बढ़ाते जाना पड़ेगा, एक, दो, तीन...बढ़ते जाएंगे। क्योंकि सिर ऊंचा होना चाहिए। और सिर ऊंचे होने का कुल इतना मतलब है कि वहां खून कम जाए। वहां खून कम जाएगा तो नींद जल्दी आ जाएगी, क्योंकि वहां गति न होगी तो मस्तिष्क शिथिल हो जाएगा।

अगर विचार तेजी से चलेंगे तो भी खून की गति होती रहेगी, क्योंकि विचार को चलने के लिए भी खून का ही वाहन पकड़ना पड़ता है। मस्तिष्क की नसें तेजी से चलती रहेंगी। कभी आपने देखा होगा, क्रोध में आ जाते हैं तो सब नसें फूल जाएंगी। वे फूल गई हैं इसलिए कि खून को इतनी तेजी से दौड़ना पड़ रहा है कि नसों की इतनी सामर्थ्य

नहीं है इतनी तेजी से दौड़ाने की, इसलिए नसें फूल गई हैं। इसलिए क्रोधी आदमी की नसें फूली हुई ही हो जाएंगी। शांत हो जाएगा, नसें कम हो जाएंगी, क्योंकि खून की गति कम हो जाएगी।

आपने देखा होगा, क्रोध में चेहरा लाल हो जाएगा, आंखें लाल हो जाएंगी। उसका और कोई कारण नहीं है। खून की गति तेज हो गई है। विचार इतनी तेजी से दौड़ रहे हैं कि खून को बहुत तेजी से दौड़ना पड़ता है। श्वास तेज हो जाएगी। कभी जब वासना मन को पकड़ लेगी तो आप पाएंगे कि श्वास तेज हो जाएगी, एकदम तेज हो जाएगी। सेक्स श्वास को एकदम तेज कर देगा, खून को तेज कर देगा, पसीना छूट जाएगा शरीर से। क्योंकि इतना तेज विचार चलेगा, तो मन इतना तेज चलेगा, तो मस्तिष्क के सारे स्नायु तेज खून फेकेंगे।

तो इसलिए शर्तें वही हैं, जो नींद की हैं। शरीर को शिथिल छोड़ दें, श्वास को शिथिल छोड़ दें, विचार को छोड़ दें। नींद की भी शर्तें यही हैं, ध्यान की भी शर्तें यही हैं। प्रारंभिक शर्तें एक सी हैं, अंतिम शर्त में फर्क है। नींद का है कि अब सो जाएं, और ध्यान का है कि अब जागें। ये तीनों शर्तें पूरी हो जाएं, आप जागे रहें, बस।

इसलिए जिन मित्र ने पूछा है, ठीक ही पूछा है। नींद और ध्यान में बड़े गहरे संबंध हैं। समाधि और सुषुप्ति में बड़े गहरे संबंध हैं। लेकिन एक फर्क है जो बहुत कीमती है। वह फर्क है, जागे हुए और मूर्च्छित होने का। नींद मूर्च्छा है, ध्यान जागृति है।

एक और मित्र ने पूछा है कि जिसे आप ध्यान कह रहे हैं, उसमें और आटो-हिप्नोसिस में, आत्म-सम्मोहन में क्या फर्क है?

वही फर्क है, जो नींद में और ध्यान में है। इस बात को भी समझ लेना उचित है। नींद है प्राकृतिक रूप से आई हुई, और आत्म-सम्मोहन भी निद्रा है प्रयत्न से लाई हुई। इतना ही फर्क है। हिप्नोसिस में—हिप्नोस का मतलब भी नींद होता है—हिप्नोसिस का मतलब होता है तंद्रा, उसका मतलब होता है सम्मोहन। एक तो ऐसी नींद है जो अपने-आप आ जाती है, और एक ऐसी नींद है जो कल्टीवेट करनी पड़ती है, लानी पड़ती है।

अगर किसी को नींद न आती हो, तो फिर उसको लाने के लिए कुछ करना पड़ेगा। अब एक आदमी अगर लेट कर यह सोचे कि नींद आ रही है, नींद आ रही है, नींद आ रही है...मैं सो रहा हूं, मैं सो रहा हूं, मैं सो रहा हूं...तो यदि यह भाव उसके प्राणों में घूम जाए, घूम जाए, घूम जाए, उसका मन पकड़ ले कि मैं सो रहा हूं, नींद आ रही है, तो शरीर उसी तरह का व्यवहार करना शुरू कर देगा। क्योंकि शरीर कहेगा कि नींद आ रही है तो अब शिथिल हो जाओ। नींद आ रही है तो श्वासें कहेंगी कि अब शिथिल हो जाओ। नींद आ रही है तो मन कहेगा कि अब चुप हो जाओ।

नींद आ रही है, इसका वातावरण पैदा कर दिया जाए अगर भीतर, तो शरीर उसी तरह व्यवहार करने लगेगा। शरीर को इससे कोई मतलब नहीं है। शरीर तो बहुत आज्ञाकरी है। अगर आपको रोज ग्यारह बजे भूख लगती है, रोज आप खाना खाते हैं ग्यारह बजे और आज घड़ी में चाभी नहीं भर पाए हैं और घड़ी रात में ही ग्यारह बजे रुक गई है और अभी सुबह के आठ ही बजे हैं और आपने देखी घड़ी और देखा कि ग्यारह

बज गए, तो एकदम पेट कहेगा भूख लग आई। अभी ग्यारह बजे नहीं हैं, अभी तीन घंटे हैं बजने में। लेकिन घड़ी कह रही है कि ग्यारह बज गए हैं, तो पेट एकदम से खबर कर देगा कि भूख लग आई है। क्योंकि पेट की तो यांत्रिक व्यवस्था है। ग्यारह बजे रोज भूख लगती है। तो ग्यारह बज गए तो भूख लग आयी है, पेट खबर कर देगा। पेट बिलकुल खबर देगा कि...। अगर रोज रात आप बारह बजे सोते हैं और अभी दस ही बजे हैं और घड़ी ने बारह के घंटे बजा दिए, तो घड़ी के घंटे देखकर आप फौरन पाएंगे कि तंद्रा उतरनी शुरू हो गई। क्योंकि शरीर कहेगा कि बारह बज गये, सो जाना चाहिए।

शरीर बहुत आज्ञाकारी है। और जितना स्वस्थ शरीर होगा, उतना ज्यादा आज्ञाकारी होगा। स्वस्थ शरीर का मतलब ही यही होता है कि आज्ञाकारी शरीर। अस्वस्थ शरीर का मतलब होता है, जिसने आज्ञा मानना छोड़ दिया। अस्वस्थ शरीर का और कोई मतलब नहीं होता। इतना ही मतलब होता है कि आप आज्ञा देते हैं, वह नहीं मानता है। आप कहते हैं, नींद आ रही है; वह कहता है, कहां आ रही है। आप कहते हैं, भूख लगी है; वह कहता है, बिलकुल नहीं लगी है। आज्ञा छोड़ दे, वह शरीर अस्वस्थ हो जाता है। आज्ञा मान ले, वह शरीर स्वस्थ है, क्योंकि वह हमारे अनुकूल चलता है, हमारे पीछे चलता है, छाया की तरह अनुगमन करता है। जब वह आज्ञा छोड़ देता है, तो बड़ी मुश्किल खड़ी हो जाती है।

तो हिप्नोसिस का मतलब, सम्मोहन का मतलब सिर्फ इतना है कि शरीर को आज्ञा देनी है और उसको आज्ञा में ले आना है।

हमारी बहुत-सी बीमारियां ऐसी हैं, जो झूठी हैं, जो सच्ची नहीं हैं। सौ में से अंदाजन पचास बीमारियां बिलकुल झूठी हैं। दुनिया में जो इतनी बीमारियां बढ़ती जाती हैं, उसका कारण यह नहीं है कि बीमारियां बढ़ती जाती हैं। उसका कारण यह है कि आदमी का झूठ बढ़ता जाता है, तो झूठी बीमारियां बढ़ती चली जाती हैं। इसको ठीक से खयाल में ले लें। तो रोज बीमारियां बढ़ रही हैं तो इसका मतलब यह नहीं है कि बीमारियां बढ़ती जाती हैं। बीमारियों को क्या मतलब है कि आप शिक्षित हो गए हैं तो बीमारियां बढ़ जाएं, कि गरीबी कम हो गई तो बीमारियां बढ़ जाएं। कम होनीं चाहिए बीमारियां। नहीं, आदमी के झूठ बोलने की क्षमता बढ़ती चली जाती है। तो आदमी दूसरे से ही झूठ नहीं बोलता है, अपने से भी झूठ बोल लेता है। वह बीमारियां भी पैदा कर लेता है।

अगर समझ लें कि एक आदमी को बाजार जाने में कठिनाई है, दिवाला निकलने के करीब है। और उसका मन यह मानने को राजी नहीं होता है कि वह दिवालिया हो सकता है। और बाजार में जाने की हिम्मत नहीं होती, दुकान पर कैसे जाए। जो देखता है, वही पैसे मांगता है। अचानक वह आदमी पाएगा कि उसको ऐसी बीमारी ने पकड़ लिया है, जिसने उसे बिस्तर पर लगा दिया है। यह क्रिएटेड बीमारी है। यह उसके चित्त ने पैदा कर ली है। इस बीमारी के पैदा होने से दोहरे फायदे हो गए। एक फायदा यह हो गया कि अब वह कह सकता है कि मैं बीमार हूं, इसलिए नहीं आता हूं। उसने अपने को भी समझा लिया और दूसरों को भी समझा लिया। अब इस बीमारी को किसी इलाज से ठीक नहीं किया जा सकता है। क्योंकि यह बीमारी होती तो इलाज काम करता। यह

बीमारी नहीं है, इसलिए इसको जितनी दवाइयां दी जाएंगी, यह और बीमार पड़ता जाएगा।

अगर कभी दवाइयां देने से आपकी बीमारी ठीक न हो, तो आप जान लेना कि बीमारी दवाइयों वाली नहीं है। बीमारी कहीं और है, जिसका दवाई से कोई संबंध नहीं है। आप दवाई को गाली देंगे और कहेंगे कि सब डाक्टर मूर्ख हैं, इतनी चिकित्सा कर रहे हैं और मेरा इलाज नहीं होता। और आयुर्वेद से लेकर नेचरोपैथी तक, और एलोपैथी से लेकर होम्योपैथी तक चक्कर लगाएंगे, कहीं भी कुछ न होगा। कोई डाक्टर आपके काम नहीं पड़ सकता, क्योंकि डाक्टर आथेंटिक बीमारी, प्रामाणिक बीमारी को ही ठीक कर सकता है। झूठी बीमारी पर उसका कोई वश नहीं है। और मजा यह है कि जो झूठी बीमारी है, उसको पैदा करने में आप रसलीन हैं। आप चाहते हैं कि वह रहे।

स्त्रियों की बीमारियां पचास प्रतिशत से भी ऊपर झूठी हैं। क्योंकि स्त्रियों को बचपन से एक नुस्खा पता चल गया है कि जब वे बीमार होती हैं, तभी प्रेम मिलता है, और कभी प्रेम मिलता ही नहीं। जब बीमार होती हैं, तब पति दफ्तर छोड़ कर उनके पास कुर्सी लगाकर बैठ जाता है। मन में कितनी ही गालियां देता हो, लेकिन बैठ जाता है। और पति को जब भी उन्हें बिस्तर के पास बिठा रखना हो, तब उनका बीमार हो जाना एकदम जरूरी है। इसलिए स्त्रियां बीमार ही रही आई हैं। कोई मौका ही नहीं जब वे बीमार न हों, क्योंकि बीमारी में ही वे कब्जा कर लेती हैं, सब पर वे हावी हो जाती हैं। बीमार आदमी सारे घर का डिक्टेटर हो जाता है, बीमार आदमी तानाशाह हो जाता है। वह कहता है, इस वक्त सब रेडियो बंद, तो सब रेडियो बंद करना पड़ता है। वह कहता है, सब सो जाओ, तो सबको सोना पड़ता है। वह कहता है, आज घर के बाहर कोई नहीं जाएगा, सब यहीं बैठे रहो, तो सबको बैठना पड़ता है। तो तानाशाही प्रवृत्ति जितनी होगी, उतना आदमी बीमारी खोज रहा है। क्योंकि बीमार आदमी को कौन दुखी करे! अब वह जो कहता है, मान लो। जब ठीक हो जाएगा, तब ठीक है। लेकिन बड़ा खतरा है। हम इस तरह उसकी बीमारी को उकसावा दे रहे हैं।

अच्छा है कि पत्नी जब स्वस्थ हो, तब पति पास में बैठे। यह समझ में आता है। बीमार हो, तब तो कृपा करके दफ्तर चला जाए। क्योंकि उसकी बीमारी को उकसावा न दे। महंगा है यह। बच्चा जब बीमार पड़े तो मां को उसकी बहुत फिक्र नहीं करनी चाहिए, नहीं तो बच्चा जिंदगी भर जब भी फिक्र चाहेगा, तभी बीमार पड़ेगा। जब बच्चा बीमार पड़े, तब उसकी फिक्र कम कर देनी चाहिए एकदम। ताकि बीमारी और प्रेम में संबंध न जुड़ पाए, एसोसिएशन न हो पाए। यानी बच्चे को ऐसा न लगे कि जब मैं बीमार होता हूं तब मां को मेरे पैर दबाने पड़ते हैं, सिर दबाना पड़ता है। जब बच्चा खुश हो, प्रसन्न हो, तब उसके पैर दबाओ, सिर दबाओ, ताकि खुशी से प्रेम का संबंध जुड़े।

हमने दुख से प्रेम का संबंध जोड़ा है। और यह बहुत खतरनाक है। तब उसका मतलब यह है कि जब भी प्रेम की कमी होगी, तब दुख बुलाओ। तो दुख आएगा तो प्रेम भी पीछे से आएगा। इसलिए जिसको भी प्रेम कम हो जाएगा, वह बीमार हो जाएगा, क्योंकि बीमारी से फिर उसको प्रेम मिलता है।

लेकिन बीमारी से कभी प्रेम नहीं मिलता है। ध्यान रहे, बीमारी से दया मिलती है।

और दया बहुत अपमानजनक है। प्रेम बात और है। लेकिन वह हमारे खयाल में नहीं है।

तो मैं आपसे यह कह रहा हूं कि शरीर तो हमारे सुझाव पकड़ लेता है। अगर हमें बीमार होना है, तो बेचारा शरीर बीमार हो जाता है। ऐसी बीमारियों को दूर करने के लिए हिप्नोसिस उपयोगी है, सम्मोहन उपयोगी है। उसका मतलब यह है कि झूठी बीमारी है, झूठी दवा से काम होगा। सच्ची दवा काम नहीं करेगी। तो अगर हमने मान लिया है कि हम बीमार हैं तो अगर इससे विपरीत हम मानना शुरू कर दें कि हम बीमार नहीं हैं, तो बीमारी कट जाएगी। क्योंकि बीमारी हमारे मानने से पैदा हुई है।

इसलिए हिप्नोसिस बड़ी कीमती चीज है। और आज तो विकसित मुल्कों में ऐसा कोई बड़ा अस्पताल नहीं है, जहां एक हिप्नोटिस्ट न हो, जहां एक सम्मोहन करने वाला व्यक्ति न हो। अमेरिका के या ब्रिटेन के बड़े अस्पतालों में डाक्टरों के साथ एक हिप्नोटिस्ट भी रख दिया है। क्योंकि बीमारियां पचासों ऐसी हैं जिनके लिए डाक्टर बिलकुल बेकार है, उनके लिए हिप्नोटिस्ट काम में आता है। वह उनको बेहोश करना सिखाता है कि तुम बेहोश हो जाओ और यह भाव करो कि तुम ठीक हो रहे हो, ठीक हो रहे हो।

क्या आपको पता है कि दुनिया में सौ सांपों में से सिर्फ तीन प्रतिशत सांपों में जहर होता है, सत्तानबे प्रतिशत सांपों में कोई जहर ही नहीं होता। लेकिन कोई भी सांप काटे, आदमी मर जाएगा। बिना जहर वाले सांप से भी आदमी मर जाता है। इसीलिए मंत्र-तंत्र काम कर पाते हैं। मंत्र-तंत्र यानी झूठा इलाज। अब एक आदमी को ऐसे सांप ने काटा है जिसमें जहर है ही नहीं। अब इसको सिर्फ इतना विश्वास दिलाना जरूरी है कि सांप उतर गया। बस, काफी है! सांप उतर जाएगा। सांप चढ़ा ही नहीं था! और अगर उसको यह विश्वास न आए तो यह आदमी मर सकता है। अगर उसको यह पक्का विश्वास बना रहे कि सांप ने मुझे काटा है, तो यह मरेगा। सांप ने मुझे काटा है, इससे मरेगा, सांप के काटने से नहीं।

मैंने सुना है, एक बार ऐसी घटना घटी कि एक आदमी एक सराय से गुजरा। और रात उस सराय में उसने खाना खाया और सुबह चला गया, जल्दी उठकर चला गया। साल भर बाद वापस लौटा उस रास्ते से, उसी सराय में ठहरा। तो सराय के मालिक ने कहा कि आप सकुशल हैं? हम तो बड़े डर गए थे। उसने कहा, क्या हो गया? जिस रात आप यहां ठहरे थे, जो खाना बना था, उसमें एक सांप गिर गया था। तो चार आदमियों ने खाया और वे चारों मर गए। एक आप थे, जो आप जल्दी उठकर चले गए। आपके लिए हम बड़े चिंतित थे। मगर आप जिंदा हैं? उस आदमी ने कहा, सांप? और वह आदमी वहीं गिर पड़ा और मर गया, साल भर बाद। कहा कि सांप खा गया हूं, उसके हाथ पैर कंपे और वह वहीं गिर गया। उस सराय के मालिक ने कहा, घबराइये नहीं, अब तो कोई सवाल ही नहीं! पर वह आदमी तो गया, जा चुका।

इस तरह की बीमारी के लिए हिप्नोसिस बहुत उपयोगी है। लेकिन हिप्नोसिस का मतलब ही इतना है कि जो हमने व्यर्थ ही, झूठा ही अपने चारों तरफ जोड़ लिया है, उसे हम दूसरे झूठ से काट सकते हैं। ध्यान रहे, अगर झूठा कांटा किसी के पैर में लगा हो,

तो असली कांटे से कभी मत निकालना। झूठे कांटे को असली कांटे से निकालने में बड़ा खतरा होगा। एक तो झूठा कांटा न निकलेगा और असली कांटा और पैर में छिद जाएगा। झूठे कांटे को झूठे कांटे से ही निकालना होता है।

ध्यान में और हिप्नोसिस में क्या संबंध है? इतना ही संबंध है कि जहां तक झूठे कांटे गड़े हैं, वहां तक हिप्नोसिस का उपयोग किया जाता है। जैसे कि मैं आपसे कहता हूं कि यह भाव करें कि शरीर शिथिल हो रहा है, यह हिप्नोसिस है, यह सम्मोहन है, यह आत्म-सम्मोहन है।

असल में आपने ही यह भाव कर रखा है कि शरीर शिथिल नहीं हो सकता है। उसको काटने के लिए इसकी जरूरत है, और कोई जरूरत नहीं है। अगर आपको यह पागलपन न हो, तो आप एक ही दफे खयाल करें कि शरीर शिथिल हो गया, शरीर शिथिल हो जाएगा। शरीर को शिथिल करने के लिए यह काम नहीं हो रहा है। आपकी जो धारणाएं हैं कि शरीर शिथिल होता ही नहीं, उसको काटने के लिए आपके मन में यह धारणा बनानी पड़ेगी कि शरीर शिथिल हो रहा है, शरीर शिथिल हो रहा है, शरीर शिथिल हो रहा है। आपकी झूठी धारणा को इस दूसरी झूठी धारणा से काट दिया जाएगा। और जब शरीर शिथिल हो जाएगा तो आप जानेंगे कि हां, शरीर शिथिल हो गया है। और शरीर का शिथिल होना बिलकुल स्वाभाविक धर्म है। लेकिन हम इतने तनाव से भर गए हैं और तनाव हमने इतना पैदा कर लिया है कि अब उस तनाव को मिटाने के लिए भी हमें कुछ करना पड़ेगा।

तो हिप्नोसिस का इतना उपयोग है। जब आप भाव करते हैं, शरीर शिथिल हो रहा है, श्वास शांत हो रही है, मन शांत हो रहा है, तो यह हिप्नोसिस है। लेकिन यहीं तक। इसके बाद ध्यान शुरू होता है। यहां तक ध्यान है ही नहीं। ध्यान इसके बाद शुरू होता है, जब आप जागते हैं। जब आप द्रष्टा हो जाते हैं। जब आप देखने लगते हैं कि हां, शरीर शिथिल पड़ा है, श्वास शांत चल रही है, विचार बंद हो गए हैं या विचार चल रहे हैं। जब आप देखने लगते हैं, बस आप सिर्फ देखने लगते हैं, वह जो द्रष्टा भाव है, वही ध्यान है। उसके पहले तक तो हिप्नोसिस ही है। और हिप्नोसिस का मतलब है लाई गई निद्रा, और कोई मतलब नहीं है। नहीं आती थी, हमने लाई है। प्रयास किया है, उसे बुलाया है, आमंत्रित किया है। निद्रा आमंत्रित की जा सकती है। अगर हम तैयार हो जाएं और अपने को छोड़ दें, तो वह आ जाती है। लेकिन ध्यान और हिप्नोसिस एक ही चीज नहीं हैं। मेरी बात समझ लेना खयाल से।

मैंने कहा कि यहां तक हिप्नोसिस है, यहां तक सम्मोहन है, जहां तक सब भाव कर रहे हैं। जब भाव करना बंद किया और जाग गए, अवेयरनेस जहां से शुरू हुई, वहां से ध्यान शुरू हुआ। जहां से द्रष्टा, साक्षी-भाव शुरू हुआ, वहां से ध्यान शुरू हुआ। और इस हिप्नोसिस की इसलिए जरूरत है कि आप उलटी हिप्नोसिस में चले गए हैं। यानी इसको अगर वैज्ञानिक भाषा में कहना पड़े, तो यह हिप्नोसिस न होकर डि-हिप्नोसिस है। यह सम्मोहन न होकर, सम्मोहन तोड़ना है। सम्मोहित हम हैं और हमें पता नहीं। क्योंकि जिंदगी में हम सम्मोहित हो गए हैं। हमें पता ही नहीं, हमको खयाल ही नहीं कि हमने कितने तरह के सम्मोहन कर लिये हैं, और हमने किस-किस

तरकीब से सम्मोहन को पैदा कर लिया है।

हमारी पूरी जिंदगी का बड़ा हिस्सा सम्मोहन का है। और जब हम सम्मोहित होना चाहते हैं, तो हम खयाल ही नहीं रखते कि हम यह क्या कर रहे हैं। जैसे उदाहरण के लिए...हम जिंदगी भर ऐसे ही जीते हैं। वह हमें खयाल में आ जाए, तो सम्मोहन टूट जाए। सम्मोहन टूटे, तो भीतर प्रवेश हो सकता है, क्योंकि सम्मोहन असत्य की दुनिया है। जैसे समझें कि एक आदमी साइकिल चलाना सीख रहा है। बड़ा रास्ता है, साठ फीट चौड़ा है। और एक पत्थर पड़ा हुआ है किनारे पर, एक मील का पत्थर लगा हुआ है। अब वह आदमी साठ फीट चौड़े रास्ते पर अगर आंख बंद करके भी साइकिल चलाए, तो बहुत कम मौके हैं कि उस पत्थर से टकराए। आंख बंद करके भी चलाए तो भी साठ फीट चौड़े रास्ते पर जरा सा एक पत्थर लगा हुआ है, उससे टकराने की क्या जरूरत है? लेकिन उस आदमी को अभी साइकिल चलाना नहीं आता है। उसे रास्ता पहले नहीं दिखाई पड़ता है, पहले उसे पत्थर दिखाई पड़ता है। पहले उसे यह डर है कि टकरा न जाऊं।

बस, उसको जैसे ही यह डर हुआ कि टकरा न जाऊं कि वह हिप्नोटाइज हुआ। यानी हिप्नोटाइज होने का मतलब यह हुआ कि रास्ता दिखना बंद हुआ और पत्थर दिखना शुरू हुआ। अब उसे पत्थर दिखने लगा। अब वह डर रहा है, उसका हैंडिल घूमने लगा पत्थर की तरफ। वह जितना हैंडिल घूमता है, उतना ही वह डर रहा है। और जहां ध्यान है, वहीं तो हैंडिल जाएगा। और ध्यान उसका पत्थर पर है। और ध्यान इसलिए है कि टकरा न जाऊं। टकरा न जाऊं पत्थर से, तो रास्ता मिट गया, पत्थर ही रह गया। अब वह पत्थर की तरफ सम्मोहित चला जा रहा है। और जितना जाता है, उतना घबराता है; जितना घबराता है, उतना जाता है। वह आदमी पत्थर से टकरा जाता है। सिक्खड़ आदमी को बड़ी हैरानी होती है कि इतना बड़ा रास्ता था, मैं इस पत्थर से कैसे टकरा गया?

वह बच कर क्यों नहीं निकल सका? वह हिप्नोटाइज हो गया। उसने ध्यान दिया पत्थर पर कि कहीं टकरा न जाऊं। फिर पत्थर दिखाई पड़ने लगा। फिर जब पत्थर दिखाई पड़ने लगा, तब हाथ ने वहीं मोड़ लिया। क्योंकि शरीर उसी तरफ जाता है, जहां ध्यान जाता है। शरीर वहीं चला जाता है, जहां ध्यान जाता है। शरीर तो अनुगामी है ध्यान का। और वह चल पड़ा। और जितना वह डरा, उतना ही पत्थर का ध्यान रखना पड़ा कि कहीं टकरा न जाऊं, तो पत्थर को देखता रहूं। तो जिसको उसने देखा, उससे वह हिप्नोटाइज हो गया, सम्मोहित हो गया, वह चला गया, वह पत्थर से टकरा गया।

तो जिंदगी में हम जिन भूलों से बहुत सचेत होकर बचना चाहते हैं, अक्सर उन्हीं से टकरा जाएंगे, उनसे ही हम सम्मोहित हो जाएंगे।

एक आदमी क्रोध से डरता है कि कहीं क्रोध न आ जाए, और वह दिन में चौबीस घंटे में चौबीस बार पाएगा कि क्रोध आ गया। और जितना वह डरेगा कि क्रोध न आ जाए, क्रोध पर सम्मोहित हो जाएगा। फिर चौबीस घंटे क्रोध खोजने लगेगा। जो आदमी स्त्री से डरेगा कि कोई सुंदर स्त्री न दिखाई पड़ जाए नहीं तो वासना उठ आएगी, उसको चौबीस घंटे सुंदर स्त्रियां दिखाई पड़ेंगी। धीरे-धीरे कुरूप स्त्रियां भी सुंदर हो जाएंगी,

धीरे-धीरे पुरुष भी स्त्रियां मालूम होने लगेंगे। पीछे से कोई साधु दिख जाए, तो वह चक्कर लगाकर देखकर आएगा कि कौन है। बड़े बाल हों तो उसको शक हो जाएगा कि कहीं स्त्री तो नहीं है। फिर उसको चित्रों में भी स्त्रियां दिखाई पड़ने लगेंगी। एक पोस्टर लगा हुआ है, वह उससे भी सम्मोहित हो जाएगा। पोस्टर पर क्या है, सिर्फ कुछ रंग फेंका हुआ है, लेकिन पोस्टर भी सम्मोहित कर लेगा। वह एक नंगे चित्र को उठाकर भी...वह गीता में छिपा कर, कुरान में छिपाकर एक नंगे चित्र को देखेगा स्त्री के। और सोचेगा भी नहीं कि सिर्फ रेखाएं खिंची हैं, इसमें इतना सम्मोहित क्यों हुआ जा रहा हूं। वह स्त्री से बचना चाहता रहा है, वह घबरा गया है। अब स्त्री के सिवाय उसे कोई दिखाई ही नहीं पड़ता। अब वह मंदिर में चला जाए, मस्जिद में चला जाए, कहीं भी चला जाए, स्त्री ही दिखाई पड़ती है। यह भी सम्मोहन है।

जो समाज सेक्स-विरोधी होगा, वह समाज सेक्सुअल हो जाता है। जो समाज काम-विरोधी होगा और जो काम की निंदा करेगा, उस समाज का पूरा चित्त कामुक हो जाएगा। क्योंकि जिसकी वह निंदा करेगा, उससे ही सम्मोहित हो जाएगा, उस पर ही ध्यान चला जाएगा। जितनी ही ब्रह्मचर्य की बातें होंगी, उतने ही गंदे और व्यभिचारी लोग उस समाज में पैदा होंगे। क्योंकि वह ब्रह्मचर्य की अति चर्चा कामुकता पर चित्त को केंद्रित कर देती है। यह सब हमारी हिप्नोसिस है और हम इसमें जी रहे हैं। सारी दुनिया इसमें उलझी हुई है। और इसको तोड़ना मुश्किल पड़ता है, क्योंकि तोड़ने के लिए हम जो करते हैं, उससे हिप्नोसिस बढ़ती है।

इसी तरह हमने बहुत सी जिंदगी के न मालूम क्या-क्या हिप्नोसिस बना रखे हैं। और उनको हम पैदा किए चले जाते हैं और फिर उन्हीं में जीते रहते हैं। इनको तोड़ना जरूरी है ताकि हम जाग सकें। मगर तोड़ने के लिए भी चूंकि यह झूठा सब जाल है, ठीक झूठे कांटे ही खोजने पड़ते हैं।

इसलिए सब साधना एक अर्थ में झूठ को निकालने के लिए है और इसलिए झूठ है। सब साधना, सब मेथड, दुनिया भर में सब प्रयोग जिनसे हम परमात्मा की तरफ जाने की कोशिश करते हैं, झूठे हैं। क्योंकि परमात्मा से दूर हम कभी गए ही नहीं हैं। सिर्फ हम खयाल में चले गए हैं।

जैसे एक आदमी रात सोये द्वारका में और सपने में कलकत्ता पहुंच जाए। अब वह घबराने लगे रात में कि मेरी तो पत्नी बीमार है घर पर और मुझे द्वारका पहुंचना है और मैं कलकत्ता आ गया, अब मैं किस ट्रेन से जाऊं, किस टाइम-टेबिल को देखूं, किस हवाई जहाज को पकड़ूं, किस बस को पकड़ूं, कैसे जाऊं? पूछने लगे लोगों से कि मैं द्वारका कैसे जाऊं? तो अगर उसको कोई बताये कि तुम फलां-फलां स्टेशन पर जाकर ट्रेन पकड़ लो, तो वह मुश्किल में पड़ जाएगा। क्योंकि पहली तो बात यह है कि वह कलकत्ते में नहीं है। कलकत्ते में वह होता, तो ट्रेन पकड़कर द्वारका आ सकता था। वह कलकत्ता गया ही नहीं है कभी, सिर्फ कलकत्ता पहुंच गया है सपने में, कल्पना में, हिप्नोसिस में। उसको जो भी रास्ता बताया जाएगा, वह सब मुश्किल में डाल देने वाला है।

कोई रास्ता किसी मतलब का नहीं, सब रास्ते झूठे होंगे। और वह द्वारका लौटेगा

तो सच्चे रास्ते से लौट ही नहीं सकता, क्योंकि सच्चा रास्ता हो ही नहीं सकता। वह कलकत्ता कभी पहुंचा ही नहीं है कि वहां से कोई रास्ता पकड़ ले। अगर वह किसी ट्रेन में बैठकर द्वारका आएगा, तो वह ट्रेन उतनी ही झूठी होगी जितना झूठा कलकत्ता था। और अगर कलकत्ता के हावड़ा स्टेशन से पकड़ेगा गाड़ी, तो वह हावड़ा स्टेशन उतना ही झूठा होगा जितना कलकत्ता था। और टिकट अगर खरीदेगा, तो उतनी ही झूठी होगी। और रास्ते में अगर टिकट चैकर वगैरह आयेंगे, तो वे सब झूठे होंगे। जो स्टेशन वगैरह पड़ेंगे, वे सब झूठे होंगे। फिर वह द्वारका आ जाएगा, फिर वह प्रसन्न होकर उठ आएगा। तब हैरान होगा कि बड़े आश्चर्य की बात है, मैं तो अपनी खाट पर सोया हुआ हूं। मैं कहीं गया नहीं था, तो मैं लौटा कैसे। जाना भी झूठ था, लौटना भी झूठ है।

परमात्मा के बाहर कोई कभी गया ही नहीं है, जा भी नहीं सकता है। क्योंकि वही है, उसके बाहर जाने का उपाय नहीं है। इसलिए जाना भी झूठ है, लौटना भी झूठ है। लेकिन जब जा चुके हैं, तो लौटना पड़ेगा, कोई उपाय नहीं है। जब जा ही चुके हैं, तब लौटना पड़ेगा। इसलिए लौटने के लिए उपाय पकड़ने पड़ेंगे। लेकिन जब आप लौट आएंगे, तब आप पाएंगे कि सब मेथड झूठ थे, सब साधना झूठी थी। साधना करनी पड़ी इसलिए कि हम चले गए थे सपने में, इसलिए लौटना पड़ा। अगर यह समझ में आ जाए तो शायद कुछ भी न करना पड़े और आप अचानक पाएंगे कि लौट गए हैं। लेकिन यह समझ में आना मुश्किल है, क्योंकि आप पहुंच गए हैं। आप कहते हैं कि यह तो आप ठीक कहते हैं, लेकिन कलकत्ते में हूं मैं, लौटूं कैसे, यह बताइए।

अभी एक मित्र ने और पूछा हुआ है कि क्या आपको ईश्वर मिल गया है?

अब वे इसी तरह की बात पूछ रहे हैं। मैं उनसे पूछता हूं कि क्या आपको ईश्वर खो गया है? अगर मैं कहूं कि मिल गया है, तो मैंने यह मान लिया कि वह खो गया था। वह मिला ही हुआ है। जब हमें लगता है कि खो गया है, तब भी मिला हुआ है। तब भी हम सिर्फ एक सम्मोहन में खो गए हैं और लगता है कि खो गया है। इसलिए जो आदमी कहे कि हां, मुझे ईश्वर मिल गया है, वह आदमी अभी गलती में है। अभी उसको यह खयाल समझ में नहीं आया है कि वह खोया ही नहीं था। इसलिए जो जान लेते हैं, वे ऐसा नहीं कहेंगे कि ईश्वर मिल गया है, वे कहेंगे, उसे खोया ही नहीं था।

जिस दिन बुद्ध को ज्ञान हुआ और गांव के लोग इकट्ठे हो गए और उन्होंने पूछा कि आपको क्या मिल गया है? बुद्ध ने कहा, मिला कुछ भी नहीं। जो खोया ही नहीं था, वही दिखाई पड़ गया है। जो खोया ही नहीं था, जो प्राप्त ही था, वही प्राप्त हो गया है। तो गांव के लोगों ने कहा, मतलब कि कुछ फायदा नहीं हुआ, बेकार मेहनत गई! बुद्ध ने कहा, हां उस अर्थ में कोई फायदा नहीं हुआ, लेकिन अब मेहनत करने की कोई जरूरत न रह गई, इतना फायदा हो गया। उस अर्थ में तो कोई फायदा न हुआ, लेकिन अब मेहनत करने की जरूरत न रह गई। अब मैं कभी खोजने न जाऊंगा, अब मैं कभी कुछ पाने न निकलूंगा, अब मैं किसी यात्रा पर न जाऊंगा, बस इतना फायदा हो गया है। क्योंकि अब मैं जानता हूं कि जहां हूं, वहीं हूं सदा से। सिर्फ सपने में हम बाहर चले जाते हैं, कहीं और चले जाते हैं, जहां हम नहीं हैं। इसलिए सब धर्म एक अर्थ में झूठ हैं। इस अर्थ में झूठ हैं कि वे लौटने की प्रक्रियाएं हैं। और सब साधनाएं झूठ हैं और

सब योग झूठ है, क्योंकि वे लौटने की प्रक्रियाएं हैं। लेकिन बड़े उपयोगी हैं। अब जिसको सांप ने काट खाया है—चाहे झूठे सांप ने ही सही—गांव का ओझा बड़ा उपयोगी है, जो मंत्र फूंककर, झाड़ू मारकर सांप का जहर अलग कर देता है। इसकी बड़ी जरूरत है, यह गांव में रहना चाहिए। यह नहीं रहेगा तो लोग मर जाएंगे, उस सांप से कटकर जो कि है ही नहीं।

मैं जिस जगह रहता हूं, मेरे पड़ोस में एक आदमी रहते थे। अब वे गुजर गए। उनके पास हिंदुस्तान से दूर-दूर से लोग सांप झड़वाने आते थे। वे बड़े होशियार आदमी थे। उन्होंने दस-पांच सांप पाल रखे थे। उनके घर में सांप सब पले हुए थे। जब कोई आदमी आता, तो उसकी झाड़-फूंक करते और कहते कि कैसा सांप था? क्या था? कहां काटा था? मरा तो नहीं? वे सब जांच-पड़ताल कर लेने के बाद फिर वे सांप को बुलाते। वह भी सांप कहां आने वाला था! उनके घर के बंधे हुए जो सांप थे, वे निकल आते। वह सब उनकी ट्रिक थी कि वह कैसे क्या करेंगे तो कौन से नंबर का सांप चला आएगा। उसका ताला खुलवा देंगे। वह सांप घंटा आध-घंटा में फन फुंफकारता हुआ दरवाजे से अंदर प्रवेश करेगा। जैसे ही वह प्रवेश करेगा, चमत्कार हो गया।

अब जिसको सांप काटता है, वह ठीक से देख भी तो नहीं पाता—किसने काटा, कैसा था, क्या नहीं था? वह तो काटे जाने की झंझट में पड़ जाता है—मर गया! झंझट में पड़ जाता है, सांप तो कहीं खो जाता है। और अगर सांप मर जाये, यानी मार डाला गया हो, तो फिर उसकी आत्मा को बुलाएंगे, फिर उसकी आत्मा उनके सांप में आएगी। और जब वह सांप सामने आ जाएगा, तो उसको बहुत डांटेंगे, डपटेंगे। वह सांप क्षमा मांगेगा, सिर पटकेगा। और उस आदमी का विष उतरना शुरू हो जाएगा। और वे कहेंगे, ठीक है, वापिस इसका जहर पी लो। उसके घाव पर वह सांप मुंह लगाएगा। और वह आदमी ठीक हो गया, वह आदमी गया।

दुर्भाग्य से उनके लड़के को सांप ने काट खाया, तब बड़ी मुश्किल हो गई, क्योंकि उनकी दवा बिलकुल काम न की। वे मेरे पास भागे हुए आए। उन्होंने कहा कि मैं बड़ी मुश्किल में पड़ गया हूं, आप कुछ रास्ता बताइये, मेरे लड़के को सांप ने काट खाया है। और वह जानता है कि सारे सांप घर में बंधे हैं। यह सब चालबाजी है। अब मैं क्या करूं? यह तो मर जाएगा लड़का, अब कुछ मैं कर ही नहीं सकता। मैंने कहा, आप तो इतने बड़े झाड़ने वाले हैं, आपके पास लोग दूर-दूर से आते हैं। उन्होंने कहा, यह सब ठीक है। मुझको काट खाये, तो मैं मुश्किल में पड़ जाऊं। और मुझको अगर काट खाये तो मुझे बचाना मुश्किल है, क्योंकि हर झाड़ने वाला मुझे चालाक मालूम पड़ेगा कि कुछ न कुछ गड़बड़ कर रहा होगा। और सांप ने काट खाया है और बचना बहुत मुश्किल है। उनका लड़का नहीं बच सका। वे अपने लड़के को न बचा सके।

झूठ को मिटाने के लिए झूठ के उपाय हैं। लेकिन उनकी सार्थकता है। सार्थकता इसलिए कि हम झूठ में चले गए हैं। इसलिए इस भाषा में पूछें ही मत, सम्मोहन ही है शुरू में तो। प्रारंभिक चरण सम्मोहन के निद्रा के हैं, अंतिम चरण ही ध्यान का है। वही कीमती है। लेकिन उसके लिए यह भूमिका अत्यंत आवश्यक है। जिस झूठ में आप चले गए हैं, वहां से लौट आना आवश्यक है।

और इस भाषा में भी कभी न पूछें कि ईश्वर मिल गया है कि नहीं मिल गया है। यह बात ही गलत है। किसको मिलेगा? कौन मिलेगा? जो है, वह है। जिस दिन आप जागेंगे, उस दिन आप पाएंगे कि न कुछ खोया है, न कहीं गए हैं, न कुछ मिटा है, न कुछ मरा है; जो है, वह है। तब उस दिन सब यात्रा, सब जाना बंद हो जाता है।

आवागमन से मुक्ति का क्या मतलब होता है? आवागमन से मुक्ति का मतलब यह नहीं होता है कि यहां पैदा नहीं होंगे। आवागमन से मुक्ति का मतलब होता है, तब कोई आना-जाना न रहा। कहीं भी, किसी तल पर भी आना-जाना न रहा। वह कमिंग और गोइंग गई। तब हम वहीं रह गए, जहां हैं। और जिस दिन हम वहीं रह जाते हैं, जहां हैं, उसी दिन आनंद के झरने फूट पड़ते हैं। क्योंकि जहां हम नहीं हैं, वहां हम आनंदित कभी नहीं हो सकते; जहां हम हैं, वहीं आनंदित हो सकते हैं। जो हम हैं, वही होकर आनंदित हो सकते हैं; जो हम नहीं हैं, वह हम होकर कभी भी आनंदित नहीं हो सकते हैं।

इसलिए आवागमन का मतलब है कि हम कहीं और भटक रहे हैं, जहां हम नहा हैं। हम कहीं और खो गए हैं, जहां हम कभी भी नहीं गए। हम कहीं ऐसी जगह पर घूम रहे हैं, जहां हमारा कभी होना ही नहीं है। और जहां हम हैं, वहां से हम चूक गए हैं। आवागमन से मुक्ति का मतलब है, वहां आ जाना, जहां हम हैं।

परमात्मा में आने का मतलब है, वही हो जाना जो हम हैं। कोई ऐसा नहीं है कि किसी दिन परमात्मा मिल जाएगा कहीं खड़ा हुआ और आप नमस्कार करेंगे और कहेंगे कि धन्यवाद, आप मिल गए। ऐसा कहीं कोई परमात्मा नहीं है। और अगर ऐसा कहीं दिख जाये, तो समझना कि सब हिप्नोसिस चल रही है। यह भी क्रियेटेड है। यह भगवान भी अपने ही बनाए हुए हैं। इनकी मुलाकात भी उतनी ही झूठी है। जितना इनका खोना झूठा था उतना ही इनका मिलना झूठा है। कहीं ऐसा कोई भगवान नहीं मिल जाने वाला है।

इसलिए यह हमारी भाषा हमको धोखा देती रहती है, क्योंकि भाषा में हमको लगता है ईश्वर-साक्षात्कार, ईश्वर-दर्शन। ये शब्द बड़े गलत हैं। इन शब्दों से ऐसा लगता है कि कहीं कोई मिल जाएगा जिसका दर्शन कर लेंगे, साक्षात्कार हो जाएगा, गले मिल लेंगे, भेंट हो जाएगी। सब झूठी बात है। अगर ऐसा कभी कोई परमात्मा मिल जाए, तो फौरन सावधान हो जाना। यह परमात्मा बिलकुल आपके ही मन का निर्माण होगा। यह हिप्नोसिस होगी।

सब हिप्नोसिस से लौट जाना है वापस। उस जगह खड़े हो जाना है जहां कोई निद्रा नहीं, जहां कोई सम्मोहन नहीं, जहां हम पूरे जागे हुए, जो हैं वह खड़े रह गए हैं। उस जगह जो अनुभव होगा, वह समस्त जीवन की एकता का अनुभव है, वह समग्र के एक होने का अनुभव है। उस अनुभूति का नाम परमात्मा है।

अब हम सुबह के ध्यान के लिए बैठें। कुछ और मैं रात बात कर लूंगा।

थोड़े-थोड़े फासले पर हो जाएं। और बातचीत न करें, चुपचाप फासले पर हो जाएं। जगह बना लें। जिन्हें लेटना हो, वे लेट जाएं, वे लेटने लायक जगह बना लें। और बीच में भी किसी की गिरने जैसी हालत हो जाए तो उसे गिर जाना है, उसे अपने

को रोकना नहीं है।

हां, ऊपर दहलान पर चले जाएं, लेकिन जगह बना लें। क्योंकि पीछे किसी के ऊपर गिर जाएं तो आपको भी तकलीफ मालूम पड़े और दूसरे का ध्यान भी बंट जाए। तो हट जाएं...। हां, यहां नीचे आ जाएं...।

आंख बंद कर लें...कोई बच्चे बात नहीं करेंगे, चुपचाप बैठेंगे दस मिनट...आंख बंद कर लें...शरीर को ढीला छोड़ दें...शरीर को शिथिल छोड़ दें। शरीर को बिलकुल ढीला छोड़ दें, जैसे शरीर में कोई प्राण ही नहीं हैं। सारी शक्ति को भीतर चले जाने दें...शक्ति शरीर की भीतर जा रही है...भीतर बही जा रही है...भीतर हम सिकुड़े जा रहे हैं। और शरीर एक खोल की तरह बाहर टंगा रह जाएगा...चाहे गिर जाए...चाहे अटका रह जाए...लेकिन बाहर एक कपड़े के खोल की तरह रह जाएगा। भीतर सरक जाएं...और शरीर को शिथिल छोड़ दें। फिर मैं सुझाव देता हूं, मेरे साथ अनुभव करें।

अनुभव करें, शरीर शिथिल हो रहा है...शरीर शिथिल हो रहा है...शरीर शिथिल हो रहा है। भाव करें, और शरीर को बिलकुल ढीला छोड़ दें। शरीर बिलकुल आज्ञाकारी है; जब पूरा भाव करेंगे, शरीर एकदम मुर्दा हो जाएगा। भाव करें, शरीर शिथिल हो रहा है...शरीर शिथिल हो रहा है...शरीर शिथिल हो रहा है...शरीर शिथिल हो रहा है...शरीर बिलकुल शिथिल होता जा रहा है। छोड़ दें...सारी पकड़ छोड़ दें...शरीर को भीतर से पकड़े न रहें, बिलकुल छोड़ दें...अपनी सारी पकड़ सरका लें। जैसे अपना शरीर ही नहीं है...अब जो होगा, होगा...गिरेगा, गिरेगा...खोएगा, खोएगा...बिलकुल हट जाएं पीछे...भाव को हटा लें।

शरीर शिथिल हो रहा है...शरीर शिथिल हो रहा है...शरीर शिथिल हो रहा है...शरीर शिथिल हो रहा है...शरीर शिथिल हो रहा है...शरीर शिथिल हो रहा है। शरीर शिथिल हो गया है...छोड़ दें...शरीर पर सब पकड़ छोड़ दें...गिरे, गिर जाए! शरीर शिथिल हो गया है...जैसे बिलकुल मुर्दा हो गया...जैसे बिलकुल मृत हो गया। मर ही जाएं...शरीर के तल पर बिलकुल मर जाएं...जैसे शरीर गया। शरीर अब नहीं है...हम अलग हो गए हैं...हम दूर हट गए हैं।

श्वास शांत हो रही है...भाव करें, श्वास शांत होती जा रही है...श्वास शांत हो रही है...श्वास शांत हो रही है...श्वास शांत हो रही है...श्वास शांत हो रही है...श्वास शांत हो रही है...श्वास शांत होती जा रही है...श्वास शांत होती जा रही है। छोड़ दें...श्वास को भी छोड़ दें...और भीतर हट जाएं। श्वास शांत हो गई है...श्वास शांत हो गई है...श्वास शांत हो गई है...श्वास शांत हो गई है। श्वास से भी पीछे हट गए हैं...श्वास शांत हो गई है।

विचार भी शांत हो रहे हैं...विचार भी शांत हो रहे हैं...विचार भी शांत हो रहे हैं। विचार से भी हट जाएं...विचार को भी छोड़ दें। विचार शांत होते जा रहे हैं...विचार शांत हो रहे हैं...विचार शांत हो रहे हैं...विचार शांत हो रहे हैं...विचार शांत हो रहे हैं...विचार शांत हो रहे हैं। विचार भी छोड़ दें...विचार शांत हो रहे हैं...विचार शांत हो रहे हैं...विचार शांत हो रहे हैं...विचार शांत हो रहे हैं।

शरीर शिथिल हो गया है...विचार शांत हो गए हैं...दस मिनट के लिए भीतर जागे हुए रह जाएं...दस मिनट के लिए भीतर जागे हुए रह जाएं। दस मिनट के लिए सब मर गया है, हम भीतर एक ज्योति की तरह जागे हुए रह गए हैं। शरीर दूर पड़ा रह गया है...श्वास दूर सुनाई पड़ रही है...विचार शांत हो गए हैं...भीतर हमारी चेतना जागी हुई देख रही है। सो नहीं जाना है, भीतर जागे रहना है।

भीतर जागते रहें...भीतर देखते रहें...देखते रहें...द्रष्टा हो जाएं। और एकदम गहराई शुरू होगी...सन्नाटा शुरू होगा...शून्य शुरू होगा। अब दस मिनट के लिए चुप...भीतर देखते रह जाएं।

(भगवान श्री कुछ मिनट मौन रहकर फिर सुझाव देना शुरू करते हैं।)

मन शांत हो गया है...मन बिलकुल शांत हो गया है। और गहरे डूब जाएं...जैसे कोई गहरे कुएं में गिरता हो...गिरते जाएं...गिरते जाएं...। भीतर जागे रहें और शून्य होते चले जाएं। भीतर होश रखें...जागे रहें...देखते रहें। और सब मर गया है...शरीर बिलकुल दूर रह गया है...श्वास दूर छूट गई है...विचार खो गए हैं...हम ही रह गए हैं। बस जागे देखते रहें...देखते रहें...मन और शून्य होता चला जाएगा।

(मौन, निर्जन, सन्नाटा...।)

(कुछ मिनट बाद भगवान श्री साधकों को धीरे-धीरे गहरी श्वास लेने एवं ध्यान से वापस लौटने का सुझाव देते हैं...और बहुत धीरे-धीरे उन्हें आंख खोलने को कहते हैं...और सुबह की इस बैठक की समाप्ति की घोषणा करते हैं।)

सातवां प्रवचन

मूर्च्छा में मृत्यु है और जागृति में जीवन

मेरे प्रिय आत्मन्!

एक मित्र ने पूछा है कि मृत्यु से बड़ा कोई सत्य नहीं, ऐसा मैंने कभी कहा है; और फिर यह भी कभी कहा है कि मृत्यु जैसी कोई चीज ही नहीं है। इन दोनों में वे पूछते हैं कि कौन-सी बात सच है?

इन दोनों में ये दोनों ही बातें सच हैं। जब मैंने यह कहा कि मृत्यु से बड़ा कोई सत्य नहीं, तो मैं इस बात की तरफ ध्यान दिला रहा हूं कि इस जीवन में, जिसे हम जीवन कहते हैं, जिसे हम जीवन समझते हैं; और इस व्यक्तित्व में जिसे मैं 'मैं' कहता हूं, इस व्यक्तित्व में और इस जीवन में मरने की घटना बहुत बड़ा सत्य है। यह व्यक्तित्व भी मरेगा; यह जीवन, जिसे हम जीवन कहते हैं, यह जीवन भी मरेगा। मृत्यु होगी ही। आप तो मरेंगे ही, मैं तो मरूंगा ही। और जिसे मैं जीवन कह रहा हूं वह भी मिटेगा, नष्ट होगा, धूल में गिरेगा।

तो जब मैं यह कहता हूं कि मृत्यु से बड़ा कोई सत्य नहीं, तो मैं इस बात की याद दिलाना चाहता हूं कि मैं, आप, हम सब मरेंगे। और जब मैं यह कहता हूं कि मृत्यु बिलकुल ही असत्य है, तो मैं यह याद दिलाना चाहता हूं कि 'मैं' के भीतर कोई और भी है जो नहीं मरेगा, आपके भीतर कोई और भी है जो नहीं मरेगा। और जिसे आप जीवन समझ रहे हैं, उससे भिन्न कोई जीवन भी है जिसमें कोई मृत्यु नहीं। ये दोनों ही बातें सच हैं, एक ही साथ सच हैं। और इनमें से अगर एक को सच माना, तो पूरे सत्य का बोध न हो पाएगा।

समझें! अगर कोई कहे कि छाया एक सत्य है, अगर कोई कहे कि अंधकार एक सत्य है, तो वह झूठ नहीं कहता। अंधकार है, छाया है। फिर कोई कहे कि अंधकार है ही नहीं, तब भी गलत नहीं कहता। तब वह यह कह रहा है कि अंधकार का कोई पॉजिटिव एक्झिस्टेंस, कोई विधायक अस्तित्व नहीं है। अगर मैं आपसे कहूं कि दो पोटली अंधकार बाहर से ले आएं, तो आप ला न सकेंगे। और अगर आपसे कहूं कि एक कमरे में अंधेरा भरा है, इसे निकाल कर बाहर फेंक दें, तो आप फेंक न सकेंगे। और फिर मैं आपसे पूछूं कि अगर अंधकार है तो कृपा करके इसे बाहर ले जाइए! तो आप कहेंगे कि अंधकार को बाहर नहीं ले जाया जा सकता। क्यों? क्योंकि अंधकार विधायक नहीं है, निगेटिव है। अंधकार केवल प्रकाश की अनुपस्थिति का नाम है।

अंधकार है, दिखाई पड़ रहा है; और फिर भी अंधकार सिर्फ प्रकाश की अनुपस्थिति है, एबसेंस है। इसलिए अंधकार को अगर कोई कहे कि बिलकुल नहीं है, तो भी ठीक कहता है। प्रकाश है और प्रकाश का न होना है, अंधकार जैसी कोई चीज नहीं है।

इसलिए हम प्रकाश के साथ कुछ भी कर सकते हैं, अंधकार के साथ कुछ भी नहीं कर सकते। अगर अंधकार को हटाना हो, तो प्रकाश को जलाना पड़े। और अगर अंधकार को लाना हो, तो प्रकाश को बुझाना पड़े। अंधकार के साथ सीधा कुछ भी नहीं किया जा सकता है।

दौड़ते हैं रास्ते पर, पीछे छाया बनती है। छाया है। कौन कहेगा नहीं है! दिखाई पड़ती है, है। पीछे दौड़ती है, भागती है। और फिर भी कहा जा सकता है, छाया नहीं है। क्योंकि छाया का कोई अस्तित्व नहीं है। छाया का मतलब केवल इतना है कि हम प्रकाश को रोक लेते हैं, तो जितना प्रकाश हम रोक लेते हैं उतने प्रकाश का पीछे अभाव हो जाता है। इसलिए सूरज जब सिर पर आ जाता है, तो छाया बननी बंद हो जाती है। क्योंकि प्रकाश रुकता नहीं। अगर हम एक कांच का आदमी बनाएं, तो उसकी छाया न बनेगी। क्योंकि उससे प्रकाश आर-पार निकल जाएगा। प्रकाश अवरुद्ध हो जाता है, तो छाया दिखाई पड़ती है। छाया केवल प्रकाश का अभाव है, अनुपस्थिति है।

तो कोई अगर कहे कि छाया है, तो गलत नहीं कहता। लेकिन आधा है यह सत्य, साथ में उसे यह भी कहना चाहिए, छाया है भी नहीं, तब सत्य पूरा हो जाता है। इसका मतलब हुआ कि छाया कुछ ऐसी है कि नहीं भी है। इसका मतलब यह हुआ। लेकिन हम जिस तरह सोचते हैं, वहां हम चीजों को बिलकुल दो हिस्सों में तोड़ कर देखते हैं।

एक बार ऐसा हुआ, एक अदालत में एक मुकदमा चला। एक आदमी ने किसी की हत्या कर दी है। आंखों देखे गवाहों ने अदालत में गवाही दी। एक गवाह ने कहा कि यह हत्या खुले आकाश के नीचे हुई और जिस समय हत्या हुई, उस समय आकाश में तारे थे। मैंने तारे भी देखे और यह हत्या होते हुए भी देखी। उसके ठीक बाद दूसरे आंख देखे गवाह ने कहा कि यह हत्या घर के भीतर हुई है, दरवाजे के पास, दीवाल के निकट। दीवाल पर खून के छींटों के दाग भी हैं। और मैं दीवाल से सटकर खड़ा था, मेरे ऊपर तक खून के दाग आए हैं। यह हत्या घर के भीतर हुई।

उस न्यायाधीश ने कहा, बड़ी मुश्किल है, तुम दोनों कैसे सच हो सकोगे? तुम दोनों में से एक कोई जरूर ही झूठ बोल रहा है। वह जो हत्यारा था, वह हंसने लगा। न्यायाधीश ने पूछा, तुम क्यों हंसते हो? उसने कहा कि मैं आपको कहे देता हूं, ये दोनों ही ठीक कहते हैं। मकान अधबना था, अभी छप्पर न पड़ा था। ऊपर तारे दिखाई पड़ रहे थे। खुले आकश के नीचे हत्या हुई और दीवाल के पास हुई है—दरवाजे के पास। और दीवाल पर खून के धब्बे भी पड़े हैं। मकान उठ गया था, दीवालें उठ चुकी थीं, सिर्फ छप्पर पड़ने को रह गया था। ये दोनों ही ठीक कहते हैं।

जिंदगी इतनी जटिल है कि वहां जो बातें हमें विरोधी दिखाई पड़ती हैं, वे भी ठीक हो जाती हैं। जिंदगी बहुत जटिल है। जिंदगी वैसी नहीं है, जैसा हम सोचते हैं। जिंदगी में बहुत विरोध समाहित है। जिंदगी बहुत बड़ी है।

तो मृत्यु एक अर्थ में सबसे बड़ा सत्य है, क्योंकि जैसा हम जी रहे हैं वह मरेगा, जो हम हैं वह भी मरेगा, जो हमने ढांचा बनाया है वह भी मरेगा, जिसे हमने सब कुछ समझ रखा है वह सब मरेगा—पत्नी मरेगी, पति मरेगा, बेटा मरेगा, बाप मरेगा, मित्र मरेगा, सब मरेंगे। और फिर भी मृत्यु एक असत्य है, क्योंकि बेटे के भीतर कोई है जो बेटा नहीं है, वह नहीं मरेगा; और बाप के भीतर कोई है जो बाप नहीं है, वह नहीं मरेगा। बाप मर जायेगा और कोई भीतर और भी है बाप के अतिरिक्त, बाप से भिन्न, संबंध से दूर, वह नहीं मरेगा। शरीर मरेगा और कोई है शरीर के भीतर जो नहीं मरता है। ये दोनों बातें एक ही साथ सत्य हैं। इसलिए मृत्यु को समझने में ये दोनों ही बातें स्मरण रखनी उचित हैं।

एक और मित्र पूछते हैं कि आपकी बातों से तो जिन चीजों को हम मिटा देना चाहते हैं, जिन-जिन चीजों को वहम की, सुपरस्टीशन की, अंधविश्वास की जिन जंजीरों को तोड़ देना चाहते हैं, वे और मजबूत हो जाती हैं। आपकी बातों से पुनर्जन्म मालूम होता है, प्रेत मालूम होते हैं, देव मालूम होते हैं, आत्मा का आवागमन मालूम होता है। तो फिर जिन अंधविश्वासों को मिटाना है, वे तो और मजबूत हो जाएंगे।

इसमें दो बातें समझनी चाहिए। पहली तो यह कि अगर बिना किसी बात की खोज-बीन किए ही उसे अंधविश्वास मान लिया है, तो यह अंधविश्वास से भी बड़ा अंधविश्वास है। यह तो बहुत सुपरस्टीशस माइंड हुआ। जिसने बिना खोज-बीन किए...।

एक आदमी मानता है कि भूत-प्रेत हैं, हम उसे कहते हैं अंधविश्वासी है। और हम मान लेते हैं कि नहीं हैं, और हम बड़े ज्ञानी हो जाते हैं। लेकिन पूछना यह है कि अंधविश्वास का मतलब

क्या होता है! जो कहता है कि भूत-प्रेत हैं, अगर उसने बिना खोजे मान लिया हो, तो वह अंधविश्वास है। और जो कहता है, नहीं हैं, उसने भी अगर बिना खोजे मान लिया हो, तो वह भी अंधविश्वास है। अंधविश्वास का मतलब है, जो हम नहीं जानते उसको मान लेना। अंधविश्वास का यह मतलब नहीं होता कि जो हमसे विपरीत है, वह अंधविश्वासी है।

ईश्वर को मानने वाला भी अंधविश्वासी हो सकता है, ईश्वर को न मानने वाला भी उतना ही अंधविश्वासी, उतना ही सुपरस्टीशस हो सकता है। अंधविश्वास की परिभाषा समझ लेनी चाहिए। अंधविश्वास का मतलब है, बिना जाने अंधे की तरह जिसने मान लिया हो। रूस के लोग अंधविश्वासी नास्तिक हैं, हिंदुस्तान के लोग अंधविश्वासी आस्तिक हैं। दोनों अंधविश्वासी हैं। न तो रूस के लोगों ने पता लगा लिया है कि ईश्वर नहीं है और तब माना हो, और न हमने पता लगा लिया है कि ईश्वर है और तब माना हो। तो अंधविश्वास सिर्फ आस्तिक का होता है, इस भूल में मत पड़ना। नास्तिक के भी अंधविश्वास होते हैं। बड़ा मजा तो यह है कि साइंटिफिक सुपरस्टीशन जैसी चीज भी होती है, वैज्ञानिक अंधविश्वास जैसी चीज भी होती है। जो कि बड़ा उलटा मालूम पड़ता है कि वैज्ञानिक अंधविश्वास कैसे होगा! वैज्ञानिक अंधविश्वास भी होता है।

अगर आपने युक्लिड की ज्यामेट्री के बाबत कुछ पढ़ा है, तो आप पढ़ेंगे—बच्चे स्कूल में पढ़ते हैं ज्यामेट्री तो युक्लिड कहता है—रेखा उस चीज का नाम है जिसमें लंबाई हो, चौड़ाई नहीं। इससे ज्यादा अंधविश्वास की क्या बात हो सकती है? ऐसी कोई रेखा ही नहीं होती, जिसमें चौड़ाई न हो। बच्चे पढ़ते हैं कि बिंदु उसको कहते हैं जिसमें लंबाई-चौड़ाई दोनों न हों। और बड़े से बड़ा वैज्ञानिक भी इसको मानकर चलता है कि बिंदु उसे कहते हैं जिसमें लंबाई-चौड़ाई न हो। जिसमें लंबाई-चौड़ाई न हो, वह बिंदु हो सकता है?

हम सब जानते हैं कि एक से नौ तक की गिनती होती है, नौ डिजिट होते हैं, नौ अंक होते हैं गणित के। कोई पूछे कि यह अंधविश्वास से ज्यादा है? नौ ही क्यों? कोई वैज्ञानिक दुनिया में नहीं बता सकता कि नौ ही क्यों? सात क्यों नहीं? सात से क्या काम में अड़चन आती है? तीन क्यों नहीं? ऐसे गणितज्ञ हुए हैं। लिबनीत्स एक गणितज्ञ हुआ है जिसने तीन से ही काम चला लिया। हां, उसका ऐसा है कि एक, दो, तीन; फिर आता है दस, ग्यारह, बारह, तेरह; फिर आता है बीस, इक्कीस, बाईस, तेईस। बस, ऐसी उसकी संख्या चलती है। काम चल जाता है, कौन सी अड़चन होती है! वह भी गिनती कर लेगा यहां बैठे लोगों की। और वह कहता है कि मेरी गिनती गलत, तुम्हारी सही, कैसे तुम कहते हो? हम तीन से ही काम चला लेते हैं। वह कहता है, नौ की जरूरत क्या है? नौ कौन कहता है? आइंस्टीन ने बाद में कहा कि तीन भी फिजूल है, दो ही से काम चल जाता है। सिर्फ एक से नहीं चल सकता, बहुत मुश्किल होगी। दो से भी चल सकता है। नाइन डिजिट, नौ आंकड़े होने चाहिए गणित में, यह एक वैज्ञानिक अंधविश्वास है। लेकिन गणितज्ञ भी पकड़े हुए बैठा है कि इतने ही हो सकते हैं आंकड़े। उससे कहो कि सात से काम चलेगा, तो वह भी मुश्किल में पड़ जाएगा। यह भी मान्यता है, इसमें कुछ और ज्यादा मतलब नहीं है।

हजारों चीजें वैज्ञानिक रूप से हम मानते हैं कि ठीक हैं, वे अंधविश्वास ही होती हैं। तो वैज्ञानिक अंधविश्वास भी होते हैं। इस युग में तो धार्मिक अंधविश्वास क्षीण होते जा रहे हैं, वैज्ञानिक अंधविश्वास मजबूत होते चले जा रहे हैं। फर्क इतना होता है कि अगर धार्मिक आदमी से पूछो कि भगवान का तुम्हें कैसे पता चला? तो वह कहेगा कि गीता में लिखा है। और अगर उससे यह पूछो कि तुम यह कह रहे हो कि गणित में नौ आंकड़े होते हैं, यह तुम्हें कैसे पता चला है? तो वह कहेगा कि फलां गणितज्ञ की किताब में लिखा हुआ है। फर्क क्या हुआ इन दोनों में?

एक गीता बता देता है, एक कुरान बता देता है, एक गणित की किताब बता देता है। फर्क क्या है?

इसका मतलब यह हुआ कि हमें समझ लेना चाहिए कि अंधविश्वास, सुपरस्टीशन का मतलब क्या है। सुपरस्टीशन का मतलब है कि जिसे हम बिना जाने मान लेते हैं। और हम बहुत-सी चीजें मान लेते हैं। और बहुत-सी चीजें बिना जाने इनकार कर देते हैं, यह भी अंधविश्वास है।

अब समझ लें कि गांव में एक आदमी को भूत लग गया हो, तो उस गांव के सभी पढ़े-लिखे लोग कहेंगे कि अंधविश्वास है, सुपरस्टीशन है। गैर पढ़े-लिखे लोग तो अंधविश्वासी हैं ही, इसको मान कर ही चला जाता है। इसलिए मान कर चला जाता है कि हमने उन पर थोप ही दिया है कि वे अंधविश्वासी हैं। क्योंकि वे बेचारे गैर पढ़े-लिखे होने की वजह से, जो भी मानते हैं उसके लिए दलील देने में असमर्थ हैं। पढ़े-लिखे सारे गांव के लोग कहते हैं कि यह जो प्रेत लगा हुआ है, यह बिलकुल झूठी बात है।

लेकिन उनको पता नहीं है कि अमरीका में हारवर्ड युनिवर्सिटी जैसे विश्वविद्यालय में एक विभाग है, जो भूत-प्रेत का ही अध्ययन करता है। और उस विभाग ने भूत-प्रेतों के चित्र भी लेकर प्रस्तावित कर दिए हैं। हमें पता नहीं है कि इस समय दुनिया के कुछ बड़े वैज्ञानिक भूत-प्रेत की खोज में इतने तल्लीन हैं और इतने नतीजों पर पहुंचे हैं कि आपको आज नहीं कल पता चलेगा कि पढ़ा-लिखा आदमी अंधविश्वासी था। और वह जो अंधविश्वासी था, वह जानता तो नहीं था, लेकिन वह जो कह रहा था, ठीक ही कह रहा था।

अगर आप राइन या ओलीवर लाज की किताबें पढ़ें तो आप दंग रह जाएंगे। ओलिवर लाज नोबुल प्राइज विनर वैज्ञानिक था और जिंदगी भर भूत-प्रेतों में संलग्न रहा। और मरते वक्त दस्तावेज कर गया कि विज्ञान के भी सत्य जो मैंने खोजे हैं, वे उतने सत्य नहीं हैं जितने भूत-प्रेत सत्य हैं।

लेकिन हमें उनका कुछ पता नहीं है। क्योंकि हम पढ़ा-लिखा अंधविश्वास हैं। वह कभी यह फिक्र ही नहीं करता कि क्या हो रहा है दुनिया में; कहां, क्या खोज हो रही है।

अगर यहां कोई आदमी कहेगा कि मैंने किसी दूसरे आदमी के मन की बात जान ली, तो हम कहेंगे कि यह अंधविश्वास है। सोवियत रूस में, जहां कि वे पक्के वैज्ञानिक अपने को मानते हैं, कच्चे भी नहीं, वहां एक आदमी है फयादेव। वह वैज्ञानिक है रूस का बड़ा। उसने मास्को में बैठकर एक हजार मील दूर बैठे हुए आदमी के दिमाग में विचार संप्रेषित कर दिया। और उसके वैज्ञानिक परीक्षण हो गए और वह सही पाया गया। एक हजार मील दूर तिफलिस में एक आदमी के दिमाग में उसने मास्को में बैठकर खयाल पहुंचा दिये, बिना किसी माध्यम के।

और वे इसलिए खोज-बीन में लगे हैं कि आज नहीं कल अंतरिक्ष की यात्रा में इसकी जरूरत पड़ेगी। क्योंकि अंतरिक्ष की यात्रा में अगर यंत्र बिगड़ गए—और यंत्रों का बिगड़ना सदा ही संभावित है—तो यान सदा के लिए खो जाएगा, फिर वह कभी नहीं लौट सकेगा, उस यान के यात्री फिर कभी भी न मिल सकेंगे। तो किसी भूल-चूक में अगर यंत्र जबाब दे जायें, तो बिना यंत्रों के भी यान के यात्रियों से संबंध स्थापित किया जा सके, इसकी चिंता में वे टेलीपैथी की खोज में रूस में जोर से लगे हुए हैं। और इन नतीजों पर पहुंचे हैं जो हैरान करने वाले हैं।

फयादेव ने जो प्रयोग किया है मास्को में बैठकर। एक हजार मील दूर तिफलिस में एक आदमी...फयादेव के मित्र एक झाड़ी में छिपे बैठे हैं। वायरलेस हाथ में लिये हुए हैं। पूरे वक्त खबरें हो रही हैं। फिर वे मित्र झाड़ी में छिपे हुए, फयादेव को कहते हैं कि दस नंबर की बेंच पर—एक बगीचे में यह प्रयोग हो रहा है—दस नंबर की बेंच पर एक आदमी आकर बैठा है।

आप कृपा करके तीन मिनट के भीतर उसे सो जाने का संदेश भेजें कि वह सो जाए। वह आदमी मजे से गुनगुना रहा है, सिगरेट पी रहा है, उसके सोने की कोई उम्मीद नहीं है।

फयादेव ने तीन मिनट तक सुझाव भेजे उस आदमी को—जैसा मैं आपसे कहता हूं, शिथिल हो रहे हैं, शिथिल हो रहे हैं—फयादेव ने एक हजार मील दूर से भावना की कि सो जाओ, सो जाओ...। और विचार में दस नंबर की बेंच की तरफ ध्यान किया और सो जाओ, सो जाओ के विचार भेजे। तीन मिनट, ठीक तीन मिनट में वह आदमी सो गया। उसके हाथ की सिगरेट नीचे गिर गई।

लेकिन संयोग हो सकता है। कोई आदमी थका-मांदा दस नंबर की बेंच पर बैठा हो, सो गया हो। यह कोई इतनी जल्दी मान लेने की बात नहीं है। तो मित्रों ने खबर दी कि सो तो गया है, लेकिन क्या पता, संयोग से सो गया हो। तो ठीक सात मिनट के भीतर उसे वापस उठा दो।

तो फयादेव उसे सुझाव भेजता है। ठीक सात मिनट पर वह आदमी आंख खोलकर उठकर बैठ जाता है। उसको कुछ भी पता नहीं है कि क्या हो रहा है। वह तो अपरिचित आदमी है जो बेंच पर आकर बैठ गया है।

वे मित्र उसको घेर लेते हैं और उससे पूछते हैं कि आपको कुछ मालूम तो नहीं पड़ा। उसने कहा, मालूम जरूर पड़ा। मैं बड़ा हैरान हुआ। मैं तो किसी की प्रतीक्षा के लिए यहां आकर बैठा हूं। और अचानक मुझे ऐसा लगा कि जैसे सारा शरीर सोया जा रहा है, मेरे वश के ही बाहर हो गया, मैं सो गया। और फिर ऐसा लगा कि जैसे कोई जोर से कह रहा है, उठ आओ, उठ आओ, ठीक सात मिनट में उठ आओ। मैं कुछ हैरान हूं कि क्या हुआ है यह।

अब इस आदमी को कुछ भी पता नहीं है। विचार-संप्रेषण, बिना किसी माध्यम के, वैज्ञानिक सत्य बन गया है। लेकिन हमारा पढ़ा-लिखा आदमी कहेगा कि कहां के अंधविश्वास की आप बात कर रहे हैं। यानी यह हो सकता है कि दूसरे गांव में आदमी बीमार हो और इस गांव से उसको ठीक किया जा सके, इसमें बहुत कठिनाई नहीं है। यह हो सकता है कि किसी दूसरे गांव में सांप ने काटा हो और हजार मील दूर से उसे झाड़ा जा सके, इसमें कोई बहुत कठिनाई नहीं है।

लेकिन अंधविश्वास बहुत तरह के हैं। और ध्यान रहे कि गैर पढ़े-लिखे अंधविश्वास से पढ़ा-लिखा अंधविश्वास हमेशा खतरनाक होता है। क्योंकि पढ़ा-लिखा अंधविश्वास अपने अंधविश्वास को अंधविश्वास नहीं मानता। वह कहता है, यह तो हमारी बड़े विचार की बात है।

अब वह मित्र कहते हैं कि हमें कुछ जंजीरें तोड़नी हैं।

पहले पक्का पता लगा लें कि जंजीरें हैं! नहीं तो नाहक तोड़ने में हाथ-पैर न तोड़ डालना आदमी के। जंजीरें हों तो टूट सकती हैं, जंजीरें न हों तो? और यह भी ध्यान रहे कि कहीं ऐसा तो नहीं है कि जिसे आप जंजीर समझकर तोड़ रहे हैं, वह आभूषण हो, और कल फिर बनाना पड़े। इस सबकी बहुत सोच-समझ की जरूरत है।

मैं अंधविश्वास के एकदम विरोध में हूं। सब तरह के अंधविश्वास टूटने चाहिए। लेकिन इसका मतलब यह नहीं है कि मैं तोड़ने के लिए अंधविश्वासी हूं कि किसी भी चीज को तोड़ना चाहिए तो फिर बिना फिकिर उसको तोड़ने में लग जाने की जरूरत है। वह ठीक है या गलत, इसकी फिक्र छोड़ो, तोड़ो पहले, तोड़ना जरूरी है। फिर यह तोड़ना भी एक अंधविश्वास हो जाएगा।

हर युग के अपने अंधविश्वास होते हैं। अंधविश्वास का भी फैशन होता है। ध्यान रहे, अंधविश्वास का फैशन होता है। हर युग में अंधविश्वास नए तरह के हो जाते हैं। पुराने अंधविश्वास से आदमी छूटता है और नए को पकड़ लेता है। लेकिन अंधविश्वास से कभी नहीं

छूट पाता है। बदलाहट कर लेता है, फर्क कर लेता है, लेकिन हमें खयाल में नहीं आता।

समझ लें कि अगर एक जमाने में अंधविश्वास था कि सिर पर टीका लगाने वाला आदमी धार्मिक है। हालांकि सिर पर टीका लगाने का धार्मिक होने से क्या संबंध? लेकिन अगर यह खयाल था, तो आदमी टीका लगाता था और समझता था कि धार्मिक है। और जो नहीं लगाता था, उसे समझता था कि वह अधार्मिक है। यह पुराना अंधविश्वास है, यह चला गया। अब नए तरह के अंधविश्वास हैं। उनमें कोई फर्क नहीं है। अगर एक आदमी टाई बांधता है, तो हम समझते हैं कि प्रतिष्ठित आदमी है। और नहीं बांधता है, तो समझते हैं अप्रतिष्ठित आदमी है। वही का वही मामला है, इसमें कोई फर्क नहीं है।

तिलक की जगह टाई आ गई है और आदमी वही का वही है। इसमें कोई फर्क नहीं है। क्या फर्क है? टाई तिलक से बेहतर तो नहीं है, बदतर हो भी सकती है। तिलक का कोई अर्थ भी हो सकता था, टाई का तो बिलकुल ही अर्थ नहीं है। इस मुल्क में तो बिलकुल ही नहीं है, किसी मुल्क में हो भी सकता है। किसी ठंडे मुल्क में टाई का कोई अर्थ हो सकता है कि सब गले को बांध लो। निश्चित ही उस मुल्क में जो आदमी अपने गले को नहीं बांध पाता है, वह गरीब आदमी है। निश्चित ही जो आदमी इतनी सुरक्षा नहीं जुटा पाता है कि अपने गले को बांधकर सर्दी जाने से रोक ले, वह आदमी गरीब है। जो सुविधा-संपन्न है, वह अपने गले को बांधकर सर्दी से बच जाता है। लेकिन गर्म मुल्क में भी आदमी टाई बांधे बैठा हुआ है, तब जरा खतरनाक मालूम पड़ता है कि यह आदमी या तो पागल है, सुविधा-संपन्न है या पागल है!

सुविधा-संपन्न होने का मतलब यह तो नहीं है कि गर्मी सहो, गले में बांध लो, फांसी लगा लो। वैसे टाई का मतलब फांसी ही होता है, टाई का मतलब होता है गांठ। ठंडे मुल्क में तो कुछ मतलब भी हो सकता है, गर्म मुल्क में बिलकुल मतलब नहीं है। लेकिन प्रतिष्ठा का खयाल वाला आदमी फांसी लगाए हुए खड़ा है। मजिस्ट्रेट है, फांसी लगाए हुए खड़ा है। वकील है, फांसी लगाए हुए खड़ा है। नेता है, वह फांसी लगाए हुए खड़ा है। और उससे पूछो तो वह कहेगा कि यह सब टीका-तिलक लगाने वाले सब अंधविश्वासी हैं। उससे पूछो कि यह तुम टाई कैसे बांधे हुए हो! यह अंधविश्वास नहीं है? यह तुमने कौन-सी वैज्ञानिक व्यवस्था से यह टाई बांध ली है?

लेकिन टाई इस युग का अंधविश्वास है, इसलिए चलेगा। टीका पुराने युग का अंधविश्वास है, इसलिए नहीं चलेगा। जैसा मैंने कहा कि ठंडे मुल्क में अर्थ भी हो सकता है टाई का, और कुछ लोगों को टीका लगाने का भी अर्थ हो सकता है। इसको बिना खोजे अगर हमने एकदम से अंधविश्वास कह दिया, तो खतरनाक है, गलत बात है।

अब आपने कभी सोचा भी नहीं होगा कि टीका लगाने का क्या मतलब है। अधिक लोग तो अंधविश्वास की तरह ही लगाते रहे हैं। लेकिन जिन्होंने पहली दफा लगाया होगा, उसमें कुछ साइंस थी, कुछ विज्ञान था। असल में जहां टीका लगाया जाता है, वहां आज्ञा-चक्र है। और जो लोग भी थोड़ा ध्यान करते हैं, वह स्थल गर्म हो जाता है। और उस पर अगर चंदन लगा दिया जाए तो वह ठंडा हो जाता है। और चंदन उस पर लगाना बहुत वैज्ञानिक प्रक्रिया है। लेकिन वह बात गई, उसके विज्ञान से कोई मतलब नहीं है। कोई भी चंदन लगाए हुए चला जा रहा है। जिसे आज्ञा-चक्र का न कोई पता है, न जिसने कभी कोई ध्यान किया है।

वह टाई बांधे हुए हैं गर्म मुल्क में। टाई वैज्ञानिक हो सकती है ठंडे मुल्कों में। आज्ञा-चक्र पर काम करने वाले आदमी को चंदन का टीका भी वैज्ञानिक हो सकता है, क्योंकि चंदन उसे ठंडक देता है। और जब कोई ध्यान की प्रक्रिया करता है आज्ञा-चक्र पर, तो वहां उत्तेजना और गर्मी पैदा

हो जाती है। उसको ठंडा करना जरूरी है, अन्यथा मस्तिष्क को नुकसान पहुंचेगा।

लेकिन अब अगर हम पक्का कर लें कि नहीं, टीका मिटा डालना है। तो जो व्यर्थ लगाए हुए हैं उनका तो मिटाएंगे ही हम, लेकिन जो बेचारा अपने किसी काम से लगाए हुए है, उसका भी पोंछ डालेंगे। वह नहीं पोंछेगा, तो कहेंगे अंधविश्वासी है।

मैं यह कह रहा हूं कि अंधविश्वास कोई ऐसी सुनिश्चित चीज नहीं है कि आपने पक्का कर लिया है कि यह रहा अंधविश्वास। असल में एक ही चीज किसी स्थिति में अंधविश्वास हो सकती है और किसी स्थिति में वैज्ञानिक हो सकती है। और एक ही चीज किसी स्थिति में वैज्ञानिक मालूम पड़े, ठीक दूसरी स्थिति में अवैज्ञानिक हो सकती है।

अब जैसे कि तिब्बत है, तिब्बत में वर्ष में एक दिन नहाने का नियम है और बिलकुल वैज्ञानिक है। वर्ष में एक दिन नहाना तिब्बत में बिलकुल वैज्ञानिक है। क्योंकि तिब्बत में न तो धूल होती है और न पसीना होता, जिसकी वजह से नहाने की जरूरत पड़ती है। पसीना ही नहीं होता, धूल भी नहीं होती। रोज नहाना सिर्फ नुकसान पहुंचाना है शरीर को। क्योंकि नहाने से शरीर की इतनी गर्मी निकल जाती है कि तिब्बत जैसे मुल्क में उतनी गर्मी शरीर से खोना महंगा है। उसको पूरा कहां से करोगे? उतनी गर्मी लाओगे कहां से फिर? तिब्बत में उघाड़े रहना बहुत महंगा है। अगर एक आदमी उघाड़ा रहे दिन भर, तो उसे चालीस प्रतिशत ज्यादा भोजन की जरूरत पड़ती है। क्योंकि उतनी गर्मी, उतनी कैलोरी गर्मी उसके शरीर से निकल जाती है।

तो हिंदुस्तान जैसे मुल्क में कोई आदमी उघाड़ा रहे, तो त्यागी मालूम पड़ता है। महावीर समझदार आदमी हैं, उघाड़े रहते हैं। क्योंकि हिंदुस्तान जैसे गर्म देश में जितनी गर्मी शरीर से बाहर निकल जाए, उतना शीतल हो जाता है भीतर। लेकिन अगर कोई महावीर का अनुयायी जाकर तिब्बत में नंगा खड़ा हो जाए, तो निपट पागलखाने में भर्ती करने के योग्य है। क्योंकि वहां वह बात बिलकुल अवैज्ञानिक हो गई, मूढ़तापूर्ण हो गई। लेकिन ऐसा ही होता है।

तिब्बती लामा हिंदुस्तान आता है, तो यहां भी नहीं नहाता। मैं तिब्बती लामाओं के पास बोध-गया में ठहरा था। वे इतनी बदबू देते हैं कि बड़ी घबराने वाली बात है। मैंने उनसे पूछा कि यह कर क्या रहे हैं? तो उन्होंने कहा, हमारा तो एक ही दफे नहाने का नियम है। मैं यही कहता हूं कि क्या अंधविश्वास है, क्या विज्ञान है। तिब्बत में विज्ञान है, यहां अंधविश्वास है। अब वह यहां बदबू छोड़ रहे हैं, क्योंकि उन्हें पता नहीं कि यहां तो इतना पसीना आ रहा है, इतनी धूल आ रही है।

हमें खयाल ही नहीं होता कि कुछ मुल्क हैं जहां धूल होती ही नहीं। ख्रुश्चेव जब पहली दफा हिंदुस्तान आया और जब आगरा ताजमहल देखने गया, तो बीच सड़क पर कार रुकवा ली उसने, क्योंकि जोर से गुब्बारा उड़ रहा था धूल का। और वह नीचे उतर कर धूल में खड़ा हो गया और उसने कहा, धन्य हैं मेरे भाग्य, मैंने ऐसा अनुभव कभी भी नहीं किया था। अब धूल में हम ऐसा कभी अनुभव न करेंगे कि धन्य हैं मेरे भाग्य। लेकिन जहां से वह आता है, वहां बर्फ जमी होती है, वहां धूल नहीं होती है। उसके लिए यह बड़ा अदभुत अनुभव है, जैसा हमें बर्फ में हो जाता है। जब हम हिमालय पर जाते हैं, तो बर्फ पर चलने में कैसा अदभुत आनंद मालूम होता है।

तो युग है, परिस्थिति है, प्रयोजन हैं, उन सबकी खोज-बीन किए बिना किसी चीज को जंजीर मानकर तोड़ने में मत लग जाना। और वैज्ञानिक बुद्धि मैं उसको कहता हूं, जो हमेशा हेजीटेट करता है। वैज्ञानिक बुद्धि का आदमी बहुत जल्दी निर्णय नहीं लेता कि यह गलत है, यह सही है। इतने जल्दी निर्णय नहीं लेता। वह हमेशा यह कहता है, शायद यह सही भी हो सकता है, मैं और खोजूं,

मैं और खोजूं, मैं और खोजूं। और वह अंतिम क्षण तक भी आखिरी निर्णय नहीं लेता कि वह फाइनली कह दे, अंतिम निर्णय कह दे कि यह गलत है, इसको तोड़ डालो। क्योंकि जीवन इतना रहस्यपूर्ण है कि कुछ भी नहीं कहा जा सकता।

हम इतना ही कह सकते हैं कि इतना हम अभी तक जानते हैं, उसकी वजह से यह हमें अभी गलत मालूम पड़ता है, इतना ही। वैज्ञानिक बुद्धि का आदमी यह कहेगा कि जो अब तक जानकारी है, उसको देखते हुए यह बात ठीक मालूम नहीं पड़ती है। लेकिन जानकारी कल बढ़ जाए तो यह ठीक भी हो सकती है। जो आज ठीक है वह कल गलत हो सकता है। वैज्ञानिक बुद्धि का आदमी जल्दी से निर्णय नहीं लेता कि यह गलत है और यह सही है। वह हमेशा जिज्ञासु, विनम्र, हंबल और खोज में संलग्न होता है।

लेकिन अंधविश्वास पकड़ने में भी एक मजा आता है, और अंधविश्वास तोड़ने में भी एक मजा आता है। अंधविश्वास पकड़ने में यह मजा आता है कि हम सोचने से बच जाते हैं, झंझट से बच जाते हैं। जो सभी मानते हैं, हम भी मान लेते हैं। हम पूछना भी नहीं चाहते कि क्या कारण है, क्यों है? कौन परेशानी में पड़े! जहां भीड़ चलती है, हम भी चलते चले जाते हैं। अंधविश्वास सुविधापूर्ण है, कन्वीनिएंट है।

फिर कुछ लोग अंधविश्वास को तोड़ने में लग जाते हैं, वह भी बड़ा सुविधापूर्ण है। क्योंकि जो तोड़ता है, वह विचारवान मालूम पड़ने लगता है—बिना विचारवान हुए। विचारवान होना इतना सस्ता मामला नहीं है। विचारवान होना बहुत मुश्किल मामला है और विचारवान की बड़ी मौत है। मौत इस अर्थ में है कि वह चीजों को इतने गौर से खोजता है कि बड़ी मुश्किल में पड़ जाता है। तय करना मुश्किल हो जाता है उसे कि क्या कहे! और जब भी वह कहता है, तो उसका कहना हमेशा कंडीशनल होता है, उसके कहने में हमेशा एक शर्त होगी। वह यह कहेगा कि ऐसी स्थिति में तिब्बत में ऐसा नहाना वैज्ञानिक है, ऐसी स्थिति में भारत में न नहाना बिलकुल अंधविश्वासपूर्ण है। तो वह इस भाषा में बोलेगा। लेकिन समाज-सुधारक को भाषा की फिक्र नहीं होती है, उसे तोड़ने की फिक्र होती है कि कुछ चीजें तोड़ डालनी हैं।

तो मैं आपसे निवेदन करता हूं कि जरूर तोड़ें, बहुत चीजें तोड़ डालनी हैं। लेकिन पहली चीज जो तोड़ डालनी है, वह है अविचार। बिना विचारे कुछ करने की प्रवृत्ति, पहली चीज है जिसको तोड़ डालना है। यानी अगर बिना विचार किए तोड़ डाला, तो इस तोड़ने का कोई मूल्य नहीं है। विचार करने की प्रवृत्ति पैदा करनी है और बिना विचार किए मान लेने की प्रवृत्ति तोड़ देनी है। लेकिन इसके बड़े दूसरे संदर्भ होंगे, इसका बड़ा और अर्थ होगा। तब हम बहुत खोजबीन करेंगे, सोचेंगे, विचारेंगे। हम देखेंगे कि क्या हो सकता है।

अब पश्चिम में साइकोअनालिसिस जोर से चलती है, मनोविश्लेषण जोर से चलता है। और मजा यह है कि मनोविश्लेषण वही काम कर रहा है, जो पुराना ओझा, पुराना गांव का झाड़ने वाला कर रहा था। अब इस समय फ्रांस में कुवे का एक पंथ है। और कुवे वही काम करता है, जो ताबीज बांधने वाला करता था। लेकिन कुवे वैज्ञानिक है! सिर्फ शब्दावली उनका वैज्ञानिक है, बाकी वही की वही बात है, उसमें कोई फर्क नहीं है।

यह जानकर आप हैरान होंगे कि एक गांव का साधु, एक साधारण सा गांव का आदमी, जो कुछ भी नहीं जानता, भगवान के नाम पर उठाकर राख दे देता है। और आप कहेंगे निपट अंधविश्वास है। लेकिन आदमी उससे भी उतने ही ठीक होते हैं, उसी मात्रा में, जिस मात्रा में एलोपैथी के इलाज से ठीक होते हैं। यह बड़े मजे की बात है। अनुपात वही है। अभी इस पर प्रयोग चलते थे।

एक बहुत बड़े अस्पताल में लंदन में एक वैज्ञानिक प्रयोग किया गया। एक ही बीमारी के सौ मरीजों पर प्रयोग किया गया। पचास मरीज एक तरफ, पचास मरीज दूसरी तरफ। पचास मरीजों को दवाओं के इंजेक्शन दिए गये, पचास को निपट पानी के।

और हैरानी की बात यह है कि ठीक होने वालों का प्रतिशत बराबर रहा। उस बीमारी से पानी का जिनको इंजेक्शन दिया गया था, वे भी उसी मात्रा में ठीक हो गए जिस मात्रा में जिनको दवा दी गई थी। तब बड़ा प्रश्न उठ गया कि मामला क्या है!

तो सोचना पड़ेगा, यह विचार करना पड़ेगा कि यह हुआ क्या। और तब यह समझ में आया कि दवा कम काम करती है, दवा दी जा रही है, यह बात ज्यादा काम करती है। दवा उतना काम नहीं करती है, जितना दवा दी जा रही है...। और दवा भी उतना काम नहीं करती, दवा दिया जाना भी उतना काम नहीं करता, कितनी महंगी दी जा रही है और कितना बड़ा डाक्टर दे रहा है, वह काम कर रहा है। छोटे डाक्टर से बड़ी मुश्किल है, उससे इलाज नहीं हो पाता। उसका कारण यह नहीं है कि वह नहीं जानता। उसका कारण यह है कि बेचारा छोटा डाक्टर है। बड़ा डाक्टर एकदम प्रभावी हो जाता है। यानी आप पर असर इसका बहुत कम पड़ता है कि वह जो दे रहा है, वह समझकर दे रहा है। उसकी वेशभूषा, उसका रोब-दाब, उसकी फीस, उसकी बड़ी कार, उसका बामुश्किल से मिलना, पंद्रह दिन के बाद का अप्वाइंटमेंट, भीड़-भाड़, लाइन में खड़े रहना—आप इस बीच काफी प्रभावित हो गये होते हैं। सच बात यह है कि अच्छा डाक्टर बनने के लिए अच्छी चिकित्सा का ज्ञान बिलकुल जरूरी नहीं है। अच्छा डाक्टर बनने के लिए अच्छा एडवरटाइजिंग का ज्ञान आवश्यक है। कितने अच्छे ढंग से विज्ञापन किया जा सकता है, यह सवाल है। वह विज्ञापन ज्यादा फायदा करता है।

अभी फ्रांस में उन्होंने हिसाब लगाया तो करीब अस्सी हजार डाक्टर हैं और करीब एक लाख साठ हजार—दुगने—क्वेक डाक्टर हैं, जो डाक्टर हैं ही नहीं। लेकिन जब मरीज दवा करने वाले डाक्टरों से थक जाता है, तो उनसे ठीक हो जाता है, जो कुछ जानते ही नहीं, लेकिन दवा करने की तरकीब जानते हैं।

इसीलिए तो सब तरह की पैथी चलती है। कभी आपने सोचा है? कभी विज्ञान हो तो सब तरह की पैथी चल सकती है? नेचरोपैथी भी काम करती है। पेट पर पट्टी बांध दो मिट्टी की, वह भी काम करती है। पानी का एनीमा दे दो, वह भी काम करता है। झाड़ना, ताबीज बांधना भी काम करता है। होमियोपैथी भी काम करती है, जो सिर्फ शक्कर की गोलियां हैं, वह भी काम करती है। सब काम करता है। एलोपैथी भी काम करती है। और इसलिए बड़ी कठिनाई की बात है कि मरीज कैसे ठीक होता है।

तो अब अगर गांव में एक आदमी धूल की पुड़िया बांधकर दे देता हो, तो इस अंधविश्वास को तोड़ना या नहीं तोड़ना इस पर विचार करना पड़ेगा। इस पर फिक्र करनी पड़ेगी कि इसको तोड़ देना कि नहीं। क्योंकि वह जो आदमी गले में स्टेथिस्कोप टांगकर और कार पर आकर खड़ा हुआ है, वह आदमी भी विज्ञान से कम ठीक कर पा रहा है, वह भी मैजिकल प्रभाव है—उसकी कार का, स्टेथिस्कोप का।

मैं एक डाक्टर को जानता हूं, एक क्वेक डाक्टर को। जिनको बिलकुल भी किसी विश्वविद्यालय से उनको कोई डिग्री नहीं मिली है। लेकिन मैंने कई मरीजों को, जिनको मैंने उनके पास भेजा निश्चित ठीक होते पाया, जब कि कोई डाक्टर उनको ठीक नहीं कर पाया। क्योंकि वह आदमी बहुत कुशल है। वह आदमी को समझने में बहुत कुशल है। और असली डाक्टरी वही है।

अगर आप उसके अस्पताल में चिकित्सा के लिए जाएंगे, तो आपका निदान, आपकी डायग्नोसिस इस ढंग से की जाएगी कि पहले तो निदान में ही आप आधे ठीक हो जाएंगे।

वह स्टेथिस्कोप से जांच नहीं करता है आदमी की छाती की। वह डाक्टर बहुत होशियार है। वह स्टेथिस्कोप से जांच नहीं करता, उससे तो कोई भी डाक्टर करता है। उसने स्टेथिस्कोप की जगह एक बड़ी टेबल बना रखी है। बड़ा गंभीर कमरा है, उस गंभीर कमरे में टेबल पर लिटाता है। और स्टेथिस्कोप जैसी एक चीज उसने लगा रखी है। और उसके ऊपर दो नलियों में, बड़ी लंबी नलियों में रंग भरा पानी लगा रखा है। जब यहां हृदय की छाती धड़कती है, तो उन नलियों में पानी छलांग लगाता है। और वह मरीज उसको देखता रहता है और वह समझता है कि किसी बड़े डाक्टर के पास आना हुआ है। ऐसा डाक्टर अभी तक नहीं देखा। स्टेथिस्कोप ही है वह, लेकिन वह उसको ऐसे कान में लगाकर जांच नहीं करता। वह नलियों में उसके पानी के उचकने को देखता है। और तब वह मरीज जानता है कि कोई साधारण आदमी नहीं है।

आपको पता है, एलोपैथी का डाक्टर दवाइयों का नाम इस तरह घसीटकर लिखता है कि आप पढ़ न पाएं। उसका कारण है। अगर आप पढ़ लें तो शायद आप समझें कि इसमें तो कुछ भी नहीं है, यह तो दो पैसे की चीज है, इसे तो हम भी खरीद लेते। इसलिए उसको इस ढंग से लिखना पड़ता है। लिखने की तरकीब बतानी पड़ती है कि कोई समझ न पाए। सच तो यह है कि जिस डाक्टर से आप लिखवाकर लाए हैं, अगर दोबारा चिट्ठी उसके पास ले जाएं, तो वह भी ठीक से पढ़ नहीं सकता कि उसने लिखा क्या है।

और दूसरी मजे की बात यह है कि जितनी भी दवाइयों के नाम हैं, वे लैटिन और ग्रीक में रखने पड़ते हैं। उसका कारण यह है कि अगर वह लिख दे साधारण अंग्रेजी में या हिंदी में या गुजराती में, तो आप कभी भी दस रुपए का, पंद्रह रुपए का इंजेक्शन लगवाने को राजी नहीं होंगे। क्योंकि उसमें लिखा हुआ है, अजवाइन। तो आप कहेंगे कि अजवाइन का इंजेक्शन दस रुपए का? आप कह क्या रहे हैं! लेकिन लिखा है लैटिन और ग्रीक में, जिससे आप कुछ भी नहीं समझते कि मामला क्या है।

ये सब मैजिकल तरकीबें हैं। यह सब वही बात है जो वह गांव का आदमी राख दे रहा है। लेकिन अगर गांव का आदमी राख देते वक्त साधारण आदमी है, तो असर नहीं करेगा। अगर उसने गेरुए वस्त्र पहने रखे हैं तो ज्यादा असर करेगा। गेरुए वस्त्र असर ज्यादा करेगा। अगर वह आदमी ईमानदार है, सच्चरित्र है, उसके बाबत हमें पता है कि सीधा है, सादा है, सच्चा है, तो और असर करेगा। अगर हमको यह भी पता चले कि वह आदमी पैसा नहीं लेता है, पैसा छूता ही नहीं, तो और भी ज्यादा असर करेगा। यह राख असर नहीं कर रही है, दूसरी चीजें असर कर रही हैं। और इन असरों को मिटाना है कि नहीं, यह सोचने जैसी बात है। क्योंकि इसको एक तरफ से मिटाओ तो दूसरी तरफ से फिर व्यवस्थित करना पड़ता है, यह मिटता नहीं।

तो आदमी को विचारपूर्ण बनाने की जरूरत है, ताकि वह अविचार से बीमार ही न हो। वह ऐसी बीमारियां न बुलाए, जो झूठी हैं। जब तक झूठी बीमारियां आती रहेंगी, तब तक झूठे डाक्टरों को पैदा होना पड़ेगा। पुराने को मिटाओगे, नए पैदा होंगे; नए को मिटाओगे, और नए को पैदा होना पड़ेगा। इतनी तरह की चिकित्साएं हैं दुनिया में, लेकिन कोई निर्णय नहीं हो पाता है कि कौन ठीक है। क्योंकि वे सभी ठीक करती हैं। और सब दावेदार हैं कि हम ठीक करते हैं। और उनके दावे में गलती नहीं है, वे सब ठीक करती ही हैं।

जितना मनुष्य के मन को समझने की कोशिश की जाती है, उतना पता चलता है कि मनुष्य

के मन में कहीं रोग है। और जब तक मनुष्य के मन में रोग है, तब तक उसके आस-पास उस रोग को मिटाने के लिए उतने ही झूठे उपाय भी जारी रहेंगे।

इसलिए मेरा ध्यान उपाय तोड़ने पर कम है, मेरा ध्यान आदमी के मन का रोग विलीन हो जाए इस पर ज्यादा है। अगर आदमी का रोग विलीन हो जाए मन का, अगर वहां वह जाग जाए, विवेकपूर्ण हो जाए, तो जो चारों तरफ उपद्रव घिर जाता है, वह घिरेगा नहीं। ऐसा नहीं है कि गांव में कोई आदमी राख बांटता है, इसलिए आप लेने जाते हैं। नहीं, ऐसा है कि आप राख लेने को उत्सुक हैं, इसलिए किसी आदमी को बांटनी पड़ती है।

यह सवाल ऐसा नहीं है। इसको इस तरह से मत लेना आप। ऐसा नहीं है कि कोई आदमी आपका नेता बन जाता है। नहीं, आप बिना नेता के एक क्षण नहीं रह सकते, इसलिए किसी को नेता बन जाना पड़ता है। और एक नेता को हटाओ तो आप दूसरे को बना लोगे, दूसरे को हटाओ तो तीसरे को बना लोगे। असल में जब आप एक को हटाओगे, तो पहले पक्का कर लोगे कि दूसरा किसको बनाना है।

और इसलिए दुनिया भर के नेता इस बात को जानते हैं कि विरोधी पार्टियां बनाकर खड़े रहो। जब एक नेता से जनता ऊब जाएगी तब दूसरे को वह अपने आप बनाएगी, जब दूसरे से ऊब जाएगी तो फिर पहले को बनाएगी। इसलिए सारी दुनिया में दो पार्टियों की चालबाजी चलती है। वह सब चालबाजी है, वे सब एक जैसे लोग हैं।

पिछले चुनाव में मैं रायपुर गया। एक मित्र हार गए थे चुनाव। वे पहले एम.पी. थे। मेरे एक दूसरे मित्र जीत गए। वे बिलकुल नए-नए रायपुर गए थे। मैंने अपने पुराने मित्र से पूछा कि बड़े आश्चर्य की बात है, तुम तो जन्मों से यहां रह रहे हो और तुम पिछले दो-तीन बार से यहां एम.पी. थे, तुम हार क्यों गए? और एक बिलकुल अपरिचित आदमी गांव में आकर जीत कैसे गया! उन्होंने कहा कि मामला बिलकुल साफ है, लोग मुझसे परिचित हो गए हैं, उससे परिचित नहीं हैं। परिचित हो जाने दो, घबराइए मत, वह भी हारेगा। और तब तक हमको प्रतीक्षा करनी पड़ेगी। तब तक हम फिर अपरिचित हो जाएंगे, हम फिर हावी हो जाएंगे।

तो सवाल बहुत गहरे में यह नहीं है कि इस नेता को हटाएं, उस नेता को हटाएं। इस अंधविश्वास को मिटाएं, उस अंधविश्वास को मिटाएं, यह सवाल नहीं है। बुनियादी आदमी को बदलने का सवाल है। इसलिए वैज्ञानिक बुद्धि अंधविश्वास पर बहुत फिक्र नहीं करेगी। वह तो चलेगा, जब तक आदमी अंधेपन के लिए राजी है। अगर कोई आदमी आंख खोलने को राजी नहीं है, तो अंधापन चलेगा ही। और हममें से कौन आदमी आंख खोलने को राजी है, मैं पूछता हूं। हममें से कोई भी आंख खोलकर देखने को राजी नहीं है। क्योंकि आंख खोलकर ऐसे सत्य दिखाई पड़ते हैं, जो हम देखना नहीं चाहते। इसलिए आंख बंद करके जो हम देखना चाहते हैं, उसकी कल्पना कर लेते हैं।

कभी आपने गौर से देखा है आंख खोलकर जिंदगी को कि जिंदगी कैसी है? अपने को कभी आंख खोलकर देखा है? वह आप देखना ही नहीं चाहते, क्योंकि तब वहां ऐसा-ऐसा दिखाई पड़ेगा जो कि घबराने वाला है।

एक आदमी अपने को बिलकुल पवित्र मानता है, महात्मा मानता है। वह अगर आंख खोल कर गौर से देखे, तो अपने भीतर बड़े से बड़े पापी को छिपा हुआ पाएगा। अब वह उसको देखना नहीं चाहता, क्योंकि उसको देखे तो फिर महात्मा रहना मुश्किल हो जाएगा उसका। वह उसको देखता ही नहीं, वह उसकी तरफ आंख बंद कर लेता है। उसकी तरफ आंख बंद करने में वह फिर

उन सब लोगों का उपयोग करता है जो उसकी आंख बंद करवा सकते हैं। तो जो-जो उसको आकर कहते हैं कि आप बहुत बड़े महात्मा हैं, वह उन-उनको अपने पास इकट्ठा करता चला जाता है, शिष्यों को इकट्ठा करता चला जाता है। जो उसको अंधा बनाने में सहयोगी होते हैं, वह उनको इकट्ठा करता चला जाता है।

इकट्ठा करने की भी बहुत अदभुत तरकीबें हैं। उसका भी धोखा चलता है। और धोखा इतना अदभुत है कि अगर लोगों को इकट्ठा करना हो, तो उसमें एक तरकीब यह भी है कि चिल्ला-चिल्ला कर कहो कि मेरे पास कोई न आये, मैं किसी को इकट्ठा नहीं करना चाहता। यह भी एक तरकीब है। और लोग इससे बड़े प्रभावित होते हैं। वे कहते हैं, चलो। डंडे मारो, गालियां दो, तो लोग आएंगे। वे कहेंगे, महात्मा साधारण नहीं है, असाधारण है। क्योंकि साधारण महात्मा होता तो कहता, आइए, बैठिए। वह तो डंडा मारता है, उसको तो किसी से मतलब ही नहीं है।

मैंने सुना है, कैलिफोर्निया के बीच पर, समुद्र-तट पर एक आदमी था बहुत दिन से। वह आदमी एक खेल बन गया था। जो भी आदमी समुद्र-तट पर घूमने जाते—और हजारों लोग अमरीका में जाते हैं—तो वहां खबर थी कि वह आदमी इतना सरल है, इतना सीधा है कि जिसका हिसाब नहीं। और उसकी परीक्षा यह है कि उसके सामने तुम दस रुपए का नोट करो और दस पैसे का सिक्का करो, तो वह खुशी से, जल्दी से दस पैसे का सिक्का ले लेता है, दस का नोट छोड़ देता है। वइ इतना सरल आदमी है।

एक आदमी पांच-छह दफे वहां गया था, उस बीच पर। और उसने देखा कि उस आदमी के पास दिन भर भीड़ लगी रहती है। लोग यही खेल करते रहते हैं। लोग उससे कहते हैं, बाबा, क्या चाहिए, यह लेते हो कि यह? वह जल्दी से दस का पैसा ले लेता है। वह कहता है कि यह बहुत अच्छा है, यह चमकदार है। तो लोग उसको बड़ा सीधा आदमी मानते हैं। उस आदमी ने कहा, बीस साल हो गए इस आदमी को यही काम करते हुए, अब तक यह पहचान न पाया होगा दस का नोट! हद हो गई, इतनी सरलता भी मुश्किल मालूम होती है।

तो सांझ को जब कोई न रहा, तो उसके पास गया और उसने उससे पूछा कि आश्चर्य, मैं बीस साल से देख रहा हूं आपको, यह खेल चल रहा है, और अभी तक दस का नोट नहीं पहचान पाए! उसने कहा, वह हम पहले ही दिन से पहचानते हैं, लेकिन उसको पहचाना कि खेल बंद। और उसको न पहचानने से हमने कई हजार दस रुपये इकट्ठे कर लिये दस-दस पैसे से। और एक दिन हमने पहचान लिया कि खेल खतम। वह एक ही नोट हमारे हाथ में रह जाने वाला है, फिर नोट हमारे हाथ में नहीं आएगा।

इसलिए नोट इकट्ठे करने हों, तो धन को लात मारो, नोट चले आएंगे। तो उसने कहा, हम समझ गए हैं, हमारा काम बहुत अच्छा चल रहा है। दिन भर में हम दो चार पांच सौ रुपए तक भीड़ के दिन इकट्ठे कर लेते हैं, उसकी कोई चिंता नहीं, लेकिन वह चलेगा खेल। तो महात्मा भी जानता है। अगर उससे धन की बात करो, तो जह कहेगा नहीं, नहीं, हम छूते भी नहीं। तब महात्मा बड़ा हो जायेगा। तब उसका शिष्य पास में से रुपया लेकर खीसे में रख लेगा। महात्माजी तो पैसे छूते नहीं, जो तुमने बात कही, वह गलत है।

आदमी अंधा होने को राजी है, तो कोई क्या करेगा? कौन बेवकूफ है? जो जाकर जांच करवा रहे हैं। दस पैसा और दस रुपये का नोट रख कर जो जांच करवा रहे हैं। वह आदमी नहीं है उपद्रव। उपद्रव ये आदमी हैं। और इनके उपद्रव की वजह से उस बेचारे को यह काम करना पड़ रहा है। मैं यह कहता हूं कि वह नहीं करेगा तो कोई दूसरा करेगा। ये मूढ़ हैं, ये कहीं न कहीं जाकर

यह काम करने वाले हैं। इनसे कोई पैसा छीने, यह इनकी आकांक्षा है। यह जारी रहेगी, इसमें कोई बचाव नहीं है। यह तभी टूट सकती है, जब मनुष्य की मूढ़ता को हम तोड़ना शुरू करें।

इसलिए अंधविश्वास की जंजीर तोड़ने की उतनी फिक्र मत करना। क्योंकि जिस आदमी ने जंजीर बांधी है, अगर वह वही रहा, तो वह नई जंजीर बना लेगा। क्योंकि बिना जंजीर के वह रह नहीं सकता है। वह जिस प्रकार का आदमी है, वह जंजीर निर्माण कर लेगा।

इसलिए सारे धर्म जंजीरें तोड़ने की कोशिश करते हैं और हर धर्म नई जंजीर बना देता है, कुछ फर्क नहीं पड़ता। क्या फर्क पड़ता है? इतने धर्म दुनिया में आए, वे सब सुधारक की तरह आते हैं, और वे कहते हैं कि हम सब अंधविश्वास मिटा डालना चाहते हैं। मिटाइये! सारे अंधविश्वास मिटाने में सिर्फ इतना ही होता है कि कुछ मिटता नहीं है। हां, कुछ लोग जो पुराने अंधविश्वास से ऊब गए होते हैं, वे बदल कर लेते हैं, वे नया अंधविश्वास पकड़ लेते हैं। वे इसको पकड़ लेते हैं। और बड़े खुश हो जाते हैं कि हमने बदलाहट कर ली, क्योंकि नया अंधविश्वास पकड़ लिया।

असल में जो आदमी विचारवान है, वह पकड़ता ही नहीं है, अंधविश्वास क्या वह विश्वास भी नहीं पकड़ता। जो आदमी बुद्धिमान है, वह पकड़ता ही नहीं, वह बुद्धिपूर्वक जीता है, वह कुछ भी नहीं पकड़ता है। वह जंजीर-निर्माण नहीं करता है, क्योंकि वह जानता है कि स्वतंत्र रहने का आनंद है। जंजीर निर्मित मत करो।

तो प्रत्येक आदमी के भीतर इतनी चेतना जगाने का सवाल है कि स्वतंत्र होने की, विचारवान होने की, आत्मवान होने की, चेतनावान होने की आकांक्षा उसमें पैदा हो जाए। अनुयायी होने की, पीछे चलने की, किसी को मानने की, अंधे होने की प्रवृत्ति कम हो जाए, तो दुनिया से अंधविश्वास टूटेंगे। लेकिन तब ऐसा नहीं कि इस तरह के अंधविश्वास टूटेंगे और उस तरह के बच जाएंगे। सब टूटेंगे, एक साथ विदा होंगे, नहीं तो कभी विदा नहीं होंगे।

अंधविश्वास बदलती रही है अब तक मनुष्यता। और बदलने का करण यह है कि कोई भी आए वह एक बात कहता है, वह कहता है कि यह बात गलत है। अब अगर मैं कहूं किसी को कि गेरुआ वस्त्र पहनना गलत है...।

मैं एक गांव में था, तो उस गांव का कलेक्टर मेरे पास आया और उसने आकर मुझे कहा कि मैं प्राइवेट, अकेले में कुछ मिलना चाहता हूं। तो ठीक है। द्वार बंद करके उसने मुझसे कहा कि अगर मैं आप जैसे वस्त्र पहनने लगूं तो इससे कुछ लाभ होगा?

क्या मतलब रहा! अब अगर मैं कहूं कि गेरुआ मत पहनो तो वह मुझसे पूछेगा कि ऐसा पहनें? यह भी गेरुआ बन जाएगा। इससे क्या फर्क पड़ने वाला है। असल में यह समझाना पड़ेगा कि वस्त्र की बदलाहट से कुछ भी नहीं होता। कोई भी पहनो, जो भी पहनना हो। जो मौज में आये पहनो। किसी को गेरुआ पहनने की मौज है, तो उसको क्यों रोको, क्या जरूरत है रोकने की! और किसी को काला पहनने की मौज है तो काला पहनने दो। लेकिन यह खयाल जग जाना चाहिए कि वस्त्रों की बदलाहट जीवन की बदलाहट नहीं है। तब वस्त्रों को छुड़वाने की भी कोई जरूरत नहीं है। क्योंकि जो आदमी वस्त्र छुड़वाएगा, वह नया वस्त्र फौरन पकड़ाएगा। क्योंकि उसकी बुद्धि भी वस्त्र वाली ही है। छुड़ाने वाली है माना, लेकिन वस्त्र वाली ही है। तो वह करेगा क्या! उससे वे आदमी पूछेंगे कि फिर नया वस्त्र बतलाइये।

गांधीजी के पास एक संन्यासी मिलने गए। संन्यासी गेरुआ वस्त्र पहने हुए थे। तो गांधीजी से उन्होंने जाकर कहा कि मैं कुछ सेवा करना चाहता हूं। मुझे कुछ सेवा करनी है। आपकी बातें

मुझे कुछ ठीक लगती हैं। गांधीजी ने एक बड़े मार्के की बात उससे कही कि यह तो ठीक है, लेकिन पहले गेरुवे वस्त्र छोड़ दो। अगर सेवा करनी है, तो गेरुवे वस्त्र सेवा न करने देंगे। क्योंकि लोग गेरुवे वस्त्र की सेवा करते हैं, उससे करवाते नहीं हैं। तो तुम गेरुवे वस्त्र छोड़ दो।

यह बात बिलकुल ठीक मालूम पड़ी। लेकिन गेरुवे वस्त्र छुड़वा कर उन्होंने उसको खादी पहना दी। अब खादी वाले वही कर रहे हैं जो गेरुआ वस्त्र वालों ने कभी भी नहीं किया था। तो मैं यह पूछ रहा हूं कि क्या फर्क पड़ गया? अब खादी वाले सेवा ले रहे हैं। और गेरुआ वस्त्र वाले ने बेचारे ने इतनी सेवा कभी भी नहीं ली थी, जितनी खादी वाले ले रहे हैं। अब यह उस से महंगा पड़ गया। छुड़वा दिया गेरुआ, अब यह खादी पकड़ा दी उसको। अब वे संन्यासी बहुत प्रसन्न हुए कि एक अंधविश्वास छूट गया हमारा गेरुआ वस्त्र का। अब वे खद्दर पहने हुए हैं। अब खद्दर का अंधविश्वास पकड़ गया है उसे। क्या फर्क पड़ने वाला है?

सवाल यह नहीं है कि यह छुड़ाओ और दूसरा पकड़ा दो। सवाल यह है कि वह जो पकड़ने वाली बुद्धि है, उसकी समझ बढ़ाओ। तो गांधीजी ने उसकी कोई बुद्धि तो बढ़ाई नहीं, वह आदमी बुद्धू का बुद्धू रहा। सिर्फ कपड़े उसके बदल दिए। और वह बहुत खुश हुआ कपड़े बदल कर। पर उससे क्या फर्क पड़ता है।

हमेशा यह हुआ है। सारी दुनिया में पिछले पांच हजार वर्षों की कहानी यह है हमारे दुर्भाग्य की कि एक अंधविश्वास को तोड़ने की कोशिश में हम आदमी को तो बदलते नहीं हैं, सिर्फ अंधविश्वास को तोड़ते हैं। वह नया अंधविश्वास बना लेता है। हम उसे जो पकड़ाते हैं, वह उसे पकड़ लेता है। अच्छा, चलो यह सही; उसको छोड़ते हैं, इसको पकड़ते हैं। हम बड़े खुश होते हैं। क्योंकि हमारा अंधविश्वास पकड़ रहा है, तो हमको बड़ी प्रसन्नता होती है।

अब एक युवक मेरे पास आता था। वह दिन-रात शास्त्रों की बात करता था। उपनिषद, गीता, वेद कंठस्थ किए हुए था। मैंने कहा, यह बकवास बंद करो, इससे तुम्हें कुछ होगा नहीं। ये सब कंठस्थ कर-करके कुछ भी फायदा नहीं है। वह बहुत नाराज हुआ, लेकिन आता रहा। जो आदमी नाराज हो, वह आता जरूर रहता है। क्योंकि नाराजगी भी एक संबंध है। वह नाराज तो मुझ पर हो गया, लेकिन आता रहा, आता रहा, आता रहा।

फिर धीरे-धीरे बात सुनते-सुनते उसको बात जम गई। एक दिन आकर उसने मुझसे कहा कि मैंने सब गीता और उपनिषद और वेद, सब पोथियां बांधकर कुएं में फेंक दी हैं। मैंने कहा, यह मैंने तुमसे कब कहा था? उसने कहा, आला मुझे खाली करना पड़ा, आपकी किताबें मैंने उसमें रख दीं। अब मैं आपकी किताबों से बिलकुल राजी हो गया हूं। मैंने कहा, यह तो और मुश्किल हो गई। इसमें कोई फर्क न पड़ा। मैं तो तुमसे यह कह रहा था कि किताब से राजी मत होना, यह थोड़े ही कह रहा था कि उस किताब को छोड़ देना और मेरी किताब को पकड़ लेना। तो क्या फर्क पड़ा इससे?

लेकिन गुरु बड़े प्रसन्न होते हैं, उनके मार्के का अगर अंधविश्वास पकड़ा जाए तो वह प्रसन्न हो जाते हैं। इसलिए अंधविश्वास बदलते जाते हैं, आदमी अंधविश्वासी ही बना रहता है।

तो मैंने उससे कहा, इन किताबों को भी फेंक आओ उसी कुएं में। उसने कहा, यह कैसे हो सकता है? यह कभी नहीं हो सकता। फिर, मैंने कहा, बात वही की वही हो गई। अब यह तुम्हारी गीता बन गई। तो कृष्ण बेचारे की गीता क्या खराब थी। पकड़ना ही था, तो अच्छी थी, काम देती थी। मेरी किताब से तो ज्यादा ही मोटी थी, अच्छा वजन भी देती थी छाती पर, सिर पर भी ज्यादा बोझ देती थी। क्या फर्क पड़ गया अब? कृष्ण का क्या कसूर था? मैंने कब यह कहा था कि कृष्ण

का कोई कसूर है?

यह निरंतर हुआ है, यह निरंतर जारी है। होता सिर्फ इतना ही है कि आदमी वही का वही रह जाता है, सिर्फ उसके हाथ के खिलौने बदल जाते हैं। हां, मेरा खिलौना कोई पकड़ ले, तो मुझे बड़ी खुशी हो जाती है। मैं बड़ा प्रसन्न हो गया कि चलो, अच्छा हुआ, कम से कम मेरी बात तो पकड़ ली। मेरे अहंकार को बड़ी तृप्ति हो गई कि कृष्ण से ज्यादा मुझको मानने लगा। लेकिन इससे कोई मनुष्यता बदलने वाली नहीं है। इससे मनुष्यता का कोई हित नहीं होता, कोई हित हो ही नहीं सकता है। हमें तो मनुष्य के भीतर से उसकी पकड़ टूट जाए, उसकी क्लिगिंग टूट जाए, वह अंधापन टूट जाए, उसकी ब्लाइंडनेस टूट जाए, इसकी फिक्र करनी चाहिए।

तो मैं उन मित्र से निवेदन करूंगा कि अंधविश्वास मत तोड़ने जाइए, अंधविश्वासी चित्त, वह जो सुपरस्टीशस माइंड है—सुपरस्टीशंस नहीं, सुपरस्टीशस माइंड—वह जो चित्त है जिससे अंध- विश्वास पैदा होते हैं, उस चित्त को बदलने का प्रयोग करिए, तो अच्छा आदमी पैदा हो सकता है।

लेकिन उसके लिए बड़ी मेहनत करनी पड़ेगी। वह सस्ता काम नहीं है, साधारण काम नहीं है। उसके लिए बड़ा वैज्ञानिक विचार चाहिए। उसके लिए इतनी जल्दी से इनकार मत कर देना कि भूत नहीं हैं, प्रेत नहीं हैं। जितने आप हैं, उससे कहीं ज्यादा सत्यतर वे हैं। उनके होने में कोई असत्य नहीं है, लेकिन खोजना पड़ेगा। और कई बार ऐसा भी होता है कि भूत से डरनेवाले लोग भी कहने लगते हैं कि नहीं हैं, भूत नहीं हैं। इसका कारण कुछ ऐसा नहीं होता कि वे कोई बड़े ज्ञान को उपलब्ध हो गए हैं। इसका कुल कारण इतना होता है कि यह उनका विश फुलफिलमेंट है, वे चाहते नहीं हैं कि भूत हों। क्योंकि अगर भूत हैं, तो बड़ी मुश्किल हो जाएगी। फिर अंधेरी गली से निकलना एक मुश्किल बात हो जाएगी। तो वह दोहरा रहे हैं, चिल्ला रहे हैं कि बिलकुल नहीं है, अंधविश्वास है, हम इसको तोड़ डालेंगे अंधविश्वास को। असल में वह यह कह रहे हैं कि हम बहुत डरते हैं। अगर भूत है, तो बड़ी मुश्किल हो जाएगी। होने नहीं चाहिए। हो नहीं सकते हैं, इसका मतलब होने नहीं चाहिए। तो वह इस चित्त से थोड़े ही टूट जाएगा।

अगर भूत हैं, तो हैं। चाहे कोई माने, और चाहे कोई न माने, इससे कोई फर्क नहीं पड़ता। जो है, वह है। और जो है, उचित है कि उसकी खोज कर ली जाए। क्योंकि जो है, उससे हमारा कोई न कोई संबंध है। उससे हम संबंधित हैं ही, उससे हमारा संबंध होगा ही। तो उचित है कि हम समझ लें, पहचान लें, खोज लें, और उससे संबंध के रास्ते खोज लें, और उससे व्यवहार का उपाय खोज लें कि क्या करें। यह इतना सरल नहीं है मामला।

यह जो खाली जगह दिखाई पड़ती है आपके बीच में, जरूरी नहीं है कि खाली हो। कोई बैठा हो सकता है। आपको न दिखाई पड़े, यह दूसरी बात है। लेकिन डर लग सकता है कि खाली जगह में कोई बैठा तो नहीं है। इसलिए तो खाली जगह नहीं छोड़ते, बिलकुल सटकर बैठते हैं। खाली जगह का हमेशा डर होता है। इसलिए कमरे को फर्नीचर से भर लेते हैं, सब तरफ से कैलेंडर, फोटो, भगवान, सबसे भर लेते हैं। खाली न रह जाए, खाली जगह में डर लगता है, खाली मकान में डर लगता है। आदमियों से भरते हैं, आदमियों के सामान से भरते हैं, सब तरह से भर लेते हैं कि कहीं खाली जगह न रह जाए। लेकिन फिर भी बहुत खाली जगह है। और वह खाली जगह एकदम खाली नहीं है। और उसका अपना विज्ञान है। अगर उस दिशा में काम करना हो तो काम उस दिशा में किया जा सकता है। उसका अपना विज्ञान है, उसके अपने सूत्र हैं, उस पर काम करने की अपनी साइंस है, उस पर बराबर काम किया जा सकता है।

लेकिन काम करने के पहले न तो यह कहना कि हैं और न यह कहना कि नहीं हैं। यह कहना ही मत। अच्छा है अपने जजमेंट को सस्पेंड रखना। अपने निर्णय को अभी ठहरे रहने देना, कहना कि भाई मुझे पता नहीं है। यह तो वैज्ञानिक बुद्धि का लक्षण होगा कि आपसे कोई पूछे कि प्रेत हैं, तो आप कह सकें कि मुझे पता नहीं है। क्योंकि मैं इस खोज में अभी नहीं गया। और अभी मैं अपनी खोज नहीं कर पा रहा हूं, प्रेतों की खोज कैसे करूं! अभी अपना ही पता नहीं चल पाता है। लेकिन जल्दी से जवाब मत दे देना कि हां या ना। जो आदमी जल्दी से जवाब देता है, वह अंधविश्वासी होता है। सोचना, खोजना। असल में विचारवान आदमी बहुत मुश्किल से जवाब देगा।

आइंस्टीन से किसी ने पूछा था एक बार कि एक वैज्ञानिक और एक अंधविश्वासी आदमी में आप क्या फर्क मानते हैं? तो आइंस्टीन ने कहा कि अगर सौ सवाल अंधविश्वासी से पूछो, तो वह एक सौ एक जवाब देने की तैयारी दिखलाएगा। और वैज्ञानिक से अगर सौ सवाल पूछो तो वह अट्ठानबे के लिए तो कह देगा कि मैं बिलकुल नहीं जानता। दो के लिए कहेगा कि थोड़ा-सा जानता हूं, लेकिन वह जानना अंतिम नहीं है, अल्टीमेट नहीं है। वह कल बदल सकता है।

ध्यान रहे, वैज्ञानिक चित्त ही एकमात्र सरल चित्त है। अंधविश्वासी चित्त सरल नहीं है। दिखाई उलटा पड़ता है। दिखाई ऐसा पड़ता है कि अंधविश्वासी बड़ा सरल है। बहुत जटिल है और बहुत चालाक है, सरल नहीं है। बड़ी चालाकी तो वह यह कर रहा है कि जिन चीजों का उसे पता ही नहीं है, उनके संबंध में हां भर रहा है। दरवाजे के सामने पड़े हुए पत्थर का पता नहीं है कि यह क्या है और परमात्मा के संबंध में छुरेबाजी कर देगा कि हमारा परमात्मा ठीक है, तुम्हारा गलत है। और अभी पत्थर क्या है, यह भी बता नहीं सकता। और जब यह सिद्ध नहीं कर सकता कि पत्थर भी मुसलमान और हिंदू हो सकता है, तो ऐसे कैसे सिद्ध कर लेगा इतनी आसानी से कि परमात्मा हिंदू और मुसलमान हो सकता है? लेकिन उसमें छुरेबाजी कर देगा। और ध्यान रहे, जिन चीजों में हम छुरेबाजी करते हैं, उससे खबर मिलती है कि वे चीजें अंधविश्वास की होंगी।

ज्ञान की बात में छुरेबाजी कभी भी नहीं होती है, न हो सकती है। जहां-जहां झगड़ा होता है, वहां-वहां समझ लेना अंधविश्वास है। क्योंकि अंधविश्वासी झगड़े से सिद्ध करना चाहता है कि मैं ठीक हूं। और उसके पास कोई उपाय ही नहीं है ठीक करने का। अब एक आदमी मेरी छाती पर तलवार लेकर खड़ा हो जाए और कहे कि मैं ठीक हूं, कहो, नहीं तो गर्दन काट दूंगा। तो वह गर्दन काट सकता है, लेकिन ठीक नहीं हो जाता है। गर्दन काटने से कोई कभी ठीक नहीं हुआ है। चाहे सभी मुसलमान मिलकर सभी हिंदुओं को काट दें, तो ठीक नहीं हो जाएंगे। और चाहे सभी हिंदू मिलकर सभी मुसलमानों को काट दें, तो ठीक नहीं हो जाएंगे। सिर्फ गंवार सिद्ध होंगे और कुछ सिद्ध नहीं होने वाला है। क्योंकि तलवार से कहीं सिद्ध होना है कि क्या ठीक है! लेकिन अंधविश्वासी के पास और कोई उपाय नहीं है। उसके पास कोई विचार तो है नहीं, कोई प्रयोग तो है नहीं, कोई प्रमाण तो है नहीं, कोई आथेंटिक दिशा तो है नहीं उसके पास कि वह कह सके कि यह ठीक है। उसके पास तो एक बात है कि किसका लट्ठ मजबूत है। कौन किसकी खोपड़ी तोड़ सकता है, वह ठीक है।

अभी तक सब यही कर रहे हैं। सारी दुनिया में यह हो रहा है। ऐसा मत समझना कि मैं कह रहा हूं कि धर्मगुरु ऐसा कर रहे हैं। राजनेता भी ऐसा ही कर रहे हैं। रूस ठीक है कि अमरीका ठीक है, यह हाइड्रोजन बम से तय होगा। और तो तय करने का कोई उपाय नहीं है। यह भी वही की वही नासमझी है। कौन ठीक है, यह इससे तय होगा? मार्क्स ठीक है कि नहीं ठीक है, यह कैसे तय होगा? तलवार से तय होगा? हाइड्रोजन बम से तय होगा? किससे तय होगा? यह तय विचार से

होना चाहिए, लेकिन विचार के लिए आदमी मुक्त नहीं हो पाया है, वह अंधविश्वास से घिरा है।

तो ध्यान रहे, मेरा जोर अंधविश्वास की जंजीरें तोड़ने में नहीं है, मेरा जोर अंधविश्वासी चित्त को तोड़ने में है, जो इन जंजीरों को पैदा करता है। अगर वह चित्त बना रहा तो तुम जंजीरें तोड़ो, कितना ही तोड़ो, वह नई जंजीरें बना लेगा। और ध्यान रहे, पुरानी जंजीरों से नई जंजीरें हमेशा ज्यादा मोहक, ज्यादा प्रीतिकर, ज्यादा जोर से पकड़ने जैसी होती हैं। और यह भी ध्यान रहे कि पुरानी जंजीर से नई जंजीर सदा मजबूत होती है, क्योंकि तब तक जंजीर बनाने का विज्ञान भी तो विकसित हो गया होता है। उसका विकास हो गया होता है। तो पुरानी जंजीर उतनी मजबूत नहीं होती, जरा-जीर्ण हो जाती है। नयी जंजीर मजबूत हो जाती है। कई बार मैं ऐसा सोचता हूं कि जो लोग अंधविश्वास तोड़ने का धंधा करते हैं, वे लोग सिर्फ जरा-जीर्ण अंधविश्वासों की जगह मजबूत अंधविश्वासों को परिपूरक, सब्स्टीटयूट कर पाते हैं, और कुछ भी नहीं कर पाते हैं।

मेरा फर्क, मैं समझता हूं आपको खयाल में आ गया होगा। अंधविश्वासी चित्त को तोड़ना है। अंधविश्वासी न होने पर जोर देना होगा। यह उसकी जड़ बनेगी। विचारवान बनें और बनाएं। विचारवान बनने का मतलब है सोचें, खोजें, जिज्ञासा करें। और जो ठीक अनुभव में आए, तो कहें। और फिर भी यह कहें कि जरूरी नहीं है कि मेरा अनुभव ठीक ही हो। कल अनुभव और हो सकते हैं, मुझे ही और हो सकते हैं। और फिर यह भी पक्का नहीं है कि मेरा अनुभव भ्रम न हो। तो जब तक और पच्चीस अनुभव इसको सही न कर दें, तब तक कुछ भी कहना उचित नहीं है।

इसलिए वैज्ञानिक एक प्रयोग करता है, हजार प्रयोग करता है, हजार लोगों से प्रयोग करवाता है, तब कहीं किसी नतीजे पर पहुंचता है। फिर भी अंतिम नतीजे पर कभी नहीं पहुंचता है। जिस आदमी को अंतिम नतीजे पर जल्दी पहुंचना है, वह आदमी कभी विचार नहीं कर सकता है। अंतिम नतीजे पर पहुंचने की जल्दी दिखाने वाला आदमी अंधविश्वास से भर ही जाता है। और हम सब जल्दी से भरे हुए हैं।

अब एक मित्र ने प्रश्न पूछा है। एक ही प्रश्न में सब-कुछ पूछ लेते हैं, जो कि पूरी मनुष्यता खोज रही है और पता नहीं चल पाया है। वे पूछते हैं कि ईश्वर है कि नहीं? जीवात्मा क्या है? मोक्ष कहां है? स्वर्ग किसने बनाया? नरक है कि नहीं? आदमी क्यों आया है दुनिया में? जीवन का लक्ष्य क्या है? एक ही कागज पर...!

वे इतनी जल्दी में हैं कि यह सब उनको तुरंत पता चल जाना चाहिए। इतनी जल्दी में हैं तो यह आदमी, इस तरह की जल्दी वाला आदमी तो अंधविश्वासी हो ही जाएगा। धैर्य भी नहीं है! खोज के लिए बड़ा पेशंस, बहुत धीरज चाहिए, अत्यंत धैर्य चाहिए। कोई फिक्र नहीं है, जन्म बीत जाएगा, नहीं पा सकेंगे, कोई फिकिर नहीं है, खोजेंगे लेकिन।

असल में पाना महत्वपूर्ण नहीं है विचारवान के लिए, खोजना महत्वपूर्ण है। अंधविश्वासी के लिए पाना महत्वपूर्ण है, खोजना महत्वपूर्ण बिलकुल ही नहीं है। अंधविश्वासी उत्सुक है पाने के लिए कि जल्दी मिल जाए। ईश्वर कहां है? वह इसके लिए बहुत फिक्र में नहीं है कि है भी कि नहीं, इसको मैं खोजूं। खोज की सुविधा उसे नहीं है। वह कहता है, आप खोज लें और मुझे बता दें। तो इसलिए वह गुरु की तलाश में है।

जो भी आदमी गुरु की तलाश में है, वह आदमी अंधविश्वासी बनकर रहेगा, वह रुक नहीं सकता। असल में गुरु की तलाश का मतलब ही यह है कि तुमने खोज लिया! ठीक, हमें बता दो। अब जब तुमने खोज ही लिया, तो हमें खोजने की क्या जरूरत है? हम आपके पैर पकड़ लेते हैं, आप कृपा करके हमको दे दो।

तो लोग शक्तिपात करवा रहे हैं कि कोई दूसरा उनकी खोपड़ी पर हाथ रख दे, उनको ईश्वर का ज्ञान करा दे। मंत्र लेते फिर रहे हैं, कान फुंकवा रहे हैं, फीस चुका रहे हैं, चरण दाब रहे हैं, सेवा कर रहे हैं, इस आशा में कि किसी का मिला हुआ मेरा मिला हुआ बन जाए। यह कभी भी नहीं हो सकता है। यह अंधविश्वासी चित्त की पकड़ है।

किसी का मिला हुआ, आपका मिला हुआ नहीं हो सकता। उसने बेचारे ने खोजा है, आप मुफ्त में कब्जा करना चाहते हैं। और ध्यान रहे, अगर उसने खोजा है, तो उसे भी यह पता चल गया होगा खोजने में कि खोजने से मिलता है, मांगने से नहीं मिलता है। इसलिए वह शिष्य भी नहीं बनाएगा। शिष्य भी वे ही बना रहे हैं, जिन्हें खुद भी नहीं मिला है। किसी और गुरु को ऊपर वे पकड़े हुए हैं। ऐसी लंबी शृंखला है गुरुओं की। और वे सब इस आशा में हैं कि दूसरा दे दे, दूसरा दे दे, दूसरा दे दे। और कई गुरु तो मर चुके हैं, उनकी टांगें पकड़े हुए हैं कि वे दे दें। और उन मरे-मरे हुए गुरुओं की लंबी शृंखला है हजारों-लाखों साल की, और वे एक-दूसरे के पैर पकड़े हुए हैं कि कोई दे दे। अंधविश्वासी चित्त की यह लक्षणा है।

खोजी चित्त की, विचारवान चित्त की यह लक्षणा है कि अगर है, तो मैं खोजूंगा। अगर मिलेगा तो मेरी पात्रता और अधिकार से मिलेगा। अगर मिलेगा तो मेरे जीवन-दान से मिलेगा। अगर मिलेगा तो मेरे तप, मेरे ध्यान से मिलेगा। अगर मिलेगा तो मेरे श्रम का फल होगा।

और ध्यान रहे, विचारवान व्यक्ति अगर मुफ्त में मिलता भी हो परमात्मा, तो ठुकरा देगा। वह कहेगा कि जो अपने श्रम से नहीं मिला, उसे लेना उचित भी नहीं है। वह कहेगा, मैं अपने श्रम से पाऊंगा। और ध्यान रहे, कुछ चीजें हैं, जो अपने ही श्रम से पाई जा सकती हैं। परमात्मा उन चीजों में से नहीं है, जो बाजार में बिकती हों, मिल जाती हों। सत्य उन चीजों में से नहीं है, जिसकी कोई दुकान हो, जहां से आप सत्य खरीद लायें।

लेकिन दुकानें खुली हुई हैं। दूकानें हैं, बाजार हैं, जहां लिखा हुआ है, असली सत्य यहीं मिलता है। सत्य में भी असली और नकली होता है! सदगुरु यहीं निवास करते हैं, बाकी सब असदगुरु हैं जो और जगह निवास करते हैं। यह दुकान पक्की है, यहां से ले जाओ। और एक बार सेवा का अवसर दें। यह सब दुकानों पर लिखा हुआ है। और जिस दुकान में प्रवेश कर गए, उसका मालिक उस दुकान में से बाहर जल्दी नहीं निकलने देना चाहता।

यह जो हमारा अंधविश्वासी चित्त है, यह पैदा कर रहा है सारे उपद्रव।

तो मैं आपसे कहना चाहता हूं, खोज पर निर्भर होना, भिक्षा पर नहीं। मांगने से नहीं मिलेगा जानने से मिलेगा। और विश्वास मत करना। किसी को मिला होगा, जरूर मिला होगा। अविश्वास भी मत करना, क्योंकि वह भी अंधविश्वास है। विश्वास मत करना, अविश्वास मत करना। कोई कहे कि मुझे ईश्वर मिल गया है, तो कहना, बड़ी कृपा है आप पर भगवान की कि आपको मिल गया। लेकिन कृपा करके मुझ को न बताएं, मुझे भी खोजने दें, नहीं तो मैं लंगड़ा रह जाऊंगा। दूसरे के द्वारा चली गई मंजिल पर अगर आप पहुंचा दिए जाएं तो आप लंगड़े ही पहुंचेंगे, क्योंकि पैर तो चलने से मजबूत होते हैं। और मंजिल पर पहुंचना उतना महत्वपूर्ण नहीं है, जितना यात्री का मजबूत होता जाना महत्वपूर्ण है। कुछ पा लेना उतना महत्वपूर्ण नहीं है, जितना पाने वाले का रूपांतरण महत्वपूर्ण है।

यह ईश्वर या मोक्ष या ज्ञान कोई रेडीमेड चीजें नहीं हैं, सिलीसिलाई उपलब्ध नहीं होती हैं। ये कोई ऐसी चीजें नहीं हैं कि तैयार मिल जाएं। ये तो पूरे जीवन की आहुति और पूरे जीवन के श्रम और साधना का फल बनती हैं। यह तो अंतिम फूल है, जो आता है।

लेकिन बाजार में फूल लेने गए, तो कागज के फूल मिल जाते हैं। टिकते भी ज्यादा हैं। रोज धूल झाड़ दो, तो बने भी रहते हैं। और धोखा भी देते हैं। लेकिन किसको? दूसरे को धोखा दे सकते हैं कागज के फूल। वह जो सड़क से गुजरता है, उसे धोखा हो सकता है कि आपकी खिड़की में जो फूल खिले हैं, वे कागज के हैं या असली हैं। लेकिन आपको तो धोखा नहीं हो सकता है जो कि खुद ही खरीद कर ले आए हैं। आप तो भलीभांति जानते हैं कि फूल कागज का है। असली फूल के लिए बीज बोने पड़ते हैं, मेहनत करनी पड़ती है, पौधा बड़ा करना पड़ता है, फिर फूल आते हैं। लाने नहीं पड़ते हैं। फिर फूल अपने से आते हैं।

परमात्मा का अनुभव फूल की तरह है, साधना पौधे की तरह है। पौधे को संभालें, फूल तो अपने आप आ जाएगा। लेकिन हम जल्दी में हैं, हम कहते हैं पौधे की फिक्र छोड़ो, आप तो फूल दे दें।

छोटे बच्चे होते हैं न, जब स्कूल में परीक्षा देने जाते हैं, तो गणित तो हल नहीं करते, गणित की किताब के पीछे उत्तर लिखे होते हैं, उनको उलटा कर देख लेते हैं और लिख देते हैं। उत्तर बिलकुल सही है, लेकिन बिलकुल गलत। क्योंकि जो विधि से न गुजरा हो, उसका उत्तर सही कैसे हो सकता है। उसने उत्तर तो बिलकुल सही ही लिखा है—पांच ही लिखा है; और जिन्होंने विधि करके लिखा है, उन्होंने भी पांच ही लिखा है। लेकिन आप फर्क समझ रहे हैं कि जिन्होंने विधि करके लिखा है, उनके पांच में और जिसने किताब के पीछे से चुरा कर लिखा है—चाहे वह गीता के पीछे से लिखा हो, चाहे कुरान के पीछे से, इससे क्या फर्क पड़ता है—उन दोनों के उत्तर बिलकुल एक जैसे होते हुए भी एक जैसे नहीं हैं। बुनियादी फर्क है। क्योंकि असली सवाल उत्तर का नहीं है कि आप पांच के उत्तर पर पहुंच जाएं, असली सवाल यह है कि आपको जोड़ना आ जाए। और वह उसको नहीं आया, जिसने किताब के पीछे से पांच देख लिया। उसे गणित न आया, सिर्फ उत्तर आ गया।

तो अगर कहीं से सीखा, कहीं से पाया, किसी से सुना और पकड़ा तो परमात्मा किताब के पीछे से चुराया गया होगा—मुर्दा, मरा हुआ, बेकार, किसी काम का नहीं, ज़िंदा नहीं। ज़िंदा धर्म तो जीने से आता है। किसी किताब के पीछे लिखे हुए उत्तर से नहीं।

लेकिन हम सब चोर हैं। छोटे बच्चे को हम डांटते हैं कि चोरी मत करना। शिक्षक भी समझाता है उसको कि देखो, किताब के पीछे मत देखना। कोई कागज-पत्तर पर कोई उत्तर लिखकर तो नहीं लाए हो? खीसे में से निकालकर बाहर रख लेता है। लेकिन अगर खुद अपने से पूछे कि अपने सब उत्तर चुराये हुए तो नहीं हैं? तो सब उत्तर चुराए हुए मालूम पड़ेंगे। गुरु चोर, शिष्य चोर, शिक्षक चोर। ज़िंदगी के सब उत्तर चुराए हुए हैं। तो उन चुराए हुए उत्तरों से न तो शांति मिल सकती है, न आनंद। क्योंकि आनंद मिलता है उस प्रक्रिया से गुजरने से, जिसमें उत्तर के फूल लगते हैं, लगाए नहीं जाते।

कुछ और प्रश्न रह गए हैं, वह कल सुबह हम बात करेंगे। अब हम रात के ध्यान के लिए बैठेंगे।

जिन मित्रों को ध्यान में बैठना हो वे दूर-दूर हट जाएं, थोड़ी जगह कर लें। जिनको न बैठना हो वे बहुत चुपचाप चले जाएं और किसी तरह की बातचीत न करें। और जो भी यहां रुकता है, उसे दर्शक की भांति नहीं रुकना है, उसे प्रयोगकर्ता की भांति ही रुकना है। बातचीत न करें। चुपचाप फासले पर हट जाएं।

आठवां प्रवचन

विचार नहीं, वरन् मृत्यु के तथ्य का दर्शन

मेरे प्रिय आत्मन्!
एक मित्र ने पूछा है कि मृत्यु के संबंध में हम सोचें ही क्यों? जीवन मिला है, उसे जीएं। वर्तमान में जो है, उसमें रहें। मृत्यु के विचार को ही हम क्यों बीच में आने दें?

उन्होंने ठीक बात पूछी है। लेकिन अगर इतना भी सोचा कि मृत्यु के विचार को क्यों बीच में आने दें? तो भी मृत्यु का विचार आ ही गया। और अगर इतना भी सोचा कि हम जीएं ही, हम मरने के संबंध में सोचें ही न, तो भी सोचना शुरू हो गया। मृत्यु इतना बड़ा तथ्य है कि उससे आंखें नहीं चुराई जा सकतीं। यद्यपि हम जीवन भर यही कोशिश करते हैं कि मृत्यु के संबंध में न सोचें, इसलिए नहीं कि मृत्यु न सोचने जैसी चीज है, बल्कि इसलिए कि सोचने से भी भय लगता है। यह विचार भी प्राणों को कंपा जाता है कि मैं मरूंगा। जब मरूंगा, तब तो कंपाएगा ही। यह विचार भी, बिना मरे ही यह विचार भी यदि मन को पकड़े कि मैं मरूंगा, तो सारे प्राण जड़ों से कंप जाते हैं।

आदमी निरंतर कोशिश करता रहा है कि मृत्यु को भुलाए, सोचे न। हमने सारी व्यवस्था ऐसी की है जीवन की कि मृत्यु न दिखाई पड़े। उसको झुठलाने की पूरी कोशिश की है। और आदमी ने जो इंतजाम किये हैं, वे सफल होते हुए दिखाई पड़ें, लेकिन सफल होते नहीं हैं। क्योंकि मृत्यु है, उससे कैसे भागेंगे? कब तक भागेंगे? कहां भागेंगे? और भागते-भागते उसमें ही पहुंच जाना है। कहीं भी भागें, किसी भी दिशा में भागें, वहीं पहुंच जाएंगे। और वह रोज करीब आती चली जाती है, सोचें या न सोचें, भागें या बचें। लेकिन किसी भी तथ्य से भागा नहीं जा सकता है।

और मृत्यु कोई ऐसी बात नहीं है कि भविष्य में घटित होगी, इसलिए हम उसको क्यों सोचें। यह भी भ्रांति है। मृत्यु भविष्य में घटित नहीं होगी, मृत्यु प्रतिपल घटित हो रही है। पूर्ण होगी भविष्य में, घटित तो प्रतिपल हो रही है। यानी इस वक्त भी हम मर रहे हैं। यहां घंटे भर हम बैठेंगे तो घंटे भर मर जाएंगे। सत्तर साल लगेंगे पूरा मरने में, लेकिन उसमें यह एक घंटा भी सम्मिलित रहेगा। यह घंटा भर भी हम मरेंगे। ऐसा नहीं है कि अचानक कोई एक दिन सत्तर साल में मर जाता है। अचानक मौत नहीं आती है, मौत कोई आकस्मिक घटना नहीं है। ग्रोथ है, एक विकास है, जो जन्म के दिन से ही शुरू हो जाती है। असल में जन्म मृत्यु का पहला छोर है और मृत्यु अंतिम छोर है। यह यात्रा उसी दिन शुरू हो जाती है। जिसको हम जन्म दिन कहते हैं, वह मरने के दिन का पहला दिन है। यात्रा में जरा वक्त लगेगा, लेकिन चल पड़े।

जैसे कोई आदमी द्वारका से चल पड़े कलकत्ते के लिए, तो जो पहला कदम उठाएगा, वह भी कलकत्ते के लिए ही उठाया जा रहा है, अंतिम कदम उठाएगा, वह भी कलकत्ते के लिए ही उठाया जा रहा है। और अंतिम कदम जितना कलकत्ता में पहुंचाएगा, उतना ही पहला कदम भी पहुंचा रहा है। और अगर पहला नहीं पहुंचाएगा, तो अंतिम कभी पहुंचा नहीं सकता है। यानी जब मैंने द्वारका से कलकत्ता चलने के लिए पहला कदम उठाया, तभी मैं कलकत्ता पहुंचने लगा। कलकत्ता एक कदम पास आ गया और एक-एक कदम पास आता चला जाता है। हालांकि हो सकता है कि छह महीने बाद आप कहें कि अब कलकत्ता आया। लेकिन वह छह महीने पहले ही आना शुरू हो गया था, इसलिए छह महीने बाद आ सका।

इसलिए दूसरी बात यह कहना चाहता हूं कि मृत्यु भविष्य में है, ऐसा मत सोचना आप। मृत्यु प्रतिपल है। और भविष्य क्या है? हमारे सारे वर्तमान का जोड़ है। हम जोड़ते चले जा रहे हैं, जोड़ते चले जा रहे हैं, जोड़ते चले जा रहे हैं। पानी को कोई गर्म कर रहा है। पहली डिग्री पर पानी गर्म हो गया है, लेकिन अभी भाप नहीं बन गया है। दो डिग्री पर पानी गर्म हो गया है, अभी भाप

नहीं बन गया है। भाप तो सौ डिग्री पर बनेगा। लेकिन पहली डिग्री पर भी भाप बनने के करीब पहुंचने लगा। दूसरी डिग्री पर, तीसरी डिग्री पर, निन्यानबे डिग्री पर भी पानी भाप नहीं बन गया है, सौ डिग्री पर ही भाप बनेगा। लेकिन क्या आपने खयाल किया है कि सौवीं डिग्री एक ही डिग्री है और पहली डिग्री भी एक ही डिग्री है। निन्यानबे से सौ तक जो यात्रा करनी पड़ी है, वही यात्रा एक से दो तक करनी पड़ी है। उसमें कोई फर्क नहीं है। इसलिए जो जानता है, वह पहली डिग्री पर ही कहेगा कि सावधान, पानी भाप बन जाएगा, हालांकि कहीं पानी भाप बनता हुआ दिखाई नहीं पड़ रहा है। हम कहेंगे, सिर्फ पानी गरम हो रहा है, भाप कहां बनता है? निन्यानबे डिग्री तक हम अपने को धोखा दे सकते हैं कि पानी अभी भाप नहीं बन रहा है। लेकिन सौवीं डिग्री पर पानी भाप बनेगा। और हर डिग्री सौवीं डिग्री को करीब लाती चली जाएगी।

इसलिए मृत्यु भविष्य में है, ऐसा कहकर बचने की, पोस्टपोन करने की कोशिश करनी व्यर्थ है। मृत्यु प्रतिपल है। हम रोज ही मर रहे हैं। असल में जिसको हम जीना कह रहे हैं, उसमें और मरने में कोई फर्क नहीं है। हम जिसको जीना कह रहे हैं, वह धीरे-धीरे मरने का नाम है। मैं नहीं कहता कि भविष्य के लिए सोचें। लेकिन जो हो ही रहा है, उसे देखें। और सोचने के लिए भी नहीं कहता।

उन मित्र ने पूछा है कि मृत्यु के संबंध में क्यों सोचें?

मैं नहीं कहता कि सोचें। सोचकर आप कुछ जान भी न पाएंगे। यह ध्यान रहे कि सोचने से किसी भी तथ्य को कभी नहीं जाना जा सकता है। असल में सोचने की तरकीब तथ्यों को झुठलाने की तरकीब है। अगर एक फूल खिला है और आप फूल के संबंध में सोचें, तो आप फूल को नहीं जान पाएंगे। क्योंकि जितना आप सोचने में चले जाएंगे, उतना ही फूल दूर छूट जाएगा। आप सोचने में आगे निकल जाएंगे, फूल वहीं पड़ा रह जाएगा। फूल को सोचने से क्या मतलब है! फूल एक तथ्य है। अगर फूल को जानना है तो सोचें मत, फूल को देखें।

देखने और सोचने में फर्क है। और यह फर्क महत्वपूर्ण है। पश्चिम सोचने पर बड़ा जोर देता है। इसलिए उन्होंने अपने विचारशास्त्र को फिलासफी का नाम दिया है। फिलासफी का मतलब है, विचार। हमने अपने सोचने के शास्त्र को दर्शन का नाम दिया है। दर्शन का अर्थ है, देखना। दर्शन का अर्थ सोचना नहीं है। जरा समझने जैसी बात है कि हमने दर्शन कहा है, उन्होंने फिलासफी कहा है। इसमें बुनियादी फर्क है। और जो लोग फिलासफी और दर्शन को पर्यायवाची कहते हैं, उन्हें कुछ भी पता नहीं है। ये दोनों पर्यायवाची नहीं हैं। इसीलिए इंडियन फिलासफी जैसी कोई चीज ही नहीं है और पाश्चात्य दर्शन जैसी कोई चीज नहीं है। पश्चिम में जो है, वह विचार शास्त्र है, मीमांसा है, तर्क है, विश्लेषण है। पूरब ने एक और ही फिक्र की है। पूरब ने यह अनुभव किया है कि कुछ तथ्यों को सोचने से जाना ही नहीं जा सकता। तथ्यों को देखना पड़ेगा, जीना पड़ेगा। सोचने और देखने में बड़ा फर्क है।

एक आदमी प्रेम के संबंध में सोचता है। तो हो सकता है, प्रेम के ऊपर शास्त्र लिख सके। लेकिन प्रेमी प्रेम को जीता है, देखता है। हो सकता है, शास्त्र न लिख सके। और प्रेमी से अगर कोई पूछने जाए कि प्रेम के संबंध में कुछ कहो, तो शायद आंखें उसकी बंद हो जाएं, आंसू बहने लगें। और वह कहे, मत कहो, मत कहो, कैसे कह सकता हूं! मत पूछो। प्रेम के संबंध में क्या कह सकता हूं! और जिसने प्रेम पर सोचा है, वह प्रेम पर घंटों समझाएगा, लेकिन प्रेम के कण भर का उसे पता न होगा। सोचना और देखना दो विभिन्न प्रक्रियाएं हैं।

तो मैं यह नहीं कह रहा हूं कि मृत्यु के संबंध में सोचें। सोचेंगे तो आप मृत्यु को कभी न

जान सकेंगे। देखना पड़ेगा। मैं यह कह रहा हूं कि मृत्यु तो यह खड़ी है, आपके भीतर खड़ी है, इसे देखना पड़ेगा। यह जिसे मैं 'मैं' कह रहा हूं, यह मर रहा है पूरे वक्त। इस मरने की घटना को देखना पड़ेगा, इस मरने की घटना को जीना पड़ेगा, इस मरने की घटना को स्वीकार करना पड़ेगा कि मैं मर रहा हूं, मैं मर रहा हूं, मैं मर रहा हूं। झुठलाने की हम बहुत कोशिश करते हैं, हजार तरकीबें हमने निकाली हैं झुठलाने की। सफेद हो गए बाल को खिजाब लगा सकते हैं, लेकिन उससे मौत कुछ झुठला नहीं जाती, वह तो आती है। खिजाब लगे हुए बाल के भीतर भी बाल सफेद ही हैं। वह मौत आनी शुरू हो गई है। वह आएगी ही। उसे हम कैसे झुठलाएंगे? उसे हम कितना ही झुठलाते चले जाएं, इससे कोई फर्क नहीं पड़ता। उसकी गति चल रही है। हां, इतना ही फर्क पड़ सकता है कि हम उसे जानने से वंचित रह जाएं।

और मैं यह कह रहा हूं कि जो अभी मृत्यु को ही न जान पाया, वह जीवन को कैसे जानेगा? मैं यह कह रहा हूं कि मृत्यु तो परिधि पर है, जीवन केंद्र पर है। अगर परिधि को ही न जाना, तो केंद्र को हम कैसे जानेंगे? और अगर परिधि से ही भाग खड़े हुए, तो केंद्र के पास तो कभी पहुंच ही न पाएंगे। क्योंकि जिस घर की बाहर की बाउंड्री की दीवाल से मैं डर गया और भाग खड़ा हुआ, उस घर के भीतर के भवन में कैसे प्रवेश करूंगा! मृत्यु है बाहर का घेरा और जीवन है मृत्यु के केंद्र में स्थापित मंदिर। उस बाहर के घेरे से हम भाग रहे हैं, तो हम जीवन से भी भाग जाते हैं। जो मृत्यु को जानेगा, जानेगा, जानेगा; वह धीरे-धीरे, धीरे-धीरे मृत्यु के वस्त्रों को हटाकर जीवन को भी जानने लगेगा। मृत्यु द्वार है जीवन को जानने का। मृत्यु से बचे कि जीवन से भी बचे।

तो जब मैं कहता हूं कि मृत्यु को जानें, तथ्य को पहचानें, तो सोचने के लिए नहीं कह रहा हूं। और एक मजे की बात समझ लेनी चाहिए।

सोचने का मतलब है कि जिसे हम जानते हैं, उसको दोहराना। सोचना कभी भी मौलिक नहीं होता। आमतौर से हम कहते हैं कि फलां व्यक्ति के विचार बहुत मौलिक, बहुत ओरिजनल हैं। कोई विचार कभी मौलिक नहीं होता। विचार मौलिक हो ही नहीं सकते। दर्शन मौलिक हो सकता है। विचार तो सदा बासे होते हैं।

अगर आपसे मैं कहूं कि गुलाब के इस फूल के संबंध में सोचिए। आप क्या सोचेंगे? जो आपने गुलाब के संबंध में जाना हुआ है, पहचाना हुआ है, उसी को दोहराएंगे। करेंगे क्या? सोचने में कर क्या सकते हैं आप? क्या गुलाब के फूल के संबंध में एकाध भी अज्ञात, मौलिक दृष्टि आपके सोचने में आ सकती है? कैसे आएगी! सोचना तो विचार का दोहराना है। आप कहेंगे, बड़ा सुंदर है। यह कितनी बार नहीं सुना है, यह कितनी बार नहीं पढ़ा है। कहेंगे कि बिलकुल प्रेयसी के मुख की भांति है। यह भी कितनी बार नहीं सुना है, कितनी बार नहीं पढ़ा है। कहेंगे, बड़ा ताजा है, बड़ा आनंददायी है। लेकिन यह भी कितनी बार नहीं पढ़ा है, कितनी बार नहीं सुना है। क्या आप करेंगे विचार कर? विचार से आप कहां गुलाब के उस फूल में प्रवेश कर पाएंगे? विचार से आप गुलाब के फूल के संबंध में जो स्मृति में बैठा है, उसमें ही प्रवेश कर सकेंगे। अपने ही बासे को आप उघाड़कर देखते रहेंगे। इसलिए विचार कभी भी मौलिक नहीं होता। मौलिक विचार जगत में होता ही नहीं। द्रष्टा मौलिक होते हैं।

अगर कोई व्यक्ति गुलाब के फूल को देखे, तो देखने का मतलब है...पहली शर्त तो यह है कि विचार न करे। विचार को हटा दे, स्मृति को हटा दे, खाली हो जाए और गुलाब के फूल के साथ जीये। इधर हो गुलाब का फूल, उधर हो वह, बीच में कोई भी न हो। सुना हुआ, पढ़ा हुआ, जाना हुआ, कुछ भी बीच में न हो, अनुभव किया हुआ, कोई भी बीच में न हो। ज्ञात, नोन बीच

में न हो। इधर रहूं मैं, उधर हो गुलाब। तब जो अननोन है, वह जो अज्ञात गुलाब के भीतर बैठा है, वह मेरे प्राणों में प्रवेश करने लगेगा। बीच में कोई बाधा न पाकर वह प्रवेश कर जाएगा। और तब ऐसा नहीं होगा कि ऐसा पता चलेगा कि गुलाब यह है, ऐसा पता चलेगा कि मैं और गुलाब अलग कहां! तब हम भीतर से गुलाब को जान पाएंगे। द्रष्टा भीतर प्रवेश कर जाता है, विचारक बाहर घूमता रहता है। इसलिए विचारक की कोई उपलब्धि नहीं है। जो उपलब्धि है वह द्रष्टा की है। द्रष्टा भीतर प्रवेश कर जाता है, क्योंकि उसके और उसके सामने जो है, उसके बीच कोई दीवाल नहीं रहती। दीवाल टूट जाती है, दीवाल मिट जाती है।

कबीर ने एक दिन अपने बेटे कमाल को कहा कि वह जाए और गाय-भैंस के लिए जंगल से थोड़ा घास काट लाए। तो कमाल घास काटने जंगल में गया। सुबह का निकला है, दोपहर होने लगी और वह नहीं लौटा। कबीर चिंतित हुए हैं। फिर दोपहर भी ढलने लगी और वह नहीं लौटा। बड़ी चिंता बढ़ गई। फिर सांझ होने लगी, सूरज ढलने के करीब आ गया, तो कबीर और उनके कुछ भक्त ढूंढने निकले कि कमाल गया कहां। जाकर देखते हैं कि जंगल में घनी घास के बीच में कमाल खड़ा है। आंखें बंद हैं और डोल रहा है। हवा के झोंके में जैसे घास डोल रही है वैसे ही कमाल भी डोल रहा है। जाकर उसको हिलाया और पूछा, यह क्या कर रहे हो? उसने आंख खोली और कहा, अरे! बड़ी भूल हो गई। कबीर ने कहा, कितनी देर लगा दी, यह कर क्या रहे हो? उसने कहा, जब मैं यहां आया, तो बड़ी भूल हो गई। क्या भूल हो गई? उसने कहा कि मैं घास काटना छोड़कर घास को देखने लगा और देखते-देखते कब मैं घास हो गया, मुझे पता ही न रहा। फिर सांझ हो गई। और मुझे पता ही न था कि मैं हूं कमाल, जो घास काटने आया है। मैं तो घास ही हो गया। इतना आनंद था उस घास हो जाने में कि कमाल होने में कभी भी न पाया था। और तुम आ गए तो ठीक किया, अन्यथा पता नहीं...अब तो लौटना न हो पाता क्योंकि मुझे पता ही न था। हवाएं घास को नहीं हिला रही थीं, वे मुझे हिला रही थीं। और यह तो बात ही खतम हो गई थी, काटने वाला और कटने वाला समाप्त हो गया था। यह कमाल ने कहा कि बड़ी भूल हो गयी, मैं देखने में लग गया।

यह बड़ी भूल नहीं हो गयी, यह बड़ी अदभुत बात हो गयी। और जब भी कोई देखने में लग जाएतो बात एकदम बदल जाती है। हम कुछ भी नहीं देखते! कभी आपने अपनी पत्नी को देखा है? कभी अपने बेटे को देखा है? जिनके साथ आप बरसों से जी रहे हैं, कभी उन्हें देखा है? सोचा है सदा कि कल इस पत्नी ने क्या-क्या किया था, वह बीच में खड़ा रहा। सुबह दफ्तर जाते वक्त उसने कैसा झगड़ा किया था, वह बीच में खड़ा हुआ है। खाना खाते वक्त उसने क्या कहा था, वह बीच में खड़ा हुआ है। सोचा है सदा, देखा कभी भी नहीं। और इसलिए कोई भी संबंध नहीं है पति और पत्नी के बीच, बाप और बेटे के बीच कोई संबंध नहीं है, मां और बेटे के बीच कोई संबंध नहीं है। संबंध तो वहां होता है, जहां विचार विलीन होता है और दर्शन शुरू होता है। तब संबंध होता है, क्योंकि तब बीच में तोड़ने वाला कोई भी नहीं रह जाता।

ध्यान रहे, संबंध का मतलब ऐसा नहीं है कि दो को जोड़ने वाला कोई हो। जब तक जोड़ने वाला बीच में कोई होगा, तब तक तोड़ने वाला मौजूद है। क्योंकि जो जोड़ता है वह तोड़ता है। जिस दिन जोड़ने वाला भी बीच में कोई मौजूद नहीं रह जाता, दो ही रह जाते हैं, बीच में कोई नहीं रह जाता, उस दिन एक ही रह जाता है, उस दिन दो नहीं रह जाते। संबंध का मतलब ऐसा नहीं है कि जिससे हम जुड़े हैं। संबंध का मतलब यह है कि जिसके और हमारे बीच कुछ भी नहीं है, कोई है ही नहीं बीच में, जोड़ने तक को कोई नहीं है। वहां धाराएं विलीन हो जाती हैं और एक दूसरे में लीन

हो जाती हैं। इसका नाम प्रेम है। दर्शन प्रेम में ले जाता है। प्रेम का सूत्र है दर्शन। और जिसने प्रेम नहीं किया, उसने कभी कुछ नहीं जाना। चाहे किसी भी चीज को जानने गया हो, तो प्रेम से ही जाना है।

अब जब मैं कहता हूं कि मृत्यु को जानना है, तो मृत्यु से भी प्रेम करना पड़ेगा, मृत्यु का भी दर्शन करना पड़ेगा। और वह जो भयभीत है, वह भागा हुआ है, वह प्रेम कैसे करे? वह दर्शन कैसे करे? वह मृत्यु को देखे कैसे? मृत्यु सामने खड़ी हो जाए, तो वह पीठ फेरकर खड़ा हो जाता है। वह आंख बंद कर लेता है, वह मृत्यु को कभी सामने नहीं आने देता है। वह भयभीत है, वह डरा हुआ है। इसलिए वह मृत्यु को कभी न देख पाता है, न प्रेम कर पाता है। और जो अभी मृत्यु को ही प्रेम न कर पाया, वह जीवन को कैसे प्रेम करेगा। क्योंकि मृत्यु तो बड़ी ऊपर की घटना है, जीवन बड़ी गहरे की घटना है। जो कुएं की पहली सीढ़ी से लौट आया, वह कुएं के जल तक कैसे पहुंचेगा।

इसलिए मृत्यु को तो जीना पड़ेगा, जानना पड़ेगा, देखना पड़ेगा, प्रेम करना पड़ेगा, उसके साथ आंख मिलानी पड़ेगी। और जैसे ही कोई आंख मृत्यु से मिलाता है, जैसे ही कोई खड़े होकर उसे देखने लगता है, जैसे ही कोई उसमें प्रवेश कर जाता है, वह हैरान होता है। कितना बड़ा रहस्य छिपा है मृत्यु में कि जिसे हम मृत्यु जानकर भागते थे, उसके भीतर परम जीवन का स्रोत छिपा है। इसलिए मैं कहता हूं, मरें स्वेच्छा से, ताकि जीवन को पहुंच सकें।

जीसस का एक अदभुत वचन है। जीसस ने कहा है कि जो अपने को बचाएगा, वह मिट जाएगा; और जो अपने को मिटाएगा, उसको मिटाने वाला कोई भी नहीं है। जो अपने को खो देगा, वह पा लेगा; और जो अपने को बचाएगा, वह खो जाएगा।

एक बीज अगर अपने को बचाने में लग जाए, तो सिर्फ सड़ेगा और क्या होगा! और एक बीज अगर अपने को मिटा दे जमीन में और खो जाए, तो वृक्ष बन जाएगा। बीज की मृत्यु वृक्ष का जीवन बन जाती है। और बीज अगर अपने को बचाने लगे और कहे कि मैं डरता हूं, मैं मर नहीं सकता हूं, मैं खो नहीं सकता हूं, मैं अपने को क्यों खोऊं? तो फिर बीज सड़ेगा। फिर बीज भी न रह जाएगा, वृक्ष होना तो बहुत दूर है! हम डरकर सिकुड़ जाते हैं, मौत से डर कर हम सिकुड़ जाते हैं।

मैं यहां एक बात और कहना चाहता हूं, जो आपके खयाल में कभी न आई होगी। सिर्फ मृत्यु से डरे हुए आदमी में अहंकार होता है। क्योंकि अहंकार है सिकुड़ा हुआ व्यक्तित्व—ठोस गांठ। जो मौत से डरा, वह सिकुड़ जाता है, क्योंकि जो डरता है उसे सिकुड़ना पड़ता है, जो सिकुड़ता है वह गांठ बन जाता है भीतर, एक कांप्लेक्स बन जाता है। मैं का जो भाव है, वह मौत से डरे हुए आदमी का भाव है। और जो आदमी मौत में उतर जाता है, जो उससे डरता नहीं है, भागता नहीं है, उसको जीने लगता है, उसका मैं विलीन हो जाता है, उसका अहंकार विलीन हो जाता है। और जब अहंकार विलीन हो जाता है, तो जीवन ही रह जाता है, जीवन ही रह जाता है। इसे हम ऐसा भी कह सकते हैं कि सिर्फ अहंकार ही मरता है, आत्मा नहीं मरती है। और हम चूंकि अहंकार ही बने रहते हैं, इसलिए बड़ी मुश्किल हो जाती है। अहंकार ही मर सकता है, उसकी ही मृत्यु है, क्योंकि वह झूठ है। उसे मरना ही पड़ेगा। और हम उसी को पकड़े हुए हैं।

जैसे समझ लें कि सागर में एक लहर उठ रही है अभी। अभी पीछे सागर लहरें ले रहा है, उसमें एक लहर उठी। अगर लहर लहर की तरह बचना चाहे, तब तो नहीं बच सकती, मरेगी ही। लहर लहर की तरह कैसे बच सकती है! मरेगी ही। हां, एक रास्ता है कि बर्फ बन जाए, फ्रोजन हो

जाए, सिकुड़ जाए, ठोस हो जाए, तो बच सकती है। अगर लहर बर्फ हो जाए तो बच सकती है, लेकिन उस बचने में भी लहर गई, बर्फ रह गई—बंद, टूटा हुआ।

ध्यान रहे, लहर टूटी नहीं है, सागर से एक है; लेकिन बर्फ टूट जाती है सागर से, वह अलग हो गई। बर्फ सख्त हो गयी, फ्रोजन हो गयी, सिकुड़ गयी, जम गयी। तो लहर तो सागर के साथ एक थी, लेकिन बर्फ का टुकड़ा अगर हो जाए, तो बच तो जाएगी, लेकिन सागर से टूट जाएगी। और कितनी देर बची रहेगी? जो जमा है, वह पिघलेगा। गरीब लहर जरा जल्दी पिघल जाएगी, अमीर लहर जरा देर से पिघलेगी और क्या फर्क होगा? जरा बड़ी लहर होगी, तो देर लगेगी सूरज की रोशनी को उसे पिघलाने में; छोटी लहर होगी, जल्दी पिघल जाएगी। इतना ही फर्क होगा। समय का ही फर्क हो सकता है। पिघलेगी, पिघलेगी। और रोएगी, चिल्लाएगी, क्योंकि जैसे ही पिघलेगी वैसे ही मिटेगी।

लेकिन लहर अगर लहर की तरह अपने को खो ही दे और नीचे उतर कर जान ले कि सागर ही है, तो फिर लहर को मिटने का सवाल ही मिट जाता है। फिर वह मिटे तो है, न मिटे तो है। क्योंकि वह जानती है कि मैं लहर नहीं हूं, तब वह जानती है कि मैं सागर हूं। जब सब लहर खो जाती हैं, तब भी वह है, तब वह विश्राम में है। और जब लहर उठती है, तब वह श्रम में है। और श्रम से विश्राम कम सुखद नहीं है। ज्यादा ही सुखद है।

एक श्रम का होना है, एक विश्राम का होना है। जिसे हम संसार कहते हैं, वह श्रम का होना है; और जिसे हम मोक्ष कहते हैं, वह विश्रामपूर्ण होना है। ऐसे ही जैसे लहर है, हवाओं से लड़ती है, टकराती है, परेशान है। और फिर लहर सो गई है। अब भी है—जो था, वह अब भी है—अब भी वह सागर में है, लेकिन विश्राम में है। लेकिन अगर कोई लहर लहर की तरह अपने को मान ले, तो अहंकार से भर गई; और तब वह सागर से अपने को तोड़ना चाहेगी, क्योंकि जिसको ऐसा खयाल हो जाए कि मैं हूं, वह सबके साथ मिला हुआ कैसे रहे। मिला हुआ रहे, तो फिर मैं का पता नहीं चलता। इसलिए मैं कहता है, तोड़ लो सबसे अपने को। और कितना मजा है कि तोड़कर बड़ा दुख होता है। इसलिए फिर मैं कहता है, जोड़ो सबसे अपने को। इतना चक्कर है मैं का। पहले वह कहता है तोड़ो सबसे अपने को, आइसोलेट करो, क्योंकि तुम अलग हो। तुम सबसे कैसे जुड़े रह सकते हो! तो मैं अपने को तोड़ लेता है। फिर तोड़ कर वह परेशानी में पड़ जाता है, क्योंकि टूटते ही दुख शुरू हो जाता है, क्योंकि टूटते ही मौत शुरू हो जाती है। लहर ने जैसे ही अपने को जाना कि सागर से अलग हूं, उसका मरना शुरू हुआ, मौत आई। अब मौत से बचना पड़ेगा, अब वह संघर्ष में पड़ जाएगी। जब तक वह सागर से एक थी, मौत थी ही नहीं, क्योंकि सागर नहीं मरता है।

ध्यान रहे, सागर बिना लहर के भी हो सकता है, लहर बिना सागर के नहीं हो सकती है। आप लहर नहीं ला सकते हैं बिना सागर के। सागर आ ही जाएगा लहर में। लेकिन सागर बिना लहर के हो सकता है। सब लहरें शांति में हैं, विश्राम में हैं। लहर ने जैसे ही चाहा कि मैं बचाऊं अपने को अलग, वैसे ही कठिनाई शुरू हो गई और वह सागर से टूट गई और मौत शुरू हो गई।

और इसलिए मरने वाला प्रेम करना चाहता है। हम सब मरने वाले प्रेम के लिए इसीलिए इतने आतुर हैं कि प्रेम फिर जोड़ने का उपाय बनता है। इसलिए हम में से कोई भी बिना प्रेम के जीने में बड़े दुख में है। प्रेम चाहिए, कोई प्रेम ले, कोई प्रेम दे। और जिस व्यक्ति को प्रेम न मिले, उसकी बड़ी मुश्किल हो जाती है। मगर हमने कभी सोचा कि प्रेम का मतलब क्या है? यानी प्रेम का मतलब यह है कि वह जो हमने विराट से तोड़ दिया है नाता, अब उसको हम फिर टुकड़े-टुकड़े में जोड़ने

की कोशिश कर रहे हैं। इसलिए एक प्रेम तो वह है जिसमें हम टुकड़े-टुकड़े से जोड़ने की कोशिश कर रहे हैं, उसका नाम प्रेम है। और एक प्रेम वह है, जहां हमने तोड़ने की कोशिश बंद कर दी है, उसका नाम प्रार्थना है।

इसलिए प्रार्थना जो है पूर्ण प्रेम का नाम है। उसका मतलब बहुत भिन्न है। उसका मतलब यह नहीं है कि हम एक-एक टुकड़े से जोड़ने की कोशिश कर रहे हैं। उसका मतलब है, हमने तोड़ना बंद कर दिया है। लहर ने कहा कि मैं सागर हूं, अब वह हर लहर से अपने को जोड़ने की कोशिश नहीं कर रही है। और ध्यान रहे, लहर खुद ही मरी जा रही है, पड़ोस की लहरें भी मरी जा रही हैं। अगर लहर ने लहर से संबंध जोड़ने की कोशिश की, तो मुश्किल में पड़ जाने वाली है।

इसलिए जिसको हम प्रेम कहते हैं, वह अत्यंत दुखदायी है, क्योंकि लहर लहर से संबंधित होने की कोशिश कर रही है। यह लहर भी मर रही है, वह लहर भी मर रही है। दोनों लहरें मर रही हैं। और दोनों लहरें इस आशा में दूसरे से जुड़ रही हैं कि शायद जुड़ने से हम बच जाएं। इसलिए प्रेम को हम सुरक्षा बना रहे हैं। इसलिए कोई अकेला रहने में डरता है। पत्नी चाहिए, पति चाहिए, बेटा चाहिए, मां चाहिए, भाई चाहिए, मित्र चाहिए, समाज चाहिए, संगठन चाहिए, राष्ट्र चाहिए। ये सब अहंकार की चेष्टाएं हैं। जिसने तोड़ लिया है, फिर वह जोड़ने की कोशिश में लगा हुआ है।

लेकिन सब जोड़ने की कोशिश मौत ला रही है। क्योंकि जिससे हम जुड़ रहे हैं, वह भी उतना ही मरण से घिरा हुआ है, उतना ही अहंकार से घिरा हुआ है। और मजे की बात यह है कि वह हमसे जुड़कर अमर होना चाहता है, हम उससे जुड़कर अमर होना चाहते हैं। और दोनों मरणधर्मा हैं, कैसे अमर हो सकते हैं? मौत दुगुनी हो सकती है, अमृत बिलकुल नहीं हो सकती है।

इसलिए दो प्रेमी कितनी आशा करते हैं कि प्रेम अमर हो जाए, दिन रात गीत गाते हैं, अनंतकाल से कविताएं लिख रहे हैं कि प्रेम अमर हो जाए। वह अमर होने की आकांक्षा दो मरणधर्मा मिलकर कैसे कर सकते हैं? दो मरणधर्मा मिलेंगे, तो सिर्फ मौत दुगुनी होती है और कुछ भी नहीं होता है। कैसे कुछ और हो सकता है? और दोनों पिघलते जा रहे हैं, और दोनों गिरते जा रहे हैं, और दोनों मिटते जा रहे हैं। इसलिए दोनों भयभीत हैं, चिंतित हैं।

लहरें अपने संगठन बनाए हुए हैं। वे कहती हैं, हमें बचना है। राष्ट्र बनाए हुए हैं, हिंदू-मुसलमान संप्रदाय बनाए हुए हैं। लहरें अपने संगठन बनाए हुए हैं। और सब संगठन मिट जाने वाले हैं, क्योंकि नीचे सागर ही एकमात्र संगठन है। और सागर का संगठन बिलकुल और बात है। उसका मतलब यह नहीं है कि लहर अपने से सागर को जोड़ लेती है, उसका यह मतलब है कि लहर जानती है कि मैं अलग ही नहीं हूं। इसलिए मैं कहता हूं कि धार्मिक व्यक्ति का कोई संगठन नहीं होता, न कोई परिवार होता है, न उसका कोई मित्र होता है, न उसका कोई पिता है, न कोई भाई है।

जीसस ने कुछ बड़े कठोर शब्द कहे हैं। असल में इतने कठोर शब्द भी केवल वे ही लोग कह सकते हैं, जो प्रेम को उपलब्ध हो गए हैं। जिनका प्रेम कमजोर है, वे कठोर शब्द भी तो नहीं कह सकते। एक दिन बाजार में जीसस के पास बहुत लोग भीड़ लगाए हुए खड़े हैं और जीसस की मां मरियम उनसे मिलने आई है। तो भीड़ में लोग उसे रास्ता दे रहे हैं। और कोई चिल्ला रहा है, रास्ता दो, जीसस की मां आ रही है! रास्ता दो, जीसस की मां को भीतर आने दो। तो जीसस भीतर से चिल्लाते हैं कि अगर जीसस की मां को रास्ता दे रहे हो, तो देना ही मत, क्योंकि जीसस की कोई मां नहीं है। मरियम एकदम चौंक कर खड़ी हो गई। और जीसस घिरे हुए लोगों से कहते हैं

कि जब तक तुम मां-बाप को न मिटा पाओ, तब तक मेरे पास न आ सकोगे। जब तक तुम्हारी मां है, जब तक तुम्हारे पिता हैं, जब तक तुम्हारे भाई हैं, तुम्हारी पत्नी है, तब तक तुम मेरे पास न आ सकोगे।

बड़ा कठोर है। हम सोच भी नहीं सकते कि जीसस जैसा प्रेम से भरा हुआ आदमी यह कहेगा कि कोई मेरी मां नहीं है, कौन मेरी मां है? मरियम चौंक कर खड़ी हो गई। और जीसस कहते हैं कि क्या तुम इस स्त्री को मेरी मां कहते हो? कोई मेरी मां नहीं है! और ध्यान रहे, अगर तुम्हारी मां हो अभी, तो तुम मेरे पास न आ सकोगे।

क्या मामला है! असल में जो लहर लहर से संगठित हो रही है, वह सागर के पास न जा सकेगी। असल में सागर से बचने के लिए ही लहर-लहर आपस में संगठन बनाती हैं। अकेली लहर को ज्यादा डर मालूम पड़ता है कि खो न जाऊं, खो न जाऊं! खो ही रही है लहर। तो दस-पांच लहरें इकट्ठी हो जाएं, तो थोड़ी हिम्मत बंधती है। थोड़ा संगठन हो गया, तो थोड़ी भीड़ हो गई।

इसलिए आदमी क्राउड में, भीड़ में जीना पसंद करता है, अकेले में घबड़ाता है। क्योंकि अकेले में बिलकुल अकेली लहर रह जाती है, जो दोनों तरफ से फिसल रही है, गिर रही है, मिट रही है, मिटने के करीब पहुंच रही है। इसलिए संगठन बनाता है, इसलिए शृंखला बनाता है। बाप कहता है कि मैं मिट जाऊंगा, कोई फिक्र नहीं, बेटे को छोड़ जाऊंगा। लहर कहती है, मैं मिट जाऊंगी, लेकिन मैं एक छोटी लहर उठाए जाती हूं। वह तो जीएगी, मेरी शृंखला रहेगी, मेरा नाम रहेगा। इसलिए बाप को बेटा न हो तो बड़ा दुख होता है, क्योंकि वह अमरत्व का कोई इंतजाम नहीं कर पाया। वह तो मिटेगा, लेकिन वह एक दूसरी लहर को पैदा न कर पाया जो आगे चलती चली जाए, जो कम से कम इतना तो कहे कि उस लहर से पैदा हुई थी। वह लहर मिट गई, कोई बात नहीं, लेकिन एक लहर पीछे छोड़ गई है।

इसलिए आपने ध्यान कभी दिया हो न दिया हो, जिन लोगों के जीवन में कोई सृजनात्मक गतिविधि होती है—जैसे कोई पेंटर, कोई चित्र बनाने वाला, कोई संगीतज्ञ, कोई कवि, कोई लेखक—उनको बेटा पैदा करने की उतनी फिक्र नहीं होती। इसका कुल कारण इतना है कि वे बेटे की सब्स्टीटयूट को पा जाते हैं। उनकी पेंटिंग जिंदा रहेगी, उनकी कविता जिंदा रहेगी, उनकी मूर्ति जिंदा रहेगी, उनको बेटे की कोई फिक्र नहीं। इसलिए वैज्ञानिक, चित्रकार, मूर्तिकार, लेखक, कवि, उतनी फिक्र नहीं करते बेटे वगैरह की। उसका और कोई कारण नहीं है, उन्होंने एक दूसरा बेटा पा लिया है। उन्होंने एक लहर पैदा कर दी, जो जिंदा रहेगी। और आपसे ज्यादा देर तक टिकने वाला बेटा पा लिया है। क्योंकि जब आपके बेटे खो जाएंगे, तब भी उनकी किताब रहेगी।

इसलिए साहित्यकार बहुत फिक्र में नहीं रहता कि उसको बेटा हो जाए, उसको संतति हो जाए, उसकी चिंता नहीं है उसे। इसका मतलब यह नहीं है कि वह निश्चिंत है। इसका कुल मतलब इतना है कि उसको थोड़ी लंबी देर तक टिकने वाली लहर मिल गयी है। अब वह फिक्र छोड़ता है छोटी लहरों की। इसलिए परिवार में वह उत्सुक नहीं है। उसने और तरह का परिवार बना लिया है। वह भी उतनी ही अमरता की चेष्टा में लगा हुआ है। इसलिए साहित्यकार कहेगा कि धन खो जाएगा, संपत्ति खो जाएगी, लेकिन शास्त्र रहेगा। उसकी वही आकांक्षा है।

शास्त्र भी खो जाते हैं। कोई शास्त्र नहीं रह जाता। हां, थोड़ी ज्यादा देर तक रहता है। कितने शास्त्र खो गए, कितने शास्त्र रोज खोते चले जाएंगे। सब खो जायेगा। असल में लहरों की दुनिया में कितनी ही लंबी कोई लहर चली जाए, खोएगी ही। लहर होने का मतलब खोना है, लंबाई का कोई फर्क नहीं पड़ता।

इसलिए लहर हूं मैं, अगर ऐसा जाना, तो मौत से बचने की इच्छा रहेगी, डर रहेगा, घबड़ाहट रहेगी। मैं कह रहा हूं कि मौत को देखें, न बचें, न घबराएं, न भागें। देखें, और देखने से आपको लगेगा कि जो इस तरफ से मौत थी, वह थोड़े भीतर जाने से पता चलता है कि वही जीवन है। तब लहर सागर हो जाती है। तब मिटने का भय मिट जाता है। तब वह सख्त, फ्रोजन होकर बर्फ नहीं बनना चाहती। तब वह जितनी देर आकाश में नाचती है, सूरज की रोशनी में खुश है। और जब विश्राम करती है, तब विश्राम में खुश है। इसलिए वह जीवन में खुश है, और मृत्यु में खुश है। क्योंकि वह जानती है कि जो है, वह न तो जन्मता है, और न मरता है; जो है, वह है। रूप बदलते रहते हैं, रूप बदलते चले जाते हैं।

हम सब भी चेतना के सागर पर उठी हुई लहरें हैं। हममें से कुछ बर्फ हो गए हैं, अधिक बर्फ हो गए हैं। अहंकार बर्फ है, सख्त पत्थर की तरह। कितना आश्चर्य है कि पानी जैसी तरल चीज बर्फ जैसी, पत्थर जैसी कठोर हो सकती है! पानी जैसी तरल चीज पत्थर जैसी कठोर हो सकती है, अगर जमने की आकांक्षा पैदा हो जाए। तो चेतना जैसी सरल चीज, तरल चीज जमकर अहंकार, ईगो बन जाती है, अगर जमने की इच्छा पैदा हो जाए। और हम सब जमने की इच्छा से भरे हुए हैं, इसलिए हम बहुत तरह के उपाय करते हैं कि हम कैसे जम जाएं।

पानी के बर्फ बनने के नियम हैं। आदमी के अहंकार बनने के भी नियम हैं। पानी को बर्फ बनना पड़े, तो ठंडा होना पड़ता है। समझ रहे हैं आप, पानी को बर्फ बनना पड़े तो ठंडा होना पड़ता है, उष्णता खोनी पड़ती है, ठंडा, ठंडा, ठंडा हो जाना पड़ता है। जितना ही ठंडा हो जाता है, उतना ही सख्त होता चला जाता है। जिस आदमी को अहंकार बनना हो, उसको भी ठंडा होना पड़ता है, वार्म्थ खोनी पड़ती है, गर्मी खोनी पड़ती है। इसलिए आपने देखा कि हम कहते हैं हाट वेल्कम, गरम स्वागत। इसका मतलब आप समझते हैं! स्वागत हमेशा ही गरम होता है। कोल्ड वेल्कम का कोई मतलब ही नहीं होता है, ठंडे स्वागत का कोई मतलब नहीं होता है।

प्रेम का अर्थ ही गर्मी है, ठंडे प्रेम का कोई अर्थ नहीं होता। प्रेम ठंडा होता ही नहीं, उष्णता है उसमें। असल में जीवन में उष्णता है, मौत ठंडी है। इस फर्क को समझ लेना चाहिए। मौत बिलकुल ठंडी है। जीरो के नीचे, बर्फ उसके भीतर जमा हुआ है, जिंदगी सदा गरम है। इसलिए सूरज जीवन का प्रतीक है, वह गर्मी का प्रतीक है। सुबह वह उगता है, तो मौत बिदा हो जाती है। सब गर्म, उष्ण हो जाता है। फूल खिल जाते हैं, पक्षी गीत गाने लगते हैं। उष्णता जीवन का प्रतीक है, ठंडक मौत का।

तो जिसको अहंकार बनना हो, उसको ठंडा होना पड़ता है। और ठंडा होने के लिए वे सब चीजें खोनी पड़ती हैं, जो गर्म करती हैं। जो व्यक्तित्व को उष्मा देती हैं, उन सबको खोना पड़ता है। जैसे प्रेम ऊर्जा देता है, घृणा ठंडक देती है। तो प्रेम छोड़ना पड़ता है, घृणा पकड़नी पड़ती है। दया, सहानुभूति गर्मी लाती हैं; कठोरता, निर्दयता ठंडक लाती हैं।

जैसे पानी के जमने के नियम हैं, वैसे मनुष्य के मन के जमने के नियम हैं। नियम वही है कि ठंडे होते चले जाएं। हम कहते हैं न कभी किसी आदमी को कि बिलकुल ठंडा आदमी है। कोई उसमें गर्मी नहीं है। पत्थर की तरह हो जाता है वह।

ध्यान रहे कि जितना गर्म होता है, उतना तरल होता है, लिक्वीडिटी होती है, बहाव होता है जीवन में। तब वह दूसरों में भी प्रवेश कर जाता है, दूसरे उसमें प्रवेश कर जाते हैं। लेकिन ठंडा तो सख्त हो जाता है, फिर किसी में प्रवेश नहीं हो पाता, सब तरफ से क्लोजिंग हो जाती है, सब तरफ से बंद हो जाता है। न उसमें कोई प्रवेश कर सकता है, न उसका किसी में प्रवेश हो सकता है।

अहंकार जमी हुई बर्फ है और प्रेम पिघल गया पानी, बह गया पानी है। मौत से जो डरेगा, मौत से जो भागेगा, यह बड़े मजे की बात है कि मौत से जो डरेगा और भागेगा, वह ठंडा होता चला जाएगा। क्योंकि यह डर कि मैं कहीं मर न जाऊं, कहीं टूट न जाऊं, मिट न जाऊं, सिकोड़ेगा, सख्त हो जाएगा, मजबूत हो जाएगा।

मैं एक मित्र के घर में कुछ दिन तक रहता था। वह बड़े धन वाले हैं, बहुत संपदा है। लेकिन एक बात जानकर मैं हैरान हुआ। वे कभी किसी से सीधे न बोलेंगे। ऐसे आदमी अच्छे हैं। जब मैं उनके घर रहा तो मैं बहुत हैरान हुआ कि भीतर से वे बहुत तरल हैं, बाहर से बहुत ठोस हैं। नौकर उनके सामने थरथराएगा, उनका बेटा उनके सामने कांपेगा, उनकी पत्नी उनके सामने डरेगी। कोई उनके घर जाने में दस दफे सोचेगा कि जाना कि नहीं जाना। द्वार पर भी खड़े होकर डर कर ही घंटी बजाएगा कि भीतर प्रवेश करना कि नहीं।

जब मैं उनके करीब रहा और उन्हें निकट से जाना, तो मैंने कहा, यह क्या मामला है! आप आदमी तो बड़े तरल हैं। तो उन्होंने कहा, मुझे बड़ा डर लगता है। किसी से भी संबंध बनाना खतरनाक है, क्योंकि संबंध बनाओ कि आज नहीं कल, वह पैसा मांगना शुरू कर देता है। अगर पत्नी के सामने विनम्र रहो, प्रेमपूर्ण रहो, तो खर्च बढ़ जाता है। अगर बेटे के सामने अकड़े न रहो, तो उसका जेब-खर्च बढ़ता चला जाता है। अगर नौकर से ठीक से बोलो, तो वह भी मालिक बनने की कोशिश शुरू कर देता है। तो एक ठोस दीवाल चारों तरफ खड़ी करनी पड़ती है कोल्डनेस की, ठंडेपन की, जिससे पत्नी भी डरे, बेटा भी बाप के सामने जाने से डरे।

और कितने बाप ऐसा नहीं किए हुए हैं? सच तो यह है कि शायद ही किसी घर में ऐसा हो कि बाप और बेटे कभी बैठकर प्रेम से मिलते हों, शायद ही। बेटे को जब रुपए चाहिए तब वह बाप के पास जाता है, और बाप को जब कोई उपेदश देना हो तब वह बेटे को मिलता है, अन्यथा कोई मिलना नहीं होता। मिलन ही नहीं होता। बाप और बेटे के बीच कोई मिलन ही नहीं है। क्योंकि बाप डरा हुआ है, वह ठोस दीवाल खड़ी किए हुए है। बेटा भी भयभीत है। वह भी बचकर निकलता रहता है। कहीं कोई ताल-मेल नहीं होता। जितना जो व्यक्ति डरेगा, उतना वह ठोस हो जाएगा। जिसने सुरक्षा की, सिक्योरिटी की फिक्र की, वह ठोस हो जाएगा। क्योंकि तरल में बहुत डर है, इनसिक्योरिटी है।

इसलिए हम प्रेम करने में भी बड़ा डरते हैं। और बड़ा पक्का जांच-पड़ताल कर लेते हैं तब प्रेम करते हैं। यानी जिस आदमी से कोई डर नहीं, फिर उससे हम प्रेम करते हैं। इसीलिए तो हमने विवाह ईजाद किया कि पहले विवाह कर लो, पहले सब इंतजाम कर लो, फिर प्रेम करेंगे। क्योंकि प्रेम खतरनाक है। प्रेम तरल चीज है, कोई भी व्यक्ति में प्रवेश हो सकता है। राह चलते आदमी से प्रेम करना खतरनाक है, क्योंकि हो सकता है रात में सब सामान उठाकर ले जाए। इसलिए पहले पक्का पता लगा लो कि यह आदमी कौन है, क्या है, इसके मां-बाप कहां के हैं, इसका चरित्र कैसा है, इसमें गुण क्या हैं? सब इंतजाम कर लो, पूरी सामाजिक सुरक्षा कर लो, फिर घर में लाओ।

हम डरे हुए लोग, पहले सुरक्षा कर लेंगे। और जितनी हम सुरक्षा करते हैं, उतनी सख्त ठंडी दीवाल बर्फ की चारों तरफ खड़ी हो जाती है और वह सारे व्यक्तित्व को सिकोड़ देती है। हमारा परमात्मा से और कहीं संबंध-विच्छेद नहीं हुआ है। हम तरल नहीं हैं, लिक्विड नहीं हैं, सालिड हो गए हैं, बस इतना ही विच्छेद है। हम तरल नहीं हैं, ठोस हो गए हैं, हम पानी नहीं हैं, हम बर्फ हो गए हैं, इतना ही विच्छेद है। हम तरल हो जाएं, विच्छेद विलीन हो जाएगा।

लेकिन हम तरल तभी होंगे, जब हम मौत को देखने और जीने के लिए राजी हो जाएं। और हम स्वीकार कर लें कि मौत है। हम देख लें, पहचान लें कि मौत है, फिर क्या भय रह जाएगा। जब मौत ही है, जब लहर को यह पता ही है कि मिटना ही है, जब लहर को यह पता चल गया कि बनने में ही मिटना छिपा है, जब लहर को यह पता चल गया कि जब मैं बनी थी, तभी मिटना शुरू हो गया था, तो बात खतम हो गई। अब बर्फ बनने की क्या जरूरत है! जितनी देर लहर हूं, लहर हूं, जितनी देर सागर हूं, सागर हूं। बात समाप्त हो गई। तब सब स्वीकृत है। तो उस एक्सेप्टिबिलिटी से, उस स्वीकार से लहर सागर हो जाती है। तब सब चिंता मिट जाती है मिटने की, क्योंकि तब लहर जानती है कि मिटने के पहले भी मैं थी और मिटने के बाद भी मैं हूं। मैं की तरह नहीं, असीम सागर की तरह।

और लाओत्से ने कहा है मरते समय...किसी ने लाओत्से से पूछा कि आप अपने जीवन के कुछ रहस्य बता दें। लाओत्से ने कहा कि पहला रहस्य तो यह है कि मुझे जिंदगी में कोई कभी हरा नहीं सका। शिष्य बड़े उत्सुक हो गए। उन्होंने कहा, यह तो आपने हमें कभी बताया नहीं। जीतना तो हम भी चाहते हैं। हमें तरकीब बताइए। लाओत्से ने कहा, तुम भूल कर गए। मैंने कुछ और कहा। मैंने कहा कि मुझे कोई हरा न सका, और तुम पूछते हो जीतना तो हमें भी है। ये दोनों बातें बिलकुल उलटी हैं। एक-सी लगती हैं भाषाकोश में, शब्द की दुनिया में इनका एक ही अर्थ है कि जो नहीं हारा, मतबल जीता। लाओत्से ने कहा, तुम गलत समझ गए। मैंने इतना ही कहा कि मुझे कोई हरा नहीं सका। और तुम कहते हो कि जीतना हमें भी है। तुम भाग जाओ, तुम मेरी बात नहीं समझ सकोगे। शिष्यों ने कहा, फिर भी हमें समझाएं। तरकीब तो हमें बता दें, क्या तरकीब थी कि आप नहीं हारे? लाओत्से ने कहा, मुझे कोई हरा न सका, क्योंकि मैं सदा हारा हुआ था। हराने का उपाय ही न था, मुझे कोई हरा कैसे सकता था। लाओत्से ने कहा, मुझे कोई हरा न सका, क्योंकि मैंने कभी जीतना ही न चाहा। असल में मेरी लड़ाई ही खड़ी न हो सकी। मुझसे कोई लड़ने भी आया, तो मैं हारा ही हुआ था। उस आदमी को भी हराने में कोई मजा न आया, क्योंकि हराने में उसी को मजा आता है जो जीतना चाहता हो। जो जीतना ही नहीं चाहता, उसको हराने में क्या मजा आएगा!

असल में किसी के दूसरे के अहंकार को मिटाने में मजा आता है, क्योंकि उसको मिटाने में हमारा अहंकार मजबूत होता है। लेकिन अगर कोई मिटा ही हुआ है, तो उसको मिटाने में क्या मजा आएगा। हमारे अहंकार को उससे कोई स्फूर्ति नहीं मिलती। दूसरे के अहंकार को जितना हम तोड़ पाते हैं, उतना हमारा अहंकार मजबूत होता है। दूसरे का टूटा हुआ अहंकार हमारे अहंकार की मजबूती, स्ट्रेन्थ बनता है। लेकिन अब एक आदमी टूटा ही हुआ है। अगर समझ लें कि किसी को मैं हराने जाऊं, उसे गिराऊं उसके पहले वह लेट जाए। इसके पहले मैं उसको छाती पर बैठूं, वह मुझे बुलाकर बिठा ले। तब क्या हालत हो जाए? तब यह हालत हो जाए कि वहां से भागना पड़े। अब क्या किया जाएगा? और वह आदमी हंसने लगे और वह कहे कि बैठो, आराम से बैठो, कहां भागे जा रहे हो? तो मूढ़ कौन हो जाएगा! मूढ़ वह हो जाए जो छाती पर बैठ गया है और वह आदमी हंसता रहे और उसकी हंसी जिंदगी भर गूंजती रहे।

तो लाओत्से ने कहा, जब मुझे कोई हराने आया, मैं फौरन गिर गया और मैंने कहा, आओ, मेरे ऊपर बैठ जाओ। ऊपर ही बैठने आए हो न! तकलीफ न करो, परेशान मत होओ, मेहनत मत उठाओ, आओ ऊपर बैठ जाओ।

उसने अपने शिष्यों से कहा कि लेकिन तुम दूसरी बात पूछते हो, तुम पूछते हो कि ऐसी कोई

तरकीब बताओ जिससे हम जीत जाएं। अगर तुमने जीतने की सोची, तो तुम हारोगे। जीतने की सोचने वाला हारता ही है। असल में जीतने की सोचने में ही हार शुरू हो गई।

और लाओत्से ने कहा, मेरा कभी कोई अपमान नहीं कर सका। तो एक शिष्य ने पूछा, इसका भी राज बताइए, क्योंकि अपमान हमें भी बहुत तकलीफ देता है। लाओत्से ने कहा, फिर भूल हुई जा रही है। मेरा कोई अपमान न कर सका, क्योंकि मैंने मान की कोई आकांक्षा न की। और तुम्हारा अपमान होता ही रहेगा, क्योंकि तुम मान की आकांक्षा से भरे हो।

लाओत्से ने कहा, मुझे कभी किसी जगह से निकाला नहीं जा सका। क्योंकि मैं हमेशा दरवाजे के बाहर, जहां लोग जूते उतारते हैं, वहीं बैठ जाता। मुझे कभी कहीं से नहीं हटाया गया, क्योंकि मैं आखिरी जगह ही खड़ा था, जहां से और आगे हटने का उपाय ही न था। तो लाओत्से ने कहा, हम बड़े आनंद में रहे, क्योंकि हम आखिर में खड़े रहे, किसी झंझट में ही नहीं पड़े। क्योंकि हमें तो न किसी ने हटाया, न किसी ने धक्का मारा, न किसी ने कहा कि हटो यहां से जगह खाली करो, क्योंकि वह आखिरी जगह थी। उसके आगे कोई जगह ही नहीं थी। उस जगह कोई आना ही नहीं चाहता था। हम अपनी जगह के बड़े मालिक थे। लाओत्से ने कहा, हम अपनी जगह के सदा मालिक रहे। जहां हम खड़े थे, वहां से कभी कोई धक्का देने ही नहीं आया। क्योंकि हम उसी जगह खड़े थे जहां कोई आता ही न था, वह अंतिम थी।

जीसस ने भी कहा है, धन्य है वे लोग जो अंतिम खड़े होने में समर्थ हैं। इसका मतलब क्या है? जैसे जीसस कहते हैं कि कोई आदमी तुम्हारे एक गाल पर एक चांटा मारे, तो तुम दूसरा उसके सामने कर देना। इसका मतलब क्या है? इसका मतलब यह है कि उसे इतनी तकलीफ भी मत देना कि तुम्हारे दूसरे गाल को सामने करने की मेहनत उसे उठानी पड़े, तुम्हीं कर देना। जीसस यह कहते हैं कि वह तुम्हें हराने आए, तो तुम हार जाना जल्दी से। और वह एक बाजी हराए, तो तुम दो बाजी हार जाना। और जीसस कहते हैं कि कोई तुम्हारा कोट छीने, तो तुम जल्दी से कमीज भी दे देना। क्यों? क्योंकि हो सकता है, संकोच में वह कमीज छीनने में संकोच कर जाए। और कोई तुमसे एक मील बोझ ढोने को कहे, तो तुम मील भर बाद पूछ लेना कि और आगे तो नहीं ले चलना है। इसका मतलब क्या है? इसका मतलब यह है कि जीवन के जो तथ्य हैं असुरक्षा के, हार के, पराजय के और अंत में मृत्यु के, क्योंकि यह सब मृत्यु की ही दिशा में ले जाने वाले तथ्य हैं। अंततः मृत्यु पूर्ण पराजय है। यानी बड़ी से बड़ी पराजय में भी मैं तो बच ही जाता हूं—हारा हुआ, लेकिन बच जाता हूं। लेकिन मृत्यु में मैं भी नहीं बचता हूं। मृत्यु सबसे बड़ी पराजय है। इसीलिए तो हम दुश्मन को मार डालना चाहते हैं। और कोई कारण नहीं है, मार डालने में कोई अर्थ नहीं है। दुश्मन को हम मार डालना चाहते हैं, क्योंकि मृत्यु अंतिम पराजय है। इसके बाद दुश्मन के जीतने का कोई सवाल ही नहीं उठता। दुश्मन को मार डालने की इच्छा, उसकी अंतिम, अल्टीमेट पराजय कर देने की इच्छा है कि अब इसके बाद उपाय ही नहीं उसके जीतने का, क्योंकि वह बचा ही नहीं है।

मृत्यु अंतिम पराजय है और हम सब उससे भागना चाहते हैं। और यह भी ध्यान रहे, जो अपनी मृत्यु से भागेगा, वह दूसरे की मृत्यु के लिए चेष्टा करता रहेगा। क्योंकि वह जितना दूसरों को मार सकेगा, उतना अपने जीवित होने का अनुभव कर सकेगा। इसलिए दुनिया में जो हिंसा पैदा होती है, जो वायलेंस है, उस हिंसा का कारण बहुत दूसरा है। उस हिंसा का कारण यह नहीं है जैसा कि लोग समझते हैं कि वह पानी छानकर नहीं पीता है, रात खाना खा लेता है, फलां-ढिका, इससे हिंसक है, ऐसा नहीं है। हिंसा का मौलिक कारण यह है कि आदमी अपनी मृत्यु को भुलाने के लिए दूसरे को मारना चाहता है। दूसरे को मारने में उसे यह पता चलता है कि मुझे अब कोई भी न मार

सकेगा। मैं तो खुद ही मार सकता हूं।

हिटलर या चंगेज या कोई भी इस तरह के लोग लाखों लोगों को मारकर आश्वस्त होना चाहते हैं कि पक्का हो गया कि मुझे कोई न मार सकेगा। मैं तो खुद ही लाखों को मार डालता हूं। दूसरे को मार कर हम अपनी मृत्यु से मुक्त हो रहे हैं, यह पक्का कर लेना चाहते हैं। क्योंकि जब हम ही मार सकते हैं तो हमको कौन मार सकेगा। यह बहुत गहरे में मृत्यु से बचाव है। हिंसक आदमी मृत्यु से बचने वाला आदमी है। और जो मृत्यु से बचना चाहता है, वह अहिंसक कभी भी नहीं हो सकता। अहिंसक सिर्फ वही हो सकता है, जो कहता है, मृत्यु स्वीकार है। क्योंकि मृत्यु जीवन का एक तथ्य है, वह है। उससे अस्वीकृति हो ही नहीं सकती। उससे भागोगे कहां? जाओगे कहां?

सूरज उगा है, उसी वक्त डूबना शुरू हो गया है। सूर्यास्त उतना ही सत्य है, जितना सूर्योदय, सिर्फ दिशाओं का फर्क है। सूर्यास्त में सूर्य वहीं पहुंच जाता है, जहां सूर्योदय में उठा था। सिर्फ दिशाओं का फर्क है। इधर पूरब था, उधर पश्चिम है। इधर जन्म था, उधर मौत है। एक उदय है, एक अस्त है। उदय के साथ ही अस्त छिपा है। उदय में ही अस्त छिपा है। जन्म में ही मृत्यु छिपी है। ऐसा जो जान लेता है, फिर अस्वीकार करने का उपाय ही नहीं रह जाता। उपाय का सवाल ही नहीं है। तब वह स्वीकार कर लेता है। जीता है, जानता है, देखता है, स्वीकार करता है।

स्वीकार करते ही क्रांति घटित हो जाती है। जिसको मैं कह रहा हूं मृत्यु पर विजय, उसका मतलब है कि जैसे ही किसी ने स्वीकार किया, वह हंसने लगता है, क्योंकि तब पता चलता है कि मृत्यु तो है ही नहीं। सिर्फ खोल थी ऊपर की, जो बनती थी और बिगड़ती थी। भीतर की धारा तो सदा थी। सागर सदा था, लहर बनती थी और मिटती थी। सौंदर्य सदा था, फूल बनते थे, बिखरते थे। प्रकाश सदा था, सूरज उगता था, डूबता था। लेकिन जो उगता था, डूबता था, वह उगने के पहले भी था और डूबने के बाद भी था। जिस दिन यह दिख जाता है...। लेकिन यह उसी दिन दिखेगा, जिस दिन हम मौत को देखेंगे, दर्शन करेंगे, उसका साक्षात्कार करेंगे। तभी यह दिखाई पड़ सकता है। उसके पहले नहीं दिखाई पड़ सकता है।

इसलिए जिन मित्र ने पूछा है कि मृत्यु के संबंध में हम सोचें ही क्यों? विचार ही क्यों करें? मृत्यु को हम छोड़ ही क्यों न दें? हम जीएं क्यों न? मैं उनसे कहता हूं कि मृत्यु को छोड़कर न कोई कभी जीया है, न जी सकता है। और जिसने मृत्यु को छोड़ा, उसने जीवन भी छोड़ दिया।

यह ऐसा ही है जैसे एक रुपये का सिक्का मेरे हाथ में हो और मैं कहूं कि मैं उलटा जो सिक्के का हिस्सा है, उसकी फिक्र ही क्यों करूं, उसको छोड़ क्यों न दूं। अगर मैं उलटे सिक्के को छोड़ दूं, तो सीधा सिक्का भी मेरे हाथ से चला जाएगा, क्योंकि वह एक ही सिक्के के दो पहलू हैं। ऐसा नहीं हो सकता है कि सिक्के का एक पहलू मैं बचा लूं और दूसरा फेंक दूं सड़क पर। ऐसा कैसे हो सकता है! दूसरा पहलू उसी के साथ बच जाएगा। और अगर एक को मैं फेंकूंगा, तो दोनों फिंक जाएंगे और एक को मैं बचाऊंगा, तो दोनों बच जाएंगे। असल में वे दोनों एक ही चीज के दो पहलू हैं, वह एक ही चीज की दो बाजुएं हैं। जन्म और मृत्यु एक ही जीवन के दो पहलू हैं, दो बाजुएं हैं। और जिस दिन यह दिखाई पड़ जाता है, उसी दिन मृत्यु का दंश चला जाता है, न मरने का विचार भी चला जाता है कि नहीं मरना चाहिए। तब हम जानते हैं कि जन्म भी है और मृत्यु भी, दोनों एक आनंद है।

सुबह जब हम उठते हैं और श्रम के लिए निकलते हैं। कोई गड्ढा खोदता है, कोई और काम करता है, दिन भर पसीना बहाता है। सुबह उठना भी एक आनंद है, लेकिन क्या सांझ सो जाना

आनंद नहीं है? किसने कहा? अगर कुछ पागल दुनिया में पैदा हो जाएं और लोगों को समझाएं कि सोना मत, तो फिर सुबह का जागना भी बंद हो जाएगा। क्योंकि जो नहीं सोएगा, वह जाग भी नहीं पाएगा। फिर जीवन ही बंद हो जाएगा। कोई सोने से डराने लगे और कहे कि देखो, सुबह जागने में इतना आनंद आता था, सोने में सब खराब हो जाएगा।

लेकिन हम जानते हैं कि सोना जागने का ही दूसरा हिस्सा है। जो ठीक से सोएगा, वह ठीक से जागेगा। जो ठीक से जागेगा, वह ठीक से सोएगा। जो ठीक से जीएगा, वह ठीक से मरेगा। जो ठीक से मरेगा, वह ठीक से जीवन के आगे भी कदम उठाएगा। जो ठीक से मरेगा नहीं, वह ठीक से जीएगा नहीं। जो ठीक से जीएगा नहीं, वह ठीक से मरेगा नहीं। सब अस्तव्यस्त हो जाएगा, सब विकृत और कुरूप हो जाएगा। और इस सारी विकृति और कुरूपता में मौत का भय काम कर रहा है। सोने का भय अगर किसी को पकड़ जाए, तो है न कठिनाई!

मैं जानता हूं एक महिला को। जिसका बेटा उस वृद्धा को मेरे पास लेकर आया और उसने कहा, मेरी मां को सोने का भय पकड़ गया है। मैंने कहा, क्या हो गया? उसने कहा, इधर वह कुछ दिनों से बीमार है और उसे ऐसा लगता है कि मैं अगर कहीं सोऊं और सोते में ही मर जाऊं! तो वह सोने से डरने लगी है। वह कहती है, मैं कहीं सोऊं और उठूं ही न! तो वह रात भर जागने की कोशिश में लगी है। और उसके लड़के ने कहा, हम बड़ी मुश्किल में पड़ गए हैं। इसकी बीमारी ठीक नहीं होती, क्योंकि रात भर जागती है। और इसको हम कहते हैं, तो वह कहती है, मुझे डर लगता है कि अगर मैं सोई, तो फिर मेरा कोई वश ही नहीं है। मैं सो गई और मौत आ गई तो फिर गई। तो वे मेरे पास लाए और कहा कि उसे किसी तरह सोने के भय से बचा दें, नहीं तो हम बड़ी मुश्किल में पड़ गए हैं। उसकी बीमारी ठीक ही नहीं होती। क्योंकि जब वह सोएगी नहीं, तो उसकी बीमारी कैसे ठीक होगी।

जैसे सोने का भय है। सोना एक तरह से रोज मृत्यु है। दिन भर जीवन है, रात मृत्यु है। वह टुकड़े-टुकड़े की मृत्यु है। रोज थोड़ा-सा मरते हैं, भीतर डूबते हैं, सुबह फिर ताजे होकर वापिस लौट आते हैं। फिर सत्तर और अस्सी साल में पूरा शरीर थक जाता है; श्रम, श्रम, श्रम, शरीर थक जाता है। फिर पूरी मृत्यु पकड़ लेती है, फिर यह शरीर पूरा बदल जाता है। लेकिन उससे हम बहुत डरे हुए हैं। वह गहरी निद्रा ही है। लेकिन उससे हम बहुत डरे हुए हैं।

क्या आपने खयाल किया है कि शरीर सुबह भी रोज बदल जाता है! थोड़ा बदलता है, इसलिए आपको खयाल में नहीं आता। पूरा नहीं बदलता। पार्शियल ट्रांसफार्मेशन होता है। जब आप सांझ को थके-मांदे सोते हैं तो शरीर और हालत में होता है, और सुबह जब आप उठते हैं तो शरीर और हालत में होता है। सुबह शरीर ताजा हो गया होता है, नया हो गया होता है। फिर शक्ति आ गई होती है, फिर काम की दुनिया शुरू हो जाती है। आप अब फिर गीत गा सकते हैं। सांझ आप गीत नहीं गा सकते थे। थक गए थे, टूट गए थे। लेकिन कभी आपने खयाल नहीं किया कि इसमें डर का क्या कारण है। बल्कि आप खुश होते हैं, क्योंकि अंग ही बदलता है, अंश ही बदलता है। मृत्यु पूरे को बदल देती है। वह टोटल ट्रांसफार्मेशन है।

पूरा शरीर व्यर्थ हो गया है, अब दूसरे शरीर को देने की जरूरत आ जाती है, मृत्यु दूसरा शरीर दे देती है। लेकिन मृत्यु से हम डरे हुए हैं। और उस डर के कारण जीवन पूरा का पूरा क्रिपिल्ड, पंगु हो गया है, सब तरफ से पंगु हो गया है। पूरे क्षण वही भय हमें पकड़े हुए है। पूरे क्षण वही डर हमें पकड़े हुए है। उस डर के कारण हमने ऐसे जीवन की, ऐसे परिवार की, ऐसे समाज की व्यवस्था की है, जो जीता कम है, मरने से डरता ज्यादा है। और जो मरने से डरता है, वह जी ही

नहीं सकता है। ये दोनों बातें एक साथ संभव ही नहीं हैं। जो मरने के लिए बिलकुल सहज है, वही जीने के लिए भी तैयार है। ये दोनों एक ही चीज के पहलू हैं।

इसलिए मैं कहता हूं, मृत्यु को देखें। विचार करने को नहीं कहता हूं, क्योंकि विचार आप करेंगे तो आप धोखे में पड़ेंगे। क्या करेंगे विचार?

एक बहुत दुखी और पीड़ित आदमी है तो सोच सकता है कि मृत्यु में सब समाप्त हो जाता है। उसे यह विचार प्रीतिकर लगेगा। इसलिए नहीं कि यह सही है। और ध्यान रहे, जो आपको प्रीतिकर लगता है, इसलिए सही है, ऐसा कभी मत मान लेना। क्योंकि प्रीतिकर लगना सत्य पर निर्भर नहीं है, आपकी सुविधा पर निर्भर होता है। एक आदमी दुखी है, परेशान है, पीड़ित है, बीमार है, तो वह सोचता है कि मृत्यु में पूरा ही मर जाना चाहिए, कुछ न बचना चाहिए। क्योंकि कुछ भी बचेगा, तो मैं ही बचूंगा न—दुखी, बीमार।

एक मित्र ने पूछा है कि कुछ लोग आत्महत्या कर लेते हैं, उनके बाबत आप क्या कहते हैं। वे लोग क्या मृत्यु से नहीं डरते?

नहीं, मृत्यु से तो वे भी डरते हैं। लेकिन वे जीवन से मृत्यु से भी ज्यादा डर गए होते हैं। जीवन उनको मृत्यु से भी ज्यादा दुखद मालूम पड़ने लगता है। और तब वे समाप्त ही कर देना चाहते हैं। उस समाप्त करने में ऐसा नहीं है कि उनको जीवन का कोई आनंद है। जीवन मृत्यु से भी बदतर मालूम पड़ने लगा है। इसलिए मृत्यु को ही चुन लेना उचित है।

जो आदमी दुखी है, पीड़ित है, परेशान है, वह इस सिद्धांत को मान लेगा कि आत्मा बिलकुल मर जाती है, कुछ नहीं बचता। क्योंकि वह अपना कुछ भी हिस्सा बचाना नहीं चाहता, क्योंकि बचाएगा तो दुखी रहेगा। जो आदमी मृत्यु से भयभीत है और अपने को बचाना चाहता है, वह यह सिद्धांत स्वीकार कर लेता है कि आत्मा अमर है। ये सब कन्वीनिएंस हैं हमारी। इसमें हमारा ज्ञान नहीं है, हमारी सुविधा का ध्यान है। हमें जो सुविधापूर्ण लगता है।

इसलिए जिंदगी में कई दफे सिद्धांत बदल जाते हैं। जवानी में आदमी नास्तिक होता है, बुढ़ापे में आस्तिक हो जाता है। अक्सर बदल जाते हैं। असल में सच तो यह है कि सिर में दर्द हो जाए, तो सिद्धांत बदल जाते हैं। जब सिर ठीक रहता है, सिद्धांत दूसरे रहते हैं। सिर में दर्द है, तब सिद्धांत बदल जाते हैं। पक्का पता नहीं है कि आपके सिद्धांतों पर शास्त्रों का कितना असर होता है और लीवर का कितना असर होता है। लीवर का ज्यादा असर होता है। गुरुओं का कितना असर होता है, इसका कोई पक्का भरोसा नहीं है। लेकिन शरीर के भीतर क्या चल रहा है, उसका ज्यादा असर होता है। जब पेट खराब होता है तो नास्तिक होने की तबियत होती है, जब पेट बिलकुल ठीक होता है, आराम में होता है, तो आस्तिक होने की तबियत होती है। जब सिर में दर्द हो, तो आदमी कैसे माने कि ईश्वर है! ईश्वर है, तो सिरदर्द का मेल कहां बैठता है—ईश्वर के होने और सिरदर्द के होने में।

इस पर प्रयोग किए जा सकते हैं। पचास आदमियों को क्रानिक बीमारियां पकड़ाओ और पचास आदमियों को पूरा स्वस्थ रखो, उनका जीवन एक आनंद हो और पचास आदमियों का जीवन एक दुख हो। तो आप देखेंगे कि उन पचास आदमियों में नास्तिकता बढ़ती चली जाएगी, और उन पचास आदमियों में आस्तिकता बढ़ती चली जाएगी। ऐसा नहीं है कि आस्तिकता की वजह से आनंद मिलता है, अगर कोई आनंदित है तो आस्तिक हो जाता है। दुखी चित्त नास्तिक हो जाता है इसलिए ध्यान रहे, अगर नास्तिकता बढ़ती हो दुनिया में, तो समझ लेना चाहिए कि दुख बढ़ रहा होगा। अगर आस्तिकता बढ़ती हो, तो समझ लेना चाहिए सुख बढ़ रहा होगा।

इसलिए मैं आपसे कहता हूं कि रूस की संभावना है पचास साल में आस्तिक हो जाने की, आपकी संभावना है पचास साल में और नास्तिक हो जाने की। सिद्धांतों से कुछ नहीं होता है कि रूस में मार्क्स की किताब चलती है और आपके यहां महावीर की किताब चलती है। इससे कोई फर्क नहीं पड़ता। महावीर और मार्क्स की किताब दो कौड़ी का फर्क नहीं ला सकतीं। रूस में अगर सुख बढ़ता चला जाए तो पचास साल में आस्तिकता वापस लौट आएगी। मंदिरों में घंटियां बजने लगेंगी, वह सुखी चित्त बजाता है। दीये जलने लगेंगे, वह सुखी चित्त जलाता है। प्रार्थनाएं होने लगेंगी, सुखी चित्त प्रार्थना करता है। भगवान को धन्यवाद दिया जाने लगेगा, सुखी चित्त किसी को धन्यवाद देना चाहता है। और किसको दे! क्योंकि भीतर के सुख के लिए कोई कारण दिखाई नहीं पड़ते, तब वह अज्ञात को धन्यवाद देता है कि उसी के कारण होगा। दुखी चित्त क्रोध प्रकट करना चाहता है और जब कोई कारण नहीं दिखाई पड़ता, तो किस पर क्रोध प्रकट करे! तो वह अज्ञात के प्रति नाराजगी से भर जाता है। वह कहता है, वह जो अननोन है, वह जो अज्ञात है, परमात्मा, उसी की वजह से सब गड़बड़ है। या तो वह है ही नहीं या पागल हो गया है। मैं आपसे यह कह रहा हूं कि हमारी आस्तिकता, हमारी नास्तिकता, हमारे सिद्धांत, सब हमारी स्थितियों की सुविधाओं के फल हैं।

जो व्यक्ति मृत्यु से भागेगा, वह कोई सिद्धांत पकड़ लेगा। जो मरना चाहेगा, वह कोई सिद्धांत पकड़ लेगा। लेकिन इनमें से कोई भी मृत्यु को जानने के लिए उत्सुक और आतुर नहीं है। सुविधा और सत्य में बड़ा फर्क है। अपनी सुविधा का बहुत विचार मत करना। और विचार सदा सुविधा का ही होता है। दर्शन सत्य का होता है, विचार सुविधा का होता है।

अभी एक आदमी कम्युनिस्ट है और भारी शोरगुल मचाता है कि क्रांति होनी चाहिए और गरीब को संपत्ति मिलनी चाहिए और संपत्ति का विभाजन होना चाहिए। जरा कोशिश करें, उसको एक कार दे दें, एक बड़ा बंगला दे दें, एक अच्छी पत्नी दे दें, तो पंद्रह दिन बाद देखेंगे कि वह आदमी एकदम बदल गया है। वह कहता है कम्युनिज्म वगैरह सब बेकार की बातें हैं। क्या हो गया है इस आदमी को? इसको हो क्या गया! कन्वीनिएंस जो थी, वही विचार था। इसमें सुविधा थी उस दिन कि संपत्ति बंट जाए, अब इसमें असुविधा है कि संपत्ति बंट जाए। क्योंकि अब संपत्ति बंटेगी तो यह कार भी बंटेगी, यह बंगला भी बंटेगा। जिस व्यक्ति को सुंदर स्त्री नहीं मिली, वह कह सकता है कि स्त्रियों का भी कम्युनिज्म चाहिए। सुंदर स्त्रियों पर कुछ लोग कब्जा क्यों करें? स्त्रियां सब की होनी चाहिए। इसका भी खयाल है लोगों को। इसका प्रस्तावना देने वाले लोग पृथ्वी पर हैं, जो कहते हैं, आज संपत्ति, कल स्त्री। और इसमें भूल भी नहीं है, क्योंकि स्त्री को संपत्ति आप मानते ही रहे हैं। वह संपत्ति तो है ही। अगर आज हम यह कहते हैं कि एक आदमी बड़े मकान में रहे यह गलत है और एक आदमी झोपड़े में रहे यह गलत है, तो कल इसमें कठिनाई क्या है कि हम यह कहें कि एक आदमी को सुंदर स्त्री मिल जाए और एक आदमी को सुंदर स्त्री न मिले, यह कैसे संभव है! विभाजन बराबर होना चाहिए। इसके खतरे हैं। इसके आज नहीं कल सवाल उठ जाने वाले हैं। जिस दिन संपत्ति वितरित हो जाएगी, उसी दिन स्त्री को बांटने का सवाल खड़ा हो जाने वाला है। मगर जिसके पास सुंदर स्त्री है, वह कहेगा, ऐसा कैसे हो सकता है! यह क्या बेहूदी बातें हैं, ये बिलकुल गलत बातें हैं।

सुविधा हमारा विचार बन जाती है। हम सब सुविधा से विचार बनाए हुए हैं। हमारे सब विचार हमारी सुविधा के पोषक होते हैं या हमारी असुविधा को मिटाने वाले होते हैं। दर्शन की बात और है। दर्शन का सुविधा से कोई संबंध नहीं है। इसलिए ध्यान रहे कि दर्शन एक तपश्चर्या है।

तपश्चर्या का मतलब कि जहां सुविधा का ध्यान नहीं रखना पड़ता है; जहां जो है, उसे ही जानना पड़ता है; जैसा है, उसे ही जानना पड़ता है।

तो मृत्यु के तथ्य का दर्शन करना है, विचार नहीं। विचार तो आप अपनी सुविधा से कर लेंगे। जो आपको लगेगा सुविधापूर्ण, वह कर लेंगे। सुविधा नहीं है सवाल। मृत्यु क्या है, उसे जानना है, जैसी है। मेरी सुविधा-असुविधा कोई फर्क नहीं लाती। जैसा है, वही जानना पड़ेगा। और उसे जानते ही व्यक्ति के जीवन में क्रांति घटित हो जाती है, क्योंकि मृत्यु नहीं है। जानते ही पता चलता है कि नहीं है। जब तक नहीं जाना, तभी तक पता चलता है, है। मृत्यु अज्ञान का अनुभव है, अमरत्व ज्ञान का अनुभव है।

कुछ और प्रश्न हैं, वह हम रात बात कर सकेंगे, अब हम सुबह के ध्यान के लिए बैठेंगे।

ध्यान यानी मृत्यु। ध्यान यानी उसमें जाना, जो है; जहां हम हैं। इसलिए मरने की तैयारी हो, तो ही कोई ध्यान में जाता है। नहीं तो कोई ध्यान में नहीं जाता।

थोड़े फासले पर बैठ जाएं। थोड़े फासले पर बैठ जाएं...जिन्हें लेटना हो, वे पहले से लेट जाएं। और बीच में भी किसी को लेटने का खयाल आ जाए तो उसे लेट जाना है। और थोड़े फासले पर बैठें, ताकि कोई लेटे, कोई गिर जाए, तो आपके ऊपर न गिर जाए।

आंख बंद कर लें...आंख ढीली छोड़ दें और पलक बंद कर लें...आंख को ढीला छोड़ दें और पलक बंद कर लें। शरीर को शिथिल छोड़ें...शरीर को ढीला छोड़ें...शरीर को ढीला छोड़ें...शरीर को बिलकुल ढीला छोड़ दें, जैसे उसमें कोई प्राण नहीं हैं। एक दिन छूटेगा, अभी ही छोड़कर देखें। एक दिन बिलकुल छूट जाएगा, रखना भी चाहेंगे प्राण, तो नहीं रह सकेगा। तो उसको भीतर सरका लें...प्राण को कहें, लौट आओ भीतर! शरीर को ढीला छोड़ दो।

शरीर को बिलकुल ढीला छोड़ते जाएं। अब मैं सुझाव देता हूं, मेरे साथ अनुभव करें। शरीर शिथिल हो रहा है...अनुभव करें, शरीर शिथिल हो रहा है...शरीर शिथिल हो रहा है...शरीर शिथिल हो रहा है...शरीर शिथिल हो रहा है। ढीला छोड़ते जाएं, भाव करें, शरीर शिथिल हो रहा है...शरीर शिथिल हो रहा है...शरीर शिथिल हो रहा है। शरीर शिथिल होता जा रहा है...मरता जा रहा है...मरता जा रहा है। हम भीतर सरकते जा रहे हैं...वहां, जहां जीवन है। छोड़ दें...छोड़ दें...लहर को छोड़ दें...सागर में हो जाएं। छोड़ दें शरीर को बिलकुल, अगर गिरता हो गिर जाए, उसकी चिंता न करें। रोकें नहीं...पकड़ न रखें...छोड़ें।

शरीर शिथिल हो रहा है...शरीर शिथिल हो रहा है...शरीर शिथिल हो रहा है...शरीर शिथिल हो रहा है। शरीर बिलकुल शिथिल होता जा रहा है...शरीर शिथिल हो रहा है...शरीर शिथिल हो रहा है। छोड़ दें...जैसे मर ही गया...शरीर बिलकुल निष्प्राण हो गया है। हम भीतर सरक गए हैं...चेतना भीतर सरक गई है...शरीर बिलकुल खोल की तरह रह गया है। गिर जाए, गिर जाए। शरीर शिथिल हो गया है...शरीर शिथिल हो गया है...शरीर बिलकुल शिथिल हो गया है।

श्वास शांत हो रही है...श्वास शांत हो रही है। श्वास को भी ढीला छोड़ दें। श्वास शांत होती जा रही है...श्वास शांत हो रही है। श्वास से भी पीछे हट जाएं, उससे भी शक्ति भीतर बुला लें। श्वास शांत होती जा रही है...श्वास शांत हो रही है...श्वास शांत हो रही है...श्वास शांत हो रही है...श्वास शांत हो रही है...शांत हो रही है। शिथिल छोड़ दें...श्वास को भी छोड़ दें...श्वास शांत होती जा रही है...श्वास शांत होती जा रही है...श्वास शांत हो गई है।

विचार को भी छोड़ दें...उससे भी पीछे हट जाएं...और पीछे हट जाएं। विचार शिथिल हो

रहे हैं...विचार शिथिल हो रहे हैं। भाव करते रहें, विचार शिथिल हो रहे हैं...विचार शिथिल हो रहे हैं...विचार शिथिल होते जा रहे हैं। विचार भी छूटते जा रहे हैं...और पीछे हट गए...और पीछे हट गए। विचार शांत होते जा रहे हैं...विचार शांत होते जा रहे हैं...विचार शांत होते जा रहे हैं...विचार शांत हो गए हैं।

अब दस मिनट के लिए भीतर जागे रह जाएं, होश से भर जाएं। भीतर जाग कर देखें, बाहर मौत घट गयी है। शरीर पड़ा है, करीब-करीब मृत, दूर...हम पीछे हट गए हैं...चेतना सिर्फ एक ज्योति की तरह जली रह गयी है। सिर्फ जान रहे हैं...सिर्फ देख रहे हैं...द्रष्टा रह जाएं...दर्शन में ठहर जाएं। दस मिनट के लिए सिर्फ देखते रहें भीतर...और कुछ न करें...सिर्फ देखते रहें। भीतर...और भीतर...भीतर देखते रहें...धीरे-धीरे गहरे में उतरना हो जाएगा। जैसे कोई किसी गहरे कुएं में गिरता जाए...गिरता जाए...गिरता जाए। देखें...दस मिनट के लिए सिर्फ देखते रह जाएं।

(मौन, निर्जन, सन्नाटा...भगवान श्री कुछ मिनट मौन रहकर फिर सुझाव देना शुरू करते हैं।)

बिलकुल पकड़ छोड़ दें...और भीतर चले जाएं...और भीतर चले जाएं। सिर्फ जागे हुए देखते रहें...धीरे-धीरे धीरे-धीरे सब शून्य हो जाएगा...सिर्फ शून्य में जानने की एक ज्योति भर जलती रहेगी...कि मैं जान रहा हूं...जान रहा हूं...देख रहा हूं...देख रहा हूं। छोड़ दें बिलकुल...सारी पकड़ छोड़ दें...गहरे में डूब जाएं और देखते रहें...मन शांत होता चला जाएगा।

(मौन, निर्जन, सन्नाटा...)

मन शून्य होता जा रहा है...मन शून्य होता जा रहा है...बिलकुल छोड़ दें...मिट जाएं...मर ही जाएं। बाहर से बिलकुल मिट जाएं...बाहर से बिलकुल छोड़ दें...जैसे कोई लहर मिट जाए और सागर हो जाए। बिलकुल छोड़ दें...जरा भी पकड़ न रखें। मन शून्य होता जा रहा है...मन शून्य होता जा रहा है...मन शून्य होता जा रहा है।

मन बिलकुल शून्य हो गया है...मन शून्य हो गया है...मन शून्य हो गया है। सिर्फ एक ज्योति जली रह गई है...जानने की...देखने की...दर्शन की। बाकी जैसे मृत्यु घटित हो गयी...शरीर दूर पड़ा हुआ दिखाई पड़ेगा...खुद का शरीर बहुत दूर दिखाई पड़ेगा...खुद की श्वासें बहुत दूर मालूम पड़ेंगी। भीतर...और भीतर डूब जाएं...बिलकुल छोड़ दें...जरा भी पकड़ न रखें...छोड़ दें...छोड़ दें...बिलकुल छोड़ दें।

(मौन, निर्जन, सन्नाटा...)

बिलकुल छोड़ दें...शरीर गिरता हो, गिर जाए...बिलकुल छोड़ दें...शून्य हो जाएं...बिलकुल शून्य हो जाएं। मन शून्य हो गया है...मन शून्य हो गया है...सिर्फ एक जानने की ज्योति भर भीतर रह गई है...और सब शून्य हो गया...सब मिट गया।

(मौन, निर्जन, सन्नाटा...)

छोड़ दें...बिलकुल छोड़ दें...मरने की तैयारी दिखाएं...बाहर से बिलकुल मर जाएं। शरीर निष्प्राण हो गया है...हम बिलकुल भीतर सरक गए हैं...बिलकुल भीतर सरक गये हैं...सिर्फ हृदय के पास एक ज्योति जलती रह गई है। देख रहे हैं...जान रहे हैं...और सब मिट गया है...द्रष्टामात्र रह गए हैं...मन बिलकुल शून्य हो गया है।

इस शून्य में गौर से देखें...भीतर इस शून्य को गौर से देखें...उसी शून्य में बड़े आनंद की किरणें फैल जाएंगी...उसी शून्य में बड़े आनंद का प्रकाश भर जाएगा। जैसे कोई झरना फूट पड़े

और आनंद ही आनंद बह जाए...रग-रग, रेशे-रेशे में, कण-कण में फैल जाए। उस शून्य में गौर से देखें...जैसे सूरज के निकलने पर फूल खिल जाए, ऐसा भीतर शून्य में देखने पर आनंद का झरना फूट जाता है...सब तरफ आनंद ही आनंद छा जाता है। देखें...भीतर देखें...उस झरने को फूटने दें...भीतर देखें...जैसे फव्वारा फूट जाए और कण-कण में आनंद भर जाए।

(मौन, निर्जन, सन्नाटा...)

अब धीरे-धीरे दो-चार गहरी श्वास लें। श्वास बहुत दूर मालूम पड़ेगी...धीरे-धीरे गहरी श्वास लें...श्वास को देखते रहें...मन और शांत हो जाएगा। धीरे-धीरे दो-चार गहरी श्वास लें... धीरे-धीरे दो-चार गहरी श्वास लें...धीरे-धीरे दो-चार गहरी श्वास लें। मन और शांत हो जाएगा...मन और शांत हो जाएगा। फिर धीरे-धीरे आंख खोलें...धीरे-धीरे आंख खोलें...ध्यान से वापस लौट आएं।

जो लेटे हैं या गिर गए हैं, वे धीरे-धीरे गहरी श्वास लें...फिर आंख खोलें...और बहुत आहिस्ता उठें।

नौवां प्रवचन

मैं मृत्यु सिखाता हूं

मेरे प्रिय आत्मन्!

आज बहुत से सवाल जो बाकी रह गए हैं, उन पर बात करनी है। एक मित्र ने पूछा है कि क्या मैं लोगों को मरने की बात सिखा रहा हूं? मृत्यु सिखा रहा हूं? सिखाना तो चाहिए जीवन।

उन्होंने ठीक ही पूछा है। मैं मृत्यु की बात ही सिखा रहा हूं। मैं मरने की कला ही सिखा रहा हूं। क्योंकि जो मरने की कला सीख लेता है, वह जीवन की कला में भी निष्णात हो जाता है। जो मरने के लिए राजी हो जाता है, वह परम जीवन का अधिकारी भी हो जाता है। सिर्फ वे ही जो मिटना जान लेते हैं, वे ही होना भी जान पाते हैं।

ये बातें उलटी दिखाई पड़ सकती हैं, क्योंकि हमने जीवन और मृत्यु को उलटा और विरोधी मान रखा है। वे विरोधी नहीं हैं और न ही उलटे हैं। लेकिन हमने उन्हें उलटा मान रखा है। हमने एक झूठा कंट्राडिक्शन, एक झूठा विरोध उनके बीच खड़ा कर रखा है। इसके बहुत घातक परिणाम हुए हैं। मनुष्य-जाति को जितनी हानि इस विरोध की वजह से हुई है, उतनी शायद और किसी बात से नहीं हुई। यह विरोध फिर बहुत तलों पर फैल गया है। जो चीजें इकट्ठी हैं, उन्हें अगर हम खंड-खंड, टुकड़े-टुकड़े में बांट दें और न केवल खंड में बांटें बल्कि विरोधी खंडों में बांट दें, तो इसका अंतिम परिणाम मनुष्य को सीजोफ्रेनिक, विक्षिप्त बनाने के अतिरिक्त और कुछ भी नहीं हो सकता।

समझ लें, अगर कोई ऐसी पागलों की बस्ती हो जहां वे ठंडे और गर्म को विरोधी और अलग-अलग चीजें मानते हों, तो उस बस्ती में बड़ी मुश्किल और परेशानी शुरू हो जाएगी। इसलिए परेशानी शुरू हो जाएगी कि ठंडा और गर्म दो चीजें नहीं हैं, एक ही चीज की मात्राएं हैं। ठंडक और गर्मी दो विरोधी चीजें नहीं हैं, एक ही चीज की मात्राएं हैं। और जो हमें ठंडे और गरम का अनुभव होता है, वह निरपेक्ष अनुभव नहीं है, बहुत सापेक्ष, बहुत रिलेटिव अनुभव है।

एक छोटा-सा प्रयोग करके देखें तो समझ में आ जाएगा। चूंकि कभी वैसा प्रयोग नहीं किया होगा, इसलिए यह पता नहीं चला होगा। हमेशा हम देखते हैं कि कोई चीज गर्म है, कोई चीज ठंडी है। और हम यह भी देखते हैं कि जो गरम है वह गरम है, जो ठंडी है वह ठंडी है। ठंडी और गरम दोनों एक कैसे हो सकती हैं!

घर लौटकर एक छोटा-सा प्रयोग करें। एक बर्तन में गरम पानी रख लें, एक बर्तन में बर्फ का ठंडा पानी रख लें, और एक बर्तन में साधारण पानी रख लें, न गरम न ठंडा। एक हाथ को आग से उबलते पानी में डाल दें और एक हाथ को बर्फीले ठंडे पानी में डाल दें। फिर दोनों हाथों को निकाल कर साधारण पानी में डाल दें। और तब दोनों हाथ अलग-अलग खबर देंगे। एक हाथ कहेगा कि यह पानी ठंडा है और एक हाथ कहेगा कि यह पानी गरम है। वह पानी ठंडा है या गरम? एक हाथ कहेगा कि पानी गरम है, एक हाथ कहेगा कि पानी ठंडा है। फिर वह पानी क्या है? और अगर एक ही साथ एक हाथ को पानी ठंडा और एक हाथ को गरम मालूम पड़ता है, तो हमें समझना पड़ेगा कि पानी न तो ठंडा है और न गरम है। हमारे हाथ के सापेक्ष, रिलेटीविटी में वह ठंडा और गरम मालूम होता है।

ठंडा और गरम एक ही चीज के अनुपात हैं। वे भिन्न-भिन्न चीजें नहीं हैं। उनमें जो भेद है, वह मात्रा का है। उनमें गुण का भेद नहीं है। बचपन में और बुढ़ापे में कैसा भेद है, आपने कभी सोचा है? आमतौर से हम समझते हैं कि बड़ी उलटी चीजें हैं। कहां बचपन और कहां बुढ़ापा। लेकिन बचपन और बुढ़ापे में फर्क क्या है? सिर्फ वर्षों का, दिनों का ही फर्क है न! गुण का क्या

फर्क है? सिर्फ मात्रा का ही फर्क है, क्वांटिटी का ही फर्क है। एक बच्चा पांच साल का है, चाहें तो हम कह सकते हैं कि यह पांच साल का बूढ़ा है। इसमें क्या कठिनाई है। सिर्फ हमारी भाषा की आदत है कि हम कहते हैं कि पांच साल का बच्चा है। हम चाहें तो कह सकते हैं कि पांच साल का बूढ़ा है। और अंग्रेजी में तो उसे कहते ही हैं, फाइव इयर्स ओल्ड। उसका मतलब यह है कि पांच साल का बूढ़ा है। फिर एक सत्तर साल का बूढ़ा है, एक पांच साल का बूढ़ा है, दोनों में फर्क क्या है? और चाहें तो सत्तर साल के बूढ़े को कह सकते हैं कि सत्तर साल का बच्चा है। क्या फर्क है? बच्चा ही तो बढ़ते-बढ़ते बूढ़ा हो जाता है। लेकिन हम देखते हैं जब दोनों को अलग-अलग रखकर तो लगता है कि दो विरोधी चीजें हैं। बचपन और बुढ़ापा उलटी चीजें हैं।

अगर बचपन और बुढ़ापा उलटी चीजें हैं, तो कोई बच्चा कभी बूढ़ा नहीं हो सकता है। कैसे होगा? उलटी चीजें कैसे हो जाएंगी? और कभी आपने पता लगाया है कि कोई बच्चा बूढ़ा किस दिन हो जाता है? किस रात? कैलेंडर पर कहीं लिख सकते हैं कि फलां दिन यह आदमी बच्चा था और फलां दिन यह आदमी बूढ़ा हो गया? कैलेंडर पर कहीं नहीं लिख सकते।

असल में कुछ कठिनाई ऐसी है कि जैसे सीढ़ियां हैं ऊपर छत पर चढ़ने की। नीचे की सीढ़ी दिखाई पड़े, ऊपर की सीढ़ी दिखाई पड़े और बीच की सीढ़ियां दिखाई न पड़ें, तो हमें ऐसा लगेगा कि नीचे की सीढ़ी और ऊपर की सीढ़ी बड़ी दूर, बड़े फासले पर, अलग-अलग चीजें हैं। लेकिन जिसे पूरी सीढ़ियां दिखाई पड़ें, वह कहेगा कि कोई फर्क नहीं है। नीचे की सीढ़ी और ऊपर की सीढ़ी के बीच सिर्फ सीढ़ियों का ही फर्क है। जो नीचे की सीढ़ी है, वही ऊपर की सीढ़ी से जुड़ी है। नरक और स्वर्ग में गुण का फर्क नहीं है, मात्रा का ही फर्क है। ऐसा मत सोच लेना कि नरक उलटा है और स्वर्ग उलटा है। नरक और स्वर्ग में वही फर्क है जो ठंडे और गर्म में, जो नीचे की सीढ़ी में और ऊपर की सीढ़ी में, जो बच्चे में और बूढ़े में है।

और जन्म में और मृत्यु में भी उतना ही फर्क है। नहीं तो कोई जन्मा हुआ व्यक्ति कभी नहीं मर पाएगा। अगर विरोध हो, तो जन्म मृत्यु पर पहुंच कैसे सकता है? हम पहुंच तो वहीं सकते हैं जो हमारा सहज विकास हो। जन्म बढ़ते-बढ़ते, बढ़ते-बढ़ते मृत्यु बन जाती है। इसका मतलब यह है कि जन्म और मृत्यु एक ही चीज के दो बिंदु हैं।

एक बीज को हम बोते हैं, वह बढ़ते-बढ़ते, बढ़ते-बढ़ते पौधा बन जाता है, फिर फूल बन जाता है। बीज में और फूल में विरोध माना है कभी? बीज से ही तो फूल निकलता है और फूल बन जाता है। बीज में विकास है, बीज में ग्रोथ है।

जन्म ही मृत्यु बन जाता है। लेकिन न मालूम कैसी नासमझी में, न मालूम किस दुर्दिन में आदमी को यह खयाल बैठ गया है कि जन्म और मृत्यु में विरोध है, जीवन और मौत अलग-अलग बातें हैं। हम जीना चाहते हैं, हम मरना नहीं चाहते। और हमें यह पता नहीं है कि जीने में मरना छिपा ही है। और जब हमने एक बार तय कर लिया कि हम मरना नहीं चाहते, तो उसी वक्त तय हो गया कि हमारा जीना कठिन और मुश्किल में पड़ जाएगा।

यह सारी मनुष्य-जाति सीजोफ्रेनिक हो गई है। उसका मस्तिष्क खंड-खंड में, डिसइंटीग्रेटेड, टुकड़े-टुकड़े में टूट गया है। उसके टूटने का कारण है। हमने सारे जीवन को खंड-खंड में लिया है, और खंडों को विरोध में खड़ा कर दिया है। एक ही आदमी है, उस आदमी में हमने टुकड़े-टुकड़े कर दिए हैं, और टुकड़े-टुकड़े में विरोध तय कर दिया है कि ये विरोधी टुकड़े हैं। और हमने सब तरफ ऐसा किया है, सब तरफ ऐसा किया है। आदमी से कहते हैं, क्रोध मत करना, क्षमा करना। और खयाल भी नहीं है हमें कि क्षमा और क्रोध के बीच सिर्फ मात्रा का भेद है, क्रोध और क्षमा के

बीच विरोध नहीं है, सिर्फ मात्रा का भेद है। वही डिग्री का भेद है जो ठंड और गरमी के बीच है, वही जो बचपन और बुढ़ापे के बीच है। ऐसा कह सकते हैं कि बहुत कम हो गई क्षमा का नाम क्रोध है, ऐसा कह सकते हैं कि बहुत कम हो गए क्रोध का नाम क्षमा है। उनमें विरोध नहीं है।

लेकिन मनुष्य की पुरानी सारी शिक्षाएं ऐसा सिखाती हैं कि क्रोध छोड़ो और क्षमा वरण करो, जैसे कि क्रोध और क्षमा विरोधी चीजें हैं। कि तुम क्रोध को काट डालो और क्षमा को बचा लो। इसका एक ही परिणाम हो सकता है कि आदमी खंड-खंड में टूट जाए और परेशानी में पड़ जाए, मुश्किल में पड़ जाए। पुराना सारा आधार कहता है कि काम, सेक्स और ब्रह्मचर्य उलटी चीजें हैं। इससे ज्यादा गलत कोई बात नहीं हो सकती। ब्रह्मचर्य कम से कम हो गया सेक्स है। सेक्स ज्यादा से ज्यादा उतरता-उतरता, कम-कम होता हुआ ब्रह्मचर्य है। उन दोनों के बीच जो फासला है, वह दुश्मनी का और विरोध का नहीं है।

ध्यान रहे, जगत में विरोध जैसी कोई चीज ही नहीं है। असल में विरोध जैसी चीज जगत में हो ही नहीं सकती, नहीं तो दो विरोध को मिलाने का उपाय ही न रह जाएगा, मार्ग ही न रह जाएगा। अगर मृत्यु अलग हो और जन्म अलग हो, तो जन्म अपने रास्ते पर चलेगा, मृत्यु अपने रास्ते पर चलेगी, पैरलल, लेकिन मिलेंगे कहीं भी नहीं। जैसे दो समानांतर रेखाएं कहीं भी नहीं मिलतीं, ऐसे ही जन्म और मृत्यु की कहीं भी मुलाकात न हो पाएगी। यह कैसे संभव है!

जन्म और मृत्यु घुले-मिले हैं, एक ही चीज के दो छोर हैं। जब मैं यह कह रहा हूं तो मैं असल में यह कह रहा हूं कि आने वाले भविष्य में अगर मनुष्य को विक्षिप्त होने से, पागल होने से बचाना हो, तो पूरी जिंदगी को स्वीकार करना पड़ेगा। पूरे को, पूरे के पूरे को। उसमें कोई खंड काटकर विरोध में खड़े नहीं करने पड़ेंगे।

और यह बड़े आश्चर्य की बात है कि जो कहेगा कि काम, सेक्स ब्रह्मचर्य से उलटा है तो सेक्स को काट डालो, तो वह सेक्स को काट डालने की चेष्टा में ही नष्ट हो जाएगा, ब्रह्मचर्य को कभी भी उपलब्ध नहीं हो सकता। सेक्स को काट डालने की चेष्टा में चित्त सेक्स पर ही अटका रह जाएगा, ब्रह्मचर्य कभी उपलब्ध होने वाला नहीं है। और उस व्यक्ति का चित्त अत्यंत तनाव में, परेशानी में पड़ जाएगा। उसकी मौत हो गई। उसकी जिंदगी दूभर हो जाएगी, वह बोझिल हो जाएगा, वह जी ही नहीं पाएगा। एक क्षण नहीं जी पायेगा। वह बड़ी कठिनाई में पड़ गया।

और अगर ऐसा समझा जाए जैसा मैं कह रहा हूं—और वैसा ही तथ्य है—कि सेक्स और ब्रह्मचर्य में नीचे की सीढ़ी और ऊपर की सीढ़ी का संबंध है। सेक्स पर ही कदम रखते-रखते, रखते-रखते, रखते-रखते, आदमी ब्रह्मचर्य में प्रविष्ट हो जाता है। वह सेक्स की ही कम से कम होती गई मात्रा है, कम से कम होती गयी मात्रा है। उस जगह जहां कि करीब-करीब ऐसा लगता है कि सब शून्य हो गया है, वह आखिरी छोर आ गया। तो फिर जीवन में विरोध नहीं होता, तनाव नहीं होता। फिर जीवन में अशांति नहीं होती, फिर हम जीवन को सहज जी सकते हैं।

मैं जो विचार आपसे कह रहा हूं, वह सहज जीवन को जीने का है, सब पहलुओं पर अत्यंत सहजता से। लेकिन हम कहीं भी उसको सहजता से नहीं जी पाते, क्योंकि हम उसे असहज बनाने की तरकीबें सीख गए हैं। अगर हम किसी आदमी को कह दें कि तू सिर्फ बाएं पैर से चलना, क्योंकि बायां पैर धर्म है और दायां पैर अधर्म है, दाएं से मत चलना। और अगर वह आदमी यह समझ ले...और समझने वाले मिल सकते हैं, क्योंकि हर तरह की नासमझियों को समझने वाले सदा मिल गए हैं। ऐसे आदमी मिल जाएंगे, जो इस बात के लिए राजी हो जाएंगे कि बाएं पैर से चलना धर्म है और दाएं पैर से चलना अधर्म है, तब वे दाएं पैर को काटने लगेंगे और बाएं से चलने की

कोशिश करने लगेंगे। वे कभी भी न चल पाएंगे।

दाएं और बाएं दोनों पैरों का मेल चलाता है, कोई एक पैर नहीं चलाता है। यद्यपि प्रति बार जब उठता है, तब एक ही पैर उठता है। यह भूल हो सकती है। क्योंकि जब भी आप उठाते हैं तो एक ही पैर उठाते हैं। इसलिए भूल हो सकती है इस बात की कि चलते हैं एक पैर से, क्योंकि जब उठाते हैं तो एक पैर उठाते हैं। लेकिन पता रहे, कि जब एक उठता है, तब उसके उठने में वह जो दूसरा खड़ा है, वह उतना ही सहयोगी है जितना उसका उठना। जो रुक गया है, जो ठहर गया है, वह उतना ही आधार है।

जिस दिन कोई ब्रह्मचर्य को उपलब्ध होता है, उस दिन ठहर गया सेक्स उतना ही आधार होता है, जितना बायां पैर जब उठता है और दायां खड़ा होकर उसका आधार होता है। अगर दायां न हो तो बायां उठ न पाएगा। ठहर गया सेक्स ब्रह्मचर्य के लिए कदम बनता है। और ब्रह्मचर्य का कदम उठ इसलिए सकता है कि सेक्स का कदम ठहरा हुआ है। लेकिन सेक्स के कदम को काट डालो जड़ से, तोड़ डालो, तो सेक्स कट जाएगा, पर ब्रह्मचर्य उपलब्ध नहीं होगा और मनुष्य अधर में लटका हुआ रह जाएगा। जैसा कि सारी पुरानी शिक्षाओं ने मनुष्यता को अधर में लटका दिया है।

जिंदगी में जो हमें दिखायी पड़ रहा है, वे सब दाएं और बाएं कदम हैं, वे सब दाएं और बाएं पैर हैं। यहां जिंदगी में सब इकट्ठा है। एक ही बड़े संगीत के स्वर हैं। इसमें कुछ भी काटा, तो कठिनाई हो जाएगी। कोई आदमी कह सकता है कि काला रंग बुरा है। लोग हैं कहने वाले कि काला रंग बुरा है, तो शादी में काली साड़ी न पहनने देंगे। और कोई मर जाएगा तो काला कपड़ा पहनेंगे। काले रंग को बुरा कहने वाले लोग हैं और सफेद रंग को पवित्र कहने वाले लोग हैं। ठीक है, प्रतीक की तरह बात हो भी सकती है। लेकिन अगर कोई कहे कि काले रंग को काट डालेंगे, मिटा डालेंगे दुनिया से, तो ध्यान रहे, काले रंग के मिटते ही सफेद रंग बहुत कम सफेद रह जाएगा। क्योंकि सफेद की बहुत सफेदी उसके चारों तरफ फैले हुए काले से ही आती है।

स्कूल में बोर्ड पर शिक्षक लिखता है, तो काले बोर्ड पर लिखता है सफेद खड़िया से। पागल है? सफेद दीवाल पर क्यों नहीं लिखता? लिखा जा सकता है। सफेद दीवाल पर लिखा जा सकता है, लेकिन पढ़ा नहीं जा सकता है। क्योंकि वह जो सफेदी उभरती है, वह पीछे के काले से उभरती है। असल में सफेदी के उभार में काले का हाथ है। और जिसने काले की दुश्मनी की, उसका सफेद फीका हो जाएगा, यह ध्यान रखना।

जिसने क्रोध का विरोध किया, उसकी क्षमा एकदम नपुंसक, इंपोटेंट हो जाएगी, फीकी हो जाएगी। क्योंकि क्षमा में जो बल है, वह क्रोध का है। वह जो क्रोध कर सकता है, उसमें ही क्षमा का बल है। जितना बड़ा क्रोध उसके भीतर जग सकता है, उतनी ही बड़ी क्षमा की यात्रा हो सकती है। और उसकी क्षमा में जो रौनक आएगी, वह रौनक आएगी क्रोध के तेज से। अगर क्रोध नहीं है, तो क्षमा बिलकुल बेरौनक हो जाएगी, एकदम मुर्दा और मरी हुई होगी। और अगर किसी व्यक्ति का सेक्स कट जाए—उसके काटने के उपाय हैं—लेकिन ध्यान रहे, तब वह ब्रह्मचारी नहीं हो सकेगा, सिर्फ नपुंसक हो जाएगा। और इन दोनों बातों में बुनियादी फर्क है। सेक्स को काट डालने के उपाय हैं, लेकिन सेक्स को मिटाकर कोई ब्रह्मचारी नहीं हो सकता, सिर्फ इंपोटेंट होगा, सिर्फ नपुंसक होगा। हां, सेक्स को रूपांतरित करके, सेक्स को स्वीकार करके, उसकी ऊर्जा को आगे की यात्रा पर ले जाकर कोई ब्रह्मचर्य को उपलब्ध हो सकता है। लेकिन ध्यान रहे, ब्रह्मचारी की आंखों में जो तेज है, वह सेक्स की शक्ति का ही तेज है, है शक्ति वही, वही शक्ति रूपांतरित हो गई है।

तो मैं आपसे यह कह रहा हूं कि जीवन में जिनको हम विरोध कहते हैं, वे विरोध नहीं हैं। जीवन एक बहुत रहस्यपूर्ण व्यवस्था है। उस रहस्यपूर्ण व्यवस्था में विरोध खड़े किए गए हैं ताकि चीजें हो सकें। कभी आपने देखा है, एक मकान बन रहा हो, उसके घर के सामने ईंटों का ढेर लगा हो। सब ईंटें एक जैसी हैं। फिर आर्किटेक्ट है, मकान बनाने वाला वह वास्तुशिल्पी है, इंजीनियर है, वह मकान पर एक आर्च बना रहा है, एक द्वार बना रहा है, एक गोल दरवाजा बना रहा है। वह ईंटों को विरोध में रख देता है। एक-सी ईंटें थीं। वह ईंटों को एक दूसरे के खिलाफ रख देता है दरवाजे पर और खिलाफ में रखी गई ईंटें एक दूसरे को संभाल लेती हैं। वे सब ईंटें एक जैसी थीं, उनमें कोई फर्क न था। और अगर उनको वह एक जैसा रख दे, तो आर्च न बनेगा, दरवाजा फौरन गिर जाएगा। क्योंकि एक जैसी ईंटों में कोई बल नहीं होता, क्योंकि रेसिस्टेंस नहीं होता। जहां विरोध हो जाता है, वहां बल आ जाता है। सब बल विरोध से पैदा होता है, सब ऊर्जा विरोध से पैदा होती है। जीवन में जो ऊर्जा पैदा हुई है, जो शक्ति पैदा हुई है, जो इनर्जी पैदा हुई है, उस का सूत्र है विरोध। लेकिन जो ईंटें हैं, वे बिलकुल एक जैसी हैं। उनको विरोध में रखा गया है।

वह जो परमात्मा है, वह जो आर्किटेक्ट है जीवन का, वह बहुत होशियार है। वह जानता है कि जीवन एकदम ठंडा हो जाएगा, एकदम विलीन हो जाएगा, अगर ईंटें विरोध में न रखी जा सकें। तो उसने ईंटें विरोध में रख दी हैं। क्रोध की ईंटें हैं, क्षमा की ईंटें हैं, सेक्स की ईंटें हैं, ब्रह्मचर्य की ईंटें हैं, वे विरोध में रख दी गई हैं। और इन दोनों के विरोध से, रेसिस्टेंस से शक्ति और ऊर्जा पैदा हो गई है। वह ऊर्जा जीवन है। उसने जन्म और मृत्यु की ईंटों को जमा कर रख दिया है। और उन दोनों से मिलकर जीवन का द्वार बन गया है।

अब कुछ लोग हैं जो कहते हैं, हम जीवन की ईंट ही स्वीकार करेंगे, हम मृत्यु की ईंट स्वीकार नहीं करते। मत करो! न करोगे तो उसी वक्त मर जाओगे। क्योंकि तब एक-सी ईंटें रह जाएंगी, जीवन-जीवन की ईंटें रह जाएंगी। वे उसी वक्त गिर जाएंगी।

यह भूल बहुत दोहराई जा चुकी है। इससे कोई दस हजार साल से आदमी बुरी तरह पीड़ित और परेशान है। वह कहता है, हम एक सी ईंटें रखेंगे। विरोधी ईंट नहीं चाहिए, विरोध को हटा दो। वह कहता है, या तो हम परमात्मा को मानेंगे तो परमात्मा को ही मानेंगे, फिर हम संसार को न मानेंगे। वह कहता है, परमात्मा है तो संसार है ही नहीं, हम संसार को मान ही नहीं सकते। वह कहता है, हम जंगल चले जाएंगे, हम बाजार में खड़े नहीं हो सकते, हम दुकान पर नहीं बैठ सकते, हम संन्यासी हो जाएंगे, क्योंकि हम परमात्मा को मानते हैं। और वह परमात्मा की ही ईंटों से संसार को बना ले...।

तो खयाल करें, अगर भूल-चूक से कभी दुनिया का दिमाग बिगड़ जाए और सारे लोग संन्यासी हो जाएं, तो क्या परिणाम होंगे? ठीक उसी दिन—ठीक उसी दिन, एक दिन भी आगे नहीं चलेगा मामला—उसी दिन पृथ्वी राख हो जाएगी।

असल में वह जो संन्यासी है, उसको पता नहीं है कि वह संन्यासी भी जिंदा है, उसका बायां कदम उठ रहा है, क्योंकि कोई दुकान पर बैठा हुआ संसारी काम चला रहा है। उधर एक पैर रुका हुआ है, इसलिए यह पैर उठ रहा है। संन्यासी के प्राण आ रहे हैं संसारी से। वह भ्रम में है कि वह अपने में जी रहा है। उसके सारे प्राण आ रहे हैं संसारी से। और वह संसारी को गाली दिए जा रहा है। और वह कह रहा है कि सब संसारी संसार छोड़ दो और संन्यासी हो जाओ। उसे पता नहीं कि वह आत्महत्या का उपाय करवा रहा है। उसमें वह भी मरेगा, उसमें वह भी नहीं बच सकता। उसमें वह भी मिट जाएगा। क्योंकि वह एक-सी ईंटें रखने के खयाल में है।

इससे उलटे लोग भी हैं। वे कहते हैं, कोई परमात्मा नहीं है, संसार ही संसार है। हम तो सिर्फ पदार्थ को मानते हैं। उन्होंने भी एक दुनिया बनाने की कोशिश की, सिर्फ पदार्थ को मानकर बनाने की। उनकी भी बड़ी मुश्किल हो गई है। वे भी बड़े उपद्रव में पहुंच गए हैं। वे वहां पहुंच गए हैं, जहां आत्महत्या वहां भी हो जाएगी। क्योंकि अगर पदार्थ ही पदार्थ है और कोई परमात्मा नहीं है, तो जीवन से वह बात गई जो रस लाती है, जो खिंचाव लाती है, जो गति लाती है, जो उठने की अभीप्सा लाती है। वह बात गई। अगर कोई परमात्मा नहीं है और पदार्थ ही पदार्थ है, तो जीवन में अर्थ कहां है फिर? जीवन बिलकुल व्यर्थ हो गया।

इसलिए पश्चिम में मीनिंगलेसनेस की बात चलती है—सार्त्र हैं, कामू हैं, काफ्का हैं, और सारे लोग हैं, मार्सेल्स हैं—आज पश्चिम के सारे विचारकों का एक स्वर है कि जीवन जो है वह अर्थहीन है। शेक्सपीयर का एक वचन एकदम सार्थक हो गया है। अब वह सारे पश्चिम के विचारक यह दोहराते हैं जिंदगी के बाबत, ए टेल टोल्ड बाई एन ईडियट, फुल आफ फ्यूरी ऐंड न्वायज सिग्नीफाइंग नथिंग। एक मूर्ख के द्वारा कही गई कहानी है यह जिंदगी, जिसमें शोर-गुल बहुत है, मतलब बिलकुल नहीं। मलतब हो भी नहीं सकता, अर्थ हो भी नहीं सकता। क्योंकि पदार्थ ही पदार्थ की ईंटें रख लीं तुमने, तो मतलब बिलकुल खो जाएगा। जैसे अकेले संन्यासी संसार से मतलब हटा देंगे, वैसे अकेले संसारी भी मतलब हटा देंगे।

यह बड़े मजे की बात है कि संसारी के ऊपर संन्यासी का पैर चलता है। और यह भी मजे की बात है कि संन्यासी के पैर के ऊपर संसारी का भी पैर चलता है। असल में बाएं पर दायां निर्भर है, दाएं पर बायां निर्भर है। और यह निर्भर विरोध मालूम पड़ता है, लेकिन गहरे में विरोध नहीं है। यह एक ही व्यक्तित्व के दोनों पैर हैं, जिन पर एक व्यक्तित्व सधता है और एक व्यक्तित्व चलता है।

जीवन के इस विरोध को ठीक से समझे बिना कोई भी व्यक्ति जीवन के पूर्ण सत्य को कभी अनुभव नहीं कर सकता है। और जो विरोध में कहेगा कि आधे को हम काट देंगे, वह अभी बहुत बुद्धिमानी को उपलब्ध नहीं हुआ है। आधे को काटा जा सकता है, लेकिन आधे के कटते ही शेष आधा भी मर जाएगा। क्योंकि उस आधे का जीवन और प्राण इस आधे से अनिवार्य रूप से मिलता था—इसी से मिलता था।

मैंने सुना है, दो फकीर थे और उन दोनों फकीरों में एक विवाद था, बड़ा लंबा विवाद था। उनमें एक फकीर था, जो इस बात को मानता था कि कुछ पैसे वक्त-बेवक्त के लिए अपने पास रखना जरूरी है, उचित है। वह निरंतर, दूसरे मित्र से उसका निरंतर विवाद होता था। दूसरा मित्र कहता था, पैसे की क्या जरूरत है? पैसे रखने की क्या जरूरत है? हम संन्यासी हैं, हमें पैसे की क्या जरूरत है? पैसे तो वे रखते हैं, जो संसारी हैं। वे दोनों दलीलें देते थे और वे दोनों ठीक ही दलीलें देते थे, ऐसा मालूम पड़ता था।

इस जगत का बड़ा रहस्य यह है कि इस जगत के बड़े रहस्य में जो विरोध की ईंटें रखी गई हैं, उनमें से किसी भी एक ईंट के संबंध में पूरी दलीलें दी जा सकती हैं। और दूसरी ईंट के संबंध में भी उतनी ही दलीलें दी जा सकती हैं। और यह विवाद कभी अंत नहीं हो सकता, क्योंकि वे दोनों ईंटें लगी हुई हैं। कोई भी इशारा करके बता सकता है कि देखो, मेरी ईंटों से बना हुआ है यह। और दूसरा भी बता सकता है कि मेरी ईंटों से बना हुआ है। और जिंदगी इतनी बड़ी है कि बहुत कम लोग इतना विकास कर पाते हैं कि पूरे द्वार को देख पाएं। वह जो ईंटें उनको दिखाई पड़ती हैं, उतनी ही देख पाते हैं। वे कहते हैं, ठीक ही तो कहते हो, संन्यास से ही तो बना हुआ है; ठीक ही तो

कहते हो, ब्रह्म से बना हुआ है; ठीक ही तो कहते हो, आत्मा से बना है। वह दूसरा कहता है, पदार्थ से बना है, मिट्टी से बना है। डस्ट अनटू डस्ट, सब मिट्टी का मिट्टी में गिर जाएगा—उसी से बना हुआ है, और कुछ भी नहीं है। वह भी ईंटें बता सकता है। इसलिए न आस्तिक जीतता है, न नास्तिक जीतता है। न पदार्थवादी जीतता है, न अध्यात्मवादी जीतता है। जीत भी नहीं सकते हैं, क्योंकि वे जिंदगी को आधा-आधा तोड़कर कह रहे हैं।

तो उन दोनों में बड़ा विवाद था। वह जो कहता था कि पैसे पास होना जरूरी है, एक जो कहता था कि पैसे की क्या जरूरत है। वे दोनों एक दिन सांझ एक नदी के किनारे भागे हुए पहुंचे हैं। रात उतरने के करीब है। मांझी नाव बांध रहा है। नाव बांधते उस मांझी से उन्होंने कहा, नाव मत बांधो, हमें उस पार पहुंचा दो, रात उतरने को है, हमें उस पार जाना जरूरी है। उस मांझी ने कहा, अब तो मैं दिन भर का काम निपटा चुका और अपने गांव वापस लौट रहा हूं। अब सुबह उतार दूंगा। उन्होंने कहा, नहीं, सुबह तक हम प्रतीक्षा नहीं कर सकते। हमारा गुरु—उनका गुरु, उनका फकीर जिसके पास उन्होंने जीया, जाना, पहचाना जीवन को—वह मृत्यु के निकट है और खबर आई है कि सुबह तक उसके प्राण निकल जाएंगे। उसने हमें बुलावा भेजा है। हम रात नहीं रुक सकते। तो मांझी ने कहा कि मैं पांच रुपए लूंगा, तो उतार दूंगा। तो जो फकीर कहता था कि रुपए पास रखना चाहिए, वह हंसा और उसने कहा, कहो दोस्त, अब क्या खयाल है? उस फकीर से कहा जो कहता था कि पैसे रखना बिलकुल व्यर्थ है। उससे उसने कहा, कहो मित्र, क्या खयाल है? पैसा रखना व्यर्थ है या सार्थक है? वह दूसरा आदमी सिर्फ हंसता रहा। फिर उसने पांच रुपए निकाले, मांझी को दिए। वह जीत गया है। फिर वे नाव पर सवार हुए और उस पार पहुंच गए। फिर उतर कर उसने कहा, कहो मित्र, आज नदी के पार न उतर पाते, अगर पैसे पास न होते। वह दूसरा खूब हंसने लगा। उसने कहा, हम पैसे पास होने की वजह से नदी पार नहीं उतरे हैं। तुम पैसे छोड़ सके, इसलिए नदी के पार उतरे हैं। पैसा होने से नहीं, पैसा छोड़ने से उतरे हैं नदी के पार। दलील फिर अपनी जगह खड़ी हो गई। उसने कहा, मैं सदा कहता हूं, पैसे छोड़ने की हिम्मत होनी चाहिए संन्यासी को। हम पैसे छोड़ सके, इसलिए पार आ गए। अगर तुम पकड़ लेते, न छोड़ते, तो कैसे पार आते?

अब बड़ी मुश्किल हो गई। वह दूसरा भी हंसा। वे दोनों अपने गुरु के पास गए और मरते हुए गुरु से उन्होंने पूछा कि क्या करें? बड़ी मुश्किल है! और आज तो घटना ऐसी घट गई है साफ-साफ। पहले वाले ने कहा कि पैसे थे, इसलिए हम उतरे हैं और दूसरा कहता है, पैसे छोड़े, इसलिए हम उतरे हैं। और हम अपने सिद्धांतों पर अडिग हैं। और हमारे दोनों के सिद्धांत ठीक मालूम पड़ते हैं। वह गुरु खूब हंसा। उसने कहा कि तुम दोनों पागल हो। तुम वही पागलपन कर रहे हो, जो आदमी बहुत जमाने से कर रहा है। क्या पागलपन है? उन्होंने पूछा। गुरु ने कहा, तुम एक सत्य के आधे हिस्से को देख रहे हो। यह सच है कि पैसे छोड़ने से ही तुम नाव से उतर सके, लेकिन दूसरी बात भी उतनी ही सच है कि तुम पैसे इसलिए छोड़ सके कि पैसे तुम्हारे पास थे। और यह भी सच है कि पैसे पास होने से ही तुम नदी पार उतरे, लेकिन दूसरी बात भी उतनी ही सच है कि अगर पास ही होते तो तुम नदी उतर न सकते थे। तुम पास से दूर कर सके, इसलिए तुम नदी उतरे। ये दोनों ही बातें सच हैं। और ये दोनों बातें ही इकट्ठा जीवन है और इनमें विरोध नहीं है।

जीवन के सारे तलों पर ऐसा ही विरोध हमने बांट कर रखा है। और हर विरोध का मानने वाला अपनी दलील दे सकता है। कठिनाई नहीं है। क्योंकि उसके पास भी आधी जिंदगी तो है ही।

और आधी जिंदगी कोई कम बात है? बहुत है, दलील के लिए काफी है। इसलिए दलील से कुछ हल नहीं होता, खोजना पड़ेगा पूरी जिंदगी को।

मैं जरूर मृत्यु सिखाता हूं, लेकिन इसका मतलब यह नहीं है कि मैं जीवन का विरोधी हूं। इसका मतलब ही यह है कि जीवन को जानने का, जीवन को पहचानने का द्वार ही मृत्यु है। इसका मतलब यह है कि मैं जीवन और मृत्यु को उलटा नहीं मानता। चाहे मैं उसको मृत्यु की कला कहूं, चाहे जीवन की कला कहूं, दोनों बातों का एक ही मतलब होता है। यह किस तरफ से हम देखते हैं। तो आप पूछेंगे कि मैं उसे जीवन की कला क्यों नहीं कहता हूं? कुछ कारण हैं, इसलिए नहीं कहता हूं।

पहली तो बात यह है कि हम सब जीवन के प्रति अति मोह से भरे हुए हैं। वह अनबैलेंस्ड हो गया है मोह। अति मोह से भरे हुए हैं जीवन के प्रति। मैं जीवन की कला भी कह सकता हूं, लेकिन नहीं कहूंगा आपसे, क्योंकि आप जीवन के अति मोह से भरे हुए हैं। और जब मैं कहूंगा कि जीवन सीखने आयें, तो आप जरूर भागे हुए चले आएंगे, क्योंकि आप अपने जीवन के मोह को और परिपुष्ट करना चाहेंगे।

इसलिए मैं कहता हूं, मृत्यु की कला। और इसलिए कहता हूं ताकि आप बैलेंस, संतुलन पर आ जाएं। आप मरना सीख लें, तो जन्म और मृत्यु बराबर खड़े हो जाएं, दाएं और बाएं पैर बन जाएं। तो आप परम जीवन को उपलब्ध हो जाएंगे। परम जीवन में न जन्म है, न मृत्यु है; लेकिन परम जीवन के दोनों पैर हैं, जिनको हम जन्म कहते हैं और मृत्यु कहते हैं।

हां, अगर कोई गांव ऐसा हो, जो सुसाइडल हो; ऐसा कोई गांव हो जहां सारे लोग मरने के मोही हों, जहां कोई आदमी जीना न चाहता हो; तो वहां मैं जाकर मृत्यु की कला की बात नहीं कहूंगा। वहां जाकर मैं कहूंगा कि जीवन की कला सीखें, आयें हम जीवन की कला सीखें। और उनसे मैं कहूंगा कि ध्यान जीवन का द्वार है, जैसा मैं आपसे कहता हूं कि ध्यान मृत्यु का द्वार है। उनसे मैं कहूंगा, आओ, जीना सीखो, क्योंकि अगर तुम जीना न सीख पाओगे तो मर भी न पाओगे। अगर तुम मरना चाहते हो, तो मैं तुम्हें जीवन की कला सिखाता हूं। क्योंकि तुम जीना सीख जाओगे तो मरना भी सीख जाओगे। तभी वे आयेंगे उस गांव के लोग।

आपका गांव उलटा है। आप दूसरे उलटे गांव के निवासी हैं, जहां कोई मरना नहीं चाहता, जहां सब जीना चाहते हैं और जीने को इतने जोर से पकड़ना चाहते हैं कि मृत्यु आए ही नहीं। तो इसलिए मजबूरी में आपसे मरने की बात करनी पड़ती है। यह सवाल मेरा नहीं है, आपकी वजह से मृत्यु की कला मैं कह रहा हूं। मैं निरंतर एक बात कहता रहा हूं।

बुद्ध ने एक दिन एक गांव में प्रवेश किया। सुबह ही सुबह है, अभी सूरज निकल ही रहा है। और एक आदमी उनसे मिलने आया और उसने कहा, सुनिए, मैं नास्तिक हूं, मैं ईश्वर को नहीं मानता हूं। आपका क्या खयाल है, ईश्वर है? बुद्ध ने कहा, ईश्वर है! ईश्वर है ही नहीं, सिर्फ ईश्वर ही है, और कुछ भी नहीं। उस आदमी ने कहा, मैंने तो सुना था कि आप नास्तिक हैं। बुद्ध ने कहा, तुमने गलत सुना होगा। अब तो तुमने मुझसे सुन लिया न! मैं महा आस्तिक हूं। ईश्वर है, उसके अतिरिक्त कुछ भी नहीं है। वह आदमी बेचैन-सा वृक्ष के नीचे खड़ा रह गया। बुद्ध आगे बढ़े।

दोपहर को एक आदमी और आया और उस आदमी ने कहा कि मैं आस्तिक हूं, मैं परम आस्तिक हूं, मैं नास्तिकों का दुश्मन हूं। मैं आपसे पूछने आया हूं कि ईश्वर के संबंध में आपका क्या खयाल है? बुद्ध ने कहा, ईश्वर? न है, न हो सकता है। ईश्वर है ही नहीं। उसने कहा, क्या कह रहे हैं आप? मैंने तो सुना था कि एक धार्मिक आदमी गांव में आया है, तो मैं पूछने आया था

कि ईश्वर है, और आप यह क्या कह रहे हैं? बुद्ध ने कहा, धार्मिक? आस्तिक? मैं महा नास्तिक हूं। वह आदमी बेचैन-सा खड़ा रह गया।

लेकिन इनकी बेचैनी तो ठीक थी। बुद्ध के साथ एक भिक्षु था आनंद। उसके तो प्राण संकट में पड़ गए। उसने दोनों बातें सुन ली थीं। अब वह बेचैन हुआ कि यह तो बड़ी मुश्किल हो गई, मामला क्या है? सुबह तक बात ठीक थी, दोपहर में बात मुश्किल हो गई। यह बुद्ध को हो क्या गया है? सुबह कहते हैं महा आस्तिक, दोपहर कहते हैं महा नास्तिक। सोचा, सांझ जब सब लोग चले जाएंगे, तो पूछ लूंगा। लेकिन सांझ को और मुश्किल हो गई।

एक आदमी और सांझ होते-होते आया और उसने बुद्ध से पूछा कि मुझे कुछ समझ में नहीं आता कि ईश्वर है या नहीं। वह आदमी एगनॉस्टिक रहा होगा, अज्ञेयवादी रहा होगा, जो कहते हैं हमें पता नहीं, ईश्वर है या नहीं। और किसी को पता नहीं, और कभी पता नहीं हो सकता। उसने कहा, कुछ पता ही नहीं है, है या नहीं। आप क्या कहते हैं? आपका क्या खयाल है? बुद्ध ने कहा, जब तुम्हें भी पता नहीं है तो मुझे भी पता नहीं है। और अच्छा हो कि इस संबंध में हम चुप रह जाएं। वह आदमी भी हैरान रह गया। उसने कहा, मैंने तो सुना था कि आपको ज्ञान हो गया है, आपको पता हो गया। बुद्ध ने कहा, वह गलत सुना होगा। मैं तो परम अज्ञानी, मुझे कैसा ज्ञान?

आनंद की मुसीबत समझें आप, अपने को रख लें आनंद की जगह। कैसी मुश्किल में पड़ गया! रात हो गई, सब लोग चले गए। आनंद ने बुद्ध के पैर पकड़ लिये। उसने कहा, मेरी जान लेंगे आप? क्या करते हैं? मेरी फांसी लग गई। आज दिन भर से मैं इतना बेचैन हूं, जितना जिंदगी में कभी भी नहीं था। आप कहते क्या हैं? आप कर क्या रहे हैं? आप होश में हैं? आप बोल क्या रहे हैं? सुबह कुछ, दोपहर कुछ, सांझ कुछ। आपने तीन उत्तर दे दिए। बुद्ध ने कहा, तुझे तो मैंने कोई उत्तर नहीं दिया था। जिन्हें दिया था, उन्हें दिया था। तूने सुना क्यों? दूसरे की बात सुननी उचित है? मेरी उनसे बात हो रही थी, तूने सुना क्यों? उसने कहा, और मुश्किल देखिए! मैं मौजूद था, कान तो बंद नहीं किए हुए था, सुनाई पड़ गया। और आप बोलें और सुनने का मन न हो? होगा पाप, लेकिन आप बोलें तो सुनने का मन होता है, किसी से भी बोलें। बुद्ध ने कहा, तुझे मैंने कोई उत्तर न दिया था। आनंद ने कहा, न दिया होगा, लेकिन मैं मुश्किल में पड़ गया हूं। मुझे उत्तर दें, अब दे दें। सच क्या है? और आपने ऐसी तीन बातें क्यों कहीं?

बुद्ध ने कहा, तीनों को संतुलन पर लाना था, बैलेंस पर। सुबह जो आदमी आया था, वह नास्तिक था और अकेला नास्तिक अधूरा है। क्योंकि जिंदगी विरोध से मिलकर बनी है।

यह समझ लेना आप कि जो सच में धार्मिक आदमी है, उसमें दोनों ही बातें होती हैं। वह एक तरफ से नास्तिक भी होता है, दूसरी तरफ से आस्तिक भी होता है। उसके दोनों ही पहलू होते हैं। और उन दोनों के विरोध के बीच वह सामंजस्य बना लेता है। उसी सामंजस्य में धर्म है। और जो सिर्फ आस्तिक है, वह अभी अधूरा धार्मिक है। अभी वह धार्मिक हुआ नहीं, अभी जिंदगी का संतुलन आया नहीं, अभी बैलेंस आया नहीं।

तो बुद्ध ने कहा, उसे बैलेंस में लाना था। उसका एक पलड़ा बहुत भारी हो गया था, इसलिए दूसरे पलड़े पर मुझे पत्थर रख देने पड़े। और फिर मैं उसे बेचैन भी कर देना चाहता था, क्योंकि वह कहीं निश्चित हो गया था कि बस नहीं है। उसके निश्चय को डिगा देना जरूरी था। क्योंकि जो निश्चित हो जाता है, वह मर जाता है। यात्रा जारी रहनी चाहिए जिज्ञासा की। दोपहर जो आदमी आया था, वह आस्तिक था। तो उससे मुझे कहना पड़ा कि मैं नास्तिक हूं। क्योंकि उसका पलड़ा भी बहुत भारी हो गया था, वह भी असंतुलित हो गया था। जिंदगी है संतुलन। बुद्ध ने कहा, संतुलन

को जो पा लेता है, वह सत्य को पा लेता है।

आपसे जो मैं कह रहा हूं कि मृत्यु की कला सीखनी चाहिए, वह इसलिए कह रहा हूं कि जीवन का पलड़ा बहुत भारी हो गया है। जीवन के पलड़े पर आप बहुत जोर से बैठ गए हैं। उसकी वजह से सब पत्थर हो गया है, जड़ हो गया है, संतुलन खो गया है। इधर मृत्यु को भी निमंत्रित करें, उसे भी बुलाएं कि तू भी आ और मेहमान हो जा। हम साथ-साथ ही रहेंगे। और जिस दिन जीवन मृत्यु के साथ रहने को राजी हो जाता है, उस दिन जीवन परम जीवन बन जाता है। जिस दिन कोई मृत्यु को गले लगा लेता है, भेंट कर लेता है, आलिंगन कर लेता है मृत्यु को, उस दिन बात खतम हो गई। मृत्यु का दंश गया, क्योंकि मृत्यु का जो दंश था वह था मृत्यु से भागने में, भयभीत होने में था। और जब कोई आकर मृत्यु को गले लगा लेता है, तो मृत्यु हार जाती है, पराजित हो जाती है। क्योंकि मृत्यु को गले लगाने वाला मृत्युंजय हो जाता है। मृत्यु अब उसका कुछ भी नहीं कर सकती। अब क्या करेगी मृत्यु, वह खुद ही मिटने को तैयार हो गया है।

दो तरह के लोग हैं। एक वे जिन्हें मृत्यु खोजती है और एक वे जो मृत्यु को खोजते हैं। मृत्यु उन्हें खोजती है, जो मृत्यु से भागते हैं। उन्हें खोजती फिरती है, पकड़ती फिरती है। और एक वे हैं जो मृत्यु को खोजते हैं, मृत्यु उनसे भागती फिरती है। और वे अनंतकाल में खोज-फिरकर आ जाते हैं और मृत्यु को नहीं पाते।

किस तरह का आदमी बनना है आपको? मृत्यु से भागे हुए या मृत्यु को आलिंगन कर लेने वाले? मृत्यु से भागने वाला हारता ही जाएगा, हारता ही जाएगा। उसका सारा जीवन पराजय का जीवन होगा। मृत्यु को भेंट लेने वाला जीत जाएगा उसी क्षण, उसके जीवन में पराजय मिट जाएगी। उसका जीवन विजय की यात्रा बन जाता है।

तो मैंने कहा, निश्चित ही ठीक पूछा है, मैं मृत्यु की कला ही सिखा रहा हूं। मैं मरना ही सिखा रहा हूं, ताकि जीवन उपलब्ध हो सके। अंधेरे में जो जीना सीख लेता है और पूरे अंधेरे को जो स्वीकार कर लेता है, क्या आपको यह रहस्य पता है कि उसके लिए उसी दिन अंधेरा प्रकाश हो जाता है? जो जहर को पी लेता है प्रेम से, आनंद से, अमृत की भांति, क्या आपको पता है कि उसके लिए जहर अमृत हो जाता है?

अगर नहीं पता है, तो खोज करनी चाहिए। लेकिन जीवन के गहरे से गहरे सत्यों में एक सत्य यह है कि जिसने जहर को वरण कर लिया प्रेम से, उसके लिए जहर अमृत हो जाता है। और जिसने अंधकार को ही प्रेम से छाती से लगा लिया, वह अचानक पाता है कि अंधकार आलोक हो गया। और जिसने दुख को भेंट कर ली, उसने पाया कि दुख है ही नहीं, सुख ही शेष रह जाता है। और जो अशांति में भी राजी हो गया, उसके लिए शांति के द्वार खुल जाते हैं।

अब हमें यह उलटा लगता है। लेकिन ध्यान रहे, जो आदमी कहता है कि मुझे शांत होना है, वह आदमी कभी शांत नहीं हो सकेगा। क्योंकि मुझे शांत होना है, यह भी अशांति की तलाश है। इसलिए आदमी वैसे ही अशांत है और कुछ अशांत ऐसे भी हैं कि वे एक नई अशांति भी पाल लेते हैं। वे कहते हैं, हमें शांत होना है।

एक आदमी मेरे पास आया और उसने मुझे कहा कि मैं पांडिचेरी हो आया, रमण आश्रम गया, रामकृष्ण आश्रम गया, सब पाखंड है, कहीं भी कुछ भी नहीं है। मुझे शांति चाहिए, कहीं नहीं मिलती है। मैं दो साल से भटक रहा हूं। पांडिचेरी में मुझे किसी ने आपका नाम दे दिया, तो मैं सीधा वहीं से चला आ रहा हूं। मुझे शांति चाहिए। मैंने कहा, तुम सीधे उठो और दरवाजे के बाहर हो जाओ, नहीं तो मैं भी पाखंडी सिद्ध हो जाऊंगा। उसने कहा, क्या मतलब आपका? मैंने

कहा, बस अब तुम बाहर जाओ। तुम अब लौटकर इस तरफ देखना ही मत। इसके पहले कि मैं पाखंडी सिद्ध हो जाऊं, मुझे अपने को बचा लेना उचित है। उसने कहा, लेकिन मैं शांत होने आया हूं। मैंने कहा, तुम बिलकुल ही चले जाओ, क्योंकि तुमसे मैं यह पूछता हूं कि तुम अशांत होने के लिए किसके पास पूछने गए थे? किस गुरु से तुमने अशांति की दीक्षा ली है? किस आश्रम में गए थे, जहां तुमने अशांति का पाठ सीखा? तब उसने कहा, मैं कहीं नहीं गया। तो मैंने कहा, तुम तो इतने होशियार आदमी हो कि अशांति तक पैदा कर लेते हो, तो मैं तुम्हें और क्या बताऊंगा! जिस ढंग से तुमने अशांति पैदा की है, उससे उलटे लौट जाओ, शांत हो जाओगे। मुझसे क्या लेना-देना है। भूल कर किसी से मत कहना कि तुम मेरे पास भी गए थे, क्योंकि मुझसे संबंध ही क्या है इस बात का। वह आदमी बोला, आप कुछ भी करके मुझे शांत होने का रास्ता बतलाइए। मैंने कहा, तुम और अशांत होने का रास्ता खोज रहे हो। शांत होने का सिर्फ एक ही रास्ता रहा है दुनिया में और वह यह है कि जो अपनी अशांति को भी शांति से स्वीकार कर लेता है, अशांति को भी जो उसकी परिपूर्णता में स्वीकार लेता है, और कहता है, आ जाओ, रहो, तुम भी मेहमान बन जाओ इसी घर में, उसी दिन अचानक वह पाता है कि अशांति विदा हो गई। क्योंकि अशांति पैदा होती है वृत्ति से। जो अशांति को स्वीकार करता है, उसकी वृत्ति शांत हो गई, क्योंकि वह अशांति तक को स्वीकार कर लेता है। यह जो वृत्ति की शांति हो गई, तो अशांति वहां कैसे टिकेगी!

अशांति पैदा होती है अस्वीकार की वृत्ति से। फिर चाहे वह अस्वीकार अशांति का ही क्यों न हो। जो कहता है, अशांति को स्वीकार नहीं करेंगे, वह अशांत होता चला जाएगा। क्योंकि स्वीकार न करना ही तो अशांति की जड़ है। वह कहता है, हम अशांति स्वीकार न करेंगे, हम दुख स्वीकार नहीं कर सकते, हम मौत स्वीकार नहीं कर सकते, हम अंधेरा स्वीकार नहीं कर सकते। तो मत करो स्वीकार। जिसको तुम स्वीकार नहीं करोगे, उससे ही घिरते चले जाओगे। देखो उसको स्वीकार करके, जिसे कोई स्वीकार नहीं करता। और अचानक तुम पाओगे कि जिसे शत्रु जाना था, वह मित्र हो गया। शत्रु को कोई घर में मेहमान की तरह ठहरा ले, तो मित्र हो जाने के अतिरिक्त उपाय भी क्या है।

इसलिए मैंने इन दिनों में ये बातें कहीं कि मृत्यु पर विजय की आकांक्षा से आप आए थे और आपने सोचा होगा कि शायद मैं कोई तरकीब बताऊंगा कि आप कभी न मर सको।

एक मित्र ने तो पत्र भी लिखा है पुष्कर जी के पास कि क्या वहां कायाकल्प किया जाएगा? कोई पारस-प्रयोग बताया जाएगा? तो फिर हम खर्च करके आएं भी।

हो सकता है, आप भी उसी खयाल में आए हों। लेकिन आप बड़े डिसअप्वाइंट, बड़े निराश हुए होंगे, क्योंकि मैं इधर मृत्यु की कला सिखा रहा हूं। मैं कह रहा हूं, मर जाओ। मैं कहता हूं, मरना सीखो, भागते कहां हो मृत्यु से! अंगीकार कर लो। और ध्यान रहे, मैं मृत्यु की विजय का सूत्र ही आपको दे रहा हूं। मृत्यु की विजय का सूत्र कायाकल्प नहीं है। कितनी ही कायाकल्प करो, मरना ही पड़ेगा। काया मरेगी ही।

हां, कायाकल्प से इतना ही हो सकता है कि मौत लंबाई जा सकती है, यानी परेशानी और लंबी हो जाएगी। सत्तर साल में मर जाते, तो सात सौ साल में मर पाओगे। सत्तर साल में जो दुख विदा हो जाता, वह सात सौ साल तक चलेगा। और क्या होगा? सत्तर साल की परेशानी सात सौ साल तक चलेगी। और क्या होगा? सत्तर साल के झगड़े सात सौ साल तक चलेंगे। सत्तर साल की मुसीबतें सात सौ साल तक फैल जाएंगी, लंबा जाएंगी, अगणित हो जाएंगी। और क्या होगा?

आपको पता नहीं है इस बात का कि अगर सच में ही आपको कोई मिल जाए सात सौ साल

करने वाला और कहे कि लो, यह दवा दिए देता हूं, हो जाओगे सात सौ साल तक जीने वाले, तो आप कहेंगे कि जरा ठहर जाओ, मैं विचार करूंगा। तो मैं नहीं समझता कि आपमें से कोई भी सात सौ साल वाली दवा लेने को राजी होगा। क्योंकि इसका मतलब क्या होता है? इसका मतलब यही होता है कि जो मैं था, वह तो मैं ही रहूंगा और इसी 'मैं' को सात सौ साल जीना पड़ेगा। तो बहुत महंगा पड़ जाएगा, यह तो बहुत भारी पड़ जाएगा।

अगर किसी दिन वैज्ञानिकों ने ऐसी कोई खोज कर ली कि आदमी अनंत काल तक जी सके—और ऐसी खोज शायद हो सकेगी, इसमें कोई कठिनाई नहीं है—तो ध्यान रहे, जिस दिन अनंतकाल तक जीने की व्यवस्था हो जाएगी, उस दिन आदमी उन गुरुओं की तलाश करेगा, जो ऐसी तरकीबें बता दें, जिनसे जल्दी आदमी मर जाए। जैसे अभी कायाकल्प करनेवाले गुरुओं की तलाश चलती है, वैसे ही तब तलाश चलेगी कि कोई गुप्त रहस्य बता दे कि हम किस तरकीब से मर जाएं और वैज्ञानिक हमें बचा न पाएं। सरकार को किस तरह धोखा दे दें और खिसक जाएं। क्योंकि हमको खयाल ही नहीं है कि लंबाई हुई जिंदगी का कोई मतलब नहीं होता। जिंदगी का मतलब होता है जीने से। और कोई आदमी एक क्षण में इतना जी सकता है कि कोई आदमी अनंत जन्मों में न जी सके। वह जीने की बात है। और जी वही सकता है जिसका मृत्यु का भय चला गया है, नहीं तो जीएगा कैसे! भय की वजह से कंपता रहता है। खड़ा ही नहीं हो पाता, भागता ही रहता है।

क्या आपको खयाल में है यह बात कि दुनिया में निरंतर स्पीड बढ़ती चली जाती है। हर चीज में गति है। बैलगाड़ी से राकेट बड़ा अच्छा है एक लिहाज से। क्योंकि उससे कहीं भी हम जल्दी से पहुंच सकते हैं, वह ठीक है। लेकिन स्पीड का इतना आग्रह क्यों है?

यह आपको खयाल में भी न होगा कि सारी गति की चेष्टा मनुष्य की वह जहां है वहां से भागने की चेष्टा है। वह जहां है, इतना डरा हुआ है, इतना घबराया हुआ है कि वह कहता है, कहीं भी हों इससे अच्छे होंगे। भागो, जाओ कहीं। सारे यूरोप और अमरीका में छुट्टी का दिन बहुत उपद्रव का दिन हो गया है। और छुट्टी के दिन जितने लोग थक जाते हैं, उतना कभी भी नहीं थकते हैं। क्योंकि भागो, अपनी-अपनी गाड़ियां लेकर भागो—पचास मील, सौ मील, दो सौ मील दूर—किसी पिकनिक स्पॉट पर, किसी पहाड़ पर, किसी हिल-स्टेशन पर, किसी समुद्र के तट पर भागो। जोर से भागो, क्योंकि और लोग जोर से भागे जा रहे हैं, पता नहीं वे कहीं पहले पहुंच जाएं, जहां हमें पहुंचना चाहिए। लेकिन पूछो, पहुंचना कहां है? तो इसका पक्का नहीं है कि पहुंचना कहां है। एक बात पक्की है कि जहां हैं, वहां से निकल जाएं—घर से निकल जाएं, पत्नी से भाग जाएं, दफ्तर से भाग जाएं, दुकान से भाग जाएं—जहां हैं, वहां से भाग जाएं।

आदमी नहीं जी पा रहा है, इसलिए इतनी भाग, इतनी दौड़ पैदा हुई है। और तेज करते जाओ वाहन को, ताकि भागने में गति आ जाए। लेकिन पूछें कि जा कहां रहे हैं? कहां पहुंचने का इरादा है? तो वह कहेगा, अभी फुर्सत नहीं है बताने की, मुझे जल्दी पहुंचना है। कि आप पहुंच कहां रहे हैं? जाना कहां है? इरादे क्या हैं? हमें चांद पर पहुंचना है, मंगल पर पहुंचना है।

हम भी जिंदगी भर भाग रहे हैं हर वक्त। किससे भाग रहे हैं? किस चीज से भाग रहे हैं? डर क्या है? एक डर है, जीवन को जी नहीं पाते और मौत का डर है कि मौत न आ जाए। और ये दोनों बातें जुड़ी हुई हैं। जो मौत से डरा है, वह जीवन को नहीं जी पाएगा, क्योंकि मौत कंपा देती है। क्या रास्ता है?

आप मुझसे पूछते हैं. रास्ता क्या है? मैं कहता हूं, इस मौत को स्वीकार कर लो। मौत से

कहो, आ जाओ, जीएंगे पीछे, तुम पहले आ जाओ, तुमसे पहले निपट लें, यह बात खतम हो गई। तो फिर फुर्सत से जी लें! तुम आ जाओ, तुम्हें पहले ले लें, फिर सुविधा से, फुर्सत से बैठकर जीएंगे। और जो आदमी मौत को इस भांति ले लेता है—ध्यान उसी के लिए आमंत्रण है—जो मौत को इस भांति ले लेता है, वह तत्काल खड़ा हो जाता है। उसकी स्पीड, वह तेजी भागने की विलीन हो जाती है।

कभी आपने देखा है! अगर आप साइकिल चलाते हैं, तो जिस दिन आप क्रोध में हों, पैडल जोर से चलता है। कार चलाते हैं, तो जिस दिन क्रोध में हों, उस दिन एक्सीलेटर जोर से दबता है। कभी खयाल किया है आपने? मनोवैज्ञानिक तो कहते हैं कि जो ऐक्सीडेंट होते हैं, वे कार की खराबी की वजह से नहीं, रास्ते की खराबी की वजह से नहीं, वह जो कार का एक्सीलेटर दबा रहा है, उस आदमी के भीतर कुछ गड़बड़ है, वह तेजी से दबा रहा है। दांत भींचे हुए है। किसी न किसी तरह वह चाह रहा है कि ऐक्सीडेंट हो जाए। वह इच्छा से भरा हुआ है कि हो जाए, कहीं टकरा जाए जोर से। क्योंकि जिंदगी बिलकुल बेकार मालूम पड़ रही है, इतना ही रस आ जाएगा कम से कम, टकराने का। उतनी देर कम से कम थ्रिल, थोड़ा कंपन होगा, थोड़ा अच्छा लगेगा। कुछ तो हुआ, अपनी जिंदगी बिलकुल बेकार न गई, कुछ हुआ तो।

आज अमरीका और यूरोप में अनेक हत्यारों ने अदालतों में यह बयान दिए हैं कि उस आदमी से हमारा कोई झगड़ा न था, हम सिर्फ अखबार में अपना नाम देखना चाहते थे। और कोई रास्ता नहीं था नाम छपने का। साधु का तो नाम अब छपता नहीं, अब तो सिर्फ हत्यारों का छपता है। हत्यारे दो तरह के हैं। एक तो प्राइवेट हत्या करने वाले लोग, निजी, अपनी-अपनी व्यक्तिगत हत्या करने वाले, उनके छपते हैं। और एक सामूहिक हत्या करने वाले राजनीतिज्ञ, पोलीटिशियंस, उनके छपते हैं। बाकी तो किसी का छपता नहीं। तो साधु होने का कोई उपाय नहीं। साधु हो भी जाओ, तब भी कोई नाम छपने वाला नहीं है, उससे कोई मतलब नहीं है। एक आदमी को छुरा भोंक दो, तो अखबार में कम से कम पहली हेडिंग में ऊपर छपता तो है कि फलां आदमी ने फलां आदमी को छुरा भोंक दिया। और वह कहता है अदालत में कि मेरी कोई दुश्मनी न थी, कोई मतलब भी न था, इस आदमी को मैंने कभी देखा भी न था। सिर्फ इसकी पीठ देखी और छुरा भोंक दिया। और पीठ अच्छी लगी और जब छुरा भोंका और खून का फव्वारा बहा, तो मुझको भी लगा कि मैंने भी जिंदगी बेकार नहीं गंवा दी, कुछ तो किया है, जिसकी चर्चा होगी। चर्चा हो रही है—अखबार चर्चा कर रहे हैं, अदालतें चर्चा कर रही हैं, बड़े-बड़े मजिस्ट्रेट काले चोगे पहनकर, और बड़े-बड़े वकील काले चोगे पहनकर बड़ी गंभीरता से कार्य कर रहे हैं। मैंने भी कुछ किया है, कोई साधारण आदमी नहीं हूं।

मौत से भागा हुआ, डरा हुआ आदमी इतना निराश, उदास, इतना ऊब गया है कि वह कुछ भी कर रहा है, लेकिन एक काम नहीं कर रहा है कि वह मौत को स्वीकार कर ले कि आओ। और जैसे ही कोई उसे स्वीकार कर लेता है, उसके जीवन में नया द्वार खुल जाता है, जहां प्रभु का निवास है।

परमात्मा के मंदिर पर लिखा है, मरो! और परमात्मा के मंदिर में जीवन की रसधार बह रही है। मरो! इस साइनबोर्ड को देखकर लोग लौट जाते हैं। भीतर कोई जाता ही नहीं। बड़ी कुशलता की है, बड़ी होशियारी की है, नहीं तो बहुत भीतर भीड़ हो जाए और जीना मुश्किल हो जाए। तो जीवन का जहां मंदिर है, वहां लिखा है बाहर, मरो! वे जो डर गए, वे भाग जाते हैं। इसलिए मैंने कहा कि मरना सीखना पड़ता है।

और जीवन का सबसे बड़ा रहस्य यही है कि कैसे हम मरने को सीख लें और स्वीकार कर लें। रोज-रोज जो अतीत है, वह मर जाए, हम रोज ही मर जाएं। कल का मर जाए...हम नहीं मरने देते उसको। सत्तर साल का बूढ़ा आदमी हो गया, उसका बचपन अभी तक नहीं मरा। वह बैठकर कहता है कि वे दिन ही और थे, वह बात ही और थी, बड़े आनंद का था। अभी बचपन मरा नहीं उनका। अभी वह इरादे वही कर रहे हैं कि वही हो जाए सब जो था। बूढ़े हो गए हैं, बिस्तर पर लगे हुए हैं, लेकिन उनकी जवानी नहीं मरी है, वह विचार वही कर रहे हैं। जवानी में जो अभिनेत्रियां उन्हें दिखाई पड़ी होंगी—हालांकि अब वे कोई न रहीं—वह उनको देख रहे हैं। वे ही चित्र चल रहे हैं। मरा नहीं कुछ। कल मरता ही नहीं हमारा। हम मरने की हिम्मत ही नहीं जुटाते हैं। हम किसी चीज को मरने ही नहीं देते। बस वह सब इकट्ठा हो जाता है। सब मरा हुआ, जो मर चुका है, हम उसे मरने नहीं देते, बोझ की तरह इकट्ठा कर लेते हैं। उसके बोझ में हम जी नहीं पाते।

तो मरने की कला का एक सूत्र यह भी है कि वह जो मर गया है, उसे मर जाने दें।

जीसस एक झील के पास से गुजर रहे थे। एक बहुत मजेदार घटना घटी। सुबह है, सूरज निकलने को है, अभी-अभी लाली फैली है। एक मछुवे ने जाल फेंका है मछलियां पकड़ने को। मछिलयां पकड़कर वह जाल खींचता है। जीसस ने उसके कंधे पर हाथ रखा और कहा, मेरे दोस्त, क्या पूरी जिंदगी मछलियां ही पकड़ते रहोगे?

सवाल तो उसके मन में भी कई बार यह उठा था कि क्या पूरी जिंदगी मछलियां ही पकड़ता रहूं! किसके मन में नहीं उठता? हां, मछलियां अलग-अलग हैं, जाल अलग-अलग हैं, तालाब अलग- अलग हैं, लेकिन सवाल तो उठता ही है कि क्या जिंदगी भर मछिलयां ही पकड़ते रहें!

उसने लौटकर देखा कि कौन आदमी है, जो मेरा ही सवाल उठाता है। पीछे जीसस को देखा, उनकी हंसती हुई शांत आंखें देखीं, उनका व्यक्तित्व देखा। उसने कहा, और कोई उपाय भी तो नहीं है, और कोई सरोवर कहां है! और मछलियां कहां हैं! और जाल कहां फेंकूं! पूछता तो मैं भी हूं कि क्या जिंदगी भर मछिलयां ही पकड़ता रहूंगा। तो जीसस ने कहा कि मैं भी एक मछुवा हूं, लेकिन किसी और सागर पर फेंकता हूं जाल। इरादा हो तो आओ मेरे पीछे आ जाओ। लेकिन ध्यान रहे, नया जाल वही फेंक सकता है, जो पुराना जाल फेंकने की हिम्मत रखता हो। छोड़ दो पुराने जाल को वहीं।

मछुवा सच में हिम्मतवर रहा होगा। कम लोग इतने हिम्मतवर होते हैं। उसने जाल को वहीं फेंक दिया जिसमें मछलियां भरी थीं। मन तो किया होगा कि खींच ले, कम से कम इस जाल को तो खींच ही ले। लेकिन जीसस ने कहा, वे ही नए जाल को फेंक सकते हैं नए सागर में, जो पुराने जाल को छोड़ने की हिम्मत रखते हैं। छोड़ दे उसे वहीं। उसने वहीं छोड़ दिया। उसने कहा, बोलो, कहां चलूं?

जीसस ने कहा, आदमी हिम्मत के मालूम होते हो, कहीं जा सकते हो। आओ। वे गांव के बाहर निकल रहे थे, तब एक आदमी भागता हुआ आया और उस मछुवे को पकड़कर कहा, पागल! तू कहां जा रहा है? तेरे बाप की मौत हो गई है जो बीमार थे। रात ज्यादा तबीयत खराब हो गयी थी। तू सुबह उठकर जल्दी चला आया था, उनकी मृत्यु हो गयी, तू गया कहां था? हम गए थे तालाब पर, पड़ा हुआ जाल देखा है वहां। तू कहां चला जा रहा है? उसने जीसस से कहा, क्षमा करें। दो-चार दिन की मुझे छुट्टी दे दें। मैं अपने पिता की अंत्येष्टि कर आऊं, अंतिम संस्कार कर आऊं। फिर मैं लौट आऊंगा। जीसस ने जो वचन कहा, वह बड़ा अदभुत है। उन्होंने कहा, पागल! लेट द डेड बरी द डेड। वह जो गांव में मुर्दे हैं, वे मुर्दे को दफना लेंगे। तुझे क्या जाने की जरूरत

है, तू चल। अब जो मर गया है, वह मर ही गया, अब दफनाने की भी क्या जरूरत है? यानी दफनाना भी और तरकीबें हैं उसको और जिलाए रखने की। अब जो मर गया, वह मर ही गया। और फिर गांव में काफी मुर्दे हैं, वे दफना लेंगे, तू चल। एक क्षण वह रुका, जीसस ने कहा कि फिर मैंने गलत समझा कि तू पुराने जाल छोड़ सकता है। एक क्षण वह रुका, और फिर जीसस के पीछे चल पड़ा। जीसस ने कहा, तू आदमी हिम्मत का है। तू मुर्दों को छोड़ सकता है, तो तू जीवंत को पा भी सकता है।

असल में वह जो पीछे मर गया है, उसे छोड़ें। ध्यान में आप निरंतर बैठते हैं, लेकिन मुझसे आप आकर कहते हैं कि होता नहीं है, विचार आ जाते हैं। वह आ नहीं जाते। आपने उनको छोड़ा है कभी? उनको निरंतर पकड़े रहे हैं, उन विचारों का क्या कसूर है?

अगर कोई आदमी एक कुत्ते को रोज अपने घर में बांधे रहे और रोज खाना खिलाए और फिर एक दिन अचानक उसको घर के बाहर निकालने लगे, और कुत्ता चारों तरफ से घूमकर वापस आने लगे, तो कुत्ते का क्या कसूर है? अचानक आप ध्यान करने लगें और कुत्ते से कहें, हटो यहां से। और कल तक उसको रोटी दी, आज सुबह तक रोटी दी, आज सुबह तक चूमा, पुचकारा, उसकी पूंछ हिलाने से आनंदित हुए, घंटी बांधी गले में, पट्टा बांधा, घर में रखा—अचानक आपका दिमाग हो गया कि ध्यान करें। उस कुत्ते को क्या पता? वह बेचारा घूमकर लौट आता है वापिस। वह कहता है, कोई खेल हो रहा होगा। और जब आप उसको और भगाते हैं तो वह और खेल में आ जाता है। वह और रस लेने लगता है कि कोई मामला जरूर है। मालिक आज कुछ बड़े आनंद में मालूम पड़ते हैं। तब मुझसे आप आकर कहते हैं कि विचार नहीं जाते हैं।

वे जाएंगे कैसे? उन्हीं विचारों को पोसा है आपने, खून पिलाया है अपना। उनको बांधे फिरते हैं, उनके गले पर पट्टे बांधे हुए हैं अपने-अपने नाम के। आदमी से जरा कह दो कि यह जो तुम कह रहे हो, गलत है। वह कहता है, मेरा विचार और गलत? मेरा विचार कभी गलत नहीं हो सकता। अब जिस पर आप पट्टा बांधे हुए हैं अपना, वह बिचारा लौटकर आ जाता है। उसे क्या पता है कि आप ध्यान कर रहे हैं। अब आप कहते हैं, हटो, भागो। ऐसे वह नहीं भागेगा।

विचार को हम पोस रहे हैं। अतीत के विचार को पालते चले जा रहे हैं, बांधते चले जा रहे हैं। अचानक एक दिन आप कहते हैं, हटो। एक दिन में नहीं हट जाएगा। उसका पोषण बंद करना पड़ेगा, उसको पालना बंद करना पड़ेगा।

ध्यान रहे, अगर विचार छोड़ने हों, तो मेरा विचार कहना छोड़ देना। क्योंकि जहां मेरा है, वहां कैसे छूटेगा। अगर विचार छोड़ने हों, तो विचार में रस लेना बंद कर देना। अगर रस लेंगे, तो वे कैसे छूटेंगे। उन्हें कैसे पता चलेगा कि आप बदल गए हैं और रस नहीं लेते हैं।

विचार अतीत की हमारी सारी स्मृतियां हैं। उनका जाल है, उनको हम पकड़े हुए हैं, उनको हम मरने नहीं देते हैं। उनको मरने दें, लेट द डेड बी द डेड। वह जो मर गया है, उसको मरा हुआ हो जाने दें, उसको अब जिंदा रखने की कोशिश मत करें।

लेकिन हम उसको जिंदा रखे हुए हैं। कल की दोस्ती भी जिंदा है, कल की दुश्मनी भी जिंदा है। बल्कि न केवल जिंदा है, अगर कल का दोस्त आज रास्ते पर नमस्कार न करे, तो हम कहते हैं रुको, क्या बात है? कल तो तुमने नमस्कार किया था! अगर पति आज सुबह पत्नी को प्रेम से न देखे तो वह कहती है, क्या मामला है? तीस साल तक तुमने मुझे प्रेम से देखा है! वह अतीत को इतने जोर से हम पकड़े हुए हैं कि हम कहते हैं, वैसे ही रहो, जैसे कल थे। दूसरे से भी यही मांग करते हैं कि जैसे कल थे, वैसे ही रहो। खुद से भी यही मांग करते हैं कि जैसे कल थे, वैसे

ही रहेंगे। और सबको भरोसा दिलाए रखते हैं कि घबड़ाना मत। मैं वही का वही रहूंगा, कंसिस्टेंस। जो मैं कल था वहीं रहूंगा। तो फिर मुर्दा कैसे मरेगा? और मुर्दा बोझिल होता चला जाता है।

मरने की कला का यह भी हिस्सा है। यह सूत्र भी ध्यान में रख लेंगे कि अगर मरने की कला सीखनी है, तो जो मर जाता है उसे मर जाने दें। जो अतीत हो गया है, उसे अतीत हो जाने दें। अब वह कहीं भी नहीं है, अब उसे जाने दें। अब स्मृति में भी उसे संभालकर रखने की कोई जरूरत नहीं है। विदा कर दें, विदा हो जाने दें। कल कल हो चुका, कल अब नहीं है, लेकिन वही पकड़े रहता है।

एक और छोटा सा प्रश्न है। एक मित्र ने पूछा है कि कनफ्यूजन और क्लैरिटी, वह भ्रम से भरा हुआ चित्त, बहुत उलझा हुआ, कनफ्यूज्ड माइंड क्या है? क्लैरिटी आफ माइंड क्या है? और मन की सफाई, ताजगी और स्वच्छ हो जाना क्या है?

इसे थोड़ा समझना जरूरी है। क्योंकि यह ध्यान के लिए उपयोगी होगा और यह मरने की कला में भी उपयोगी होगा। उनका पूछना कीमती है। वह यह पूछते हैं कि यह उलझा हुआ मन क्या है? लेकिन इसमें एक भूल हो जाती है। हम कहते हैं, उलझा हुआ मन, अशांत मन, कनफ्यूज्ड माइंड। यहां भूल हो जाती है। भूल क्या हो जाती है? भूल यह हो जाती है कि हम दो शब्दों का उपयोग कर रहे हैं, उलझा हुआ मन। सच बात ऐसी है कि उलझा हुआ मन नहीं होता। उलझे हुए होने की जो स्थिति है, उसका नाम मन है। कनफ्यूज्ड माइंड नहीं होता, माइंड इज कनफ्यूजन। ऐसा नहीं होता कि अशांत मन होता है, अशांति का नाम ही मन है। और जब अशांति नहीं रह जाती, तो ऐसा नहीं कि मन शांत हो जाता है। ऐसा है कि मन रह ही नहीं जाता।

समझ लें, तूफान आया हुआ है समुद्र पर, अशांत है सागर, तो आप कहते हैं कि अशांत तूफान। तो कोई आदमी कहेगा कि अशांत तूफान? आप कृपा करके इतना ही कहें कि तूफान है, क्योंकि अशांति का नाम ही तो तूफान है। फिर तूफान चला गया, तो क्या आप यह कहते हैं कि अब शांत तूफान चल रहा है? आप कहते हैं कि अब तूफान नहीं है।

मन को समझने में भी ध्यान रख लें कि मन अशांति का ही नाम है। और जब शांति आ जाती है, तो ऐसा नहीं है कि शांत मन रह जाता है, मन रह ही नहीं जाता। नो माइंड, अ-मन की स्थिति आ जाती है। और जब मन नहीं रह जाता है, तब जो रह जाता है, उसका नाम आत्मा है। जब तूफान नहीं रह जाता है, तब भी सागर रह जाता है। जब तूफान मिट जाता है, तब सागर रह जाता है। जब अशांति, मन, कनफ्यूजन मिट जाता है, तो जो शेष रह जाता है, वह आत्मा है।

मन कोई चीज नहीं है। मन केवल अव्यवस्था का नाम है, अराजकता का नाम है। मन कोई फैकल्टी नहीं है, मन कोई वस्तु नहीं है। शरीर एक वस्तु है और आत्मा एक वस्तु है। और मन इन दोनों के बीच में अशांति का जो संबंध है उसका नाम है। और जब शांति हो जाती है, तो शरीर रह जाता है, आत्मा रह जाती है, लेकिन मन नहीं रह जाता।

शांत मन जैसी कोई चीज नहीं होती। लेकिन यह गलती इसलिए हो गई है कि हमने जो भाषा बनाई है, उसमें हम कहते हैं : अस्वस्थ शरीर, स्वस्थ शरीर। वह ठीक है। अस्वस्थ शरीर भी होता है, स्वस्थ शरीर भी होता है। अस्वास्थ्य मिट जाता है तो स्वस्थ शरीर शेष रह जाता है। लेकिन मन के संबंध में यह बात सच नहीं है। स्वस्थ मन, अस्वस्थ मन ऐसी बात नहीं होती। मन मात्र अस्वस्थ होता है। मन का होना ही कनफ्यूजन है। मन का होना ही अस्वास्थ्य है, बीमारी है।

इसलिए यह मत पूछें कि कनफ्यूज्ड माइंड को, उलझे हुए मन को हम शांत कैसे बनाएं। यह पूछें कि इस मन से हम मुक्त कैसे हो जाएं, यह मन मर कैसे जाए, इस मन को हम समाप्त

कैसे कर दें, विदा कैसे कर दें, यह मन न रह जाए, ऐसा कैसे हो जाए।

ध्यान मन को समाप्त कर देने का, विदा कर देने का उपाय है। ध्यान का मतलब है, मन के बाहर चले जाना। ध्यान का मतलब है, मन से हट जाना। ध्यान का मतलब है, मन का न रह जाना। ध्यान का मतलब है, जहां हम उलझे हैं, उस उलझाव से हट जाना। उस उलझाव से हटने से वह उलझाव शांत हो जाता है। क्योंकि वह हमारी मौजूदगी से ही उलझाव बनता है। अगर हम वहां से हट जाते हैं, तो वह विदा हो जाता है।

अब समझ लें कि दो आदमी लड़ रहे हैं। आप मुझसे लड़ने आए हैं और लड़ाई चल रही है। अगर मैं उस लड़ाई से हट जाऊं तो लड़ाई कैसे चलती रहेगी? वह विदा हो जाएगी, क्योंकि वह मेरी मौजूदगी से ही चल सकती थी। मन के तल पर हम खड़े हुए हैं—जहां मन का सारा उपद्रव चल रहा है, हम वहीं खड़े हुए हैं। और वहां से हम जाना भी नहीं चाहते और हम कहते हैं कि इसको शांत करेंगे। यह शांत नहीं होने वाला है। आप कृपा करके हट जाएं, बस। आपके हटते ही शांत हो जाएगा। तो ध्यान जो है, वह मन को शांत करने की विधि नहीं है; मन से हट जाने की, जहां अशांति की लहरें बह रही हैं, वहां से सरक जाने की, वहां से पीछे लौट जाने की व्यवस्था है।

एक प्रश्न और एक मित्र ने पूछा है। वह भी इससे संबंधित है। उसे भी समझ लेना उचित है। उन्होंने पूछा है कि किया हुआ ध्यान, ध्यान करना और ध्यान में होना, इसमें क्या फर्क है?—टु बी इन मेडिटेशन, एंड टु डू मेडिटेशन, ध्यान करना और ध्यान में होना।

वही फर्क है जो मैं समझा रहा हूं। अगर कोई आदमी ध्यान कर रहा है तो वह अशांत मन को शांत करने की कोशिश कर रहा है। वह क्या करेगा? वह यह करेगा कि मन को शांत करने की कोशिश करेगा। और कोई आदमी अगर ध्यान में हो रहा है, तो वह मन को शांत करने की कोशिश नहीं कर रहा है, वह मन से सरका ही जा रहा है। बाहर धूप लग रही है, तो एक आदमी धूप में छाता वगैरह तानने का उपाय कर रहा है। और बाहर धूप में छाते ताने जा सकते हैं, उनमें कोई खड़ा भी हो सकता है और छाया में हो सकता है। लेकिन मन में छाते ताने ही नहीं जा सकते, क्योंकि मन में सिर्फ विचार के ही छाते तन सकते हैं। उनसे कोई और फर्क नहीं पड़ सकता। यानी वह ऐसा है जैसे कि एक आदमी धूप में खड़ा है और आंख बंद करके सोच रहा है कि ऊपर एक छाता है और धूप अब नहीं लग रही है। लेकिन धूप लगती रहेगी। इससे कोई फर्क नहीं पड़ता। यह आदमी धूप को शांत करने की कोशिश कर रहा है। यह ध्यान करने की कोशिश कर रहा है। एक दूसरा आदमी है, बाहर धूप आ गई है, उठकर घर के भीतर चला गया है। जाकर घर में विश्राम करने लगा। यह आदमी धूप को शांत करने की कोशिश नहीं कर रहा है। धूप से हटा जा रहा है।

ध्यान करने का मतलब है, एफर्ट, प्रयास—मन को बदलने का। और ध्यान में होने का मतलब है, मन को बदलने का प्रयास नहीं, चुपचाप अपने में सरक जाना।

इन दोनों के फर्क को खयाल में ले लेना चाहिए। क्योंकि अगर आपने ध्यान करने की कोशिश की, तो ध्यान में आप कभी न जा पाएंगे। कोशिश अगर की, चेष्टा अगर की, अगर आप बैठ गए अकड़ कर और आपने कहा कि ध्यान बिलकुल करना ही है। और आपने कहा, आज कुछ भी हो जाए, मन को शांत करके रहेंगे। कौन कह रहा है, यह कौन करेगा, आप ही? आप अशांत हैं और अब आप शांत करेंगे! अब और एक मुसीबत आपने बांधी अपने चारों तरफ। अब आप अकड़े हुए बैठे हैं। आप कहते हैं, कुछ भी हो जाए। अब जितना आप अकड़ते जाते हैं, उतनी परेशानी में पड़ते जाते हैं, उतने स्ट्रेंड, उतने टेंस होते चले जाते हैं।

नहीं, ध्यान करने को...इसलिए मैं कहता हूं, ध्यान है रिलेक्सेशन, कुछ न करें, शिथिल हो जाएं। समझ लें, एक छोटे से सूत्र से मैं समझा दूं, उसे अंतिम रूप से आप ध्यान में रखना।

एक आदमी नदी में तैरता है। तैर रहा है। वह कहता है, मुझे वहां पहुंचना है। नदी की तेज धार है, हाथ-पैर मार रहा है, तैर रहा है, थका जा रहा है, टूटा जा रहा है, लेकिन तैरता चला जा रहा है। यह आदमी प्रयास कर रहा है, एफर्ट कर रहा है तैरने का। तैरना एक प्रयास है। ध्यान करना भी एक प्रयास है। फिर एक दूसरा आदमी है, वह कहता है कि तैरते नहीं, जस्ट फ्लोटिंग, बह रहे हैं। उसने नदी में अपने को छोड़ दिया है। हाथ-पैर भी नहीं तड़फड़ाता है, नदी में पड़ा हुआ है। नदी बही चली जा रही है, वह भी बहा चला जा रहा है। वह तैर ही नहीं रहा है, वह सिर्फ बह रहा है। बहना प्रयास नहीं है, बहना एफर्ट नहीं है। फ्लोटिंग—सिर्फ बहना—अप्रयास, नो एफर्ट है।

मैं जिस ध्यान की बात कर रहा हूं वह फ्लोटिंग जैसा है, स्विमिंग जैसा नहीं—तैरने जैसा नहीं, बहने जैसा है। ध्यान रख लें कि एक आदमी तैरता है और एक पत्ता बह रहा है नदी में। देखें जरा एक तैरते हुए आदमी को और एक बहते हुए पत्ते को। पत्ते की मौज ही और है। न कोई तकलीफ, न कोई अड़चन। न कोई झगड़ा, न कोई झंझट। पत्ता बड़ा होशियार है। पत्ते की होशियारी क्या है? पत्ते की होशियारी यह है कि वह नाव पर सवार हो गया है, नदी को नाव बना लिया है उसने। वह कहता है, जहां चलो, हम वहीं चलने को राजी हैं, ले चलो। उसने नदी की सब ताकत तोड़ दी, क्योंकि नदी उसका कुछ नहीं बिगाड़ सकती, वह नदी के खिलाफ लड़ता भी नहीं है। वह विरोध में खड़ा ही नहीं होता, वह कहता है, हम बहते हैं। तो पत्ता बिलकुल राजा है। राजा क्यों है? क्योंकि राजा बनने की कोशिश ही नहीं कर रहा है, बस बहा चला जा रहा है। नदी जहां ले जा रही है, चला जा रहा है।

इसको खयाल में ले लेना, एक पत्ते का बहना। क्या आप भी नदी में ऐसे बह सकते हैं? तैरने का खयाल भी न रह जाए, मन भी न रह जाए, भाव भी न रह जाए। क्या आप बह सकते हैं!

क्या आपने कभी देखा है कि जिंदा आदमी डूब सकता है, मुर्दा आदमी नदी के ऊपर आ जाता है! आपने कभी खयाल किया है कि मामला क्या है? जिंदा आदमी डूब जाता है और मुर्दा कभी नहीं डूबता है, फौरन नदी के ऊपर आ जाता है। फर्क क्या है? मुर्दा नो-एफर्ट में पहुंच जाता है। मुर्दा कहता है, अब हम कुछ नहीं करते। कर ही नहीं सकता। करना भी चाहे तो क्या करेगा! तो नदी के ऊपर आ जाता है, बहने लगता है। जिंदा आदमी डूब सकता है, क्योंकि जिंदा आदमी कोशिश करता है। कोशिश में थक जाता है, थकने में डूब जाता है। नदी नहीं डुबाती है, लड़ना डुबाता है। वह मुर्दे को बिलकुल नहीं डुबा सकती, क्योंकि वह लड़ता ही नहीं। वह लड़ेगा ही नहीं तो उसकी ताकत नष्ट होने का सवाल ही नहीं। नदी उसका कुछ बिगाड़ ही नहीं सकती। वह नदी में तैरने लगता है।

तो मैं जिस ध्यान की बात कर रहा हूं, वह तैरने जैसा नहीं, बहने जैसा है। बह जाना है। तो इसलिए जब मैं यह कहता हूं कि शरीर को शिथिल छोड़ दें, तो उसका मतलब यह है कि शरीर से बहे हम। अब हम शरीर में कोई पकड़ नहीं रखते, शरीर के किनारे को नहीं पकड़ते। छोड़ दिया, बहने लगे। मैं कहता हूं कि श्वास को भी छोड़ दें। तो अब हम श्वास के किनारे को भी नहीं पकड़ते हैं, उसको भी छोड़ देते हैं। उससे भी बहने लगे। जाएगे कहां? जब शरीर को छोड़ेंगे तो भीतर जाएंगे। और जब शरीर को पकड़ेंगे तो बाहर आएंगे। जब कोई किनारे को पकड़ेगा तो नदी में कैसे जाएगा? किनारे पर आ सकता है बाहर नदी के। जब कोई किनारे को छोड़ेगा, तो किनारे के बाहर तो आ ही नहीं सकता, नदी में ही जाएगा।

तो जीवन की एक धारा बह रही है भीतर, परमात्मा की धारा बह रही है भीतर, चेतना का। वह जो स्ट्रीम ऑफ कांशसनेस है, वह भीतर बह रही है। हम पकड़े हुए हैं किनारे को—शरीर के किनारे को। छोड़ दो इसे, श्वास को भी छोड़ दो, विचार को भी छोड़ दो। सब किनारा छूट गया। अब आप कहां जाओगे? अब धारा में बहने लगोगे। और अगर कोई आदमी छोड़ दे धारा में अपने को, तो सागर में पहुंच जाता है।

इधर भीतर जो धाराएं बह रही हैं, वे नदियों की तरह हैं। और जब कोई उसमें बहने लगता है, तो वह सागर में पहुंच जाता है। ध्यान एक बहना है। और जो बहना सीख जाता है, वह परमात्मा में पहुंच जाता है। तैरना मत। जो तैरेगा, वह भटक जाएगा। जो तैरेगा, वह ज्यादा से ज्यादा इस किनारे को छोड़ेगा उस किनारे पहुंच जाएगा। और क्या करेगा? तैरने वाला कर क्या सकता है? इस किनारे से उस किनारे पहुंच जाएगा। यह किनारा भी नदी के बाहर ले जाता है, वह किनारा भी नदी के बाहर ले जाता है। गरीब आदमी बहुत तैरेगा तो अमीर आदमी हो जाएगा। इतना ही हो सकता है न। और क्या होगा! छोटी कुर्सीवाला बहुत तैरेगा तो दिल्ली की किसी कुर्सी पर बैठ जाएगा। और क्या होगा? लेकिन यह किनारा भी बाहर ले जाता है और वह किनारा भी बाहर ले जाता है। द्वारका का किनारा भी उतना बाहर और दिल्ली का किनारा भी उतना ही बाहर। उससे कोई फर्क नहीं पड़ता।

नहीं, तैरनेवाला किनारों पर ही पहुंच सकता है। लेकिन बहने वाला? बहने वाले को कोई किनारा नहीं रोक सकता, क्योंकि उसने धार में अपने को छोड़ दिया है। धार उसे ले जाएगी, ले जाएगी, ले जाएगी, सागर में पहुंचा देगी।

सागर में पहुंच जाना ही लक्ष्य है। नदी सागर हो जाए और व्यक्ति की चेतना परमात्मा हो जाए; बूंद, एक-एक बूंद खो जाए उस में, तो जीवन का परम अर्थ और जीवन का परम आनंद और जीवन का परम सौंदर्य उपलब्ध हो जाता है।

मरने की कला बहने की कला है। यह अंतिम बात: मरने की कला बहने की कला है। क्योंकि जो मरने को राजी है, वह तैरता ही नहीं; वह कहता है, ले जाओ जहां ले जाना है। हम तो राजी हैं।

इन चार दिनों में इसी संबंध में मैंने सारी बात की है। कुछ मित्रों को ऐसा लगता रहा है कि मैं सिर्फ प्रश्नों के जवाब दे रहा हूं। तो उन्होंने बार-बार लिख कर भेजा है कि आप तो कुछ बोलिए, प्रश्नों का जबाब मत दीजिए। जैसे कि प्रश्नों का जवाब कोई और दे रहा है। लेकिन खूंटियां महत्वपूर्ण हो जाती हैं, कपड़े कम महत्वपूर्ण हो जाते हैं। वे कहते हैं, आप तो कपड़े बताइए, आप खूंटियों पर क्यों टांग रहे हैं? लेकिन मैं खूंटियों पर क्या टांग रहा हूं? आपके प्रश्नों पर टांगूंगा भी क्या? वही, जो मैं बोलता! लेकिन हमारा मन ऐसा है।

मैंने सुना है, एक सर्कस था। उसमें एक बंदरों का मालिक था। वह रोज सुबह बंदरों को चार केले देता था। सांझ तीन केले देता था। एक दफा बाजार में सुबह केले कम मिले। तो उसने कहा, आज बंदरो तीन केले सुबह ले लो, चार केले सांझ को दे देंगे। तो बंदरों ने हड़ताल कर दी। उन्होंने कहा कि यह कभी भी नहीं हो सकता। चार केले सुबह चाहिए। उसने कहा, भाई चार शाम को दे देंगे, अभी तीन ले लो। उन्होंने कहा, यह कभी हुआ ही नहीं। सुबह हमेशा चार केले मिलते रहे हैं। वह चार केले अभी चाहिए। उसने कहा, तुम पागल हो गए हो क्या? कुल मिलाकर सात केले हो जाएंगे। उन्होंने कहा, इतना हिसाब हम नहीं जानते। हम तो चार केले अभी लेंगे। सुबह हमेशा चार केले मिलते रहे।

तो मुझे मित्र लिखते हैं बार-बार कि आप तो बोलिए, आप प्रश्नों का जवाब मत दीजिए। मैं बोलूंगा, क्या बोलूंगा? वह प्रश्न तो खूंटियां हैं। वह तो मुझे जो बोलना है, वह टांग दिया। मैं बोलूंगा या प्रश्नों के उत्तर दूंगा, इससे क्या फर्क पड़ता है! कौन देगा उत्तर? कौन बोलेगा? लेकिन हमें यह लगता है कि नहीं, आप बोलिए। क्योंकि हमको चार केले सुबह रोज मिलते रहे हैं। हर शिविर में चार प्रवचन होते थे और चार प्रश्नोत्तर होते थे और इस बार ऐसा हुआ कि आपने सभी प्रश्नोत्तर कर डाले। इससे कोई फर्क नहीं पड़ता है। सात केले का हिसाब रखें। इकट्ठा जोड़ कर लें। ऐसा एक-एक गिनती मत करें कि चार सुबह कि तीन शाम, कि तीन सुबह कि चार शाम। सात! और सात केले मैंने दे दिए हैं। और गिनती की गड़बड़ में आप पड़ जाएंगे, तो कहीं निराश न चले जाएं। इसलिए मैंने अंत में यह कह दिया कि सात केले मैंने दे दिए हैं। जो मुझे बोलना था, वह मैंने बोल दिया है।

अब हम रात के ध्यान के लिए बैठें।

थोड़े फासले पर हो जाएं। बातचीत नहीं करेंगे। जिनको जाना हो वे चले जाएंगे, जिनको ध्यान करना हो वे बैठ जाएंगे। बातचीत न करें। जिन मित्रों को जाना है वे चुपचाप चले जाएं, और जिनको बैठना है वे चुपचाप बैठ जाएं। जिनको लेटना हो वे लेट जाएं। हां, जो लोग चले गए हैं तो अब बाकी जो लोग खड़े हैं, वे या तो बैठ जाएं या चले जाएं। दर्शक की तरह कोई भी न खड़ा रहे।

आंख बंद कर लें। देखिये, बहने की तैयारी करनी है, मरने की तैयारी करनी है। आंख बंद कर लें...शरीर को ढीला छोड़ दें...शरीर को ढीला छोड़ दें...शरीर को ढीला छोड़ें...शक्ति को भीतर बहने दें...और ऐसा समझें कि शरीर के किनारे को छोड़ दिया है। शरीर को बिलकुल ढीला छोड़ते जाएं। फिर मैं सुझाव देता हूं, मेरे साथ अनुभव करें।

शरीर शिथिल हो रहा है...शरीर शिथिल हो रहा है...शरीर शिथिल हो रहा है...शरीर शिथिल हो रहा है...। भाव करें, शरीर बिलकुल शिथिल होता जा रहा है, जैसे कोई प्राण ही न हों। शरीर के किनारे को बिलकुल ही छोड़ देना है और भीतर चले जाना है। जैसे कोई नदी का किनारा छोड़ दे और फिर भीतर बह जाए धार में, ऐसे ही शरीर के किनारे को छोड़ें। भाव करें, शरीर शिथिल हो रहा है...शरीर बिलकुल शिथिल होता जा रहा है...शरीर शिथिल हो रहा है...शरीर शिथिल हो रहा है...शरीर शिथिल हो रहा है...छोड़ दें बिलकुल, चाहे गिरे तो गिर जाए...शरीर को बिलकुल ढीला छोड़ दें...। शरीर शिथिल हो गया...शरीर शिथिल हो गया है...शरीर शिथिल हो गया है।

श्वास शांत हो रही है...भाव करें, श्वास शांत हो रही है...श्वास शांत हो रही है...श्वास शांत हो रही है...श्वास शांत होती जा रही है...। श्वास को भी छोड़ दें...उससे भी पीछे हट जाएं। श्वास शांत हो गयी है...श्वास शांत हो गयी है...श्वास शांत हो गयी है...श्वास शांत होती जा रही है...। छोड़ दें, और भीतर हट जाएं।

विचार भी शांत हो रहे हैं...उन पर भी पकड़ छोड़ दें...विचार शांत होते जा रहे हैं...विचार शांत हो रहे हैं...विचार शांत हो रहे हैं...विचार शांत हो रहे हैं...विचार शांत होते जा रहे हैं...विचार शांत होते जा रहे हैं। और भीतर और भीतर बिलकुल छोड़ दें, सारी पकड़ छोड़ दें शरीर पर, श्वास पर, विचार पर। बिलकुल डूब जाएं और अपने को छोड़ दें जैसे कोई सूखा पत्ता नदी में बहने लगे। छोड़ें...छोड़ें...शरीर शिथिल, श्वास शिथिल, विचार शांत हो गए हैं।

और अब दस मिनट के लिए भीतर जागते हुए देखते रहें, भीतर जागकर देखते रहें। जैसे

कोई दीये की ज्योति भीतर जल रही हो और आप देख रहे हैं। सिर्फ ज्ञान मात्र रह जाए, देखना मात्र रह जाए। शरीर दूर पड़ा हुआ मालूम पड़ेगा। श्वास शांत हो गई है, वह भी दूर मालूम पड़ेगी। विचार भी अगर कोई आएगा तो बहुत दूर चक्कर लगाता हुआ मालूम पड़ेगा। फिर धीरे-धीरे चला जाएगा। देखते रहें, भीतर द्रष्टा हो जाएं। दस मिनट के लिए सिर्फ द्रष्टा होकर रह जाएं।

(भगवान श्री कुछ मिनट मौन रहकर फिर सुझाव देना शुरू करते हैं।)

मन शांत हो गया है...मन शांत हो गया है...मन एकदम शांत हो गया है। और गहरे में अपने को छोड़ दें...और भीतर...और भीतर...जैसे कोई गहरे कुएं में उतरता जाए, ऐसा छोड़ दें। सारी पकड़ छोड़ दें। बस देखने वाले मात्र रह जाएं। भीतर हम देख रहे हैं। मन शांत और शून्य होता जा रहा है।

(मौन, निर्जन, सन्नाटा...)

मन शांत और शून्य होता जा रहा है...मन शांत होता जा रहा है...मन शांत हो गया...मन शून्य हो गया। भीतर एक जानने की ज्योति भर जलती रहे—हम जान रहे हैं, देख रहे हैं।

(मौन, निर्जन, सन्नाटा...)

मन शांत हो गया...और छोड़ दें, बिलकुल पकड़ छोड़ दें। भीतर देखें, शरीर दूर दिखाई पड़ेगा जैसे लाश पड़ी हो। बाहर जैसे सब मर गया है, भीतर जीवन रह गया है। जीवन की ज्योति भर भीतर रह गई है। उसे देखें, उस शून्य को, उस शांति को, उस ज्योति को देखें। उसे देखते-देखते एक आनंद की धार जैसे भीतर बहने लगी और कण-कण में, रोएं-रोएं में, श्वास-श्वास में आनंद प्रवाहित होने लगा। देखें जैसे कोई झरना फूट जाए आनंद का। भीतर देखते रहें, द्रष्टा बने रहें।

(मौन, निर्जन, सन्नाटा...)

धीरे-धीरे, दो-चार गहरी श्वास लें...धीरे-धीरे, दो-चार गहरी श्वास लें। श्वास बिलकुल दूर मालूम पड़ेगी, शरीर दूर मालूम पड़ेगा, और मन और शांत हो जाएगा। धीरे-धीरे, दो-चार गहरी श्वास लें। फिर धीरे-धीरे आंख खोलें। जो लोग लेटे हैं या गिर गए हैं, वे थोड़ी गहरी श्वास लेंगे, फिर आंख खोलेंगे, फिर आहिस्ता उठेंगे। बहुत धीरे आहिस्ता उठें।

दसवां प्रवचन

अंधकार से आलोक और मूर्च्छा से परम जागरण की ओर

भगवान श्री, सजग मृत्यु में प्रवेश की प्रक्रिया पर चर्चा करने के पहले मैं पूछना चाहूंगा कि मूर्च्छा और जागृति में क्या भेद है? बेहोशी चेतना की किस स्थिति को कहते हैं? अर्थात होश और बेहोशी में जीवात्मा की चेतना की कौन-सी स्थिति होती है?

मूर्च्छा और जागृति, इन दोनों को समझने के लिए पहली बात तो यह समझ लेनी जरूरी है कि ये दोनों विपरीत अवस्थाएं नहीं हैं। साधारणतः दोनों विपरीत अवस्थाएं समझी जाती हैं। असल में जीवन को हम द्वैत में तोड़कर ही देखते हैं। अंधकार और प्रकाश को बांट लेते हैं और सोचते हैं, अंधकार और प्रकाश दो चीजें हैं। जैसे ही हमने यह समझा कि अंधकार और प्रकाश दो चीजें हैं, बुनियादी भूल हो गई। अब इस बुनियादी भूल के बाद जो भी चिंतन खड़ा होगा, वह भ्रांत होगा, वह ठीक कभी भी नहीं हो सकेगा। अंधकार और प्रकाश एक ही चीज की तारतम्यताएं हैं। अंधकार और प्रकाश एक ही चीज के रूप हैं, अंधकार और प्रकाश एक ही चीज की सीढ़ियां हैं। जिसे हम अंधकार कहते हैं, उचित होगा कहें कि वह थोड़ा कम प्रकाश है। ऐसा प्रकाश, जिसे हमारी आंखें नहीं पकड़ पाती हैं। जिस प्रकाश को हमारी आंखें नहीं पकड़ पाती हैं, वह हमें अंधकार प्रतीत होता है। प्रकाश को हम कहें कि वह थोड़ा कम अंधकार है। ऐसा अंधकार, जिसे हमारी आंखें पकड़ पाती हैं। अंधकार और प्रकाश ऐसी दो विपरीत चीजें नहीं हैं जो अलग-अलग हैं। अंधकार और प्रकाश एक ही चीज की डिग्रीज हैं, मात्राएं हैं।

और जो अंधकार और प्रकाश के संबंध में सच है, वही जीवन के समस्त द्वंद्वों में सच है। मूर्च्छा और चेतना भी ऐसी ही बात है। मूर्च्छा को समझ लें अंधकार, चेतना को समझ लें प्रकाश। असल में मूर्च्छित से मूर्च्छित वस्तु भी बिलकुल मूर्च्छित नहीं है। पत्थर भी मूर्च्छित नहीं है, वह भी चेतना की ही एक अवस्था है, लेकिन इतनी कम कि हमारी पकड़ के बाहर है।

एक आदमी सो रहा है, एक आदमी जाग रहा है। जागना और सोना दो चीजें नहीं हैं। एक ही आदमी सोने और जागने के बीच में यात्रा कर रहा है। जिसको हम सोना कहते हैं, वह भी बिलकुल सोना नहीं है। क्योंकि सोते वक्त हम जोर से बोलते हैं, राम! पांच सौ आदमी सोए हुए हैं तो चार सौ निन्यानबे आदमी नहीं सुनते हैं, जिसका नाम राम है, वह आंख खोलकर कहता है कि कौन मेरी नींद खराब कर रहा है, कौन मुझे बुला रहा है! यह आदमी अगर बिलकुल सोया था, तो इसे सुनाई नहीं पड़ना चाहिए था कि इसका नाम बुलाया गया। और यह आदमी अगर बिलकुल सोया था तो इसे यह पहचान में नहीं आना चाहिए था कि मेरा नाम राम है। इसकी यह नींद भी जागने की ही एक कम अवस्था थी। जागना थोड़ा फीका, मद्धिम हो गया था। जागना थोड़ा धुंधला हो गया था।

फिर एक आदमी के घर में आग लगी है। वह रास्ते से भागा चला जा रहा है। आप उसको नमस्कार करते हैं। वह आपको देखता है, फिर भी नहीं देखता। वह आपको सुनता है, फिर भी नहीं सुनता। दूसरे दिन आप उससे पूछते हैं कि कल मैंने नमस्कार किया, आपने उत्तर नहीं दिया। वह आदमी कहता है, मेरे मकान में आग लगी थी। मुझे उस वक्त सिवाय मकान के और कुछ भी नहीं दिखाई पड़ रहा था। मेरे मकान में आग लगी थी, मुझे सिवाय मकान के आसपास, मकान में आग लगी है, इस आवाज के सिवाय कोई आवाज सुनाई नहीं पड़ रही थी। आपने नमस्कार किया होगा जरूर। आप मिले होंगे जरूर। लेकिन न मैं देख पाया, न मैं सुन पाया। यह आदमी जागा हुआ था या सोया हुआ था? यह आदमी सब अर्थों में जागा हुआ था। फिर भी इस आदमी के लिए करीब-करीब सोया हुआ था। उस आदमी से भी ज्यादा सोया हुआ था, जिसने नींद में सुन लिया

था कि राम, यह उस आदमी से भी ज्यादा सोया हुआ था।

सोना और जागना क्या है? पहली बात मैं यह कहना चाहता हूं कि ये दो विपरीत चीजें नहीं हैं। पदार्थ और परमात्मा दो विपरीत चीजें नहीं हैं। नींद और जागरण दो विपरीत चीजें नहीं हैं। प्रकाश और अंधकार दो विपरीत चीजें नहीं हैं। शैतान और ईश्वर दो विपरीत चीजें नहीं हैं। बुरा और भला दो विपरीत चीजें नहीं हैं। लेकिन हमारी बुद्धि हर चीज को तत्काल दो में तोड़ लेती है। असल में बुद्धि ने सवाल उठाया कि उसने दो में तोड़ा नहीं। बुद्धि ने सोचा कि उसने दो में तोड़ा नहीं।

सोचना और दो में तोड़ना एक ही चीज के दो नाम हैं। जैसे ही तुम सोचोगे, तुम विभाजन करोगे। सोचना विभाजन की प्रक्रिया है। तुम तत्काल दो टुकड़े में कर लोगे। और जितना सोचने वाला आदमी होगा उतना ज्यादा टुकड़े करता जाएगा। फिर टुकड़े ही टुकड़े रह जाएंगे और वह जो द होल, वह जो पूरा है, वह खो जाएगा। और उस पूरे में ही हर सवाल का जवाब है।

इसलिए बुद्धि किसी सवाल का जवाब कभी भी नहीं खोज पाती। हां, बुद्धि हर जवाब में से पच्चीस सवाल जरूर खोज लेती है। कितना ही महत्वपूर्ण जवाब दिया गया हो, बुद्धि तत्काल उसमें से पच्चीस सवाल खोज लेगी, लेकिन बुद्धि कभी भी किसी चीज का जवाब नहीं खोज पाती। उसका कारण है। क्योंकि जवाब है पूरे में और बुद्धि की अपनी मजबूरी है, क्योंकि वह बिना तोड़कर चल नहीं सकती।

ऐसा ही हम समझें कि मैं यहां बैठा हूं, मैं बोल रहा हूं, मैं यहां मौजूद हूं, आप मुझे सुन भी रहे हैं, आप मुझे देख भी रहे हैं। जिसे आप देख रहे हैं और जो बोल रहा है वह दो आदमी नहीं है। लेकिन जहां तक आपका संबंध है—देख रहे हैं आप आंख से और सुन रहे हैं आप कान से। आपने मुझे दो हिस्सों में तोड़ लिया है। अगर आप मेरे पास बैठें और आपको मेरे शरीर की गंध आ रही है तो आपने मुझे तीन हिस्सों में तोड़ लिया। फिर आप इन तीन हिस्सों को जोड़कर मेरी प्रतिमा बना रहे हैं। वह मेरी प्रतिमा नहीं है, वह आपका जोड़ है। और वह जोड़ हमेशा भ्रांत होगा, क्योंकि किन्हीं भी अंशों को जोड़कर पूर्ण नहीं बनाया जा सकता। पूर्ण तो वही है जो अंशों के तोड़ने के पहले था।

तो जैसे ही हम पूछते हैं जागृति और मूर्च्छा, वैसे ही हमने तोड़ना शुरू कर दिया। मैं मानता हूं कि एक ही है। लेकिन जब मैं कहता हूं, एक ही है, तब मैं यह नहीं कह रहा हूं कि जागृति ही मूर्च्छा है, मूर्च्छा ही जागृति है। यह मैं नहीं कह रहा हूं। जब मैं कहता हूं, अंधकार और प्रकाश एक ही है, तब भी मैं यह नहीं कह रहा हूं कि अंधेरा है तो आप चले जाएं तो उसी तरह चले जाएंगे जिस तरह प्रकाश में जा सकते हैं। जब मैं कह रहा हूं कि अंधेरा और प्रकाश एक है, तो मैं यह कह रहा हूं कि अस्तित्व एक ही चीज की मात्राओं का है। कम और ज्यादा का फर्क है, होने और न होने का फर्क नहीं है। कम और ज्यादा का फर्क है।

यह कौन-सी चीज है जो कम-ज्यादा होकर मूर्च्छा बन जाती है और जागृति बन जाती है? अब मुझे समझना आसान हो जाएगा। यह कौन-सी चीज है जो ज्यादा होती है तो जागृति मालूम पड़ती है, और कम हो जाती है तो मूर्च्छा हो जाती है। इस एक तत्व का नाम ही ध्यान है, अटेंशन है। जितना ध्यान प्रगाढ़ और तीव्र होता है, उतनी जागृति हो जाती है; जितना ध्यान प्रगाढ़ और तीव्र नहीं होता, उतनी मूर्च्छा हो जाती है। मूर्च्छा और जागृति ध्यान की सघनताओं के नाम हैं, डेंसिटीज आफ अटेंशन। कितनी प्रगाढ़ है ध्यान की स्थिति, उतना जागरण हो जाएगा। कितनी विरल है ध्यान की स्थिति, उतनी मूर्च्छा हो जाएगी। असल में पत्थर और हमारे बीच जो फर्क है, वह इतना ही है कि पत्थर के पास किसी भी दिशा में सघन ध्यान नहीं है। जिस दिशा में सघन ध्यान हो जाता है,

उस दिशा में जागृति हो जाती है। जिस दिशा में ध्यान की सघनता कम हो जाती है, उस दिशा में मूर्च्छा हो जाती है।

जैसे कि अगर हम किरणों को, सघन करनेवाले कांच के टुकड़े में से किरणों को निकालें तो तत्काल आग पैदा हो जाती है। प्रकाश सघन हो जाए तो आग बन जाता है। आग अगर विरल हो जाए तो प्रकाश रह जाती है। एक अंगारे में आग है, क्योंकि प्रकाश बहुत सघन है। जहां भी प्रकाश सघन हो जाता है, वहां आग पैदा हो जाती है। जहां प्रकाश विरल हो जाता है, उसकी डेंसिटी कम हो जाती है, वहां आग भी प्रकाश रह जाती है। और जितनी सघनता कम होती जाती है, उतना अंधकार बढ़ता जाता है। जितनी सघनता बढ़ती जाती है, उतना प्रकाश बढ़ता जाता है। अगर हम सूरज की तरफ यात्रा करें तो प्रकाश बढ़ता जाएगा, क्योंकि सूरज से आने वाली किरणें सूरज पर बहुत सघन हैं। जैसे ही हम सूरज से दूर हटते जाएंगे, वैसे-वैसे प्रकाश कम होता जाएगा। सूरज से बहुत बड़ी दूरी पर अंधकार रह जाएगा। वह अंधकार सिर्फ प्रकाश की सघनता के कम हो जाने के कारण है।

ठीक ऐसे ही मैं मूर्च्छा और जागृति को लेता हूं। ध्यान है मूल तत्व, जिसकी तरलता, जिसकी सघनता, विरलता, जिसका ठोसपन तय करता है कि आपको जाग्रत कहें या आपको सोया हुआ कहें; आपको मूर्च्छित कहें कि आपको होश में कहें।

और जब भी हम इन शब्दों का प्रयोग करेंगे, तब ध्यान में रखना कि ये सारे शब्द रिलेटिव, सापेक्ष अर्थों में प्रयुक्त होते हैं। जैसे हम जब कहते हैं कि कमरे में प्रकाश है तो उसका कुल मतलब इतना होता है कि बाहर जितना प्रकाश है उससे ज्यादा है। इतना ही मतलब होता है। अभी इस कमरे में प्रकाश है, क्योंकि बाहर अंधकार है। बाहर अगर सूरज निकला हो और तीव्र प्रकाश हो तो यह कमरा अंधेरा मालूम पड़ने लगेगा। तो जब हम कहते हैं कि कोई चीज जाग्रत है या कोई सोया है, तब भी हमारा मतलब इतना ही होता है कि किसी की तुलना में। लेकिन भाषा में बड़ी कठिनाई है। क्योंकि अगर हम बार-बार तुलना करें तो कहना बहुत मुश्किल हो जाएगा। इसलिए भाषा में हम शब्दों का प्रयोग एब्सोल्यूट अर्थों में करते हैं, जो कि ठीक नहीं है। ठीक तो हमेशा रिलेटिविटी ही होती है।

हम यहां इतने लोग बैठे हैं। एक अर्थ में हम सब जागे हुए हैं, लेकिन यह बात बहुत ठीक नहीं है। यहां जितने लोग बैठे हैं उतनी मात्राओं में लोग जागे हुए होंगे। यहां हर आदमी एक-सा जागा हुआ नहीं है। इसलिए हो सकता है कि तुम्हारा पड़ोसी तुम्हारे अर्थों में सोया हुआ हो और तुम्हारा दूसरा पड़ोसी तुम्हारी तुलना में जागा हुआ हो।

जागरण और मूर्च्छा के बीच जो तत्व यात्रा करता है, वह ध्यान है। इसलिए हम ध्यान को समझ लें तो इन दोनों को भी हम समझ जाएंगे। ध्यान का मतलब है किसी चीज का बोध, अवेयरनेस, किसी चीज का पता चलना, किसी चीज का कांशसनेस में प्रतिबिंब बनना। और यह प्रतिपल ऐसा ही है हमारा, कि ऐसा भी नहीं है कि चौबीस घंटे अगर कोई आदमी जागा हुआ है तो वह एक-सा जागा हुआ रहता है, ऐसा भी नहीं है।

आंख की पुतली के संबंध में थोड़ा समझना उचित होगा। जब तुम बाहर रोशनी में जाते हो तो आंख की पुतली सिकुड़ जाती है, छोटी हो जाती है, क्योंकि उतनी ज्यादा रोशनी भीतर जाने की कोई जरूरत नहीं है। कम रोशनी से भी दिखाई पड़ सकेगा, तो आंख का फोकस छोटा हो जाता है। जब तुम प्रकाश से अंधेरे में आते हो तो आंख फैल जाती है, उसका फोकस बड़ा हो जाता है, क्योंकि अब अंधेरे में ज्यादा भीतर जायेगा तो ही तुम देख सकोगे। जैसे कैमरे में हम पूरे वक्त

फोकस बदलते हैं कि कितना लेंस खुला रहे, ठीक ऐसे ही आंख पूरे वक्त प्रकाश और रोशनी की तारतम्यताओं में अपने को बदलती है।

जैसे हमारी आंख प्रतिपल फ्लेक्सिबल है, लोचपूर्ण है, ऐसे ही हमारा ध्यान भी प्रतिपल लोचपूर्ण है। तुम रास्ते पर चले जा रहे हो। अगर यह रास्ता परिचित है, तो तुम्हारा ध्यान विरल होगा। अगर यह रास्ता अपरिचित है, तो तुम्हारा ध्यान सघन होगा। अगर यह रास्ता रोज-रोज वाला है, जिस पर तुम रोज आते हो और जाते हो, तो तुम्हें जागने की कोई जरूरत नहीं, तुम मूर्च्छित ही गुजरोगे। अगर यह रास्ता बिलकुल अपरिचित है जिस पर तुम कभी भी नहीं गुजरे हो, तो तुम जागे हुए गुजरोगे। क्योंकि अपरिचित होने की वजह से तुम्हारे ज्यादा ध्यान की मांग होगी।

इसलिए जो आदमी जितनी सुरक्षा में जीएगा, उतना मूर्च्छित जीएगा। क्योंकि सुरक्षा में सब परिचित है। जो आदमी जितनी असुरक्षा में, इनसिक्योरिटी में जीएगा, उतना जागा हुआ जीएगा। इसलिए साधारणतः ऐसा समझें कि खतरे के क्षणों को छोड़कर हम कभी जागते नहीं हैं, हम सोए ही होते हैं। अगर मैं तुम्हारी छाती पर एक छुरा रख दूं अभी, तो तुम जाग जाओगे बहुत और अर्थों में, जैसे कि तुम अभी जागे हुए नहीं हो। क्योंकि तुम्हारी छाती पर छुरा रखा जाएगा तो इतनी इमरजेंसी, इतने संकट की अवस्था पैदा हो जाएगी, इतनी आपात्कालीन घड़ी होगी कि उस वक्त सोने को अफोर्ड नहीं किया जा सकता। नहीं, उस वक्त तुम सोए-सोए नहीं रह सकते, क्योंकि इतने खतरे में अगर सोए रहे तो मरने का डर हो जाएगा। इतने खतरे में तुम्हारा सारा प्राण सघन हो जाएगा, तुम्हारा सारा ध्यान सघन हो जाएगा। एक छुरा ही रह जाएगा तुम्हारे ध्यान में और तुम छुरे के प्रति पूरी तरह जाग जाओगे। हो सकता है यह एक ही सेकेंड को हो। खतरे के क्षणों में ही हमारा ध्यान साधारणतः सघन होता है। खतरा निकल जाता है, हम फिर वापस अपनी जगह पर लौट आते हैं, फिर सो जाते हैं।

शायद इसीलिए खतरे का आकर्षण भी है। खतरा हम उठाना चाहते हैं। एक जुआरी जुआ खेलता है। शायद ही हमें खयाल हो कि जुआरी के जुआ खेलने में कौन-सा रस है। खतरे का रस है। दांव के क्षण में वह जाग जाता है, जितना वह कभी जागा हुआ नहीं होता है। एक जुआरी ने लाख रुपये दांव पर रख दिये हैं, पांसे फेंकने को है, यह क्षण बड़े संकट का है। और इस क्षण में लाख इस तरफ या लाख उस तरफ हो जाने वाले हैं। इस क्षण में सोया हुआ नहीं रहा जा सकता है। इस क्षण में जागना ही पड़ेगा। एक क्षण को, दांव का जो क्षण है, वह ध्यान को प्रगाढ़ कर जाएगा। अब तुम हैरान होओगे कि मेरी समझ में जुआरी भी ध्यान खोज रहा है। उसे पता हो या न हो, यह दूसरी बात है।

एक आदमी विवाह करके ले आया है। फिर जिस पत्नी से वह रोज-रोज परिचित हो जाता है, उसके प्रति सो जाता है। बंधा हुआ रास्ता है। उसी पर वह रोज-रोज आता-जाता है। पड़ोस की स्त्री एकदम आकर्षक मालूम होती है। कुछ और बात नहीं है। पड़ोस की स्त्री ध्यान को जगाती है। अपरिचित है। उसको देखते वक्त ध्यान को सघन होना पड़ता है। आंख का फोकस फौरन बदल जाता है। असल में पत्नी को देखने के लिए आंख में किसी फोकस की जरूरत ही नहीं होती, न पति को देखने में होती है। असल में पति, पत्नी को शायद ही कोई कभी देखता हो। ऐसा हम आंख बचाकर चलते हैं कि पत्नी, पति को दिखाई न पड़ जाए। इस तरह चलते हैं, इस तरह जीते हैं। वहां कोई ध्यान देने की जरूरत नहीं रह जाती। इसलिए दूसरी स्त्री में दूसरे पुरुष का जो आकर्षण है, मेरे हिसाब से ध्यान का ही आकर्षण है। उस एक क्षण में, पुलक में, एक क्षण को चित्त जागता है और जागना पड़ता है। हम किसी को देख पाते हैं।

पुराने मकान की जगह नए मकान की दौड़ है। पुराने कपड़ों की जगह नए कपड़ों की दौड़ है। पुराने पद की जगह नए पदों की दौड़ है। यह सारी की सारी दौड़ बहुत गहरे में ध्यान के सघन होने की आकांक्षा है। और जीवन में जितना भी आनंद है वह आनंद, ध्यान जितना सघन हो, इस पर निर्भर करता है। आनंद के क्षण ध्यान की सघनता के क्षण हैं। इसलिए जिन्हें आनंद पाना हो, उन्हें जागना अनिवार्य है। सोए-सोए आनंद नहीं पाया जा सकता।

धर्म भी ध्यान की तलाश है और जुआ भी। और जो आदमी युद्ध के मैदान में तलवार लेकर लड़ने गया है, वह भी ध्यान की तलाश में गया है। और जो आदमी जंगल में शेर का शिकार करने चला गया है, वह भी ध्यान की तलाश में गया है। और जो आदमी गुफा में बैठकर आंख बंद करके आज्ञा चक्र पर श्रम कर रहा है, वह भी ध्यान की तलाश में गया हुआ है। ये तलाश शुभ और अशुभ हो सकती हैं, लेकिन यह तलाश एक है। कोई तलाश वांछनीय और कोई अवांछनीय हो सकती है, लेकिन तलाश एक है। और कोई तलाश असफल हो सकती है और कोई सफल हो सकती है, लेकिन तलाश की आकांक्षा एक है।

ध्यान का अर्थ है कि मेरे भीतर जो जानने की शक्ति है, वह पूरी प्रकट हो। उसमें कोई भी हिस्सा मेरे भीतर पोटेंट न रह जाए, बीज-रूप न रह जाए। मेरे भीतर जितनी भी क्षमता है जानने की, वह पोटेंशियल न रह जाए, एक्चुअल हो जाए, वास्तविक हो जाए।

तो जिस क्षण में कोई व्यक्ति पूरी तरह जागता है, उस क्षण में वह पूरी तरह होता भी है। दोनों एक साथ घटनाएं घटती हैं। जैसे एक बीज है। एक बीज में वृक्ष छिपा हुआ है, लेकिन पोटेंशियली, संभावना है सिर्फ। बीज बिना उसको प्रकट किए भी मर सकता है। जरूरी नहीं कि बीज से वृक्ष पैदा हो ही। हो सकता है। यह सिर्फ एक संभावना है, यह वास्तविकता नहीं है अभी। फिर बीज वृक्ष हो जाए, यह भी बीज की ही दूसरी अवस्था है, प्रकट। ऐसा कहें कि बीज जो है वह वृक्ष की अप्रकट अवस्था है, तो गलत न होगा। ऐसा कहें कि वृक्ष जो है वह बीज की प्रगट अवस्था है, तो गलत न होगा। क्योंकि वृक्ष में वही तो प्रकट हो गया है, जो बीज में छिपा था। तो यदि हम ऐसा कहें कि निद्रा जागृति की अप्रकट अवस्था है, तो गलत न होगा। मूर्च्छा जागृति की अप्रकट अवस्था है, तो गलत न होगा। या हम ऐसा कहें कि जागृति मूर्च्छा की प्रकट अवस्था है, तो गलत न होगा।

और कौन इसमें से यात्रा कर रहा है जो बीज में भी था और वृक्ष में भी? क्योंकि एक तो कोई होना चाहिए, नहीं तो बीज और वृक्ष को जोड़ेगा कौन! बीज अगर वृक्ष बनता है तो बीच में कोई सेतु होगा; और बीच में कोई यात्रा करनेवाला होगा; जो बीज में भी था और वृक्ष में भी है। वह मध्य का कौन है जो दोनों के बीच यात्रा कर रहा है? जो बीज में छिपा था और वृक्ष में प्रकट हुआ है, वह कौन है? वह न तो बीज हो सकता है, न वृक्ष हो सकता है।

इसको थोड़ा समझ लेना। वह जो तीसरी ताकत है जो बीज में छिपी थी और वृक्ष में प्रकट है, अगर वह बीज ही होती, तो कभी वृक्ष नहीं हो पाती। और अगर वृक्ष ही होती तो फिर बीज में कैसे होती? वह दोनों में थी। वह जो प्राण-शक्ति है, वह तीसरी है। तो जागना और मूर्च्छा तो दो स्थितियां हैं। इनके बीच जो यात्रा कर रहा है तत्व, उसका नाम ध्यान है। वह प्राण-शक्ति तीसरी है। तो तुम कितने ध्यानपूर्ण हो, उतने ही जागे हुए हो। और तुम कितने ध्यान-रिक्त हो, उतने ही सोए हुए हो।

पत्थर सोया हुआ परमात्मा है। पूरी तरह से सोया हुआ। बिलकुल बीज है। कहीं से भी अंकुर नहीं टूट रहा है। आदमी वृक्ष नहीं है, टूटा हुआ बीज है। थोड़ा-सा अंकुर टूट गया है। वृक्ष भी नहीं हो गया है, पत्थर भी नहीं है। दोनों के बीच में कहीं यात्रा पर है। आदमी यात्रा पर है, या और

भी ठीक होगा कहना कि आदमी यात्रा है या आदमी यात्रा का एक पड़ाव है। बीज वृक्ष होने की यात्रा पर निकला है। बीच में वह अंकुर भी होता है। बस, आदमी अंकुर है, अंकुरित बीज है। जिसको हम जागना कह रहे हैं, वह भी अंकुरित ही है अभी। अत्यंत धूमिल है।

जिसे हम जागना कह रहे हैं, वह भी बहुत धूमिल है, वह भी बहुत सोया-सोया है, स्लीपी। करीब-करीब हम जागते हुए जैसा जीते हैं, सड़क पर चलते हैं, दफ्तर में काम करते हैं, वह सोमनाबुलिज्म से ज्यादा भिन्न बात नहीं है। जैसे कोई आदमी रात सपने में उठ आता है, चौके में जाकर पानी पी आता है, या अपनी टेबुल पर बैठकर एक पत्र लिख देता है और वापस सो जाता है। और सुबह कहता है, मुझे पता नहीं, मैं तो उठा नहीं। उसने रात सपने में ही यह सब किया। उसकी आंख खुली थी, वह रास्ता ठीक से गया, दरवाजा ठीक से खोला, उसने पत्र भी लिखा है। लेकिन फिर भी वह सोया हुआ था, सारा हिस्सा सोया हुआ था। कोई एक जरा-सा कोना जाग गया होगा। वह इतना छोटा कोना था कि उसकी स्मृति भी पूरे मन को पता नहीं चल पाई। इसलिए सुबह वह आदमी कहता है कि मुझे पता नहीं है।

हमारा जिसको हम जागना कहते हैं वह भी करीब-करीब ऐसा ही नींद में जाग कर काम करने वालों जैसा है। अगर मैं तुमसे पूछूं कि एक जनवरी उन्नीस सौ पचास में तुमने क्या किया था, तो तुम कुछ भी न कह सकोगे। तुम कहोगे, एक जनवरी उन्नीस सौ पचास हुई तो जरूर थी, कुछ किया भी था। लेकिन क्या किया था, कुछ भी पता नहीं। लेकिन तुम हैरान होओगे, अगर तुम्हें हिप्नोटाइज किया जा सके और तुम्हें अगर बेहोश किया जा सके और फिर तुमसे पूछा जाए कि एक जनवरी उन्नीस सौ पचास को तुमने क्या किया, तो तुम सब बता दोगे, सब वापस दोहरा दोगे। तुम्हारे मन के किसी एक कोने ने तो संग्रह कर लिया, लेकिन तुमको भी पूरी तरह से पता नहीं है। तुम्हारे एक हिस्से ने तो रेकार्ड कर लिया, लेकिन तुम्हें भी खुद पता नहीं है पूरी तरह से। वह रेकार्ड हो गया और रख गया है। इसी तरह हमारे पिछले जन्मों की स्मृतियां भी रखी हुई हैं। हमें पूरी तरह से उनका भी पता नहीं है। हमारा कोई और हिस्सा पिछले जन्म में जागा रहा था, उस हिस्से ने काम कर लिया था। वह सो गया है, अब एक दूसरा कोना जाग रहा है। उसको कुछ पता नहीं है कि दूसरा कोना जाग कर काम बहुत कर चुका है। एक अंकुर फूट चुका था बीज में पिछले जन्म में, फिर वह मर गया। अब दूसरा अंकुर फूट गया है। उसे कुछ पता नहीं कि इसमें पहले भी एक चेष्टा हो चुकी है। उसे कुछ पता नहीं कि अनंत चेष्टाएं हो चुकीं। और अगर पिछले जन्मों की स्मृतियों में जाओगे तो बहुत हैरान हो जाओगे।

पिछले जन्मों की स्मृतियां सिर्फ मनुष्य-जन्मों की स्मृतियां नहीं हैं। उनमें जाना तो बहुत आसान है, बहुत कठिन नहीं है। लेकिन मनुष्यों के कई जन्मों के पहले के जन्म पशुओं के भी थे। उनमें जाना जरा कठिन है, क्योंकि वे और भी गहन तल में छिप गए हैं। और पशुओं के पहले बहुत-से जन्म वृक्षों के भी थे। उनमें जाना और भी मुश्किल है, क्योंकि वे और भी गहन तल में छिप गए हैं। और वृक्षों के पहले बहुत-से जन्म पत्थरों के और खनिजों के भी थे। वे और भी गहरे छिप गए हैं। उनमें जाना और भी मुश्किल है।

अब तक जाति-स्मरण के जो भी प्रयोग हैं, वे ज्यादा से ज्यादा पशुओं तक जा सके। बुद्ध या महावीर ने भी जो प्रयोग किए, वे पशुओं से आगे नहीं जा सके। वृक्ष होने की स्मृति अभी जगायी जाने को है। और खनिज होने की स्मृति तो और दूर पर है, लेकिन वह सब संगृहीत है। लेकिन उसका संग्रह जरूर किसी तंद्रा की अवस्था में हुआ है, अन्यथा हमारे पूरे मन को पता होता।

हमें जो बातें याद रह जाती हैं, कभी तुमने खयाल न किया होगा कि जो बातें हमें कभी नहीं

भूलतीं, क्यों नहीं भूलतीं? हो सकता है तुम पांच वर्ष की उम्र के थे और किसी ने तुम्हें एक चांटा मार दिया था, वह तुम्हें आज भी भलीभांति याद है और जिंदगी भर न भूल सकोगे। बात क्या है? जिस क्षण तुम्हें चांटा मारा गया, तुम्हारा अटेंशन बहुत जागा हुआ होगा। इसलिए वह बहुत गहरे तक पकड़ सका। असल में चांटा जब मारा जाएगा, तो स्वभावतः ध्यान पूरा जागा हुआ सघन होगा। इसलिए आदमी अपमान के क्षणों को कभी नहीं भूल पाता, दुख के क्षणों को कभी नहीं भूल पाता, सुख के क्षणों को कभी नहीं भूल पाता। ये सब तीव्र क्षण हैं। इन क्षणों में वह इतना होश से भरा होता है कि इनकी स्मृति उसकी पूरी चेतना में व्यापक हो जाती है। साधारण चीजों को वह भूलता चला जाता है।

यह जो ध्यान है, इसको हम कैसे समझें कि यह क्या है! अनुभव है, इसलिए थोड़ी कठिनाई तो है। अगर मैं तुम्हारे हाथ में एक आलपीन चुभाऊं, तो तुम्हारे भीतर क्या घटना घटती है? तत्काल तुम्हारे ध्यान की धाराएं उस आलपीन के बिंदु पर भागने लगती हैं। वह आलपीन का बिंदु एकदम महत्वपूर्ण हो जाता है। कहना चाहिए कि तुम्हारी सारी आत्मा उस आलपीन के बिंदु पर खड़ी हो जाती है। कहना चाहिए कि उस क्षण में तुम अपने शरीर में सिर्फ उसी बिंदु के प्रति जागे रह जाते हो जहां आलपीन चुभ रही है। तुम्हारे भीतर कौन-सी घटना घटी? आलपीन नहीं चुभ रही थी, तब भी तुम्हारे शरीर का वह हिस्सा था। लेकिन तुम्हें पता नहीं था, तुम्हें होश नहीं था उस जगह का। तुम्हें खयाल भी नहीं था कि वैसी भी कोई जगह हाथ पर है। लेकिन अचानक एक आलपीन ने संकट पैदा कर दिया और तुम्हारे ध्यान की सारी किरणें उस बिंदु की तरफ दौड़ने लगीं जहां आलपीन चुभ रही है।

तुम्हारे भीतर कौन-सी चीज दौड़ रही है? क्या हो रहा है तुम्हारे भीतर? क्या फर्क हो रहा है? घड़ी भर पहले इस बिंदु पर कौन-सी चीज नहीं थी और अब इस बिंदु पर कौन-सी चीज है? घड़ी भर पहले इस बिंदु पर चेतना नहीं थी, होश नहीं था। यह बिंदु है भी या नहीं, यह बराबर था। इसके होने न होने का कोई पता नहीं था। इसके होने न होने में कोई फासला न था। अचानक पता चला कि यह बिंदु भी है। और अब इसके होने और न होने में बड़ा फर्क है। अब यह है। अब इसका एक्झिस्टेंशियल, इसका अस्तित्व बोध तुम्हारे सामने खड़ा हो गया है। ध्यान जो है, वह बोध है, अवेयरनेस है। अब ध्यान के दो रूप हो सकते हैं। इसे समझ लेना जरूरी होगा। क्योंकि तुम्हारे सवाल को समझने में वह भी उपयोगी है।

ध्यान के दो रूप होते हैं। एक को जिसे हम कंसन्ट्रेशन कहें, एकाग्रता कहें। और एकाग्रता को समझने के लिए यह जानना जरूरी है कि जब एक बिंदु पर तुम्हारा ध्यान एकाग्र हो जाता है, तो शेष सारे बिंदुओं पर तुम सो जाते हो। अभी मैंने तुमसे कहा कि तुम्हारे हाथ में एक आलपीन चुभा दी गई है तो जब आलपीन जिस जगह पर चुभ रही है वहां तुम्हारी चेतना पहुंचेगी, तुम्हें शेष सारे शरीर का बोध भूल जाएगा। असल में बीमार आदमी सिर्फ उन्हीं अंगों में जीने लगता है जो बीमार होते हैं। बाकी उसका शरीर समाप्त हो जाता है। जिसका सिर दुख रहा है, वह सिर ही हो जाता है। बाकी उसका शरीर नहीं रह जाता। जिसका पेट दुख रहा है, वह पेट ही रह जाता है। जिसके पैर में कांटा चुभा है, उस कांटे की जगह ही उसका सब हो जाता है। यह ध्यान की एकाग्रता है।

तुमने अपनी सारी चेतना को एक बिंदु पर अटका दिया। स्वभावतः जब सारी चेतना एक बिंदु पर अटकती है और एक बिंदु की तरफ दौड़ती है, तो शेष सारे बिंदु शून्य हो जाते हैं, अंधेरे में हो जाते हैं। जैसा मैंने कहा कि एक आदमी के घर में आग लग गई है। बस, उसको अब एक

ध्यान है कि आग लग गई है। बाकी की तरफ उसका सारा ध्यान समाप्त हो गया है। अब उसे और कुछ भी पता नहीं चल रहा है। सारी दुनिया की तरफ वह सो गया है। बस, एक मकान जिसमें आग लगी हुई है, वहीं उसका जागरण रह गया। तो ध्यान का एक रूप है एकाग्रता। लेकिन एकाग्रता में एक बिंदु पर तुम एकाग्र हो जाते हो और शेष अनंत बिंदुओं पर सो जाते हो। इसलिए एकाग्रता ध्यान की सघनता तो है, लेकिन साथ ही मूर्च्छा का फैलाव भी है। दोनों बातें एक साथ घट रही हैं।

ध्यान का दूसरा रूप है जागरूकता, एकाग्रता नहीं। जागरूकता, कंसन्ट्रेशन नहीं, अवेयरनेस। जागरूकता का मतलब है ऐसा ध्यान जिसका कोई बिंदु नहीं है। यह जरा समझना और थोड़ा कठिन है, क्योंकि बिंदु वाले ध्यान का हमें पता है। पैर में काटा भी गड़ा है, सिर में दर्द भी हुआ है, मकान में आग भी लगी है, परीक्षा भी दी है, सब किया है। तो हमें पता है कि बिंदु वाला ध्यान क्या है। एकाग्रता का हम सबको पता है। लेकिन एक और ध्यान है जहां कोई बिंदु नहीं होता। क्योंकि जब तक बिंदु होगा ध्यान के लिए, तब तक शेष बिंदुओं पर मूर्च्छा होगी।

तो अगर हम समझें कि परमात्मा है, तो निश्चित ही परमात्मा जागा हुआ होगा, पूर्ण जागा हुआ होगा। लेकिन परमात्मा की पूर्ण जागृति का बिंदु क्या होगा? अगर उसकी जागृति का कोई बिंदु होगा तो शेष सबकी तरफ वह सो गया होगा। इसलिए परमात्मा की जागृति का कोई बिंदु, कोई आब्जेक्ट, कोई सेंटर नहीं हो सकता। अवेयरनेस विदाउट सेंटर। जागृति है, लेकिन कोई केंद्र नहीं है। तब जागृति अनंत हो जाती है, तब सब तरफ फैल जाती है।

यह जो सब तरफ फैल गई जागृति है, यह परम अवस्था है, ऊंची से ऊंची जो संभव है। इसलिए परमात्मा के स्वरूप की व्याख्या में जब हम सच्चिदानंद कहते हैं, तो उसमें चित शब्द का यह अर्थ है। चित का अर्थ चेतना नहीं। चित का अर्थ चेतना आमतौर से लोग समझ लेते हैं। क्योंकि चेतना तो होती ही किसी चीज की है। चेतना का मतलब ही होता है कि उसका कोई आब्जेक्ट होगा। कांशसनेस इज आलवेज एबाउट। अगर तुम कहो कि मैं चेतन हूं तो तुमसे पूछा जा सकता है, किस चीज के, किसके प्रति चेतन हो? चित का मतलब होता है, आब्जेक्टलेस कांशसनेस। किसी के प्रति नहीं, बस चेतन। इसलिए चित का अर्थ चेतना नहीं है। चित का अर्थ चैतन्य है।

फर्क समझ लेना। चेतना तो सदा आब्जेक्ट सेंटर्ड होगी, कोई वस्तु केंद्रित होगी। और चैतन्य आत्मविकीर्ण होगा अनंत की ओर। कहीं रुकता नहीं, कहीं ठहरता नहीं, सब तरफ फैलता है। ऐसा कोई बिंदु नहीं है जहां इसके कारण मूर्च्छा पकड़नी पड़ती हो। यह परम अवस्था हुई। इसको कहें पूर्ण जागृति। इससे ठीक उलटी दूसरी अवस्था होगी जिसको कहें, पूर्ण सुषुप्ति, पूरा सोया होना। उसका मतलब यह है...इसको भी समझ लेना जरूरी है।

एकाग्रता में एक बिंदु है, शेष बिंदुओं पर मूर्च्छा है। एक बिंदु पर जागृति है। पूर्ण जागरूकता में कोई बिंदु नहीं है जागरण का, सब तरफ जागृति है। या कहना चाहिए सिर्फ जागृति है, जस्ट अवेयरनेस, किसी चीज की नहीं है। आब्जेक्ट खो गया है पूर्ण जागरूकता में, सिर्फ सब्जेक्ट रह गया। सिर्फ जाननेवाला रह गया है और जो जाना जाता है, वह नहीं रह गया। जाननेवाला रह गया है और जानने की शक्ति अनंत में फैली रह गई है और जानने को कुछ भी शेष नहीं रहा है।

क्योंकि जहां भी कुछ जाना जाएगा, हमेशा किसी चीज की कीमत पर जाना जाएगा। अगर तुम्हें कुछ जानना है तो कुछ जानने से तुम्हें बचना पड़ेगा। ध्यान रखना, जानने की कीमत सदा अज्ञान से चुकानी पड़ती है। इसलिए आदमी जितनी चीजों को जानता जाता है उतनी बहुत-सी चीजों के प्रति उसे अज्ञानी होना पड़ता है। अब जैसे वैज्ञानिक सबसे ज्यादा जानने वाला आदमी है। लेकिन

अगर वह केमिस्ट है तो उसे फिजिक्स का कोई भी पता नहीं हो सकता। अगर वह गणितज्ञ है तो उसे केमिस्ट्री का कोई पता नहीं हो सकता है। अगर गणित के संबंध में उसे बहुत जानना है तो उसे बहुत से संबंधों में न जानने को राजी होना पड़ेगा। यह चुनाव करना पड़ेगा। असल में अगर किसी चीज का ज्ञानी बनना है तो बहुत चीजों के प्रति अज्ञानी होने के लिए हिम्मत रखनी पड़ेगी।

इसलिए महावीर और बुद्ध इन अर्थों में ज्ञानी नहीं थे। उनका ज्ञान स्पेशलाइज्ड नहीं है। उनका ज्ञान जो है, वे किसी चीज के एक्सपर्ट नहीं हैं। इसलिए एक तरफ हम कहते हैं कि महावीर सर्वज्ञ हैं, लेकिन साइकिल का पंक्चर जोड़ने की तरकीब भी नहीं बता सकते हैं। वह विशेषज्ञ नहीं हैं। क्योंकि जिसको साइकिल का पंक्चर जोड़ने की तरकीब बतानी हो, उसे बहुत-सी चीजों को जानने से बचना पड़ेगा। चेतना को केंद्रित होना पड़ेगा। बहुत-सी चीजें अंधेरे में छूट जाएंगी। साइंस का मतलब ही यह है कि कम से कम चीज के संबंध में ज्यादा से ज्यादा जानना। जितना ज्यादा जानना होने लगता है, उतना जानने का बिंदु कम से कम होने लगता है। आखिर में एक बिंदु ही जानने का रह जाता है, शेष सारी दिशाओं में अज्ञान भर जाता है।

इसलिए वैज्ञानिक तरह का आदमी, जो हो सकता है हाइड्रोजन बम बनाए, लेकिन बाजार में एक साधारण-सा दुकानदार उसको धोखा दे दे, इसमें कोई कठिनाई नहीं है। क्योंकि वह इतनी थोड़ी-सी चीज के बाबत जानता है कि बाकी का उसे कुछ पता नहीं है। बाकी के संबंध में वह बिलकुल ग्रामीण है। ग्रामीण से भी ज्यादा गया बीता है। ग्रामीण बहुत-सी बातें जानता है। वह विशेषज्ञ नहीं है। इसलिए अक्सर पुराने ढंग का आदमी बहुत-सी चीजें जानता है। नए ढंग का आदमी बहुत-सी चीजें नहीं जानता है। उसे चुनाव करना पड़ा है। एक चीज के संबंध में बहुत जानने के लिए बहुत-सी चीजों के संबंध में जानने का त्याग करना पड़ा है।

एकाग्रता का यह परिणाम होगा। आब्जेक्ट महत्वपूर्ण होता जाएगा और अनंत बिंदु उपेक्षा में पड़ जाएंगे। और एकाग्रता का यह भी परिणाम होगा कि जितना आब्जेक्ट, जितनी विषय-वस्तु महत्वपूर्ण हो जाएगी, उतना ही जाननेवाला गौण हो जाएगा। वैज्ञानिक बहुत कुछ जानता है, लेकिन कौन जानता है उसके भीतर से, उसको बिलकुल नहीं जानता है। आब्जेक्ट सेंटर्ड हो जाएगा। उससे किसी चीज के संबंध में पूछो तो वह बता देगा, उससे उसके संबंध में पूछो तो कई दफे दिक्कत में पड़ जा सकता है।

एक दफा तो ऐसा मजा हुआ कि एडीसन जिसने एक हजार आविष्कार किए, शायद इतने ज्यादा आविष्कार किसी आदमी ने नहीं किए। पिछले पहले महायुद्ध में अमरीका में राशनिंग हुई और एडीसन को भी राशन का कार्ड लेकर दुकान पर जाना पड़ा। कार्ड जमा कर दिए गए हैं। जब उसका नंबर आएगा...वह क्यू में खड़ा है। और जब नाम पुकारा गया थामस एडीसन का, तो वह भी ऐसा देखने लगा चारों तरफ जैसे किसी दूसरे आदमी के लिए पुकारा गया है। कोई व्यक्ति भीड़ में उसे पहचानता था। उसने कहा, जहां तक मैं समझता हूं, मैंने अखबारों में आपके फोटो देखे हैं, आप ही एडीसन मालूम पड़ते हैं। उसने कहा, तुमने अच्छी याद दिलाई। असल में तीस साल से मुझे अपने से मिलने का कोई मौका ही नहीं मिला, फुर्सत भी नहीं मिली। लेबोरेट्री में तीस साल इतने जोर से लगा था वह आदमी। और फिर वह इतना कीमती आदमी था कि उसका नाम लेकर तो कोई बुलाता नहीं था। वह अपना नाम भूल गया था। तीस साल से किसी ने उसका नाम लिया भी नहीं था उसके सामने।

चेतना का जो तीर है, अगर वह किसी वस्तु की तरफ बहुत तीव्रता से लग गया, तो कंसन्ट्रेशन होगा। लेकिन सारे जगत के प्रति अंधकार हो जाएगा और अपने प्रति भी अंधकार हो जाएगा।

आखिरी अवस्था की जो मैं बात कर रहा हूं वहां आब्जेक्ट खतम हो जाएगा, सारे बिंदुओं पर प्रकाश हो जाएगा और साथ ही उस बिंदु पर भी प्रकाश हो जाएगा, जो मैं हूं। यह अनफोकस्ड लाइट होगा। प्रकाश न कहें इसे हम, आलोक कहें।

प्रकाश और आलोक में इतना ही फर्क है। वे पर्यायवाची नहीं हैं। जब सूरज उग जाता है, तब जो होता है वह प्रकाश है; और जब रात खतम हो जाती है और सूरज नहीं उगा होता है, तब जो होता है वह आलोक है। अनफोकस्ड, अनसेंटर्ड, सिर्फ आभा है।

तो परमात्मा सिर्फ आभा है। या परम जागृति में पहुंची हुई स्थिति सिर्फ आभा की है। इससे ठीक उलटी स्थिति अंधकार की या पूर्ण सुषुप्ति की है। ऐसा समझें, पूर्ण जागृति में न तो जानने वाले का बिंदु बचता है, न जानी जाने वाली चीज का बिंदु बचता है, सिर्फ आभा रह जाती है अनंत, जो एक अर्थ में सब जानती है, लेकिन एक अर्थ में कुछ भी नहीं जानती। इस अर्थ में सब जानती है, क्योंकि अब कुछ भी नहीं बचा जो उसके प्रकाश के बाहर है। और एक अर्थ में कुछ भी नहीं जानती, क्योंकि कुछ भी ऐसा नहीं बचा, जिस पर उसने जानने की चेष्टा की हो। अगर वह जानने की चेष्टा करे तो बाहर दूसरी चीजें अनजानी छूट जाएं। वैज्ञानिक के अर्थों में यह ज्ञान नहीं होता है, यह कवि के अर्थों में ज्ञान होगा।

दूसरी साधारण अवस्था है एकाग्रता की, जब कि हम एक चीज को जानेंगे, सबको भूल जाएंगे, अपने को भी भूल जाएंगे। और इससे भी पहली प्राथमिक अवस्था है, जब न तो हम वस्तु को जानेंगे, और न अपने को जानेंगे, पूर्ण अंधकार होगा। न तो हम किसी चीज को जान रहे हैं, एकाग्रता भी नहीं है; न हम सबको जान रहे हैं, जागरूकता भी नहीं है; न हम अपने को जान रहे हैं। जानना अभी गर्भ में है, जानना अभी बीज में है, जानना अभी अप्रकट है, जानना अभी जड़ में छिपा है। यह पूर्ण सुषुप्ति की अवस्था होगी। वह पूर्ण जागृति की अवस्था होगी।

और इसके बीच में ध्यान के अनंत बिंदु होंगे और इनमें हम निरंतर डोलते रहेंगे। जब तुम दिन में जागते हो तब जागृति की तरफ तुम्हारा पेंडुलम थोड़ा-सा झूल जाता है। जब रात में तुम सोते हो, तब तुम्हारा सुषुप्ति की तरफ पेंडुलम झूल जाता है। असल में जब हम सोते हैं, तब हम पदार्थों के करीब पहुंच जाते हैं। जब हम जागते हैं, तब हम परमात्मा के करीब पहुंच जाते हैं। करीब, जरा-सा हम डोल जाते हैं। अगर यह डोलना हमारा जारी रहे, यह यात्रा हमारी बढ़ती चली जाए, तो एक घड़ी आ जाती है कि तुम सोते समय में भी पूरी तरह नहीं सोते। सोने को भी तुम जानने लगते हो। तब सोना एक शारीरिक विश्राम हो जाता है, आत्मिक अंधकार नहीं। तब तुम सोते भी हो और जानते भी हो कि सो रहे हो। तब तुम रात करवट भी बदलते हो तो जानते हो कि करवट बदल रहे हो। तब तुम्हारे भीतर जानने की अनवरत धारा बहने लगती है।

इससे उलटा भी हो जाता है। एक आदमी कोमा में पड़ गया है, एक आदमी मूर्च्छित पड़ा हुआ है, एक आदमी ने नशा कर लिया है। वह है, लेकिन न तो वह बाहर कुछ जान रहा है, न भीतर कुछ जान रहा है। ये दोनों खो गए हैं। जानने वाला भी खो गया है, जानी जाने वाली वस्तु भी खो गई है, लेकिन अंधकार में। दोनों खो जाएंगे परम अवस्था में भी, लेकिन प्रकाश में।

अगर मेरी बात तुम्हारे खयाल में आ जाए, तो वह यह हुई संक्षिप्त में कि ध्यान की एक यात्रा है। यह ध्यान की यात्रा पूर्ण सोने से लेकर पूर्ण जागने के बीच कई तलों पर बंटी है।

वृक्ष भी कुछ जानता है। हमें अब तक खयाल नहीं था बहुत दिनों तक कि वृक्ष कुछ जानता है। जिन लोगों ने पहली दफे ये बातें कही थीं, वह हमें कुछ काल्पनिक मालूम पड़ती थीं, कुछ पुराण- कथाएं मालूम पड़ती थीं, लेकिन अब वैज्ञानिक भी सबूत देता है कि वृक्ष जानता है। वृक्ष

सुनता है, इसके भी सबूत देता है। कुछ वृक्षों की चमड़ी आंखें भी रखती हैं, इसका भी सबूत मिलता है। हमारी जैसी आंख नहीं है, बाकी उसकी देखने की क्षमता है, सुनने की भी क्षमता है, अनुभव करने की भी क्षमता है।

अभी मैं आक्सफोर्ड युनिवर्सिटी में एक लेबोरेट्री है—डिलाबार लेबोरेट्री—उसके कुछ प्रयोग देख रहा था। उन्होंने कुछ हैरानी के अनुभव वैज्ञानिक व्यवस्था से सिद्ध किए हैं। एक जो बहुत हैरानी का अनुभव है, वह यह है कि एक ही पैकेट के आधे बीज एक गमले में बोये गए, उसी पैकेट के आधे बीज दूसरे गमले में बोए गए। और यह पचासों प्रयोगों के बाद कि एक गमले के ऊपर एक पवित्र पुरुष से, एक फकीर से प्रार्थना करवाई कि उसके बीज जल्दी अंकुरित हों, उनमें फूल आएं, उनमें फल आएं, वे पूर्णता को उपलब्ध हों और दूसरे गमले पर वह प्रार्थना नहीं करवाई। और बड़ी हैरानी की बात है कि दूसरे गमले ने बहुत देर लगायी। सारी सुविधा, सारी व्यवस्था एक जैसी रखी गई। उसमें इंच भर फर्क नहीं किया गया। मालियों को बताया नहीं गया कि इन दोनों में कोई फर्क है, या इन दोनों में कोई फर्क करना है। लेकिन जिस गमले पर प्रार्थना की गई थी, उसकी शान ही और थी। वह जल्दी अंकुरित हुआ, जल्दी फूलों को उपलब्ध हुआ, जल्दी फल लगे। उसके सारे बीज अंकुरित हुए। दूसरे गमले के सारे बीज अंकुरित नहीं हुए। अंकुरित हुए तो समय से हुए, धीरे हुए। उनके फूलों में भी फर्क था। उनके फलों में भी फर्क था।

ये बहुत से प्रयोग डिलाबार लेबोरेट्री ने किए। और हैरानी की बात हुई और यह अनुभव हुआ कि जैसे प्रार्थना भी संवेदित होती है, प्रार्थना भी पहुंचती है। और इससे भी ज्यादा आश्चर्यजनक जो प्रयोग वहां हुआ है, वह और हैरान करनेवाला है। वह यह है कि जिस फकीर से यह प्रार्थना करवाई गई—वह एक ईसाई फकीर था, जो अपने गले में एक क्रास लटकाये हुए था—और जब उसने आंख बंद करके दोनों हाथ फैला करके एक बीज के लिए प्रार्थना की, तब उस बीज का जो फोटोग्राफ लिया गया, वह इतना चमत्कारपूर्ण था जिसका हिसाब नहीं है। उस फोटोग्राफ में उसका क्रास और उसके फैले हुए हाथ का पूरा चिह्न आया है—बीज के फोटोग्राफ में। इसका क्या मतलब होता है? इसके इम्प्लीकेशंस बहुत बड़े हैं। मैं तो मानता हूं कि एटामिक थ्योरी से कहीं ज्यादा बड़े इसके प्रयोजन सिद्ध होंगे। बीज भी स्वीकार कर रहा है कुछ, बीज भी ग्रहण कर रहा है कुछ। बीज भी आत्मवान है। सोया है जरूर, मनुष्य के मुकाबले ज्यादा सोया हुआ मालूम पड़ता है, लेकिन फिर भी उसके सोने में एक तरह का जागरण है।

पत्थर और भी ज्यादा सोया हुआ मालूम पड़ता है, लेकिन उसके सोने में भी एक तरह का जागरण है। सभी पत्थर भी एकदम पत्थर नहीं हैं और सभी पत्थर भी एक-से सोए हुए नहीं हैं। उनके बीच भी व्यक्तित्व है। पत्थरों के व्यक्तित्व की खोज से ही प्रेसियस स्टोन खोजे गए, नहीं तो नहीं खोजे जा सकते थे। यह मत सोच लेना कि किसी भी पत्थर को कीमती समझ लिया गया है। और यह भी मत सोच लेना कि जैसा कि अर्थशास्त्र भ्रांति पैदा करता है कि सिर्फ न्यून होने से कुछ चीजें कीमती हो गई हैं। ऐसा भी नहीं है।

जैसे एक आदमी खड़ा हुआ है बुद्ध नाम का और एक साधारण आदमी खड़ा हुआ है बुद्ध के पड़ोस में। अगर मंगल ग्रह से कोई यात्री आए तो उन दोनों आदमियों में क्या फर्क मालूम पड़ेगा? न वह भाषा समझे हमारी, न आचरण समझे हमारा। वह मंगल ग्रह का यात्री अगर एक घंटे भर के लिए बुद्ध को और उनके पास खड़े हुए एक साधारण आदमी को देखकर वापस लौट जाए तो क्या वह कहेगा कि उन दोनों में कोई फर्क था? दोनों को श्वास लेते देखा, दोनों की आंखों की पलकें हिलते देखा, दोनों को उठते-बैठते देखा, दोनों को खाते-पीते देखा, दोनों को विश्राम

करते देखा, दोनों को बातचीत करते देखा। वह घंटे भर बाद वापस लौट गया। वह कहेगा, दो आदमी मिले, जो बिलकुल एक जैसे थे। जब दो पत्थर को हम देखते हैं, हमारी हालत भी यही होती है। क्योंकि हम भी नहीं जानते कि उनका भी व्यक्तित्व है।

प्रेसियस स्टोन जो है, कीमती पत्थर जो है, वह बड़ी खोज है आदमी की। उसमें धीरे-धीरे, धीरे-धीरे जिनको अंदाज गहरा बैठता चला गया और जो संबंधित हो सके, उन्होंने जाना कि पत्थरों में भी कुछ पत्थर जागे हुए हैं, ज्यादा जागे हुए हैं। कुछ पत्थर ज्यादा सोए हुए हैं। और यह भी जाना कि कुछ पत्थर किन्हीं विशेष दिशाओं में जागे हुए हैं, इसलिए उन पत्थरों का उपयोग किन्हीं विशेष कारणों के लिए उपयोगी हो सकता है। जैसे कि कुछ पत्थर हो सकते हैं कि जिनको तुम अपने पास रख लो या अपनी ताबीज बना लो या गले का हार बना लो या अंगूठी बना लो, और उसके बाद तुम्हारी जिंदगी में कुछ घटनाएं घटने लगेंगी जो कल तक नहीं घटती थीं। क्योंकि वह उस पत्थर का भी अपना जीवन है। और उस पत्थर के साथ कुछ घटनाएं घटनी शुरू होंगी, क्योंकि तुमने उसके साथ सहजीवन शुरू किया है, जो कि उसके बिना नहीं घट सकती थीं।

ऐसे पत्थर हैं जिनकी दुर्भाग्यपूर्ण कथा है। वे पत्थर जिसके हाथ में पड़ गये, वह दिक्कत में पड़ गया और उसे छूटना मुश्किल हो गया। और जब भी वह पत्थर किसी दूसरे के हाथ में गया, दूसरा दिक्कत में पड़ा। जिनका सैकड़ों वर्षों का, बल्कि कुछ पत्थरों का हजारों वर्षों का इतिहास है कि वे जिसके पास गये उसको दिक्कत में डालते चले गए। वे पत्थर अभी भी जीवित हैं, वे अब भी अपना काम कर रहे हैं। वे जहां जिसके पास होंगे, उसे दिक्कत में डालते चले जाएंगे। कुछ पत्थर हैं, वे जिसके पास गए उसकी जिंदगी में सुख की संभावनाएं बढ़ गईं। और वे जिसके पास गये उसकी संभावनाएं बढ़ती चली गईं। उन पत्थरों की कीमत बढ़ती चली गई। पत्थरों का भी व्यक्तित्व है, पौधों का भी व्यक्तित्व है।

इस जगत में प्रत्येक चीज का व्यक्तित्व है। और व्यक्तित्व निर्भर होता है उसके सोने और जागने की तारतम्यता से। वह कितना जागा हुआ है, वह कितना सोया हुआ है, ध्यान उसका कितना सक्रिय है। तो इसे ऐसे भी सोच सकते हो कि ध्यान की सक्रियता का नाम जागरूकता, ध्यान की निष्क्रियता का नाम निद्रा, मूर्च्छा। ध्यान की परम निष्क्रियता का नाम पदार्थ, ध्यान की परम सक्रियता का नाम परमात्मा।

इसी उत्तर के संबंध में एक प्रश्न है। आपने दो स्थितियां बताईं, पूर्ण मूर्च्छा की और पूर्ण जागृति की। तो पूर्ण मूर्च्छा से पूर्ण जागृति की ओर यात्रा होती है। तो पूर्ण जागृति के बाद कहां पहुंच जाते हैं हम? और पूर्ण मूर्च्छा कहां से शुरू होती है, कहां से आती है?

असल में जैसे ही पूर्ण शब्द का प्रयोग होता है, वैसे ही कुछ शर्तों को समझ लेना जरूरी है। जैसे जब हम पूछते हैं, पूर्ण कहां समाप्त होता है, तब हम गलत सवाल पूछते हैं। क्योंकि पूर्ण का मतलब ही है, जो कहीं समाप्त नहीं हो सकता। अगर कहीं समाप्त होगा तो अपूर्ण हो जाएगा, उसी सीमा पर बंध जाएगा, वहीं से अपूर्ण हो जाएगा।

जब हम पूछते हैं कि पूर्ण कहां से शुरू होता है, तब हम गलत बात पूछते हैं। क्योंकि पूर्ण का मतलब ही होता है जो शुरू नहीं होता। क्योंकि शुरू होगा तो पूर्ण नहीं हो सकता। पूर्ण सदा ही अनादि और अनंत होगा। न उसका पहले कोई छोर होगा, और न पीछे कोई छोर होगा। छोर हो सके तो पूर्ण नहीं रह जाएगा। इसलिए पूर्ण के आगे-पीछे हम सवाल नहीं पूछ सकते। पूछना हो तो पूर्ण के पहले ही पूछ लेना चाहिए। पूर्ण का अर्थ ही यह होता है कि जिसके आगे सवाल बेमानी हो जाएंगे।

और जब हमारे मन में यह सवाल उठता है कि कहां से यह मूर्च्छा आई? स्वाभाविक उठेगा, कहां से आई? क्यों आई? कब आई? कहां समाप्त होगी? क्यों समाप्त होगी? कब समाप्त होगी? जो अमूर्च्छा की दशा है, वह कहां अस्तित्व में है? और जो पूर्ण मूर्च्छा की दशा होगी, वह कहां अस्तित्व में होगी? यह सवाल बिलकुल ही संगत और फिर भी बिलकुल बेमानी है।

कोई चीज संगत होने से ही अर्थपूर्ण होती है, इस भ्रांति में नहीं पड़ना चाहिए। कंसिस्टेंट हो सकती है, मीनिंगलेस हो सकती है। सवाल बिलकुल संगत है। और इन सवालों के जो भी जवाब दिए जाएंगे, वे भी बेमानी होंगे और उनसे कुछ हल न होगा। इसलिए हल न होगा कि जो सवाल हमने इस संबंध में पूछा है, उस सवाल का जो जवाब दिया जाएगा, उसके संबंध में भी वैसा ही पूछा जा सकता है। तब मैं तुमसे क्या कहना चाहूंगा?

मैं कहना चाहूंगा कि जैसे तुम वैज्ञानिक से नहीं पूछते कुछ बातें, तुम धार्मिक से क्यों पूछते हो? कुछ बातें वैज्ञानिक से कभी नहीं पूछी जातीं। वे धार्मिक से क्यों पूछी जाती हैं? और धार्मिक भी खूब नासमझ है कि वैज्ञानिक उनके उत्तर देने से इनकार कर देता है और धार्मिक उनके उत्तर देने की गलती में पड़ता है। सारे धर्म इसी गलती में पड़ते हैं। ऐसे प्रश्नों के उत्तर देकर फंस जाते हैं जिनके उत्तर नहीं हो सकते।

अब जैसे उदाहरण के लिए अगर तुम एक वैज्ञानिक से पूछो कि वृक्ष हरा क्यों है? तो वह कहेगा कि क्लोरोफिल के कारण। और तुम अगर यह पूछो कि वृक्ष में क्लोरोफिल क्यों होता है? तो वह कहेगा कि यह कोई सवाल नहीं हुआ। यह फैक्ट है, ऐसा होता है। वह यह कहेगा कि वृक्ष में क्लोरोफिल होता है, इसलिए वृक्ष हरा है। अगर आप यह पूछें कि ऐसा क्यों नहीं होता कि वृक्ष में क्लोरोफिल न हो? तो वह कहेगा कि मैं कोई स्रष्टा नहीं हूं और इसका कोई उत्तर नहीं है।

इसलिए विज्ञान नासमझियों से बच जाता है। क्योंकि वह तथ्य के ऊपर बात को छोड़ देता है कि ऐसा है, ऐसा तथ्य है। वह यह कहता है कि आक्सीजन और हाइड्रोजन को मिला देते हैं तो पानी बन जाता है। कोई उससे पूछने नहीं जाता कि ऐसा होता क्यों है कि आक्सीजन और हाइड्रोजन के मिलाने से पानी बनता है? ऐसा क्यों बनता है? वह कहेगा, यह नहीं है सवाल। हम इतना जानते हैं कि इनके मिलाने से बनता है। और इतना हम जानते हैं कि इनके नहीं मिलाने से नहीं बनता है। यह फैक्ट है। इसके आगे फिक्शन शुरू होगा।

अगर हम कोई जवाब दें कि ऐसा क्यों होता है, तो मैं तुमसे कहना चाहूंगा कि जगत में मूर्च्छा है और जागृति है। यह फैक्ट है, यह तथ्य है। और इन तथ्यों के आर-पार जाने का अब तक कोई उपाय नहीं खोजा गया है। और मैं नहीं सोचता हूं कि कभी भी खोजा जा सकता है। यह परम तथ्य है। जिसको कहना चाहिए अल्टीमेट फैक्ट।

इस छोर पर अंधकार है, उस छोर पर प्रकाश है। अंधकार भी अंततः अनंत में खो जाता है और उसके अंतिम छोर का पता नहीं चलता कि वह कहां शुरू हुआ। और प्रकाश भी अंततः अनंत में खो जाता है और पता नहीं चलता कि वह कहां खतम हो रहा है। और हम सदा बीच में हैं। हम दोनों तरफ थोड़ी दूर तक देख पाते हैं। इधर थोड़ी दूर तक देखते हैं तो एक बात पता चलती है कि अंधकार पीछे की तरफ बढ़ता जाता है, घना होता जाता है। आगे की तरफ देखते हैं तो पता चलता है कि अंधकार क्षीण होता जाता है, प्रकाश बढ़ता जाता है, घना होता जाता है। लेकिन न तो प्रकाश का कोई अंत दिखाई पड़ता है और न अंधकार का कोई अंत दिखाई पड़ता है। न तो अंधकार का कोई प्रारंभ दिखाई पड़ता है और न प्रकाश की कोई सीमा दिखाई पड़ती है। ऐसा हम बीच में खड़े हैं। और जितनी दूर तक दिखाई पड़ता है, उतनी दूर तक ऐसा ही दिखाई पड़ता है। दूर से दूर देखने

वाले आदमी को इससे ज्यादा दिखाई नहीं पड़ा है।

लेकिन कठिनाई क्या हो जाती है? जब हम सवाल बना लेते हैं, तो कोई न कोई नासमझ मिल जाता है जो उनका उत्तर दे देता है। जब एक दफा सवाल बना लिया गया, तो उत्तर देने वाला भी मिल ही जाएगा, क्योंकि कोई न कोई उत्तर भी बना लेगा। और इसी तरह सारी फिलासफीज बनी हैं। नासमझ सवालों के दिए गए नासमझ जवाबों से सारी फिलासफीज बन गई हैं। और सवाल वही के वही हैं। जवाब अलग-अलग हो सकते हैं, क्योंकि जवाब अपने-अपने सोचने का है। कोई कहेगा कि परमात्मा ने पैदा किया। पर इससे क्या फर्क पड़ता है! हम पूछ सकते हैं, क्यों पैदा किया? और ऐसा ही क्यों पैदा किया? और परमात्मा पैदा करता ही क्यों है? तब बात वहीं की वहीं अटक जाएगी। हम कहेंगे कि नहीं, वह ऐसा करता है। जब ऐसा जवाब लेना ही है अंत में...कोई कहेगा कि सब माया है, समझ के परे है। अब वह कह रहा है कि समझ के परे है, सब माया है। और जब वह कह रहा है, सब माया है, तो समझ के भीतर की बात कह रहा है। समझ कर कह रहा है। अच्छी तरह समझ लिया कि सब माया है। सब समझ के परे है। अगर समझ के परे है, तो चुप रह जाओ। मत कहो कि सब माया है। क्योंकि समझ के जब परे है, तो उत्तर कैसे हो सकता है। चुप रह जाओ, मत दो उसका उत्तर।

कोई कह रहा है कि परमात्मा ने आदमी को इसलिए बनाया ताकि आदमी परमात्मा को पा सके। क्या पागलपन है! अगर उस परमात्मा ने इसलिए आदमी को बनाया कि परमात्मा को पा सके, तो पहले से परमात्मा क्यों नहीं बना दिया। झंझट की, इतने उपद्रव की जरूरत क्या है। अब कोई कह रहा है कि पिछले जन्मों के कर्म-फल भोगने के लिए ऐसा सब चल रहा है। लेकिन पूछा जा सकता है कि कभी तो पहला जन्म हुआ होगा, जिसके पहले कोई जन्म न रहे होंगे। तो वह पहला जन्म किस कर्म-फल के भोग के लिए हुआ था? वह अकारण!

मेरे अपने देखे दुनिया के जो चरम प्रश्न हैं, उनका किसी दर्शन ने कोई उत्तर नहीं दिया है। और सब दर्शन अपनी बुनियाद में बेईमान हैं। बहुत गहरे में बेईमानी छिपी है। हां, एक दफा उनकी बुनियादी बेईमानी अगर आपकी नजर में न पड़ी, तो बाद का सब स्ट्रक्चर बिलकुल सही मालूम पड़ेगा। फिर कोई दिक्कत नहीं मालूम होगी। अगर आपने एक झूठ मान लिया—पहला झूठ—तो फिर आपको सब झूठ सच मालूम पड़ेंगे। अगर किसी ने यह मान लिया कि भगवान बनाने वाला है, फिर बात खतम हो गई। मगर यह हमें कैसे पता चल रहा है कि भगवान बनाने वाला है? अगर यह सवाल एक दफा भी उठ गया, तो बात कहीं भी खतम नहीं हुई, कहीं भी शुरू नहीं हुई, वहीं की वहीं रह गई।

मेरी अपनी दृष्टि धर्म को भी विज्ञान की भांति देखने की है।

मुझे एक संस्मरण याद आता है। आइंस्टीन से मरने के कुछ दिन पहले एक आदमी ने पूछा कि आप एक वैज्ञानिक में और एक दार्शनिक में क्या फर्क करते हैं? तो आइंस्टीन ने कहा कि मैं वैज्ञानिक उस आदमी को कहता हूं कि अगर आप उससे सौ सवाल पूछें तो वह एक का जवाब देगा और निन्यानबे के संबंध में कह देगा कि मुझे पता नहीं। और जिस एक के संबंध में जवाब देगा, उस संबंध में भी यह शर्त रखेगा कि इतना अभी तक पता है। आगे जो पता होगा उससे कुछ बदलाहट हो सकती है। तो यह कोई आखिरी वक्तव्य नहीं है।

विज्ञान कोई आखिरी वक्तव्य नहीं देता। इसलिए विज्ञान में एक तरह की आनेस्टी, एक तरह की ईमानदारी है।

और आइंस्टीन ने कहा कि दार्शनिक जो है, फिलासफर जो है, उससे अगर सौ सवाल आप

पूछें, तो वह डेढ़ सौ जवाब देगा और हर जवाब ऐब्सल्यूट है, जिसमें कभी कोई फर्क नहीं पड़ता। जो कह दिया वह प्रमाण है, उसमें जो शक करता है, वह नर्क में जा सकता है, लेकिन सिद्धांत कभी नहीं बदल सकता। सिद्धांत अटल है।

मेरी जो दृष्टि है, वह ऐसी है कि अगर हम वैज्ञानिक और धार्मिक मस्तिष्क को एक साथ निर्मित कर सकें तो वैसी ही मेरी दृष्टि है। धर्म के संबंध में ही सारी बात कर रहा हूं, लेकिन मेरा खयाल सदा वैज्ञानिक दृष्टि का है। इसलिए परम प्रश्नों के मेरे पास कोई उत्तर नहीं हैं। और उत्तर हो भी नहीं सकते। और जिसका उत्तर हो जाएगा, समझ लेना, वह परम प्रश्न न रहा। वह फिर कोई बीच का प्रश्न है जिसका उत्तर हो गया। बात आगे फिर बढ़ जाएगी।

परम प्रश्न का अर्थ है, जो सब उत्तरों के बाद भी खड़ा रहेगा। अल्टीमेट क्वेश्चन का मतलब यह होता है कि तुम कितने ही प्रश्न खड़े करो, जब तुम प्रश्न के उत्तर देकर निपटोगे, तुम पाओगे प्रश्न पीछे फिर अपनी जगह वहीं का वहीं खड़ा हुआ है, क्वेश्चन मार्क बना ही हुआ है। सिर्फ इतना ही हुआ कि एक सीढ़ी पीछे जाकर लग गया वह। इधर से थोड़ा हटा दिया है तुमने धक्का देकर, वह पीछे फिर खड़ा हो गया।

वह जापानी गुड्डा तुमने देखा होगा, जिसको तुम कैसे भी फेंको, सीधा खड़ा हो जाता है। उस गुड्डे का नाम दारूमा है। और वह एक फकीर के ऊपर निर्मित हुआ है। हिंदुस्तान से वह फकीर गया—बोधिधर्म। बोधिधर्म का जापानी नाम दारूमा, तो दारूमा डॉल। बोधिधर्म की वजह से वह गुड्डा बना। बोधिधर्म को तुम कितना ही उठाओ-पटको, वह वैसे ही खड़ा हो जाएगा। वह जहां था, वह वहीं हो जायेगा। उसकी नकल में वह गुड्डा बनाया गया है। उसको कैसे ही फेंको, उलटा पटको, नीचा करो, वह अपनी जगह पर खड़ा हो जाएगा।

जो परम प्रश्न हैं, वे दारूमा डॉल की तरह हैं, वे बोधिधर्म की तरह हैं। तुम कुछ भी करो, वे अपनी जगह खड़े हो जायेंगे। हां, इतना ही होगा, उनकी जगह बदल जाएगी। क्योंकि तुम्हारे फेंकने में इधर-उधर चले जाएंगे, दूसरी जगह खड़े हो जाएंगे। तुम वहां से उनको धक्का दोगे, वे तीसरी जगह खड़े हो जाएंगे। तुम जिंदगी भर धक्का देते रहो, तुम थक जाओगे, वह गुड्डा नहीं थकेगा। वह अपनी जगह खड़ा होता रहेगा।

परम प्रश्न हैं ये। जब हम पूर्ण के आगे और पीछे का सवाल उठाते हैं, तब हम सवाल के बाहर चले जाते हैं। वह बेमानी है, मीनिंगलेस है। इतना ही मैं तुमसे कह सकता हूं कि पीछे फैला हुआ अंधकार है, मूर्च्छा है; आगे फैला हुआ प्रकाश है, अमूर्च्छा है। इतना भी कह सकता हूं कि जितना अंधकार कम होता है, उतना आनंद बढ़ता है। इतना भी कह सकता हूं कि जितना अंधकार ज्यादा होता है, उतना दुख बढ़ जाता है। ये तथ्य हैं। दुख चुनने हों तो अंधकार और मूर्च्छा की तरफ जाया जा सकता है। आनंद चुनना हो तो प्रकाश और परम प्रकाश की तरफ जाया जा सकता है। और कहीं न जाना हो तो दोनों के बीच में खड़े होकर विचार किया जा सकता है कि पहले क्या था? आगे क्या है?

भगवान श्री, द्वारका शिविर में आपने कहा है कि ध्यान और समाधि स्वेच्छा से सचेतन मृत्यु की स्थिति में प्रवेश है, जिससे मृत्यु का भ्रम विसर्जित हो जाता है। तो प्रश्न उठता है कि मृत्यु का भ्रम किसको होता है? शरीर को होता है या चेतना को होता है? शरीर चूंकि उपकरण-मात्र है, इसलिए शरीर को भ्रमरूपी बोध नहीं हो सकता है; और चेतना के भ्रमित होने का कोई कारण नहीं है। फिर भ्रम की घटना का कारण, आधार क्या है?

मृत्यु का बोध, यदि मरते क्षण में कोई जागा हुआ मर सके, तो मृत्यु विसर्जित हो जाती है।

अर्थात यदि कोई मरते क्षण में होश कायम रख सके, तो वह पाता है कि मरा ही नहीं। मृत्यु भ्रम सिद्ध होती है, इसका मतलब यह नहीं है कि मृत्यु रहती है और भ्रम हो जाती है। मृत्यु भ्रम सिद्ध होती है, इसका मतलब यह कि मरते वक्त अगर कोई जागा रहे तो वह पाता है कि मरता ही नहीं। मृत्यु भ्रम सिद्ध होती है, इसका मतलब यह नहीं है कि भ्रम जैसी कोई मृत्यु बची रह जाती है। नहीं, जागा हुआ कोई मरे तो वह पाता है कि मृत्यु तो होती ही नहीं। मृत्यु असत्य हो जाती है।

लेकिन यह सवाल स्वाभाविक है कि फिर मृत्यु का भ्रम किसको होता है? यह भी ठीक है पूछना कि शरीर को तो हो नहीं सकता, क्योंकि शरीर तो जानेगा कैसे। आत्मा को हो नहीं सकता, क्योंकि आत्मा मरती नहीं है। फिर मृत्यु का भ्रम किसको होता है?

न आत्मा को होता है, न शरीर को होता है। असल में मृत्यु का भ्रम व्यक्ति को होता ही नहीं, मृत्यु का भ्रम सोशल फेनामिना है। इसको थोड़ा समझना पड़ेगा। मृत्यु का भ्रम सामाजिक घटना है, व्यक्तिगत घटना ही नहीं है।

एक आदमी को हम मरते हुए देखते हैं और मैं सोचता हूं कि वह मर गया है। मैं मरा नहीं हूं, इसलिए मुझे सोचने का वैसा कोई हक नहीं है। और मेरा निर्णय लेना बहुत ही नासमझी की बात है कि वह आदमी मर गया है। मुझे इतना ही कहना चाहिए कि जैसा मैं उसे जानता था अब तक, वैसा वह सिद्ध नहीं हो रहा है। इससे ज्यादा वक्तव्य देना खतरनाक है, सीमा के बाहर चले जाना है। मुझे कहना चाहिए कि कल तक वह बोलता था, अब बोलता नहीं। कल तक चलता था, अब चलता नहीं। कल तक जिसे मैंने समझा था उसकी जिंदगी, वह अब नहीं है। असल में इतना ही कहना चाहिए कि कल तक जो जिंदगी थी, वह अब नहीं रही। अगर उससे भी ज्यादा कोई जिंदगी है तो होगी और अगर नहीं है तो नहीं होगी। लेकिन यह कहना कि वह मर गया, जरा ज्यादा कहना है, सीमा के बाहर बढ़ जाना है। हमें इतना ही कहना चाहिए कि अब वह जिंदा न रहा। जिसको हम जिंदगी जानते थे, वह अब नहीं है।

इतना नकारात्मक वक्तव्य तो ठीक है कि जिसे हमने जिंदगी समझी थी कि लड़ता था, झगड़ता था, प्रेम करता था, खाता था, पीता था, वह अब नहीं है। लेकिन मर गया, यह तो बहुत पाजिटिव असर्सन है। इसमें जो था, वह नहीं है, इतना ही नहीं कह रहे हैं। हम कह रहे हैं, कुछ और भी हो गया है। मर गया। हम यह कह रहे हैं कि मरने की कोई घटना भी घट गई। सिर्फ पुरानी घटनाएं नहीं हो रही हैं, इतना कहें तो ठीक है। हम यह कह रहे हैं कि नहीं, एक नई घटना भी जुड़ गई, वह मर भी गया। यह हम कह रहे हैं। हम, जो नहीं मरे। हमें, जिन्हें मरने का कोई पता नहीं। हम चारों तरफ भीड़ लगाकर खड़े हैं और एक आदमी मर गया है। और हम सारी भीड़ तय कर रहे हैं उस आदमी से बिना पूछे। उसकी कोई गवाही नहीं। अदालत में फैसला एकतरफा हो रहा है, वह दूसरा पक्ष मौजूद नहीं है। वह आदमी बेचारा कहने को नहीं है कि मैं नहीं मरा, कि मर गया। उसकी कोई गवाही नहीं है। और निर्णय वे कर रहे हैं जिनमें से कोई भी मरा नहीं। समझ रहे हैं मेरा मतलब? यह सामाजिक भ्रांति है। यह उस आदमी की भ्रांति नहीं है, यह सामाजिक भ्रांति है। उस आदमी की भ्रांति दूसरी है।

उस आदमी की भ्रांति मरने की नहीं है। उस आदमी की भ्रांति दूसरी है। और वह यह है कि वह जिंदगी में इतना सोया-सोया जीया है, इतना सोया-सोया जीया है कि मरते समय जागा कैसे रह सकता है। असल में जो आदमी दिन भर सोया-सोया रहा हो, वह नींद में जागा रह सकता है? जो जागने में ही सोया-सोया था, वह तो नींद में भरपूर सो जाएगा। सूरज की रोशनी में जिसको दिखाई नहीं पड़ रहा था, उसे रात के अंधेरे में दिखाई पड़ेगा? जो आदमी जिंदगी भर जाग कर

जिंदगी को नहीं देख पाया कि क्या है, क्या तुम सोचते हो कि वह मरने को देख पाएगा कि क्या है! वह तो जैसे ही उसके हाथ से जिंदगी छूटेगी, वैसे ही गहरी नींद में खो जाएगा।

असल में बाहर हम समझ रहे हैं कि वह मर गया है, यह सामाजिक निर्णय और निष्कर्ष है, जो कि गलत है। क्योंकि इसमें से कोई भी गवाह के योग्य नहीं है। इसमें से कोई भी राइट विटनेस नहीं है, क्योंकि किसी ने भी उसको मरते नहीं देखा। आज तक दुनिया में कोई आदमी मरता नहीं देखा गया है। मरने की क्रिया आज तक नहीं देखी गई है कि कोई मर गया। हमने इतना ही जाना कि अभी तक जी रहा था और अब नहीं जी रहा है। बस इसके आगे दीवाल है। अब तक किसी ने मरने की घटना नहीं देखी।

असल में कठिनाई क्या होती है कि बहुत-सी बातें प्रचलित रहते-रहते हम उन पर सोचना बंद कर देते हैं। जैसे कि अगर मैं तुमसे कहूं कि आज तक किसी आदमी ने प्रकाश नहीं देखा है, तो तुम फौरन उस पर एतराज करोगे कि आप क्या बातें कर रहे हैं? लेकिन मैं कहता हूं कि आज तक किसी आदमी ने प्रकाश नहीं देखा है। हमने सिर्फ प्रकाशित चीजें देखी हैं। प्रकाश किसी ने नहीं देखा। इस कमरे में हम कहते हैं प्रकाश है, क्योंकि दीवाल दिखाई पड़ती है, आप दिखाई पड़ते हैं। प्रकाश नहीं दिखाई पड़ता है। कोई चीज प्रकाश में प्रकाशित दिखाई पड़ती है। प्रकाश तो सदा ही अननोन सोर्स है। कुछ चीजें उसमें चमक जाती हैं। उनके चमकने की वजह से हम कहते हैं, प्रकाश है। जब वे चमकती नहीं हैं, हम कहते हैं अंधेरा है। न हमने अंधेरा देखा। जिन्होंने प्रकाश नहीं देखा, उन्होंने अंधेरा कैसे देखा होगा? यह तो हम सोच ही सकते हैं। कम से कम प्रकाश दिख जाता, तो समझ में भी आता। अंधेरा तो कैसे दिखेगा?

अंधेरे का मतलब सिर्फ इतना होता है कि हमें अब कुछ दिखाई नहीं पड़ रहा है। अंधेरे का हमारा भीतरी मतलब यह होता है कि अब हमें कुछ दिखाई नहीं पड़ रहा है। अच्छा हो कि हम कहें कि हमें कुछ दिखाई नहीं पड़ रहा है। यह तथ्य होगा। हम कहते हैं, अंधेरा है, यह बिलकुल ही गलत बात है। अंधेरे को हम एक चीज बना लेते हैं। उचित इतना ही है कहना कि मुझे कुछ दिखाई नहीं पड़ता। लेकिन मुझे दिखाई नहीं पड़ता, इसका मतलब यह नहीं है कि अंधेरा है। मुझे नहीं दिखाई पड़ता है, इसका मतलब यह है कि वह जो स्रोत था जिसमें चीजें चमकती थीं, वह मंदा पड़ गया है। अब चीजें नहीं दिखाई पड़ रही हैं, इसलिए अंधेरा है।

जिस आदमी ने खुद भी अपनी जिंदगी में यही समझा हो—खाना, पीना, सोना, उठना, बैठना, लड़ना, झगड़ना, प्रेम, दोस्ती, दुश्मनी यही जिंदगी है—जब वह मरने लगेगा, अचानक उसको पता लगेगा, जिंदगी जा रही है। इसको उसने जिंदगी समझा था, यह जिंदगी न थी। ये सिर्फ जिंदगी के प्रकाश में दिखाई पड़ी चीजें थीं। जैसे कि प्रकाश में चीजें दिखाई पड़ती हैं। ऐसा जब उसके भीतर जिंदगी थी तो उसने कुछ चीजें देखी थीं। खाना खाया था, मित्रता की थी, दुश्मनी की थी, घर बनाए थे, धन कमाया था, पदों पर यात्रा की थी, वह सब जिंदगी के प्रकाश में दिखाई पड़ी चीजें थीं। अब वे सब खो रही हैं। अब वह सोचता है कि गया, मर गया, जिंदगी गई। और उसने भी दूसरे को मरते देखा था। उस आदमी ने भी दूसरों को मरते देखा था। वह सोशल इल्यूजन उसके दिमाग में भी है कि आदमी मरता है। अब वह कहता है कि मैं मरा। यह भी उसका निर्णय जो है, सामाजिक भ्रांति के हिस्से से आ रहा है। वह कह रहा है, जैसे और मर गए, अब मैं भी मरा।

अब वह चारों तरफ अपने प्रियजन-परिजनों को छाती पीटते देख रहा है। अब उसका इल्यूजन पक्का हुआ जा रहा है। इसका हिप्नोटिक असर हो रहा है उस पर। ये सारे लोग, अब ठीक घटना घट गई, डाक्टर मौजूद है, आक्सीजन का इंतजाम हो गया है, हाथ-पैर बांधे जा रहे

हैं, घर की रौनक बदल गई है, लोगों की आंखों में आंसू हैं, अब उसने समझा कि मैं मरा। अब वह जो सामाजिक भ्रांति थी, वह उसको पकड़ी कि अब मैं मर रहा हूं। और यह सब आसपास मित्र, प्रियजन उसको सम्मोहित कर रहे हैं कि अब वह मरा। कोई उसकी नाड़ी देख रहा है, कोई गीता पढ़कर सुना रहा है, कोई कान में नमोकार मंत्र पढ़ कर सुना रहा है। अब वे उस आदमी को पक्का भरोसा दिला रहे हैं कि तुम मरे। क्योंकि जो-जो मरने वालों के साथ हुआ था, वह हम तुम्हारे साथ अब कर रहे हैं। छाती पीट रहे हैं।

यह सोशल हिप्नोटिज्म है। अब उस आदमी को पक्का भरोसा आ गया है कि मैं मर रहा हूं, अब मैं मरा, मैं मरा, मैं मरा। इस मरने की हिप्नोसिस में वह बेहोश हो जाएगा, घबड़ा जाएगा, डर जाएगा, सिकुड़ जाएगा, कि अब मर ही रहा हूं, अब क्या करना। इस घबराहट में, इस भय में वह आंखें बंद कर लेगा। इस भय और घबराहट में वह मूर्च्छित हो जाएगा।

असल में मूर्च्छा एक तरकीब है हमारी। उन चीजों के खिलाफ हम प्रयोग करते हैं जिनसे हम डरते हैं। अगर तुम्हारे पेट में बहुत दर्द हो जाए, फिर इतना दर्द हो जाए कि तुम्हें असह्य हो जाए, तो तुम मूर्च्छित हो जाओगे। वह तुम्हारी ट्रिक है, वह मेंटल ट्रिक है दर्द को आफ करने की। वह तुम्हारी दिमागी तरकीब है कि अब दर्द इतना ज्यादा हो गया है कि हम चाहते हैं कि अब दर्द न हो। दर्द मिटता नहीं। तब दूसरा उपाय यह है कि हम न हो जाएं, हम आफ हो जाएं, हमें पता न चले कि दर्द हो रहा है। तो व्यक्तिगत इंतजाम है हमारा, अगर बहुत ज्यादा दर्द होगा। ध्यान रहे, असहनीय दर्द जैसी कोई चीज दुनिया में होती नहीं। सहनीय तक ही तुम्हें पता चलता है। असहनीय की सीमा आई कि तुम गए। असहनीय दर्द होता ही नहीं। अगर कोई आदमी कहे कि मुझे असह्य पीड़ा हो रही है, तो तुम भरोसा मत करना। क्योंकि अभी वह होश में है, असह्य हो नहीं सकता। अगर असहनीय होता, तो बेहोश हो गया होता। नेचरल ट्रिक काम कर गई होती और अब तक बेहोश हो जाता। सह्य की सीमा को पार करते ही आदमी मूर्च्छित हो जाता है।

तो जब छोटी-छोटी बीमारी में हम डर जाते हैं, घबरा जाते हैं, और बेहोश हो जाते हैं। तो मौत तो बड़ा खतरनाक खयाल लाती है। मौत का खयाल ही कि मरे, हमें मार डालता है। हम बेहोश हो जाते हैं। और उस बेहोशी में मौत की घटना घट जाती है।

इसलिए जब मैं कहता हूं कि मृत्यु भ्रम है, तो उस भ्रम को मैं न तो आत्मा का भ्रम कह रहा हूं, न शरीर का भ्रम कह रहा हूं। उसे मैं सामाजिक भ्रांति कह रहा हूं, जो हम अपने हर बच्चे में कल्टीवेट करवाते हैं। हर बच्चे को सिखा देते हैं कि तुम मरोगे और मरना ऐसा होता है। और मरने के सब सिम्टम्स जिंदगी भर में आदमी सीख लेता है। और जब उस पर खुद घटते हैं, तो वह आंख बंद करके मूर्च्छित हो जाता है। वह हिप्नोटाइज्ड हो जाता है।

इसके खिलाफ ही सक्रिय ध्यान की व्यवस्था है कि मृत्यु में भी जागरूक रूप से कैसे जा सको। तिब्बत में उस प्रक्रिया का नाम बारदो है। मरते वक्त आदमी को जैसे हम हिप्नोटाइज कर रहे हैं, ऐसा वे एंटी-हिप्नोटाइज करते हैं। जब एक आदमी मर रहा है तब उसके सारे प्रियजन आसपास खड़े होकर उससे कहते हैं कि तुम मर नहीं रहे हो, क्योंकि कोई कभी नहीं मरा। यह एंटी-हिप्नोटिक सजेशन देते हैं उसको। कोई रोएगा नहीं, कोई चिल्लाएगा नहीं, कोई कुछ नहीं करेगा। सारे लोग इकट्ठे होकर, गांव का पुरोहित या भिक्षु या संन्यासी आकर उसको कहेगा कि तुम मर नहीं रहे हो, क्योंकि कोई कभी नहीं मरा। तुम जानते हुए, जागते हुए, विश्राम में बिदा हो जाओ। तुम मरोगे नहीं, क्योंकि कोई कभी मरता ही नहीं। अब वह आदमी आंख बंद कर लेता है और वह जो प्रक्रिया है पूरी की पूरी उसको कही जाती है कि अब तुम्हारा यह छूटेगा, अब तुम्हारा

यह छूटेगा, अब तुम्हारा...लेकिन तुम बचे ही रहोगे। अब तुम्हारे पैर छूट गए, अब तुम्हारे हाथ छूट गए, अब तुम्हारा यह छूट रहा है, अब तुम बोल नहीं सकते हो, लेकिन तुम हो। और यह चारों तरफ से उसको सुझाव देंगे। ये सुझाव सिर्फ एंटी-हिप्नोटिक हैं। यानी उसकी जो सामाजिक भ्रांति है, वह पकड़ न जाए कहीं कि मरा, उसको रोकने के लिए उससे उलटा, एंटीडोट का प्रयोग कर रहे हैं।

अगर दुनिया स्वस्थ हो जाएगी मृत्यु के बाबत तो बारदो की कोई जरूरत नहीं है। लेकिन हम बड़े अस्वस्थ हैं। हम बड़ी भ्रांति में हैं। और उस भ्रांति की वजह से हमें उलटा प्रयोग भी करना अनिवार्य है।

मैं मानता हूं कि इस मुल्क में भी बारदो जैसे प्रयोग की व्यापक शुरुआत होनी चाहिए। कि जब भी कोई मरे तो उसके सारे प्रियजन उसकी यह भ्रांति तोड़ने की कोशिश करें कि तुम मर नहीं रहे हो। और अगर हम उसे सजग रख सकें, और एक-एक बिंदु पर उसको स्मरण दिला सकें, और उसके सारे बिंदु...क्योंकि जब चेतना शरीर से सिकुड़ती है, तो एक साथ सब नहीं मरता, एक-एक अंग छोड़ती है। एक-एक हिस्सा छोड़ती है। धीरे-धीरे भीतर की तरफ सिकुड़ती है। उसके सब चरण हैं। वे सब चरण याद दिलाए जा सकते हैं और उस आदमी को होश में रखने के उपाय किए जा सकते हैं।

उपाय बहुत तरह के हो सकते हैं। विशेष तरह की सुगंधियां उसके होश को जगाए रख सकती हैं, जैसे कि विशेष तरह की सुगंधियां मूर्च्छा ला सकती हैं। विशेष तरह की सुगंधियां मूर्च्छा ला सकती हैं, विशेष तरह की सुगंधियां उसके होश को जगा सकती हैं। लोबान और धूप और इन सब की ईजाद जागरण के लिए सहयोगी होने की वजह से खोजी गई थी। इस तरह का संगीत चारों तरफ पैदा किया जा सकता है जो उसको जगाए रख सके। ऐसा संगीत हो सकता है जो सुला सकता है। निद्रा लाने वाला संगीत है, जगाने वाला संगीत हो सकता है। ऐसे शब्दों, ऐसे मंत्रों का उच्चार किया जा सकता है जो जागरण में सहयोगी हों, जो सुलाएं न। उसके शरीर पर ऐसी चोटें की जा सकती हैं जो उसको सोने न दें, उसे होश में रखें। उसके शरीर को ऐसे विशेष आसन में बिठाया जा सकता है जिसमें कि वह सो न पाए, जिसमें वह जागा रहे।

एक झेन फकीर मर रहा था। मरते वक्त उसने अपने आसपास के फकीरों को कहा कि मैं तुमसे एक बात पूछने वाला हूं। अब मेरे मरने का वक्त है तो मैं सोचता हूं कि जैसे सभी मरते हैं वैसे मरने से क्या फायदा! उस तरह तो कई लोग मर ही चुके हैं। मैं तुमसे यह पूछता हूं कि तुमने कभी किसी आदमी को चलते हुए मरते देखा है कि वह चल रहा हो और मर गया हो? तो उन फकीरों ने कहा, ऐसा देखा तो नहीं है, लेकिन ऐसा सुना है। एक बार ऐसा एक फकीर चलता हुआ मरा था। तो उसने कहा, जाने दो। तुमने किसी फकीर को शीर्षासन लगा कर मरते हुए देखा है? तो उन्होंने कहा, देखा क्या, सोचा भी नहीं! सपना भी नहीं देख सकते कि कोई आदमी उलटा खड़ा है और मर जाए। तो उसने कहा कि फिर यही ठीक रहेगा। वह शीर्षासन लगाकर खड़ा हो गया और मर गया।

अब आसपास के लोग तो बहुत घबरा गए, क्योंकि शीर्षासन में कोई मुर्दा हो, तो उसे नीचे उतारने में भी डर लगेगा। अनजान मुर्दा भी डरा देता है। वह बड़ा खतरनाक आदमी है। वह शीर्षासन में मर गया है और खड़ा है सिर के बल। और किसी की हिम्मत नहीं पड़ती है कि उसको कौन लिटाए, कौन अर्थी पर रखे। तब किसी ने कहा कि उसकी बहन भी भिक्षुणी है, वह पास की मोनास्ट्री में रहती है, उसको जरा बुला लाओ। जब भी यह कुछ उपद्रव करता था, तब वही आकर

इसे ठीक करती थी, उसकी बड़ी बहन।

उसको खबर भेजी गई तो वह बहुत नाराज हुई। उसने कहा, उसकी सदा की यही आदत है! बूढ़ा हो गया, लेकिन उसकी आदत नहीं छूटी। मरते वक्त भी वह उपद्रव करेगा ही। वह अपनी लकड़ी उठाकर आई। वह नब्बे वर्ष की बूढ़ी थी और उसने आकर जोर से लकड़ी पटकी और कहा कि बंद करो यह शैतानी। मरना है तो ढंग से मरो। वह आदमी हंसा, नीचे उतर आया। और उसने कहा कि मैं जरा खेल ही कर रहा था; मैंने कहा कि देखें, ये लोग क्या करते हैं। अब मैं ठीक लेट कर मर जाता हूं, कन्वेंशनली। तो वह लेट कर मर गया। और उसकी बहन चली गई कि अब ठीक है, उसको निपटा दो। फिर उसने लौटकर नहीं देखा पीछे। उसने कहा, ठीक है, अब निपटा दो। हर चीज का एक ढंग होता है, उसकी बहन ने कहा, ढंग से काम करो। जो भी काम करना है, व्यवस्था से करो।

हमारी मृत्यु का भ्रम हमारी सामाजिक भ्रांति है। इसे तोड़ा जा सकता है। इसे तोड़ने की विधि और व्यवस्था है। और अगर कोई भी नहीं तोड़ रहा हो तो मरते वक्त प्रत्येक व्यक्ति, जिसने थोड़ा-बहुत भी ध्यान साधा है, वह खुद ही तोड़ लेता है। कोई जरूरत नहीं रहती है। अगर तुमने थोड़ा-सा भी ध्यान जाना है, अगर तुमने थोड़ा-सा भी यह सत्य जाना है कि मैं शरीर से अलग हूं, अगर तुम्हें एक बार भी इसकी झलक मिल गई है कि मैं अलग और शरीर अलग, एक क्षण को भी तुम्हारे मन में यह भाव गहरा चला गया कि मैं अलग हूं, तो फिर मरते वक्त मूर्च्छित न होना पड़ेगा। असल में तुम्हारी मूर्च्छा टूट चुकी है। अब तुम जानते हुए मर सकोगे। और जानते हुए मर सकना, कंट्राडिक्शन इन टर्म्स है। जानते हुए कोई मर नहीं सकता है, क्योंकि वह जानता ही रहता है, मैं मर नहीं रहा हूं, मैं मर नहीं रहा हूं। कुछ मर रहा है, मैं नहीं मर रहा हूं। वह जानता ही रहता है। आखिर में पाता है कि वह शरीर पड़ा रह गया, मैं अलग हो गया हूं। तब मृत्यु सिर्फ एक वियोग है, एक संयोग का टूट जाना। जैसे कि मैं इस घर के बाहर चला जाऊं। लेकिन अगर इस घर के रहने वाले लोगों को इस घर की दीवाल की बाहर की दुनिया का कोई पता ही न हो और वे मानते हों कि बाहर कोई दुनिया ही नहीं है। और दरवाजे से लौटकर मुझे नमस्कार करके रोते हुए वापस लौट आएं कि वह आदमी मर गया! ऐसी ही स्थिति है।

शरीर और चेतना का वियोग है मृत्यु। वियोग है, इसलिए मृत्यु कहना फिजूल है। सिर्फ एक संबंध का शिथिल होकर छूट जाना है, कपड़े बदल लेने से ज्यादा नहीं है, वस्त्रों का परिवर्तन है। इसलिए जो मरता है जानते हुए, वह तो मरता ही नहीं, इसलिए उसकी मृत्यु का तो कोई सवाल ही नहीं उठता कि मृत्यु क्या है। मृत्यु भ्रम है, ऐसा भी नहीं कहेगा वह। वह यह भी नहीं कहेगा कि कौन मरता है, कौन नहीं मरता है! वह इतना ही कहेगा कि जीवन एक संयोग था, जिसे कल तक हमने जीवन कहा। वह संयोग टूट गया, अब एक नया जीवन शुरू हुआ जो कि उन अर्थों में संयोग नहीं है। शायद वह नया संयोग है, नई यात्रा है।

तो जब मैंने कहा, मृत्यु को जो जानते हुए मरता है उसे मृत्यु भ्रम सिद्ध होती है, तो मेरा मतलब खयाल में आया? भ्रम का मतलब यह कि वह थी ही नहीं। वह एक सामाजिक धारणा थी और उन्होंने पैदा करवाई थी जो मरना नहीं जानते थे, जो मरे नहीं थे, जिन्हें मरने का कोई पता नहीं था। और वह अनंत काल से चल रही है और चलती रहेगी, क्योंकि न मरने वाले मरने वाले के बाबत निर्णय लेते रहेंगे। मरने वाला लौटकर कोई खबर नहीं देता।

सच बात तो यह है कि बहुत बार तो ऐसा होता है कि ध्यानस्थ व्यक्ति, जिसे थोड़े से भी ध्यान की संभावना बढ़ गई हो, जब मरता है तो उसे बहुत देर तक पता ही नहीं चलता कि वह मर

गया। उसे तो अपने आसपास के लोगों को रोते देखकर हैरानी होती है कि वे क्यों रो रहे हैं। और उसके शरीर को जलाने की व्यवस्था, या उसके शरीर को कब्र में दफनाने की व्यवस्था, या उसे मरघट ले जाने की व्यवस्था, सिर्फ उसे याद दिलाने के लिए महत्वपूर्ण है कि तुम मर गए हो, तुम अब वह नहीं रहे जो तुम थे।

इसलिए इस मुल्क में संन्यासी को छोड़कर हम सबके शरीर को जलाते थे। उसका कारण कुल इतना था कि अगर उसका शरीर बचा लें तो वह हो सकता है महीने, पंद्रह-दिन, दो-चार महीने भ्रांति में घूमता रहे कि मैं मरा नहीं और इसी शरीर के आसपास चक्कर काटता रहे। क्योंकि उसको तो ऐसा ही लगता है कि मैं शरीर से किसी तरह बाहर हो गया हूं, भीतर वापस कैसे हो जाऊं। तो अगर यह शरीर यहां रहेगा तो उसकी नई यात्रा में थोड़ी बाधा पड़ेगी। वह व्यर्थ ही थोड़े चक्कर काटेगा इसके। इसलिए तत्काल जला देने की व्यवस्था थी, ताकि वह जाकर मरघट पर देख ले कि मामला खतम हो गया। जिसको मैंने समझा था मेरा शरीर, अब वह है ही नहीं। अब इससे रास्ता ही टूट गया, सेतु गिर गया, अब उस तरफ जाने का कोई ब्रिज नहीं है, कोई सीढ़ी नहीं है। मामला खतम हो गया, वह बात खतम हो गई। जो मैं अपने को समझता था, वह मैं अब नहीं हूं।

तो तुम ध्यान रखो, यह मुर्दे को जलाने की जो व्यवस्था है, वह सिर्फ घर खाली करने की ही व्यवस्था नहीं है, उसमें और भी कीमती बातें हैं। वह असल में जो आदमी विदा हो गया है, उसको भरोसा नहीं आता कि मैं मर गया हूं। उसको आये भी भरोसा कैसे, क्योंकि वह अपने को बिलकुल वैसा ही पाता है जैसा था। उसमें कहीं कोई फर्क नहीं पड़ा।

सिर्फ संन्यासी के शरीर को हम नहीं जलाते थे, क्योंकि वह पहले ही जान चुका है कि मैं शरीर नहीं हूं। इसलिए उसके शरीर की हम समाधि बना सकते थे। समाधि संन्यासी के शरीर की बना सकते थे, क्योंकि वह जानता ही था पहले से कि मैं शरीर नहीं हूं। इसलिए उसके शरीर को बचाने में कोई कठिनाई नहीं है। लेकिन साधारण आदमी के शरीर को बचाने में कठिनाई है, क्योंकि वह भटक सकता है, वह बहुत देर तक चक्कर लगा सकता है। वह सोच सकता है कि अभी तो मेरा शरीर मौजूद है, मैं किसी तरह भीतर प्रवेश कर जाऊं।

होशपूर्वक मरना तभी संभव हो सकता है जब तुम होशपूर्वक जीयो। अगर तुमने होशपूर्वक जीना सीख लिया, तो तुम जरूर होशपूर्वक मर सकोगे, क्योंकि मरना भी जीवन की एक घटना है। जीवन में ही घटती है, जीवन की ही एक घटना है। कहना चाहिए, जिसे तुमने जीवन समझा था, उसकी वह आखिरी घटना है, जीवन के बाहर नहीं। साधारणतः हम मृत्यु को ऐसा लेते हैं कि वह जीवन के बाहर कोई घटना है, या जीवन के विपरीत कोई घटना है। नहीं, वह जीवन की ही शृंखला की आखिरी घटना है।

एक वृक्ष पर एक फल लगा है। वह अभी हरा है। फिर पीला पड़ता जाता है, पीला पड़ता जाता है, फिर आखिर में बिलकुल पीला पड़ जाएगा और फिर वृक्ष से टूटकर गिर पड़ेगा। वह वृक्ष से टूटना उसके पीले होने के बाहर की घटना नहीं है, उसके पीले के ही परिपूर्ण होने की घटना है। वह वृक्ष से टूटना कोई बाह्य घटना नहीं है कि बाहर से आ गई। वह उसके भीतर ही जो पीला हो रहा था, पक रहा था, पक रहा था, पक रहा था, उसी की चरम अवस्था है। और जब वह हरा था तब? तब भी इसी की तैयारी चल रही थी। और जब वह अभी शाखा पर निकला ही नहीं था, शाखा के भीतर छिपा था तब? तब भी इसकी तैयारी चल रही थी। और वृक्ष पैदा नहीं हुआ था, बीज में था तब? तब भी इसकी तैयारी चल रही थी। जब यह बीज भी पैदा नहीं हुआ था और किसी दूसरे

वृक्ष में छिपा था, तब भी तैयारी चल रही थी। वह घटना जो है उसी घटना की शृंखला का एक हिस्सा है। वह कुछ अंत नहीं है, सिर्फ एक वियोग है। एक संबंध, एक व्यवस्था समाप्त हो गई; दूसरा संबंध, दूसरी व्यवस्था शुरू होती है।

निर्वाण में मृत्यु की क्या स्थिति होती है?

निर्वाण का मतलब ही यह है कि जिस व्यक्ति ने मृत्यु होती ही नहीं, ऐसा परिपूर्ण रूप से जान लिया—एक। दूसरा, जिसे हम जीवन कहते हैं, उसमें कुछ मिलता ही नहीं, ऐसा भी जान लिया। निर्वाण का मतलब है दो सत्यों की जानकारी—जिसे हम मृत्यु कहते हैं, वह मृत्यु नहीं है; और जिसे हम जीवन कहते हैं, वह जीवन नहीं है। मेरी बात समझ रहे हो न तुम?

यह तो मैंने एक बात तुमसे कही कि मृत्यु को जो जानेगा, वह पाएगा कि मृत्यु मृत्यु नहीं है। लेकिन इससे ही संयुक्त दूसरी घटना भी है कि जो जीवन को पूरा जागकर देखेगा, वह पाएगा कि जिसको दुनिया जीवन कह रही है, वह जीवन भी नहीं है। वह भी एक सामाजिक भ्रांति है, जैसे मृत्यु एक सामाजिक भ्रांति है। निर्वाण का मतलब है, इन दोनों बातों का पूरी तरह अनुभव हो जाना।

मृत्यु अगर मृत्यु नहीं है, इतना ही तुमने जाना तो अभी और जीवन चलता रहेगा। अभी आधा ही जाना। अभी आकांक्षा रहेगी कि फिर जीयें, फिर शरीर पकड़ें, फिर जन्म लें। वह चलता रहेगा। जिस दिन दूसरा सत्य भी पूरी तरह जान लोगे कि जीवन भी जीवन नहीं है और मृत्यु भी मृत्यु नहीं है, उस दिन लौटना नहीं है। प्वाइंट आफ नो रिटर्न आ गया। फिर यहां लौटने का कोई मतलब नहीं है। मेरा मतलब समझे आप?

हमने एक आदमी को घर के बाहर विदा किया, घर के लोग समझते हैं कि बस, यह घर अंत था। वह आदमी भी जब तक घर के भीतर था, ऐसा ही समझता था कि यह घर अंत है। बाहर होकर वह दरवाजे खटखटाएगा कि मुझे भीतर आने दो। अगर इस घर की सीढ़ी टूट जाएगी, तो किसी दूसरे घर के दरवाजे खटखटाएगा कि मुझे भीतर आने दो। क्योंकि जीवन तो घर के भीतर है। वह फिर कोई घर में प्रवेश कर जाएगा। यह घर न मिला तो दूसरा घर मिला। ऐसे ही जब एक आदमी मरता है, जैसे ही मरता है, तत्काल, चूंकि उसने शरीर को ही जीवन समझा, वह तत्काल शरीर को पाने के लिए बेचैन होकर, तड़प कर भागने लगता है।

तुमने कभी खयाल न किया होगा कि रात जब तुम सोते हो तो तुम्हारा जो आखिरी विचार होता है, वह सुबह उठकर तुम्हारा पहला विचार होता है। उसे थोड़ा जांचना। आखिरी जो विचार होगा तुम्हारा सोते वक्त, सात घंटे के बाद सुबह तुम्हारा वह पहला विचार होगा। सात घंटे वह प्रतीक्षा करेगा कि आप कब जगें। वह दरवाजे पर बैठा रहेगा। जगो, कि काम शुरू करो। अगर रात किसी से लड़कर सोए हो, तो सुबह सबसे पहले उसी का खयाल आएगा। अगर रात प्रार्थना करके सोए हो, तो सुबह सबसे पहले प्रार्थना वापस लौटेगी। जो रात अंत था, वह सुबह प्रारंभ होगा।

तो जो आदमी मरते वक्त आखिरी क्षण में जो सोच रहा है, जो उसकी कामना और वासना है, मरते ही वह उसकी पहली वासना हो जाएगी। वह तत्काल यात्रा पर निकल जाएगा। अगर मरते वक्त वह यह कह रहा है कि मेरा शरीर नष्ट हुआ जा रहा है, मैं मरा जा रहा हूं, मेरा शरीर गया, मेरा शरीर गया, तो तत्काल मरते ही वह कहेगा, मुझे शरीर, मुझे शरीर, शरीर चाहिए, शरीर चाहिए। वह भागेगा, दौड़ेगा, जल्दी से खोज करेगा कि कहां उसे मार्ग मिल जाए कि वह जल्दी से शरीर को ग्रहण कर ले। तो जो तुम्हारी मरते वक्त आखिरी वासना है...और आखिरी वासना, ध्यान रहे, तुम्हारे जीवन भर का निचोड़ होगी।

असल में रात का भी आखिरी खयाल तुम्हारे दिन भर का निचोड़ होता है। वह दिन भर का सार है, संक्षिप्त है। जैसे दिन भर एक आदमी दुकान करता है और रात खाते-बही में सार-संक्षिप्त लिखकर सो जाता है। तो दिन भर तुम जो कर रहे हो वह सार-संक्षिप्त तुम्हारा आखिरी विचार होता है। अगर कोई आदमी रात के अपने आखिरी विचारों को लिखता रहे, सिर्फ आखिरी विचार को लिखता रहे, तो जितनी अदभुत आत्मकथा वह लिख पाएगा, उतनी अदभुत आत्मकथा कोई भी नहीं लिख सकता। वह उसकी सार-संक्षिप्त कथा होगी। जिसमें सब एसेंशियल आ जाएगा और नान-एसेंशियल छूट जाएगा। अगर तुम रोज सुबह जो तुम्हारा पहला खयाल है उसे लिखते रहो, तो तुम्हारे पंद्रह दिन के पंद्रह खयालों को देखकर तुम्हारी जिंदगी के बाबत सब कुछ कहा जा सकता है कि तुम क्या थे, क्या हो रहे हो, क्या होना चाह रहे हो।

जिंदगी का मरते वक्त जो आखिरी विचार है, वह तुम्हारे पूरे सत्तर-अस्सी साल की जिंदगी का सार-संक्षिप्त है। अब वही सार-संक्षिप्त तुम्हारे अगले जीवन का पोटेंशियल होगा। वह तुम्हारी पूंजी होगी जिसको तुम अगले जीवन में लेकर चले जाओगे। उसे तुम कर्म कहो, उसे तुम वासना कहो, उसे तुम कुछ भी नाम दे सकते हो। संस्कार कहो, इससे कोई फर्क नहीं पड़ता। वह तुम्हारी जिंदगी भर का सारा का सारा जिसको कहना चाहिए बिल्ट-इन-प्रोग्राम है, जो भविष्य में काम करेगा।

अब एक छोटे-से बीज को जब हम बोते हैं तो बड़े मजे की बात है कि उस बीज में से बट वृक्ष ही क्यों पैदा होता है! बीज में जरूर बट वृक्ष का बिल्ट-इन-प्रोग्राम होना चाहिए, नहीं तो हो नहीं सकता। ब्लू प्रिंट होना चाहिए उसके पास, नहीं तो वह कैसे पत्ते निकालेगा, वह कैसे शाखाएं निकालेगा, और वे सभी शाखाएं बट वृक्ष की क्यों कर होंगी? उसके पास योजना होनी चाहिए न! उस छोटे से बीज में सारी की सारी योजना होनी चाहिए। अगर हम उस बीज के भविष्य की कोई कुंडली बना सकें, तो हम उसके पत्ते-पत्ते की खबर दे सकते हैं कि उसमें कितने पत्ते निकलेंगे, इसमें कितने फल लगेंगे, इसमें कितने बीज लगेंगे, यह कितना लंबा होगा, यह कितना चौड़ा होगा, इसकी शाखाएं कितनी बड़ी होंगी, कितनी बैलगाड़ियां इसके नीचे विश्राम कर सकेंगी। यह सब इस छोटे-से बीज में है, किसी दिन अगर हम इसको पूरा परख सकें! क्योंकि है तो इसमें सब छिपा हुआ। यह ब्लू प्रिंट है पूरी बिल्डिंग का। वह जो बनेगा उसका सब इसमें है।

मरते वक्त हम सब अपनी जिंदगी का सार-संक्षिप्त सिकोड़ लेते हैं, इकट्ठा कर लेते हैं। जो-जो हमने महत्वपूर्ण समझा, वह बचा लेते हैं; जो-जो हमने व्यर्थ समझा, वह छोड़ देते हैं। अब जिस आदमी ने लाख रुपए कमाए थे और हजार रुपए मंदिर बनाने में लगाए थे, ध्यान रखना, मरते वक्त हजार रुपए वाला मंदिर याद नहीं आएगा, निन्यानबे हजार रुपए वाली तिजोरी याद आएगी। जो सिग्नीफिकेंट था वह बचाया जाएगा, जो नान-सिग्नीफिकेंट था वह छोड़ दिया जाएगा। मरते क्षण में तुम्हारा सार-असार छंट जाएगा। जो बेकार था वह छूट जाएगा। जो सार था वह तुम एकदम इकट्ठा करके खींच लोगे जाते वक्त। वह तुम्हारी यात्रा बन जाएगी। वह तत्काल तुम्हें नया बिल्ट-इन-प्रोग्राम मिल जाएगा। अब तुम नई यात्रा पर निकल जाओगे। और वह जो तुम्हारे पास अब भविष्य की योजना है, उस योजना के अनुसार तुम्हारा नया जन्म होगा और नई यात्रा शुरू हो जाएगी, नया शरीर होगा। सारी नई व्यवस्था हो जाएगी। और यह उतने ही वैज्ञानिक ढंग से होता है जैसे कुछ और होता है।

निर्वाण का मतलब यह है कि एक आदमी ने यह भी जान लिया कि मृत्यु मृत्यु नहीं है, और यह भी जान लिया है कि जीवन जीवन नहीं है। जब उसने दोनों ही जान लिये, तो उसके पास अब

कोई बिल्ट-इन-प्रोग्राम नहीं है। उसने प्रोग्राम छोड़ दिया। अब वह कहता है कि सार-असार दोनों छोड़कर जाते हैं। समझ रहे हैं न! जब वह मरता है तब वह कहता है, सार-असार दोनों छोड़े जाते हैं। अब हम अकेले जाते हैं—पंछी जाए अकेला। अब वह अकेला जा रहा है! अब वह सब छोड़े जा रहा है। अब वह कह रहा है, तिजोरी भी रखो, मंदिर भी रखो। जो ऋण लिया था वह भी छोड़ जाते हैं, जो ऋण दिया था वह भी छोड़ जाते हैं। अच्छा किया था वह भी छोड़ देते हैं, जो बुरा किया था वह भी छोड़ देते हैं। असल में हम छोड़कर जा रहे हैं।

कबीर ने कहा है, 'ज्यों की त्यों रख दीन्हीं चदरिया, बड़े जतन से ओढ़ी!' कि कहीं कोई हिसाब- किताब पीछे न रह जाए। कहीं कोई ऐसा न हो जाए मामला कि कुछ सार-असार मालूम पड़ने लगे। कुछ बचाने योग्य, कुछ छोड़ने योग्य मालूम पड़ने लगे। तो कबीर कहते हैं कि बहुत जतन से ओढ़ी और फिर ज्यों की त्यों रख दीन्हीं चदरिया, जैसी की तैसी रख दी। तब कोई बिल्ट-इन-प्रोग्राम नहीं हो सकता आगे के लिए। क्योंकि सारा मामला ही वैसे का वैसा रखकर आदमी गया। उसमें से कुछ चुना नहीं, उसमें से कुछ बचाया नहीं। यह नहीं कहा कि एक चीज तो कम से कम ले चलें, इतनी जिंदगी भर कमाई की है। वह सब छोड़ दिया। इसलिए कबीर कहते हैं, हंसा जाई अकेला। अब वह अकेला जा रहा है हंसा, वह कुछ भी नहीं ले जा रहा है। न मित्र, न शत्रु—कोई भी नहीं। न अच्छा, न बुरा; न शास्त्र, न सिद्धांत—कुछ भी नहीं।

निर्वाण का मतलब यह है कि जीवन भी जीवन नहीं था, ऐसा जाना; मृत्यु भी मृत्यु नहीं थी, ऐसा जाना। और जब हम यह जान लेते हैं कि जो-जो नहीं था, उसे जान लेते हैं; तो जो है, वह हमें दिखाई पड़ना शुरू हो जाता है।

फिर कल!

ग्यारहवां प्रवचन

संकल्पवान—हो जाता है आत्मवान

भगवान श्री, द्वारका शिविर में आपने कहा है कि सब साधनाएं झूठी हैं, क्योंकि परमात्मा से हम कभी बिछुड़े ही नहीं हैं। तो क्या मूर्च्छा झूठी है? शरीर और मन का विकास झूठा है? संस्कारों की निर्झरा झूठी है? स्थूल से सूक्ष्म की ओर की साधना झूठी है? प्रथम शरीर से सातवें शरीर की यात्रा का आयोजन झूठा है? क्या कुंडलिनी साधना की लंबी प्रक्रिया झूठ है? इन बातों को समझाने की कृपा करें।

पहली बात तो यह कि जिसे मैं असत्य कहता हूं, झूठ कहता हूं, उसका मतलब यह नहीं होता है कि वह नहीं है। असत्य भी होता तो है ही। अगर न हो तो असत्य भी नहीं हो सकता। झूठ का भी अपना अस्तित्व है, स्वप्न का भी अपना अस्तित्व है। जब हम कहते हैं, स्वप्न झूठ है, तो उसका यह मतलब नहीं होता है कि स्वप्न का अस्तित्व नहीं है। उसका केवल इतना ही मतलब होता है कि स्वप्न का अस्तित्व मानसिक है, वास्तविक नहीं है। मन की तरंग है, तथ्य नहीं है। जब हम कहते हैं, जगत माया है, तो उसका मतलब यह नहीं होता है कि जगत नहीं है। क्योंकि अगर नहीं है, तो किससे कह रहे हैं? कौन कह रहा है? किसलिए कह रहा है? जब कोई जगत को माया कहता है, तब इतना तो मान ही लेता है कि कहने वाला है, सुनने वाला है। इतना भी मान लेता है कि किसी को समझाना है, किसी को समझना है। इतना तो सत्य हो ही जाता है। नहीं, लेकिन जब हम जगत को माया कहते हैं तो यह मतलब नहीं होता है कि जगत नहीं है। केवल इतना ही अर्थ होता है जगत को माया कहने का कि जैसा दिखाई पड़ता है, वैसा नहीं है। एपीयरेंस है, जैसा है, वैसा दिखाई नहीं पड़ता। और जैसा नहीं है, वैसा दिखाई पड़ता है।

जैसे एक आदमी रास्ते से गुजर रहा है। सांझ है, अंधेरा हो गया है। और एक रस्सी पड़ी हुई दिखाई पड़ गई है और वह सांप समझकर डर कर भाग खड़ा हुआ है। कोई उससे कहता है कि सांप असत्य था, झूठ था। तुम व्यर्थ ही भागे। तब इसका क्या मतलब हुआ? सांप झूठ था, इसका यह मतलब तो नहीं हुआ कि उसे सांप दिखाई नहीं पड़ा। अगर उसे नहीं दिखाई पड़ता तो वह भागता नहीं। उसे तो दिखाई पड़ा। जहां तक दिखाई पड़ने का संबंध है, उसके लिए सांप था। और जब उसे दिखाई पड़ा तो रस्सी अगर न होती तो खाली जगह में दिखाई भी न पड़ता। रस्सी ने सांप के भ्रम को सहारा भी दिया। उसे भीतर कुछ दिखाई पड़ा, बाहर कुछ और था। रस्सी का टुकड़ा पड़ा था और उसे लगा कि सांप है। रस्सी रस्सी की तरह न दिखाई पड़ी जो वह थी, रस्सी सांप की तरह दिखाई पड़ी जो वह नहीं थी। जो था, वह नहीं दिखाई पड़ा; और जो नहीं था, वह दिखाई पड़ा। लेकिन जो था उसके ऊपर ही जो नहीं था वह आरोपित हुआ है।

तो जब असत्य, झूठ, भ्रम, माया, इल्यूजन, एपीयरेंस, इन शब्दों का प्रयोग होता है तो एक बात खयाल रख लेना। इसका यह मतलब नहीं कि नहीं है। अब समझ लो कि जो आदमी भाग खड़ा हुआ है सांप देखकर, हम उसे बहुत समझाते हैं कि वहां सांप नहीं है, लेकिन वह कहता है कि मैं कैसे मानूं! मैंने सांप देखा है। हम उससे कहते हैं, तू वापस जाकर देख। वह कहता है कि एक लकड़ी मेरे हाथ में दे दो, तो मैं जा भी सकता हूं। अब मुझे पता है कि सांप वहां नहीं है, लकड़ी ले जाना बेकार है। लेकिन उसे पता है कि सांप वहां है और लकड़ी ले जाना सार्थक है। मैं उसे एक लकड़ी देता हूं। तुम मुझसे कहोगे कि जब सांप नहीं है तो आप लकड़ी क्यों दे रहे हैं। तब तो आप भी मान रहे हैं कि सांप है। फिर भी मैं तुमसे कहता हूं कि सांप नहीं है, सांप झूठा है। लेकिन तुम्हें दिखाई पड़ा है और तुम्हारे जाने की हिम्मत नहीं है। तुम्हारे लिए तो सच ही है। मैं तुम्हें एक लकड़ी देता हूं कि यह ले जाओ। अगर सांप हो तो मार डालना, अगर न हो तब तो कोई सवाल ही नहीं है।

मनुष्य को जो दिखाई पड़ रहा है जीवन में, वह जीवन का सत्य नहीं है। वह पूरी तरह जागकर देखा जाए तभी सत्य दिखाई पड़ेगा। जिस मात्रा में हम मूर्च्छित हैं, उसी मात्रा में सत्य के भीतर झूठ का मिश्रण है। जिस मात्रा में हम सोए हुए हैं, उसी मात्रा में जो हम देख रहे हैं वह विकृत है, परवर्टेड है। वह वही नहीं है, जो है—एक।

लेकिन जो सोया हुआ है, उससे हम कहते हैं कि नहीं, सब असत्य है, सब माया है। लेकिन वह कहता है कि कैसे मानूं कि माया है। मेरा लड़का बीमार पड़ा है। मैं कैसे मानूं कि माया है! मैं भूखा हूं। मैं कैसे मानूं कि माया है! क्योंकि मुझे मकान चाहिए। मैं कैसे मानूं कि ये सब बातें माया हैं! क्योंकि शरीर है। पत्थर मारता हूं शरीर पर, तो खून निकलता है और दर्द भी होता है।

तब इसके लिए क्या किया जाए।

इसे जगाने के लिए कोई उपाय खोजना पड़ेगा। और जो उपाय होंगे वे लकड़ी की भांति होंगे। और जिस दिन यह जाग जाएगा उस दिन उन उपायों के साथ वही व्यवहार करेगा जो कि हमने जिस आदमी को लकड़ी दे दी है वह जब सांप के पास जाएगा, पाएगा रस्सी है, तो हंसेगा और लकड़ी फेंक देगा। और कहेगा सांप तो झूठ था ही, लकड़ी को ढोना भी नाहक व्यर्थ हुआ। और शायद वह लौट कर मुझ पर नाराज भी होगा कि आपने इतनी देर लकड़ी दी रखने के लिए, नाहक ढोना पड़ा वहां तक, वहां सांप नहीं था।

जिसे मैं ध्यान कह रहा हूं या जिसको कुंडलिनी कह रहा हूं या जिसे साधना की प्रक्रिया कह रहा हूं, वह असल में उसकी तलाश है, जो नहीं है। और जिस दिन तुम उसे देख लोगे ठीक से जाकर कि नहीं है, उस दिन सब प्रक्रिया बेकार हो जाएगी। सब बेमानी हो जाएगी। उस दिन तुम कहोगे, बीमारी भी झूठ थी, इलाज भी झूठ था।

असल में झूठी बीमारी का सही इलाज नहीं हो सकता। या कि हो सकता है? अगर बीमारी झूठ है तो सही इलाज कभी भी नहीं हो सकता। लेकिन झूठी बीमारी के लिए झूठा इलाज चाहिए। झूठी बीमारी झूठे इलाज से ठीक हो सकती है। दो झूठ भी एक दूसरे को काट देते हैं। इसलिए जब मैं कहता हूं कि समस्त साधना की प्रक्रियाएं इस अर्थ में असत्य हैं—असत्य इस अर्थ में हैं कि जिसे हम खोज रहे हैं, उसे हमने कभी खोया नहीं।

रस्सी पूरे वक्त रस्सी है। वह एक क्षण को भी सांप नहीं बनी है। रस्सी हमने खो दी है लेकिन। सामने रस्सी पड़ी है, लेकिन हमने खो दी है। वह एक क्षण को सांप नहीं बनी है, लेकिन हमारे लिए सांप है। ऐसा सांप जो एक क्षण को भी नहीं है। अब एक बड़ी जिच, एक बड़ी उलझाव की स्थिति है। है रस्सी, दिखता सांप है। सांप को मारना है, रस्सी को खोजना है। बिना सांप को मारे रस्सी को खोजना मुश्किल है, बिना रस्सी को खोजे सांप का मरना मुश्किल है। अब कुछ करना पड़े। और जो कुछ भी हम करेंगे, होगा क्या उससे? इतना ही होगा न कि जो नहीं था, दिखाई पड़ जाएगा नहीं है। जो है, दिखाई पड़ जाएगा जो है। और जिस दिन हम जानेंगे उस दिन क्या हम कहेंगे कि हमने कुछ उपलब्ध किया? क्या उस दिन हम कह सकेंगे कि सांप हमने खोया और रस्सी हमने पाई? क्योंकि सांप तो था ही नहीं जिसे खोया जाए और रस्सी सदा थी। पाने की कोई जरूरत ही न थी। वह थी ही वहां, वह मौजूद ही थी।

इसलिए बुद्ध को जब ज्ञान हुआ और पहली सुबह जब लोग उनके पास आए और उनसे पूछने लगे कि आपको क्या मिला? तो बुद्ध ने कहा, यह मत पूछो, मिला मुझे कुछ भी नहीं। तो उन लोगों ने कहा, इतने दिन की मेहनत बेकार गई? आप बरसों से तपस्या करते हैं, खोज करते हैं! बुद्ध ने कहा, अगर मिलने की भाषा में पूछते हो तो बेकार गई, क्योंकि मिला कुछ भी नहीं।

लेकिन फिर भी मैं तुमसे कहता हूं कि तुम भी गुजरो उसी रास्ते से, तुम भी करो वही। उन लोगों ने कहा, आप पागल तो नहीं हैं! क्योंकि जो बेकार ही गया, उसको हम क्यों करें! बुद्ध ने कहा, मिला तो कुछ नहीं, लेकिन खोया जरूर। वह जो नहीं था उसे खोया। जो था ही नहीं और जिसे मैं समझता था है, उसे खोया। और जो सदा से मिला ही हुआ था, पाया ही हुआ था, जिसे पाना ही नहीं था, लेकिन जिसे झूठ के पर्दे के बीच मैंने समझा था कि नहीं है, उसे पाया।

अब इसका क्या मतलब हुआ? जो मिला ही हुआ था वह फिर मिला। कैसे कहें इसको! जो पाया ही हुआ था, उसको पाया! जिसे कभी पाया ही नहीं था, उसको खोया!

तो जब मैं कह रहा हूं कि सारी साधना की प्रक्रिया असत्य है, तो इसका यह मतलब नहीं है कि मत करना। मैं सिर्फ इतना ही कह रहा हूं कि तुम इतने गहरे असत्य में घिरे हो कि सिवाय उसके विपरीत असत्य के और कोई काटने का उपाय नहीं है। तुम इतने झूठ की तरफ चले गए हो कि तुम लौटोगे तो इतना रास्ता तुम्हें झूठ का ही पार करना पड़ेगा, जितना तुम झूठ में चले गए हो।

समझो कि मैं इस कमरे में दस कदम अंदर चला गया। अब मुझे कमरे के बाहर जाना है। तो मुझे कम से कम दस कदम तो कमरे में वापस चलना ही पड़ेगा। दस कदम इसी कमरे में मुझे चलने पड़ेंगे। और हो सकता है जब मुझे कोई समझाए कि आप कमरे में चले गए हैं, अब आप बाहर लौट आइए, और मुझसे कहे कि दस कदम चलिए, तो मैं कहूं कि यह तो आप बड़ी गड़बड़ बातें कर रहे हैं। दस कदम कमरे में चलने से ही तो मैं अंदर चला गया हूं। अब अगर और कमरे में चला, तो और बीस कदम भीतर चला जाऊंगा। अब तो मुझे कोई ऐसी तरकीब बताइए कि मैं बाहर निकल आऊं और कमरे में न चलना पड़े। लेकिन कमरे में दस कदम चलना ही पड़ेगा। हां, रुख अलग होगा, दिशा अलग होगी, चेहरा बदल गया होगा। जहां पहले मुंह था, अब वहां पीठ होगी। और जहां पहले पीठ थी, अब वहां मुंह होगा।

झूठ में हम जी रहे हैं। साधना में तो सिर्फ चेहरा बदलेगा। जीना तो झूठ में ही पड़ेगा, जहां पीठ थी वहां मुंह हो जाएगा, जहां मुंह था वहां पीठ हो जाएगी। लेकिन जितना हम झूठ में उतर गए हैं, उतना हमें वापस लौटना पड़ेगा। जिस दिन हम वापस लौट आएंगे, उस दिन हम पाएंगे कि बड़े मजे की बात हो गई है।

यह ऐसा ही है जैसे किसी आदमी को गलत दवा दे दी गई हो तो ऐंटीडोट देना पड़े। अब ऐंटीडोट देने की कोई जरूरत न थी, लेकिन गलत दवा दे दी गई है। अगर गलत दवा न दी गई होती, तो उसे यह ऐंटीडोट भी नहीं देना पड़ता। अब गलत दवा, उसका जहर उसके शरीर में चला गया है। उससे उलटा जहर उसके भीतर फेंकना पड़ेगा। फिर भी ध्यान रहे कि यह भी जहर है। क्योंकि सिर्फ जहर ही काट सकता है जहर को। अगर वह पहला जहर था तो यह भी जहर है। सिर्फ इसका रुख और पीठ अलग है। यह उलटा है उससे, लेकिन है तो जहर ही। तो अगर डाक्टर आपसे यह कहे कि तुम्हें शरीर में जहर हो गया है, अब हम तुम्हें और जहर देते हैं, तो तुम घबड़ा ही जाओगे। कहोगे, हम वैसे ही मरे जा रहे हैं जहर से, अब आप और जहर देते हैं! वह कहता है कि यह ऐंटीडोट है। है तो जहर ही, लेकिन यह उससे उलटा जहर है।

तो जब मैं कह रहा हूं कि संसार झूठ है, तो साधना सत्य नहीं हो सकती। क्योंकि झूठे संसार को काटने के लिए सच्ची साधना से कैसे काटोगे। झूठे प्रेत को मारने के लिए सच्ची तलवार चलाओगे, तो खुद ही को चोट लग जाएगी। झूठे प्रेत को काटना हो, तो झूठी तलवार ही हाथ में रखना। स्वभावतः झूठे प्रेत को काटने के लिए अगर असली बंदूक लेकर चले गए, तो झंझट हो जाएगी। असली बंदूक नुकसान पहुंचा सकती है। क्योंकि प्रेत वहां है नहीं। इसलिए अगर झूठे प्रेत

को भगाना हो, तो ताबीज बांध लेना। वह अच्छा रहेगा, क्योंकि ताबीज जो है, वह न बंदूक है, न तलवार है। वह झूठा इलाज है। वह ऐंटीडोट है। वह भी झूठ का पक्का उससे उलटा झूठ है।

समस्त साधना चूंकि संसार के बाहर निकलने की है, इसलिए संसार को चूंकि मैं भ्रम कहता हूं—भ्रम इस अर्थों में कि जैसा हम समझ रहे हैं वैसा नहीं है—तो उसे काटने लिए हम क्या करें? जितने गहरे भ्रम में चले गए हैं उतने वापस लौटें। और यह मैं क्यों याद दिलाना चाहता हूं? यह इसलिए याद दिलाना चाहता हूं कि एक बड़ा खतरा है। साधक के सामने सदा एक खतरा है। वह खतरा यह है कि भूत से बचाने के लिए हम ताबीज बांध दें, फिर भूत से तो बच जाता है, लेकिन ताबीज को संभालकर रखता है। जिस भूत से बचाया ताबीज ने, वह इस ताबीज को हमेशा छाती के पास रखता है। और जितना पहले भूत के होने से डरता था, अब ताबीज के खोने से डरता है। स्वभावतः, क्योंकि जिस ताबीज ने बचाया, अब वह इसको खोए कैसे! तो भूत से तो छूटा, लेकिन ताबीज से जकड़ गया है। तो इसलिए इसको याद दिलाना जरूरी है कि भूत भी झूठा था और ताबीज भी झूठा है। अब भूत कट गया, अब तुम कृपा करके ताबीज फेंक दो।

तो मैं साधक को निरंतर यह स्मरण रखवाना चाहता हूं कि जो साधना वह कर रहा है, वह एक गहरे झूठ में उतर जाने का ऐंटीडोट है। और झूठ का ऐंटीडोट झूठ ही होगा। जहर को जहर ही काटेगा। सिर्फ विपरीत रुख होगा। लेकिन यह याद दिलाना जरूरी है, नहीं तो संसार तो छूटेगा, संन्यास पकड़ जाएगा। संसार तो छूट जाएगा और संन्यास पकड़ जाएगा। और दुकान तो छूट जाएगी, मंदिर पकड़ जाएगा। धन तो छूट जायेगा, ध्यान पकड़ जाएगा। और पकड़ना कुछ भी खतरनाक है। क्योंकि जो भी पकड़ जाएगा, वह बंधन बन जाएगा। वह चाहे धन हो, और चाहे ध्यान हो। ठीक साधना उस दिन जानना जिस दिन ध्यान की जरूरत न रह जाए, जिस दिन ध्यान बेकार हो जाए।

स्वभावतः, जो आदमी छत पर पहुंच गया है उसके लिए सीढ़ी बेकार हो जानी चाहिए। और अगर वह अब भी कहता है कि मेरे लिए सीढ़ी बड़े काम की है, तो समझना कि अभी छत पर नहीं पहुंचा। अभी कहीं सीढ़ी पर ही खड़ा होगा। और हो सकता है कि सीढ़ी के आखिरी चरण पर पहुंच जाये, आखिरी सोपान पर पहुंच जाए, और फिर भी अगर सीढ़ी को पकड़े रहे, तो ध्यान रखना छत से वह अभी भी उतना ही दूर है जितना सीढ़ी के पहले सोपान पर था। छत पर नहीं पहुंचा। दोनों हालत में छत से दूर है। तुम सीढ़ी पूरी भी चढ़ जाओ, लेकिन अगर आखिरी चरण पर रुक जाओ, तो भी तुम पहुंचे कहां! हो तो तुम वहीं। सीढ़ी पर फर्क पड़ गया। पहले तुम पहले सोपान पर थे सीढ़ी के, अब सौवें सोपान पर हो। लेकिन हो सीढ़ी पर। और जो सीढ़ी पर है, वह छत पर नहीं है। छत पर होने के लिए दो काम करने पड़ें, सीढ़ी चढ़नी पड़े और सीढ़ी छोड़नी भी पड़े।

इसलिए मैं कहता हूं, ध्यान का उपयोग भी है और साथ में कहता हूं कि ध्यान एंटीडोट से ज्यादा नहीं। इसलिए मैं कहता हूं, साधना करना भी और कहता हूं, छोड़ना भी। और जब दोनों बातें मुझे कहनी हैं तो कठिनाई तो इसमें शुरू होगी ही, क्योंकि तुम सोचोगे ही स्वभावतः कि साधना के लिए इतनी बातें करते हैं आप कि यह करो, वह करो, और फिर कह देते हैं कि यह सब झूठा है। तो हमारे मन में होता है कि जब झूठा है तो करें ही क्यों! हमारा तर्क यह है कि जब सीढ़ी से उतरना ही पड़ेगा तो हम चढ़ें ही क्यों? लेकिन ध्यान रहे, अगर सीढ़ी पर नहीं चढ़े, तब भी सीढ़ी के बाहर रहोगे; और जो सीढ़ी पर चढ़कर छत पर उतर गया है, वह भी सीढ़ी के बाहर हो गया है; लेकिन तुम दोनों के प्लेन अलग होंगे। वह छत पर होगा और तुम जमीन पर होओगे। तुम भी सीढ़ी पर नहीं हो, वह भी सीढ़ी पर नहीं है, लेकिन तुम दोनों में बुनियादी फर्क है। तुम सीढ़ी पर चढ़े

नहीं, इसलिए सीढ़ी के बाहर हो; वह सीढ़ी पर चढ़ा और उतरा, इसलिए सीढ़ी के बाहर है।

और जिंदगी बड़ा राज है। उसमें कुछ चीजें चढ़नी भी पड़ती हैं और उतरनी भी पड़ती हैं। उसमें कभी कुछ पकड़ना भी पड़ता है और कभी कुछ छोड़ना भी पड़ता है। लेकिन हमारा मन कहता है कि अगर पकड़ना है तो फिर बिलकुल पकड़ो, अगर छोड़ना है तो बिलकुल छोड़ो। यह तर्क खतरनाक है। इससे जिंदगी में कभी कोई गति नहीं हो सकती।

तो चूंकि दोनों ही बातें मेरे खयाल में हैं और मैं देख रहा हूं कि ऐसी कठिनाई हो गई है कि कुछ लोगों ने धन को पकड़ा है, कुछ लोगों ने धर्म को पकड़ा हुआ है, कुछ लोगों ने संसार को पकड़ा है, किन्हीं ने मोक्ष को पकड़ा है, लेकिन पकड़ नहीं छूटती। और मुक्त वही है जिसकी कोई पकड़ नहीं है। और सत्य को वही जानेगा जिसकी कोई क्लिगिंग, कोई अटकाव, कोई रुकाव, जिसका कोई आग्रह नहीं है। सत्य को वही जानेगा जिसकी कोई शर्त नहीं है, जिसकी कोई कंडीशन नहीं है। अगर तुम्हारी इतनी भी शर्त है कि मैं मंदिर में ही रहूंगा, मैं दुकान पर न जाऊंगा, तो तुम सत्य को न जान सकोगे। तुम उसी सत्य को जान सकोगे जो मंदिर के झूठ के साथ पैदा होता है। अगर तुम्हारी इतनी भी शर्त है कि मैं इस भांति से ही जीऊंगा, संन्यासी की तरह जीऊंगा, अगर यह भी तुम्हारी शर्त है, तो तुम सत्य को न जान पाओगे।

तुम सीढ़ी तो चढ़े, लेकिन आखिरी सोपान पर खड़े होकर तुमने सीढ़ी पकड़ ली। कई दफे मन में होता भी है कि जिस सीढ़ी ने इतनी दूर तक चढ़ाया, उसे एकदम छोड़ कैसे दें! उसे पकड़ लेने का मन हो जाता है। आम तौर से तभी तरफ यह होता है।

एक आदमी धन कमाना शुरू करता है। वह धन कमाता है इसलिए कि आराम से जीयेंगे। फिर वर्षों लग जाते हैं धन कमाने में। और धन कमाने में सब आराम खोना पड़ता है, नहीं तो कमायेगा कैसे? सोचा था कि धन कमाएंगे, आराम से जीएंगे। लक्ष्य था आराम से जीएंगे और आराम से जीना हो तो बिना धन के तो जी नहीं सकते। तो धन कमाने में लगा था और धन कमाना हो तो आराम तो नहीं किया जा सकता। आराम छोड़ना पड़ेगा, तब धन कमाया जा सकता है। तो वर्षों तक वह आदमी, समझ लो बीस-पच्चीस वर्ष तक सब आराम छोड़कर धन कमा लेता है। अब वह धन तो कमा लेता है, लेकिन आराम करने की आदत छूट गई है। न आराम करने की आदत पकड़ गई।

अब बड़ी मुश्किल हो गई। पच्चीस साल का अभ्यास हो गया। अब उसको आप कहो कि घर बैठो, तो वह कहता है, घर कैसे बैठें! उसके चपरासी पहुंचते हैं दफ्तर में नौ बजे, वह आठ बजे पहुंच जाता है। उसके क्लर्क भाग जाते हैं पांच बजे, वह सात बजे लौटता है। अब वह यह भूल ही गया है कि जो सीढ़ी एक दिन चढ़ने के लिए पकड़ी थी, वह उतरने के लिए ही पकड़ी थी। किसी तल पर जाकर आराम करने उतर जाना था। किसी जगह जाकर जहां धन हो जाए, वहां फिर चुपचाप खिसक जाना था, क्योंकि वह चाहता यही था कि धन से आराम कर सकें।

अब बड़ी मुश्किल हो गई। धन कमाने में आराम खोया, आराम खोने में न-आराम की आदत बन गई! अब न-आराम की आदत पकड़ गई। अब वह सोचता है कि आराम कर कैसे सकता हूं। अब वह धन कमाए जाता है। अब वह सीढ़ी पर ही चढ़े जाता है। अब वह सीढ़ी से उतरता ही नहीं। अब उसकी छत कभी आती ही नहीं। अब वह चढ़ता ही जाता है। सीढ़ी पर सीढ़ी बनाए चला जाता है, बनाए चला जाता है। उसे अब तुम कितना ही कहो, बस अब बहुत सीढ़ी बन चुकी, अब उतर आओ। वह कहता है, यह कैसे हो सकता है! अगर आराम करना है, तो सीढ़ी बनानी ही पड़ेगी। अब वह बनाता जाता है।

लेकिन यह धन के साथ ही होता होता तो बहुत दिक्कत न थी। यह धर्म के साथ भी यही होता है। हमारा मन वही है। हमारा मन वही का वही है।

अब एक आदमी धर्म की दुनिया में उतरता है, त्याग करना शुरू करता है। तो वह इसीलिए त्याग करना शुरू करता है कि एक ऐसी जगह आ जाए कि मन पर कोई पकड़ न रह जाए। क्योंकि जहां तक पकड़ है, वहां तक बंधन होगा। तो वह कहता है, सब छोड़ दो। जिस-जिस का बंधन हो, उसको छोड़ दो। तो वह छोड़ना शुरू करता है। यह हुई सीढ़ी। अब वह छोड़ता जाता है। वह मकान छोड़ता है, दुकान छोड़ता है, परिवार छोड़ता है, धन छोड़ता है, कपड़े छोड़ता है, वह छोड़ता चला जाता है।

अब बीस-पच्चीस साल में उसकी छोड़ने की आदत इतनी मजबूत हो जाती है कि अब वह इस छोड़ने की आदत को नहीं छोड़ पाता। अब यह जड़ पत्थर की तरह उसकी छाती पर बैठ जाती है। अब वह कोई न कोई तरकीब निकालता रहता है कि और क्या छोड़ें। अब वह सीढ़ी उसकी चल पड़ी। अब वह कहता है कि खाना छोड़ दें, पानी छोड़ दें, कि नमक छोड़ें, कि घी छोड़ें, कि शक्कर छोड़ें। अब वह इसमें तरकीबें निकालता जाता है। अब वह कहता है कि नींद छोड़ें, कि स्नान छोड़ें। अब वह छोड़ने की ही तरकीबें निकालता चला जाता है। आखिरी दम वह वहा तक भी पहुंच जाता है कि शरीर छोड़ें। हत्या करें, आत्महत्या करें, कि क्या करें। वह सब करता चला जाता है, संथारा कर लें।

ये दोनों एक ही तरह के आदमी हैं। एक ने छोड़ने की तरफ सीढ़ियां पकड़ ली हैं, एक ने पकड़ने की तरफ सीढ़ियां पकड़ ली हैं। लेकिन सीढ़ियों से कोई भी उतरने को राजी नहीं है। और मेरी दृष्टि में सत्य वहां है, जहां सीढ़ियां समाप्त हो जाती हैं और तुम समतल पर आ जाते हो; न जहां चढ़ना है, न जहां उतरना है। सत्य वहां है, जहां तुम्हारी पकड़ छूट जाती है, जहां तुम्हारी शर्त छूट जाती है। सत्य वहां है, जहां तुम अभ्यासित चित्त से चीजों को नहीं देखते, अभ्यास-शून्य चित्त से चीजों को देखने लग जाते हो।

शायद जीसस का यही मतलब है। जीसस से कोई पूछता है कि सत्य किसको मिलेगा। तो वे कहते हैं, उनको जो बच्चों की भांति हैं। अब इसका क्या मतलब हो सकता है—बच्चे की भांति! मतलब, जिसकी कोई शर्त नहीं है, जो ऐसे ही देख रहा है। अगर तुमने बच्चों को चीजों को देखते देखा है, तो तुम हैरान होओगे। हमारे और उनके देखने में फर्क है। हमारा जो देखना है, वह सदा किसी चीज का देखना है। हम कुछ खोज रहे हैं। बच्चा बस देख रहा है। किसी चीज की कोई खोज नहीं है। जो है, जो दिखाई पड़ जाए। बस, उसकी आंख घूम रही है, वह देख रहा है। उसकी कोई पकड़ नहीं है कि फलानी चीज देखनी है। उसकी यह भी पकड़ नहीं है कि वह दिखाई पड़े तो इस भांति दिखाई पड़े। जो है सो वह देख रहा है। अगर ठीक से कहें तो उसका देखना प्रयोजन-रहित है। उसका कोई परपज नहीं है। वह किसी प्रयोजन से नहीं देख रहा है।

इसलिए बच्चे की आंख में जो भोलापन है, वह बड़े की आंख में खो जाता है। क्योंकि बड़े की आंख में प्रयोजन आ जाता है। वह पूरे वक्त प्रयोजन से देख रहा है। अगर आपकी जेब भरी है तो वह और तरह से देखता है, जेब खाली है तो और तरह से देखता है। अगर आदमी आप सुंदर हैं तो और तरह से देखता है, आदमी अगर आप सुंदर नहीं हैं तो और तरह से देखता है। अगर आपसे उसे कोई मतलब है तो और तरह से देखता है, अगर कोई मतलब नहीं है तो और तरह से देखता है या देखता ही नहीं। उसका प्रयोजन है, वह परपजिव है। वह अगर देखेगा भी, तो देखने तक में प्रयोजन घुस गया है।

और जब देखने में प्रयोजन घुस जाता है तो रस्सी सांप दिखाई पड़ने लगती है—रस्सी दिखाई नहीं पड़ती। असल में जिसको रस्सी में सांप दिखाई पड़ रहा है, अगर तुम खयाल करोगे कि उसे क्यों दिखाई पड़ रहा है सांप रस्सी में। यह उसका प्रोजेक्शन है। वह आदमी भयभीत है। उसके देखने में भय है। यानी जब भी वह चीजों को देखता है तो भय से देखता है कि खतरा कहां है। अंधेरा रास्ता है। अब वह भय को खोज रहा है। रास्ते पर कोई चीज सरकती दिख गई है, लेटी हुई दिख गई है। फौरन उसने माना कि सांप है, क्योंकि वह भय को खोज रहा है। उसका एक प्रयोजन है भीतर। उसके अनकांशस में वह खोज रहा है कि कहीं अंधेरे में सांप तो नहीं है! तो रस्सी में सांप दिख गया।

एक बच्चे को नहीं दिख सकता रस्सी में सांप। अक्सर तो यह हो सकता है कि अगर सांप हिल-डुल न रहा हो, तो बच्चे को रस्सी दिखाई पड़ सकती है। वह जाकर उसको उठा ले। बजाय रस्सी में सांप देखने के यह भी हो सकता है कि एक सांप अगर हिल-डुल न रहा हो तो वह जाकर उसको उठा ले और समझ ले कि रस्सी है।

हम जो देख रहे हैं, अगर उसमें कहीं भी कोई प्रयोजन है, कहीं भी कोई आकांक्षा है, कहीं भी कोई भय है—ठीक से समझें कि अगर हमारे देखने में कहीं भी मन है, तो हम विकृत कर देंगे। तो क्या बिना मन के देख सकते हैं? बिना मन के देखना ही परम स्थिति है। सीइंग विदाउट द माइंड। और द माइंड, वह जो मन है हमारा, वह संगृहीत है। सब प्रयोजन, सब भय, सब इच्छाएं, सब वासनाएं उसमें इकट्ठी हैं।

चेखव की एक छोटी-सी कहानी है। दो पुलिस के सिपाही एक रास्ते से गुजर रहे हैं। एक छोटी-सी होटल है। वहां बड़ी भीड़ है। एक आदमी ने एक कुत्ते की टांग पकड़ रखी है। और वह कह रहा है, इसको मार ही डालेंगे। इसने मुझे काटा है, यह औरों को भी काट चुका है। और भीड़ में सब मजा ले रहे हैं, वे कह रहे हैं, मार ही डालो। वे पुलिस वाले भी दोनों जाकर खड़े हो गए हैं। और पुलिस वालों को भी कुत्ते सताते हैं। पुलिस वालों पर कुत्ते विशेष ध्यान रखते हैं। तो उन कुत्तों से वे पुलिस वाले भी परेशान थे। उन्होंने कहा, यह बहुत अच्छा कर रहे हो, यह काम करने योग्य ही था। इस कुत्ते को मार ही डालो, यह हमें भी रात में हैरान करता है।

तभी बगल वाले पुलिस वाले ने कहा कि जरा खयाल रखना, यह तो मुझे ऐसा लगता है कि अपने बड़े साहब का कुत्ता है। तो वह पहला सिपाही जो कह रहा था कि मार ही डालो, उसने फौरन उस आदमी की गर्दन पकड़ ली जो कुत्ते को पकड़े था। उसने कहा, बदमाश! ट्राफिक में भीड़ इकट्ठी की है तूने? और यहां यह उपद्रव मचा रहा है? थाने चल! और दूसरे पुलिस वाले ने जल्दी से उस कुत्ते को उठाया और कंधे पर ले लिया और पुचकारने लगा। और जब उसने उसको पुचकारा और जब उस आदमी को पकड़ लिया, सारी भीड़ हैरान हो गई कि क्या हो गया। अभी यह कह रहा था, मार डालो!

लेकिन दूसरे ही क्षण उस कुत्ते को गौर से देखकर दूसरे साथी ने कहा, नहीं, यह तो साहब वाला कुत्ता नहीं मालूम पड़ता। तो उस सिपाही ने जल्दी से कुत्ते को नीचे पटका और उस आदमी को कहा, पकड़ इस कुत्ते को, मार डाल इसको। यह कुत्ता बड़ा खतरनाक है। लेकिन जब तक उस आदमी ने उस कुत्ते को पकड़ा, उस पहले सिपाही ने फिर उससे कहा कि भई, कुछ पक्का नहीं कहा जा सकता है। यह दिखता तो बिलकुल मालिक का ही कुत्ता है।

तो ऐसी वह कहानी चलती है और उस कुत्ते के बाबत कई दफा रुख बदलता है, क्योंकि कई दफे प्रयोजन बदल जाता है। कुत्ता वही है, आदमी वही है, सिपाही वही है, सब वही है। चीजें जैसी

हैं वे बिलकुल वैसी हैं, लेकिन कहानी दो-चार दफे रुख बदल लेती है, क्योंकि हर बार प्रयोजन बदल जाता है। कभी वह मालिक का कुत्ता हो जाता है, कभी नहीं रह जाता है। जब वह नहीं रह जाता तो व्यवहार एकदम बदलना पड़ता है। जब वह मालिक का हो जाता है, तब उसको एकदम पुचकारना पड़ता है और व्यवहार बदलना पड़ता है।

हम सब ऐसे ही जी रहे हैं। मन है, तो हम ऐसे ही जीएंगे। तो जो मैं कह रहा हूं कि साधना... साधना है क्या? साधना है इस मन से छुटकारा। लेकिन जब छुटकारा हो जाएगा, तो फिर साधना का क्या करोगे? इसी मन के साथ उसको भी दफना देना पड़ेगा। यह मन जाएगा उसी के साथ। उससे कहना पड़ेगा, इस साधना को भी लेते जाओ, यह तुम्हारी ही वजह से है। तुम्हारे कारण ही यह साधना पकड़नी पड़ी थी, अब तुम्हीं जा रहे हो तो कृपा करके इसको ले जाओ।

और जब कोई आदमी मन और साधना दोनों से मुक्त हो जाता है, बीमारी और औषधि दोनों से। ध्यान रहे, अगर सिर्फ बीमारी से मुक्त होता है और औषधि जारी रहती है, तब अभी मुक्ति मत समझना। और कई दफे बीमारी उतनी खतरनाक सिद्ध नहीं होती है जितना औषधि का पकड़ जाना खतरनाक सिद्ध होता है। क्योंकि बीमारी दुखद है, उसे छोड़ना आसान पड़ता है। औषधि सुखद है, उसे छोड़ने का मन ही नहीं होता। पर औषधि क्या कुछ बड़ी वांछनीय चीज है! बीमार के लिए है। स्वस्थ के लिए औषधि का कोई अर्थ होता है? स्वस्थ के लिए कोई भी अर्थ नहीं होता। चूंकि तुमने बीमार होने की जिद की है, इसलिए औषधि भी लेने की मजबूरी झेलनी पड़ती है। लेकिन अगर बीमार होने की जिद नहीं कर रहे हो, तो औषधि बेमानी है।

और बीमारी और औषधि दोनों एक ही तल की चीजें हैं। दोनों में भेद नहीं है। हो भी नहीं सकता, नहीं तो काम नहीं करेंगी। जिस तल पर बीमारी जीती है, उसी तल पर औषधि जीती है। जो कीटाणु बीमारी के होते हैं, उनसे विपरीत कीटाणु औषधि के होते हैं। जो तल बीमारी का होता है, वही तल औषधि का होता है। औषधि और बीमारी एक दूसरे की तरफ पीठ किए खड़ी होती हैं, यह सच है, लेकिन उनका तल एक ही होता है।

तो मैं न केवल बीमारी के खिलाफ कह रहा हूं, मैं औषधि के भी खिलाफ कह रहा हूं। क्योंकि मेरा अनुभव यह है कि इधर हजारों साल में बीमारी के खिलाफ तो बहुत बातें कही गईं और तब बीमारी तो छूट गई पर औषधि पकड़ गई। और जिन लोगों ने औषधि को पकड़ा, वे बीमारों से भी ज्यादा खतरनाक सिद्ध हुए।

इसलिए दोनों ही बातें खयाल में रखनी जरूरी हैं। बीमारी छोड़नी है और औषधि भी छोड़नी है। मन छोड़ना है, ध्यान भी छोड़ना है। संसार छोड़ना है, धर्म भी छोड़ना है। और एक ऐसी जगह आ जाना है, जहां न कुछ छोड़ने को बचता है, न कुछ पकड़ने को बचता है। तब वही रह जाता है, जो है। और इसलिए यह सारी की सारी जिन प्रक्रियाओं की मैं बात करता हूं—चाहे कुंडलिनी की, चाहे चक्रों की, सप्त शरीरों की, यह सारा का सारा स्वप्न का ही हिस्सा है। लेकिन स्वप्न में तुम हो और जब तक तुम स्वप्न को ठीक से न समझ लो, तुम स्वप्न के बाहर नहीं आ सकते हो।

स्वप्न के बाहर आने के लिए भी स्वप्न को ठीक से समझ लेना जरूरी है। और स्वप्न का भी अपना अस्तित्व है, और झूठ का भी अपना अस्तित्व है। वह है जगत में। और उससे छूटने के लिए भी उपाय हैं। मगर दोनों ही अंततः छोड़ने योग्य हैं, इसलिए मैं कहता हूं कि दोनों ही असत्य हैं। अगर मैं इनमें से एक को सत्य कहूंगा, तो फिर तुम उसे छोड़ोगे कैसे? फिर तुम उसे छोड़ोगे नहीं। सत्य कहीं छोड़ा जाता है? सत्य तो सदा पकड़ा जाता है। इसलिए तुम कुछ भी न पकड़ पाओ, तुम्हारी कुछ भी क्लिंगिंग न हो पाए, तुम कहीं भी किसी ग्रंथि में, किसी बंधन में न पड़ पाओ,

इसलिए मैं कहता हूं कि न तो संसार सत्य है और न साधना सत्य है। संसार के असत्य को काटने के लिए साधना का असत्य है। जब दोनों असत्य समतल होकर कट जाते हैं तब जो शेष रह जाता है वह सत्य है। वह न संसार का है, न साधना का। वह दोनों के बाहर, या दोनों के पीछे, या दोनों के पार, या दोनों को अतिक्रमण करता हुआ है। जब दोनों नहीं रह जाएंगे।

इसलिए मैं एक तीसरे तरह के आदमी की तुमसे बात कर रहा हूं, जो न संसारी है, न संन्यासी है। जब मुझे कोई पूछता है कि क्या आप संन्यासी हैं, तो मैं बड़ी मुश्क़िल में पड़ जाता हूं। क्योंकि अगर मैं अपने को संन्यासी कहूं, तो मैं उसी द्वंद्व के भीतर अपने को बांधता हूं जो संसारी और संन्यासी के बीच है। जब कोई पूछता है कि क्या आप संसारी हैं, तब भी मैं मुश्किल में पड़ जाता हूं। क्योंकि अगर मैं अपने को संसारी कहूं तो मैं फिर उसी द्वंद्व में खड़ा हो जाता हूं जो संन्यासी और संसारी के बीच है। तो या तो मैं कहूं कि मैं दोनों हूं एक साथ, जो कि बिलकुल बेमानी हो जाता है, मीनिंगलेस हो जाता है। क्योंकि अगर संसारी और संन्यासी दोनों हूं एक साथ, तो मतलब ही खो गया, क्योंकि मतलब द्वंद्व में था, मतलब विरोध में था। संसार छोड़ने का अर्थ संन्यास था, संन्यास न ग्रहण करने का अर्थ संसार था। अब अगर मैं कहूं कि दोनों ही हूं, तो शब्द अर्थ खो देते हैं। या कहूं, दोनों ही नहीं हूं, तब भी बड़ी मुश्किल खड़ी हो जाती है, क्योंकि दो के बाहर तीसरे का हमें कोई खयाल ही नहीं है कि कोई तीसरा भी हो सकता है। कहते हैं आप, यहां या वहां। या तो कहिए जिंदा हैं, या कहिए मर गए हैं। दोनों नहीं हैं, ऐसा कैसे चलेगा! ऐसा नहीं चल सकता। हम द्वंद्व में बांटकर, काटकर जीते हैं सारी चीजों को कि या यह कहिए या यह कहिए।

कहिए अंधेरा है, कहिए प्रकाश है। संध्या के रंग का हमारे पास कोई स्थान नहीं है, जो दोनों नहीं होता। 'ग्रे' की हमारी जिंदगी में कोई जगह नहीं है। या तो हम सफेद में तोड़ देते हैं या काले में तोड़ देते हैं। बल्कि सचाई ग्रे की ही ज्यादा है। ग्रे ही जरा सघन हो जाता है तो काला हो जाता है और जरा विरल हो जाता है तो सफेद हो जाता है। मगर उसकी कोई जगह नहीं है। या तो कहिए मित्र हैं, या कहिए शत्रु हैं, दोनों के बीच तीसरी कोई जगह नहीं है। असल में तीसरी ही असली जगह है। लेकिन उसका कोई स्थान नहीं है हमारी भाषा में, हमारे सोचने में, हमारे ढंग में।

आप मुझसे पूछते हैं कि मेरे मित्र हैं या शत्रु हैं। अगर मैं कहूं दोनों हूं, तो मुश्किल हो जाती है। क्योंकि फिर समझ मुश्किल हो जाती है कि दोनों कैसे हो सकते हैं। या मैं कहूं दोनों नहीं हूं, तो भी बेमानी हो जाती है। क्योंकि फिर कोई मतलब नहीं रहा। और सचाई यह है कि जब आदमी पूरी तरह स्वस्थ होगा, तो या तो दोनों होगा या दोनों नहीं होगा। यह दोनों एक ही बात को कहने के दो ढंग हैं। तब न तो वह शत्रु होगा, न मित्र होगा। और मेरा खयाल यह है कि तभी वह ठीक अर्थों में मनुष्य होगा। उसकी कोई शत्रुता नहीं, उसकी कोई मित्रता नहीं। उसका कोई संन्यास नहीं, उसका कोई संसार नहीं। तीसरे आदमी के लिए ही मेरी तलाश है। और जो सारी बातें मैं कह रहा हूं, वे सिर्फ स्वप्न को तोड़ने के लिए हैं। और अगर स्वप्न टूट ही गया है, तो उन बातों का कोई भी अर्थ नहीं है।

एक कहानी तुमसे कहूं। एक झेन फकीर हुआ। सुबह उठा...और उस फकीर का स्वप्नों के विश्लेषण पर बड़ा भरोसा था। हैं भी स्वप्न बड़े काम के। वे आदमी के संबंध में बड़ी खबरें लाते हैं। और चूंकि आदमी झूठा है, इसलिए स्वप्न से खबर मिल सकती है, झूठी चीजों से खबर मिल सकती है।

आदमी के चेहरे को दोपहर में जब तुम भरे बाजार में देखते हो, तब वह उतना सच्चा नहीं होता है, जितना रात के सपने में वह सच्चा होता है—सपना जो कि बिलकुल झूठा है। अगर दोपहर

में तुमने उसे अपनी पत्नी को हाथ जोड़ते हुए और यह कहते देखा है कि तुझसे सुंदर कोई भी नहीं है, तो उसके सपने में पता लगाओ। उसकी पत्नी शायद ही उसके सपने में आती हो। और दूसरी स्त्रियां जरूर आती हैं। उसका सपना ज्यादा ठीक खबर देगा उसके बाबत—सपना जो कि झूठ है।

लेकिन आदमी झूठ है, इसलिए झूठ से ही पता लगाना पड़ेगा। अगर आदमी सच्चा होता, तो उसको जिंदगी सामने ही बता देती। सपने में जाने की कोई जरूरत नहीं थी, उसका चेहरा बता देता। वह अपनी पत्नी से कह देता कि तू बहुत ज्यादा सुंदर नहीं, पड़ोस की स्त्री बहुत सुंदर मालूम पड़ती है। वह दूसरी बात है, वैसा आदमी नहीं है। वैसा आदमी अगर हो, तो उसके सपने बंद हो जाएंगे। जो पति अपनी पत्नी से कह सकता है कि आज तो तेरे प्रति मेरे मन में कोई प्रेम नहीं उठता है, उस सड़क से जो औरत जा रही है, वह मेरे प्रेम को खींचे लेती है। इतनी सरलता से जो कह सकता है, उसके सपने बंद हो जाएंगे, क्योंकि उसके सपने में उस औरत को आने की कोई जरूरत नहीं है, उसने दिन में ही बात समाप्त कर ली है। बात रफा-दफा हो गई, सपना बचा नहीं।

सपना जो है, वह लिंगरिंग है। जो चीज नहीं हो पाई दिन में, जो नहीं कह पाया, नहीं जी पाया, वह भीतर बैठा है, वह रात में जीने की कोशिश करेगा। दिन भर झूठा रहा, इसलिए रात सपने में झूठ सचाइयां बनकर प्रकट होने लगेगा। इसलिए पूरा मनोविज्ञान आज का, चाहे फ्रायड हो, चाहे जुंग हो, चाहे एडलर हो, सारा का सारा मनोविज्ञान सपने का विश्लेषण है।

यह बड़ी हैरानी की बात है कि आदमी को जानने के लिए सपने का विश्लेषण करना पड़ रहा है। ड्रीम एनालिसिस आदमी को जानने का रास्ता है। सोचो, इसका क्या मतलब होता है? आज अगर तुम एक मनोविश्लेषक के पास जाते हो, मनोवैज्ञानिक के पास जाते हो, मनोचिकित्सक के पास जाते हो, तो वह तुम्हारी फिक्र ही नहीं करता, वह कहता है, अपने सपने बताओ। क्योंकि तुम तो आदमी झूठे हो, तुम्हारे बाबत कुछ पूछना बेकार है, जरा तुम्हारे सपनों से पूछ लें। क्योंकि तुम झूठे आदमी हो, उन झूठे सपनों में बिलकुल साफ-साफ प्रकट हो जाते हो। वहां तुम्हारा रिफ्लेक्शन है, वहां तुम्हारी असली तस्वीर बनती है। हम तुम्हारे सपनों में झांकना चाहते हैं। सारा मनोविज्ञान सपने के विश्लेषण पर खड़ा हुआ है।

उस फकीर का भी सपने में बड़ा रस था। और वह अपने शिष्यों से, साधकों से सपने पूछा करता था। क्योंकि हो सकता है, एक साधक आकर तो यह कहे कि मुझे भगवान को खोजना है, और रात सपने देखे हीरे की खदान खोजने का। इसका भगवान से कोई मतलब नहीं है। हो सकता है, यह भगवान को भी इसीलिए खोज रहा हो कि अगर भगवान मिल जाएं, तो जरा हीरे की खदान का पता पूछ लें। क्योंकि इसका सपना इसकी खबर दे रहा है कि इसकी असली खोज क्या है।

तो वह फकीर अपने साधकों के सपनों की डायरी रखवाता था कि डायरी लिखो। सच में अगर लोग अपनी आत्मकथाओं में जागने का समय छोड़ दें, सिर्फ नींद के समय की आत्मकथाएं लिखें, तो दुनिया ज्यादा अच्छी हो सकेगी। और हम आदमियों के बाबत ज्यादा सच्ची बातें जान सकेंगे। दिन तो बड़ी झूठी दुनिया है। क्योंकि झूठा आदमी उसे बिलकुल आयोजित करता है। सपने में फिर भी एक सचाई है, क्योंकि वह अनआयोजित है, अनप्लांड है, अपने आप होता है। उसकी एक सचाई है। अगर हम सारी दुनिया के महात्माओं के सपनों को पकड़ लें, तो इतने महात्मा हमें दुनिया में दिखाई न पड़ें, जितने दिखाई पड़ते हैं। इनमें से अधिक हिस्सा अपराधियों का मिलेगा। हां, ऐसे अपराधियों का, जो बाजार में जाकर अपराध नहीं करते, मन में कर लेते हैं।

तो वह फकीर अपने साधकों को पूछता रहता था। एक दिन सुबह वह उठा, उठकर बैठा ही था अपने बिस्तर पर कि उसका एक फकीर साधक वहां से निकल रहा था। उसने कहा कि रुक,

रात मैंने एक सपना देखा, जरा व्याख्या कर। करेगा व्याख्या? उस साधक ने कहा, जरा रुकें, मैं व्याख्या ले आऊं। उसने कहा, व्याख्या ले आऊं! फिर भी वह रुका। वह फकीर भीतर गया और वहां से एक पानी का जग लेकर आ गया। उसने कहा, जरा थोड़ा हाथ-मुंह धो डालें। जब टूट ही गया है, तो अब क्या व्याख्या! हाथ-मुंह धो डालें, जिससे कि जो भ्रम भी रह गया है थोड़ा-सा सपने का, सपने का जो थोड़ा-सा स्वर भी रह गया है, वह साफ हो जाए।

उस फकीर ने कहा, बैठ जा! तेरी व्याख्या जंचती है। फिर दूसरा फकीर गुजर रहा था। उसने उसको बुलाया और कहा, सुन, रात मैंने एक सपना देखा है। इसने कुछ थोड़ी व्याख्या की है, यह पानी का जग रखा है। तू व्याख्या करेगा? उसने कहा, अभी आया, दो क्षण रुकें। वह भागा हुआ गया और एक चाय का कप ले आया। उसने कहा, आप एक कप चाय पी लें और बात खतम। क्योंकि जब नींद ही खुल गई, हाथ-मुंह ही धो डाला गया, तब मुझे क्यों फंसाते हैं? उस फकीर ने कहा, बैठ, तेरी बात जंचती है। लेकिन अगर आज तुमने व्याख्या की होती, तो आश्रम के बाहर कर देता। तुम बच गए, बाल-बाल बच गए, अगर आज तुमने व्याख्या की होती तो आश्रम के बाहर कर देता। क्योंकि जब सपना टूट ही चुका तो क्या व्याख्या करनी है!

लेकिन जब तक सपना चल रहा है, तब तक व्याख्या करनी है। मेरी सब व्याख्याएं सपने की व्याख्याएं हैं। और सपने की व्याख्याएं सच नहीं हो सकतीं। मेरा मतलब समझ रहे हो न तुम! सपने की व्याख्या क्या खाक सच होगी, जब सपना ही सच नहीं होता! लेकिन सपने की व्याख्या सपने के तोड़ने में सहयोगी हो सकती है। और वही टूट जाए तो तुम जाग जाओगे। जिस दिन तुम जागोगे, उस दिन तुम नहीं कहोगे कि सपना सच था, नहीं कहोगे कि व्याख्या सच थी। तुम कहोगे, एक खेल था जो समाप्त हुआ। और उस खेल के दो पहलू थे। सपने में रमने का एक पहलू था, सपने को तोड़ने का एक पहलू था। सपने में रमने का नाम संसार है, सपने को तोड़ने वाली व्याख्याओं का नाम संन्यास है—बाकी हैं सब दोनों सपने के भीतर की बातें। सपने में रमने का नाम संसार है, सपने को तोड़ने की चेष्टा संन्यास है, लेकिन हैं दोनों सपने की बातें। और जब सपना टूट जाएगा, तो न संसार होगा, न संन्यास होगा। तब जो होगा, वह सत्य है।

भगवान श्री, साधना प्राकृतिक विकास है अथवा प्रकृति के विकास-क्रम से बाहर छलांग, उसका अतिक्रमण है? यदि साधना सहज विकास का अतिक्रमण और छलांग नहीं है, तो क्या सृष्टि के विकास-क्रम में सारी मनुष्य-जाति आप ही आप आध्यात्मिक ऊंचाइयों को पहुंच सकती है? यदि विकास-क्रम आगे ही आगे बढ़ता है, तो प्राचीन श्रेष्ठतम आध्यात्मिक संस्कृतियां क्यों विकास-क्रम से पीछे हट गईं?

इसमें बहुत-सी बातें हैं। पहली बात तो यह है कि जैसे ही हम मनुष्य को जगत से तोड़ कर देखते हैं अलग, वैसे ही ये सवाल उठने शुरू हो जाते हैं। उदाहरण के लिए हम पानी को सौ डिग्री तक गरम करें, तो सौ डिग्री पर पानी छलांग लगाकर भाप बन जाता है। पानी का भाप बनना एक प्राकृतिक घटना है। पानी का गरम होना भी एक प्राकृतिक घटना है, अप्राकृतिक घटना नहीं है। पानी का गरम होना भी प्राकृतिक घटना है, पानी का छलांग लगाकर भाप बनना भी प्राकृतिक घटना है। अगर प्रकृति में यह नियम न होता कि सौ डिग्री पर पानी छलांग लगाकर भाप बन सके, तो पानी के पास कोई उपाय न था कि वह भाप बन जाए। अगर प्रकृति में यह उपाय न होता कि पानी सौ डिग्री तक गरम हो सके, तो भी पानी की कोई सामर्थ्य न थी कि वह सौ डिग्री तक गरम हो जाए। फिर भी पानी के पास अगर चेतना है, तो पानी अपने को आग से बचा सकता है। और पानी के पास अगर चेतना है, तो वह अपने को आग पर चढ़ा सकता है। और यह भी प्राकृतिक घटना

है कि वह अपने को बचाना चाहे या चढ़ाना चाहे—दोनों। यानी मेरा मतलब यह हुआ कि इस जगत में अप्राकृतिक कुछ भी नहीं घट सकता। असल में जो नहीं घट सकता, उसी का नाम अप्राकृतिक है।

इस जगत में जो भी घटता है वह प्राकृतिक ही होता है। अप्राकृतिक के होने का कोई उपाय ही नहीं है। जो भी होता है वह प्राकृतिक होता है। और मनुष्य अगर आध्यात्मिक विकास कर रहा है, तो वह उसकी प्रकृति की संभावना है। अगर छलांग लगा रहा है, तो प्रकृति की संभावना है। लेकिन चुनाव भी प्रकृति की संभावना है कि वह छलांग लगाने की दिशा में चले या छलांग न लगाने की दिशा में चले। वह भी प्राकृतिक संभावना है। इसका मतलब यह हुआ कि प्रकृति में अनंत संभावनाएं हैं, मल्टी पोटेंशियलिटीज हैं। असल में जब हम प्रकृति शब्द का उपयोग करते हैं, तो हमें लगता है कि एक संभावना है। उससे भूल हो जाती है।

प्रकृति है अनंत संभावनाओं का संघट। इसमें सौ डिग्री पर पानी गरम होता है, यह भी प्राकृतिक घटना है। और शून्य डिग्री के नीचे बर्फ बनती है, यह भी प्राकृतिक घटना है। इसमें सौ डिग्री पर गरम होकर भाप बनने वाली प्राकृतिक घटना का खंडन नहीं होता, शून्य डिग्री पर बर्फ बनने वाली घटना से। एक प्राकृतिक, एक अप्राकृतिक, ऐसा नहीं है; दोनों प्राकृतिक हैं। इसमें अंधेरा भी प्राकृतिक है, इसमें प्रकाश भी प्राकृतिक है। इसमें नीचे उतरना भी प्राकृतिक है, इसमें ऊपर जाना भी प्राकृतिक है। इसमें अनंत संभावनाएं हैं। हम सदा एक चौराहे पर खड़े हैं, जिसके अनंत मार्ग हैं। और मजा यह है कि हम जो चुनाव करेंगे, हमारी चुनाव की क्षमता भी प्रकृति की ही दी हुई क्षमता है। लेकिन हम अगर गलत रास्ता चुनें तो प्रकृति हमें उस गलत रास्ते की पूर्णता तक पहुंचा देगी।

प्रकृति बड़ी सहयोगी है। अगर हम नरक का रास्ता चुनें, तो वह उसी को साफ करने लगेगी कि आओ। वह इनकार नहीं करेगी। अगर हमें पानी का बर्फ बनाना है, तो प्रकृति क्यों इनकार करेगी कि तुम भाप बनाओ; वह बर्फ बनाएगी। अगर आपको नरक जाना है, तो वह नरक का रास्ता साफ करने लगेगी। अगर आपको स्वर्ग जाना है, तो वह स्वर्ग का रास्ता साफ करने लगेगी। अगर आपको जीना है, तो जीने का रास्ता साफ करेगी। अगर आपको मरना है, तो मरने का रास्ता साफ करेगी।

जीना भी प्राकृतिक घटना है और मरना भी प्राकृतिक घटना है और आपकी चुनाव की क्षमता भी प्राकृतिक है। इसको अगर मल्टी डाशमेंशनल, प्रकृति का बहु आयामी होना समझ में आ जाए, तो कठिनाई नहीं रह जाएगी।

दुख भी प्राकृतिक है, सुख भी प्राकृतिक है। अंधे की तरह जीना भी प्राकृतिक है, आंख खोलकर जीना भी प्राकृतिक है। जागना भी प्राकृतिक है, सोना भी प्राकृतिक है। प्रकृति में अनंत संभावनाएं हैं। और मजा यह है कि हम कोई प्रकृति से बाहर नहीं हैं, हम प्रकृति के हिस्से हैं। और चुनाव भी प्रकृति की क्षमता है। पर जितना चेतन होता जाता है व्यक्ति, उतनी चुनाव की क्षमता प्रगाढ़ होती जाती है। जितना अचेतन होता है, उतनी चुनाव की क्षमता प्रगाढ़ नहीं होती। जैसे पानी अगर धूप में रखा है और उसको भाप नहीं बनना है, ऐसा उपाय नहीं है उसके पास। वह कठिनाई में पड़ेगा। उसे बनना है कि नहीं बनना है, इसका निर्णय वह नहीं कर सकता है। अगर धूप में पड़ा है तो भाप बनेगा और अगर सर्दी में पड़ा है तो बर्फ बनेगा। यह उसे भोगना पड़ेगा। भोगने का भी उसे पता नहीं चलेगा, क्योंकि चेतना क्षीण है, या नहीं है, या सोई हुई है।

एक वृक्ष...अफ्रीका का वृक्ष सैकड़ों फुट ऊपर चला जाएगा। वह धूप की तलाश कर रहा

है। अफ्रीका का वृक्ष लंबा हो जाएगा। हिंदुस्तान का वृक्ष उतना लंबा नहीं होगा, क्योंकि उतने घने जंगल नहीं हैं। जब घना जंगल होता है तो वृक्ष को अपनी जिंदगी बचाने के लिए ऊंचाई-ऊंचाई-ऊंचाई खोजनी पड़ती है, ताकि दूसरे वृक्षों के पार जाकर वह सूरज की रोशनी ले सके। अगर वह नहीं खोजता ऊंचाई, तो मर जाएगा। वह उसकी जिंदगी का सवाल है।

तो वृक्ष थोड़ा-सा चुनाव कर रहा है। घना जंगल होगा, तो वृक्ष चौड़े कम होने लगेंगे, लंबे ज्यादा होने लगेंगे, कोनीकल हो जाएंगे। क्योंकि चौड़ा होना खतरनाक है, चौड़े में मर जाएंगे, इधर-उधर के वृक्षों में उलझ जाएंगी शाखाएं और सूरज तक पहुंच ही नहीं पाएंगे। अब सूरज तक पहुंचना है तो शाखाएं मत निकालो, अब तो एक ही पीड़ को लंबा करो। यह भी चुनाव है। यह भी वृक्ष चुन रहा है। इसी वृक्ष को अगर तुम ऐसे मुल्क में ले आओ जहां घने जंगल नहीं हैं, तो उसकी लंबाई कम हो जाएगी।

कुछ वृक्ष थोड़ा-बहुत सरकते भी हैं। साल में दस-पांच फीट सरक जाते हैं। उसका मतलब है, वह कुछ जड़ों को चलाते हैं पैरों की तरह। जिस तरफ उनको जाना है उस तरफ की जड़ों को मजबूत करके पकड़ लेते हैं, और जहां से छोड़ना है वहां की जड़ों को ढीला करके छोड़ देते हैं, तो थोड़ा सा सरक जाते हैं। दलदली जमीन हो तो उनको आसानी मिल जाती है। थोड़ा-सा सरकने लगते हैं।

कुछ वृक्ष और तरह की भी तैयारियां करते हैं, पक्षियों को लुभाते हैं, क्योंकि कुछ वृक्ष मांसाहारी हैं। तो पक्षियों को लुभाते हैं, फंसाते हैं और पक्षी आ जाएं, तो फौरन पत्ते बंद कर लेते हैं। और पक्षियों को लुभाने के उन्होंने बड़े इंतजाम किए हुए हैं। उनके ऊपर थालियों जैसे पत्ते होंगे। थालियों में बड़ा सुगंधित रस होगा। वह रस अपनी थालियों में भरे रहेंगे। स्वभावतः उनका रस दूर-दूर से सुगंध की वजह से पक्षियों को खींचेगा। पक्षी उस रस को पीने आकर बैठे नहीं कि चारों तरफ के पत्ते उस थाली पर बंद होकर पक्षी को दबा लेंगे। उसका खून पी जाएगा वृक्ष। अब नहीं कहा जा सकता कि यह चुनाव नहीं कर रहा है। यह चुनाव कर रहा है। यह अपनी तरफ से कुछ इंतजाम भी कर रहा है। यह अपनी तरफ से कुछ खोज भी कर रहा है।

पशु और भी ज्यादा चुनाव कर रहे हैं, भाग रहे हैं, दौड़ रहे हैं। लेकिन इन सबके चुनाव मनुष्य के चुनाव की दृष्टि से बहुत साधारण हैं।

मनुष्य के सामने और बड़े चुनाव हैं, क्योंकि उसकी चेतना और भी विकसित हो गई है। अब वह शरीर से ही नहीं चुनता है, अब वह मन से भी चुनता है। और अब वह जगत में पृथ्वी की यात्रा ही नहीं चुनता, पृथ्वी के ऊपर वर्टिकल यात्रा भी चुनता है। वह भी उसका चुनाव है। लेकिन है हाथ में सदा।

अब इस संबंध में अभी खोजबीन होनी बाकी है, लेकिन मुझे लगता है कि जिस दिन भी खोजबीन होगी, यह बात पाई जा सकेगी। कुछ वृक्ष हो सकते हैं, जो सुसाइडल हों, जो जीना न चुनें और जहां घना जंगल है, वहां भी छोटे रह जाएं और मर जाएं। अब यह खोजबीन होनी बाकी है।

आदमी में तो हमें साफ दिखाई पड़ता है कि कुछ लोग सुसाइडल हैं। वे जीने को नहीं चुनते, मरने को चुनते रहते हैं। उनको जहां भी कांटा दिखाई पड़े, वह बिलकुल दीवाने की तरह कांटे की तरफ जाते हैं। फूल दिखाई पड़े, तो उन्हें जंचते ही नहीं। उन्हें जहां हार दिखाई पड़े, वहां वह बिलकुल हिप्नोटाइज होकर सरकते हैं। जहां जीत दिखाई पड़े, वहां वे पच्चीस बहाने बनाते हैं। जहां विकास की संभावना हो, उसके खिलाफ वे हजार तर्क इकट्ठे कर लेते हैं। जहां पतन का

सुनिश्चित विश्वास हो उनको, वहां वे बिलकुल बेधड़क बढ़े चले जाते हैं।

यह सब चुनाव है। और यह चुनाव जितना मनुष्य जागरूक होता चला जाएगा उतना ही यह चुनाव आनंद की ओर अग्रसर होने लगेगा। जितना मूर्च्छित होगा, उतना दुख की तरफ अग्रसर होता रहेगा।

तो जब मैं कहता हूं कि चुनना ही पड़ेगा। भाप बनने के उपाय हैं, लेकिन भाप की जगह तुम्हें पहुंचना पड़ेगा। बर्फ बनने के उपाय हैं, बर्फ की जगह तुम्हें पहुंचना पड़ेगा। जिंदा रहने के उपाय हैं, लेकिन जिंदगी की व्यवस्था खोजनी पड़ेगी। मरने के उपाय हैं, मरने की व्यवस्था खोजनी पड़ेगी। चुनाव तुम्हारा है। और तुम और प्रकृति दो नहीं हो। तुम ही प्रकृति हो।

अब इसका मतलब हुआ कि प्रकृति की जो मल्टी-डायमेंशनलिटी है, वह दो तरह की है। महावीर ने एक शब्द का प्रयोग किया है, वह समझने जैसा है। महावीर का एक शब्द है, अनंत अनंत—इनफिनिट इनफिनिटीज। यानी एक तो अनंत शब्द है हमारे पास। अनंत का मतलब होता है, एक दिशा में अनंत। अनंत अनंत का अर्थ होता है अनंत दिशाओं में अनंत। यानी ऐसा नहीं है कि दो दिशाओं पर ही अनंतता है, सभी दिशाओं में अनंतता है। सभी अनंतताओं में अनंतताएं हैं। तो यह जगत जो है इनफिनिट नहीं है, कहना चाहिए इनफिनिट इनफिनिटीज है।

तो यहां मैंने कहा कि एक तो अनंत दिशाएं हैं। और प्रकृति सबका मौका देती है। अनंत चुनाव हैं, उनका भी मौका देती है। और अनंत व्यक्ति हैं, जो प्रकृति के ही अनंत हिस्से हैं। और सबको अपना-अपना स्वतंत्र मौका है कि यह चुने या न चुनें। और इन सबका नियोजन ऊपर से नहीं हो रहा है, इन सबका नियोजन भीतर से हो रहा है। यानी यह जो अनंतता है—कहना चाहिए, अनंत अनंतता है—यह भी इस तरह नहीं है जैसे कि एक बैल को कोई आदमी गले में रस्सी बांधकर आगे से खींच रहा हो। इस तरह नहीं है। या कोई उस बैल को पीछे से कोड़े मारकर किसी रास्ते पर धका रहा हो, इस तरह भी नहीं है। यह अनंत अनंतता इस तरह है, जैसे कोई झरना अपनी भीतरी ताकत से फूट पड़ा है और बह रहा है। न उसे कोई आगे से खींच रहा है, न उसे कोई कोड़े मार रहा है, न उसे कोई पुकार रहा है, न कोई उससे कह रहा है कि तुम जाओ। लेकिन उसमें शक्ति है, ऊर्जा है। और ऊर्जा क्या करे? ऊर्जा फूट रही है, ऊर्जा बह रही है। यह इनर एक्सपैंशन है।

अनंत आयाम, अनंत चुनाव, अनंत चुनाव करने वाले अंश और इन सबके ऊपर ऊपर से कोई नियोजन नहीं है, कोई ऊपर नियंता जैसा परमात्मा नहीं है। कोई ऊपर बैठकर मार्गदर्शन देने वाला प्रभु नहीं, कोई इंजीनियर नहीं, बल्कि भीतर की अनंत ऊर्जा ही एकमात्र आधार है, जिसके आधार पर सब फैलता जाता है।

इसमें तीन तल हैं। एक तल, जहां मूर्च्छा है। मूर्च्छा के कारण जो होता है, होता है। चुनाव नहीं के बराबर है। दूसरा तल, जहां चुनाव है—मनुष्य का तल, चेतना का तल। जहां जो भी होता है, हमारे चुनाव से होता है। हम किसी दूसरे को रिस्पांसिबल नहीं ठहरा सकते। अगर मैं चोर हूं तो भी मेरा चुनाव है, अगर मैं ईमानदार हूं तो भी मेरा चुनाव है। मैं जो भी हूं, वह अंततः मेरा चुनाव है। यह मनुष्य का तल, जहां जो भी होता है, वहां चुनाव है। क्योंकि अर्द्ध मूर्च्छा है, अर्द्ध जागृति है। और इसलिए कभी-कभी हम ऐसी बातें भी चुन लेते हैं जो हम नहीं चुनना चाहते हैं।

अब यह बड़ी मजेदार घटना है न! यह वाक्य बड़ा उलटा है। ऐसा कहना कि कभी-कभी हम ऐसी बातें चुन लेते हैं जो हम नहीं चुनना चाहते। लेकिन हम रोज चुनते हैं। तुम क्रोध नहीं करना चाहते हो, लेकिन क्रोध करते हो। इसका मतलब क्या हुआ? इसका मतलब हुआ कि क्रोध तुम्हारे मूर्च्छित हिस्से से आ रहा है। और क्रोध के संबंध में जो विचार हैं, वह तुम्हारे जाग्रत हिस्से से आ

रहे हैं। जाग्रत हिस्सा तुम्हारा कहता है, क्रोध नहीं करना है। मूर्च्छित हिस्सा क्रोध करता ही चला जा रहा है। तुम दो हिस्से में बंटे हुए हो। आधा हिस्सा नीचे की दुनिया से जुड़ा हुआ है, जहां पत्थर, पहाड़ों की दुनिया है, जहां सब मूर्च्छा है। आधा हिस्सा जागरूक हो गया है, होश से भर गया है और आगे की दुनिया से जुड़ा हुआ है, पूर्णता की, परमात्मा की दुनिया से, जहां कि सब जागा हुआ है। और आदमी बीच में है। और इसलिए आदमी एक तनाव में है।

कहना चाहिए कि आदमी एक तनाव है। तनाव ही है आदमी, खिंचाव है—इधर आधा, उधर आधा। इसलिए आदमी कोई—ठीक से हम कहें—तो प्राणी नहीं है, अर्द्ध प्राणी है। या कहें कि ठीक से उसका कोई व्यक्तित्व नहीं है, क्योंकि उसमें दोहरे व्यक्तित्व हैं। रात वह सो जाता है और प्रकृति का हिस्सा हो जाता है, सुबह जग जाता है और परमात्मा की यात्रा करने लगता है। क्रोध में होता है तो अंधा हो जाता है, गणित करता है तो बड़े होश में करता है। गणित में कभी कोई आदमी यह कहता हुआ नहीं दिखाई पड़ता है कि मैं दो-दो चार जोड़ना चाहता था, फिर भी मैंने पांच जोड़ा। ऐसा कोई आदमी गणित में कहता हुआ दिखाई नहीं पड़ता। क्या मामला है? लेकिन क्रोध में वह कहता है, मैं क्रोध नहीं करना चाहता था, फिर भी मैंने क्रोध किया। जरूर क्रोध और गणित के फासले हैं। गणित शायद उस हिस्से का हिस्सा है जहां जागरण है; और क्रोध वहां का हिस्सा है जहां निद्रा है।

इसलिए आदमी निरंतर एंग्जाइटी में है—एक चिंता, तनाव, एंग्विश—वह पूरे वक्त संतापग्रस्त है। वह जो कर रहा है, वह नहीं करना चाहता, फिर भी कर रहा है। जो करना चाहता है, वह कर नहीं पा रहा है। वह पूरे वक्त खिंचा हुआ है। वह पूरे वक्त डोल रहा है घड़ी के पेंडुलम की तरह—कभी बाएं, कभी दाएं। उसका भरोसा करने योग्य नहीं है कि तुम उसे बाएं देख गए थे, तो घड़ी भर बाद आओ तो उसे बाएं पाओ। यह कोई पक्का नहीं है, क्योंकि वह घड़ी के पेंडुलम की तरह डोल रहा है।

आगे मनुष्य के पूर्ण जागृति का जगत है, तीसरा तल। वहां भी कोई चुनाव नहीं है। मगर वहां के न चुनाव में और पहले तल के न चुनाव में फर्क है। पहले तल पर मूर्च्छा है, इसलिए चुनने वाला मौजूद नहीं है, चुनने का सवाल नहीं है। एक सोया हुआ आदमी क्या चुनेगा? सोया रहेगा। घर में आग लग जाए, तो भी वह नहीं चुन सकेगा कि बाहर जाऊं कि भीतर रहूं, जब तक जाग न जाए। मूर्च्छित जगत जो है, वहां चुनाव नहीं है, क्योंकि चुनाव करने वाला सोया हुआ है।

अमूर्च्छित, जाग्रत जो जगत है, जिसको मैं परमात्मा कह रहा हूं, प्रकृति का जागा हुआ रूप। पूर्ण जागा हुआ जहां जगत है, उसमें जैसे ही कोई व्यक्ति प्रवेश करता है, वहां भी चुनाव नहीं है। वहां इसलिए चुनाव नहीं है कि व्यक्ति पूरी तरह जागा हुआ है। तो जो ठीक है, वह उसे दिखाई ही पड़ता है। इसलिए चुनने का मौका नहीं होता है। चुनने का मौका तभी होता है, जब धुंधला दिखाई पड़ता हो। यानी मुझे ऐसा लगता हो कि यह करूं कि यह करूं, जब कि इदर आर मालूम पड़ता हो। जब मुझे लगता हो कि यह करूं कि यह करूं, इसका मतलब यह है कि मुझे साफ नहीं दिखाई पड़ रहा है, धुंधला दिखाई पड़ रहा है। दोनों करने योग्य भी लग रहे हैं, दोनों नहीं करने योग्य भी लग रहे हैं। इसलिए चुनाव है, इसलिए च्वाइस है।

अगर मुझे बिलकुल ठीक दिख रहा है कि यह करने योग्य है और यह नहीं करने योग्य है, तो चुनाव कहां है फिर। चुनाव खतम हो गया। फिर जो करने योग्य है करता हूं, जो नहीं करने योग्य है नहीं करता हूं। इसलिए उस तल पर कोई यह नहीं कह सकता कि मैं जो नहीं करना चाहता था, वह मैंने कर लिया, वह कोई सवाल उठता नहीं। वह यह भी नहीं कह सकता कि मैंने जो किया,

उसके लिए मैं पश्चात्ताप करता हूं, क्योंकि वह भी सवाल उठता नहीं। वह यह भी नहीं कह सकता कि मैंने भूल की, नहीं करनी थी, यह भी सवाल उठता नहीं। पूरा जागा हुआ आदमी जो करता है, उसमें चुनाव नहीं होता है। वह वही करता है, जो उसे दिखाई पड़ता है, करने योग्य है। वहां करना चाहिए, ऐसा कोई भाव नहीं होता। वहां जो करने योग्य है, वह होता है।

तो न तो पूर्ण जाग्रत तल पर कोई चुनाव है, न पूर्ण मूर्च्छित तल पर कोई चुनाव है। चुनाव है मनुष्य के तल पर, जहां आधी मूर्च्छा है और आधा जागरण है। अब यहां तुम्हारे हाथ में निर्भर है कि तुम दोनों तरफ जा सकते हो। बीच सेतु पर, ब्रिज पर खड़े हो—वापस लौट सकते हो, आगे बढ़ सकते हो।

वापस लौटना सदा आसान मालूम पड़ता है। क्यों? क्योंकि जहां हम लौट रहे हैं, वह परिचित भूमि है। वहां से हम आए हैं, वहां डर नहीं है ज्यादा। हमें पता है कि वहां क्या है, क्या नहीं है। आगे बढ़ना हमेशा खतरनाक मालूम पड़ता है, क्योंकि जहां हम जा रहे हैं, वहां का हमें कोई भी पता नहीं है।

इसलिए आदमी शराब पीकर पीछे लौट जाता है। नशा कर लेता है, पीछे लौट जाता है। इन सबमें वह मनुष्य होना छोड़ रहा है। असल में वह यह कह रहा है कि हम यह झंझट चुनाव की छोड़ते हैं। हम तो वहां जाते हैं, जहां कोई चुनाव करना ही नहीं पड़ता। पड़े रहते हैं—नाली में पड़े हैं तो पड़े हैं, सड़क पर पड़े हैं तो पड़े हैं, गाली बक रहे हैं तो बक रहे हैं, नहीं बक रहे हैं तो नहीं बक रहे हैं। जो हो रहा है सो हो रहा है। जहां हमें नहीं चुनना पड़ता। यह चुनाव का तनाव और बोझ हमारे सिर पर जहां नहीं रह जाता है, हम वहां जाते हैं। इसलिए सब नशे आदमी को सेतु से वापस लौटा लेते हैं कि आ जाओ वापस, वहीं ठीक थे।

अगर आगे जाना है तो जागृति बढ़ानी पड़ेगी। क्योंकि जैसे-जैसे आगे बढ़ते हो सेतु पर, वैसे-वैसे ज्यादा जाग्रत होओगे तो ही आगे बढ़ सकते हो। आगे बढ़ने का एक ही मतलब है, और जागो, और जागो, और जागो।

यह भी चुनाव है और तुम्हारे हाथ में है और प्रत्येक के हाथ में है कि क्या चुनते हो। और किसी को जिम्मेदार नहीं ठहरा सकते हो। क्योंकि कोई ऊपर बैठा नहीं है जिससे तुम कह सको कि तुमने गलत चुनाव करवा दिया। वहां कोई है नहीं। आकाश खाली है। वहां कोई देवी-देवता, कोई ईश्वर बैठा हुआ नहीं है जिसको तुम किसी दिन अदालत में खड़ा कर सको कि हम तो ठीक रास्ते पर जा रहे थे, तुमने जरा भटका दिया। कि उससे तुम कह सकोगे कि अगर तुम्हीं कृपा कर देते तो सब ठीक हो जाता। वहां ऐसा कोई मिलेगा नहीं कभी।

इसलिए उसका कोई उपाय ही नहीं है। व्यक्ति अल्टीमेटली रिस्पांसिबल है। अंततः हम ही जिम्मेवार हैं—बुरा होगा तो जिम्मेवार, भला होगा तो जिम्मेवार। कोई नहीं है जो उत्तरदायी ठहराया जा सके कि तुम उत्तर दो, ऐसा क्यों हुआ? ऐसा कोई है नहीं।

जो आगे चले गए हैं वे जरूर चिल्ला-चिल्ला कर कहते हैं कि घबड़ा कर लौट मत जाना, क्योंकि आगे बहुत आनंद है। डर कर लौट मत आना, क्योंकि आगे बहुत आनंद है। सब चिंताएं समाप्त हो जाती हैं, सब अशांति समाप्त हो जाती है, सब दुख समाप्त हो जाता है। वह चिल्ला-चिल्ला कर कहते हैं। लेकिन उनकी आवाज भी हमें बड़ी अपरिचित मालूम पड़ती है। क्योंकि जिस जगह से वे बोलते हैं, वह जगह हमें अपरिचित है। हम कहते हैं कि आनंद हो ही कैसे सकेगा! जब यहां तक बढ़े, तो इतना दुख हो गया, और आगे बढ़ें तो कहीं और दुख न हो जाए। तो फिर पीछे लौट चलें, वहां दुख नहीं था।

हर आदमी कहता है, बचपन में दुख नहीं था। अगर लौट सकता हो आदमी, फौरन लौट जाए। वह तो लौट नहीं सकता है, इसलिए रुका रह जाता है। कहता है बचपन में दुख नहीं था। अगर उसका वश चले तो वह कहे कि मां के गर्भ में बिलकुल दुख नहीं था। अगर लौट सके तो लौट जाए, लेकिन लौट नहीं सकता। फिर आगे बढ़ता जाता है। लेकिन जीवन के चुनाव में हम पीछे लौट सकते हैं। हम मूर्च्छा में लौट सकते हैं। हम तरकीबें खोज सकते हैं कि हम मूर्च्छित हो जाएं।

और वह जो दूर से आवाजें आती हैं, उन आवाजों के शब्द भी हमारी समझ में नहीं आते। क्योंकि आनंद हम जानते नहीं कि किस चीज का नाम है! कौन-सी चिड़िया है जिसको आनंद कहें! दुख हम जानते हैं, अच्छी तरह जानते हैं। और हम यह भी जानते हैं कि जितना सुख पाने की कोशिश की, उतना दुख पाया। अब यह भी डर लगता है कि आनंद पाने की कोशिश में कहीं और झंझट में न पड़ जाएं। जितना सुख पाने की कोशिश की उतना दुख पाया, तो यह आनंद हमें सुख का निकटतम मालूम पड़ता है कि कुछ सुख की ही गहन अनुभूति होगी। मगर झंझट से भी डरते हैं, क्योंकि सुख पाने की जितनी कोशिश की उतना दुख पाया, कहीं आनंद पाने की कोशिश में और भी मुसीबत न हो जाए, कहीं कोई महा दुख न मिल जाए। इसलिए सुन लेते हैं, हाथ जोड़ कर नमस्कार कर लेते हैं। उस पार के लोगों को कहते हैं, तुम भगवान हो, तुम अवतार हो, तीर्थंकर हो, बड़े अच्छे हो। हम तुम्हारी पूजा करेंगे, लेकिन हमें पीछे लौटना है।

अज्ञात का भय मालूम पड़ता है। जो थोड़े-बहुत सुख हमने जमा रखे हैं, कहीं वे भी न छूट जाएं। वे सब छूटते मालूम पड़ते हैं आगे बढ़ो तो। क्योंकि हमने उसी सेतु पर जो कि सिर्फ पार होने के लिए था, घर बना लिया है, वहीं रहने लगे हैं। वहीं हमने सब इंतजाम कर लिया है। अपना बैठकखाना जमा लिया है उसी सेतु पर। अब कोई हमें कहता है, आगे आ जाओ, तो हमें डर लगता है कि इस सब का क्या होगा! यह सब छोड़ कर जाना पड़ेगा आगे! तो हम कहते हैं, जरा वक्त आने दो, बूढ़े होने दो, मौत करीब आने दो। जब यह सब छूटने लगेगा, तब हम एकदम से आ जाएंगे, क्योंकि फिर कोई डर नहीं रहेगा।

लेकिन जितनी मौत करीब आती है, उतनी पकड़ गहरी होती है। क्योंकि जितनी मौत करीब आती है उतना डर लगता है कि छूट न जाए, तो मुट्ठी जोर से कसते हैं। इसलिए बूढ़ा आदमी निपट कृपण हो जाता है, जवान आदमी उतना कृपण नहीं होता। उसकी कृपणता बढ़ जाती है बूढ़े की सब तरफ से। वह एकदम जोर से पकड़ता है। वह कहता है, अब जाने का वक्त हुआ, कहीं सब छूट न जाए। अगर ढीला पड़ा, कहीं हाथ न छूट जाए, इसलिए जोर से पकड़ लेता है। यह जोर की पकड़ ही बूढ़े आदमी को कुरूप कर जाती है, अन्यथा बूढ़े आदमी के सौंदर्य का कोई मुकाबला न हो। हम सुंदर बच्चे जानते हैं, फिर उनसे कम सुंदर जवान जानते हैं, और सुंदर बूढ़े तो बहुत कम हैं। कभी-कभी घटना घटती है। क्योंकि जैसे-जैसे कृपणता बढ़ती है और पकड़ बढ़ती है, वैसे-वैसे सब कुरूप होता जाता है।

खुले हाथ सुंदर हैं, बंधी हुई मुट्ठी कुरूप हो जाती है। मुक्ति सौंदर्य है और बंधन गुलामी। सोचता तो है कि छोड़ देंगे कल, जब मौका छोड़ने के लिए आ जाएगा तब छोड़ देंगे। लेकिन जो आदमी उस मौके की प्रतीक्षा करता है कि वह जब उससे छीना जायेगा तब छोड़ेगा, वह आदमी छोड़ना ही नहीं चाहता। और जब छीना जाता है तब पीड़ा आती है, और जब छोड़ा जाता है तो पीड़ा नहीं आती।

अब यह जो आगे बढ़ने का मामला है, यह चुनाव ही है हमारा। और इस चुनाव के लिए

गति दी जा सकती है। इसके भी नियम हैं। सेतु तैयार है। वह भी प्राकृतिक है। मेरी बात खयाल में आ रही है न? आगे जाने के लिए भी सेतु तैयार है, वह कहता है, आओ। यह भी प्रकृति है। पीछे जाने के लिए भी तैयार है। वह कहता है, आओ। यह भी प्रकृति है। प्रकृति तुम्हें हर हालत में स्वागत करने को तैयार है। उसके सब दरवाजे पर वेलकम लिखा हुआ है। यही खतरा भी है। यानी किसी दरवाजे पर यह नहीं लिखा हुआ है कि मत आओ। सब दरवाजे पर, द्वार-द्वार पर—स्वागतम।

इसलिए चुनाव तुम्हारे हाथ में है। और यह प्रकृति की अनुकंपा ही है कि किसी भी द्वार पर तुम्हें इनकार नहीं है, तुम जहां आना चाहो, आ जाओ। मगर नरक के द्वार पर भी लगा हुआ है, स्वर्ग के द्वार पर भी लगा हुआ है। चुनाव अंततः हमारा होगा कि हमने कौन-सा स्वागतम चुना। इसमें हम प्रकृति को जिम्मेवार नहीं ठहरा सकेंगे कि तुमने स्वागतम क्यों लगाया? उसने तो सभी जगह लगा दिया था, उसमें कोई सवाल ही नहीं था, उसने कहीं भी रुकावट न डाली थी।

स्वतंत्रता इस का अर्थ है, स्वागतम का। यानी प्रकृति जो है, वह परम स्वतंत्र है भीतर से। और हम उसके हिस्से हैं, हम परम स्वतंत्र हैं। हम जो करना चाहते हैं, कर रहे हैं। इस करने में सब चीजों में उसका सहारा है। लेकिन चुनाव हमारा ही है। और जब मैं कहता हूं, हमारा ही, तो भ्रांति में मत पड़ जाना। क्योंकि हम भी प्रकृति के हिस्से ही हैं।

अगर इसे परम शब्दों में कहा जाए तो मतलब यह होगा कि प्रकृति की ही अनंत संभावनाएं हैं, प्रकृति के ही अनंत द्वार हैं, प्रकृति ही अपने अनंत द्वारों पर अपने ही अनंत अंशों से खोजती है, चुनती है, भटकती है, पहुंचती है। पर यह बहुत गोल हो जाता है। यह बात जो है बहुत गोल हो जाती है, इसमें कोने नहीं रह जाते।

और कठिनाई यह है कि प्रकृति के सब रास्ते गोल हैं, सरकुलर हैं। उसका कोई भी रास्ता कोने वाला नहीं है। चौखटा कोई रास्ता नहीं है उसका। उसके सब तारे, चांद, ग्रह, उपग्रह, गोल हैं। उन चांद-तारों की परिक्रमाएं गोल हैं। प्रकृति की सारी नियम-व्यवस्था वर्तुलाकार है।

इसलिए बहुत से धार्मिक प्रतीकों में वर्तुल का प्रयोग हुआ है, सर्किल का प्रयोग हुआ है। वह गोल है। और तुम कहीं से भी चलो, कहीं से भी चलकर कहीं भी पहुंच सकते हो। चुनाव सदा तुम्हारा है।

यह अगर खयाल में आ जाए कि चुनाव सदा मेरा है, तो फिर प्रकृति के नियमों का ठीक उपयोग किया जा सकता है। जैसे कि जब मैं रास्ते पर चलता हूं तब भी मैं ग्रेविटेशन के नियम का ही उपयोग करता हूं। अगर जमीन में कशिश न हो, आकर्षण न हो, गुरुत्वाकर्षण न हो, तो तुम चल न सकोगे जमीन पर। क्योंकि जब तक तुम दूसरा पैर उठाते हो, अगर पहला पैर जमीन पर न रह जाए और अपने आप उठ जाए, तो तुम कहां टिकोगे? कहां खड़े रहोगे? जब तुम बायां पैर उठाते हो, तब दायां पैर जमीन पकड़े रखती है। इसलिए तुम बायां पैर उठा पाते हो। तुम्हारे बाएं के उठाने में जमीन की दाएं की पकड़ है। अगर दायां भी उसी वक्त उठ जाए, तो तुम गए। वह दाएं को पकड़े रखती है, तब तक तुम बायां उठा लेते हो। जब तुम बाएं को रखते हो, प्रकृति उसे संभाल लेती है, तब तुम दायां उठा लेते हो। ग्रेविटेशन काम करता है।

लेकिन एक आदमी अपनी छत पर से कूद पड़ता है, उस वक्त भी ग्रेविटेशन काम करता है। उस वक्त भी जमीन इसको खींच लेती है कि आ जाओ। जैसे वह बाएं और दाएं पैर को खींचती थी, इसको भी खींच लेती है। अब हड्डी पड़ जाती है उसके ऊपर। हड्डी टूट जाती है। हम कहते हैं, ऐसी कैसी है प्रकृति, हमारी हड्डी तोड़ दी! प्रकृति अपना जैसा काम कर रही है। वह कहती है, स्वागत है, आओ, हड्डी तुड़वाओ।

वह नियम काम कर रहा है। वही ग्रेविटेशन हड्डी तोड़ देगा। जो ग्रेविटेशन जमीन पर चलाता था, वही लंगड़ा बना देगा। लेकिन फिर भी तुम उसको जिम्मेवार न ठहरा सकोगे, उसने सिर्फ अपना काम किया है। उसका काम बिलकुल परफेक्ट है। उसमें कहीं कोई कमी नहीं है। उसमें भूल-चूक नहीं होती। चाहे तुम पैर चलाओ, चाहे तुम गर्दन तोड़ो। तुम जो भी करना चाहो, उसका नियम अपनी तरह काम करता है। उस नियम को देखकर तुम्हें चुनाव करना है कि तुम हड्डी तोड़ना चाहते हो तो छत पर से कूदो, जमीन पर चलना चाहते हो तो पैर ढंग से उठाओ। तुम्हें ध्यान रखना है कि प्रकृति के नियम के प्रतिकूल तुम न पड़ जाओ।

विज्ञान का मेरी दृष्टि में एक ही अर्थ है। विज्ञान का यह अर्थ नहीं है कि हमने प्रकृति को जीत लिया। प्रकृति को जीतने का कोई उपाय नहीं है। विज्ञान का एक ही अर्थ है कि हमने प्रकृति के अनुकूल चलने की कुछ तरकीबें खोज लीं। और कुछ मतलब नहीं है। जीत तो क्या सकेंगे! जीतेगा कौन किसको? प्रकृति के अनुकूल चलने की हमने तरकीबें खोज ली हैं।

यह प्रकृति तो बहुत दिन पहले से पंखा चलाने को तैयार थी। हम अपने पंखे को ठीक जगह पर न लगा पाए थे। मेरी बात समझे न तुम? हवाएं तो बाहर की हमेशा से बहने को तैयार थीं, लेकिन हमने दीवाल बना रखी थी। हमने कोई खिड़की न बनाई थी। जब हम खिड़की बना लेते हैं, तब क्या तुम कहोगे कि हमने हवाओं पर विजय पा ली? हमने सिर्फ हवाओं के रास्ते खुले छोड़ दिए। हवाएं तो बहने को सदा तैयार हैं। अगर हम बिजली से पंखा चला रहे हैं और प्रकाश जला रहे हैं तो हमने कोई प्रकृति पर विजय नहीं पा ली। हमने सिर्फ प्रकृति के अनुकूल होने का ढंग पा लिया। अब हम अपने बल्ब को इस अनुकूलता से लगाते हैं, अपनी बटन को इस अनुकूलता से लगाते हैं, अपने तार को इस अनुकूलता से फैलाते हैं कि बिजली उनमें से बह सकती है। वह तो सदा से बहने को तैयार थी। हम सिर्फ खिड़की खोल रहे हैं।

विज्ञान है प्रकृति की, बाह्य प्रकृति की अनुकूलता के नियमों की खोज। और धर्म है प्रकृति के अंतस नियमों की अनुकूलता की खोज। जैसे बाहर के जगत में प्रकृति के नियम हैं और उनके अनुकूल अगर हम चलें तो प्रकृति सहयोगी हो जाती है, प्रतिकूल चलें तो असहयोगी हो जाती है। प्रकृति सहयोगी होती है या असहयोगी होती है, यह कहना एक अर्थ में गलत है। हम प्रकृति से सहयोग ले पाते हैं कि नहीं ले पाते हैं, यही कहना उचित है। यानी इसे ऐसा कहना चाहिए कि हम अगर इस ढंग से खड़े हों कि प्रकृति सहयोगी हो सके, तो हम प्रकृति से फायदा उठा लेते हैं। हम अगर इस ढंग से खड़े हों कि प्रकृति सहयोगी न हो सके, तो हम नुकसान उठा लेते हैं।

अगर तुम छाता लेकर चलते हो और हवा तुम्हारी तरफ बह रही हो और छाता तुम आगे झुका लेते हो तो ठीक है, और छाता पीछे की तरफ तुम कंधे पर कर लेते हो तो हवा उसको उलटा डालती है। इसमें प्रकृति को तुम कहीं दोष देने न जा सकोगे। तुमने छाता अनुकूल नहीं रखा। बस इतना ही जिम्मा तुम्हारा ही होगा। प्रकृति दोनों वक्त वही काम कर रही है। जब तुम छाता आगे रखते हो, तब भी छाते को दबा रही है, लेकिन तुम्हारी तरफ दबा रही है। जब तुम छाते को कंधे पर रख लेते हो, तब भी दबा रही है, तब वह तुमसे उलटा दबा रही है। इसमें तुम्हारे छाता रखने की बात है।

ऐसे ही प्रकृति के आंतरिक नियम भी हैं। अब जो आदमी क्रोध के ढंग से जीता है, वह छाते को कंधे पर रख रहा है। अब वह झंझट में पड़ेगा। उसके भीतरी छाते सब टूट जाएंगे। और जो आदमी प्रेम को फैला रहा है, वह छाते को आगे की तरफ रख रहा है। वह प्रकृति के अनुकूल हो रहा है।

तो जो आदमी प्रेम करना सीख लेता है, असल में उसने भीतरी विज्ञान का एक नियम सीखा। उसने यह सीखा कि प्रेम जो है, वह भीतरी जीवन में अनुकूलता ला देता है; और क्रोध जो है, वह भीतरी जीवन के लिए प्रतिकूलताएं पैदा कर देता है। यह भी ग्रेविटेशन जैसा ही मामला है। क्रोध में टांग टूट जाती है, प्रेम में जुड़ जाती है। प्रकृति दोनों वक्त काम करने को तैयार है कि तुम क्या कर रहे हो। क्रोध में आदमी छत से कूद रहा है।

जो अंतस जीवन की अंतिम अनुकूलता है, वह ध्यान है। अंतिम अनुकूलता, जिसे कहें गहरी से गहरी अनुकूलता। ध्यान का मतलब यह है कि भीतर से आदमी अब जीवन के परम नियम के अनुकूल खड़ा हो गया। इसलिए लाओत्से ने उसे जो शब्द दिया है ताओ, वह प्रीतिकर है। ताओ का मतलब होता है, नियम। या वेद के ऋषियों ने जो नाम दिया है, वह ठीक है। वह है ऋत। ऋत का अर्थ होता है, दि ला। ऐसे ही धर्म का मतलब भी यही होता है, नियम। धर्म का मतलब होता है, स्वभाव, दि ला। धर्म का मतलब है कि जैसा तुम करोगे...ऐसा नियम कि अगर वैसा तुम करोगे तो तुम सुख को उपलब्ध हो जाओगे। अधर्म का मतलब है, ऐसा करना जो कि नियम के प्रतिकूल पड़ेगा तो तुम दुख को उपलब्ध हो जाओगे।

यह आंतरिक विज्ञान की बात है। और ध्यान अंतिम अर्थों में, भीतरी अर्थों में अनुकूल होना है। अनुकूलन कहना चाहिए। सब भांति जो अनुकूल है। जो जीवन से कहीं भी लड़ता नहीं है, जो जीवन से कहीं भी विभाजित नहीं होता। जो सब भांति से जीवन के समस्त नियमों के अनुकूल हो गया है, वह परम सत्य को उपलब्ध हो जाता है, परम जीवन को, परम आनंद को, परम मुक्ति को।

और हम भी उसी नियम के नीचे खड़े हैं, लेकिन हम उसी नियम के विपरीत लड़-लड़कर परम बंधन को उपलब्ध हो जाते हैं। उसी नियम के विपरीत लड़-लड़कर। यानी मामला कुछ ऐसा है कि कुछ लोग हैं जो सोने को समझ जाते हैं, तो आभूषण गढ़ लेते हैं। कुछ लोग हैं जो सोने को नहीं समझ पाते, वे जंजीरें गढ़ लेते हैं। सोने का नियम एक है। गढ़ने का नियम एक है। ढालने का नियम एक है। अब तुम आभूषण गढ़ते हो कि जंजीर गढ़ते हो, यह बिलकुल तुम पर निर्भर है।

प्रकृति के नियम के साथ जो पूरी तरह अपना अनुकूलन साध लेता है आंतरिक, वह धर्म को उपलब्ध हो जाता है। जो बाहर साध लेता है अनुकूलन पूरी तरह, वह विज्ञान को उपलब्ध हो जाता है। ये शब्द भी बड़े अच्छे हैं, समझने जैसे हैं।

धर्म से जो मिलता है, उसे हम ज्ञान कहते हैं। साइंस से जो मिलता है, उसे हम विज्ञान कहते हैं। ये दोनों शब्द बड़े अर्थपूर्ण हैं। ज्ञान में हम कोई विशेष प्रत्यय नहीं लगा रहे हैं, कोई विशेषण नहीं लगा रहे हैं। विज्ञान का मतलब है, विशेष ज्ञान। और ज्ञान का मतलब है, बस सहज ज्ञान, कोई विशेष नहीं। तो धर्म का अर्थ है, जो जीवन की आंतरिक प्रकृति है, उसके साथ सहज एक हो जाने की समझ। इसलिए सिर्फ ज्ञान है वह। जस्ट नोइंग, स्पेशलाइज्ड नालेज नहीं। विज्ञान जो है, वह स्पेशलाइज्ड नालेज है। विज्ञान है विशेष ज्ञान। क्योंकि एक-एक दिशा में हमें खोजना पड़ता है कि इसके नियम का क्या अनुकूलन होगा, उसके नियम का क्या अनुकूलन होगा। करोड़ों नियम हैं बाहर।

स्वभावतः, जितने भीतर जाएंगे, उतना एक नियम रह जाएगा। जितना बाहर जाएंगे, उतने ज्यादे नियम होते चले जाएंगे। ऐसे ही जैसे हम एक बिंदु के चारों तरफ एक बिंदु से रेखाएं खींचना शुरू करें बाहर की तरफ जाती हुई। तो बिंदु पर तो सभी रेखाएं एक होंगी, पर बिंदु से दूर होते-होते ज्यादा होने लगेंगी। जितनी दूर होती जाएंगी, उतनी ज्यादा और फासले पर होती जाएंगी। जैसे सूरज

की किरणें फैल जाती हैं चारों तरफ। सूरज पर तो वे एक होती हैं, पर सूरज से दूर हटते दो होने लगती हैं, चार होने लगती हैं, हजार, करोड़, अरब होने लगती हैं, फैलती चली जाती हैं। फिर उनका फासला बड़ा होता चला जाता है।

विज्ञान जो है, वह विशेष ज्ञान है। एक-एक किरण का ज्ञान है, इसलिए स्पेशलाइज्ड है। कोई एक किरण को पकड़ लेगा विज्ञान की तो फिर उसी किरण को जान लेगा। जैसा मैं कल कह रहा था : टु नो मोर अबाऊट लेस ऐंड लेस। तो थोड़े और थोड़े और थोड़े के संबंध में, ज्यादा, ज्यादा, जानता चला जाएगा। लेकिन तब किरण और बारीक होती जाएगी, जितना दूर जाएगा और बारीक होती जाएगी, और बारीक होती जाएगी। इसलिए विज्ञान बारीक होता जाएगा, नैरो होता जाएगा, संकीर्ण होता जाएगा। धर्म विस्तीर्ण होता जाएगा, विराट होता जाएगा, निराकार होता जाएगा। अंत में अद्वैत रह जाएगा। वहां कोई दो नहीं रह जाएंगे।

इसलिए मैं कहता हूं, विज्ञान बहुत हो सकते हैं, धर्म बहुत नहीं हो सकते। धर्म एक ही हो सकता है, क्योंकि वह ज्ञान है, विशेष ज्ञान नहीं है।

यह खयाल में आ जाए तो इसका मतल्ब यह हुआ कि नियम मौजूद हैं, हम मौजूद हैं, अब हम इन नियमों के साथ और अपने साथ क्या करते हैं, इसकी चुनाव की क्षमता भी मौजूद है। जो हम करेंगे उसको भोगने की क्षमता भी मौजूद है। यह स्थिति है। इसमें जो बुद्धिमान है, वह आनंद की दिशा को क्रमशः बढ़ाता चला जाता है। जिसने बुद्धिहीनता के चुनाव लेने का तय कर रखा है, वह आनंद की क्षमता को निरंतर कम करता चला जाता है। और ऊपर कोई जिम्मेवार नहीं है। सारा दायित्व मनुष्य का है।

इसलिए साधना पर मेरा जोर है। और इसलिए तुमसे कहता हूं निरंतर कि लगो, छलांग लो, नियम पक्के हो गए हैं। तुम बिलकुल जंपिंग बोर्ड पर खड़े हो, लेकिन वहीं खड़े हो। नीचे सागर लहरा रहा है। छलांग तुम लगा सकते हो। भारी धूप है, सूरज तप रहा है, पसीना चू रहा है, नीचे शीतल सागर लहरा रहा है। तुम छलांग लगा सकते हो। अभी तुम शीतलता में पहुंच जाओगे। जंपिंग बोर्ड पर खड़े हो। तुम जरा छलांग लो कि बोर्ड भी तुमको छलांग देने में सहयोग देगा। उसमें स्प्रिंग जड़े हैं। वे तुमको फेंक देंगे उछाल कर।

लेकिन तुम खड़े हो। तो धूप में पसीना बह रहा है। जंपिंग बोर्ड नीचे रो रहा है। उसके स्प्रिंग रो रहे हैं कि तुम जल्दी छलांग लो, तो वे तुम्हारा साथ दें। लेकिन तुम नहीं ले रहे हो तो जंपिंग बोर्ड शांत है। नीचे शीतल सागर है। वह देख रहा है कि पसीना चू रहा है तुम्हारा।

यह सब स्थिति है। इसमें तुम्हें निर्णायक रूप से चुनाव करना पड़े। तुम्हें तय करना पड़े। और मैं मानता हूं कि तुम्हें रुकना है तो रुको, हर्जा नहीं है। लेकिन यह भी चुनाव करके रुको कि मैं रुकता हूं। नहीं शीतलता में मैं आना चाहता हूं। मुझे धूप चाहिए, मुझे पसीना चाहिए। मैं नहीं कूदना चाहता हूं, मैं यहीं रुकूंगा। यह तुम चुनाव करके रुको। तो मैं मानता हूं कि तो भी तुम्हारा विकास हुआ। तुमने एक निर्णय तो लिया।

लेकिन हमारी अजीब हालत है। हम कहते हैं, नहीं, कूदना तो है सागर में, जाना तो है शीतलता में। लेकिन क्या करें, पसीना बह रहा है, धूप में खड़े हैं, कूद नहीं सकते अभी। कूदना तो चाहते हैं, छलांग तो लेनी है, लेकिन जरा रुकें, इतनी जल्दी कैसे कर सकते हैं। कल करेंगे, परसों करेंगे। तब तुम्हारा विकास नहीं होता, धीरे-धीरे तुम जड़ हो जाते हो इसी जगह में। इस पसीने के भी आदी हो जाते हो, इस धूप के भी आदी हो जाते हो और इस बकवास के भी आदी हो जाते हो कि कूदना तो जरूर है, लेकिन कल कूदेंगे। कल भी तुम यही कहोगे कि कूदना तो जरूर है,

कल कूदेंगे। फिर तुम इसके आदी हो जाओगे। फिर तुम यही कहते रहोगे और प्रकृति के सब नियम प्रतीक्षा करेंगे। सूरज धूप देता रहेगा, कहता है स्वागत है तुम्हारा। धूप लेनी है मजे से लो। हम पसीना गिराते रहेंगे। सागर बुलाता रहेगा कि मौज तुम्हारी, आना हो तो आ जाओ, शीतलता तैयार है। जंपिंग बोर्ड कहता रहेगा, हम उछालने को तैयार हैं, लेकिन तुम चुनाव तो करो, उछलो। बस ऐसी स्थिति है।

मैं मानता हूं कि नुकसान इससे ज्यादा नहीं है कि तुम दुख झेल रहे हो। नुकसान इससे ज्यादा है कि तुम दुख निर्णयपूर्वक नहीं झेल रहे हो। निर्णयपूर्वक झेलो—डिसीसिवली—यह भी तुम्हारा डिसीजन होना चाहिए। अगर मुझे चोरी करनी है तो मैं डिसीसिवली चोर होकर करूंगा। मैं कहूंगा कि मुझे चोर ही होना है। और मैं सब साधुओं को कह दूंगा कि अपनी बकवास बंद रखो। तुम्हारी बात मेरे किसी काम की नहीं है। मेरे किसी मतलब की नहीं हैं तुम्हारी बातें। तुम्हें साधु होना है, तुम साधु होओ। मैंने चोर होने का निर्णय किया है।

तो ध्यान रहे, जो साधु बिना निर्णय के साधु हो गया है, उसके मुकाबले जो चोर निर्णयपूर्वक चोर है, वह श्रेष्ठतर जीवन-स्थिति को उपलब्ध हो जाएगा। क्योंकि निर्णय उसकी कांशसनेस को बढ़ाता है, डिसीजन उसके व्यक्तित्व को वजन देता है, डिसीजन उसकी रिस्पांसिबिलिटी को बढ़ाता है। जब वह निर्णय लेता है तो दायित्व बनता है। जब वह निर्णय लेता है तो वह स्वयं निर्णायक होने की वजह से, स्वयं का निर्णय और चुनाव होने की वजह से, संकल्प पैदा होता है। और जब संकल्प पैदा होता है तो चेतना जगती है, सोई हुई नहीं रह सकती।

जब तुम निर्णय लोगे तो मूर्च्छा टूटेगी। क्योंकि निर्णय मूर्च्छित के साथ जुड़ नहीं सकता। जब तुम निर्णय न लोगे, ड्रिफ्ट होते रहोगे, ऐसे ही बहते रहोगे इधर-उधर कि जहां ले जाएं धक्के समाज के—बाप एक स्कूल में भेज दे, तो वहां पढ़ना है। मां एक दफ्तर में नौकरी करवा दे, तो वहां नौकरी करनी है। पत्नी शीर्षासन लगाने को कह दे, तो शीर्षासन लगाना है। बस, फिर बच्चे तुमको घेर लेंगे, तुम घिरते चले जाओगे। पूरी तरह चारों तरफ धक्के हैं, वह तुम खाते रहना और तुम इनडिसीसिव... तो तुम्हारी जिंदगी में मूर्च्छा ही मूर्च्छा घनी हो जाएगी। निर्णय लेना, गलत के लिए ही सही, तो कोई हर्जा नहीं है।

मेरी दृष्टि में एक ही गलती है, निर्णय न लेना। और मेरी दृष्टि में एक ही शुभ है, निर्णायक होना। तो तुम निर्णय लेना। चोर होने का लेना हो, तो भी हर्जा नहीं है, मगर लेना पूरे मन से। तो तुम बहुत जल्दी चोर न रह जाओगे। क्योंकि जो पूरे मन से निर्णय ले सकता है, वह इतनी चेतना को उपलब्ध हो जाता है कि चोरी नहीं कर सकता। वह इतनी समझ को उपलब्ध हो जाता है कि चोरी उसे नासमझी मालूम होने लगती है।

लेकिन हम अगर साधु भी होते हैं तो वह भी धक्का ही है। किसी की पत्नी मर गई है, वह साधु हो गया है, यह भी धक्का है। किसी का पति गुजर गया है, वह साध्वी हो गई है, यह भी धक्का है। किसी का दिवाला निकल गया है, वह भी साधु हो गया है। किसी का बाप साधु हो रहा है और अब बेटे के लिए कोई उपाय नहीं है, तो उसने उसको भी दीक्षा दे दी।

इसका कोई अर्थ नहीं है, इसमें कोई प्रयोजन नहीं है। निर्णय होना चाहिए। और जो आदमी प्रतिपल निर्णय लेकर जी रहा है, चेतना उसकी प्रतिपल बढ़ती रहेगी। और छोटी-छोटी चीजों में निर्णय लेना और अपने निर्णय पर रुकना सीखना। बहुत छोटे-से निर्णय में...।

एक छोटी-सी बात, फिर आखिरी बात करें। गुरजिएफ एक छोटी-सी प्रक्रिया करवाता था। बड़ी छोटी-सी प्रक्रिया। लेकिन चेतना को बढ़ाने में बड़ी अदभुत सिद्ध होती थी। उस प्रक्रिया का

नाम था स्टाप एक्सरसाइज। जैसे हम यहां इतने लोग बैठे हैं, और गुरजिएफ यहां बोलता रहेगा और बीच में एकदम से कहेगा, स्टाप। उसका मतलब यह है कि अब जो जहां जैसा है, वैसा ही रुक जाए। अगर तुम्हारी आंख ऐसी थी, तो ऐसी ही रुक जाए। अगर तुम्हारा हाथ ऐसा था, तो ऐसे ही रुक जाए। अगर किसी की गर्दन ऐसी थी, तो वैसी ही रह जाए। आप यहां सब मूर्तियां हो जाएं। और वह देखता रहेगा, कोई जरा भी हिला, तो वह कहेगा तुम्हारा संकल्प बड़ा कमजोर है। इतना-सा भी तुम संकल्प नहीं साध पाते कि इतनी देर ऐसे ही रह जाओ।

एक दिन ऐसा हुआ कि वह तिफलिस में कुछ साधकों को लेकर प्रयोग कर रहा था। गांव के बाहर एक तंबू में ठहरा हुआ था। और तंबू के पास से ही एक नहर बहती थी। नहर अभी सूखी थी, उसमें पानी अभी चला नहीं था। तीन साधक नहर पार कर रहे थे। अचानक वह तंबू के भीतर से चिल्लाया, स्टाप। तो वे तीनों नहर में खड़े हो गए। फिर किसी ने नहर का पानी खोल दिया। अब नहर में पानी आ रहा है, गुरजिएफ तंबू के भीतर है। नहर में जब तक पानी कमर तक था, तब तक साधकों ने हिम्मत बांधी। जब कमर के ऊपर बढ़ने लगा पानी, तो साधकों ने कहा, यह तो मौत हो गई। बोल भी नहीं सकते, क्योंकि चुप हैं, स्टाप रहना है। बोले तो स्टाप टूट जाएगा। गुरजिएफ तंबू के भीतर है, उसको कुछ पता नहीं है कि नहर खुल गई है। उसे शायद यह भी पता नहीं कि कोई नहर में भी है। अब क्या करना है! फिर भी गले तक उन्होंने हिम्मत रखी। फिर जब गले के ऊपर पानी बढ़ने लगा, तब एक ने कहा, यह तो नासमझी है। वह छलांग लगाकर बाहर हो गया। दूसरे ने अभी भी हिम्मत रखी। उसने सोचा कि शायद वह छोड़ दे स्टाप एक्सरसाइज कि खतम करो। तो उसने मुंह और नाक तक प्रतीक्षा की, फिर उसने सोचा कि अब खतरा हुआ जाता है। वह भी छलांग लगाकर बाहर हो गया। तीसरा युवक खड़ा ही रहा। पानी उसके सिर पर से बह गया।

गुरजिएफ तंबू से भागा हुआ बाहर आया, कूदा, उस आदमी को बाहर निकाला। और उस आदमी से पूछा, तेरे भीतर क्या हुआ? उसने कहा, जिसकी मुझे प्रतीक्षा थी वह हो गया। लेकिन हुआ तब जब मैं निर्णय पर अटल रहा। जब ऊपर मेरे सिर पर से पानी बहा, उस वक्त मैंने जिस चेतना को उपलब्ध कर लिया, बस वह परम है। अब मुझे कुछ और सीखना नहीं है। क्योंकि निर्णय डिसीसिव हो गया। आखिरी क्षण मौत के भी मुकाबले उसने निर्णय को कायम रखा। गुरजिएफ ने कहा, यह सब आयोजित था। नहर मैंने खुलवाई थी और देखता था कि हाथ-पैर में ही स्टाप करने को सीखे हो या कुछ और भी कर सकते हो। उन दो को फौरन भगा दिया उसने और कहा कि यहां लौटकर मत देखना, लौट कर देखना ही मत। तुम्हारा यहां क्या काम है?

संकल्प की जितनी गहरी चोट, निर्णय का जितना गहरा भाव हो, उतनी चेतना पूर्ण हो जाती है। अगर तुम पूर्ण संकल्प कर सको एक क्षण के लिए भी, तो तुम उसी क्षण पूर्ण चेतना को उपलब्ध हो जाओगे। सब तैयारी उस पूर्ण चेतना की है और उस पूर्ण संकल्प की तैयारी है।

और इसलिए मैं मानता हूं कि चुनाव है, यह अच्छा है। अगर परमात्मा लोगों को गुड्डे-गुड्डियों की तरह नचा रहा है—किसी को पापी बना रहा है, किसी को पुण्यात्मा बना रहा है—तो सब फिजूल हो जाता है मामला। और मामला तो फिजूल होता ही होता है, वह परमात्मा भी बड़ा नासमझ सिद्ध होता है। यह क्या पागलपन कर रहा है? अगर वही सब निर्णायक है और वही किसी को अच्छा बनाता है, किसी को बुरा, किसी को राम, किसी को रावण, तो फिर इसमें अर्थ ही क्या है, सेंस क्या है? तब तो सब नान-सेंस हो गया। सारी बात नासमझी की हो गई। इसमें कोई अर्थ ही नहीं रहा।

नहीं, निर्णायक व्यक्ति है। कोई ऊपर से तुम पर थोप नहीं रहा है। भीतर से तुम्हारे निर्णय के जागने के क्षण हैं। इसलिए जो आदमी साधक है, वह चौबीस घंटे इस खोज में रहेगा कि कब मैं छोटे-मोटे भी निर्णय ले सकूं। छोटे-मोटे सही, इससे कोई सवाल नहीं है। छोटे-मोटे निर्णय, बहुत छोटे-से निर्णय की तलाश में रहना चाहिए। चौबीस घंटे सुबह से उठकर इस फिक्र में रहो कि कब मैं कोई निर्णय कर सकूं। और जब भी कोई छोटा-सा भी...दिन भर मौके हैं, हर बात के मौके हैं, हर क्षण मौके हैं तुम्हें, अगर तुम प्रतिपल निर्णय का उपयोग करते रहो, तो तुम कुछ ही दिनों में पाओगे कि तुम्हारे भीतर तीर की तरह एक चेतना बढ़नी शुरू हो गई है। वह रोज बढ़ती जा रही है, रोज स्पीड पकड़ती जा रही है, उसमें गति आती जा रही है। और यह बहुत छोटी-छोटी चीजों से।

जिनको हमने त्याग, तप और न मालूम कहां-कहां के नासमझी के शब्द दिए हैं, वे सब नासमझी के हैं। उनकी सार्थकता अगर कहीं थी कभी और किसी ने उनको सार्थक रूप से प्रयोग किया था, तो उनकी सार्थकता संकल्प में थी।

एक आदमी ने तय किया कि आज खाना नहीं खाएंगे। इसका जो मूल्य है, वह खाना नहीं खाने में उतना नहीं है, जितना इसके संकल्प में है। लेकिन उसने अगर मन में भी एक दफा खाना खा लिया, तो बात खतम हो गई, बेकार हो गया सब मामला। खाना नहीं खाएंगे, उसका मतलब ही यही है कि खाना नहीं ही खाएंगे, मन में भी नहीं। अगर दिन भर एक आदमी बारह घंटे भी मनपूर्वक बिना खाना खाए रह गया, तो उसने एक बड़ा संकल्प पार किया। इस खाना नहीं खाने का कोई मूल्य नहीं है, यह तो सिर्फ खूंटी है जिस पर उसने संकल्प को टांगा। लेकिन बारह घंटे के बाद इस आदमी की क्वालिटी बदल जाएगी।

और जब मैं देखता हूं कि एक आदमी वर्षों से उपवास कर रहा है, उसकी कोई क्वालिटी नहीं बदली, तो मैं जानता हूं कि वह मन में खाता रहा होगा। क्वालिटी तो बदलनी चाहिए थी। जिंदगी हो गई इसको खाना नहीं खाते, यह उपवास करता है, वह उपवास करता है, लेकिन इसके गुण में कहीं भी कोई अंतर नहीं पड़ा है। यह आदमी वही का वही है। ताला लगाकर जाता है और फिर लौटकर ताला हिला कर देखता है कि बंद है या नहीं।

एक आदमी को मैं जानता हूं। मेरे घर के सामने ही वे रहते हैं। वे उपवास करते हैं, पूजा-पाठ करते हैं, लेकिन संकल्प के ऐसे कमजोर हैं कि मैंने उन्हें कई दफा देखा है कि वे ताला लगाकर गए, दस कदम से वापस लौटे, फिर उन्होंने उसे हिलाया। तो मैंने उनसे पूछा कि आप क्या करते हैं! आप ही ताला लगा कर गए। वे कहते हैं, मुझे कभी-कभी शक हो जाता है कि पता नहीं, मैंने देखा कि नहीं, जरा और देख लें। एक दफा देखने में हर्जा क्या है। उन्होंने कहा, एक दफा लौटकर देख लेने में हर्ज क्या है। मैंने कहा, और दूसरी दफा खयाल नहीं आता कि पता नहीं मैंने एक दफा लौटकर देखा कि नहीं। उन्होंने कहा, आपको यह कैसे पता चला? आता तो है मुझे, लेकिन मैं संकोच के वश लौटता नहीं हूं। मुझे दूसरी दफे क्या, तीसरी दफे भी खयाल आता है कि मैंने देखा कि नहीं।

अब यह एक आदमी है। यह उपवास कर रहा है, यह सब कर रहा है, लेकिन इसे पता ही नहीं है कि उपवास का मतलब क्या था। उसका मतलब इतना ही था कि एक डिसीसिवनेस आ जाए, एक निर्णायक शक्ति आ जाए। आदमी निर्णय ले सके और लौटे नहीं। और जो आदमी भी ऐसा निर्णय ले सकता है, जो प्वाइंट आफ नो रिटर्न सिद्ध हो, जिससे लौटना नहीं होता, तो उस आदमी की जिंदगी में कुछ भी नहीं बचता जो सोया हुआ रह जाए, सब जाग ही जाता है।

शेष कल!

बारहवां प्रवचन

नाटकीय जीवन के प्रति साक्षी चेतना का जागरण

भगवान श्री, मृत्यु में भी जागे रहने के लिए या ध्यान में सचेतन मृत्यु की घटना को सफलतापूर्वक आयोजित करने के लिए शरीर-प्रणाली, श्वास- प्रणाली, श्वास की स्थिति, प्राणों की स्थिति, ब्रह्मचर्य, मनःशक्ति आदि के संबंध में क्या-क्या तैयारियां साधक की होनी चाहिए, इस पर सविस्तार प्रकाश डालने की कृपा करें।

मृत्यु में जागे हुए रहने के लिए सबसे पहली तैयारी दुख में जागे रहने की करनी पड़ती है। साधारणतः जो दुख में ही मूर्च्छित हो जाता है, उसकी मृत्यु में जागे रहने की संभावना नहीं है। और दुख में मूर्च्छित होने का क्या अर्थ है, यह समझ लेना जरूरी है। तो दुख में जागे रहने का अर्थ भी समझ में आ जाएगा।

जब भी हम दुख में होते हैं तो मूर्च्छित होने का अर्थ होता है, दुख के साथ आइडेंटिफिकेशन, दुख के साथ तादात्म्य। जब आपका सिर दुखता है, तो ऐसा नहीं लगता है कि सिर कहीं दुख रहा है और आप जान रहे हैं। ऐसा लगता है कि मैं ही दुख रहा हूं। जब आप को बुखार होता है और शरीर उत्तप्त होता है, तब ऐसा नहीं लगता है कि कहीं दूर शरीर गर्म हो गया है। ऐसा लगने लगता है कि मैं ही गर्म हो गया हूं। यह है आइडेंटिफिकेशन, यह है तादात्म्य। जब पैर में चोट लगती है और घाव हो जाता है, तो पैर में चोट लगी है और घाव हो गया है, ऐसा नहीं मालूम पड़ता है। मुझे चोट लगी है और घाव हो गया है, ऐसा मालूम पड़ता है।

असल में शरीर के साथ हमारा कोई फासला नहीं, कोई डिस्टेंस नहीं। शरीर के साथ हम एक ही होकर जीते हैं। जब भूख लगती है, तो हम ऐसा नहीं कहते कि शरीर को भूख लगी है और मुझे पता चल रहा है। हम ऐसा ही कहते हैं कि मुझे भूख लगी है। सचाई यह नहीं है। सचाई यह है कि शरीर को भूख लगी है और मुझे पता चल रहा है। मैं तो बोध का बिंदु हूं। मुझे तो निरंतर पता चल रहा है। पैर में कांटा गड़ा है तो मुझे पता चल रहा है, सिर में दर्द है तो मुझे पता चल रहा है, पेट में भूख है तो मुझे पता चल रहा है। मैं तो चेतना हूं जिसे पता चल रहा है। मैं भोक्ता नहीं हूं, सिर्फ ज्ञाता हूं। यह तो सत्य है।

लेकिन हमारी जो मनःस्थिति है वह ज्ञाता की नहीं, भोक्ता की है। जब ज्ञाता भोक्ता बन जाता है; जब वह जानता ही नहीं, बल्कि क्रिया के साथ एक हो जाता है; जब वह दूर साक्षी नहीं रहता, भागीदार बन जाता है; तब आइडेंटिफिकेशन हो जाता है। तब वह एक हो जाता है। यह एक हो जाना ही जागने नहीं देता। क्योंकि जागने के लिए दूरी चाहिए, डिस्टेंस चाहिए, स्पेस चाहिए।

अगर मैं आपको देख पा रहा हूं तो इसीलिए कि आपके और मेरे बीच में दूरी है। अगर मेरे और आपके बीच की पूरी दूरी अलग कर दी जाए, तो मैं आपको देख नहीं पाऊंगा। आपको देख पाता हूं, क्योंकि मेरे और आपके बीच में जगह है, स्पेस है। अगर बीच का सारा स्थान अलग कर दिया जाए, तो फिर मैं आपको देख न पाऊंगा। इसीलिए तो मेरी आंखें आपको देख लेती हैं, लेकिन खुद मेरी ही आंखों को मेरी आंखें नहीं देख पातीं। अगर मुझे स्वयं को भी देखना है, तो एक दर्पण में दूसरा बनना पड़ता है और अपने से फासला पैदा करना पड़ता है तब देख पाता हूं। दर्पण का मतलब है कि मेरा चित्र अब मेरे से फासले पर है और अब मैं उसे देख लूंगा। दर्पण कुछ भी नहीं करता, दर्पण सिर्फ इतना करता है कि आपके चित्र को आपसे दूरी पर उपस्थित कर देता है। दूरी पर उपस्थित होने की वजह से बीच में स्पेस हो जाती है और आप देख लेते हैं।

दर्शन के लिए दूरी जरूरी है। और जो व्यक्ति अपने शरीर के साथ एक ही होकर जी रहा है या जो समझ रहा है कि मैं शरीर ही हूं, उसके और शरीर के बीच में कोई दूरी नहीं रह जाती।

एक मुसलमान फकीर हुआ फरीद। और एक दिन सुबह एक आदमी आकर उससे यही

बात पूछी जो तुम मुझसे पूछ रहो हो। उस आदमी ने फरीद से आकर कहा कि मैंने सुना है कि जीसस को जब सूली लगी तब वे रोए नहीं, चिल्लाए नहीं, दुखी नहीं हुए। और मैंने यह भी सुना है कि जब मंसूर के हाथ-पैर काटे गए तो मंसूर हंस रहा था। यह कैसे हो सकता है? यह असंभव है!

फरीद कुछ भी नहीं बोला, हंसता रहा। और पास में पड़े हुए एक नारियल को जो भक्त उसके पास चढ़ा जाते थे, उसने उस आदमी को दिया और कहा कि तू जरा इस नारियल को ले जा, यह कच्चा नारियल है तो इसे तोड़कर ले आ। और ध्यान रखना, गिरी न टूट पाए। ऊपर की खोल अलग कर देना और गिरी को साबित ले आना।

उस आदमी ने कहा, यह न हो सकेगा। क्योंकि कच्चा है नारियल, गिरी और उसकी खोल के बीच फासला नहीं है। मैं उसकी खोल को तोडूंगा, भीतर की गिरी टूट जाएगी।

फरीद ने कहा, फिर इसको छोड़ दे। यह दूसरा नारियल है, इसको ले जा। यह सूखा नारियल है। इसकी गिरी में और खोल में फासला है। क्या तू वायदा करता है कि इसकी खोल को तोड़ लाएगा, गिरी को साबित बचा लेगा?

उस आदमी ने कहा, यह कौन सी कठिन बात है। मैं खोल को तोड़े लाता हूं, गिरी साबित बच जाएगी। फरीद ने पूछा, लेकिन बात क्या है, इसकी गिरी क्यों बच जाएगी साबित? उसने कहा, नारियल सूखा हुआ है। गिरी और खोल के बीच फासला है। फरीद ने कहा, अब तोड़ने की फिक्र न कर। इस नारियल को भी यहीं रख दे। तुझे अपना जबाब मिल गया कि नहीं मिल गया?

उस आदमी ने कहा, मैं कुछ पूछ रहा था और आप कहां नारियल की बातों में मुझे उलझा दिये। मैं पूछता हूं कि जीसस को जब सूली लगी तो जीसस चिल्लाए क्यों नहीं, रोए क्यों नहीं? और जब मंसूर के हाथ-पैर काटे गए तो मंसूर तड़फा क्यों नहीं? हंसा क्यों, मुस्कुराया क्यों?

फरीद ने कहा कि वे सूखे नारियल थे और हम गीले नारियल हैं, इससे ज्यादा और कोई कारण नहीं है। और जीसस को जब सूली दी जा रही थी तो जीसस को नहीं दी जा रही थी। जीसस देख रहे थे कि शरीर को सूली दी जा रही है और देखने में वे उतने ही फासले पर थे, जितना जीसस के बाहर खड़े हुए लोग फासले पर थे। जैसा बाहर खड़ा हुआ कोई आदमी नहीं चिल्लाया, कोई आदमी नहीं रोया कि मुझे मत मारो। क्यों? क्योंकि जीसस के शरीर से उन देखने वालों का फासला था। जीसस का भी—जो भीतर देखने वाला तत्व है—उसका और जीसस के शरीर का फासला था। इसलिए जीसस भी नहीं चिल्लाए कि मुझे मत मारो।

मंसूर के हाथ-पैर काटे गए और मंसूर हंसता रहा। और जब किसी ने पूछा कि तुम हंस क्यों रहे हो? तुम्हारे हाथ-पैर काटे जा रहे हैं! तो मंसूर ने कहा, अगर मुझे काटा जाता तो मैं रोता। लेकिन मुझे नहीं काटा जा रहा है। और जिसे तुम काट रहे हो नासमझो, वह मैं नहीं हूं। और मैं तुम पर इसलिए हंस रहा हूं कि जब तुम मेरे शरीर को मंसूर समझकर काट रहे हो, तो तुम दुखी होकर ही मरोगे, क्योंकि तुम अपने शरीर को भी स्वयं ही समझते रहोगे कि तुम वही हो। तुम मेरे साथ जो कर रहे हो, वह तुम्हारी अपने साथ की गई गलती की ही पुनरुक्ति है। अगर तुम्हें पता चल गया होता कि तुम शरीर से अलग हो, तो शायद तुम मेरे शरीर को काटने की कोशिश न करते। क्योंकि तुम जानते कि मैं तो कुछ और हूं, शरीर कुछ और है; और शरीर को काटने से मंसूर नहीं कटता।

तो सबसे बड़ी तैयारी मृत्यु में जागे हुए प्रवेश करने की, दुख में जागे हुए प्रवेश करना है। क्योंकि मृत्यु तो बार-बार नहीं आती, रोज नहीं आती। मृत्यु तो एक बार आएगी। आप तैयार होंगे

तो तैयार होंगे, नहीं तैयार होंगे तो नहीं तैयार होंगे। मृत्यु का कोई रिहर्सल नहीं हो सकता। उसकी कोई पूर्व अभिनय की तैयारी नहीं हो सकती। लेकिन दुख रोज आता है, पीड़ा रोज आती है। पीड़ा और दुख में हम तैयारी कर सकते हैं। और ध्यान रहे, अगर पीड़ा और दुख में तैयारी हो गई तो मृत्यु में वह तैयारी काम आ जाएगी।

इसलिए दुख को सदा ही साधक ने स्वागत से स्वीकार किया है। उसका और कोई कारण नहीं है। उसका कारण यह नहीं है कि दुख शुभ है। उसका कारण सिर्फ यह है कि दुख उसे अवसर बनता है, स्वयं को साधने का। इसलिए साधक ने सदा ही दुख के लिए परमात्मा को धन्यवाद ही दिया है। क्योंकि दुख के क्षणों में वह अपने शरीर से दूर होने के लिए एक अवसर पाता है, एक मौका पाता है।

और ध्यान रहे, सुख के क्षण में यह साधना जरा मुश्किल है, दुख के क्षण में जरा आसान है। क्योंकि सुख के क्षण में तो हमारा मन ही नहीं करता है कि शरीर से जरा भी दूर हो जाएं। शरीर तो सुख के क्षण में बहुत प्यारा मालूम पड़ता है। शरीर से तो सुख के क्षण में मन होता है कि हम शरीर से इंच भर के फासले पर भी न हों! सुख के क्षण में हम शरीर के बहुत निकट सरक आते हैं। इसलिए सुख का खोजी अगर शरीर वादी हो जाता है तो कुछ आश्चर्य नहीं है। और निरंतर सुख की खोज में लगा हुआ व्यक्ति अगर अपने को शरीर ही समझने लगता है तो भी कोई आश्चर्य नहीं है। क्योंकि सुख के क्षण में वह सूखे नारियल की जगह गीला नारियल होने लगता है। फासला कम होने लगता है।

दुख के क्षण में तो मन होता है कि हम शरीर न होते तो अच्छा है। जब सिर में दर्द होता है और जब पैर में चोट होती है और शरीर दुखता है, तो साधारणतः जो आदमी अपने को शरीर ही मानता है, वह भी एक क्षण सोच लेता है कि हम शरीर न होते तो अच्छा। यह जो फकीर दुनिया भर के कहते रहे हैं अगर ठीक होता तो अच्छा कि हम शरीर न होते। उस वक्त उसका मन भी तैयार होता है कि किसी तरह यह पता चल जाए कि मैं शरीर नहीं हूं। इसलिए दुख का क्षण साधना का क्षण बन सकता है, बनाया जा सकता है।

लेकिन हम क्या करते हैं? साधारणतः हम दुख के क्षण में दुख को भूलने की कोशिश करते हैं। एक आदमी को तकलीफ है तो शराब पी लेगा। एक आदमी को दुख है तो सिनेमा में जाकर बैठ जाएगा। एक आदमी को दुख है तो भजन-कीर्तन करके भुलाने की कोशिश करने लगेगा। ये अलग- अलग तरकीबें हैं। कोई शराब पीता है, कहना चाहिए कि यह एक तरकीब है। कोई सिनेमा देखता है, तो यह दूसरी तरकीब है। कोई जाकर संगीत सुनने बैठ जाता है, यह तीसरी तरकीब है। कोई झांझ-मंजीरा पीटकर भजन में लीन हो जाता है, यह चौथी तरकीब है। हजार तरकीबें हो सकती हैं; धार्मिक हो सकती हैं, अधार्मिक हो सकती हैं; सेक्युलर हो सकती हैं, रिलीजस हो सकती हैं। यह सवाल बड़ा नहीं है। लेकिन भीतर बुनियादी बात एक ही है कि आदमी अपने दुख को भूलना चाह रहा है। फारगेटफुलनेस की कोशिश में लगा है। विस्मरण हो जाए।

और जो आदमी दुख को विस्मरण करेगा, वह आदमी दुख के प्रति जाग नहीं सकता। क्योंकि जिस चीज को हम भुला देते हैं, उसके प्रति जागेंगे कैसे। जाग सकते हैं उस चीज के प्रति, जिसके प्रति हमारा दृष्टिकोण रिमेंबरिंग का है, स्मरण का है।

इसलिए दुख के प्रति स्मरण ही दुख को जगाता है। जब आप दुख में हों, तो इसको एक अवसर समझें। और अपने दुख के प्रति पूरी स्मृति से भर जाएं। बड़े अदभुत अनुभव होंगे। जब आप दुख के प्रति पूरी स्मृति से भरेंगे और दुख को देखेंगे, भागेंगे नहीं दुख से। जैसे, पैर में दर्द

है, चोट लग गई है, गिर गए हैं आप। तब आंख बंद करके जरा भीतर दर्द को खोजने की कोशिश करें कि वह कहां है। उसे पिन प्वाइंट, उसे ठीक एक जगह पकड़ने की कोशिश करें कि वह दर्द है कहां। क्योंकि आप बड़े हैरान होंगे कि जितनी जगह दर्द होता है, उससे बहुत ज्यादा बड़ी जगह में आप उसे फैला लेते हैं। उतनी जगह होता नहीं।

आदमी अपने दुख को बहुत एक्जेगरेट करता है। आदमी अपने दुख को बहुत अतिशय मान लेता है। आदमी अपने दुख को बहुत बढ़ा-चढ़ा कर स्वीकार करता है, जितना होता नहीं। इसके पीछे भी वही शरीर को एक मानना कारण है। दुख तो होता है दीये की तरह, जैसे दीये की फ्लेम होती है, लेकिन अनुभव हम करते हैं प्रकाश की तरह। जैसे दीये का प्रकाश सब तरफ फैल जाता है। होता है दुख फ्लेम की तरह, ज्योति की तरह, एक बहुत छोटी जगह में, पर हम अनुभव करते हैं प्रकाश की तरह बहुत दूर तक फैला हुआ।

तो जब आप अपने दुख को आंख बंद करके भीतर से खोजने की कोशिश करेंगे। और ध्यान रहे हमने शरीर को, अपने शरीर को भी सदा बाहर से ही जाना है, भीतर से नहीं जाना है। अगर हम अपने शरीर को भी जानते हैं, तो ऐसा जैसे दूसरे जानते हों। अगर मैंने इस हाथ को भी देखा है कभी, तो बाहर से ही देखा है। इस हाथ का भीतरी हिस्सा भी है। जैसे इस मकान को मैं बाहर से देखकर चला जाऊं, तो यह मकान का बाहरी हिस्सा है। इस मकान की दीवालों का भीतरी हिस्सा भी है। दर्द की घटना घटती है भीतरी हिस्सों पर। दर्द का बिंदु होता है भीतरी हिस्सों पर। और दर्द के फैलाव का विस्तार होता है बाहरी हिस्सों पर। दर्द की ज्योति तो होती है भीतर और दर्द का प्रकाश होता है बाहर।

चूंकि हम अपने शरीर को बाहर से ही देखते रहे हैं, इसलिए दर्द बहुत फैला हुआ मालूम पड़ता है। शरीर को भीतर से देखने की चेष्टा बड़ी अदभुत बात है। आंख बंद कर लें और शरीर को भीतर से फील और एहसास करने की कोशिश करें कि शरीर भीतर से कैसा है। इस शरीर की भीतरी दीवाल भी है और इस शरीर का भीतरी खोल भी है। इस शरीर का भीतरी छोर भी है। उस भीतरी छोर को आंख बंद करके निश्चित ही अनुभव किया जा सकता है। आपने अपने हाथ को उठते हुए देखा है। आंख बंद करके हाथ को नीचे से ऊपर तक ले जाएं, तब आप हाथ के भीतर जो उठने की क्रिया हो रही है, उसको देख पाएंगे। आपने भूख को बाहर से अनुभव किया है। आंख बंदकर लें और भूख को भीतर से अनुभव करें, तब आप उसे पहली दफे भीतर से पकड़ पाएंगे।

शरीर के दुख को भीतर से पकड़ते ही दो घटनाएं घटती हैं। एक तो जितना बड़ा मालूम पड़ता था, उतना बड़ा नहीं रह जाता। तत्काल छोटे-से बिंदु पर केंद्रित हो जाता है। और जितने जोर से इस बिंदु पर आप एकाग्रता करेंगे, उतना ही पाएंगे कि यह बिंदु और छोटा होता जा रहा है, और छोटा होता जा रहा है, और छोटा होता जा रहा है। और एक बड़े आश्चर्य की घटना घटती है। जब बिंदु बहुत छोटा हो जाता है, तो अचानक आप पाते हैं कि कभी वह खो गया, कभी दिखाई पड़ने लगा, कभी खो गया, कभी दिखाई पड़ने लगा। बीच में गैप पड़ने शुरू हो जाते हैं। और जब वह खो जाता है, तब आप बहुत हैरान होते हैं कि दर्द अब कहां है। वह कई दफा मिस हो जाता है। वह इतना छोटा हो जाता है बिंदु कि कई बार चेतना जब उसे खोजती है, तो पाती है कि नहीं है।

जैसे मूर्च्छा में दर्द फैलता है, वैसे चेतना में दर्द सिकुड़ कर छोटा हो जाता है। एक तो यह अनुभव होगा कि दर्द हमने जितने अनुभव किए, हमने जितने दुख भोगे, उतने दुख थे नहीं। जितने दुख हमने भोगे हैं, उतने दुख थे नहीं। हमने दुखों को बहुत बड़ा करके भोगा है। ठीक यही बात सुख के संबंध में भी सच है कि जितने सुख हमने भोगे हैं, वे भी थे नहीं। सुखों को भी हमने बहुत

बड़ा करके भोगा है।

अगर हम सुख को भी स्मरणपूर्वक भोगें, तो हम पाएंगे कि वह भी बहुत छोटा हो जाता है। अगर हम दुख को भी स्मरणपूर्वक भोगें, तो पाएंगे कि वह भी बहुत छोटा हो जाता है। जितना होश हो, उतना सुख और दुख सिकुड़ कर बहुत छोटे हो जाते हैं। इतने छोटे हो जाते हैं कि बहुत गहरे अर्थों में मीनिंगलेस हो जाते हैं। असल में उनका अर्थ उनके विस्तार में है। वह पूरी जिंदगी को घेरे हुए मालूम पड़ते हैं; लेकिन जब बहुत बोधपूर्वक उनको देखा जाए, तो छोटे होते-होते इतने अर्थहीन हो जाते हैं कि जिंदगी से उनका कुछ लेना-देना नहीं रह जाता है।

और दूसरी जो घटना घटेगी वह यह कि जब आप दुख को बहुत गौर से देखेंगे, तो आपके और दुख के बीच एक फासला पैदा हो जाएगा, एक डिस्टेंस पैदा हो जाएगा। असल में किसी भी चीज को हम देखें, तो फासला पैदा होता है। दर्शन फासला है। किसी भी चीज को हम देखें, तो फासला बनना तत्काल शुरू हो जाता है। अगर आप अपने दुख को गौर से देखेंगे, तो आप पाएंगे कि आप अलग हैं और दुख अलग है। क्योंकि सिर्फ वही देखा जा सकता है जो अलग हो। वह तो देखा ही नहीं जा सकता है जो एक हो।

तो जो आदमी अपने दुख के प्रति सचेतन बोध से भरता है, कांशसनेस से भरता है, रिमेंबरिंग से भरता है, वह अनुभव करता है कि दुख कहीं और है, मैं कहीं और हूं। और जिस दिन यह पता चलता है कि दुख कहीं और, और मैं कहीं और हूं, मैं जान रहा हूं और दुख कहीं और घटित हो रहा है, वैसे ही दुख की मूर्च्छा टूट जाती है। और जैसे ही यह पता चलता है कि शरीर के दुख कहीं और घटित होते हैं, सुख भी कहीं और घटित होते हैं, हम सिर्फ जानने वाले हैं, वैसे ही शरीर के प्रति हमारा जो तादात्म्य, जो आइडेंटिटी है, वह टूट जाती है। तब हम जानते हैं कि मैं शरीर नहीं हूं।

यह पहली तैयारी है। अगर यह तैयारी पूरी हो गई तो मृत्यु में जागे हुए प्रवेश करना आसान है। आसान क्या, हो ही जाएगा। क्योंकि मृत्यु का डर नहीं है हमारे मन में। आखिर डरने के लिए भी मृत्यु को जानना तो जरूरी है। जिसे हम जानते ही नहीं हैं, उससे डरेंगे कैसे। मृत्यु का भय नहीं है हमारे मन में। हमारे मन में मृत्यु एक बहुत बड़ी बीमारी की तरह बैठी हुई है, हमारे खयाल में। छोटी-छोटी बीमारियां जब इतनी तकलीफ दे जाती हैं—पैर दुखता है, इतनी तकलीफ होती है; और सिर दुखता है, इतनी तकलीफ होती है—तो जब पूरा ही शरीर दुखेगा और टूटेगा, तो कितनी तकलीफ होगी! मृत्यु का जो डर है हमारे मन में, वह बीमारियों का जोड़ है। जब कि मृत्यु कोई बीमारी नहीं है। मृत्यु का बीमारी से कोई लेना-देना नहीं है। मृत्यु का बीमारी से कोई संबंध नहीं है। यह दूसरी बात है कि बीमारियां उसके पहले गुजरती हों, लेकिन कोई कार्य-कारण नहीं है। यह दूसरी बात है कि बीमारी के बाद एक आदमी मर जाता हो, लेकिन बीमारी से कोई मरता है, इस गलती में पड़ने की कोई जरूरत नहीं है। सचाई शायद उलटी है।

चूंकि कोई आदमी मरने के करीब पहुंच जाता है, इसलिए बीमारी को पकड़ लेता है। बीमारी से कोई नहीं मरता। मरने की वजह से बीमारियां पकड़ना शुरू कर देता है। मरना करीब आ रहा है, तो वह कमजोर हो जाता है। मौत करीब आ रही है, तो उसकी बीमारियों को पकड़ने की रिसेप्टिविटी बढ़ जाती है। ग्राहक हो जाता है वह, बीमारियों को खोजने लगता है। यही आदमी अगर जिंदगी के करीब होता, तो यही बीमारी इसको प्रभावित न कर पाती। हो सकता था, इसको पकड़ भी न पाती।

क्या आपको पता है कि आपके मन के क्षण होते हैं, जब आप बीमारियों के लिए ज्यादा

ग्रहणशील होते हैं, और ऐसे क्षण होते हैं, जब आप ग्रहणशील नहीं होते? उदासी, निराशा में आदमी बीमारी के प्रति ग्रहणशील हो जाता है। आशा से भरा हुआ आदमी बीमारी के प्रति अग्रहणशील हो जाता है। बीमारी भी आपके बिना स्वीकार किए एकदम प्रवेश नहीं कर पाती। आपकी आंतरिक स्वीकृति चाहिए।

इसलिए जिनके चित्त सुसाइडल हैं, जिनके चित्त आत्मघाती हैं, उनको कितनी ही औषधियां दी जाएं, उनको स्वस्थ नहीं किया जा सकता। क्योंकि औषधियों को उनका चित्त ग्रहण नहीं करता और बीमारियों की उनका चित्त खोज करता है। निमंत्रण दे आता है बीमारियों को कि आओ और औषधियों के लिए बहुत सख्त दरवाजे बंद कर लेता है।

नहीं, बीमारी के कारण कोई भी कभी नहीं मरता है। मरने के कारण बीमारी के प्रति ग्रहणशील हो जाता है। इसलिए बीमारी पहले घटती है और मौत पीछे आती है। तो हमने सोच रखा है कि जो पहले घटता है, वह होता है कॉज़ और जो पीछे आता है, वह होता है इफैक्ट। इसलिए गलती हो रही है। कॉज़ बीमारी नहीं है, कॉज़ मौत ही है। कारण मौत ही है, बीमारी तो सिर्फ इफैक्ट है।

मृत्यु का डर हमारे मन में बीमारी का डर है। हम सारी बीमारियों को जोड़कर मृत्यु के डर को निर्मित करते हैं—एक। दूसरा, हमने जितने लोगों को मरते देखा है, उन सबको हमने मरते नहीं देखा, हमने सिर्फ बीमार होते देखा। मरते तो हम किसी को देख भी कैसे सकते हैं?

मरने की घटना तो अत्यंत आंतरिक है। उसमें कोई भी गवाह नहीं हो सकता। अगर आप कभी गवाही दें कि मैंने फलां आदमी को मरते देखा, तो थोड़ा सोच कर देना। क्योंकि मरते देखना बहुत मुश्किल मामला है। आज तक पृथ्वी पर यह हुआ नहीं। किसी ने किसी को मरते देखा नहीं। इतना ही देखा है कि आदमी बीमार हुआ, बीमार हुआ, बीमार हुआ, और पता चला कि अब जीता नहीं है। पर मरता हुआ किसी ने नहीं देखा कि वह अब मर गया। किस क्षण में मर गया। और मरने की प्रक्रिया में क्या हुआ, हमें कुछ पता नहीं।

हमने सिर्फ जीवन से छूटते देखा है। हमने एक नाव को दूसरे तट से लगते नहीं देखा। सिर्फ एक तट से छूटते देखा है। हमने जीवन के तट से एक चेतना को हटते देखा है। और एक सीमा के बाद वह चेतना हमें दिखाई नहीं पड़ती। और वह जो शरीर रह जाता है हमारे हाथ में, वह वैसा नहीं रह जाता जैसा कल तक जीवित था। तो हम सोचते हैं, मर गया। मरना एक अनुमान है, इनफरेंस है। वह एक घटना नहीं है, जो प्रत्यक्ष हुई हो।

अब यह जो हमने सबमें बीमारी देखी है, मरते समय एक आदमी की पीड़ा देखी है, उसके हाथ-पैर का सिकुड़ना देखा है, उसकी आंखों का चढ़ना देखा है, उसके चेहरे का विकृत होना देखा है, उसके शरीर की तड़पन देखी है, उसके होंठों का बंद हो जाना देखा है, उसके दांतों का भिंच जाना देखा है, देखा है कि शायद वह कुछ कहना चाहता था, नहीं कह पाता है, वह सब हमने देखा है। उस सबका जोड़ है हमारे पास। वह हमारे कलेक्टिव माइंड का हिस्सा हो गया है। हजारों-लाखों वर्ष में हमने मरता हुआ जो कुछ होता है, वह सब इकट्ठा कर लिया है। उसी से हम भयभीत हैं।

हम भी भयभीत हैं कि मैं जब मरूंगा तो यही सब मुसीबतें होंगी। और इसलिए आदमी ने बड़ी होशियारी की तरकीबें निकाली हैं। उसने मृत्यु के तथ्य को जीवन के विचार के बाहर कर दिया है। मरघट हम गांव के बाहर इसीलिए बनाते हैं कि उसकी हमें बार-बार याद न आए, अन्यथा होना चाहिए गांव के बीच में। क्योंकि जीवन में जितनी सर्टेंटी मौत की है, उतनी और किसी चीज की है नहीं। बाकी सब चीजें अनिश्चित हैं। हो भी सकती हैं, न भी हों। एक ही चीज निश्चित है जिसके

बाबत भरोसा किया जा सकता है, वह है मौत। जो सबसे जदा सर्टेन है, जिस पर डाउट नहीं खड़ा किया जा सकता है।

ईश्वर पर संदेह किया जा सकता है, आत्मा पर संदेह किया जा सकता है, जीवन पर संदेह किया जा सकता है, लेकिन मृत्यु पर संदेह करने का कोई उपाय नहीं है, वह है। जो एकदम सुनिश्चित है, उसे हमने गांव के बाहर किया हुआ है। अगर रास्ते से कोई अर्थी निकलती हो, तो मां अपने बेटों को भीतर बुला लेती है कि भीतर आ जाओ, कोई मर गया है। जब कोई मर गया हो तब सबको बाहर ले आना चाहिए, क्योंकि जीवन का एक बड़े से बड़ा तथ्य बाहर से गुजर रहा है। यह सबकी जिंदगी से गुजरेगा। इसे झुठलाने की कोई जरूरत नहीं है।

लेकिन हम इतने भयभीत हैं मौत से कि वह बात ही नहीं उठनी चाहिए।

मैंने सुना है कि एक संन्यासी के पास एक बूढ़ी औरत मिलने आई और वह स्त्री उनसे बात करने लगी और कहने लगी, आत्मा तो निश्चित ही अमर है।

बूढ़े लोग अक्सर आत्मा की अमरता की बातें करने लगते हैं। मरने के डर के कारण, और कोई कारण नहीं होता। बूढ़ा आदमी अक्सर मंदिर, मस्जिद, गिरजे में जाने लगता है। मौत के डर के कारण, और कोई कारण नहीं होता। मंदिर, मस्जिद, गिरजों में वृद्धों की संख्या का और कोई कारण नहीं है कि वहां वृद्ध ही क्यों इकट्ठे होते हैं, युवा क्यों नहीं जाते, बच्चे क्यों उत्सुक नहीं हैं। अभी जरा देर है इनकी मौत की खबर इनको मिलने में। अभी जरा वक्त है। अभी ये मौत को झुठला सकते हैं, भुला सकते हैं। लेकिन बूढ़ा आदमी कैसे भुलाए। अब उसे रोज खबर मिलने लगी है। कभी पैर चलने से इनकार करता है, कभी आंख देखने से इनकार करती है, कभी कान सुनने से इनकार करता है। सब तरफ से खबरें मिलने लगी हैं कि एक-एक अंग मौत के हाथ में जाता हुआ मालूम पड़ता है। अब वह चर्च की तरफ, मंदिर की तरफ, मस्जिद की तरफ जाने लगा है। उसे कोई ईश्वर से मतलब नहीं है। वह इतना पक्का भरोसा वहां करने जा रहा है कि जिसको मैंने अब तक जीवन समझा, वह तो खतम होता है, मैं तो खतम नहीं हो जाऊंगा!

यह बड़े आश्चर्य की बात है कि आत्मा को अमर मानने वाली कौमें जितनी मौत से डरती हैं, उतनी आत्मा को अमर न मानने वाली कौमें नहीं डरतीं। हमारा मुल्क है, हजारों-लाखों साल से आत्मा की अमरता मान रहे हैं। हमसे ज्यादा कायर और हमसे ज्यादा मरे हुए लोग दुनिया में नहीं हैं। एक हजार साल तक गुलामी झेलता है वह मुल्क, जो कहता है आत्मा अमर है। जो मुल्क कहता है, आत्मा अमर है, और उसके पास चालीस करोड़ आत्माएं हों, वह तीन करोड़ आत्माओं के हाथ में गुलामी भोग सकता है? जब कि आत्मा अमर है, जो मर ही नहीं सकती! उसको क्या गुलामी का डर है और क्या उसको लड़ने का भय है? उसको फांसी की क्या घबराहट है! उसे बंदूकें और तोपें क्या डरा सकती हैं?

नहीं, लेकिन बात कुछ और है। यह आत्मा की अमरता को मानना, आत्मा की अमरता को जानना नहीं है। यह मानना तो भय को ही मिटाने की, झुठलाने की तरकीब है। जैसे गांव के बाहर कब्र बनायी, ऐसे ही आत्मा की अमरता के सिद्धांत को रोज सुबह पोथी खोलकर पढ़ लेते हैं। ताकि पक्का भरोसा रहे कि मरना नहीं है, ताकि मन में आशा बनी रहे कि नहीं, जीएंगे! कोई फिक्र नहीं, शरीर तो मर जाएगा, लेकिन फिर भी हम तो जीएंगे। और आप कौन हैं, जो शरीर के अलावा हैं? उसका कोई भी पता नहीं है। और कहते हैं कि मैं तो जीऊंगा, शरीर चाहे मर जाए। और शरीर के अलावा आपको पता ही नहीं कि आप कौन हैं। कौन जीएगा? शरीर के अलावा अगर सोचेंगे कि मैं कौन हूं, तो पता चलेगा कि कुछ भी पता नहीं चलता है। शरीर ही हूं।

तो उस बूढ़ी औरत ने उस संन्यासी के पास आकर कहा कि मैं तो आत्मा को अमर मानती हूं। आत्मा निश्चित ही अमर है। आप क्या कहते हैं? उस संन्यासी ने आत्मा की अमरता की बात तो न की। उसने बूढ़ी की तरफ देखा और कहा, तेरा जरा हाथ देखें। उसका हाथ अपने हाथ में ले लिया और कहा कि मरने के बाबत क्या खयाल है? ज्यादा देर नहीं है। उस बूढ़ी औरत ने कहा, कैसी अपशकुन की बातें करते हैं। ऐसी बातें मत कीजिए। ऐसी बातें कहीं की जाती हैं? और संन्यासी होकर, इतने भले आदमी होकर ऐसी अपशकुन की बातें करते हैं! उस संन्यासी ने कहा, जब आत्मा अमर है, तो मरना अपशकुन कैसे हो सकता है? अपशकुन तभी तक हो सकता है मरना, जब तक आत्मा अमर न हो। लेकिन उस स्त्री ने कहा, छोड़िए! और दूसरी बातें कीजिए। परमात्मा की बातें कीजिए, मोक्ष की बातें कीजिए। मैं आपके पास ये बातें सुनने नहीं आई हूं।

असल में संन्यासी के पास कोई सुनने ही उन बातों को जाता है, जो उसके भय को, उसके फियर को किसी तरह का सहारा मिल जाए। उसके भयों को किसी तरह के आधार मिल जाएं। और कोई उसे बता दे कि नहीं, तुम मरोगे नहीं। कोई उसे बता दे कि तुम पापी नहीं हो, आत्मा तो नित्य शुद्ध-बुद्ध है। चोरी करते हो—कोई चोर नहीं है। ब्लैक मार्केट करते हो—कोई ब्लैक मार्केट नहीं है। क्योंकि आत्मा कहीं ब्लैक मार्केट कर सकती है?

इसलिए सब ब्लैक मार्केट करनेवाले उन संन्यासियों के आस-पास इकट्ठे हो जाएंगे, जो कहेंगे कि आत्मा शुद्ध-बुद्ध है, निरंतर से शुद्ध है, वह कभी अशुद्ध होती ही नहीं। और उनके सामने बैठा हुआ आदमी जो कि सब जमाने की चोरी कर रहा है, वह सिर हिला कर कह रहा है, बिलकुल ठीक कह रहे हैं महाराज! सत्य वचन महाराज! वह यह मानना ही चाहता है। वह यह मानना चाहता है कि कोई उसे भरोसा दिला दे कि आत्मा बिलकुल शुद्ध है, तो शुद्ध होने की झंझट भी मिटी, अशुद्ध होने की फिक्र भी मिटी, भय भी मिटा।

यह जो सारी की सारी हमारी मनोदशा है, यह मनोदशा जिस मूल तथ्य पर खड़ी है, उसे हम ठीक से समझ लें। मृत्यु से हम भयभीत नहीं हैं, बीमारी से भयभीत हैं। और जिसे हम जीवन समझते हैं, उसके छूटने से हम भयभीत हैं।

इस मकान के बाहर आप मुझे धक्का देते हैं। मुझे पता नहीं कि मकान के बाहर और बड़ा महल है, जंगल है, वीरान है, मरुस्थल है—क्या है? मुझे कुछ पता नहीं। जरूरी नहीं है कि इस मकान के बाहर पहुंचकर मैं दुखी ही हो जाऊंगा या सुखी ही हो जाऊंगा। मुझे कुछ पता नहीं है। अननोन है, अज्ञात है, दरवाजे के बाहर जो है। लेकिन फिर भी इस मकान को छोड़ने का डर तो मुझे दुख देता ही है। यह सुनिश्चित था, ज्ञात था, परिचित था। इस परिचित को छोड़कर अपरिचित में जाने में डर लगता है। वह डर अपरिचित का डर नहीं है, क्योंकि अपरिचित का तो मुझे पता ही नहीं है। वह डर सिर्फ परिचित को छोड़ने का डर है।

और आप हैरान होंगे कि यहां तक हमारा मन परिचित के साथ ग्रस्त होता है कि परिचित बीमारी तक को छोड़ने में मुश्किल हो जाती है। परिचित दुख को भी छोड़ना मुश्किल पड़ता है। अधिकतर डाक्टर आपकी बीमारी को शायद ही ठीक करते हों, सिर्फ आपको बीमारी छोड़ने के लिए राजी करते हैं। अधिकतम दवाएं आपकी बीमारी को कुछ भी नहीं करतीं, सिर्फ आपकी बीमारी को छोड़ने का साहस आपको देती हैं।

अभी एक बहुत बड़े वैज्ञानिक ने बहुत से प्रयोग किए हैं। और वह प्रयोग यह है कि अगर बीस मरीज हैं एक ही बीमारी के तो दस मरीजों को सिर्फ पानी दिया जा रहा है और दस मरीजों को दवा दी जा रही है। और बड़े मजे की बात है कि पानी वाले भी सात ठीक हो जाते हैं और दवा वाले

भी सात ठीक हो जाते हैं।

तो मतलब क्या हुआ? अगर पानी वाले भी सात ठीक हो जाते हैं और दवा वाले भी सात ठीक हो जाते हैं, तो मतलब क्या होता है? मतलब सिर्फ इतना होता है कि सवाल न दवा का है, न पानी का है, बड़ा सवाल उस आदमी को बीमारी छोड़ने के लिए राजी करने का है। अगर पानी राजी कर लेता है, तो उससे भी ठीक हो जाता है। अगर होम्योपैथी की शक्कर की गोली राजी कर लेती है तो उससे भी ठीक हो जाता है। अगर ताबीज राजी कर देता है तो उससे भी ठीक हो जाता है। अगर फकीर की राख पर भरोसा आ जाए तो उससे भी ठीक हो जाता है। गंगा माई का पानी भी ठीक कर देता है। सब चीजें ठीक करती हैं।

अरस्तू जैसे बहुत बुद्धिमान आदमी ने भी ऐसी दवाइयां सुझायी हैं कि आज हंसी आती है। और अरस्तू तो कहना चाहिए तर्कशास्त्र का पिता था। उसने न मालूम कैसी-कैसी दवाइयां सुझायी हैं। लेकिन अरस्तू सुझा नहीं सकता अगर वे काम न करती रही हों। वे दवाएं काम करती थीं। उसने लिखा है कि किसी स्त्री को अगर बच्चा पैदा होते वक्त दर्द हो रहा है, तो उसके पेट पर घोड़े की लीद बांध दो। दर्द बिलकुल ठीक हो जाएगा। अरस्तू जैसा होशियार और बुद्धिमान आदमी कहता है कि पेट पर घोड़े की लीद बांधने से उस स्त्री के पेट का दर्द ठीक हो सकता है। लेकिन दर्द ठीक होता रहा।

दर्द इसलिए ठीक होता रहा कि स्त्री के पेट में असल में दर्द होता ही नहीं, सिर्फ स्त्री ही वह दर्द पैदा करती है बच्चे पैदा करते वक्त। जितना स्त्री अपने बच्चे पैदा होने से भयभीत होती है, उतना दर्द होता जाता है। और जितना भयभीत होती है कि दर्द होगा, उतना वह अपने पूरे के पूरे यंत्र को सिकोड़ती है। बच्चा उसके यंत्र के बाहर जा रहा है, शरीर के बाहर, और वह अपने यंत्र को सिकोड़ रही है। दोनों के बीच में कांफ्लिक्ट पैदा हो जाती है। कांफ्लिक्ट दर्द ले आती है।

इसलिए अधिकतर बच्चों को रात में जन्म लेना पड़ता है—सत्तर प्रतिशत बच्चों को—क्योंकि दिन में मां लेने नहीं देती जन्म। वह दिन में तो होश से संभाले रखती है। वह रोकती है। तो रात में जन्म लेना पड़ता है। जब मां सोई होती है, जब उसको पता नहीं होता, तब बच्चे जन्म लेते हैं। इसलिए सत्तर प्रतिशत बच्चे बेचारे प्रकाश में पैदा नहीं हो पाते, अंधेरे में पैदा होना पड़ता है।

अभी एक आदमी है लावेन। वह स्त्रियों को सिखाता है कि तुम कोआपरेट करो। जब तुम्हारा बच्चा हो रहा है, तब तुम सहयोगी बन जाओ। और उसने हजारों स्त्रियों को बिना किसी दर्द के बच्चे पैदा करवा दिये हैं। न लीद बांधता है, न इंजेक्शन लगाता है, न ताबीज बांधता है, न गुरु का प्रसाद लाता है, कुछ भी नहीं करता। सिर्फ स्त्री को राजी करता है कि कोआपरेट करो। यह जो बच्चा पैदा हो रहा है इसको रोको मत, इसके साथ सहयोगी हो जाओ। और पूरे मन से इसको जन्म देने की भावना से भर जाओ। बस काफी है, दर्द-वर्द नहीं होगा। जंगली जातियों में सैकड़ों जातियां हैं, जिनकी स्त्रियों को कोई दर्द नहीं होता। खेत में काम करती रहेगी वह स्त्री और बच्चा हो जाएगा। वह बच्चे को टोकरी में रखकर वापिस खेत में काम करने लगेगी।

आदमी अपनी बीमारिया तक, जो परिचित हैं, उनको भी नहीं छोड़ता, उनको भी जोर से पकड़ता है। जंजीरों तक का आग्रह पैदा हो जाता है।

फ्रेंच क्रांति में, वहां उनके मुल्क में एक बड़े कारागृह में, जहां उन्होंने बड़े खतरनाक कैदी रखे हुए थे, ऐसे कैदी जो आजीवन कैदी रहेंगे और जिनके हाथ की जंजीर कभी खुलेगी नहीं। वह जंजीर सदा के लिए बंधी है। जब वे मर जाएंगे, तभी जंजीर निकाल दी जाएगी। फ्रांस के

क्रांतिकारियों ने उस कारागृह की दीवालें तोड़ दीं और बंद कोठरियों से उन लोगों को बाहर निकाला, जिन्होंने बाहर निकलने के सब खयाल छोड़ दिए थे।

कोई बीस साल से बंद था, कोई तीस साल से बंद था, और कोई पचास साल से भी बंद था। उनकी आंखें करीब-करीब अंधी हो गई थीं और उनके हाथ और पैर की जंजीरें करीब-करीब उनके शरीर का हिस्सा हो गई थीं। उनको शरीर से अलग नहीं कहा जा सकता था। उनमें कोई स्पेस नहीं रही थी। पचास साल जिस आदमी के हाथ में जंजीर रही हो, आप समझते हैं उसको वह अलग रह जाती है? वह उसके हाथ का हिस्सा हो जाती है। वह यह भूल ही जाता है कि यह अलग है। वह उसकी भी उसी तरह साज-संभाल करता है, जैसे अपने हाथ की करता है। अगर उस जंजीर पर कचरा लग जाए, तो उसको भी साफ करता है, जैसे हाथ पर से करता है। रोज सुबह उठकर जंजीर की भी सफाई करता है, चमकाता है, जैसे अपने शरीर को चमकाता है। और जो जिंदगी भर साथ रहनी है, बात ही खतम हो गई।

जब उन कैदियों की क्रांतिकारियों ने जंजीरें तोड़ीं, तो उनमें से अनेक कैदियों ने इनकार कर दिया कि आप यह क्या कर रहे हैं? हमें बाहर अच्छा नहीं लगेगा। लेकिन क्रांतिकारी जिद्दी होते हैं। और अभी तक क्रांतिकारियों को बुद्धि नहीं आई दुनिया में कि आदमी के साथ जिद्द से कुछ भी नहीं किया जा सकता। वह फिर नई तरह की जंजीरें डाल लेगा, अगर जबर्दस्ती तोड़ दोगे तुम। उन्होंने उनकी जंजीरें जबर्दस्ती तोड़ दीं और कैदियों को जेलखाने के बाहर कर दिया।

यह इतनी आश्चर्य की घटना है कि सांझ होते-होते आधे से अधिक कैदी वापस लौट आए। और उन्होंने कहा कि बाहर हमें अच्छा नहीं लगता और बिना जंजीरों के तो हमें ऐसा लगता है कि जैसे हम नंगे घूम रहे हैं। स्वभावतः, जिस स्त्री ने बहुत-से सोने के गहने पहने हों, उसके गहने उतार लें, तो उसको लगेगा, वह नग्न घूम रही है, शरीर में वजन ही नहीं है। ऐसा लगेगा कि उसके पास कुछ है नहीं, शरीर में कुछ कमी हो गई। उन्होंने कहा, हमारी जंजीरें हमें वापस दे दो, हम दोपहर को सो भी नहीं सके, क्योंकि उन जंजीरों के बिना सो कैसे सकते हैं।

नींद में उनकी आवाज भी उनके मन का हिस्सा हो गई। करवट लेते वक्त उनका बोझ भी उनके मन का हिस्सा हो गया। आदमी परिचित से ऐसा बंध जाता है कि जंजीर तक तोड़ने में मन दुखता है।

तो परिचित जिसको हमने जीवन समझा है, उसकी गिरफ्त में हैं। उस गिरफ्त के कारण हम मौत से भयभीत हैं। मौत का हमें कोई पता नहीं है। और जागने के लिए पहला सूत्र, दुख के प्रति बोध है। ताकि शरीर का अलगाव पता चल सके और ज्ञात हो सके कि मैं भिन्न हूं—एक। और दूसरी बात है, जीवन में साक्षी होने की सामर्थ्य, विटनेसिंग की सामर्थ्य।

हमें खयाल ही नहीं है। हमें खयाल ही नहीं है कि कभी रास्ते पर चलते हुए बीच बाजार में एकदम से झटका दें और दो मिनट के लिए खड़े हो जाएं और सिर्फ देखें और कुछ न करें। सिर्फ साक्षी हो जाएं। तो उस सड़क पर जब आप साक्षी होकर खड़े हो जाएंगे, तो अचानक आप उस सड़क की दुनिया से टूट जाएंगे और बाहर हो जाएंगे। जिस चीज के आप साक्षी होते हैं, उससे तत्काल ट्रांसेंड कर जाते हैं, उसके बाहर हो जाते हैं।

लेकिन सड़क पर खड़ा होना और साक्षी होना तो बहुत मुश्किल है। फिल्म देखने हम जाते हैं, वहां तक साक्षी नहीं रहते। फिल्म में एक आदमी है...। सिनेमा हाल में अंधेरा होता है, इससे बड़ी सुविधा होती है। कोई रो रहा है और अपने आंसू पोंछ रहा है। अगर सिनेमा हाल से निकलते हुए लोगों के रूमालों की जांच की जाए, तो पता चलेगा कि क्या-क्या वहां हो गया, कितने लोग

रोए। अब हम भलीभांति जानते हैं कि पर्दे पर कुछ भी नहीं है, सिर्फ पर्दा है। और यह भी हम भलीभांति जानते हैं कि जो दिखाई पड़ रहा है वह सिर्फ दिखाई पड़ रहा है। वहां कुछ है नहीं। वह सिर्फ विद्युत की छाया और धूप का खेल है। वह सिर्फ पीछे से फेंकी गई किरणों का जाल है। वह सिवाय चित्रों के और कुछ भी नहीं है।

लेकिन नहीं, सब कुछ हो जाता है उस पर्दे पर। और हम उस पर्दे के भी साक्षी नहीं रह जाते। हम भी उस पर्दे में हिस्सेदार हो जाते हैं। इस भ्रांति में मत रहना आप कि जब आप फिल्म देखते हैं, तो आप देखने वाले होते हैं। इस भूल में मत रहना। आप भी हिस्सेदार होते हैं, भागीदार होते हैं, पार्टीसिपेंट होते हैं। आप फिल्म के बाहर नहीं रह जाते। टाकीज के भीतर होने के थोड़ी देर बाद आप फिल्म के भी भीतर हो जाते हैं। कोई आपको पसंद पड़ने लगता है, कोई नापसंद पड़ने लगता है। किसी की कथा आपके हृदय को दुख देने लगती है। और किसी की बात आपके हृदय को सुख देने लगती है। और आप थोड़ी देर में आइडेंटीफाइड हो जाते हैं। आप हिस्सेदार हो जाते हैं।

फिल्म में भी हम साक्षी नहीं रह पाते हैं, तो जिंदगी में साक्षी रहना कठिन पड़ेगा। वैसे जिंदगी भी फिल्म से बहुत ज्यादा नहीं है। और अगर बहुत गहरे में देखें, तो जिंदगी भी पर्दे से बहुत ज्यादा नहीं है। और अगर बहुत गहरे में देखें तो जिस भांति किरणों का जाल फिल्म के पर्दे पर प्रकट होता है, उसी तरह विद्युत का जाल जिंदगी में भी प्रकट हुआ है। यह सब भी सघन विद्युत का जाल है। यह सब भी इलेक्ट्रांस का बड़ा खेल है।

अगर आपके शरीर को सब तरह से तोड़-फोड़ कर पता लगाया जाए, तो आखिर में सिवाय विद्युत कण के और कुछ मिलता नहीं। अगर इस दीवाल को तोड़-फोड़ कर आखिरी इसको बनाने वाला त्रत्व खोजा जाए, तो विद्युत के सिवाय कुछ बचता नहीं। तो बहुत फर्क क्या है? फिल्म के पर्दे में और इसमें फर्क क्या है। फिल्म के पर्दे पर भी विद्युत के कणों का खेल है।

हां, वह जरा टू डाइमेंशनल है, तो यह थ्री डाइमेंशनल हो गया। उसमें ऐसी कोई बहुत तकलीफ नहीं है। उसमें और कुछ डाइमेंशंस की कमी है, तो वह पूरी हो जाएगी। जिस भांति आप दिखाई पड़ रहे हैं मुझे, ठीक इसी भांति किसी दिन फिल्म के पर्दे पर भी दिखाई पड़ सकेंगे। और इसमें भी क्या बहुत देर, अड़चन लगेगी कि फिल्म के पर्दे से एक ऐक्टर उतर कर हाल में घूम जाए। इसमें बहुत देर नहीं लगेगी। टेकनीक के विकास की थोड़ी-सी बात है, इसमें बहुत ज्यादा अड़चन नहीं है। क्योंकि जब थ्री डाइमेंशनल आदमी पर्दे पर घूम सकता है, तो थोड़ा दस फुट पर्दे के नीचे उतरकर घूम जाए, यह सिर्फ टेक्नोलाजी के थोड़े-से विकास की बात है। और आपसे जरा हाथ मिला जाए और एक फिल्म अभिनेत्री नीचे उतरकर और आपको जरा थपथपा जाए, इसमें बहुत कठिनाई नहीं है। अभी उलटा हो रहा है। फिल्म अभिनेत्री नहीं आती पर्दे से, आप ही पर्दे के भीतर चले जाते हैं और थपथपा आते हैं। इस कष्ट से आपको बचाया जा सकेगा। इतनी मेहनत आपसे करवानी उचित नहीं है। पैसा भी दें और इतनी यात्रा भी करें। आप कुर्सी पर ही बैठे रहें।

बाकी जिंदगी में भी क्या है! जब मैं आपके हाथ को अपने हाथ में लेता हूं, तो क्या घटता है? जब मैं आपके हाथ को अपने हाथ में लेकर दबाता हूं तो आप कहते हैं, बहुत प्रेम किया जा रहा है या बहुत दुश्मनी की जा रही है। व्याख्याओं की बात है। हाथ दोनों में दबाए जाते हैं। सिर्फ इंटरप्रिटेशंस का फर्क है। और कहना मुश्किल है कि जब हाथ दबाया जा रहा है, तो एक सेकेंड के भीतर दोनों बातें भी हो सकती हैं कि दबाते वक्त शुरू किया गया था प्रेम से और आखिर में दुश्मनी से अलग किया गया। इसमें बहुत कठिनाई नहीं है। एक क्षण में इतना सब बदलता है। जब मैं आपका हाथ दबा रहा हूं, तो आप कहते हैं प्रेम कर रहा हूं। लेकिन हो क्या रहा है? वस्तुतः क्या

हो रहा है? अगर हमारे दोनों हाथों की जांच की जाए तो हो क्या रहा है? विद्युत के कुछ कण विद्युत के दूसरे कणों पर दबाव डाल रहे हैं।

और मजे की बात यह है कि आपका और मेरा हाथ कभी भी स्पर्श नहीं कर पाते हैं। बीच में फासला बना ही रह जाता है। स्पेस बनी ही रह जाती है। कम हो जाती है। दूर होती तो दिखाई पड़ती है, कम होने लगती है तो दिखाई नहीं पड़ती है। बहुत कम हो जाती है तो दिखाई नहीं पड़ती। जब दो हाथ एक-दूसरे को दबा रहे हैं, तब भी दोनों हाथ के बीच में खाली जगह होती है। उसी खाली जगह पर दबाव पड़ता है। आपके हाथ पर दबाव नहीं पड़ता है। उस खाली जगह का दबाव आपके हाथ पर पड़ता है। खाली जगह के दबाव को प्रेम और दुश्मनी समझी जा रही है।

व्याख्याएं हैं। अगर इसको हम साक्षी की तरह देख सकें तो बड़ी अदभुत घटना घटती है। जब कोई आपका हाथ दबा रहा है, तो जल्दी से एकदम प्रेम और दुश्मनी मत देखें। सिर्फ हाथ के दबाने के साक्षी हो जाएं। तो आप अपनी चेतना में एक आमूल ट्रांसफार्मेशन पाएंगे। और जब कोई आपके ओंठ पर ओंठ रख रहा है, तब आप एक क्षण को प्रेम इत्यादि को भूल जाएं और एक क्षण को सिर्फ साक्षी हो जाएं। तो आपकी चेतना में एक अजीब ही अनुभव होगा जो आपको कभी नहीं हुआ। तब हो सकता है, आप अपने ऊपर हंस सकें। जब तक हम दूसरों पर हंसते हैं, तब तक हम साक्षी नहीं हैं। जिस दिन हम अपने पर हंस पाते हैं, उस दिन हम साक्षी हो जाते हैं, उस दिन हम साक्षी होने लगते हैं।

इसलिए सारी दुनिया के लोग दूसरों पर हंसते हैं। संन्यासी सिर्फ अपने पर हंसता है। और जो अपने पर हंस सकता है, उसे कुछ दिखाई पड़ना शुरू हो गया।

दूसरी बात है, साक्षी होना जीवन में, कहीं भी, किसी भी क्षण। भोजन कर रहे हैं, तब अचानक एक सेकेंड के लिए सिर्फ साक्षी हो जाएं। हाथ को भोजन उठाते देखें। मुंह को भोजन चबाते देखें। पेट में भोजन को जाते देखें। दूर खड़े हो जाएं और सिर्फ देखने लगें। तब अचानक आप पाएंगे कि स्वाद खो गया। तब अचानक आप पाएंगे कि अर्थ और ही हो गया। तब अचानक आप पाएंगे कि भोजन यह आप नहीं कर रहे हैं, आप देख रहे हैं और भोजन किया जा रहा है।

एक बहुत अदभुत कहानी है। कहानी है कि कृष्ण के गांव के बाहर एक संन्यासी का आगमन हुआ। बरसा के दिन थे। नदी पूर पर थी। संन्यासी उस पार था। गांव की स्त्रियां जाने लगीं भोजन कराने, तो राह में उन्होंने कृष्ण से पूछा कि कैसे हम नदी पार करें! भारी है पूर, नाव अब लगती नहीं। संन्यासी भूखा है। दो-चार दिन हो गए। खबरें भर आती हैं। उस पार खड़ा है। उस पार तो घना जंगल है। भोजन पहुंचाना जरूरी है। कोई तरकीब बताओ कि कैसे हम नदी पार करें।

तो कृष्ण ने कहा कि तुम जाकर नदी से कहना कि अगर संन्यासी ने जीवन में कभी भी भोजन न किया हो, सदा उपवासा रहा हो, तो नदी राह दे दे। कृष्ण ने कहा था तो स्त्रियों ने मान लिया। वे गईं और उन्होंने नदी से कहा कि हे नदी, राह दे दे। अगर संन्यासी जीवन भर का उपवासा है, तो हम भोजन लेकर उस पार चली जाएं।

कहानी कहती है कि नदी ने राह दे दी। नदी को पार करके उन स्त्रियों ने संन्यासी को भोजन कराया। वे जितना भोजन लाई थीं वह बहुत ज्यादा था। लेकिन संन्यासी सारा भोजन खा गया। अब जब वे लौटने लगीं, तब अचानक उन्हें खयाल आया कि हमने लौटने की कुंजी तो पूछी नहीं। अब मुश्किल में पड़ गए। क्योंकि तब तो कह दिया था नदी से कि अगर संन्यासी जीवन भर का उपवासा हो! मगर अब तो किस मुंह से कहें कि संन्यासी जीवन भर का उपवासा हो! उपवासा कहना तो मुश्किल है, भोजन भी साधारण करने वाला नहीं है। सारा भोजन कर गया है। जो भी वे लाई थीं,

वह सब साफ कर गया है। वे बिलकुल खाली हाथ हैं। उस संन्यासी ने उन्हें मनाने की भी तकलीफ न दी कि वे दोबारा उससे कहें कि और ले लो, और ले लो। और बचा ही नहीं है। अब वे बहुत घबरा गई हैं।

उस संन्यासी ने पूछा कि क्यों इतनी परेशान हो, बात क्या है? तो उन्होंने कहा, हम बड़ी मुश्किल में पड़ गए हैं, हम सिर्फ आने की कुंजी लेकर आए थे, लौटने की कुंजी हमें पता नहीं। संन्यासी ने पूछा, आने की कुंजी क्या थी? उन्होंने कहा, कृष्ण ने कहा था कि नदी पार करना तो नदी से कहना कि राह दे दो अगर संन्यासी उपवासा हो। उस संन्यासी ने कहा, तो फिर इसमें क्या बात है? यह कुंजी फिर भी काम करेगी। जो कुंजी ताला बंद कर सकती है, वह खोल भी सकती है; जो खोल सकती है, वह बंद कर सकती है। फिर उपयोग करो।

उन्होंने कहा, लेकिन अब कैसे उपयोग करें, आपने भोजन कर लिया। वह संन्यासी खिलखिला कर हंसा। उस नदी के तट पर उसकी हंसी बड़ी अदभुत थी। वे स्त्रियां बहुत परेशानी में पड़ गईं। उन्होंने कहा, आप हमारी परेशानी पर हंस रहे हैं। उसने कहा, नहीं, मैं अपने पर हंस रहा हूं। तुम फिर से कहो, नदी मेरी हंसी समझ गई होगी। तुम फिर से कहो।

और उन स्त्रियों ने बड़े डर, बड़े संकोच और बड़े संदेह से उस नदी से कहा कि अगर यह संन्यासी जीवन भर का भूखा रहा हो...। उनका मन ही कह रहा था कि बिलकुल गलत है यह बात। लेकिन नदी ने रास्ता दे दिया। वे तो बड़ी मुश्किल में पड़ गईं। लौटते वक्त जितना बड़ा चमत्कार हुआ था, वह जाते वक्त भी नहीं हुआ था।

उन्होंने कृष्ण से जाकर कहा कि हद हो गई। हम तो सोचते थे, चमत्कार तुमने किया है, लेकिन चमत्कार उस संन्यासी ने किया है। जाते वक्त तो बात ठीक थी, ठीक है, हो गई। लौटते वक्त भी वही बात हमने कही और नदी ने रास्ता दे दिया! तो कृष्ण ने कहा कि नदी रास्ता देगी ही, क्योंकि संन्यासी वही है, जो भोजन नहीं करता है। उन्होंने कहा, लेकिन हमने अपनी आंखों से उसको भोजन करते देखा है। तो कृष्ण ने कहा, जैसे तुमने उसे भोजन करते देखा है, ऐसे ही वह संन्यासी भी अपने को भोजन करते देख रहा था। इसलिए वह कर्ता नहीं है।

यह कहानी है। किसी नदी के साथ ऐसा करने की कोशिश मत करना। नहीं तो नाहक किसी संन्यासी को फंसा देंगे आप। कोई नदी रास्ता देगी नहीं।

लेकिन बात यह ठीक ही है। अगर हम अपने को भी अपनी क्रियाओं में कर्ता की तरह नहीं, द्रष्टा की तरह देख पाएं—सारी क्रियाओं में—तो मरना भी एक क्रिया है और वह आखिरी क्रिया है। और अगर तुम जीवन की क्रियाओं में अपने को दूर रख पाए, तो मरते वक्त भी तुम अपने को दूर रख पा सकते हो। तब तुम देखोगे कि मर रहा है वही, जो कल भोजन करता था; मर रहा है वही, कल जो दुकान करता था; मर रहा है वही, जो कल रास्ते पर चलता था; मर रहा है वही, जो कल लड़ता था, झगड़ता था, प्रेम करता था। तब तुम इस एक क्रिया को और देख पाओगे। क्योंकि यह मरने की क्रिया है, वह प्रेम की थी, वह दुश्मनी की थी, वह दूकान की थी, वह बाजार की थी। यह भी एक क्रिया है। अब तुम देख पाओगे कि मर रहा है वही।

एक मुसलमान फकीर हुआ, सरमद। सरमद के जीवन में एक बड़ी मीठी घटना है। सरमद पर, जैसा कि सदा होता है, उस जमाने के मौलवियों ने एक मुकदमा चलवाया। पंडित सदा से ही संत के विरोध में रहा है। सरमद पर एक मुकदमा चलवाया, सम्राट के दरवाजे पर सरमद को बुलवाया गया।

मुसलमानों में एक सूत्र है। वह सूत्र यह है कि एक ही अल्लाह है और कोई अल्लाह नहीं

उसके सिवाय; और एक ही पैगंबर है उसका, मुहम्मद। लेकिन सूफी फकीर इसमें से आधा हिस्सा छोड़ देते हैं। वे पहला हिस्सा तो कहते हैं कि एक परमात्मा के सिवाय और कोई परमात्मा नहीं है। दूसरा हिस्सा कि उसका एक ही पैगंबर है मुहम्मद, यह वे छोड़ देते हैं। क्योंकि वे कहते हैं कि उसके बहुत पैगंबर हैं। इसलिए सूफियों के खिलाफ सदा से ही...मुस्लिम थियोलाजी जो है वह सदा से सूफियों के खिलाफ रही है। सरमद तो और भी खतरनाक था। वह सूफियों के इस पूरे सूत्र को भी पूरा नहीं कहता था। इसमें से भी आधा उसने छोड़ दिया था। सूत्र है कि एक ही परमात्मा के सिवाय कोई परमात्मा नहीं। वह सिर्फ इतना ही कहता था, कोई परमात्मा नहीं—आखिरी हिस्से को।

अब यह तो हद हो गई। मुहम्मद को छोड़ दो चलेगा। तब तक भी आदमी नास्तिक नहीं हो जाता। सिर्फ इतना ही है कि मुसलमान नहीं रह जाता। और मुसलमान न रह जाने से कोई धार्मिक नहीं रह जाता, ऐसी कोई बात नहीं है। लेकिन इस सरमद के साथ क्या करोगे? यह कहता है, कोई परमात्मा नहीं।

तो सरमद को दरबार में ले जाया गया। और सम्राट ने पूछा, सरमद, क्या तुम ऐसी बात कहते हो कि कोई परमात्मा नहीं? सरमद ने कहा, कहता हूं। और उसने जोर से दरबार में कहा, कोई परमात्मा नहीं। सम्राट ने कहा, तुम नास्तिक हो क्या? उसने कहा, नहीं, मैं नास्तिक नहीं हूं। लेकिन अभी तक मुझे किसी परमात्मा का कोई पता नहीं चला, तो मैं कैसे कहूं। जितना मुझे पता चला है, उतना ही कहता हूं। इस सूत्र में मुझे आधे का ही पता है अभी कि कोई परमात्मा नहीं। आधे का मुझे कोई पता नहीं। जिस दिन पता हो जाएगा, उस दिन कह दूंगा। और जब तक पता नहीं है, तब तक झूठ कैसे बोलूं! और धार्मिक आदमी झूठ तो नहीं बोल सकता। बड़ी मुश्किल खड़ी हो गई। आखिर उसको फांसी की सजा दी गई। और दिल्ली की जामा मस्जिद के सामने उसकी गरदन काटी गई।

यह कहानी नहीं है। पहली बात मैंने कही, कहानी है। यह कहानी नहीं है। हजारों-लाखों लोगों ने उस भीड़ में उसकी फांसी को देखा। उसकी गरदन काटी गई मस्जिद के दरवाजे पर और मस्जिद की सीढ़ियों से उसकी गरदन नीचे गिरी और उसके कटे हुए सिर से आवाज निकली, एक ही परमात्मा है, उसके सिवाय कोई परमात्मा नहीं।

तो जो लाखों लोग भीड़ में उसके प्यार करने वाले खड़े थे, उन्होंने कहा, पागल सरमद, अगर इतनी ही बात पहले कह दी होती! पर सरमद ने कहा, जब तक गरदन न कटे, तब तक उसका पता कैसे चले। जब पता चला, तब मैं कहता हूं कि परमात्मा है, उसके सिवाय कोई परमात्मा नहीं। लेकिन जब तक मुझे पता नहीं था, तब तक मैं कैसे कह सकता था।

कुछ सत्य हैं जो हमें गुजर कर ही पता चलते हैं। मृत्यु का सत्य तो हमें मृत्यु से गुजर कर ही पता चलेगा। लेकिन उसका पता चल सके, इसकी तैयारी हमें जिंदगी में ही करनी पड़ेगी। मरने की तैयारी भी जिंदगी में करनी पड़ती है। और जो आदमी जिंदगी में मरने की तैयारी नहीं कर पाता, वह बड़े गलत ढंग से मरता है। और गलत ढंग से जीना तो माफ किया जा सकता है, गलत ढंग से मरना कभी माफ नहीं किया जा सकता। क्योंकि वह चरम बिंदु है, वह अल्टीमेट है, वह आखिरी है, वह जिंदगी का सार है, निष्कर्ष है। अगर जिंदगी में छोटी-मोटी भूलें यहां-वहां की हों तो चल सकता है, लेकिन आखिरी क्षण में तो भूल सदा के लिए थिर और स्थायी हो जाएगी।

और मजा यह है कि जिंदगी की भूलों के लिए पश्चात्ताप किया जा सकता है और जिंदगी की भूलों के लिए माफी मांगी जा सकती है और जिंदगी की भूलों को सुधारा जा सकता है, लेकिन

मौत के बाद तो सुधारने का उपाय नहीं रहता और भूल का पश्चात्ताप भी नहीं रहता, रिपेंटेंस भी नहीं कर सकते, क्षमा भी नहीं मांग सकते, सुधार भी नहीं कर सकते। वह तो आखिरी सील लग जाती है। इसलिए गलत ढंग से जिंदगी माफ भी कर दी जाए, गलत ढंग से मरना माफ नहीं किया जा सकता।

और ध्यान रहे, जो आदमी गलत ढंग से जीया है, वह ठीक ढंग से मर कैसे सकता है। जिंदगी ही तो मरेगी, जिंदगी ही तो उस बिंदु पर पहुंचेगी जहां से वह विदा होगी। तो जो मैं जिंदगी भर था, वही तो मैं अपने अंतिम क्षण में समग्र रूप से इकट्ठा होकर हो जाऊंगा। वह अकुमलेटिव होगा। आखिरी क्षण में मेरी सारी जिंदगी का सब कुछ इकट्ठा होकर मेरे साथ खड़ा हो जाएगा। मेरी पूरी जिंदगी मैं मरते क्षण में होऊंगा। अगर हम इसको ऐसा कहें कि जिंदगी फैली हुई घटना है, मौत सघन है। अगर हम इसको ऐसा कहें कि जिंदगी बहुत लंबे फैलाव का विस्तार है और मृत्यु सारे विस्तार का इकट्ठा, संक्षिप्त संस्कार है—इकट्ठा हो जाना है। मृत्यु बहुत एटामिक है। एक कण में सब इकट्ठा हो गया।

इसलिए मृत्यु से बड़ी घटना नहीं है, पर मृत्यु एक ही बार घटेगी। इसका मतलब यह नहीं है कि आप और पहले नहीं मरे हैं। नहीं, वह बहुत बार घटी है। लेकिन एक जिंदगी में एक ही बार घटती है। और एक जिंदगी में अगर आप सोए-सोए जीए, तो वह नींद में ही घट जाती है। फिर दूसरी जिंदगी में वह नयी होती है। फिर एक ही बार घटती है।

और ध्यान रहे, जो आदमी इस जिंदगी में होशपूर्वक मर सकता है—कांशस डेथ—वह आदमी दूसरी जिंदगी में होशपूर्वक जन्म लेता है। वह उसका दूसरा हिस्सा है। और जो होशपूर्वक मरता है और होशपूर्वक जन्म लेता है, उसकी जिंदगी किसी और तल पर चलने लगी। वह पहली दफे ठीक से, होशपूर्वक जिंदगी के पूरे अर्थ को, प्रयोजन को, जिंदगी की गहराई और ऊंचाई को पकड़ पाता है। जिंदगी का पूरा सत्य उसके हाथ में आ पाता है।

तो दो बातें मैंने कहीं। मृत्यु में होशपूर्वक विदा होने के लिए एक तो दुख के प्रति जागना, स्मरणपूर्वक। दुख से भागना मत, दुख से पलायन मत करना। और दूसरी बात मैंने कही कि अनायास जिंदगी के काम में चलते-फिरते चौंककर खड़े हो जाना, एक क्षण को साक्षी हो जाना। फिर अपने रास्ते पर चल पड़ना। अगर चौबीस घंटे में ऐसे दो-चार क्षण के लिए भी आप साक्षी हो जाएं, तो आप अचानक पाएंगे कि जिंदगी बड़ा भारी पागलखाना है, जिसमें आप साक्षी होते से ही बाहर हो जाते हैं।

जब कोई आदमी आपको गाली दे रहा हो, तब आप इतने जल्दी भोक्ता बन जाते हैं कि आप उस गाली देने वाले को देख ही नहीं पाते। उसने उधर गाली दी नहीं कि इधर आपको मिली नहीं। असल में वह दे भी नहीं पाता है कि आपको मिल जाती है। वह आधी दे पाता है कि आप पूरी ले लेते हैं। वह जितनी देता है उससे दुगनी ले लेते हैं। वह भी चौंकता है कि इतनी गाली तो मैंने दी ही नहीं थी जितनी आपने ले ली है। तो आप देख ही नहीं पाते कि क्या हो रहा है। अगर आप देख पाएं...।

जब कोई गाली दे रहा हो तो, एकाध दफे साक्षी होकर देखें, भोक्ता न बनें, बस खड़े होकर देखें कि कोई गाली दे रहा है। और तब जो हंसी आपको अपने पर आएगी, वह बड़ी मुक्तिदाई होगी। तब आप जिंदगी भर जो भोक्ता बन गए गाली पर, आज उस पर हंसी आएगी। और हो सकता है उस आदमी को आप धन्यवाद देकर अपने घर चले जाएं और मुसीबत में डाल दें। क्योंकि यह उसकी समझ के बाहर होगा। यह वह समझ ही नहीं पाएगा कि क्या हुआ।

चौबीस घंटे जो भी हो रहा है—क्रोध में, घृणा में, प्रेम में, मित्रता में, शत्रुता में, काम में, विश्राम में—जो भी हो रहा है उसे कभी एक क्षण के लिए, ज्यादा नहीं कहता हूं, बस एक क्षण के लिए एक झटका अपने को दें और जाग कर देखें कि क्या हो रहा है। और उस वक्त भोक्ता न रहें, उस वक्त जो हो रहा है उसके सिर्फ देखने वाले रह जाएं। इतना सन्नाटा छा जाएगा उस क्षण में और उस क्षण में आप इतना जान सकेंगे! क्योंकि उस क्षण में आप ध्यान से भर जाएंगे। वह जो जागने का क्षण है, वह ध्यान का क्षण है।

ये दो प्रयोग अगर चलें तो तुमने जो बाकी बातें पूछीं हैं, वे इनके पीछे आएंगी। जैसे तुमने पूछा है कि ब्रह्मचर्य साधक साधे तो मृत्यु में सहयोगी होगा? वह जाग सकेगा? असल में ब्रह्मचर्य वही साध सकता है, जो साक्षी बने, अन्यथा नहीं साध सकता। भोक्ता कामी रहेगा ही। भोक्ता का अर्थ ही कामी होता है, वह भोगना चाहता है। अगर साक्षी बने, तो धीरे-धीरे उसके जीवन से काम और सेक्स विदा हो जाएंगे। अगर कोई संभोग के क्षण में साक्षी बन सके, तो शायद दुबारा संभोग में नहीं जा सकेगा। क्योंकि चीजें ऐसी बेमानी और व्यर्थ हो जाएंगी। इतना बचकाना और चाइल्डिश सब हो जाएगा कि लगेगा, यह सब क्या हो रहा है! यह क्या किया जा रहा है! यह है क्या? यह मैं अब तक कैसे कर रहा हूं? यह सब मुझे कैसे पकड़े हुए है!

लेकिन नहीं, हम साक्षी नहीं हो पाते हैं, इसलिए फिर दोहरा लेते हैं। असल में भूल के दोहराने को अगर जारी रखना हो, तो कभी भी साक्षी मत बनना। हर भूल फिर दोहरती रहेगी। हर भूल का भी फिर अपना सीजन होता है, वह भूल दोहरती रहती है। अगर आप दो-चार महीने का अपना रेकार्ड रख सकें सारी बातों का, तो आप फौरन पता लगा लेंगे कि आप भी उसी तरह हैं जैसे कुछ लोग पीरियाडिकल पागल होते हैं।

मेरे एक मित्र हैं। आज ही दोपहर उनकी चिट्ठी आई है। वे छह महीने पागल रहते हैं, छह महीने ठीक रहते हैं। वे मुझसे हमेशा कहते हैं कि मुझे ऐसा क्यों होता है? मैंने कहा, तुम्हें सिर्फ पता चल जाता है, क्योंकि तुम्हारे पीरियड बड़े साफ और बंटे हुए हैं। दूसरे लोगों के पीरियड इतने साफ बंटे हुए नहीं हैं। वे दिन में छह दफे पागल होते हैं, छह दफे ठीक होते हैं। इसलिए उनकी पकड़ में नहीं आता। तुम छह महीने इकट्ठे सालिड पागल हो जाते हो और छह महीने एकदम ठीक हो जाते हो, तो तुम्हारा कंट्रास्ट बहुत साफ है। बाकी आम आदमी दिन में दस दफे पागल होता है, दस दफे ठीक होता है। उसको खुद भी पता नहीं चलता, दूसरों को भी पता नहीं चलता कि कब वह पागल है और कब वह ठीक है।

लेकिन अगर हम दो-चार महीने का अपना पूरा का पूरा ब्योरा रख सकें, तो हम फौरन पकड़ लेंगे उस ब्योरे में कि सब चीजें दोहरती हैं। करीब-करीब क्रोध का क्षण बराबर ठीक समय पर दोहरता है। आपको ठीक समय पर भूख ही नहीं लगती, ठीक समय पर क्रोध भी लगता है। इसका हिसाब रखें तो पता चल सकेगा। ठीक ग्यारह बजे भूख लग आती है, घड़ी में ग्यारह बजा और भूख लग आती है। बारह बजे भूख लग आती है कि एक बजे भूख लग आती है। जब आप रोज भोजन करते हैं, भूख लग आती है। शरीर कह देता है, भूख लगी है। ठीक ऐसे ही क्रोध भी लगता है, ठीक ऐसे ही काम भी लगता है, ठीक ऐसे ही प्रेम भी लगता है, ये सब लगते हैं। ये भूखें है। इन सबका वक्त बंधा हुआ है।

और यह भूल, बार-बार वही भूल दोहरती चली जाती है, क्योंकि कभी हमने इसे पकड़ने की कोशिश नहीं की है कि यह एक मेकेनिकल रूटीन है, यह यंत्रवत सब हो रहा है। इसलिए कभी-कभी बड़ी कठिनाई होती है। जैसे आपको भूख लगी हो और घर में खाना न हो, तभी आपको

पता चलता है कि भूख लगी है। भूख लगी हो और खाना मिल जाए, तो भूख का पता नहीं चलता। निपट जाती है बात। ऐसे ही जब आपको क्रोध लगे और आसपास कोई न मिले, तब आपको पता चल सकता है। लेकिन कोई न कोई मिल ही जाता है। ऐसा तो हो भी जाता है कि भूख लगे और भोजन न मिले, ऐसा मुश्किल से हो पाता है कि क्रोध लगे और क्रोध करने को कोई न मिले। यहां तक कि आदमी जिनको हम निर्जीव चीजें कहते हैं, उन चीजों के साथ भी क्रोध का व्यवहार करता है। और कोई न मिले तो फाउंटेनपेन को जोर से गाली देकर पटक देता है। इस आदमी को अगर कभी भी खयाल आ जाए, तो क्या सोचेगा! क्या सोचेगा यह आदमी।

अभी अमरीका मे वे इसकी खोजबीन करते हैं कि गाड़ियों के जो ऐक्सीडेंट होते हैं, उनमें कितना मानसिक कारण है। तो बड़ी भारी मात्रा में दिखाई पड़ता है। क्योंकि क्रोध में आदमी जोर से ऐक्सीलेटर दबा देता है, उसे पता नहीं रहता। हो सकता है, वह पत्नी का सिर दबा रहा हो, कि बेटे की गरदन दबा रहा हो। मगर ऐक्सीलेटर पर पैर है उसका इस वक्त। ऐक्सीलेटर किसी के इमेज का काम कर रहा है। अब वह दबाए चला जा रहा है। अब वह भूल गया है कि कार चला रहा है। अब वह क्रोध चला रहा है। मगर किसी को तो पता नहीं कि वह क्या कर रहा है। वह क्रोध चला रहा है। खतरा होने ही वाला है। क्योंकि कार को क्रोध से कोई लेना-देना नहीं है, कार को क्रोध का कोई पता नहीं है। और कार में कोई बिल्ट-इन ऐसी व्यवस्था हम अभी तक नहीं कर पाए हैं कि जब आदमी क्रोध करे, तो कार चलने से इनकार कर दे। कार का ऐक्सीलेटर दबाते हैं, कार समझती है कि जोर से चलाना है। कार को पता नहीं है कि इस वक्त धीमे चलने की जरूरत है। इस वक्त यह आदमी खतरे की हालत में है। इसको इस वक्त कुछ भी नहीं दिखाई पड़ रहा है।

चौबीस घंटे में हमारे क्रोध के क्षण लौट रहे हैं, काम के क्षण लौट रहे हैं। और एक बंधी हुई व्यवस्था है जिसमें हम डोलते रहते हैं मशीन की भांति। जब आप जागकर देखेंगे, तब आपको दिखाई पड़ेगा कि यह मैं जी रहा हूं कि सिर्फ कोल्हू के बैल की तरह घूम रहा हूं!

निश्चित ही जीना कोल्हू के बैल की तरह घूमना नहीं हो सकता है। कोल्हू के बैल की तरह घूमने में जिंदगी कहां है? एक यांत्रिकता, एक मेकेनिकल इंतजाम है, वह चल रहा है। कभी आपने सोचा है?

अभी मैं एक किताब पढ़ता था। एक बहुत अदभुत आदमी है और उसने एक अनूठा प्रयोग किया है। उसने यह समझने की कोशिश की कि रास्ते पर एक आदमी मिलता है और आपसे पूछता है कि कहिए कैसे हैं? आप कहते हैं, बिलकुल ठीक। आपने कभी खयाल न किया होगा कि उस आदमी को आपने जो उत्तर दिया, वह उसने सुना ही नहीं। न उसने उस उत्तर को सुनने के लिए आप से प्रश्न पूछा था। वह तो उसे कुछ और पूछना होगा, यहां से शुरुआत की थी। और कहीं से एकदम से शुरुआत करना जरा अजीब मालूम पड़े। तो वह शुरू करता है, कहिए कैसे हैं? फोन पर भी बात करता है तो कहता है, आपकी तबीयत कैसी है? और आपकी तबीयत से उसको कोई मतलब नहीं है; कभी नहीं रहा, न कभी रहेगा। इसलिए आप जो उत्तर देते हैं, वह उसको सुनने वाला नहीं है। बस, वह उसको आगे लांघकर दूसरी बात करेगा।

तो उस आदमी ने सोचा कि यह प्रयोग करने जैसा है। सुबह उसने प्रयोग किया। उसको किसी ने फोन किया। और उसने पूछा, कहिए, आप कैसे हैं? उसने कहा कि गाय अच्छा दूध दे रही है। उसने कहा कि बहुत अच्छा, बड़ा अच्छा है। आपकी पत्नी कैसी है? तब उसे पता चला कि कोई सुन नहीं रहा है। चीजें हम ले रहे हैं बिलकुल यंत्रवत।

एक दूसरे आदमी की मैं अभी जीवनी पढ़ता था। वह सारी दुनिया घूमा हुआ है। तो जिस

मुल्क में भी जाओ, वहीं पच्चीस तरह के फार्म भरने पड़ते हैं। तो वह परेशान हो गया था कि वह फार्म किस लिए भरवाते हैं। उसमें उसने अनर्गल बातें भरीं। लेकिन उसने सारी दुनिया के सब फार्म अनर्गल भर आया, किसी सरकार ने उसको रोका नहीं। उम्र में लिखता है पांच हजार साल, और कोई नहीं रोकने वाला है। कौन पढ़ता है! किसको मतलब है! किसको प्रयोजन है! किसी को कोई मतलब नहीं है।

जिंदगी बिलकुल सोई-सोई यंत्रवत चल रही है। सब यांत्रिक उत्तर हैं। दूसरा पूछ रहा है, कैसे हैं? आप भी कह रहे हैं, ओ के, बिलकुल ठीक हैं। ये काम कंप्यूटर भी कर सकते हैं। एक कंप्यूटर पूछे, कैसे हैं? तो दूसरा कंप्यूटर कहे, ओ के। ऐसे ही चल रहा है। इसमें कोई चेतना, इसमें कोई होश, इसमें कोई जागृति—कुछ भी नहीं है। इसके प्रति थोड़ा जागने की जरूरत है। इसके प्रति साक्षी, इसके प्रति विटनेसिंग की जरूरत है।

रुक जाएं और एक क्षण को, किसी भी क्षण को, जागने का क्षण बना लें और चौंक कर देखें चारों तरफ कि क्या हो रहा है। आप साक्षी रह जाएं सिर्फ।

ये दो तैयारियां अगर चलें, तो आप पाएंगे कि आपके जीवन से क्रोध कम होने लगा है। क्योंकि साक्षी चेतना क्रोध नहीं कर सकती। क्रोध करने के लिए आइडेंटिटी चाहिए ही, मूर्च्छा चाहिए ही। साक्षी चेतना ब्रह्मचर्य को उपलब्ध होने लगेगी, क्योंकि साक्षी चेतना कामवासना से ग्रसित नहीं हो सकती। साक्षी चेतना ज्यादा भोजन नहीं कर सकती है। इसलिए उसे कोई कसम और व्रत नहीं लेना पड़ेगा कि मैं अब थोड़ा कम भोजन करूंगा।

हमें पता नहीं है कि हम अगर भोजन भी ज्यादा करते हैं, तो उसका कारण बहुत गहरा होता है, भोजन नहीं होता है। अब जैसे समझें थोड़ा-सा इस बात के लिए कि एक आदमी ज्यादा भोजन कर रहा है। उसे पता भी नहीं होता कि वह क्यों ज्यादा भोजन कर रहा है। कभी आपने सोचा कि जब आप क्रोध में होते हैं, तो ज्यादा भोजन कर जाते हैं? कभी इसका रेकार्ड रखा? कभी आपने सोचा कि जब आपको जीवन में प्रेम की कमी अखरती है, तब आप ज्यादा भोजन कर जाते हैं? इसका कोई रेकार्ड रखा? इसका कभी होशपूर्वक खयाल किया है कि जब जीवन में प्रेम भरा-पूरा होता है, तो आदमी ज्यादा भोजन नहीं करता? अगर किसी प्रेमी से मिलना हो जाए, तो भोजन की भूख ही मर जाती है। प्रेम के क्षण में भूख मर जाती है। लेकिन प्रेम न हो जिंदगी में तो आदमी भोजन करने लगता है जोर से। लेकिन क्यों? इसके पीछे बड़ी मेकेनिकल व्यवस्था है। बड़ी दूर से हमारे मन की कंडीशनिंग है।

मां से बच्चे को प्रेम और भोजन दोनों मिलते हैं। और बच्चे के लिए जो पहला अनुभव है प्रेम का, वह भोजन का ही अनुभव है। अगर मां उसको भोजन न दे तो अप्रेम का पता चलता है, और भोजन दे तो प्रेम का पता चलता है। पहले अनुभव में भोजन और प्रेम दो चीजें नहीं हैं—बच्चे के पहले अनुभव में—भोजन और प्रेम, यानी एक चीज। बच्चे का पहला अनुभव प्रेम और भोजन का एक ही है। तो अगर मां बच्चे को बहुत प्रेम करती है, तो वह कम दूध पीता है। क्योंकि वह सदा आश्वस्त है कि कभी भी दूध मिल सकता है। कोई भय नहीं है भविष्य का। इसलिए पेट को ज्यादा भर लेने की कोई जरूरत नहीं है। तो जो मां बच्चे को ज्यादा प्रेम करती है, उसका बच्चा कम दूध पीएगा। जो मां बच्चे को प्रेम नहीं करती, जो दूध जबर्दस्ती पिलाती है, किसी तरह पिलाती है, हटाने की कोशिश में लगी रहती है, वह बच्चा ज्यादा दूध पीने लगेगा। क्योंकि आश्वासन नहीं है। हो सकता है, घड़ी भर बाद मां फिर उसको दूध दे, न दे। फिर दो घंटे चार घंटे कितनी देर भूखा रहना पड़े।

तो प्रेम की कमी उसे भोजन ज्यादा लेने को कहती है और प्रेम का ज्यादा भाव उसको भोजन कम लेने को कहता है। फिर यह उसके मन की कंडीशनिंग का हिस्सा हो जाता है। जब भी उसकी जिंदगी में प्रेम बहता है, तब वह भोजन कम करता है। और जब प्रेम रुक जाता है, तब वह भोजन ज्यादा करने लगता है। हालांकि उसे अब इससे कोई संबंध नहीं है। लेकिन अब वह यंत्रवत बहाव है।

इसलिए जिन लोगों की जिंदगी में प्रेम कम है, वे ज्यादा भोजन करने लगेंगे। लेकिन अगर इसके प्रति होश आ जाए, तो तुम बहुत हैरान हो जाओगे कि जब तुम ज्यादा भोजन कर रहे हो, तो सवाल यह नहीं है कि तुम कम भोजन करने की कसम खाओ। सवाल यह है कि तुम्हारी जिंदगी में प्रेम जैसी घटना नहीं घटी है। तब तुम रूट कॉज़ेज को पकड़ पाते हो कि कहां बुनियादी गड़बड़ है? कहां तकलीफ है? असली बात क्या है?

अब एक आदमी है। वह ज्यादा भोजन करता है। वह जाकर मंदिर में किसी मुनि, किसी संन्यासी के सामने कसम खा लेता है कि अब हम एक ही दफा भोजन करेंगे। वह एक दफे में दो-तीन दफे का भोजन करने लगता है। तीन दफे का भोजन करने लगता है एक दफे में और दिन भर भूखा मरता है। और दिन भर भोजन की सोचता है। फिर वह मेनिआक हो जाता है। फिर वह भूखा नहीं रह जाता, वह विक्षिप्त हो जाता है। भूख की विक्षिप्तता पैदा हो जाती है। फिर वह चौबीस घंटे भोजन में ही जीता है। अब हमारे मुल्क में इतने हजारों साधु-संन्यासी हैं, जो चौबीस घंटे भोजन की चिंता में ही जीते हैं। ये मेनिआक हैं, ये विक्षिप्त हैं। इनको पता नहीं कि इन्होंने क्या कर लिया है। यह क्या पागलपन कर लिया है। पूरे वक्त भोजन का ही चिंतन रह गया है। जैसे कि भोजन ही कुछ चिंतना का विषय है जगत में, जैसे भोजने के संबंध में ही सोचते रहना जीवन का लक्ष्य है। सुबह से लेकर सांझ तक। अगर उन्होंने भोजन का सारा इंतजाम कर लिया है, जैसा वे चाहते हैं वैसा कर लिया है, तो सब हल हो गया।

विवेकानंद ने अमरीका में कहा था कि मेरा मुल्क बर्बाद न होता, लेकिन मेरे मुल्क का सारा धर्म किचन का धर्म हो गया है, चौके का धर्म हो गया है, इसलिए मर गया मेरा मुल्क। और धर्म जब चौके का हो जाए, तो क्या धर्म रह जाता है?

इसके पीछे कारण है कि हम जागकर अपने भीतर की पूरी व्यवस्था नहीं देख पाते कि हम कब क्या करते हैं।

अब एक आदमी है। शराब पीए जा रहा है। और हम सब भिड़े हुए हैं कि वह शराब छोड़े। वह भी कोशिश करता है कि मैं शराब छोड़ूं। लेकिन वह कभी नहीं फिक्र करता कि बात क्या है? आखिर वह शराब क्यों पीए जा रहा है? आखिर बेहोश होने की इच्छा उसमें क्यों पैदा हो रही है? जरूर इसकी जिंदगी में कुछ है जिसे वह भूल जाना चाहता है; जिंदगी में कुछ है जो याद करने से बचना चाहता है; जिंदगी में कुछ है जिस पर पर्दा डाल देना चाहता है। इसके प्रति अगर वह जागे, तो कुछ हल हो जाए। लेकिन इसके प्रति न जागकर वह उलटा पर्दा डालता चला जाएगा। फिर वह पर्दों पर पर्दे डालना चाहेगा। फिर इस पर्दे पर भी पर्दा डालना चाहेगा, क्योंकि इस पर्दे के पीछे कुछ छिपा रखा है। वह पता न चल जाए। फिर यह जिंदगी एक दौड़ हो जाएगी पर्दा डालने की और सब झूठा हो जाएगा। और एक दिन उसी आदमी को पता लगाना मुश्किल हो जाएगा कि मैंने किस लिए भूलना शुरू किया था। वह खुद ही भूल चुका होगा। उसे खुद ही पता न रह जाएगा कि कब मैंने शराब पीनी शुरू की थी और क्यों शुरू की थी।

अब एक आदमी सिगरेट फूंके जा रहा है, दिन भर सिगरेट फूंक रहा है। कोई पूछ सकता

है कि बड़ी अजीब बात है कि एक आदमी धुएं को भीतर ले जाता है, बाहर निकालता है, इसकी बात क्या हो सकती है? कारण क्या हो सकता है? इस धुएं को बाहर और भीतर निकालने की प्रक्रिया में राज जरूर होना चाहिए। क्योंकि सारी दुनिया के इतने अधिक लोग बिलकुल ही व्यर्थ सिगरेट पी रहे हों, ऐसा नहीं हो सकता। और एक सिगरेट पीने वाला भी अगर गौर करे, तो पता लगा सकता है कि कब सिगरेट पीता है। जब भी वह लोनली अनुभव करता है, जब भी अकेला अनुभव करता है, जब कोई कंपनी नहीं होती, तभी वह तत्काल सिगरेट पीने लगता है। अब वह सिगरेट से साथी का काम ले रहा है। और सिगरेट सस्ता साथी है। झंझट भी नहीं है उससे, खीसे में डालो, जहां चाहो ले जाओ। अकेले बैठो। जब चाहो, तब उसके साथ काम शुरू कर दो। वह आकुपेशन है। और एक अर्थ में निर्दोष है। निर्दोष व्यर्थता है। इनोसेंट आकुपेशन है। आप किसी का कुछ भी नहीं बिगाड़ रहे हैं। अगर बिगाड़ रहे हैं तो अपना थोड़ा-बहुत बिगाड़ रहे हैं। धुआं निकाल रहे हैं, धुआं फेंक रहे हैं। कुछ कर नहीं रहे हैं, पर व्यस्त हैं।

मैं एक ट्रेन में था। तो ट्रेन में तो मेरी आदत है कि चुपचाप सो जाऊं और जितनी देर सो सकूं सोया रहूं। साथ में एक सज्जन थे। वे बड़े परेशान थे। उन्होंने मुझे कई दफा जगाने की कोशिश की। जब कोई छह घंटे बाद मैं उठा और स्नान करके फिर सोने लगा, तो उन्होंने कहा, आप यह क्या कर रहे हैं! मैं अपने एक ही अखबार को दस बार पढ़ चुका हूं। इस खिड़की को खोलता हूं उसको बंद करता हूं। और आप हैं कि सो रहे हैं। मैं तो सोचता था, कुछ कंपेनियनसिप होगी, कोई बात होगी कोई चीत होगी। और इतनी सिगरेट मैंने कभी नहीं पी, जितनी मैं अभी पी चुका हूं। अब आप उठ आइए।

वे ठीक कह रहे हैं। आदमी अकेला है, इतनी भीड़ में भी। इतनी भीड़-भाड़ हमें दिखाई पड़ती है—पत्नी है, बेटे हैं, बेटियां हैं, पिता हैं, मां हैं, घर है, परिवार है—इतना भीड़-भड़क्का है, सब कुछ है, लेकिन फिर भी आदमी अकेला है। अभी हम आदमी के अकेलेपन को नहीं मिटा पाए। और वह अकेलेपन को मिटाने के लिए कुछ-कुछ कर रहा है। कभी सिगरेट पी रहा है, कभी ताश खेल रहा है। दूसरे के साथ छोड़िए, खुद के साथ खेल रहा है। दोनों तरफ से बाजिया चल रहा है। तब तो पागलपन की हद हो जाती है न! कि एक आदमी दोनों तरफ की बाजियां बिछाये हुए है। उधर से भी चलता है, इधर से भी चलता है। बुद्धिमान से बुद्धिमान आदमी यह काम करते मिल जाएगा। तो हमारा बुद्धिमान भी बहुत बुद्धिमान है, ऐसा मालूम नहीं पड़ता। कारण क्या है?

इसके प्रति जागना पड़े। इसके प्रति साक्षी होना पड़े। अगर यह आदमी जो दोनों तरफ ताश की बाजियां चल रहा है, खुद ही अगर एक क्षण को होश से भर जाए और साक्षी होकर देखे, तो जैसे आप इस पर हंसे हैं, क्या ऐसे ही यह अपने पर नहीं हंस पाएगा? कि हंस पाएगा! वह देखेगा, यह क्या हो रहा है! यह मैं कर क्या रहा हूं जिंदगी के साथ!

और यह अगर दिखाई पड़ जाए, तो कसम नहीं लेनी पड़ती, व्रत नहीं लेना पड़ता, कुछ छोड़ना नहीं पड़ता। चीजें जो व्यर्थ हैं, छूटती हैं। और उनके मूल कारण को पकड़ कर अगर हम उस कारण के प्रति और गहरे में सजग होते चले जाएं, तो वह धीरे-धीरे, धीरे-धीरे हमें उस जगह पहुंचा देता है जहां से जड़ें उखाड़कर फेंक दी जा सकती हैं बिना किसी कष्ट के।

और ध्यान रहे, अगर आपने किसी वृक्ष के पत्ते काटने शुरू किए, तो आप मुश्किल में पड़ जाएंगे। क्योंकि एक पत्ता काटो, तो चार पैदा होते हैं, क्योंकि वृक्ष समझता है कि आप कलम कर रहे हैं। और वृक्ष की कोई गलती नहीं है। वह सोचता है कि आपको चार पत्ते की जरूरत होगी, इसलिए एक काट रहे हैं, तो वह चार पैदा कर देता है। जब चार हो जाते हैं, तो आप घबड़ाकर

चार काटते हैं, तो सोलह हो जाते हैं।

नहीं, जड़ों से चीजें उखाड़ी जाती हैं, पत्तों से नहीं काटी जातीं। हम जिंदगी भर पत्तों से खेलते रहते हैं और जड़ों का हमें कोई पता नहीं। कोई कहता है कि ब्रह्मचर्य की कसम ले लो...।

कलकत्ते में एक घर में मैं मेहमान था। एक मेरे मित्र भी साथ थे। जिन बूढ़े के घर मैं मेहमान था वह बहुत ईमानदार आदमियों में से एक थे। सत्तर साल उनकी उम्र हो गई। उन्होंने मुझसे कहा कि अब मैं क्या करूं आप ही बताइए, मैं जिंदगी में तीन बार ब्रह्मचर्य का व्रत ले चुका। उन्होंने यह कहा यह तो ठीक था, इससे भी आश्चर्यजनक घटना यह थी कि मेरे मित्र जो थे वे बड़े प्रभावित हुए। उन्होंने कहा कि तीन बार! मैंने कहा कि तुम समझो भी तो कि तीन बार का मतलब क्या होता है! मैंने उन वृद्ध से पूछा कि चौथी बार क्यों नहीं लिया? क्या तीसरी बार लिया हुआ सफल हो गया? उन्होंने कहा कि नहीं, तीसरी बार मेरी हिम्मत ही टूट गई। इसलिए लिया नहीं।

वे ईमानदार आदमी थे। तीन बार जो व्रत लेगा उसका मतलब ही यह है कि हर बार टूटेगा। और तीन बार व्रत टूटेगा, लेकिन तीन बार व्रत के टूटने की निराशा तो सघन होगी। और तीन बार व्रत टूटेगा तो तीन बार की हताशा तो सघन होगी। तीन बार व्रत टूटेगा तो तीन बार के आत्म-विश्वास के टूटने की स्थिति तो गहरी हो जाएगी। चौथी दफे हिम्मत न रह जाएगी व्रत लेने की। तो मैंने उनसे कहा कि जिस साधु ने आपको यह व्रत दिलवाया है वह आपका दुश्मन था। आपने समझा कि मित्र है। उसने आपकी हिम्मत ही तोड़ दी। अब सत्तर साल की उम्र में भी ब्रह्मचर्य का व्रत लेने की हिम्मत नहीं है आपमें अब। पर कारण क्या है? पत्ते! एक पत्ता काटा तीन पैदा हो गए।

ब्रह्मचर्य के व्रत लिए जाते हैं? ब्रह्मचर्य के व्रत नहीं होते, सिर्फ कामवासना की समझ होती है। कामवासना की जागरूकता होती है। कामवासना की जागरूकता ब्रह्मचर्य का फल बन जाती है। जब कोई आदमी अपनी कामवासना के प्रति जागता है, समझता है, खोजता है, जीता है, पहचानता है, तो अचानक पाता है कि वह किस खेल में लगा हुआ है। यह खेल भी उस पत्ते बिछाने से ज्यादा नहीं है। यह सब खेल पत्ते बिछाने का खेल चल रहा है। जब पूरी तरह होश से उसके भीतर प्राणों की गहराई में तीर की तरह यह बात पहुंच जाती है, तो वह अचानक पाता है कि ब्रह्मचर्य फलित हो गया। ब्रह्मचर्य कोई व्रत नहीं है।

ध्यान रहे, धर्म का व्रत से कोई भी संबंध नहीं है। और व्रती कभी धार्मिक नहीं होते। हो भी नहीं सकते। धार्मिक आदमी वह है, जिसके जीवन में व्रत के फल लगते हैं, कान्सीक्वेन्स की तरह, परिणाम की तरह। वह जितना ही जिंदगी को देखता है उतना ही पाता है कि कुछ चीजें बदलती जा रही हैं, कुछ चीजें बदलती जा रही हैं।

एक आदमी के हाथ में कंकड़-पत्थर हैं। हम उससे चिल्ला रहे हैं कि छोड़ो यह कंकड़-पत्थर। लेकिन उसको रंगीन हीरे दिखाई पड़ रहे हैं और हैं रंगीन पत्थर। चमक है उनमें। वह आदमी समझता है, हीरे हैं। वह कैसे छोड़ दे। वह आदमी कहता है कि जिन्होंने छोड़ा, उनको हम भगवान मानते हैं, लेकिन हम साधारण आदमी हैं, हम न छोड़ सकेंगे। लेकिन यह आदमी हीरे की खदान पर पहुंच गया है और हीरे सामने दिखाई पड़ने लगे हैं। फिर क्या इसको समझाना पड़ेगा कि कंकड़-पत्थर छोड़ दो? इसको पता ही नहीं चलेगा कि कब कंकड़-पत्थर छोड़ दिए और दौड़ पड़ा और कब इसने हीरों से हाथ भर लिये। और इससे अगर बाद में आप पूछेंगे कि उन कंकड़-पत्थरों का क्या हुआ जो पहले तुम हाथ में लिये रहते थे? तो यह कहेगा कि अच्छी याद दिलाई। मैं भूल ही गया था कि उनका क्या हुआ। वे कहां गए, मुझे पता नहीं। वे कब गिर गए,

मुझे पता नहीं है। क्योंकि जब हीरे दिखाई पड़ जाएं, तो हाथ तत्काल खाली करने पड़ते हैं।

जीवन एक विधायक चढ़ाव है, एक निषेधात्मक उतार नहीं। जीवन एक पाजिटिव अचीवमेंट है, एक निगेटिव रिनंशियेसन नहीं। जीवन एक त्याग नहीं है, जीवन एक उपलब्धि है। और जितनी साक्षी चेतना गहरी होती है, उतने परम आनंद के नए तल दिखाई पड़ने लगते हैं। उतने दुख के तल छूटने लगते हैं, उतना कचरा फिंकने लगता है। पत्थर फिंकने लगते हैं। हीरे हाथ में आने लगते हैं।

तो जिन और बातों के तुमने प्रश्न पूछे हैं, वे सारी बातें इन दो घटनाओं के साथ चलेंगी। तुम्हारा दुख-बोध तीव्र हो। तुम दुख-बोध में तादात्म्य छोड़ो। तुम दुख-बोध में शरीर के साथ एक न रहो। और जीवन की समस्त क्रियाओं, प्रक्रियाओं में तुम साक्षी बनो, भोक्ता न रहो। एक छोटी-सी घटना से मैं तुम्हें और समझाऊं, निरंतर मुझे प्रीतिकर रही है।

अभी-अभी शायद जन्म-तिथि गुजरी है ईश्वरचंद विद्यासागर की। वे एक नाटक को देखने गए थे। चल रहा है नाटक और उसमें एक विलेन है। उस नाटक में एक आदमी है, जो एक स्त्री को सताने के लिए उसके पीछे पड़ा हुआ है। वह सब तरह से उसको परेशान कर रहा है। अब ईश्वरचंद बड़े आदमी थे, बुद्धिमान आदमी थे। पहली ही कुर्सी पर, नंबर एक की कुर्सी पर देखने के लिए उन्हें आमंत्रित किया गया था। वे बैठकर देख रहे थे। सज्जन आदमी थे। उनका संयम टूट गया। इतने क्रोध में आविष्ट हो गए कि वे यह भूल गए कि नाटक है। निकाला जूता पैर से...। और आखिरी क्षण था, क्लाइमेक्स था उस नाटक का। कि आखिर एक घने जंगल में अंधेरी रात में वह खलनायक, वह अभिनेता, वह पात्र उस स्त्री को पकड़ लेता है। अंधेरी रात है, सन्नाटा है। कोई भी आसपास नहीं है। वह स्त्री चिल्लाती है, लेकिन उसकी चिल्लाहट सन्नाटे में गूंजती है। बस ईश्वरचंद ने निकाला जूता, छलांग लगाकर मंच पर चढ़ गए और लगे उसे मारने, उस अभिनेता को मारने लगे।

अभिनेता ने उनका जूता अपने हाथ में ले लिया, सिर से लगाया। अभिनेता ने जितनी समझ दिखलाई उतनी ईश्वरचंद नहीं दिखला पाए। और उसने लोगों से कहा कि इतना बड़ा पुरस्कार मुझे जीवन में कभी नहीं मिला। ईश्वरचंद जैसा बुद्धिमान आदमी नाटक को सत्य समझ ले, तो अभिनेता की कुशलता नहीं तो और क्या है! तो उसने कहा, इस जूते को मैं संभालकर रखूंगा विद्यासागर जी, इसको वापस नहीं करता। यह मेरा सबसे बड़ा पुरस्कार है।

ईश्वरचंद विद्यासागर जैसा आदमी नाटक को सत्य समझ ले, तो हम जैसे साधारण आदमी, जिसको हम सच कहते हैं, उसको नाटक कैसे समझ पाएंगे। लेकिन अगर साक्षी होने के थोड़े प्रयोग करें, तो समझ पाएंगे। वह नाटक दिखाई पड़ने लगेगा। और यह हो जाए, तो मृत्यु में जागे हुए प्रवेश किया जा सकता है।

कल फिर बात करेंगे।

तेरहवां प्रवचन

सूक्ष्म शरीर, ध्यान-साधना एवं तंत्र-साधना के कुछ गुप्त आयाम

भगवान श्री, आपने एक प्रवचन में कहा है कि समाधि के प्रयोग में अगर तेजस शरीर अर्थात सूक्ष्म शरीर स्थूल शरीर के बाहर चला गया, तो पुरुष के तेजस शरीर को बिना स्त्री की सहायता के वापस नहीं लौटाया जा सकता या स्त्री के तेजस शरीर को बिना पुरुष की सहायता के वापस नहीं लौटाया जा सकता। क्योंकि दोनों के स्पर्श से एक विद्युत-वृत्त पूरा होता है और बाहर गई चेतना तीव्रता से भीतर लौट आती है। आपने अपना एक अनुभव भी कहा है कि वृक्ष पर बैठकर ध्यान करते थे और स्थूल शरीर नीचे गिर गया और सूक्ष्म शरीर ऊपर से देखता रहा। फिर एक स्त्री का छूना और सूक्ष्म शरीर का स्थूल शरीर में वापस लौट जाना। तो प्रश्न है कि पुरुष को स्त्री की और स्त्री को पुरुष की आवश्यकता इस प्रयोग में क्यों है? कब तक है? क्या दूसरे के बिना लौटना संभव नहीं है? क्या कठिनाई है?

दो-तीन बातें समझना उपयोगी है। एक तो यह कि इस सारे जगत की व्यवस्था ऋण और धन के विरोध पर निर्भर है, निगेटिव और पाजिटिव के विरोध पर निर्भर है। इस जीवन में जहां भी आकर्षण है, इस जीवन में जहां भी खिचाव है, वहां सभी जगह ऋण और धन के बंटे हुए हिस्से काम करते हैं। स्त्री-पुरुष का विभाजन भी उस बड़े विभाजन का एक हिस्सा है, सेक्स का विभाजन भी उस बड़े विभाजन का एक हिस्सा है। विद्युत की भाषा में ऋण और धन के ध्रुव एक-दूसरे को तीव्रता से खींचते हैं।

साधारणतः स्त्री-पुरुष अपने बीच जो आकर्षण अनुभव करते हैं, उसका कारण भी यही है। इस आकर्षण में और एक चुंबक की तरफ खिंचते हुए लोहे के टुकड़े के आकर्षण में बुनियादी रूप से कोई फर्क नहीं है। अगर लोहे का टुकड़ा भी बोल सकता होता, तो वह कहता कि मैं इस चुंबक के प्रेम में पड़ गया हूं। अगर लोहे का टुकड़ा भी बोल सकता होता, तो वह कहता कि इस चुंबक के बिना अब मैं जी न सकूंगा। या तो इसके साथ जीऊंगा या मर जाऊंगा। अगर लोहे का टुकड़ा भी बोल सकता होता, तो जितनी कविताएं आदमियों ने लिखी हैं प्रेम की, उतनी ही कविताएं वह भी लिख लेता। वह चूंकि बोलता नहीं है, इतना ही फर्क है, अन्यथा आकर्षण वही है। इस आकर्षण की बात अगर हमारे खयाल में आ जाए, तो और दो-तीन बातें खयाल में आ जाएंगी।

सामान्य रूप से इस आकर्षण को अनुभव किया जाता है। लेकिन आध्यात्मिक अर्थों में इस आकर्षण का भी उपयोग हो सकता है और किन्हीं स्थितियों में अनिवार्य हो जाता है। जैसे अगर किसी पुरुष का सूक्ष्म शरीर आकस्मिक रूप से बाहर निकल जाए—आकस्मिक रूप से! जिसके लिए उसने पूर्व इंतजाम न किया हो, पूर्व व्यवस्था न की हो, जिसे बाहर ले जाने के लिए कोई साधना और आयोजन न किया हो—अगर आकस्मिक रूप से बाहर निकल जाए तो लौटना बहुत मुश्किल हो जाता है। या स्त्री का सूक्ष्म शरीर अगर अनायास बाहर निकल जाए—किसी बीमारी में, किसी दुर्घटना में, किसी चोट के लगने से, या किसी साधना की प्रक्रिया में, लेकिन स्वयं के द्वारा अन-आयोजित—तो उस हालत में लौटना बहुत कठिन हो जाता है। क्योंकि न तो हमें पता होता है जाने के रास्ते का, न पता होता है लौटने के रास्ते का। ऐसी अवस्थाओं में विपरीत आकर्षण के बिंदु की मौजूदगी सहयोगी हो सकती है।

अगर पुरुष का सूक्ष्म शरीर बाहर है और स्त्री उसके शरीर को स्पर्श करे, तो उसके सूक्ष्म शरीर को अपने शरीर में वापस लौटने में सुविधा हो जाती है। यह सुविधा वैसी ही है जैसे कि हम एक चुंबक को बाहर रख दें और बीच में एक ग्लास की दीवाल हो और उस तरफ लोहे का एक टुकडा, फिर भी ग्लास की दीवाल की बिना फिक्र किए चुंबक के पास खिंच आए। शरीर तो बीच में होगा पुरुष का, स्थूल शरीर, लेकिन स्त्री का स्पर्श उसके बाहर गए सूक्ष्म शरीर को वापस ले

आने में सहयोगी हो जाएगा। वह चुंबकीय, मैग्नेटिक फोर्स ही उसका कारण बनेगी। ऐसा ही स्त्री के भी आकस्मिक रूप से गए सूक्ष्म शरीर को भीतर लाने में सहयोग मिल सकता है। लेकिन यह आकस्मिक रूप से जरूरी है। अगर व्यवस्थित रूप से प्रयोग किया गया हो, तो जरूरी नहीं है। क्यों जरूरी नहीं है?

क्योंकि मेरी पिछली चर्चाएं अगर आप सुन रहे थे, तो आपको खयाल होगा, मैंने कहा कि प्रत्येक पुरुष का पहला शरीर पुरुष का है, दूसरा शरीर स्त्री का है। स्त्री का पहला शरीर स्त्री को है, दूसरा शरीर पुरुष का है। अगर किसी ने आयोजित रूप से अपने शरीर को बाहर भेजा हो, तो उसे दूसरी स्त्री के शरीर की जरूरत नहीं है। वह अपने ही भीतर की स्त्री शरीर का उपयोग करके उसे वापस लौटा सकता है। तब दूसरे की आवश्यकता नहीं रह जाती।

लेकिन यह तब होगा, जब कि सुनियोजित प्रयोग किया गया हो। घटना आकस्मिक न हो। आकस्मिक घटना में तो तुम्हें पता ही नहीं होता है कि तुम्हारे भीतर और शरीर भी हैं। और न ही उन शरीरों की प्रक्रिया का तुम्हें पता होता है, न उन शरीरों का उपयोग करने का तुम्हें पता होता है। इसलिए यह हो भी सकता है कि बिना स्त्री के भी पुरुष का बाहर गया शरीर भीतर आ जाए, लेकिन वह भी आकस्मिक ही घटना होगी जैसे बाहर जाना आकस्मिक था। इसलिए उसके लिए पक्का नहीं कहा जा सकता।

इसलिए प्रत्येक तंत्र प्रयोगशाला में जहां कि मनुष्य के अंतस शरीरों पर सर्वाधिक काम किया गया है मनुष्य के इतिहास में—मनुष्य के आंतरिक जीवन के संबंध में जितना तांत्रिकों ने प्रयोग किया उतना किसी और ने नहीं किया है—इसलिए उन प्रयोशालाओं में स्त्री की मौजूदगी अनिवार्य हो गई थी। और साधारण स्त्री की मौजूदगी भी अनिवार्य नहीं थी, असाधारण स्त्री की मौजूदगी अनिवार्य हो गई थी। क्योंकि अगर एक स्त्री बहुत पुरुषों से संसर्ग कर चुकी हो, तो उसकी मैग्नेटिक फोर्स कम हो जाती है। इसलिए कुंवारी लड़कियों का तंत्र में बड़ा मूल्य हो गया था। उसके कारण और कुछ भी नहीं थे। अगर एक स्त्री बहुत पुरुषों के संबंध में आ चुकी है या एक ही पुरुष के बहुत संबंध में आ चुकी है, तो उसकी मैग्नेटिक, चुंबकीय शक्ति क्षीण होती चली जाती है।

वृद्ध स्त्री के आकर्षण के कम हो जाने का कारण सिर्फ वृद्धावस्था नहीं होती। वृद्ध पुरुष के आकर्षण के कम हो जाने का कारण सिर्फ वृद्धावस्था नहीं होती। बहुत बुनियादी कारण तो यह होता है कि उनकी जो पोलेरिटी है, वह क्षीण हो गई होती है। पुरुष कम पुरुष हो गया होता है और स्त्री कम स्त्री हो गई होती है। अगर कोई वृद्धावस्था तक भी अपने पुरुष या अपनी स्त्री को बचा सके—इसे बचाने की प्रक्रिया का नाम ही ब्रह्मचर्य है—तो उसका आकर्षण अंत तक नहीं खोता।

एक स्त्री है अमेरिका में। अभी जीवित है। जिसकी उम्र सत्तर पार कर गई है। लेकिन अमेरिका में उस सत्तर वर्ष की बूढ़ी स्त्री के मुकाबले कोई जवान स्त्री भी आकर्षण का केंद्र नहीं है। और आज सत्तर वर्ष की उम्र में भी वह स्त्री जहां से गुजरती है वहां पुलिस का विशेष इंतजाम करना जरूरी हो जाता है। यह स्त्री सत्तर वर्ष तक अपने चुंबकीय तत्वों को बचा सकी है। पुरुष भी बचा सकता है।

श्री पृथ्वीचंद जी यहां बैठे हुए हैं पास में। उनकी उम्र काफी है और उनमें युवा होने का तत्व एकदम नष्ट नहीं हो गया। उन्होंने अपनी चुंबकीय शक्ति को बहुत दूर तक बचाया है। वे आज भी आकर्षण रखते हैं, वृद्ध होकर भी किसी भी भांति!

इसलिए तंत्र में कुंवारी युवतियों का मूल्य सर्वाधिक हो गया। और उन कुंवारी युवतियों का उपयोग साधक की बाहर गई चेतना को भीतर लौटाने के लिए किया जाता रहा। और कुवारी

लड़कियों को इतनी सेंकटिटी, इतनी पवित्रता दी कि किसी भी द्वार से उनकी जो चुंबकीय शक्ति है वह बाहर न हो जाए।

इस चुंबकीय शक्ति को बढ़ाने के भी उपाय हैं, इसे क्षीण करने के भी उपाय हैं। हमें साधारणतः खयाल में नहीं है। जिसको हम सिद्धासन कहते हैं, पद्मासन कहते हैं, ये सारे के सारे आसन मनुष्य की चुंबकीय शक्ति बाहर न झरे, उसको ध्यान में रखकर निर्मित किए गए हैं।

हमारी चुंबकीय शक्ति के बहने के कुछ निश्चित मार्ग हैं। जैसे हाथ की उंगलियों से चुंबकीय शक्ति बहती है। असल में कहीं से भी शक्ति को बहना हो, तो उसे कोई लंबी नुकीली चीज बहने के लिए चाहिए। गोल चीज से शक्ति नहीं बह सकती। वह उसी में गोल घूम जाती है। पैर की उंगलियों से बहती। हाथ और पैर दो खास जगह हैं जहां से चुंबकीय शक्ति बहती है।

तो पद्मासन या सिद्धासन में दोनों हाथों को और दोनों पैरों को जोड़ लेने का उपाय है। जिससे शक्ति बहे तो एक हाथ से बही हुई शक्ति दूसरे हाथ में प्रवेश कर जाए। शक्ति बाहर न गिर सके। दूसरा जो बहुत बड़ा द्वार है शक्ति के प्रवाहित होने का, वह आंख है। लेकिन अगर आंख को आधी खुला रखा जा सके, तो उससे शक्ति का बहना बंद हो जाता है।

यह जानकर आप हैरान होंगे कि पूरी खुली आंख से भी शक्ति बहती है और पूरी बंद आंख से भी बहती है। सिर्फ आधी खुली आंख से नहीं बहती। पूरी आंख बंद हो तो भी बह सकती है, पूरी आंख खुली हो तब तो बहती ही है। लेकिन अगर आधी आंख बंद हो और आधी खुली हो, तो आंख के भीतर जो वर्तुल बनता है, उसे तोड़ देने की व्यवस्था हो जाती है। आधी आंख खुली, आधी बंद, तो शक्ति बहना भी चाहती है, रुकना भी चाहती है। शक्ति के भीतर दो खंड हो जाते हैं। और दोनों खंड, आधा खंड बाहर निकलना चाहता है आधा खंड भीतर जाना चाहता है। ये एक-दूसरे के विरोधी हो जाते हैं और एक-दूसरे को निगेट कर देते हैं। इसलिए आधी खुली आंख बड़े मूल्य की हो गई। तंत्र में, योग में, सभी तरफ आधी खुली आंख का भारी मूल्य हो गया।

अगर सब भांति शक्ति सुरक्षित की गई हो और व्यक्ति को अपने भीतर के विपरीत शरीर का बोध हो, पता हो, तो दूसरे की आवश्यकता नहीं होती। लेकिन कभी-कभी प्रयोग करते हुए आकस्मिक घटनाएं घटती हैं। ध्यान कोई कर रहा है, उसे पता ही नहीं है, और ध्यान करते-करते वह घड़ी आ जाती है कि जहां घटना घट जाती है। और तब बाहरी सहयोग उपयोग में लाए जा सकते हैं। अनिवार्य नहीं हैं, सिर्फ आकस्मिक अवस्थाओं में अनिवार्य हैं।

इसलिए मेरी अपनी समझ में अगर पति-पत्नी एक-दूसरे का सहयोग कर सकें, तो वे आध्यात्मिक रूप में भी साथी हो सकते हैं। अगर वे एक-दूसरे की पूरी की पूरी आध्यात्मिक स्थिति, चुंबकीय शक्ति और विद्युत के प्रवाहों को पूरी तरह समझ सकें और एक-दूसरे को सहयोग दे सकें, तो पति-पत्नी जितनी आसानी से अंतर-अनुभूति को उपलब्ध हो सकते हैं, उतनी अकेले संन्यासियों या संन्यासिनों के लिए उपलब्ध करना बहुत कठिन है। और पति-पत्नी के लिए और भी सुविधा है कि न केवल वे एक-दूसरे से परिचित हो पाते हैं, बल्कि एक-दूसरे की चुंबकीय शक्ति एक गहरे एडजेस्टमेंट को उपलब्ध हो जाती है।

इसलिए एक बहुत अजीब अनुभव होता है कि अगर एक स्त्री और पुरुष में बहुत प्रेम हो, बहुत निकटता हो, बहुत आत्मीयता हो, कलह न हो, तो धीरे-धीरे एक-दूसरे के गुण-दोष एक-दूसरे में प्रवेश कर जाते हैं। यहां तक कि अगर स्त्री-पुरुष एक-दूसरे को बहुत प्रेम करते हैं, तो उनकी आवाज एक-सी होने लगती है, उनके चेहरे के ढंग एक-से होने लगते हैं, उनके व्यक्तित्व में एक तारतम्यता आनी शुरू हो जाती है। असल में एक-दूसरे की विद्युत एक-दूसरे में

प्रवेश कर जाती है और धीरे-धीरे वे सम होते चले जाते हैं। लेकिन उनके बीच अगर कलह का वातावरण हो, तो यह संभव नहीं हो पाता।

तो इस बात को भी ध्यान में रखना उपयोगी है कि स्त्री-पुरुष सहयोगी हो सकते हैं। पति-पत्नी उनका दांपत्य सिर्फ संभोग का दांपत्य नहीं, समाधि का दांपत्य भी बन सकता है।

और इसी संबंध में यह भी खयाल रखना जरूरी है कि साधारणतः संन्यासी इतना जो आकर्षक हो जाता है—साधारणतः संन्यासी जितना स्त्रियों को आकर्षित करता है, उतना साधारण आदमी आकर्षित नहीं करता—उसका और कोई कारण नहीं है। संन्यासी के पास मैग्नेटिक फोर्सेस की बड़ी शक्ति इकट्ठी हो जाती है। एक साधारण स्त्री के मुकाबले एक संन्यासिनी स्त्री जितना पुरुष को आकर्षित करती है, उसका हिसाब लगाना मुश्किल है। उसके पास शक्ति इकट्ठी हो जाती है।

और अगर पति-पत्नी भी शक्ति को इकट्ठी करने और खोने की व्यवस्था को ठीक से समझ लें, तो वे एक-दूसरे की शक्ति के खोने में कम और एक-दूसरे की शक्ति को बचाने में बहुत सहयोगी हो सकते हैं। जैसा कि मैंने पिछली बातों में कहा है, तुम्हें खयाल होगा कि अगर संभोग भी बहुत योग की प्रक्रियाओं और तंत्र की व्यवस्था को जानकर किया जाए, तो शक्ति-संरक्षक हो सकता है।

पर यह ध्यान रहे कि यह आकस्मिक घटना में अनिवार्यता है। यह अनिवार्यता ऐसी नहीं है कि हर स्थिति में जरूरी हो। और बहुत दफे आकस्मिक रूप से भी घटना घटती है। तब भी सूक्ष्म शरीर वापस लौट आता है। लेकिन वह तब भीतर की स्त्री काम कर रही होती है। स्त्री जरूर काम कर रही होती है। पुरुष जरूर काम कर रहा होता है।

क्या वापस लौट आने की स्पष्ट विधि है? कृपया इस पर कुछ प्रकाश डालें।

इस संबंध में भी कुछ समझने जैसी बात है। क्योंकि हमें साधारणतः कोई अनुमान नहीं है कि हमारा प्रत्येक स्पर्श चुंबकीय स्पर्श है। जब हम प्रेम से भर कर किसी को छूते हैं, तो स्पर्श का भेद जिसको स्पर्श किया है उसे पता चलता है। जब हम घृणा से भरकर किसी को छूते हैं, तब भी पता चलता है। जब हम उपेक्षा से छूते हैं, तब भी पता चलता है। तीनों स्थितियों में हमारा चुंबकीय तत्व अलग-अलग धाराओं में प्रवाहित होता है। फिर अगर पूरे मन से और पूरे संकल्प से हाथ पर ही स्वयं को पूरा केंद्रित किया गया हो, तो चुंबकीय धाराएं बड़ी तीव्र हो जाती हैं, जिनको मैसमर ने मैग्नेटिक पासेज कहा है।

अगर एक व्यक्ति को हम नग्न सुला दें, उसके शरीर को न छुएं, चार इंच दूर अपने दोनों हाथों को उसके सिर पर लें। चार इंच फासला रहे और चार इंच फासले पर उस नग्न शरीर पर अगर हम दोनों हाथों को जोर से कंपित करते हुए उसके पैरों तक ले जाएं और यह पंद्रह मिनट तक करें, तो वह व्यक्ति इतनी अपरिसीम शांति में और इतनी अपरिसीम निद्रा में चला जाएगा जितनी निद्रा में वह कभी भी नहीं गया है। छुएं मत। सिर्फ चार इंच की दूरी पर, चार अंगुल की दूरी पर, हाथों से सिर्फ विद्युत-धाराएं हवा में पैदा करें। दोनों हाथों से सिर्फ समझें कि विद्युत की धाराएं बह रही हैं और दोनों हाथों को फैलाते हुए पैर तक ले जाएं ऊपर से नीचे तक।

एक बहुत अदभुत घटना एल्डुअस हक्सले की पत्नी ने लिखी है अपने जीवन-स्मरण में। एल्डुअस हक्सले की पहली पत्नी जिंदा थी और इस स्त्री से मुलाकात हुई। यह स्त्री एक साइकियाट्रिस्ट थी और हक्सले अपने इलाज के लिए इससे बातचीत करने आया था। तो वह उसके मनोविश्लेषण के लिए उसके घर गई। हक्सले को कोच पर लिटा दिया और उससे कोई दो घंटे तक बातें करती रही। लेकिन इसे समझ में आया कि हक्सले खुद इतना बुद्धिमान है कि उससे कुछ

निकलवाना बहुत मुश्किल है। बहुत बुद्धिमानों के साथ कठिनाई हो ही जाती है। जो भी वह कह रही थी, हक्सले उससे ज्यादा जानता था। जिन किताबों की वह बात कर रही थी, हक्सले ने उनसे भी ज्यादा पढ़ा था। जिन शब्दों और टर्मिनोलाजी का वह उपयोग कर रही थी, हक्सले उसको भी उनका मतलब समझा रहा था। बहुत मुश्किल मामला हो गया। वह जो बीमार था, वह ज्यादा होशियार था, ज्यादा पढ़ा-लिखा था, ज्यादा बुद्धिमान था। हक्सले इस जमाने के कुछ ज्यादा से ज्यादा समझदार लोगों में से एक था। वह स्त्री साधारण डाक्टर थी, मनोचिकित्सक थी, लेकिन हक्सले की तो बात ही असाधारण थी। वह कोई घंटे-डेढ़ घंटे में घबड़ा गई। उसने देखा कि बात कहीं जाती नहीं। जब भी वैज्ञानिक शब्दावली बीच में आ जाए, तो बात कहीं नहीं जाती। और जिन लोगों को शब्दों के अर्थों का ठीक-ठीक पता है, अक्सर वे अर्थों तक कभी नहीं पहुंच पाते, शब्दों तक ही रुक जाते हैं।

वह बहुत हैरान हो गई। तब उसे अचानक खयाल आया कि इस तरह नहीं हो सकेगा। उसने सुन रखा था कि एल्डुअस हक्सले को कुछ मैग्नेटिक पासेज का पता है। तो उसने कहा कि मैंने सुना है कि आप मैग्नेटिक पासेज के संबंध में कुछ जानते हैं। हक्सले फौरन उठकर बैठ गया। अभी तक वह जबर्दस्ती जवाब दे रहा था, अब उसने बड़ी उत्सुकता दिखाई। उसने कहा, फिर लेटो तुम कोच पर। हक्सले ने उस स्त्री से कहा कि लेट जाओ तुम कोच पर। वह स्त्री कोच पर लेट गई। वह सिर्फ इसलिए कि हक्सले को कुछ करने का मौका मिले, तो वह थोड़ा रसपूर्ण हो सके। डेढ़ घंटे से पड़ा हुआ हक्सले बेचैन हुआ जा रहा था। वह स्त्री कोच पर लेट गई। हक्सले ने उसके शरीर पर चार इंच की दूरी पर पासेज दिए।

सरल-सी प्रक्रिया है। चेहरे पर दोनों हाथ चार इंच की दूरी पर रख कर जोर से उंगलियों को हिलाना शुरू करें और मन में कामना करें कि शरीर से विद्युत की किरणें पांचों-दसों उंगलियों से बहती हुई नीचे गिर रही हैं और नीचे तक ले जाएं।

दस मिनट में वह स्त्री बहुत गहरी शांति में चली गई। वह तो सिर्फ एक तरकीब थी कि हक्सले को थोड़ा सक्रिय और उत्सुक किया जा सके। फिर वह उठकर बैठ गई और उसने कहा कि अब आप लेट जाइए।

फिर वह घर चली आई। लेकिन दो दिन बीत गए, उसकी तंद्रा टूटनी मुश्किल हो गई। वह चले, उठे, बैठे, लेकिन जैसे सोया-सोयापन बना रहे पूरे वक्त। वह बड़ी हैरान हुई। उसने हक्सले की पत्नी को फोन किया कि मैं कुछ अजीब-सी हालत में हूं जबसे आपके घर से आई हूं। तो उसकी पत्नी ने कहा कि हक्सले ने तुझे उठाया भी था? उसने कहा, मुझे उठाया नहीं, मैं तो उठकर बैठ गई थी। तो वह फोन पर चिल्लाई हक्सले को कि तुम भूल गए हो लारा को उठाने के लिए। वह अभी तक सोई हुई हालत में है। तो हक्सले ने कहा, मैं उठाता, इसके पहले ही वह उठ गई और दूसरी बातों में लग गई, फिर मैं भूल गया।

वह जो शक्ति उसको दी गई थी मैग्नेटिक पासेज से, वह वापस नहीं निकाली गई, तो डेढ़ दिन तक उसका पीछा करती रही। अगर शक्ति देनी हो तो ऊपर से नीचे की तरफ, अगर लेनी हो तो नीचे से ऊपर की तरफ। अगर शक्ति देनी हो तो ऊपर से नीचे की तरफ। अगर लेनी हो तो नीचे से ऊपर की तरफ, वापिस लौटानी हो तो।

फिर शरीर के कुछ बिंदु हैं जो बहुत सेंसिटिव हैं, जहां से शक्ति शीघ्रता से प्रवेश करती है। जैसे सबसे ज्यादा संवेदनशील जो बिंदु है, वह हमारी दोनों आंखों के बीच में है। जिसको आज्ञाचक्र कहते हैं या जिसको तीसरी आंख कहते हैं। वह सर्वाधिक संवेदनशील बिंदु है। आप आंख बंद

करके बैठ जाएं और दूसरा आदमी आपकी दोनों आंखों के बीच में चार इंच की दूरी पर अपनी अंगुली रखकर बैठ जाए, आपको अंगुली दिखाई नहीं पड़ेगी, लेकिन भीतर दिखाई पड़ने लगेगी। अंगुली आपको छू नहीं रही है, लेकिन भीतर स्पर्श शुरू हो जाएगा और आपके भीतर चक्र चलना शुरू हो जाएगा। सोए हुए आदमी को भी अगर चार इंच की दूरी पर अंगुली उसके माथे के ठीक बीच में रखकर कोई बैठ जाए, तो नींद में उसका चक्र शुरू हो जाएगा। यह बहुत सक्रिय बिंदु है।

दूसरा सक्रिय बिंदु हमारे ठीक गरदन के पीछे है। इसका कभी छोटा-मोटा प्रयोग करके देखना तो बहुत आनंदपूर्ण होगा। कोई रास्ते पर जा रहा है अपरिचित आदमी। आप उसके पीछे जा रहे हैं। कोई चार फुट की दूरी पर आप उसकी गरदन पर दोनों आंखों को गड़ा कर उसको सुझाव दें कि पीछे लौट कर देखो! तो आप दो-तीन मिनट के भीतर पाएंगे कि वह आदमी घबड़ा कर पीछे लौट कर देखेगा। या उसको आप यह भी सुझाव दे सकते हैं कि बाएं से लौटकर देखो या दाएं से लौटकर देखो। तो जो आप सुझाव देंगे, वह वैसे ही लौटकर देखेगा। आप यह भी कर सकते हैं कि अब तुम सीधे मत जाओ, बगल के रास्ते से मुड़ो। दस-पांच प्रयोग करने के बाद जब आप बहुत आश्वस्त हो जाएं और समझ लें कि यह हो सकता है, तब किसी आदमी को आप उसके रास्ते से भटका सकते हैं। जहां वह नहीं जा रहा था, वहां ले जा सकते हैं।

जिन बच्चों को चुराया जाता है, उनको चुराने के लिए हाथ-पैर नहीं बांधे जाते। उनके गले के केंद्र पर ही काम किया जाता है। हाथ-पैर बांधेंगे, तो सड़क पर कोई भी पकड़ लेगा। बच्चे चिल्ला सकते हैं। सारी दुनिया चारों तरफ मौजूद है। लेकिन अगर कोई आदमी गरदन के केंद्र पर ठीक सुझाव देना सीख गया हो, तो वह किसी को भी अपने साथ ले जा सकता है जहां जाना है। और मजा यह है कि वह आपके पीछे होगा और आप उसके आगे होंगे। इसलिए कोई यह भी नहीं कह सकता कि वह आपको अपने पीछे ले जा रहा है। आप आगे ही होंगे, लेकिन सब सुझाव उसके काम करेंगे। वह जहां मोड़ना चाहता है मोड़ सकता है, जहां चलाना चाहता है वहां चला सकता है, जहां ले जाना चाहता है वहां ले जा सकता है।

ये दो बिंदु सिर के पास बहुत ही महत्वपूर्ण हैं। ऐसे और बिंदु भी हैं शरीर में, लेकिन अच्छा होगा कि उनकी बात न की जाए। ये दो बिंदु सरलतम हैं, सीधे-साफ हैं। जैसा मैंने पिछली चर्चा में कहा है कि गुरजिएफ के पास कोई भी स्त्री जाए, तो उसे फौरन लगता था कि उसके सेक्स-सेंटर पर कुछ काम शुरू हो गया है। दुनिया की बहुत बुद्धिमान स्त्रियां भी जार्ज गुरजिएफ से मिलने गईं, उनका भी अनुभव यही था कि उसके पास गए कि उनके सेक्स-सेंटर पर फौरन काम शुरू हो जाएगा, कोई सेंसेशन तीव्रता से वहां वर्तुल बनाने लगेगा। वह बहुत संवेदनशील बिंदु है। नाभि भी एक बिंदु है। ऐसे और बिंदु भी हैं।

अगर किसी व्यक्ति की चेतना बाहर चली गई हो, तो उसे कहां स्पर्श करना है? साधारणतः उस व्यक्ति के व्यक्तित्व के संबंध में हमें पता होना चाहिए कि वह किस बिंदु पर जीता है। अगर वह कामुक है, सेक्सुअल है, तो उसके सेक्स-सेंटर पर स्पर्श करने से वह शीघ्रता से वापस लौटेगा। अगर वह इंटेलेक्चुअल है, बुद्धि में जीता है, तो उसके आज्ञाचक्र को छूने से वह वापस लौटेगा। अगर भावुक है, सेंटीमेंटल है, इम्मोशनल है, तो उसके हृदय को छूने से वह वापस लौटेगा। अब यह उस व्यक्ति के ऊपर निर्भर करेगा कि वह जीता किस बिंदु पर है।

ध्यान रहे, जब कोई व्यक्ति मरता है, तो उसके उसी बिंदु से प्राण निकलते हैं, जहां वह जीता है। और उस व्यक्ति का जो बिंदु प्राण निकलने का है, वही बिंदु उसके सूक्ष्म शरीर के भीतर प्रवेश करने का होता है। जैसे कामुक व्यक्ति मरता है, तो उसके प्राण उसकी जननेंद्रिय से ही निकलते

हैं। इसका पूरा शास्त्र था, और है। कि मरे हुए आदमी को देखकर कहा जा सकता है कि वह किस बिंदु पर जीवन भर जीया, क्योंकि उसका वह सेंटर टूट जाएगा।

हम जानते हैं कि अभी भी हम मरघट पर एक प्रक्रिया किए चले जा रहे हैं, जो बिलकुल नासमझी की है, लेकिन किसी बड़ी समझदारी के क्षण में तय की गई थी। मरघट पर ले जाकर हम मरे हुए आदमी का कपाल फोड़ते हैं, लकड़ी से उसका सिर फोड़ते हैं। वह उस जगह फोड़ते हैं जहां सहस्रार है। असल में जो व्यक्ति सहस्रार को उपलब्ध हो जाता है, उसका कपाल फूट जाता है मरते वक्त। उसके प्राण वहीं से निकलते हैं। इस आशा में कि जो हमारा प्रियजन मर गया है, उसके प्राण भी सहस्रार से निकलें, हम उसका कपाल फोड़ते जा रहे हैं। वह पहले ही निकल चुका है, अब कपाल फोड़ने से कुछ अर्थ नहीं। लेकिन जो परम स्थिति को उपलब्ध हुए हैं, उनके कपाल पर छिद्र हो जाता है, मरते वक्त वहीं से प्राण निकलते हैं। यह अनुभव में आ गया। तो इस आशा और इस प्रेम में हम अपने प्रियजन का भी कपाल फोड़ते जा रहे हैं मरघट पर जा कर कि उसका भी प्राण वहीं से निकल जाए। अब वह मर चुका है, प्राण निकल चुका है।

जहां से हमारा प्राण निकलता है, वही सेंटर हमारे जीवन का सेंटर है। इसलिए उसी सेंटर को स्पर्श करने से तत्काल सूक्ष्म शरीर वापस लौट सकता है। यह हर व्यक्ति का अलग-अलग होगा। लेकिन सौ में से नब्बे लोगों का सेक्स-सेंटर होगा, क्योंकि सारी दुनिया कामुकता से ग्रसित है। इसलिए अगर कुछ भी समझ में न पड़ता हो, तो सेक्स-सेंटर को ही प्रयोग का केंद्र समझ लेना चाहिए। दूसरा अगर सेक्स-सेंटर न हो, तो बहुत संभावना आज्ञाचक्र के होने की है। क्योंकि जो लोग बहुत बुद्धिमान हैं या बहुत बुद्धि का प्रयोग करते हैं, उनकी सेक्स-ऊर्जा धीरे-धीरे उनकी इंटेलीजेंस में बदल जाती है। अगर ये दोनों न हों, तो हृदय का केंद्र छूना जरूरी है। जो लोग न बहुत कामुक हैं, न बहुत बौद्धिक हैं, वे लोग भावुक होते हैं। ये तीन सामान्य केंद्र हैं। फिर असामान्य केंद्र भी हैं। लेकिन उस तरह के असामान्य लोग बहुत कम होते हैं। इन सामान्य केंद्रों को स्पर्श देने से सक्रिय...।

ये स्पर्श भी दो-तीन और बातें ध्यान में रखकर देने की बात है। अगर स्पर्श देने वाला व्यक्ति स्वयं भी किसी विशेष केंद्र से बंधा हुआ है, तो बहुत सोचने जैसा मामला हो जाता है। समझ लें कि एक ऐसा व्यक्ति जिसका कि आज्ञाचक्र सक्रिय है, अगर किसी के हृदयचक्र को छुए, तो बहुत कम प्रभावित कर पाएगा। इसलिए सारी बातें ध्यान में...इसलिए पूरे विज्ञान की बात है। और इन सारे प्रयोगों के लिए, सात शरीरों के अनुभव के लिए, शरीरों की बहिर्यात्रा के लिए व्यक्तिगत प्रयोग सदा खतरनाक हैं। ये स्कूल में, आश्रम में करने योग्य हैं। जहां कि और लोग हैं जो इन सारी व्यवस्थाओं को समझ सकते हैं, सहयोगी हो सकते हैं।

इसलिए जिन संन्यासियों ने परिव्राजक होना तय किया, उन संन्यासियों की परंपराओं में सात चक्र, सात शरीर सब खो गए, क्योंकि परिव्राजक संन्यासी इनका प्रयोग नहीं कर सकता। जो संन्यासी घूमते ही रहते हैं, रुकते नहीं, ठहरते नहीं, वे इन सब संबंधों में बहुत प्रयोग नहीं कर सकते। इसलिए जहां मोनास्ट्रीज थीं, आश्रम थे, वहां इन पर बड़े प्रयोग किए गए।

अब जैसे उदाहरण के लिए यूरोप में एक मोनास्ट्री है, जिसमें किसी पुरुष ने कभी भी प्रवेश नहीं किया, आज भी नहीं किया। उस मोनास्ट्री को बने कोई चौदह सौ वर्ष हो गए। उसमें सिर्फ स्त्रियां हैं, नन्स हैं, साध्वियां हैं। और जो स्त्री एक बार प्रवेश होती है, वह फिर दोबारा बाहर नहीं निकल सकती। उसका नाम नागरिकता के रजिस्टर से काट दिया जाता है, क्योंकि वह मरने के बराबर हो गई। उसका कोई मतलब नहीं अब जगत से। जगत के लिए अब वह नहीं है। ऐसी एक

मोनास्ट्री पुरुषों की भी है। और जिस इजोटेरिक क्रिश्चियनिटी ने यह मोनास्ट्री बनाई थी, उसने बहुत गजब का काम किया है। उस पुरुषों की मोनास्ट्री में किसी स्त्री ने कभी प्रवेश नहीं किया है। और जो पुरुष उसके भीतर गया, फिर वह कभी बाहर नहीं निकला।

ये दोनों मोनास्ट्री पास-पास हैं। और अगर कभी किसी साधक की आत्मा बाहर चली जाए, तो उसे स्त्री के स्पर्श की जरूरत नहीं। सिर्फ स्त्रियों की मोनास्ट्री की दीवाल के पास लिटा देना काफी है। वह पूरी की पूरी चार्ज्ड है मोनास्ट्री। वहां पुरुष कभी गया नहीं। उसके भीतर हजारों स्त्रियां हैं। पुरुषों की मोनास्ट्री के भीतर हजारों पुरुष हैं। और साधारण संकल्प नहीं है यह। यह असाधारण संकल्प है। यह जीते जी मर जाने का संकल्प है। लौटने का अब उपाय नहीं है।

अब ऐसी मोनास्ट्रीज में जो गुप्ततम विज्ञान थे, वे विकसित हो सके। क्योंकि यहां प्रयोग की बड़ी सुविधा थी। तांत्रिकों ने भी ऐसी व्यवस्थाएं की थीं, लेकिन तांत्रिक धीरे-धीरे नष्ट हो गए। नष्ट हो जाने में हम जिम्मेवार हैं। क्योंकि इस मुल्क में जो नैतिकता की नासमझी भरी बहुत-सी बातें हैं, उन्होंने तांत्रिकों को अनैतिक सिद्ध कर दिया।

स्वभावतः, अगर एक नग्न स्त्री की किसी मोनास्ट्री में पूजा होती है, तो बाहर का वह जो नैतिक आदमी है, वह इससे विचलित हो जाएगा। अगर किसी मोनास्ट्री में यह पता चल जाता है कि वहां एक कुंवारी कन्या नग्न बैठती है और बाकी साधक उसकी पूजा करते हैं, तो यह जरूर बहुत खतरनाक बात है। और बाहर का आदमी जो बैठा है, वह जो सोच सकता है नग्न स्त्री के बाबत, वही सोच सकता है। वह जो सोच सकता है कि जहां नग्न स्त्री बैठी हो और पुरुष मौजूद हों, वहां हो क्या रहा होगा। वह जो करता है, वही सोच सकता है।

स्वभावतः, हमने इस मुल्क में बहुत-सी मोनास्ट्रीज नष्ट कर दीं, बहुत-से शास्त्र नष्ट कर दिए। अकेले राजा भोज ने एक लाख तांत्रिकों की हत्या की। सामूहिक रूप से पूरे मुल्क में हत्या की गई। उनकी एक-एक जगह नष्ट कर दी गई। क्योंकि वे कुछ प्रयोग कर रहे थे, जिससे इस मुल्क का सारा पौरोहित्य, इस मुल्क का सारा का सारा पांडित्य, इस मुल्क की सारी तथाकथित नैतिकता, वह जो प्यूरिटन माइंड है, वह पूरे का पूरा मर जाता। उनके प्रयोग अगर सही थे, तो हमारी सारी नैतिकता गलत है।

क्योंकि तांत्रिकों का अनुभव यह था कि अगर नग्न स्त्री के सामने कोई पूजा के भाव से विशेष प्रक्रियाएं कर ले, तो वह स्त्री से सदा के लिए मुक्त हो जाता है। अगर नग्न पुरुष के सामने स्त्री विशेष प्रक्रियाओं से कोई पूजा कर ले, तो वह सदा के लिए पुरुष से मुक्त हो जाए।

असल में स्त्री और पुरुष के भीतर जो मैग्नेटिक फोर्सेस हैं, उनको बांधने की व्यवस्थाएं हैं। अगर एक नग्न स्त्री को सामने रखकर कोई पुरुष उसको पूजा के भाव से देखने में समर्थ हो जाए, तो यह साधारण घटना नहीं है। उसको भोगने के भाव से समर्थ होना हमें प्रकृति ने बनाया है। लेकिन उसे पूजा के भाव से देखने में अगर कोई पुरुष समर्थ हो जाए, तो उसकी जो विद्युत-धारा अब तक बाहर की स्त्री की तरफ बहती थी, वह विद्युत-धारा भीतर की स्त्री की तरफ बहने लगती है, और कोई उपाय नहीं रह जाता। क्योंकि जो स्त्री का आकर्षण था, वह विलीन हो गया। अब वह मां हो गई, देवी हो गई, कुछ हो गई, जो पूज्य हो गई। उसकी तरफ जो बहाव था ऊर्जा का, वह लौट गया। वह जाएगा कहां!

ऊर्जा नष्ट नहीं होती, सिर्फ उसका बहाव बदलता है। कोई शक्ति नष्ट नहीं होती, सिर्फ उसका मार्गांतरीकरण होता है। तो अगर बाहर स्त्री पूज्य हो गई, तो ऊर्जा भीतर की तरफ बहनी शुरू हो जाती है और भीतर की स्त्री से मिलन हो जाता है। उस मिलन के बाद बाहर की स्त्री से

मिलन का कोई अर्थ नहीं, कोई प्रयोजन नहीं।

अब यह नग्न स्त्री को पूजा के भाव से देखने की विशेष प्रक्रियाएं थीं, विशेष मनोदशाएं थीं, विशेष ध्यान के प्रयोग थे, विशेष मंत्र थे, विशेष शब्द थे, विशेष तंत्र थे। और उन सबके बीच प्रयोग करने पर यह घटित हो जाता था। यह ठीक वैसी ही वैज्ञानिक व्यवस्था थी, जैसा आज विज्ञान लेबोरेटरी में कर रहा है।

हम सबने सुना है कि हाइड्रोजन और आक्सीजन अगर मिल जाएं, तो पानी बन जाता है। लेकिन आप अपने घर में हाइड्रोजन और आक्सीजन दोनों को भर दें अपने कमरे में, तो भी पानी नहीं बनेगा। हाइड्रोजन और आक्सीजन दोनों मौजूद हों कमरे में तो भी पानी नहीं बन जायेगा। हाइड्रोजन और आक्सीजन के पानी बनने के लिए बहुत बड़े वोल्टेज में विद्युत की वहां प्रवाहना होनी चाहिए। वर्षा में जो आपको पानी दिखाई पड़ता है वह आकाश में चमकी हुई बिजली की वजह से बनता है। हाइड्रोजन और आक्सीजन दोनों मौजूद होते हैं लेकिन उतने जोर से विद्युत जब चमकती है, तो उतनी गर्मी की विद्युत की व्यवस्था में ही हाइड्रोजन और आक्सीजन एक दूसरे से मिल पाते हैं और पानी बन जाते हैं।

अगर आपकी किताब में सिर्फ इतना लिखा रह जाए—कभी ऐसा दुर्भाग्य का दिन आ जाए और आ सकता है; और वैज्ञानिकों की ही कृपा से आ सकता है—कि हमारे पास सिर्फ इतना लिखा रह जाए कि हाइड्रोजन और आक्सीजन के मिलने से पानी बनता है, तो हम पानी न बना सकेंगे। अब हमारे पास तंत्र की किताब में सिर्फ इतना ही लिखा रह गया है कि नग्न स्त्रियों को पूजा के भाव से पूजने से व्यक्ति की ऊर्जा भीतर बह जाती है। लेकिन हमें और कुछ पता नहीं कि और भी कोई विद्युत की तड़क, और भी कोई इंतजाम है जो बीच में घटना चाहिए। इसे थोड़ा ऐसे देखें।

तिब्बत के मंत्र को आपने सुना होगा, ॐ मणि पद्मे हुम्। अगर इस पूरे मंत्र को आप दोहराएं : ॐ, तो आप पाएंगे कि इसमें शरीर के कोई और हिस्से भाग ले रहे हैं। मणि, तो शरीर के और नीचे के हिस्से भाग ले रहे हैं। ॐ जैसे गले के ऊपर ही घूम कर रह जाता है। मणि हृदय तक चला जाता है। पद्मे नाभि तक चला जाता है। हुम् सेक्स-सेंटर तक चला जाता है। अगर इस शब्द का ही उपयोग करें, तो फौरन पता चलेगा कि शरीर के अलग-अलग हिस्से तक इसका प्रवेश है। अब ॐ मणि पद्मे हुम्, अगर इस हुम् का बहुत प्रयोग किया जाए, तो सेक्स का सेंटर जो है, वह बाहर की तरफ प्रवाहित होना बंद हो जाता है। इतनी बड़ी चोट लगती है हुम् की। अगर इस हुम् का बार-बार उपयोग किया जाए, तो आदमी की सेक्सुअलिटी नष्ट हो जाती है, उसकी कामुकता विदा हो जाती है।

ऐसी बहुत-सी प्रक्रियाएं थीं जो उस नग्न स्त्री के सामने करनी पड़ती थीं। और पुरुष भी अगर नग्न खड़ा हो और बाकी साधक भी यह सब देख रहे हों, तो बहुत आसानी से पहचाना जा सकता है कि परिणाम हो रहा है कि नहीं हो रहा है। स्त्री की कामयंत्र की व्यवस्था तो शरीर के भीतर छिपी है, इसलिए नग्न स्त्री को ऊपर से देखकर पक्का पता नहीं चलता कि वह कामुक है या नहीं। लेकिन नग्न पुरुष को देखकर फौरन पता चल जाता है। महावीर ने जिन साधुओं को नग्न होने की आज्ञा दी थी, वे सिर्फ वे ही साधु थे जो हुम् का गहरा प्रयोग कर चुके थे। अब उनको नग्न रहने के लिए आज्ञा दी जा सकती थी। सोते समय में भी उनकी जननेंद्रिय प्रभावित नहीं हो सकती थी।

यह जानकर आपको हैरानी होगी कि ऐसा पुरुष खोजना साधारणतः मुश्किल है जिसको रात सोते में दो-चार बार इरेक्शन न होता हो। पता उसे चलता हो कि न चलता हो। अभी तो अमरीका

में जहां नींद में बहुत प्रयोग हो रहे हैं, वहां एक बहुत हैरानी की बात अनुभव में आई है। कि हर पुरुष की जननेंद्रिय रात के सोने में दो-चार बार प्रभावित होती ही है। जब भी स्वप्नों का धरातल कहीं काम के केंद्र के आसपास आता है, तो प्रभावित हो जाती है।

स्वप्न जब प्रभावित कर सकते हैं, तो शब्द भी प्रभावित कर सकते हैं। और जब स्वप्न प्रभावित कर सकते हैं, तो चित्र भी प्रभावित कर सकते हैं। स्वप्न है क्या?

तो सारा इंतजाम है। उस पूरे इंतजाम में रूपांतरण की व्यवस्था है। ऊर्जा अंतर्मुखी हो सकती है। यह ऊर्जा अंतर्मुखी हो अगर...।

पूछा जा सकता है कि लेकिन इस तरह की कोई तांत्रिक व्यवस्था नहीं थी जिसमें पुरुष नग्न खड़ा हो और स्त्रियां पूजा कर रही हों?

यह भी थोड़ा समझ लेने जैसा है। ऐसी कोई तांत्रिक व्यवस्था नहीं रही, जहां पुरुष को नग्न खड़ा किया गया हो और स्त्री पूजा कर रही हो। इसके भी कारण हैं। यह अनावश्यक है। इसके दो-तीन कारण हैं। पहला कारण तो यह है कि पुरुष के मन में जब भी किसी स्त्री के प्रति आकर्षण होता है, तो वह उसे नग्न करना चाहता है। स्त्री ऐसा नहीं करना चाहती। पुरुष वोयूर है, वह स्त्री को नग्न देखना चाहता है। स्त्री नहीं देखना चाहती।

इसलिए संभोग के क्षण में सौ में से निन्यानबे स्त्रियां आंख बंद कर लेंगी। पुरुष आंख खुली रखेगा। अगर एक स्त्री को आप चुंबन भी ले रहे हों, तो वह आंख बंद कर लेगी। उसके आंख बंद करने का कारण है। वह इस क्षण को बाहर नहीं जीना चाहती। इस क्षण का बाहर से उसे कोई प्रयोजन नहीं है। इस क्षण को वह अपने भीतर रख लेना चाहती है।

यही वजह है कि पुरुषों ने तो नग्न स्त्रियों की इतनी मूर्तियां, इतनी फिल्में, इतनी कहानियां, इतने चित्र बनाए। लेकिन स्त्रियों ने नग्न पुरुषों में कोई उत्सुकता नहीं ली अब तक। न वह नग्न पुरुषों के चित्र रखती हैं पास में, न उनकी तस्वीरें बनाती हैं, न घर में उनके कैलेंडर लटकाती हैं, बिलकुल उत्सुकता नहीं है। नग्न पुरुष में आज तक स्त्रियों ने कभी कोई उत्सुकता नहीं दिखाई। नग्न स्त्री में पुरुष की उत्सुकता बड़ी गहरी है। इसलिए नग्न स्त्री तो पुरुष के भीतर रूपांतरण का कारण बन सकती है। नग्न पुरुष स्त्री को सिर्फ आंख बंद करने का कारण बनेगा और कुछ इससे ज्यादा नहीं। इसलिए वह बेमानी है। लेकिन स्त्री का रूपांतरण दूसरी तरह से होता है।

यह खयाल में ले लेना जरूरी है कि स्त्री जो है चूंकि वह पैसिव सेक्स है, निष्क्रिय सेक्स है, आक्रामक नहीं है, ग्राहक है। कोई स्त्री आक्रमण नहीं कर सकती। दूसरे आक्रमण नहीं, एक स्त्री इतना भी कभी अपनी तरफ से कहने नहीं जाती किसी को कि मैं तुम्हें प्रेम करती हूं, यह भी आक्रमण है। अगर कोई स्त्री किसी को प्रेम भी करती है, तो ऐसा इंतजाम करती है कि वह पुरुष ही उससे कहे कि मैं तुम्हें प्रेम करता हूं। स्त्री नहीं जाती अपनी तरफ से कहने। इतना ऐग्रेसन भी नहीं कर सकती। यह भी हमला है। और जब कोई पुरुष किसी स्त्री को भी कहेगा कि मैं तुझे प्रेम करता हूं और अगर उसे हां भी भरनी है, तो भी वह ना ही भरेगी। यानी इतनी दूर भी वह आक्रमण में सहयोगी न होगी। वह ना ही कहेगी, वह इनकार ही करेगी। उसके इनकार से पता चलेगा कि वह स्वीकार कर रही है, वह दूसरी बात है। उसका इनकार स्वीकारात्मक होगा। उसकी नहीं में उसके पीछे खड़ी हुई हां और उसकी खुशी प्रकट होगी, लेकिन वह हां भी कहने की व्यवस्था नहीं कर सकती।

एक स्त्री को कामुकता के जगत में ले जाने के लिए पुरुष को दीक्षा देनी पड़ती है, स्त्री को इनीसियेट करना पड़ता है। और अगर एक पुरुष नग्न स्त्री को देखकर कामुक न हो, और एक पुरुष

एक नग्न स्त्री को देखकर अपने भीतर की ऊर्जा में विलीन हो जाए, तो यह घटना उस स्त्री के लिए बड़ी कीमती सिद्ध होती है। यह घटना उस स्त्री के लिए बड़ी कीमती सिद्ध होती है। इस पुरुष की भीतर जाती ऊर्जा उसकी ऊर्जा को भीतर जाने में सहयोगी हो जाती है। यानी इनीसिएशन बन जाती है। जैसे पुरुष स्त्री को राजी करता है कामुकता के रास्ते पर, ऐसे ही पुरुष अगर स्त्री के समक्ष अकाम की तरफ गतिमान हो जाए तो भी वह दीक्षा देता है अकाम की तरफ। इसलिए दूसरी व्यवस्था कभी नहीं खोजी गई। उसकी कोई जरूरत न थी।

कुछ स्त्रियां पुरुष-स्वभाव वाली होती हैं, उनकी क्या स्थिति होगी?

यह बात संभव है और उसके कारण हैं। थोड़ी-सी बात उस संबंध में करनी उपयोगी होगी। असल में जब हम कहते हैं कि कोई पुरुष है और कोई स्त्री है, तो यह हम बहुत ठीक नहीं कहते। असल में कोई भी सिर्फ पुरुष नहीं है और कोई भी सिर्फ स्त्री नहीं है। पुरुष और स्त्री होना मात्रा की बात है, डिग्रीज की बात है।

एक बच्चा जब मां के पेट में होता है, तो थोड़े समय तक तो वह दोनों होता है, न वह स्त्री होता है, न वह पुरुष होता है। फिर धीरे-धीरे वह स्त्री या पुरुष होने की यात्रा पर गतिमान होता है। यह गतिमान होना भी सिर्फ मात्रा का ही फर्क है। जब हम कहते हैं किसी को पुरुष तो उसका मतलब होता है कि वह साठ प्रतिशत पुरुष है और चालीस प्रतिशत स्त्री है; सत्तर प्रतिशत पुरुष है, तीस प्रतिशत स्त्री; नब्बे प्रतिशत पुरुष है, दस प्रतिशत स्त्री। जब हम कहते हैं किसी को स्त्री, तो उसका मतलब यह है कि उसका स्त्री होना पुरुष के होने से प्रबल है।

कभी-कभी ऐसा होता है कि इक्यावन प्रतिशत कोई आदमी पुरुष है, और उनचास प्रतिशत स्त्री। बड़ा कम फासला है। ऐसा पुरुष स्त्रैण मालूम पड़ेगा। अगर किसी स्त्री में सिर्फ इक्यावन प्रतिशत स्त्री है और उनचास प्रतिशत पुरुष है तो ऐसी स्त्री बहुत पौरुषिक मालूम पड़ेगी। अगर ऐसी स्त्री को कोई स्त्रैण पुरुष मिल जाए, तो वह डोमिनेंट रोल अख्तियार कर लेगी।

असल में, उस हालत में सिर्फ हमें भाषा की भूल हो रही है। उस हालत में पुरुष को पत्नी कहना चाहिए और स्त्री को पति कहना चाहिए। अगर हम ठीक से उपयोग करें, क्योंकि जो डोमिनेंट है, वह मालिक है। उस हालत में हमें पति-पत्नी का स्त्री और पुरुषवाची पर्याय छोड़ देना चाहिए। असल में पति होना एक फंक्शन है, पति होना एक पद है। इसमें स्त्री भी हो सकती है, इसमें पुरुष भी हो सकता है। पत्नी होना भी एक फंक्शन है। इसमें पुरुष भी हो सकता है, स्त्री भी हो सकती है। बहुत से पुरुष पत्नी की हैसियत से जीते हैं। बहुत-सी स्त्रियां पति की हैसियत से जीती हैं।

यह जो जीने का कारण है, यह परसेंटेज है उनके व्यक्तित्व की। और इसलिए कभी ऐसा हो जाता है कि कोई पुरुष अचानक किसी बीमारी में, किसी कारण से, स्त्री हो जाता है; कोई स्त्री पुरुष हो जाती है।

पिछली दफा लंदन में एक बड़ा मुकदमा चलता रहा। और मुकदमा यह था कि एक लड़की ने विवाह किया और विवाह करने के बाद वह पुरुष हो गई। मुकदमा यह चला कि उसने धोखा दिया है, वह पुरुष थी और जिस पुरुष के साथ उसने विवाह किया है, उसके साथ धोखा हुआ है। और उस लड़की के लिए बहुत मुश्किल पड़ गया यह सिद्ध करना कि वह लड़की थी और अब पुरुष हो गई है। लेकिन मेडिकल साइंस ने उसको सहायता दी और प्रमाणित हो गया कि वह लड़की थी, लेकिन आन दी वर्ज—मार्जिनल लड़की थी वह—बिलकुल बाउंड्री पर खड़ी थी, जहां से एक कदम बढ़ाया, तो वह लड़का हो जाती। वह एक कदम बढ़ गया।

अब भविष्य में बहुत दिक्कत नहीं रह जाएगी कि कोई पुरुष अगर जिंदगी में स्त्री होना चाहे

और कोई स्त्री पुरुष होना चाहे तो इसका वैज्ञानिक इंतजाम हो सकेगा। यह सुखद भी है, क्योंकि एक ही रोल करते-करते आदमी ऊब भी जाता है। इसमें बदलाहट हो जानी चाहिए।

इसलिए जिन स्त्रियों में पुरुष-तत्व ज्यादा है, वे स्त्रियां डोमिनेंट हो जाएंगी। और ऐसी स्त्रियां सदा दुखी रहेंगी। उसका कारण है कि उनका डोमिनेंट होना उनके स्त्रैण होने के विपरीत है, इसलिए उनके दुख का अंत नहीं रहेगा। असल में स्त्री उसी पुरुष को पसंद करती है जो उसको दबा ले। कोई स्त्री उस पुरुष को पसंद नहीं करती जो उससे दब जाए। अब जिस स्त्री में पुरुष का तत्व ज्यादा है, वह दबाएगी भी और दुखी भी होगी, क्योंकि उसको दबाने वाला पुरुष नहीं मिला। उसके दुख का अंत नहीं रहेगा। और पुरुष का सुख इसमें होता है कि स्त्री उसके प्रति समर्पित हो। और अगर पुरुष खुद स्त्री के प्रति समर्पित हो जाए, तो वह परेशानी में पड़ जाएगा, उसकी तृप्ति न हो पाएगी।

असल में स्त्री-पुरुष होना मार्जिनल नहीं होना चाहिए। लेकिन हमने जो व्यवस्था विकसित की है, वह धीरे-धीरे मार्जिनल होती जा रही है। बहुत-से लोग मार्जिन पर खड़े हो गए हैं। सभ्यता ने ऐसा किया है! असल में सभ्यता ने स्त्री और पुरुष के रोल को करीब-करीब एक जैसा कर दिया है। इससे नुकसान हुआ है। इससे स्त्री की स्त्रैणता कम हुई है, पुरुष का पुरुष होना कम हुआ है। जब कि उन दोनों का एक्सट्रीम पोल्स पर होना जरूरी है। पुरुष को चाहिए कि वह निन्यानबे प्रतिशत पुरुष और एक प्रतिशत स्त्री हो। एक प्रतिशत तो रहेगा वह, बच नहीं सकता। स्त्री को चाहिए कि वह निन्यानबे प्रतिशत स्त्री हो और एक प्रतिशत पुरुष हो। इसके लिए जरूरी है कि उनके शरीर के लिए अलग व्यायाम हों, इसके लिए यह जरूरी है कि उनके भोजन में थोड़ा फर्क हो, इसके लिए जरूरी है कि उनकी शिक्षा भिन्न हो, इसके लिए जरूरी है कि उनके जीवन का सारा अनुशासन भिन्न हो। तब हम उन दोनों को पोलेरिटीज की तरह खड़ा कर पाएंगे।

और जिस दिन आदमी की समझ बढ़ेगी, उस दिन हम नहीं चाहेंगे कि स्त्री पुरुष जैसी हो और पुरुष स्त्री जैसा हो। उस दिन हम चाहेंगे, स्त्री स्त्री जैसी हो और पुरुष पुरुष जैसा हो और इन दोनों के बीच बड़ा फासला हो। क्योंकि जितना फासला, उतना आकर्षण है। जितना फासला, उतना रस है। जितना फासला, उतना मिलन का सुख है। जितना फासला कम, उतना रस कम। जितना फासला कम, उतना मिलने में कोई सुख नहीं।

पर यह हुआ है। पुरुष सभ्य होते-होते कमनीय हो गया। क्योंकि न वह युद्ध में लड़ने जाता है, न वह खेत में मेहनत करता है, न वह जंगली जानवर से जूझता है, न वह पत्थर तोड़ता है। तो उसका स्त्रैण व्यक्तित्व होना शुरू हो गया है। वह कमनीय हो गया। उसने मसल्स खो दिए, उसके पुरुष होने का एक बहुत बुनियादी हिस्सा खो गया।

स्त्री पुरुष के करीब आती जाती है। पुरुष जैसी शिक्षा मिलती है उसे, पुरुष जैसे समाज ने जो ढांचा बनाया है उसमें अगर उसे सफल होना है, तो उसे पुरुष के साथ होड़ करनी पड़ती है। उसे पुरुष जैसे काम करने पड़ते हैं। अगर उसे फैक्ट्री में काम करना है, तो उसे पुरुष जैसा जीना पड़ता है। दफ्तर में काम करना है तो पुरुष जैसा जीना पड़ता है। वह नाम मात्र को स्त्री होती है। उसका वह जो बायोलाजिकल स्त्री होना है, बेमानी हो जाता है। और सब अर्थों में वह पुरुष होती है। सारा पुरुष का काम वह करती है। और पुरुष के साथ कांपीट करती है। इधर पुरुष कमनीय होता जाता है, उधर स्त्री पुरुष जैसी होती चली जाती है।

इसके घातक परिणाम हुए हैं। इसका सबसे बड़ा घातक परिणाम यह हुआ कि कोई स्त्री किसी पुरुष से तृप्त नहीं हो पाती और कोई पुरुष किसी स्त्री से तृप्त नहीं हो पाता। और इसलिए अतृप्ति की आग चौबीस घंटे पकड़े रहती है। वह पकड़े ही रहेगी। जब तक हम स्त्री और पुरुष के

व्यक्तित्व को ठीक-ठीक एक दूसरे के विपरीत और विभिन्नता में अंतिम छोरों पर न खड़ा कर सकें, तब तक वह पकड़े ही रहेगी। इस कारण से ऐसा हो जाता है, होना नहीं चाहिए। रुग्ण है वह बात।

यह जो पुरुष का स्त्री में या स्त्री का पुरुष में चेंज है, इसके लिए किसी को हम परवर्ट नहीं कह सकते। इफ इट इज नैचरल। अब सोशल कंडीशंस बदल कर जो स्त्री पुरुष हो रही है या पुरुष स्त्रैण हो रहा है, उसके लिए मैं कुछ नहीं कह रही, लेकिन मेडिकली उसके अंदर जो संरचना काम करती है उसमें जो एक प्रतिशत के अंतर से बदलाहट आती है, उसके लिए हम परवर्टेड शब्द का इस्तेमाल नहीं कर सकते...।

नहीं, नहीं, नहीं करना चाहिए। बिलकुल ही नहीं करना चाहिए।

लेकिन, बहुत से लोग यही कहते हैं कि यह परवर्ट है।

नहीं, नहीं, परवर्ट कहने का सवाल ही नहीं है। नहीं, यह परवर्ट नहीं, ऐक्सीडेंट है। परवर्ट नहीं, ऐक्सीडेंट है।

यह अभी आप कह रहे हैं, लेकिन आमतौर से लोग...।

नहीं, परवर्सन की कोई बात नहीं है। यह सिर्फ दुर्घटना है और इस दुर्घटना से बचने के उपाय किये जाने चाहिए। और जिसके साथ यह दुर्घटना घट रही है, वह दया का पात्र है। परवर्ट जैसी गाली का पात्र नहीं है। न, वह गलती है और उसको सुधारने की सब कोशिश हमारी नासमझी की कोशिश है, जब तक कि हम उसके पूरे व्यक्तित्व को गुणात्मक रूप से स्त्रैण बनाने की फिक्र नहीं करते। जो कि की जा सकती है, जिसमें कोई कठिनाई नहीं है। थोड़े-से हारमोन्स के इंजेक्शन देने से वह स्त्रैण हो सकता है, पुरुष हो सकता है। लेकिन हम उस तरफ सोच नहीं रहे हैं।

अगर एक पत्नी एक पति को डांटती-डपटती है, दबाती है, सताती है, मालकियत करती है, तो वह यह कभी नहीं सोचता है कि इसे डाक्टर को दिखाने की बात है। वह सोचता है कि जाकर किसी साधु महाराज से समझवाने की बात है। इसका कोई संबंध नहीं है। साधु महाराज का इसमें कोई कसूर नहीं है, न कोई हाथ है। इसको किसी से समझवाने का सवाल नहीं है। इसको हारमोन्स की जरूरत है, जो इसको और स्त्रैण बनाए। और वे हारमोन्स डाले जा सकते हैं। इसमें कोई कठिनाई नहीं है। अगर कोई पुरुष स्त्रैण जैसा व्यवहार कर रहा है, और पत्नी उससे रस नहीं ले पाती तो उसमें नाराज और दुखी होने की जरूरत नहीं है। उसे वैसे ही चिकित्सा की जरूरत है, जैसे और सब चीजों के लिए चिकित्सा की जरूरत है।

भगवान श्री, एक बार तेजस शरीर बाहर हुआ, तो वह कभी भी ठीक से पूरी तरह भीतर प्रविष्ट नहीं हो पाता और उनके बीच तालमेल और सामंजस्य बिगड़ जाता है। इसलिए योगी लोग हमेशा रुग्ण रहे हैं, कम उम्र में मरते रहे हैं। असामंजस्य न हो, इसके लिए क्या-क्या तैयारियां आवश्यक हैं? क्या रुग्णता की संभावनाएं नहीं घटायी जा सकती हैं? यह कैसे संभव है?

इस संबंध में भी पहली बात तो यह है कि शरीर की जो प्राकृतिक व्यवस्था है, जैसे ही हमारा सूक्ष्म शरीर शरीर के बाहर जाता है, उसकी प्राकृतिक व्यवस्था में व्यवधान पड़ेगा ही। घटना वह प्राकृतिक नहीं है, घटना वह प्रकृति के पार की है। कहना चाहिए अप्राकृतिक है, बियांड नेचर है, अतीत है प्रकृति के। तो जब भी कोई प्रकृति से विभिन्न, प्रकृति के ऊपर कोई घटना घटेगी, तो प्रकृति का जो व्यवस्थित तालमेल था, वह अस्तव्यस्त हो जाएगा।

इस अस्तव्यस्तता से अगर बचना हो, तो बहुत तैयारियों की जरूरत है। योगासन उस तैयारी में बड़े सहयोगी हैं। मुद्राएं उस दिशा में बड़ी सहयोगी हैं। असल में हठयोग की सारी प्रक्रियाएं उस दिशा में सहयोगी हैं। तो शरीर को फिर उतनी बड़ी अप्राकृतिक घटना को झेलने के योग्य लोह-तत्व

देना जरूरी है। साधारण शरीर नहीं चाहिए, फिर असाधारण शरीर चाहिए।

अब जैसे राममूर्ति के पास एक शरीर था। इस शरीर में और हमारे शरीर में कोई बुनियादी भेद नहीं है। लेकिन राममूर्ति को एक शरीर की ट्रिक का बोध हो गया। वह साध ली गई। वह हम रोज होते देखते हैं, लेकिन हमारे खयाल में नहीं आता। आप रोज देखते हैं कि एक मोटर का टायर हवा को भरे हुए इतना वजन ढो लेता है। उस टायर में से हवा कम कर दें, तो वह वजन नहीं ढो पाएगा। एक विशेष अनुपात चाहिए उस वजन को ढोने के लिए हवा का।

तो प्राणायाम की एक विशेष प्रक्रिया में सीने में इतनी हवा भरी जा सकती है कि ऊपर हाथी खड़ा हो जाए। तब सीना जो है टायर की तरह काम कर रहा है, ट्यूब की तरह काम कर रहा है। हवा का एक विशेष अनुपात...। एक हाथी के वजन को झेलने के लिए हवा का कितना आयतन फेफड़े के भीतर चाहिए अगर इसका ठीक पता हो, तो कोई कठिनाई नहीं है। राममूर्ति के पास भी फेफड़ा वही है जो हमारे पास है। वह जो टायर के भीतर रबर का ट्यूब पड़ा हुआ है, वह कोई बहुत मजबूत लोहे की चीज नहीं है। उसमें कोई ताकत नहीं है। उसका तो सिर्फ इतना ही उपयोग है कि इतनी हवा को वह आयतन में समा लेता है, बस। इतनी हवा वहां रह जाए तो काम पूरा हो जाए।

अब अभी एक नई कार का खयाल है जो जमीन से चार फुट ऊपर चल सके। उसमें किसी टायर-ट्यूब की जरूरत नहीं होगी। असल में उस कार के लिए जो इंतजाम है वह सिर्फ इतना ही है...ट्रिक वही है। उसमें इंतजाम इतना है कि वह इतनी तेज गति से चलेगी कि नीचे हवा की जो परत गुजरेगी, वह परत इतना आयतन ले लेगी कि उसके ऊपर वह संभल जाएगी। अगर बहुत स्पीड से वह गाड़ी गुजरी, तो नीचे की हवा और ऊपर की हवा कट जाएगी और नीचे हवा की एक परत चार फुट की बन जाएगी, उसकी तेजी की वजह से।

जैसे जब तुम नाव चलाते हो तेजी से पानी में, तो नाव के पीछे एक गड्ढा बन जाता है। वह गड्ढा ही असल में चलने में सहयोगी होता है। अगर पानी तरकीब सीख ले और गड्ढा न बनाए, तो नाव नहीं चल सकती। उस गड्ढे की वजह से आसपास का पानी उस गड्ढे को भरने को भागता है। पानी के भागने की वजह से नाव को धक्का लगता है, नाव आगे चली जाती है। बस, पूरे वक्त यही ट्रिक है। वह पीछे नाव की जगह खाली होती है पानी की। पानी भरने को भागता है। जब पानी भागता है, तो नाव को गति आगे मिल जाती है।

अगर एक विशेष गति पर कार को दौड़ाया जा सका, तो चार फुट नीचे हवा की परत को सड़क बनाया जा सकेगा। बनाने की जरूरत नहीं, बस बन जाएगी तत्काल, इतनी तीव्रता से, और वह कार उसके ऊपर से निकल जाएगी। तब व्हील्स की कोई जरूरत न रह जाएगी। तब कार सरकेगी। उस पर कोई धचके और चोट और वर्षा का कोई असर नहीं पड़ने वाला है। हवा भर होनी चाहिए। बस, इतना काफी होगा।

हठयोग ने बहुत सी प्रक्रियाएं खोजी हैं जो शरीर को एक विशेष इंतजाम दे देती हैं। अगर वह इंतजाम दे दिया गया है तब तो फर्क पड़ जाएगा। इसलिए हठयोगी कभी कम उम्र में नहीं मरता। साधारण राजयोगी मरता है। विवेकानंद मरते हैं, शंकराचार्य मरते हैं, हठयोगी नहीं मरता। उसका कारण है। उसने शरीर को पूरा इंतजाम दिया है। इसके पहले कि घटना घटे, उसने शरीर के लिए तैयारी कर ली है। अब शरीर तैयार है। अब शरीर अप्राकृतिक स्थिति को झेलने के लिए तैयार है।

इसलिए हठयोगी बहुत-सी अप्राकृतिक प्रक्रियाएं करता है। जैसे जब धूप पड़ रही होगी, तब वह कंबल ओढ़ कर बैठ जाएगा। सूफी फकीर कंबल ओढ़े रहते हैं। सूफ का मतलब होता है ऊन। और जो आदमी ऊन ओढ़े रहता है हमेशा, उसको कहते हैं सूफी। और तो कुछ मतलब नहीं

है सूफी का। तो सारे सूफी फकीर अरब में, जहां कि आग बरस रही है, कंबल ही ओढ़ कर जीते हैं। आग बरस रही है और वह कंबल ओढ़े हैं। अब बड़ी अप्राकृतिक स्थिति वे खड़ी कर रहे हैं। ऐसे ही आग बरस रही है, ऐसे ही जला जा रहा है सब कुछ। चारों तरफ आग दिखाई पड़ती है, कहीं कोई हरियाली नहीं दिखाई पड़ती। वहां एक आदमी कंबल ओढ़े बैठा है। वह अपने शरीर को राजी कर रहा है अप्राकृतिक स्थितियों के लिए। तिब्बत में एक लामा नंगा बैठा हुआ है बर्फ पर। और तुम हैरान होगे देखकर, उसके शरीर से पसीना चू रहा है। अब यह लामा एक तैयारी कर रहा है कि गिरती हुई बर्फ में शरीर से पसीना चुआया जा सके। यह बड़ी अप्राकृतिक तैयारी कर रहा है।

ऐसी बहुत सी अप्राकृतिक तैयारियां हैं। इन तैयारियों से अगर शरीर गुजर गया हो, तो उस अप्राकृतिक घटना को झेलने में समर्थ हो जाता है। फिर तो शरीर को कोई नुकसान नहीं पहुंचता। कोई नुकसान नहीं पहुंचता।

लेकिन साधारणतः ये तैयारियां वर्षों का काम है। और बाद में राजयोग ने तय किया कि आखिर इतनी उम्र को बचाने की जरूरत भी क्या है। यह वर्षों का काम है। कोई एक आदमी हठयोग की तैयारी करे तो बीस और तीस साल से कम में तो कुछ भी नहीं हो सकता। तीस साल कम से कम समझना चाहिए। अब एक आदमी अगर पंद्रह साल की उम्र में काम शुरू करे, तो पचास साल की उम्र तक तो वह तैयारी कर पाएगा। तो राजयोग ने यह तय किया कि शरीर की इतनी फिक्र की जरूरत भी क्या है। अगर स्थिति उपलब्ध हो गई और शरीर छूट गया, तो करना क्या है बचा कर। इसलिए वे तैयारियां छोड़ दी गईं।

इसलिए शंकराचार्य तैंतीस साल में मर गए। उसका कारण यह है कि इतनी बड़ी घटना घटी, उसके लिए शरीर तो तैयार नहीं था। मगर तैयारी की कोई जरूरत भी न थी। अगर जरूरत मालूम पड़े, तब तो ठीक है। नहीं जरूरत मालूम पड़े, तो कोई कारण नहीं है। और फिर पैंतीस साल जिसको बचाने के लिए मेहनत करनी पड़े, अगर उससे पैंतीस साल और बच सकते हों तो हिसाब बहुत ज्यादा फायदे का न रहा।

समझ लें कि मैं पंद्रह साल से मेहनत करूं पचास साल तक, तो मेरे पैंतीस साल तो खराब हो ही गये। और अब मैं पैंतीस साल और बच जाऊं, पचासी साल तक। तो ऐसे हिसाब-किताब बराबर हो गया। कुछ उसका अर्थ नहीं है।

तो अगर शंकराचार्य से कोई कहे कि आप हठयोग करके बच सकते थे सत्तर साल तक, तो वे कहेंगे कि बच सकता था, लेकिन चालीस साल मुझे उसमें मेहनत लगानी पड़ती। वह मेहनत अकारण है। मैं तैंतीस साल में मरना पसंद करता हूं। इसमें कोई हर्जा नहीं है।

इसलिए धीरे-धीरे हठयोग पिछड़ गया। उसके पिछड़ जाने का कारण हुआ कि उसकी इतनी लंबी प्रक्रियाएं थीं। लेकिन मुझे लगता है कि भविष्य में अगर विज्ञान का सहारा लेकर प्रक्रियाएं की गईं, तो हठयोग वापस लौट आएगा। क्योंकि अब पैंतीस साल लगाने की जरूरत नहीं है। मैं समझता हूं कि पांच साल में भी हो सकती है बात। और अगर विज्ञान का पूरा उपयोग किया जाए, तो इतना समय खोने की जरूरत नहीं है। और समय बचाया जा सकता है। लेकिन वैज्ञानिक हठयोग के पैदा होने में अभी समय है। अभी वक्त लग सकता है। और मैं मानता हूं कि वैज्ञानिक हठयोग हिंदुस्तान में पैदा नहीं होगा, पश्चिम में ही पैदा होगा। क्योंकि हमारी कोई वैज्ञानिक स्थिति ही नहीं है।

समय बचाया जा सकता है, लेकिन बचाए जाने का कोई विशेष प्रयोजन नहीं है। किन्हीं खास स्थितियों में समय बचाये जाने का प्रयोजन हो सकता है, तो वह घटना भी स्कूल के भीतर

ही घटेगी। जैसे यह हो सकता है कि शंकाराचार्य का...अब शंकराचार्य के लिए तो कोई उपयोग नहीं है बचने का, लेकिन दूसरों के लिए उपयोग हो सकता है। इसलिए हठयोग की बात में कहीं कोने पर एक जान है। और वह यह है कि शंकराचार्य को यह कहा जा सकता है कि माना कि आपके लिए कोई उपयोग नहीं है, लेकिन अगर आप पैंतीस साल और बच जाते हैं, तो और बहुत लोगों के लिए उपयोग है। इसी रास्ते से हठयोग वापस आ सकता है, अन्यथा नहीं आ सकता।

और शरीर का जो ऐडजेस्टमेंट टूट जाता है। वह करीब-करीब मामला ऐसे ही है जैसे कि कार का इंजन एक बार खोल लो, फिर दोबारा भी कस जाता है, लेकिन कार की लाइफ तो कम हो ही जाती है। इसलिए कार खरीदने वाला पहले पूछता है कि इंजन खोला तो नहीं गया। क्योंकि इंजन बिलकुल ठीक जुड़ गया हो, फिर भी लाइफ तो कम हो ही जाती है, जिंदगी कम हो ही जाती है। क्योंकि वह ठीक वही नहीं हो सकता, जो था। उसमें किंचित अंतर भी फर्क ले आता है।

फिर हमारे शरीर में कुछ तत्व ऐसे हैं, जो बहुत शीघ्रता से मर जाते हैं, कुछ तत्व ऐसे हैं, जो मरने में देर लेते हैं। कुछ तत्व ऐसे हैं, जो आदमी मर जाता है उसके बाद भी नहीं मरते। मरघट में भी नाखून बढ़ते रहते हैं आदमी के, कब्र में भी बाल बढ़ते रहते हैं। कब्र में गड़ाए हुए आदमी के बालों का बढ़ना जारी रहता है, नाखून का बढ़ना जारी रहता है। वह आदमी मर गया, लेकिन नाखून और बाल मरने से इतनी जल्दी राजी नहीं होते। वे अपना काम जारी रखते हैं। उनको मरने में बहुत वक्त लगता है।

तो शरीर जब मरता है, तो उसमें मरने में कई तलों पर मृत्यु घटित होती है। असल में शरीर में बहुत तरह के संस्थान आटोमेटिक हैं जिनके लिए आपकी आत्मा की मौजूदगी भी जरूरी नहीं है। जैसे मैं यहां बैठा हूं। मैं बोल रहा हूं। अगर मैं इस कमरे के बाहर चला जाऊं, तो बोलना तो बंद हो जाएगा लेकिन पंखा चलता रहेगा। क्योंकि पंखे का अपना आटोमेटिक इंतजाम है। उसका मेरी मौजूदगी से कुछ लेना-देना न था।

तो हमारे शरीर में दो तरह के इंतजाम हैं। एक तो इंतजाम है जो हमारी चेतना के हटते से ही खतम हो जाएगा। एक इंतजाम ऐसा है जो कि हमारी चेतना के हटने पर भी थोड़ी देर काम करता रहेगा। कुछ इंतजाम इतने आटोमेटिक और बिल्ट-इन हैं कि वह देर तक काम करता रहेगा। चेतना हट जाएगी, वह अपना काम...उसको पता ही नहीं चलेगा, बाल को कि क्रियानंद चल बसे, वह अपना काम करता रहेगा। पता लगते-लगते उसको बहुत देर हो जाएगी, बहुत वक्त लग जाएगा। जब उसको पता चलेगा, तब वह मरेगा कि यह आदमी तो गया। अब हम बंद हो जाएं, अब बढ़ना नहीं चाहिए। और हमारे भीतर कुछ तत्व हैं जो बड़ी जल्दी मरते हैं, कुछ तत्व हैं जो छह सेकेंड में मर जाते हैं।

जैसे हार्ट-अटैक होता है एक आदमी को। हृदय के दौरे से जो आदमी मरता है, अगर छह सेकेंड के भीतर उसको सहायता पहुंचाई जा सके, तो वह बच भी सकता है। क्योंकि असल में हार्ट-अटैक कोई मृत्यु नहीं है, सिर्फ स्ट्रक्चरल भूल है। तो पिछले महायुद्ध में रूस में कोई पचास आदमी बचाए गए। युद्ध के मैदान में जो हृदय के दौरे से गिर कर मर गए, उनको छह सेकेंड के भीतर अगर सहायता पहुंचाई जा सकी, तो वे बच गए। लेकिन छह सेकेंड से अगर ज्यादा देर लग जाए, तो कुछ तत्व तब तक खतम हो जाएंगे, उनको फिर दोबारा जिंदा करना मुश्किल हो जाएगा। जैसे हमारे मस्तिष्क के जितने भी डेलीकेट हिस्से हैं, वे बहुत जल्दी मरते हैं, एकदम मर जाते हैं।

तो अगर तेजस शरीर बहुत देर बाहर रह जाए, तो इस शरीर की सुरक्षा करनी बहुत जरूरी है, नहीं तो इसमें से कुछ हिस्से मर जाएंगे। हालांकि तुम अंदाज नहीं लगा सकते कि कितनी देर

तेजस शरीर बाहर रहा, क्योंकि दोनों का टाइम-स्केल अलग है। यानी जैसे कि मेरा तेजस शरीर बाहर निकल जाए, सूक्ष्म शरीर, तो मुझे लगेगा कि मैं सालों बाहर रहा और लौट कर जब आऊं, तब देखूं कि घड़ी में सिर्फ एक सेकेंड ही बीता है। टाइम-स्केल भिन्न है।

जैसे एक आदमी को झपकी लग जाए। और झपकी में वह एक सपना देखे। और सपने में उसकी शादी हो रही है, बारात निकल रही है और बच्चे हो गए और बच्चों की शादी हो रही है। और नींद खुले और वह हमसे कहे, मैंने इतना लंबा सपना देखा कि मेरी शादी हो गई, फिर मेरे बच्चे हो गए, फिर बच्चों की शादी हो रही थी। और हम उससे कहें कि अभी तो केवल एक मिनट हुआ तुम्हें झपकी लिये। एक मिनट में इतना लंबा सपना कैसे हो सकता है?

टाइम-स्केल अलग है। एक मिनट में इतना लंबा सपना हो सकता है। क्योंकि सपने का जो समय-माप है, वह हमारे जागरण के समय-माप से बहुत भिन्न है, बहुत त्वरित है, बहुत स्पीडी है। तो तेजस शरीर एक सेकेंड को बाहर रहे तो तुम्हें लग सकता है कि तुम सालों बाहर घूमे। इससे अंदाज नहीं लगता कि तुम कितनी देर बाहर रहे।

इस शरीर को सुरक्षित रखना बहुत जरूरी है। इसकी सुरक्षा की बड़ी कठिनाइयां हैं। और इसको अगर सुरक्षित रखने का इंतजाम पूरा हो, तो बहुत देर तक बाहर रहा जा सकता है।

शंकराचार्य के जीवन की एक घटना है जो समझने जैसी है। वे छह महीने बाहर रहे, हमारे टाइम-स्केल से। तेजस शरीर के टाइम-स्केल से कितनी देर बाहर रहे, उसकी कोई बात करनी बेकार है। हमारे समय के माप से वे छह महीने शरीर के बाहर रहे।

एक स्त्री ने उनको झंझट में डाल दिया। मंडन से उनका विवाद हुआ। मंडन हार गए। लेकिन उनकी पत्नी ने एक बड़ा स्त्रैण तर्क दिया जो सिर्फ स्त्रियां ही दे सकती हैं। उसने कहा, अभी सिर्फ आधे मंडन मिश्र हारे, आधी तो मैं अभी जिंदा हूं, अर्धांगिनी। तो जब तक मैं भी न हार जाऊं, तब तक पूरे मंडन मिश्र हार गए, ऐसा आप नहीं कह सकेंगे।

शंकर भी मुसीबत में पड़ गए। बात तो ठीक ही थी, हालांकि बेमानी थी। मंडन मिश्र पूरे हार गए थे। स्त्री के अर्धांगिनी होने का यह मतलब नहीं होता कि गामा पहले उसके पति को हराए और फिर उसकी पत्नी को भी हराए तब वह विजेता घोषित हो। यह मतलब नहीं होता। लेकिन वह जो भारती थी मंडन मिश्र की पत्नी, वह भी विवाद के योग्य थी। बहुत कम विदुषी स्त्रियां उस हैसियत की हुईं। और शंकर ने सोचा कि चलो यह भी ठीक है, एक आनंद रहेगा। और जब मंडन ही हार गए, तो भारती कितनी देर टिकेगी। लेकिन भूल हो गई।

पुरुष को हराना बहुत आसान है, स्त्री को हराना बहुत मुश्किल है। क्योंकि पुरुष के हारने और जीतने के तर्क भिन्न होते हैं और स्त्री के तर्क भिन्न होते हैं। असल में उनका लाजिक ही भिन्न होता है। इसलिए अक्सर पति-पत्नी एक दूसरे की बात ही नहीं समझ पाते कि कौन क्या कह रहा है। क्योंकि उनके तर्क करने के ढंग ही अलग-अलग होते हैं। उनमें कोई तालमेल नहीं होता। अक्सर वे पैरेलल होते हैं, लेकिन मिलते कहीं नहीं।

शंकर ने सोचा कि ब्रह्म वगैरह की बात होगी, लेकिन उस भारती ने ब्रह्म-ब्रह्म की कोई बात नहीं की, क्योंकि वह तो देख ही चुकी थी कि मंडन मिश्र दिक्कत में पड़ गए। ब्रह्म और माया नहीं चलेगी! उसने शंकर से कहा कि मुझे कामशास्त्र के संबंध में कुछ बताइए। शंकर मुश्किल में पड़ गए। शंकर ने कहा कि मैं निष्णात ब्रह्मचारी हूं। कृपा करके कामशास्त्र के संबंध में मुझसे कुछ मत पूछिये। पर उसने कहा कि अगर कामशास्त्र के संबंध में आप कुछ भी नहीं जानते, तो और क्या जान सकते हैं। जब इतना-सा पता नहीं, तो ब्रह्म, माया वगैरह क्या जानते होंगे! और जिसको आप

माया कह रहे हैं, जिस जगत को, उसकी उत्पत्ति जहां से है, उसके संबंध में कुछ बात करनी पड़ेगी। मैं तो उसी पर विवाद करूंगी। तो शंकर ने कहा, छह महीने की मुहलत मुझे दे दो। मैं सीखकर आऊं। क्योंकि इसे मैंने कभी सीखा नहीं, यह मैंने कभी जाना नहीं, यह राज मुझे पता नहीं।

तो शंकर को अपना शरीर छोड़कर दूसरे शरीर में प्रवेश करना पड़ा। इस शरीर से भी वे जान सकते थे, कोई पूछ सकता है। इस शरीर से भी वे जान सकते थे, लेकिन इस शरीर की पूरी धारा अंतर्प्रवाहित हो चुकी थी। उसका बाहर लौटाना मुश्किल था। वे किसी स्त्री से इस शरीर से भी संबंधित हो सकते थे। आखिर अगर जानने ही गए थे, तो इसी शरीर से ही किसी स्त्री को जान सकते थे। लेकिन इस शरीर की सारी धारा अंतर्प्रवाहित हो गई थी। इस शरीर की धारा को बाहर प्रवाहित करना छह महीने से भी लंबा काम था। वह आसान घटना न थी, वह बहुत मुश्किल मामला था। एक दफा बाहर से भीतर ले जाना बहुत आसान है, भीतर से बाहर लाना बहुत ही मुश्किल है। कंकड़ छोड़कर हीरे उठा लेना बहुत आसान है, लेकिन हीरे छोड़कर कंकड़ उठाना बहुत मुश्किल है।

वे मुश्किल में पड़ गए। इस शरीर से कुछ भी न हो सकता था। तो उन्होंने मित्रों को भेजा कि पता लगाओ कि कोई शरीर तत्काल मरा हो, तो मैं उसमें प्रवेश कर जाऊं। लेकिन जब तक मैं लौटूं, तब तक मेरे शरीर को सुरक्षित रखना। छह महीने तक वे एक राजा के शरीर में प्रवेश करके जीए और वापस लौटे।

यह छह महीने शंकर का शरीर सुरक्षित रखा गया। यह सुरक्षा बड़ी कठिन है। इसमें जरा-सी भूल-चूक हुई कि वापस लौटना मुश्किल हो जाए। इसको सुरक्षित रखने में बड़े डिवोटेड आदमियों ने काम किया, जिनके समर्पण का कोई हिसाब लगाना मुश्किल है, जिनके समर्पण का हम अंदाज भी नहीं कर सकते कि उन्होंने क्या किया होगा।

जैसे मैंने तुमसे कहा कि तिब्बत का साधक प्रयोग करता है, कि बैठा है सर्दी में और पसीना चू रहा है। यह सिर्फ संकल्प से होता है। संकल्प से वह इस तथ्य को झुठलाता है कि सर्दी पड़ रही है। संकल्प से वह इस तथ्य को खड़ा करता है कि धूप पड़ रही है और गर्मी है। परिस्थिति को वह मनस्थिति के नीचे लाता है। परिस्थिति तो बर्फ पड़ने की है। वह आंख बंद करके इस परिस्थिति को इनकार कर देता है। वह कहता है, झूठ है यह बात कि बर्फ पड़ रही है। मैं तो मानता हूं कि सूरज निकला है और धूप पड़ रही है। और इस मान्यता को वह गहरे से गहरे संकल्प में प्रवेश कराता है। एक घड़ी आती है कि उसकी श्वास-श्वास, उसका रोआं-रोआं, उसके प्राण का कण-कण जानता है कि धूप पड़ रही है। फिर पसीना कैसे नहीं निकलेगा? पसीना निकलना शुरू हो जाता है। परिस्थिति दबा दी गई, मनस्थिति प्रभावी हो गई।

सब योग एक अर्थ में परिस्थिति को दबा कर मनस्थिति को ऊपर लाने का है। और सब सांसारिकता एक अर्थ में परिस्थिति के नीचे मनस्थिति को दबाकर जीने का नाम है।

तो शंकर के जिन मित्रों को उस शरीर को रखना पड़ा सुरक्षित, यह बात कभी कही नहीं गई, यह बात कभी ठीक से लिखी भी नहीं गई कि उन्होंने किया क्या। इस आदमी के प्राण चले गए, इसको छह महीने तक क्या किया। छह महीने तक एक वर्ग मित्रों का इस शरीर को घेरे ही बैठा रहा। वह अखंड था घेरा। उसमें एक निश्चित संख्या पूरे वक्त मौजूद रहनी चाहिए। उसमें से कोई बीच में बदलता था, लेकिन चौबीस घंटे सजग। एक विशेष स्थिति में वह वातावरण उस गुफा का रहना चाहिए। और निश्चित तरंगें वहां पहुंचती रहनी चाहिए। ये सारे लोग—करीब सात लोग—वहां बैठकर इस भाव में होने चाहिए कि हम श्वास नहीं ले रहे हैं, श्वास शंकर का शरीर

ले रहा है। हम नहीं जी रहे हैं, जी शंकर का शरीर रहा है। और इन सबों के शरीर की विद्युत धाराएं शंकर के शरीर में दौड़ती रहनी चाहिए। इन सारे सातों व्यक्तियों के हाथ शंकर के सातों चक्रों पर होने चाहिए। उनके सारे शरीर की विद्युत धाराएं सातों चक्रों में उड़ेली जानी चाहिए, तो यह शरीर छह महीने तक...।

और यह सतत होगा। इसमें एक क्षण की भी चूक और धारा टूट जाएगी। और धारा टूटने पर शरीर की उष्णता खो जाएगी। वह शरीर उष्ण रहना चाहिए जैसा जीवित आदमी का है। यह विशेष तापमान उसका वही बना रहना चाहिए जो जीवित आदमी का है। उसमें तापमान का जरा-सा भी फर्क न पड़ जाए। और यह तापमान किसी आग से नहीं पैदा किया जा सकता है। और यह तापमान किसी और तरकीब से पैदा नहीं किया जा सकता सिवाय इसके कि सात लोग अपनी पूरी जीवन-ऊर्जा को, अपनी पूरी मैग्नेटिक फोर्स को उसके सातों चक्रों से भीतर डालते रहें। और उसके शरीर को कभी पता न चल पाए कि वह आदमी जो मौजूद था अब नहीं है। क्योंकि उस आदमी से जो मिलता था वह ये सात आदमी उसको दे रहे हैं।

मेरा मतलब समझ रहे हैं न! जो उस आदमी की चेतना उसके सातों चक्रों को देती थी, इस शरीर को कभी भी पता नहीं चलता है। इसको पता चलने का एक ही उपाय है कि इसके सातों चक्र से सातों शरीरों की ऊर्जा इसको मिलती रहती है। वह ट्रांसमीशन सेंटर्स इसको देते रहते हैं। यह जिंदा रहता है। वहां से चूक जाती है, तो यह मरने की तैयारी कर लेता है। इसको कुछ और पता नहीं है। इसको अगर दूसरे भी व्यक्ति ऊर्जा दे सकें, तो भी यह जिंदा रखा जा सकता है।

तो शंकर को छह महीने बचाकर रखना एक बहुत अदभुत प्रयोग था। और छह महीने निरंतर किन्हीं व्यक्तियों का सतत—एक आदमी बदले, तो दूसरा तत्काल रिप्लेस हो—सात वहां मौजूद रहने ही चाहिए। शंकर की वापसी छह महीने के बाद हुई और शंकर उत्तर दे सके। वे जो नहीं जानते थे, वह जान सके।

इसे एक तरकीब से और जाना जा सकता था, लेकिन शंकर को उस तरकीब का पता नहीं था। अगर यह घटना महावीर की जिंदगी में घटती तो महावीर दूसरे के शरीर में प्रवेश नहीं करते, महावीर अपने पिछले जन्मों की स्मृति में प्रवेश कर जाते। एक दूसरा स्रोत था, लेकिन जाति-स्मरण का प्रयोग जैनों और बौद्धों में ही सीमित रहा, वह हिंदुओं तक कभी नहीं पहुंच सका। तो अगर महावीर से कोई ऐसा सवाल करता, तो महावीर किसी के शरीर में घुसने की कोशिश न करते। इससे कोई मतलब न था। वे अपने ही पिछले शरीरों की याद में चले जाते। और अपने ही पिछले स्त्रियों से संबंधों को स्मरण कर लेते और जान लेते। और तब छह महीने न लगते। लेकिन शंकर के पास इसकी कोई साइंस न थी। लेकिन शंकर के पास एक और साइंस थी, जो एक दूसरा वर्ग साधकों का विकसित करता रहा था। वह साइंस थी दूसरे के शरीर में प्रवेश करने की।

अध्यात्म की भी बहुत-सी साइंसेज हैं। और अभी तक किसी धर्म के पास सारे साइंसेज के पूरे सूत्र नहीं हैं। किसी एक धर्म ने एक विशेष प्रक्रिया को विकसित कर लिया है, वह उससे तृप्त है। किसी दूसरे धर्म ने किसी दूसरी प्रक्रिया को विकसित कर लिया है और उससे वह तृप्त है। लेकिन अब तक दुनिया में कोई भी ऐसा धर्म नहीं निर्मित हो पाया है, जिसके पास सारे धर्मों की समस्त सपदा हो। और वह तब तक नहीं हो पाएगा, जब तक हम सारे धर्मों को दुश्मन की तरह देखते हैं। तब तक वह हो भी नहीं पाएगा। ये सारे धर्म मित्र की तरह एक-दूसरे के निकट आ जाएं और ये सारे धर्म अपनी संपदा को दूसरी संपदा के लिए खोल दें और अपनी संपदा और दूसरी संपदा की मालकियत को साझीदार बना लें, तो एक विज्ञान विकसित हो पाए जिसमें सारे

अनंत-अनंत स्रोतों से...।

अब किसी ने इजिप्त में कुछ विकसित किया था, जो हिंदुस्तान के पास नहीं है। जिन्होंने पिरामिड्स बनाए थे, उनके पास कुछ था, जो हिंदुस्तान में किसी के पास नहीं है। जिन्होंने तिब्बत की मोनास्ट्रीज में काम किया है, उनके पास कुछ था, वह हिंदुस्तान में नहीं है। जो हिंदुस्तान के पास है, वह तिब्बत के पास नहीं है। और जो इनके पास है वह उनके पास नहीं है। और सब को यह खयाल है कि अपने-अपने फ्रैगमेंट को, अपने-अपने टुकड़े को पूर्ण समझकर बैठ गए हैं। इससे बड़ी कठिनाई हो गई।

अब जाति-स्मरण बहुत आसान प्रयोग है, दूसरे के शरीर में प्रवेश बहुत कठिन प्रयोग है। खतरों से खाली नहीं है। जाति-स्मरण का प्रयोग बहुत सरल प्रयोग है बिना किसी खतरे के। लेकिन उसका शंकर को कोई स्मरण नहीं था। और चूंकि अपनी पूरी जिंदगी शंकर ने जैनों और बौद्धों से विवाद करने में बिताई, इसलिए उनका द्वार भी बंद था कि वह जैनों और बौद्धों के पास जो था, उनको मिल जाए। वह उनको नहीं मिल सकता था, क्योंकि उनसे उनका कोई संबंध नहीं हो सकता था। वह दुश्मन की तरह सारी प्रक्रियाएं चलती रहीं, इसलिए दरवाजे कुछ बंद थे। उस तरफ से सूरज की किरणें आएं, तो शंकर राजी न होते। वे अपने दरवाजे से ही सूरज की किरण को लेने को राजी होते हैं।

हमें यह पता नहीं चलता, लेकिन किसी भी दरवाजे से जो किरण आती है, वह एक ही सूरज की है। लेकिन हम अपने-अपने दरवाजे के दावेदार हैं, अपने-अपने दरवाजे पर बैठे हैं। अब यह हमें दिखाई नहीं पड़ता कि अरब में जो आदमी ऊन का कंबल ओढ़कर जो काम कर रहा है, वही तिब्बत में नंगा होकर काम कर रहा है। उन दोनों के काम बिलकुल एक-से हैं, इनमें फर्क नहीं है जरा भी। इनमें कोई फर्क नहीं है, ये दोनों प्रयोग बिलकुल उलटे हैं, लेकिन बिलकुल एक-से हैं। काम वही हो रहा है, सूत्र वही हैं।

जो मीडियम होते हैं, उनमें कैसे प्रवेश होता है?

आप पूछते हैं कि जो माध्यम होते हैं, जो मीडियम होते हैं, उनमें किस तरह प्रवेश होता है। असल में इस प्रवेश में और उस प्रवेश में विपरीतता है। इस प्रवेश में प्रवेश करनेवाला किसी के शरीर में प्रवेश कर रहा है। मीडियम के मामले में, मीडियम किसी को प्रवेश करवा रहा है।

इन दोनों में फर्क है। अगर मैं अपने शरीर को छोड़कर किसी के शरीर में प्रवेश करूं, इसकी प्रक्रिया अलग है। कहना चाहिए, यह पुरुष प्रक्रिया है। इसमें किसी शरीर में प्रवेश करना पड़ेगा। मीडियम की जो प्रक्रिया है, कहना चाहिए, वह स्त्रैण प्रक्रिया है। इसमें मीडियम सिर्फ रिसेप्टिव होगा और किसी को अपने भीतर बुला लेगा, आमंत्रित कर लेगा। मीडियम का मामला बहुत सरल है। मीडियम का मामला बहुत कठिन नहीं है। और मीडियम जिनको बुलायेगा, आमतौर से अशरीरी आत्माएं होंगी, सशरीरी आत्माएं मुश्किल से होंगी।

और आत्माएं बिना शरीर के हमारे चारों तरफ घूम रही हैं। अभी यहां हम इतने ही लोग नहीं बैठे हुए हैं, और लोग भी बैठे हुए हैं। मगर उनके पास शरीर नहीं है, इसलिए हम उनसे बिलकुल निश्चिंत हैं। हमें उनकी मौजूदगी से कोई मतलब नहीं होता। वह वैसे ही मौजूद हैं जैसे अभी यहां एक रेडियो रखा हुआ है, इसको हम आन कर दें और दिल्ली पकड़ जाए। जब हमने आन नहीं किया था, तो आप समझते हैं, दिल्ली नहीं बोल रहा था? जब आपने रेडियो नहीं चलाया था, तब दिल्ली से निकलने वाली धाराएं यहां से नहीं गुजर रही थीं? तब भी गुजर रही थीं, लेकिन हमें कोई पता नहीं था। क्योंकि हमारे और उनके बीच कोई माध्यम नहीं था जो जोड़ बना दे। रेडियो एक

माध्यम का काम कर रहा है। जो गुजर रहा है यहां से, उसे वह हमसे संबंधित कर देगा।

जो मृत आत्माओं के लिए माध्यम का काम कर सकते हैं व्यक्ति, वे भी रेडियो का ही काम कर रहे हैं। एक तरह की टयूनिंग का काम कर रहे हैं। उनकी मौजूदगी के कारण जो आत्माएं हमारे चारों तरफ सदा मौजूद हैं, उनमें से कोई आत्मा प्रवेश कर सकती है।

लेकिन ये अशरीरी आत्माएं हैं। और अशरीरी आत्मा सदा ही शरीर में प्रवेश करने को आतुर होती है। उसके कारण होते हैं। बड़ा कारण तो यह होता है कि अशरीरी आत्मा—जिसको हम प्रेत कहें—अशरीरी आत्मा की इच्छाएं तो वही होती हैं जो शरीरधारी की होती हैं, लेकिन शरीर उसके पास नहीं होता। इच्छाएं वही होती हैं, वासनाएं वही होती हैं, जो शरीरधारी की हैं, लेकिन शरीर नहीं होता। और अशरीरधारी की कोई भी वासना बिना शरीर के पूरी नहीं होती।

अगर समझ लें कि एक प्रेतात्मा को किसी से प्रेम करना है, तो उसके लिए शरीर चाहिए। प्रेम की वासना तो भीतर रह जाती है, लेकिन शरीर उसके पास नहीं है। अगर वह किसी शरीर के पास आए, तो आर-पार निकल जाता है। वह कहीं रुकता नहीं। हमारा शरीर उसके शरीर को व्यवधान नहीं बनता, वह हमारे शरीर से निकल जाता है इस तरफ से उस तरफ। शरीर चाहिए उसको। तो वह तो आकांक्षा से भरा हुआ है शरीर मिलने की। कभी कोई भयभीत व्यक्ति अगर अपने भीतर सिकुड़ जाए, तो वह प्रवेश कर जाता है।

भय में आदमी सिकुड़ जाता है। आपका अपना शरीर जितना आपको घेरना चाहिए उतना आप भय में नहीं घेरते, सिकुड़ कर छोटे हो जाते हैं। शरीर में बहुत-सी जगह खाली रह जाती है। वैक्यूम बन जाता है। उस वैक्यूम में, भय में वह घुस जाता है। लोग समझते हैं कि भय की वजह से भूत पैदा हो जाते हैं, वह पैदा नहीं हो जाते। लोग समझते हैं कि भय ही भूत है, वह भी ठीक बात नहीं है। भूत का अपना अस्तित्व है। भय में सिर्फ उसे प्रकट होने की सुविधा मिल जाती है। तो भय में तो कोई भी आदमी मीडियम बन सकता है, लेकिन उस मीडियम में प्रेतात्मा ही प्रवेश कर रही है, इसलिए परेशानी ही खड़ी होगी।

जिस मीडियम की आप बात कर रहे हैं, यह स्वेच्छा से निमंत्रण दी गई आत्मा है। स्वेच्छा से किसी ने अपने भीतर की जगह खाली की है और निमंत्रण दिया है। तो मीडियम की कला कुल इतनी ही है कि आप अपने भीतर की जगह खाली कर सकें और आसपास कोई आत्मा हो, तो उसको निमंत्रण दे सकें कि तुम आ जाओ। लेकिन चूंकि यह जान-बूझ कर किया जाता है, इसलिए कोई भय नहीं है। और चूंकि यह स्वेच्छा से किया जाता है, इसलिए इसमें उतना खतरा नहीं है। और चूंकि यह जान-बूझ कर किया जाता है, इसके आने का रास्ता पता है और इसके वापस भेजने के रास्ते का भी पता है। लेकिन यह रिसेप्टीविटी से होगा। और सिर्फ साधारण अशरीरी आत्माओं पर ही हो पाएगा।

अगर शरीरधारी आत्मा को बुलाना हो, तो खतरे बढ़ जाते हैं। क्योंकि अगर मैं किसी शरीरधारी आत्मा को किसी माध्यम पर बुलाऊं, तो उस आदमी का शरीर वहां मूर्च्छित होकर गिर जाएगा। बहुत बार जब लोग मूर्च्छित होकर गिरते हैं, तो हम समझते हैं वह साधारण मूर्च्छा है। कई बार वह साधारण मूर्च्छा नहीं होती और उस व्यक्ति की आत्मा कहीं बुला ली गई होती है। और इसलिए उस वक्त उसका इलाज करना खतरे से खाली नहीं है। उस वक्त उसके साथ कुछ न किया जाये, यही हितकर है। मगर उसका हमें कोई पता नहीं होता। अभी तक साइंस उसके लिए साफ पता नहीं कर पाई कि कब मूर्च्छा साधारण मूर्च्छा है और कब उसकी मूर्च्छा आत्मा का बाहर चला जाना है। घटना वही है, लेकिन बहुत दूसरे प्रकार की है। यहां हम बुलाते हैं, वहां हम जाते हैं।

अब कल! अच्छा, एक और पूछ लें।

भगवान श्री, रामकृष्ण परमहंस को अपने शरीर को जिलाए रखने के लिए अन्न-रस की तृष्णा का आधार लेना पड़ा था। क्या ऐसे किसी रस के आधार के बिना भी उच्च शरीर का टिकना संभव नहीं है? किस शरीर में ऐसे आधार की आवश्यकता पड़ती है? क्या पांचवें या छठवें या सातवें शरीर की उच्च भूमिकाओं में भी शरीर को टिकाए रखने के लिए किसी रस के आधार की आवश्यकता पड़ती है?

रामकृष्ण को भोजन का बहुत शौक था। जरूरत से ज्यादा, कहना चाहिए, दीवाने थे। ब्रह्म-चर्चा भी चलती रहती और बीच-बीच में उठकर वे चौके में जाकर शारदा को पूछ भी आते कि क्या बना है? फिर लौटकर ब्रह्म-चर्चा शुरू कर देते। इससे शारदा तो परेशान थी ही, जो भक्त उनके निकट थे, वे भी परेशान थे कि किसी को पता चले तो बड़ी बदनामी हो। असल में गुरुओं की चिंता शिष्यों को बहुत ज्यादा होती है। भारी चिंता उनको होती है कि गुरु की कहीं बदनामी न हो जाए, कि कहीं गुरु को कोई ऐसा न कह दे, कि कहीं वैसा न कह दे। आखिर रामकृष्ण से पूछा ही गया कि यह जरा शोभादायक नहीं है कि आप बीच में ब्रह्म-चर्चा छोड़कर और भोजन-चर्चा में पड़ें। यह उचित नहीं मालूम होता और आप जैसी भूमिका के आदमी को क्या भोजन? तो रामकृष्ण ने जो कहा, वह बहुत हैरानी का था।

रामकृष्ण ने कहा कि शायद तुम्हें पता नहीं और तुम्हें पता भी कैसे होगा! मेरी नाव के सभी लंगर खुल चुके हैं। और मेरी नाव ने सारी खूंटियां उखाड़ ली हैं। और मेरी नाव के पाल हवाओं से भर गए हैं। और मैं जाने को खड़ा हूं। एक खूंटी मैंने संभाल कर गाड़ रखी है ताकि नाव अभी छूट न जाए। और जिस दिन मैं भोजन में रस न लूं, तुम समझ लेना कि मेरी मौत को अब तीन दिन बाकी रह गए। उस दिन मैं मर जाऊंगा, क्योंकि मेरा और कोई कारण नहीं रह गया है। लेकिन तुमसे मुझे कुछ कहना है और तुम तक मुझे कुछ पहुंचाना है और कुछ है मेरे पास जो तुम्हें मैं देने के लिए आतुर हूं, इसलिए मेरा रुकना जरूरी है। नाव तो मेरी जाने के लिए तैयार है लेकिन मेरी नाव में कुछ संपदा है, जो मैं किनारे के लोगों को दे जाना चाहता हूं। लेकिन किनारे के लोग सोए हुए हैं। उनको जगाऊं और उनको संपदा लेने को राजी करूं। और उनको यह भी समझाने के लिए राजी करूं कि यह संपदा है। क्योंकि वे किनारे के लोग नहीं जानते हैं कि संपदा है, वे समझते हैं कि यह कचरा है। वे कहते हैं कि कहां की बातों में हमें उलझा रहे हैं, हमें सोने दें, हमें अपने बिस्तर पर बहुत आनंद आ रहा है। तो मैं किनारे के लोगों को राजी कर लूं और यह संपदा जो मेरी नाव में भरी है उनको बांट दूं, क्योंकि मेरा तो जाने का वक्त आ गया है। इसलिए एक खूंटी ठोंक कर रखी है। इसलिए मैं भोजन में रस लिये ही चला जा रहा हूं। यह भोजन मेरी खूंटी है। और जिस दिन मैं भोजन में रस न लूं, तुम समझ लेना कि तीन दिन बाद मैं मर जाऊंगा।

उस दिन किसी ने बहुत गंभीरता से यह बात नहीं ली। अक्सर ऐसा होता है। अक्सर ऐसा होता है कि बहुत-सी बातें गंभीरता से नहीं ली जातीं। रामकृष्ण, बुद्ध या महावीर, इनकी जिंदगी में, सभी की जिंदगी में ऐसे मामले हैं जो कि गंभीरता से लिये गए होते, तो दुनिया का बहुत लाभ हो सकता था। लेकिन वे कभी गंभीरता से नहीं लिये गए। शायद समझा गया कि रामकृष्ण एक एक्सप्लेनेशन दे रहे हैं, एक व्याख्या दे रहे हैं, कोई बात समझाने के लिए कर दी। भक्तों के मन में शक तो रहा ही होगा कि ये सिर्फ भोजन करना चाहते हैं और एक तरकीब निकाल ली है कि हमको समझा भी दें और कोई दिक्कत भी नहीं रही और कठिनाई भी नहीं रही। लेकिन यही हुआ।

एक दिन शारदा भोजन की थाली लेकर गई, रामकृष्ण लेटे थे कमरे में, उन्होंने करवट ले

ली। रोज थाली आती था, तो वे उठकर खड़े हो जाते थे। थाली देखने लगते थे कि क्या-क्या है। उनका करवट लेना और शारदा को खयाल आई वह बात कि उन्होंने कभी कहा था कि तीन दिन बाद फिर मैं नहीं बचूंगा। उसके हाथ से थाली छूटकर गिर पड़ी। वह चिल्लाने, रोने लगी। लेकिन रामकृष्ण ने कहा, अब क्या होगा? अब खूंटी उखाड़ ली। आखिर कब तक मैं खूंटी को गड़ाये पड़ा रहूंगा। ठीक तीन दिन बाद उनकी मृत्यु हो गई।

तुम पूछ रहे हो कि क्या बिना रस के ऐसी कोई आत्मा इस पृथ्वी पर रुक सकती है?

पांचवें शरीर तक इस पृथ्वी का ही कोई रस चाहिए, नहीं तो नहीं रुक सकती। पांचवें शरीर तक इस पृथ्वी पर कोई खूंटी चाहिए, नहीं तो नहीं रुक सकती। पांचवें शरीर तक पांच इंद्रियों में से किसी एक रस को पकड़ कर, उसे ठोंक कर रखना पड़ेगा। लेकिन पांचवें शरीर के बाद रुक सकती है। उस रुकने की हालत में कुछ दूसरी बातें काम करेंगी। तब शरीर के किसी रस को बचाए रखने की कोई जरूरत नहीं है। उस हालत में...अब यह जरा दूसरी बात है, जो थोड़ी लंबी करनी पड़ेगी। लेकिन थोड़े में इसे समझ लें।

पांचवें शरीर के बाद अगर किसी आदमी को रुकना हो। जैसे महावीर रुकते हैं या बुद्ध रुकते हैं या कृष्ण रुकते हैं, तो उनके लिए इस जगत से मुक्त हुई आत्माओं का दबाव काम करता है, इस जगत से मुक्त हुई चेतनाओं का दवाब काम करता है। इन पर ऊपर से आग्रह और दबाव है। थियॉसोफी ने इस संबंध में बड़ी खोज की थी और बड़ी महत्वपूर्ण खोज की थी। वह खोज यह है कि बहुत आत्माएं जो मुक्त हो गई हैं, जो लीन हो गई हैं, जो पहुंच गई हैं जहां पहुंचना होता है, उनका दबाव किसी ऐसे आदमी को थोड़ी देर रोकने के लिए काम करता है।

उदाहरण के लिए ऐसा समझें—एक नाव छूटने के करीब है। अब इसमें कोई खूंटी नहीं रह गई है, लेकिन उस किनारे के लोग चिल्ला रहे हैं कि थोड़ी देर और रुक जाओ। उस किनारे के लोग कह रहे हैं कि थोड़ी देर और रुक जाओ, इतनी जल्दी मत करो। उस किनारे की आवाजें रोकने का कारण बन सकती हैं। लेकिन महावीर और बुद्ध और कृष्ण को इस तरह की आवाजें काम कर सकीं। रामकृष्ण के समय तक आते-आते हालतें बहुत बदल गईं और बहुत मुश्किल भी हो गई। असल में उस किनारे के लोग इतने दूर पड़ गए हैं हमारी सदी से, जिसका कोई हिसाब नहीं। उनकी आवाजें पहुंचना मुश्किल हो गया है। किनारे फैलते चले गए हैं, और फासला बड़ा होता चला गया है, एक सातत्य नहीं रहा।

जैसे समझें कि महावीर की जिंदगी में एक सातत्य है। उनके पहले तेईस तीर्थंकर हो गए उस परंपरा के, उस व्यवस्था के, जिसके महावीर चौबीसवें हैं। उनके पास तेईस कड़ियां हैं आगे। और जो तेईसवां आदमी है, वह बहुत करीब है। महावीर से ढाई सौ वर्ष पहले गुजरा है। जो पहला आदमी है वह तो बहुत दूर है, लेकिन तेईस आदमी हैं बीच में, और वे सब एक-दूसरे के पास हैं। और महावीर के पहले जो आदमी गया है उस किनारे...।

अब तुम्हें यह जानकर हैरानी होगी कि तीर्थंकर का क्या मतलब होता है। तीर्थ का मतलब होता है घाट। और तीर्थंकर का मतलब होता है जो इसी घाट से पहले उतरा, और कोई मतलब नहीं होता। तीर्थ का मतलब होता है घाट। इसी घाट से जो इसके पहले उतरा है...इस घाट से तेईस तीर्थंकर पहले उतर चुके। उनकी एक सुसंबद्ध व्यवस्था है। उस लोक में बोली जाने वाली भाषा और प्रतीक और सूचनाएं और संकेत सब सुरक्षित हैं। यह चौबीसवां आदमी किनारे पर खड़े होकर उन तेईस के द्वारा आए हुए संदेश को सुन पाता है, समझ पाता है, पकड़ पाता है।

आज जैनों में एक आदमी भी नहीं है जो उस परंपरा के एक शब्द को भी पकड़ ले। आज

महावीर को मरे हुए पच्चीस सौ साल हो गए। इन पच्चीस सौ साल में एक गैप है भारी कि अगर महावीर चिल्लाएं वहां से, तो भी इस किनारे पर कोई आदमी उस भाषा को समझने को नहीं है। पच्चीस सौ साल में सारी भाषा बदल गई, संकेत बदल गए। और उस जगत के संकेतों का कोई सिलसिला नहीं रहा। किताबें हैं, जिनको जैन साधु बैठकर पढ़ते रहते हैं और उन्हें कुछ पता नहीं कि और क्या हो सकता है। और उनकी पच्चीस सौवीं जन्म-तिथि मनाने की तैयारी करेंगे, शोरगुल मचाएंगे, झंडे निकालेंगे, जय महावीर करेंगे। तो महावीर की आवाज को पकड़ने की उनके पास अब कोई व्यवस्था नहीं रह गई है। और एक भी आदमी तैयार नहीं है जो पकड़ ले। जैनों के पास नहीं है, इतर जैनियों के पास हो भी सकता है।

ठीक ऐसे ही हिंदुओं के पास एक व्यवस्था थी, ठीक ऐसे ही बौद्धों के पास भी एक व्यवस्था थी। लेकिन रामकृष्ण के वक्त तक कोई व्यवस्था नहीं रही। और रामकृष्ण के पास कोई सूत्र नहीं था कि उस पार की आवाज के कारण किनारे पर वे रुकें। इसलिए एक ही उपाय था कि इसी किनारे पर खीली ठोंककर रुक जाएं, और तो कोई उपाय नहीं था। उस तरफ से किसी दबाव का पता नहीं चलता था।

इस दुनिया में दो तरह के लोगों ने काम किया है अध्यात्म का। एक तो वे लोग हैं जिन्होंने शृंखलाबद्ध काम किया। वह हजारों साल तक उनकी शृंखला काम करती रही। जैसे बुद्ध का चौबीसवां व्यक्ति अभी भी पैदा होने को है। अभी बुद्ध का एक व्यक्तित्व और पैदा होने को है। अभी भी बौद्ध भिक्षु सारी दुनिया में उसकी प्रतीक्षा कर रहे हैं, अनंत-अनंत रूपों में उसकी आकांक्षा और प्रतीक्षा की जा रही है कि एक बार और पकड़ा जा सके। लेकिन जैनों के पास नहीं है।

हिंदुओं के पास भी एक खयाल है कल्कि का। वह अभी उतरने को है एक व्यक्ति। मगर फिर भी साफ-सूत्र नहीं हैं कि उसे कैसे बुलाया जाए, कैसे पकड़ा जाए, कैसे पहचाना जाए। उसके पहचानने का भी उपाय नहीं है।

अब यह जानकर तुम हैरान होगे कि जैनों के तेईस तीर्थंकर सारे सूत्र छोड़ गए थे कि जब चौबीसवां आए, तो तुम कैसे पहचानोगे। सब सूत्र थे उपलब्ध। उस चौबीसवें में क्या-क्या लक्षण होंगे, उसके हाथ की रेखाएं कैसी होंगी, उसके पैर का चक्र क्या होगा, उसकी आंखें कैसी होंगी, उसके हृदय पर क्या चिह्न होगा, उसकी ऊंचाई कितनी होगी, उसकी उम्र कितनी होगी। चुकता बातें तय थीं। उस आदमी को पहचानने में दिक्कत नहीं लगी।

महावीर के वक्त में आठ आदमियों ने दावा किया था कि हम तीर्थंकर हैं, क्योंकि वक्त आ गया था, घड़ी आ गई थी और दावेदार आठ हैं। अंततः महावीर स्वीकृत हो गए, वे सात लोग छोड़ दिए गए। क्योंकि प्रतीक सिर्फ इस आदमी पर पूरे हुए। लेकिन रामकृष्ण तक ऐसी कोई व्यवस्था नहीं थी, न कोई पहचानने का उपाय था।

अब बड़ी कनफ्यूज्ड हालत है। आध्यात्मिक अर्थों में आज दुनिया की हालत बहुत अजीब है। और इस अजीब हालत में अब इसके सिवा कोई उपाय नहीं है आज कि इसी किनारे पर कोई खूंटी ठोंक कर रुका रहे। उस तरफ से कोई आवाज नहीं आती, आती भी है तो समझ में नहीं पड़ती, समझ में भी पड़ जाती है तो भी उसका राज खोजना मुश्किल हो जाता है कि उसका राज क्या है। अब सारी कठिनाई क्या है कि उस लोक से इस लोक तक खबर पहुंचाना सिंबालिक ही हो सकता है, सांकेतिक ही हो सकता है।

अब शायद तुम्हें पता न हो कि पिछले सौ वर्षों से इस बात का वैज्ञानिकों को पता है कि कम से कम पचास हजार पृथ्वियां होनी चाहिए सारे विश्व में जहां जीवन होगा; और जहां मनुष्य या

मनुष्य से भी ज्यादा विकसित चेतना के प्राणी होंगे। लेकिन उनसे चर्चा कैसे की जाए? उनको संकेत कैसे भेजे जाएं? और कौन-सा संकेत वे समझ सकेंगे। बड़ी कठिन बात है न! कैसे समझेंगे। तिरंगा झंडा देखकर हिंदुस्तानी समझ लेता है कि अपना झंडा फहराया जा रहा है। लेकिन तिरंगा झंडा देखकर वे तो कुछ न समझेंगे। और तिरंगा झंडा भी उन तक कैसे फहराया जाए कि उन्हें दिखाई पड़ जाए। तो इस संबंध में इतने अजीब-अजीब प्रयोग किए गए, जो कि कल्पना के भी बाहर हैं।

एक आदमी ने कई मील लंबा त्रिकोण बनाया साइबेरिया में, ट्रायंगल बनाया। और उसमें पीले फूल बोए मीलों लंबे। और उसको विशेष प्रकाशों से प्रकाशित किया। क्योंकि ट्रायंगल किसी भी पृथ्वी पर होगा, तो ट्रायंगल ही होगा। ट्रायंगल के तीन ही कोण होंगे। कहीं भी आदमी हो या आदमी से ऊंचा प्राणी हो, कुछ भी हो, ज्यामेट्री के जो फिगर हैं, उनमें भेद नहीं पड़ेगा। इसलिए ज्यामेट्री के द्वारा शायद हमारा कोई संबंध बन जाए। शायद इतने बड़े ट्रायंगल को देख सके किसी ग्रह से कोई और सोच सके कि जरूर इतना बड़ा ट्रायंगल अपने आप नहीं बन सकता—एक। और ट्रायंगल है, तो ज्यामेट्री का पता करने वाले लोग होंगे—दो। ऐसा अंदाज करके बड़ी मेहनत की गई बहुत दिनों तक। पर कोई सूचना न मिल सकी, कोई खबर न आई कि कोई समझा कि नहीं समझा। फिर अब बहुत-से राडार लगाकर रखे गए हैं कि शायद वे कोई संकेत भेजते हों, तो हम संकेत पकड़ लें। कुछ संकेत कभी-कभी पकड़ में भी आते हैं, लेकिन उनका राज नहीं खुलता।

जैसे, फ्लाइंग सॉसर की बात सुनी होगी। पृथ्वी पर बहुत जगह, बहुत लोगों ने उसे देखा है कि कोई चीज विद्युत की चमक की तरह घूमती हुई, छोटी तश्तरी की भांति चक्कर लेती हुई दिखाई पड़ती है और विदा हो जाती है। वह बहुत जगह, बहुत क्षणों में देखी गई है। और कभी-कभी तो एक ही रात में पृथ्वी पर बहुत जगह देखी गई है। लेकिन अभी तक उसका राज नहीं खुल पाया कि वह क्या है? कौन उसे भेजता है? क्यों वह आती है? क्यों विदा हो जाती है?

इस बात की बहुत संभावना है कि किसी दूसरे ग्रह के लोग भी पृथ्वी तक संकेत भेजने की कोशिश कर रहे हैं जिनको हम नहीं समझ पा रहे हैं। जब नहीं समझ पाते, तो हममें से कुछ हैं जो कहते हैं कि झूठी है यह बात। यह फ्लाइंग सॉसर वगैरह सब गप-शप है। कुछ हैं, जो कहते हैं कि आंखों का भ्रम हो गया होगा। कुछ हैं, जो कहते हैं कि कुछ और नहीं हुआ होगा, कुछ प्राकृतिक घटना होगी। लेकिन अभी क्या होगा, यह कुछ साफ नहीं हो पाता। बहुत थोड़े लोग हैं, जिनको इतना भी खयाल है, जो कहते हैं कि किसी दूसरे ग्रह के वासियों का निमंत्रण है, कोई सूचना, कोई खबर होगी।

मगर यह तो फिर भी आसान है। क्योंकि दूसरे ग्रह पर जो जीवन है और इस ग्रह का जो जीवन है, इन जीवन के बीच उतना फासला नहीं है, जितना फासला उस लोक में गई आत्मा और इस लोक की आत्माओं के बीच हो जाता है। वह फासला और भी बड़ा है। वहां से भेजे गए संकेत पकड़ में नहीं आते। आ जाएं तो समझ में नहीं आते, राज नहीं खुलता।

तो रामकृष्ण जैसे व्यक्तियों को इस सदी में...इस सदी में पूरी पृथ्वी पर इन पिछले दो सौ वर्षों में, दो सौ वर्ष भी कहना ठीक नहीं, असल में मुहम्मद के बाद बड़ी कठिनाई हो गई है। बड़ी कठिनाई हो गई है चौदह सौ वर्षों से। नानक ने इस कठिनाई को देखकर एक नया ही इंतजाम किया फिर से। बात ही छोड़ दी पिछली परंपराओं की और एक नई दस आदमियों की परंपरा खड़ी की। लेकिन वह भी खो गई। और बहुत जल्दी खो गई, वह ज्यादा देर चल नहीं पाई।

अब तो व्यक्तिगत साधक रह गए हैं जगत में, जिनके पास शृंखलाबद्ध व्यवस्था नहीं है। तो व्यक्तिगत साधक को तो शरीर की ही खूंटी से उपाय करना पड़े। और पांचवें शरीर के पहले तो

शरीर की खूंटी के सिवाय कोई उपाय नहीं होता। पांचवें शरीर के बाद बाहर के संकेत काम कर सकते हैं, बाहर का दबाव काम कर सकता है। लेकिन अगर बाहर से संकेत न मिलता हो, तो सातवें शरीर के व्यक्ति को भी पांच शरीर के नीचे की खूंटी का ही काम करना पड़ेगा, उसका ही उपयोग करना पड़ेगा, उसके सिवाय कोई उपाय नहीं रह जाता।

शेष फिर कल!

चौदहवां प्रवचन

धर्म की महायात्रा में स्वयं को दांव पर लगाने का साहस

भगवान श्री, जाति-स्मरण अर्थात पिछले जन्मों की स्मृतियों में प्रवेश की विधि पर आपने द्वारका शिविर में चर्चा की है। आपने कहा है कि चित्त को भविष्य की दिशा से पूर्णतः तोड़ कर ध्यान की शक्ति को अतीत की ओर फोकस करके बहाना चाहिए। प्रक्रिया का क्रम आपने बताया, पहले पांच वर्ष की उम्र की स्मृति में लौटना, फिर तीन वर्ष की, फिर जन्म की स्मृति में, फिर गर्भाधान की स्मृति में, फिर पिछले जन्मों की स्मृति में प्रवेश होता है। आपने आगे कहा है कि मैं जाति- स्मरण के प्रयोग के पूरे सूत्र नहीं कह रहा हूं। पूरे सूत्र क्या हैं? क्या आगे के सूत्र का कुछ स्पष्टीकरण करने की कृपा कीजिएगा?

पिछले जन्म की स्मृतियां प्रकृति की ओर से रोकी गई हैं। प्रयोजन है उनके रोकने का। जीवन की व्यवस्था में जिसे हम रोज-रोज जानते हैं, जीते हैं, उसका भी अधिकतम हिस्सा भूल जाए, यह जरूरी है। इसलिए आप इस जीवन की भी जितनी स्मृतियां बनाते हैं उतनी स्मृतियां याद नहीं रखते। जो आपको याद नहीं है, वह भी आपकी स्मृति से मिट नहीं जाता, सिर्फ आपकी चेतना और उस स्मृति का संबंध छूट जाता है।

जैसे अगर कोई व्यक्ति पचास साल का है—पचास साल में अरबों-खरबों स्मृतियां बनती हैं। यदि वे सभी याद रखनी पड़ें, तो विक्षिप्त हो जाने के सिवाय कोई रास्ता न रहे। जो बहुत सारभूत है, वह याद रह जाता है, जो असार है, वह धीरे-धीरे विस्मरण हो जाता है। लेकिन विस्मरण से आप यह मत अर्थ लेना कि वह आपके भीतर से मिट जाता है। सिर्फ आपकी चेतना के बिंदु से सरक कर आपके मन के किसी कोने में संगृहीत हो जाता है।

बुद्ध ने उस संगृहीत स्थान के लिए बहुत कीमती नाम दिया है। उसे कहा है, आलय-विज्ञान, द स्टोर हाउस आफ कांशसनेस। जैसे हमारे घर में, सब घरों में, कबाड़खाने के लिए फिजूल की चीजों को इकट्ठा करने का कमरा होता है। जहां जो बेकार हो जाता है, हम इकट्ठा करते जाते हैं। वह हमारी नजर से हट जाता है, लेकिन घर में मौजूद होता है। ऐसे ही हमारी स्मृतियां, हमारी नजर से हट जाती हैं और हमारे मन के कोनों में इकट्ठी हो जाती हैं। अगर इस जीवन की भी सारी स्मृतियां याद रहें, तो आपका जीना कठिन हो जाएगा। आगे के लिए चेतना मुक्त होनी चाहिए। इसके लिए पीछे को भूलना पड़ता है। आप कल को भूल जाते हैं, इसलिए आनेवाले कल को जीने में समर्थ हो जाते हैं। फिर मन खाली हो जाता है और आगे देखने लगता है। आगे देखने के लिए जरूरी है कि पीछे का भूल जाए। अगर पीछे का न भूले, तो आगे देखने के लिए क्षमता न बचेगी। और रोज आपके मन का एक हिस्सा खाली हो जाना चाहिए जिसमें नए संस्कार, नए इंप्रेसंस ग्रहण किए जा सकें, अन्यथा ग्रहण कौन करेगा। तो अतीत रोज मिटता है, भविष्य रोज आता है। और जैसे ही भविष्य अतीत बना, वह भी मिट जाता है ताकि हम आगे के लिए फिर मुक्त हो जाएं। ऐसी मन की व्यवस्था है।

एक जन्म की भी पूरी स्मृति हमें नहीं होती। अगर मैं आपसे पूछूं कि उन्नीस सौ साठ में एक जनवरी को आपने क्या किया, तो आप कुछ भी न बता सकेंगे। यद्यपि एक जनवरी उन्नीस सौ साठ में आप थे और एक जनवरी उन्नीस सौ साठ में आपने जरूर सुबह से सांझ तक कुछ किया होगा। लेकिन आपको कोई स्मरण नहीं है। लेकिन सम्मोहन की छोटी-सी प्रक्रिया उन्नीस सौ साठ की एक जनवरी को पुनरुज्जीवित कर देगी। अगर आपको सम्मोहित किया जाए और आपकी चेतना का जो हिस्सा जागा हुआ है, वह सुला दिया जाए; और फिर आपसे कहा जाए कि एक जनवरी उन्नीस सौ साठ को आपने क्या किया? तो आप सुबह से लेकर सांझ तक सब बता देंगे।

एक युवक पर मैं बहुत दिनों तक प्रयोग करता था। लेकिन यह बड़ी मुश्किल बात थी कि

मैं कैसे पक्का करूं कि वह जो कह रहा है, वह सच में ही एक जनवरी उन्नीस सौ साठ को हुआ होगा। सम्मोहित अवस्था में वह सब बोल देता था कि मैंने यह-यह किया। जागने पर तो वह सब भूला हुआ होता था। अब मेरे लिए बड़ी कठिनाई थी कि यह कैसे तय किया जाए कि उसने सच में ही एक जनवरी उन्नीस सौ साठ में सुबह नौ बजे स्नान किया था।

तब फिर एक ही रास्ता था कि मैंने एक दिन सुबह से सांझ तक उसने जो भी किया, वह सब लिखकर रख लिया। तीन-चार महीने बीत जाने के बाद उससे पूछा। उसने कहा, मुझे कुछ याद नहीं। फिर उसे सम्मोहित किया और जब वह गहरी सम्मोहन की अवस्था में चला गया, तब उससे पूछा कि फलां तारीख को तुमने क्या किया। तो जो मैंने नोट किया था वह तो उसने बताया ही, बहुत-कुछ जो मैंने नोट नहीं किया था वह भी उसने बताया। पर जो मैंने नोट किया था, उसमें से तो एक भी बात नहीं छूटी। और उसने सैकड़ों बातें बताईं। स्वभावतः मैं पूरी बातें नोट नहीं कर सकता था। जो मेरे खयाल में था और दिखाई पड़ा था, उसे नोट कर लिया था।

सम्मोहन की अवस्था में कितने ही गहरे में व्यक्ति को उतारा जा सकता है। सम्मोहन की अवस्था में लेकिन दूसरा उतारेगा और आप बेहोश होंगे। आपको खुद कुछ पता नहीं चलेगा। सम्मोहन की अवस्था में आपको पिछले जन्मों में भी ले जाया जा सकता है। लेकिन वह आपकी मूर्च्छा की ही हालत होगी। जाति-स्मरण और सम्मोहन की प्रक्रिया में इतना ही फर्क है कि जाति-स्मरण में आप होशपूर्वक अपने पिछले जन्मों में जाते हैं और सम्मोहन की प्रक्रिया में आप बेहोशी में पिछले जन्मों में ले जाए जाते हैं। लेकिन इन दोनों प्रक्रियाओं का अगर प्रयोग किया जाए, तो वैलिडिटी बहुत बढ़ जाती है। एक व्यक्ति को हम बेहोश करके सम्मोहन की अवस्था में उससे पूछें उसके पिछले जन्मों के संबंध में और उसे लिख डालें। फिर होशपूर्वक उसे ध्यान में ले जाएं और अगर वही वह ध्यान से भी कह सके, तो हमारे पास ज्यादा प्रमाण हो जाता है इकट्ठा।

दो मार्गों से एक ही स्मृति को उठाया जा सकता है। उठाने की जो प्रक्रिया है, ऐसे सरल है, लेकिन उसके अपने खतरे हैं। इसलिए पूरे सूत्र मैंने नहीं कहे थे। पूरे सूत्र नहीं कहे जा सकते हैं। कोई प्रयोग करना चाहे, तो उससे कहे जा सकते हैं। सामान्यरूपेण पूरे सूत्र नहीं कहे जा सकते। लेकिन फिर भी पूरी प्रक्रिया कही जा सकती है, एक सूत्र बचाकर। तो उसको किया नहीं जा सकता।

हमारी चेतना, जैसा मैंने कल कहा, हमारे संकल्प से गतिमान होती है। जब आप ध्यान में बैठें और जब गहरे ध्यान में जाने लगें, तब एक संकल्प करके बैठ जाएं कि मैं ध्यान की अवस्था में पांच साल का हो जाऊं और वह जान सकूं जो पांच साल में हुआ था। तो आप अचानक पाएंगे गहरे ध्यान में जाकर कि आपकी उम्र पांच साल हो गई है और पांच साल में जो हुआ था उसे आप जान रहे हैं। अभी पहले ही जन्म में इस प्रयोग को करें। जैसे-जैसे यह प्रयोग साफ और गहरा होने लगे और पीछे लौटना संभव होता चला जाए जो कि कठिन नहीं है, तो मां के गर्भ की स्मृतियां भी जगाई जा सकती हैं। अगर आप गर्भ में थे और मां गिर पड़ी हो, तो उसकी चोट की स्मृति भी आपकी स्मृति है। आप गर्भ में थे और मां दुखी हुई हो, तो उसके दुख की स्मृति भी आपकी स्मृति है। क्योंकि मां के गर्भ में आपकी और मां की दो स्थितियां नहीं हैं। संयुक्त स्थितियां हैं। तो जो मां को अनुभव हुआ है गहरे में, वह आपका भी अनुभव बन गया है। वह आपको भी ट्रांसफर हो जाता है।

इसलिए मां के चित्त की दशा नौ महीने के गर्भकाल में बच्चे को निर्माण करने में बड़ा भारी काम करती है। और ठीक अर्थों में मां वह नहीं है जिसने सिर्फ बच्चे को पेट में रखा है, मां वह भी है जिसने उसे चेतना की भी विशेष दिशा दी है। सिर्फ पेट में रखना तो जानवर की मां को भी संभव

हो जाता है। वह तो पशु भी कर लेते हैं। और आज नहीं कल मशीन भी कर लेगी। कोई बहुत कठिन बात नहीं है कि बच्चे मशीन में बड़े हो सकें। आर्टिफीशियल-ट्यूब बनाया ही जा सकता है। क्योंकि मां के पेट में जो इंतजाम है, वह एक बिजली के यंत्र में भी दिया जा सकता है। उतनी गर्मी, उतना पानी, वह सब दिया जा सकता है। आज नहीं कल, बच्चे मां के पेट से हटाकर मशीन के पेट में रख ही दिए जाएंगे। लेकिन इससे मां होने का काम पूरा नहीं होता।

शायद मां होने का काम पृथ्वी पर बहुत कम माताओं ने किया है। मां होने का काम बहुत बड़ा काम है। वह है नौ महीने तक उस बच्चे की चेतना को एक विशेष दिशा देना। अगर मां क्रोधित है उन नौ महीनों में और फिर कल बच्चा जब क्रोधी पैदा हो, तो दिन-रात उसको डांटेगी, डपटेगी कि किसने बिगाड़ दिया। पता नहीं किस कुसंग में पड़ गया है। मेरे पास कितनी ही माताएं आती हैं। सबकी शिकायत है। किसी का बेटा कुसंग में पड़ गया है, किसी की बेटी कुसंग में पड़ गई है। और सारे बीज उन्होंने ही बोए हैं। उनकी सारी चेतना की व्यवस्था उन्होंने ही की है। बच्चे तो सिर्फ उसको प्रकट कर रहे हैं। हां, प्रकट करने में और बोने में फर्क है। इसलिए हमें पता नहीं चलता, बीच का अंतराल काफी बड़ा है।

इमायल कुवे ने एक छोटा-सा संस्मरण लिखा। उसने लिखा है कि एक मिलिट्री का मेजर जो उसका परिचित है वह कुछ सम्मोहन पर किताबें पढ़ रहा था। और जो किताब पढ़ रहा था उसमें कहीं लिखा हुआ था कि मां के मन में जो सुझाव हों, वे बच्चे तक संप्रेषित हो जाते हैं जब वह पेट में होता है। उसकी पत्नी को बच्चा था पेट में। उसने अपनी पत्नी को कहा कि मैं इस किताब को पढ़ रहा हूं और इस किताब के लिखने वाले का कहना है कि मां जो सोचती है, जो जीती है, जो भाव करती है, वह बच्चे तक संप्रेषित हो जाते हैं। दोनों ने हंसकर ही बात ली। कोई उसको गंभीरता से खयाल नहीं किया।

उसी सांझ को वे एक पार्टी में गए। और वह मेजर की पत्नी, जिस जनरल के सम्मान में पार्टी दी जा रही थी, उसके बगल में ही बैठी। उस जनरल का अंगूठा युद्ध में बिलकुल पिचल गया था। उसके अंगूठे को बार-बार देखकर उसे खयाल आया कि मैं इस अंगूठे को न देखूं। कहीं मेरे बच्चे का अंगूठा खराब न हो जाए। दोपहर में उसने बात पढ़ी थी, इसलिए उसने अंगूठे से बचने की पार्टी में पूरी कोशिश की। स्वभावतः जिससे बचने की कोशिश की, वह बार-बार दिखाई पड़ा। उसको जनरल भी भूल गया, उसको पार्टी भी भूल गई, वह अंगूठा ही रह गया। अब जनरल खाना खाएगा, तो अंगूठा दिखेगा। किसी से हाथ मिलाएगा, तो अंगूठा दिखेगा। और वह पड़ोस में बैठी थी। उसने अपनी आंखें भी बंद कर लीं। लेकिन जितनी आंख बंद की, अंगूठा उतना साफ दिखाई पड़ने लगा। आंखें बंद करके कोई चीज साफ देखनी हो, तो बड़ी सुविधा होती है। वह बहुत घबड़ा गई, वह बेचैन हो गई। उस पार्टी में दो-तीन घंटे अंगूठा ही उसका सत्संग रहा।

रात में वह दो-चार दफे चौंक कर उठी। और सुबह उसने अपने पति को कहा कि तुमने वह किताब कहां से पढ़ी, मैं बड़ी मुसीबत में पड़ गई हूं। मुझे यह भय सवार हो गया है कि कहीं मेरे बच्चे का अंगूठा वैसा न हो जाए। उसके पति ने कहा, पागल हो गई हो? इन किताबों में क्या रखा हुआ है! ऐसा किसी ने लिख दिया, तो हो जाएगा? छोड़ो इस बात को। लेकिन वह पत्नी नहीं छोड़ पाई।

असल में जिस चीज को भी हमें छोड़ने के लिए कहा जाए, उसको छोड़ना मुश्किल हो जाता है। पति ने जितना उसको कहा कि छोड़ो इस बात को, भूलो इस बात को...। जानते हैं आप, जिसको भूलना हो, उसे कभी नहीं भूल सकते। असल में भूलने की कोशिश में भी तो बार-बार

याद करना पड़ता है—भूलने के लिए। वह याद होता चला जाता है। अगर किसी को भूलना है, तो कम से कम याद तो करना ही पड़ेगा भूलने के लिए। और जितनी बार भूलने के लिए याद करना पड़ेगा, उतना ही मजबूत होता चला जाएगा।

जैसे-जैसे दिन उसके बढ़ने लगे और बच्चे का जन्म करीब आने लगा, अंगूठा भारी पड़ने लगा। वह उसे भूलने की कोशिश में लग गई, लेकिन भूलना मुश्किल हो गया। जब उसे प्रसव की पीड़ा हो रही थी, और बच्चे का जन्म हो रहा था, तब बच्चा उसके खयाल में नहीं था, अंगूठा ही था। और इतनी अदभुत घटना घटी कि बच्चा ठीक पिचले अंगूठे का ही पैदा हुआ। और जब बच्चे के और जनरल के अंगूठे के फोटो मिलाए गए, तो वे एक दूसरे की कापी थे।

यह मां ने इस बच्चे को अंगूठा दे दिया। सब माताएं अपने बच्चों को अंगूठा दे रही हैं। सबके पास अलग-अलग ढंग के अंगूठे हैं, वह उनको मिल जाते हैं।

तो पहले तो स्मरण करना पड़ेगा जन्म तक, जन्म के दिन तक। लेकिन वह असली जन्म-दिन नहीं है। असली जन्म-दिन तो उस दिन है जिस दिन गर्भाधान शुरू होता। जिसको हम जन्म-दिन कहते हैं, वह जन्म के नौ महीने बाद का दिन है। वह ठीक जन्म-दिन नहीं है। ठीक जन्म-दिन तो उस दिन है, जिस दिन गर्भ में आत्मा प्रवेश करती है। उस समय तक स्मृति को ले जाना बहुत कठिन नहीं है और बहुत खतरे का भी नहीं है। क्योंकि वह इसी जीवन की स्मृति है। और उसे ले जाने के लिए जैसा मैंने कहा, भविष्य से मन को मोड़ लें। और जो थोड़ा भी ध्यान कर पाते हैं, उन्हें कोई कठिनाई नहीं कि भविष्य को भूल जाएं। भविष्य में याद करने को है भी क्या। भविष्य है ही नहीं। उन्मुखता बदलनी है। भविष्य की तरफ न देखें, पीछे की तरफ देखें। और अपने मन में धीरे-धीरे क्रमशः संकल्प करते जाएं। एक साल लौटें, दो साल लौटें, दस साल लौटें, बीस साल लौटें। पीछे लौटते जाएं। और यह बड़ा अजीब अनुभव होगा।

साधारणतः अगर होश में हम पीछे लौटें बिना ध्यान किए, तो जितने हम पीछे लौटेंगे उतनी स्मृति धुंधली होगी। कोई कहेगा कि मैं पांच साल के आगे नहीं जा सकता। पांच साल तक मुझे याद आता है कि ऐसा हुआ था। वह भी एकाध घटना याद आएगी। जैसे-जैसे हम करीब आएंगे अपनी उम्र के, वैसे-वैसे स्मृति और साफ होगी। कल की स्मृति और साफ होगी, आज की और साफ होगी, परसों की और कम होगी, वर्ष भर की और कम होगी, पच्चीस साल की और कम होगी। पचास साल की और कम होगी।

लेकिन जब ध्यान में आप प्रयोग करेंगे, तो आप बहुत हैरान हो जाएंगे। स्थिति बिलकुल उलटी हो जाएगी। जितनी बचपन की स्मृति होगी उतनी साफ होगी। क्योंकि बच्चे के पास जितनी साफ स्लेट होती है, उतनी फिर कभी नहीं होती। उस पर जितनी साफ लिखावट उभरती है उतनी कभी नहीं उभरती। जब आप ध्यान में स्मृति पर जाएंगे, तो आप बहुत हैरान हो जाएंगे, स्मृति उलटी हो जाएगी! जितने पीछे जाएंगे, जितने बचपन में जाएंगे, उतना साफ मालूम होगा। जितने बड़े होने लगेंगे स्मृति में, उतना धुंधला होने लगेगा। आज का दिन सबसे ज्यादा धुंधला होगा ध्यान में और आज से पचास साल पहले का दिन, जन्म का पहला दिन, सबसे स्पष्ट होगा। क्योंकि ध्यान में हम स्मरण नहीं कर रहे हैं।

इस फर्क को समझ लेना। जब हम होश में स्मरण करते हैं, तो स्मरण कर रहे हैं। होश के स्मरण में क्या फर्क है? अगर मैं याद कर रहा हूं अपने बचपन को, तो मैं हूं तो पचास साल का, पचास साल का हूं, आज हूं, अभी हूं, और आज खड़े होकर स्मरण कर रहा हूं स्मृति को, पांच साल की, दो साल की, एक साल की। यह पचास साल का मेरा मन बीच में खड़ा है। इसलिए

वह धुंधला हो जाएगा। क्योंकि पचास साल की परतें बीच में हैं और उनके पार मैं झांक रहा हूं।

ध्यान की प्रक्रिया में तुम पचास साल के नहीं हो, पांच ही साल के हो गए। जब तुम ध्यान में स्मरण कर रहे हो, तो तुम पांच साल के हो गए हो। पचास साल के होकर पांच साल की स्मृति नहीं कर रहे हो। तुम पांच साल की स्मृति में वापस लौट गए हो। इसलिए होश में—उसको हम रिमेंबरिंग कहें, स्मरण; और ध्यान में उसे री-लिविंग कहें। वह पुनर्जीवन है, पुनर्स्मरण नहीं। और इन दोनों में फर्क है। पुनर्स्मरण में बीच में स्मृतियों की बड़ी परत होगी जो धुंधला कर जाती है। पुनर्जीवन, तुम वापस पांच साल के हो गए हो ध्यान की अवस्था में।

अब आज ही शोभना बैठी है तुम्हारे पीछे। वह कहती है कि ध्यान में उसे अचानक अजीब-अजीब खयाल आ रहे हैं। उसे खयाल आ रहा है कि वह छोटी हो गई है और गुड्डे-गुड्डियों से खेल रही है। और वह खयाल इतना मजबूत हो जाता है कि एकदम वह डर जाती है। कि कहीं कोई आकर देख न ले, नहीं तो कहेगा कि इस उम्र में और गुड्डे-गुड्डी से खेल रही है! वह आंख खोल कर देख लेती है कि कोई आ तो नहीं गया। उसकी उम्र मिट गई। उसे यही खयाल है कि यह स्मृति है, यह री-लिविंग है। यानी वह पांच साल की हो गई है। अब वह एक युवक है, जो ध्यान करेगा तो अंगूठा मुंह में चला जाएगा। वह छह महीने का हो जा रहा है। वह जैसे ही ध्यान में गया कि उसका अंगूठा मुंह में गया। वह जब छह महीने का रहा होगा, तब की स्थिति में पहुंच गया।

तो स्मरण और पुनर्जीवन, फिर से जीना, इनके फर्क को समझ लेना जरूरी है। तो एक जन्म का पुनर्जीवन तो बहुत कठिन नहीं है। थोड़ी कठिनाई तो होगी। थोड़ी कठिनाई होगी, क्योंकि हम सबने अपनी उम्र की एक आइडेंटिटी बना रखी है। जो आदमी पचास साल का हो गया है, वह पांच साल पीछे हटने को राजी नहीं होता। वह पचास साल का सख्ती से रहना चाहता है। इसलिए जिन लोगों को पुनर्जीवन में लौटना है, थोड़ी याद करनी है, उन्हें थोड़े अपने जो बिलकुल फिक्स्ड आइडेंटिटीज हैं, उन्हें थोड़ा ढीला करना चाहिए।

अब जैसे उदाहरण के लिए एक आदमी अपने बचपन को याद करना चाहता है। अच्छा होगा कि वह बच्चों के साथ खेले। दिन में घंटा भर निकाल ले और बच्चों के साथ खेले। उसके पचास साल होने का जो फिक्सेशन है, वह जो गंभीर होने की आदत है, वह थोड़ी छूट जाए। अच्छा होगा कि वह दौड़े, तैरे, नाचे। अच्छा होगा कि घंटे भर के लिए वह बचपन में जीए होशपूर्वक, तो ध्यान में भी उसका लौटना आसान हो जाएगा। और नहीं तो वह पचास साल का सख्ती से...।

और ध्यान रहे, चेतना की कोई उम्र नहीं होती। चेतना पर सिर्फ फिक्सेशन होते हैं। चेतना की कोई उम्र नहीं होती कि पांच साल की चेतना और दस साल की चेतना और पचास साल की चेतना। सिर्फ खयाल हैं। आंख बंद करके आप बताएं अपनी चेतना का पता लगाकर कि कितनी उम्र है? तो आंख बंद करके आप कुछ भी नहीं बता पाएंगे। आप कहेंगे कि मुझे डायरी देखनी पड़ेगी। कैलेंडर का पता लगाना पड़ेगा। जन्म-पत्री देखनी पड़ेगी। असल में जब तक दुनिया में जन्म-पत्री नहीं थी, कैलेंडर नहीं था, सालों की गणना नहीं थी, आंकड़े कम थे, दुनिया में किसी को अपनी उम्र का कोई पता नहीं होता था। आज भी आदिवासी हैं, जिनसे आप जाकर पूछें कि कितनी उम्र है? तो वे बड़ी मुश्किल में पड़ जाएंगे। क्योंकि किसी की संख्या पंद्रह पर खतम हो जाती है, किसी की दस पर खतम हो जाती है, किसी की पांच पर खतम हो जाती है।

एक आदमी को मैं जानता हूं, जिससे किसी ने पूछा कि कितनी उम्र है? वह घर में नौकर का काम करता है। उसने कहा, होगी यही कोई पच्चीस साल। उसकी उम्र होगी कम-से-कम साठ साल। तो घर के लोग हैरान हुए। उन्होंने पूछा, तुम्हारे लड़के की कितनी उम्र है? तो उसने कहा,

होगी कोई पच्चीस साल। क्योंकि पच्चीस जो था वह आखिरी आंकड़ा था। उसके आगे तो कुछ था ही नहीं। उन्होंने कहा, तुम्हारे लड़के की उम्र पच्चीस साल है और तुम्हारी भी उम्र पच्चीस साल है, ऐसा कैसे हो सकता है? हमें कठिनाई हो सकती है, क्योंकि हमारे लिए पच्चीस के बाद भी संख्या है। उसके लिए पच्चीस के बाद कोई संख्या नहीं है। पच्चीस के बाद असंख्य शुरू हो जाता है। उसकी कोई संख्या ही नहीं होती।

उम्र तो हमारे बाहर के कैलेंडर, तारीखें, दिनों का हमें हिसाब है। इसलिए उम्र है। अगर भीतर हम झांक कर देखें तो वहां कोई उम्र नहीं है। अगर कोई भीतर से ही पता लगाना चाहे कि मेरी उम्र कितनी है, तो नहीं पता लगा पाएगा। क्योंकि उम्र बिलकुल बाहरी माप-जोख है। लेकिन बाहरी माप-जोख भीतर के चित्त पर फिक्सेशन बन जाती है। वहां जाकर कील की तरह ठुक जाती है।

और हम कीलें ठोंकते चले जाते हैं कि अब मैं पचास साल का हो गया, अब इक्यावन साल का हो गया, अब बावन साल का हो गया। यह हम चेतना पर ठोंकते चले जाते हैं। अगर ये बहुत सख्त हैं, तो कठिनाई होगी पीछे लौटने में। इसलिए बहुत गंभीर आदमी बचपन की स्मृति में नहीं लौट सकता। जिनको हम सीरियस कहते हैं, इस तरह के लोग रुग्ण होते हैं। असल में सीरियसनेस एक बीमारी है, मानसिक बीमारी है। जो बहुत गंभीर हैं, वे सदा बीमार होते हैं। उनका पीछे लौट आना बहुत मुश्किल है। थोड़ा-सा जिनका चित्त हलका है, निर्भार है, जो बच्चों के साथ खेल सकते हैं, जो बच्चों के साथ हंस सकते हैं, उनका लौटना बहुत आसान हो जाएगा।

तो बाहर की जिंदगी में फिक्सेशन को तोड़ने की फिक्र करें। चौबीस घंटे अपनी उम्र को याद मत रखें। और जब भी अपने बेटे से कहें, तो यह मत कहें कि मैं जानता हूं क्योंकि मेरी उम्र इतनी है। उम्र से जानने का कोई संबंध नहीं है। अपने छोटे बच्चे के साथ ऐसा व्यवहार मत करें कि आपके और उसके बीच पचास साल का फासला है। दोस्ती का हाथ आगे बढ़ाएं।

एक स्त्री ने एक छोटी-सी किताब लिखी है—एक छोटे बच्चे के साथ बच्चा होकर रहने की। उस स्त्री की उम्र तो सत्तर साल है। सत्तर साल की स्त्री ने एक छोटा-सा प्रयोग किया है, एक पांच साल के बच्चे के साथ दोस्ती करने का। मुश्किल है बहुत, आसान मामला नहीं है। पांच साल के बच्चे का बाप होना आसान है, मां होना आसान है, भाई होना आसान है, गुरु होना आसान है, दोस्त होना बहुत मुश्किल है। कोई मां, कोई बाप दोस्त नहीं हो पाता। जिस दिन दुनिया में मां-बाप बच्चों के दोस्त हो सकेंगे, उस दिन हम दुनिया को आमूल बदल देंगे। यह दुनिया बिलकुल दूसरी हो जाएगी। यह दुनिया इतनी कुरूप, इतनी बदशक्ल नहीं रह जाएगी। लेकिन दोस्ती का हाथ ही नहीं बढ़ पाता।

उस स्त्री ने सच में एक अदभुत प्रयोग किया। उसने वर्षों तक वह प्रयोग किया। एक तीन साल के बच्चे से दोस्ती करनी शुरू की और पांच साल के बच्चे तक, दो साल की उम्र तक निरंतर दो साल उससे सब तरह की दोस्ती निभाई। उसकी दोस्ती का खयाल थोड़ा समझ लेना उपयोगी है। वैसी स्त्री को पीछे लौट जाना बहुत आसान हो जाएगा।

वह सत्तर साल की बूढ़ी स्त्री उस बच्चे के साथ, जो उसका दोस्त है, समुद्र के तट पर गई है। तो बच्चा दौड़ रहा है, कंकड़-पत्थर बीन रहा है, तो वह भी दौड़ रही है, कंकड़-पत्थर बीन रही है। क्योंकि बच्चे और उसके बीच जो एज बैरियर है, जो आयु का बड़ा भारी व्यवधान है, वह टूटेगा कैसे! फिर वह कंकड़-पत्थर ऐसे नहीं बीन रही है कि सिर्फ दोस्ती बढ़ाने के लिए है। वह सच में उन कंकड़ों-पत्थरों को उस आनंद से देखने की कोशिश कर रही है, जिस से बच्चा देख

रहा है। वह बच्चे की भी आंखें देखती है, अपनी आंखें भी देखती है, कंकड़ को भी देखती है, बच्चे का हाथ भी देखती है, अपना हाथ भी देखती है। बच्चा जिस पुलक से भरा है, वह क्या देख रहा है उन पत्थरों में, फिर वह बच्चा होकर देखने की कोशिश कर रही है। बच्चा जाकर समुद्र की झाग को पकड़ रहा है, फेन को पकड़ रहा है, तो वह भी पकड़ रही है। बच्चा तितलियों के पीछे दौड़ रहा है, तो वह भी दौड़ रही है। रात दो बजे बच्चा उठ आया और उसने उससे कहा कि चलें बाहर, झींगुरों की आवाज बहुत अच्छी आ रही है। तो उसने यह नहीं कहा कि सो जाओ। यह रात उठने की नहीं है। वह बच्चे के साथ हो ली है। और कहीं झींगुरों की आवाज न टूट जाए, इसलिए बच्चा संभलकर चल रहा है एक-एक कदम, तो वह भी संभलकर उसके पीछे चल रही है।

दो साल की यह दोस्ती अनूठे परिणाम लाई। और उस स्त्री ने लिखा है कि मैं भूल गई कि मैं सत्तर साल की हूं। और मैंने जो पांच साल का होकर कभी नहीं जाना था, वह सत्तर साल में पांच साल का होकर जाना। सारी दुनिया एक वंडर लैंड बन गई, सारा जगत परियों का जगत हो गया। मैं सच में दौड़ने लगी और पत्थर बीनने लगी और तितलियां पकड़ने लगी। उस बच्चे और मेरे बीच सारे आयु के फासले चले गए। वह बच्चा मुझसे ऐसी ही बातें करने लगा जैसे कि एक बच्चे से करता है। मैं उस बच्चे से ऐसी बातें करने लगी जैसे एक बच्चा बच्चे से करता है।

उसने पूरी किताब लिखी है अपने दो साल के अनुभवों की. सेंस आफ वंडर। और उसमें उसने लिखा है कि मैंने फिर से पा लिया आश्चर्य का भाव। अब मैं कह सकती हूं कि कहीं भी बड़े से बड़े संत ने अगर कुछ भी पाया होगा, तो इससे ज्यादा नहीं हो सकता, जो मुझे दिखाई पड़ रहा है।

जब जीसस से किसी ने पूछा कि कौन होंगे वे लोग जो तुम्हारे स्वर्ग के राज्य में प्रवेश करेंगे। तो जीसस ने कहा कि वे जो बच्चों की भांति हैं।

बच्चे शायद किसी एक बड़े स्वर्ग में रहते ही हैं। हम सब सिखा-पढ़ाकर उनका स्वर्ग छीन लेते हैं। लेकिन जरूरी है कि यह स्वर्ग छिने, क्योंकि छीना गया स्वर्ग जब वापस मिलता है, तो उसका अनूठापन और है। लेकिन वापस बहुत कम लोगों को मिल पाता है। पैराडाइज लास्ट की हालत तो बहुत लोगों की जिंदगी में होती है, पैराडाइज रिगेंड की हालत बहुत कम लोगों की जिंदगी में आती है। खोते तो हम सब हैं स्वर्ग को, लेकिन उस स्वर्ग की वापसी नहीं हो पाती। अगर मरते-मरते तक कोई फिर बच्चा हो जाए, तो स्वर्ग वापस लौट आता है। और अगर बूढ़ा आदमी बच्चे की आंखों से दुनिया को देख सके, तो उसकी जिंदगी में जैसी शांति और जैसा आनंद और जैसे ब्लिस की वर्षा हो जाती है, उसका अनुमान लगाना मुश्किल है।

तो बाहर की जिंदगी में जिन्हें पीछे जाति-स्मरण में लौटना है, उन्हें अपने एज के फिक्सेशन को तोड़ना पड़ेगा। कभी राह चलते किसी बच्चे का हाथ पकड़ कर उसके साथ दौड़ने लगें, भूल जाएं कि आपकी उम्र कितनी है। और मजा यह है कि उम्र सिर्फ याद है और कुछ भी नहीं है। उम्र सिर्फ याद है, सिर्फ खयाल है। एक विचार जो मजबूती से पकड़ गया है। बाहर की जिंदगी में उम्र के फिक्सेशन को तोड़ें और भीतर की जिंदगी में जब ध्यान को बैठें, तो एक-एक साल पीछे खिसकने लगें। एक-एक जन्म-दिन वापस पीछे लौट आने लगें। धीरे-धीरे लौटें, तो इस जन्म के आखिरी तक लौटने में कोई कठिनाई नहीं है। पिछले जन्म में भी लौटने की प्रक्रिया यही होगी। सिर्फ इस जन्म से दूसरे जन्म में जाने का जो सूत्र है, वह मैं नहीं कह सकता हूं। उसको न कहने का कारण है। क्योंकि अगर कोई सिर्फ कुतूहलवश उसका प्रयोग करे, तो पागल हो सकता है। क्योंकि अगर पिछले जन्म की स्मृतियां एकदम से टूट पड़ें, तो उन्हें संभालना मुश्किल है।

मेरे पास एक लड़की को लाया गया। जिसकी उम्र जब उसे मेरे पास लाये थे तो शायद ग्यारह साल की थी। उसे तीन जन्मों की स्मृति है। किसी कारण से नहीं, आकस्मिक, प्रकृति की किसी भूल से। उसे तीन जन्म स्मरण हैं। प्रकृति बहुत इंतजाम करती है कि आपके पिछले जन्म की पूरी की पूरी परत को दबा देती है और इस जन्म की स्मृतियां उस परत के पार बननी शुरू होती हैं। वह परत गहरे रूप से आपके पिछले जन्म को आपसे तोड़े रखती है।

इसलिए जिन मुल्कों में यह खयाल है—जैसे मुसलमान मुल्कों में या ईसाई मुल्कों में—कि पिछला जन्म नहीं होता है, जिन मुल्कों में यह खयाल है कि पिछला जन्म नहीं होता है, उन मुल्कों में पिछले जन्म की स्मृति के बच्चे पैदा नहीं होते, क्योंकि उस तरफ ध्यान ही नहीं जाता। जैसे हमने पक्का मान रखा है कि इस दीवाल के पार कुछ भी नहीं है, तो हम धीरे-धीरे इस दीवाल की तरफ देखना ही बंद कर देते हैं। लेकिन इस देश में जैनों में, बौद्धों में, हिंदुओं में कितना ही मतभेद हो, एक बात में मतभेद नहीं है, वह है पिछले जन्मों का अस्तित्व। वह पुनर्जन्म की यात्रा में कोई भी भेद नहीं है। इसलिए इस देश का चित्त हजारों साल से पिछले जन्म के होने की संभावना से भरा हुआ है।

तो कई बार अचानक यह संभावना होती है कि अगर पिछले जन्म में मरते वक्त कोई व्यक्ति बहुत गहरा भाव लेकर मर गया हो कि मुझे याद रह जाए, तो याद रह जाएगा। एक मरता हुआ व्यक्ति अगर यह बहुत गहरा भाव रख ले कि जो मैं इस जिंदगी में था वह मुझे याद रह जाए, तो बिना किसी यौगिक प्रक्रिया के, बिना किसी ध्यान के प्रयोग के, उसे अगले जन्म में याद रह जाएगा। लेकिन तब वह दिक्कत में पड़ जाएगा।

उस लड़की को जब मेरे पास लाए, उसे तीन जन्मों की घटनाएं याद थीं। पहला जन्म उसका आसाम में हुआ जहां वह सात साल की लड़की होकर मर गई। तो सात साल की लड़की जितनी आसामी बोल सकती है, उतनी वह बोलती है। सात साल की लड़की जितने आसामी-नाच नाच सकती है, उतना वह नाचती है। हालांकि वह तो पैदा हुई मध्यप्रदेश में अभी, आसाम कभी गयी नहीं, आसामी भाषा से कोई संबंध नहीं है। दूसरा जन्म उसका मध्यप्रदेश में ही हुआ, कटनी में। और वहां वह कोई साठ साल की होकर मरी। सढ़सठ वर्ष। और अभी उसकी ग्यारह साल उम्र है, तो अट्ठत्तर। उसकी ग्यारह साल की उम्र तब थी जब मेरे पास लाए थे। उसकी आंखें आप देखें तो अट्ठत्तर साल की बूढ़ी स्त्री की जैसी आंखें हों, चेहरा जैसा अट्ठत्तर साल की बूढ़ी स्त्री का हो। है तो वह ग्यारह साल की लड़की का, लेकिन उतना ही पीला, जर्द, चिंतित, परेशान, जैसे मौत करीब हो। क्योंकि उसकी स्मृतियों की शृंखला अट्ठत्तर वर्ष की है। उसके भीतर उसे अट्ठत्तर साल के स्वीकेंस, शृंखला का बोध है।

और उसकी कठिनाई बहुत बढ़ गई, क्योंकि उसके पिछले जन्म के जो लोग हैं, उसके संबंधी, वे सब जबलपुर में मेरे पड़ोस में रहते थे। इसीलिए वे उसे मेरे पास ले आए। उसने अपने पिछले जन्म के सारे संबंधियों को हजारों की भीड़ में पहचाना। कोई उसका लड़का है, कोई उसकी बहू है, कोई उसकी लड़की का लड़का है, कोई कोई है। हजारों की भीड़ में छिपा कर खड़ा किया गया और उस लड़की ने उन सबको पहचाना। जिस घर में वह थी अब तो वह घर उन्होंने छोड़ दिया, वह तो कोई गांव में घर है। अब तो वे जबलपुर में रहते हैं। उसने उस घर में गड़ा हुआ धन भी बताया जो खोद लिया गया और मिल गया।

जो पड़ोस में मेरे सज्जन रहते हैं जिनकी वह पिछले जन्म में बहन थी, बड़ी बहन थी, उनके सिर पर एक चोट है। तो उस लड़की ने जैसे ही उनको पहचाना, पहली बात यह पूछी कि अरे यह

चोट अभी तक मिटी नहीं। तो उन्होंने कहा कि यह चोट मुझे कब लगी पता नहीं, क्या तुम बता सकती हो कि यह चोट कब लगी? उसने कहा कि यह चोट जब तेरी शादी हुई तू घोड़े पर बैठा तो गिर पड़ा, घोड़ा बिचक गया और तू गिर पड़ा। लेकिन तब उसकी उम्र कोई आठ या नौ साल की थी, जब उसकी शादी हुई थी। तो उसे भी याद नहीं है। तब इस बात का पता लगवाया गया उनके गांव में कि किसी को भी क्या इस बात की याद है! और एक बूढ़ी औरत ने इस बात की गवाही दी कि हां, यह लड़का गिरा था। और इसको चोट लग गयी थी, और यह घोड़े से ही गिरने की इसकी चोट है। हालांकि उसको खुद याद नहीं है।

इस लड़की के पिता को मैंने कहा कि इसकी स्मृतियां भुला देने का उपाय करें। मैं इसमें थोड़ा सहयोगी हो सकता हूं। इसे ले आएं तो इसकी स्मृति सात दिन में भुला दी जाए। अन्यथा यह लड़की मुश्किल में पड़ जाएगी। उसकी कठिनाई बहुत थी। क्योंकि न तो वह स्कूल में पढ़ सकती थी, क्योंकि अट्ठत्तर साल की बूढ़ी स्त्री को आप स्कूल में भरती कर सकते हैं? वह कुछ सीख नहीं सकती, क्योंकि वह सीखी ही हुई है। वह खेल नहीं सकती लड़की। उसका बचपन जैसी कोई चीज ही नहीं है। क्योंकि खेले कैसे? अट्ठत्तर साल की बूढ़ी औरत कैसे खेल सकती है! वह गंभीर है, वह घर में हर एक की आलोचना करती है। वह उतनी ही कलह से भरी हुई है जितना अट्ठत्तर साल की स्त्री या पुरुष भर जाते हैं। वह घर-घर में सबकी आलोचना, निंदा और सबका कौन क्या गड़बड़ कर रहा है उस सबका हिसाब रखती है, अभी इस उम्र में। तो मैंने कहा कि यह लड़की पागल हो जाएगी, इसकी स्मृति भुलवा दें।

लेकिन उसके घर के लोगों को तो आनंद आ रहा था। क्योंकि भीड़ लगती थी, लोग देखने आते थे। कोई पैसे भी चढ़ाने लगा, नारियल, फल और मिठाइयां भी आने लगीं। राष्ट्रपति ने दिल्ली भी बुलवाया! अमेरिका से भी एक निमंत्रण आ गया कि उसको अमेरिका ले आओ। तो वे बड़े खुश थे। उन्होंने मेरे पास लाना बंद कर दिया। उन्होंने कहा कि नहीं, हम भुलाना नहीं चाहते। यह तो बड़ी अच्छी बात है।

आज इस बात को हुए कोई सात साल हो गए। आज वह लड़की पागल है। अब वे मुझसे कहते हैं आकर कि अब आप कुछ करिए। मैंने कहा कि अब बहुत मुश्किल मामला हो गया। जब कुछ हो सकता था तब आप राजी नहीं हुए। अब तो होश ही नहीं है उसको। अब तो अनर्गल हालत में कनफ्यूज्ड हो गयी है। अब तो उसको यह भी पता नहीं चलता कि कौन सी स्मृति किस जन्म की है। यह भाई इस जन्म का है कि पिछले जन्म का है, यह पिता इस जन्म का है कि पिछले जन्म का, वह सब कनफ्यूज्ड हो गया।

प्रकृति की व्यवस्था ऐसी है कि आप जितना झेल सकते हैं, उतनी ही आपको स्मृति रह जाती है। इसलिए दूसरे जन्म की स्मृतियों के पहले विशेष साधना से गुजरना जरूरी होता है, जो आपको इस योग्य बना दे कि अब आपको कोई चीज कनफ्यूज नहीं कर सकती।

असल में दूसरे जन्म की स्मृति में जाने के लिए सबसे जरूरी जो शर्त है, वह यह है कि जब तक आपको यह जगत एक सपने की भांति मालूम न होने लगे—एक लीला, एक खेल—तब तक आपको पिछले जन्म की स्मृति में ले जाना उचित नहीं है। क्योंकि अगर आपको यह जगत एक खेल मालूम होने लगे, तो फिर कोई डर नहीं है। फिर आपके चित्त पर कोई चोट पड़ने वाली नहीं है। खेल की और स्मृतियां हैं, उनसे कोई हर्जा होने वाला नहीं है।

लेकिन अगर आपको यह जगत बहुत वास्तविक मालूम हो रहा है, और आप अगर अपनी पत्नी को बहुत वास्तविक मान रहे हों, और कल आपको स्मरण आ जाए कि पिछले जन्म में वह

आपकी मां थी, तो आप बड़ी मुश्किल में पड़ जाएंगे। कि अब क्या करें! इसको पत्नी मानें कि मां मानें।

एक महिला ने मेरे पास प्रयोग करना शुरू किया। उसको मैं मना करता रहा कि इसमें कोई कुतूहल की जरूरत नहीं है। लेकिन कुतूहल था, पर वह नहीं मानती थी। मैंने कहा, इस प्रयोग को करें। और जब प्रयोग हुआ, तो भुलाने में बड़ी मेहनत लेनी पड़ी। क्योंकि उनको स्मरण आया कि वह पिछले जन्म में वेश्या थी। यह उसके आज के नीतिवान, सती-साध्वी चित्त को भारी पड़ा। उसने कहा, मुझे ऐसा याद ही नहीं करना है। लेकिन अब इसे भुलाना बहुत मुश्किल है। किसी चीज को याद करना तो बहुत आसान है, किसी चीज को भुलाना बहुत मुश्किल है। क्योंकि जो तथ्य एक दफा हमारे ज्ञान में हिस्सा बन जाए, उसको ज्ञान के बाहर करने में बड़ा कठिन मामला हो जाता है।

तो इसलिए जान कर ही मैंने एक सूत्र उसमें नहीं कहा है। वह यह कि इस जन्म से पिछले जन्म में कैसे प्रवेश करें। लेकिन अगर इस जन्म की स्मृतियां आपको आ जाएं, तो जिसको भी इस जन्म की पूरी स्मृतियां आ जाएं, उसे वह सूत्र बताया जा सकता है। लेकिन वह व्यक्तिगत बात है। उसकी सामूहिक चर्चा नहीं हो सकती है। और न ही उसकी सामूहिक चर्चा करना उचित है। क्योंकि हमारा मन कुतूहल से न मालूम कितने काम करता है। अधिकतर हम में से लोग कुतूहल में ही जीते हैं, एक क्यूरिआसिटी होती है कि जरा झांक कर देख लें, क्या होता है। लेकिन झांककर देखना कभी खतरनाक सिद्ध हो सकता है, क्योंकि ऐसी कोई बात उठ जाए जो कि पीछे से दबायी न जा सके। लेकिन इस जन्म का जरूर प्रयोग करें। इस जन्म का प्रयोग जब आपके लिए आनंदपूर्ण हो जाए, और इस जन्म की सारी स्थिति जब आपको क्यों... ।

जैसे ही आप अपनी पिछली स्मृतियों को फिर से री-लिव्ड कर सकेंगे, वैसे ही आपको पता चलेगा कि यह सब सपने से ज्यादा नहीं है। तब आप यह भी जानते हैं कि जिसको आज आप बहुत गंभीरता से ले रहे हैं—कि दुकान पर नुकसान है कि लाभ है, कि पत्नी आज झगड़ी है, कि पिता आज नाराज हुआ है, कि बेटा घर छोड़कर चला गया है, कि बेटी ने किसी अनचाहे आदमी से शादी कर ली है—जिसको आज आप बहुत गंभीरता से ले रहे हैं, कल यह आपकी स्मृति के कबाड़खाने में पड़ जाने वाला है। जब आपको पिछली स्मृतियां याद आएंगी, तो आप हैरान हो जाएंगे कि आपने कितने क्षणों को कितना गंभीर समझा था, आज वह कहीं भी नहीं है। एक क्षण में उन क्षणों ने आपको ऐसा पकड़ लिया था कि जीने और मरने का सवाल हो गया था। आज उनका कोई मूल्य नहीं है। राख की तरह रास्ते पर कहीं वे पड़े रह गए हैं, कहीं कचरे के ढेर पर इकट्ठे हो गए हैं। आज उनका कोई मतलब नहीं है।

अगर पिछली स्मृतियों को हम देखें, तो दो बातें होंगी। एक तो यह होगी कि जिसको हमन बहुत गंभीरता से लिया था, वह कुछ गंभीर सिद्ध नहीं हुआ। हम उसे भूल गए। इतना गंभीर भी नहीं सिद्ध हुआ कि उसे याद रखें। जिसके लिए हम जीवन दांव पर लगा देते हैं, आज वह कहीं भी नहीं है। तो आज आपका जीवन भिन्न हो जाएगा। क्योंकि तब आपको दिखाई पड़ेगा कि जिस चीज पर आज आप मरने-मारने को उतारू हैं, वह कल ऐसे ही कचरे के ढेर पर पड़ी रह जाने वाली है। एक-दो क्षण रुक जाओ, और सब बेकार हो जाएगा। एक-दो क्षण प्रतीक्षा करो और सब स्मृति बन जाएगी। और इस जगत में जहां हमारे सारे जीवन का कुल फल स्मृति का बनना होता है, तो हमारी आम जिंदगी और एक अभिनेता की जिंदगी में फर्क क्या है? आखिर अभिनेता जो जीता है, आखिरी कुल परिणाम में एक फिल्म बनती है, जिसको पर्दे पर देखा जा सकता है। और हम जिसको

जीते हैं, कुल अर्थों में एक स्मृति की फिल्म बनती है, जिसको फिर से देखा जा सकता है।

हम जिसको जिंदगी कह रहे हैं, वह कैमरे की फोकसिंग से ज्यादा कहां है! और जिन क्षणों को हम कहते थे, बड़े महत्वपूर्ण हैं, वे सब एक पर्दे पर टंग गए हैं। आज उनका मूल्य एक फिल्म से ज्यादा क्या है! हां, फर्क इतना है कि एक फिल्म आप अपनी पेटी में बंद कर सकते हैं, इस फिल्म को आपको स्मृति की पेटी में बंद करना पड़ा है। इससे ज्यादा कुछ फर्क नहीं है।

और यह जो हमारी स्मृति की पेटी है, यह उतनी ही फिल्म है। आज नहीं कल, बहुत कठिन नहीं है कि विज्ञान ऐसे साधन खोज लेगा कि यह स्मृति को निकाल कर पर्दे पर दिखा दे। इसमें कोई बहुत अड़चन नहीं है। क्योंकि आखिर हम भी जब आंख बंद करके देखते हैं तो आंख के पर्दे पर उसी फिल्म को वापस प्रोजेक्ट करते हैं। जब आप सपना देखते हैं, तब आपकी आंख ऐसे ही चलती रहती है, जैसे फिल्म को देखते वक्त चलती है। अगर कोई सपना देख रहा है, तो उसके दोनों पलकों पर उंगली रखकर पता लगाया जा सकता है कि वह सपना देख रहा है कि नहीं देख रहा है! क्योंकि उसकी पुतली भीतर अगर चलती है, तो समझो कि सपना देख रहा है, अगर नहीं चलती, तो समझो सपना नहीं देख रहा है। पलक के ऊपर से ही पता चल जाएगा कि पुतलियां अंदर नीचे-ऊपर हो रही हैं। वह पूरे वक्त देख रहा है कुछ। वह जो देख रहा है, क्या देख रहा है? एक फिल्म देख रहा है।

जब ध्यान में आप पिछले जन्मों का भी स्मरण कर सकें...और जाति-स्मरण का प्रयोग इसीलिए था। असल में महावीर और बुद्ध तो किसी व्यक्ति को दीक्षा ही नहीं देते थे जब तक उसको जाति-स्मरण न करवा लें। और इसलिए आज का जो दीक्षित साधु है, न तो वह दीक्षित है, न साधु है। वह दोनों ही बातें नहीं हैं। उसको कुछ पता ही नहीं है।

अब एक जैन मुनि मेरे पास आए कुछ दिन हुए और उन्होंने मुझे आकर कहा कि मुझे ध्यान सिखाइए। मैं आचार्य तुलसी का साधु हूं। उनसे मैंने दीक्षा ली है। तो मैंने उनसे पूछा कि जब आचार्य तुलसी से दीक्षा ली और ध्यान नहीं सीखा, तो और क्या सीखा? दीक्षा किस लिए ली? दीक्षा का मतलब क्या होता है? ध्यान मुझसे पूछने आए हो, तो दीक्षा किसलिए ली? जब ध्यान ही नहीं सिखाया जा सका, तो और क्या सिखाया गया वहां? आचार्य तुलसी कौन-सा व्यवसाय करते हैं दूसरा? दीक्षा का मतलब यह होता है कि ध्यान में प्रवेश करवाया हो, तब दीक्षा हो सकती है।

महावीर और बुद्ध तो दीक्षा तब देते जब जाति-स्मरण हो जाए। जाति-स्मरण अर्थात पिछले जन्म का स्मरण हो जाए। क्योंकि महावीर का कहना यह था कि जब तक तुम्हें पिछले जन्मों का स्मरण न आ जाए, तब तक तुम जिंदगी के प्रति गंभीरता का भाव छोड़ ही नहीं सकते।

एक दफा एक आदमी को याद आ जाए कि मैंने पिछले वक्त भी एक स्त्री को प्रेम किया था और उससे भी कहा था कि तेरे बिना एक क्षण भी जी नहीं सकता। उसके पहले भी एक स्त्री को प्रेम किया था, उसको भी यही कहा था। उसके पहले भी एक स्त्री को प्रेम किया था और उसको भी यही कहा था। आदमी होने के पहले जानवर था, तब मादाओं से कहा था कि तेरे बिना किसी दिन जी नहीं सकता। पक्षी था, तब किसी और से यही कहा था। यही कहता रहा हूं। यह कोई आज नहीं कह रहा हूं। तो जब आज ऐसा आदमी किसी स्त्री से कहने जाएगा कि तेरे बिना नहीं जी सकता हूं, तब उसे हंसी आ जाएगी। क्योंकि वह मजे से जी सकता है। वह बहुत जन्मों से जी रहा है।

एक आदमी ने पिछले जन्म में भी पद पाना चाहा था और सम्राट हो गया था। और सोचा था कि पद पा लूंगा, तो सब हो जाएगा। फिर कुछ भी नहीं हुआ, मर गया फिर। उसके पहले भी पद पाना चाहा था, पद पा लिया था। उसके पहले भी पद पा लिया था। आज वह आदमी फिर पद

की दौड़ में दिल्ली जा रहा था। अगर उसको दिल्ली के बीच के स्टेशन में पिछले जन्म का स्मरण आ जाए, तो वह वापस लौट आएगा और कहेगा, यह तो बेकार है। अब हम फिर दिल्ली चले! हम कई दफे दिल्ली जा चुके हैं। और आखिर मरने के सिवाय कुछ भी नहीं होता।

एक आदमी ने जन्मों-जन्मों में जो किया है, वही वह फिर करना चाह रहा है, लेकिन उसे स्मरण नहीं है। उसे स्मरण आ जाए, तो फिर उसी को करना असंभव है। तब तक कोई आदमी संन्यासी नहीं हो सकता, जब तक यह जगत उसको स्वप्न न हो जाए। और यह जगत स्वप्न कैसे होगा? यह जगत स्वप्न हो सके, इसके लिए जाति-स्मरण है।

इस जन्म के स्मरण में जाओ। और जब इस जन्म के स्मरण में जाने लगो और किसी दिन कुतूहलवश नहीं, लेकिन ऐसा लगे कि अब मन निर्भार हुआ है, इस जन्म को तो देख ही लिया है एक सपने की तरह, अब पीछे जन्मों को भी सपने की तरह देखने की क्षमता आ गई है, तो सूत्र बताया जा सकता है। लेकिन वह व्यक्तिगत है।

जो भी मैं प्रयोग सामूहिक करवा रहा हूं, वे ऐसे प्रयोग हैं जिनसे आपको कोई भी नुकसान न हो सके। जो बातें मैं सामूहिक रूप से कह रहा हूं, वे ऐसी बातें हैं जिनसे आप वहीं तक जा सकते हैं जहां तक खतरा नहीं है। वहां तक आप चले जाएं, तो आगे के सूत्र तो व्यक्तिगत होंगे। इसलिए जो लोग शीघ्रता से गति करेंगे, उनसे मैं वे बातें कहना शुरू करूंगा जो सबके सामने नहीं कही जा सकतीं। जैसे ही ऐसे लोग तैयार हो जाएंगे, वैसे ही वे बातें कही जा सकती हैं। लेकिन वे निपट व्यक्तिगत हैं, निजी हैं। उनको सबके सामने कहने का कोई प्रयोजन नहीं है।

भगवान श्री, क्या-क्या बिंदु हैं जो गर्भ को श्रेष्ठ जीवात्मा के आने योग्य या निकृष्ट जीवात्मा के आने योग्य बनाते हैं? श्रेष्ठ आत्मा गर्भ में उतर सके, इसके लिए क्या-क्या तैयारियां करनी पड़ती हैं? कैसे करनी पड़ती हैं? और बुद्ध, महावीर, कृष्ण और क्राइस्ट जैसे लोग जिस गर्भ में आए, उसकी क्या-क्या विशेषताएं थीं, सामान्य गर्भों की तुलना में?

बहुत-सी बातें विचार करनी पड़ें। एक तो संभोग का क्षण जितनी पवित्रता का क्षण हो, उतनी पवित्र आत्मा को आकर्षित कर सकता है। लेकिन काम की इतनी निंदा की गई है कि संभोग का क्षण मुश्किल से ही पवित्रता का हो पाता है। काम को, यौन को अपवित्र सिद्ध ही कर दिया गया है। वह हमारे चित्त में अपवित्र होकर बैठ ही गया है। पति-पत्नी का जो मिलन है, वह एक पाप की अंधेरी छाया के बीच घटित होता है। वह एक आनंद, एक पवित्रता, एक प्रार्थना के बीच घटित नहीं होता। स्वभावतः, इस छाया के आसपास पवित्र आत्मा का प्रवेश संभव नहीं है। तो पवित्र आत्मा के प्रवेश की पहली तो शर्त है कि पवित्र क्षण हो।

मेरी दृष्टि में, संभोग का क्षण प्रार्थना का क्षण है। और प्रार्थना के बाद ही पति-पत्नी को संभोग में जाना चाहिए। ध्यान के बाद ही जाना चाहिए। इसके दोहरे परिणाम होंगे। इसका एक परिणाम तो यह होगा कि ध्यान के बाद वर्षों तक वे संभोग में जा न सकेंगे। पहला तो परिणाम यह होगा। अगर ध्यान के बाद संभोग में जाने की चेष्टा की, तो ध्यान के बाद पहली तो बात है कि जा न सकेंगे। क्योंकि ध्यान में जैसे ही जाएंगे कि वासना तिरोहित हो जाएगी। तो ध्यान उनके जीवन में ब्रह्मचर्य का मार्ग बन जाएगा। वर्षों बीत जाएंगे।

यह वर्षों की जो पवित्रता है, अनसप्रेस्ड, यह दमन नहीं है। यह कोई लिया हुआ व्रत नहीं है कि पति और पत्नी ताले लगाकर अलग-अलग कमरों में सो रहे हैं, या पति मंदिर में गए हैं सोने कि वे ब्रह्मचर्य का व्रत साध रहे हैं। यह कोई ब्रह्मचर्य का व्रत नहीं है, यह सहज फलित ब्रह्मचर्य है। जो ध्यान के बाद संभव नहीं होता कि संभोग में जाया जा सके। क्योंकि इतने रस, इतने आनंद

में चित्त डूब जाता है कि संभोग के लिए कौन उतरे।

तो पति-पत्नी अगर दोनों नियमित रूप से ध्यान कर सकें, तो वर्षों तक संभोग न कर सकेंगे। इसके दोहरे परिणाम होंगे। एक तो ऊर्जा बहुत सक्रिय और सघन हो जाएगी। पवित्र आत्माओं को जन्म देने के लिए अत्यंत शक्तिशाली बिंदु चाहिए। निर्बल बिंदु काम नहीं कर सकते। तो जिस संभोग के पहले वर्षों का ब्रह्मचर्य है, वही संभोग शक्तिशाली आत्मा के लिए प्रवेश देने में समर्थ हो सकता है।

फिर जब वर्षों के ध्यान के बाद किसी दिन कोई संभोग में जा सकेगा, यानी ध्यान आज्ञा देगा कि जा सको, तब स्वभावतः वह क्षण पवित्रता का क्षण होगा। क्योंकि अगर वह अपवित्रता का थोड़ा भी रह गया होता, तो अभी ध्यान ने आज्ञा न दी होती। ध्यान जब आज्ञा देता है कि ध्यान के बाद भी संभोग में जाने की संभावना बनती है, तब उसका अर्थ ही यही है कि अब संभोग ने भी एक पवित्रता ले ली है। उसकी अपनी एक डिवाइननेस, अपनी भगवत्ता हो गई। अब इस भगवत्ता के क्षण में वे दो व्यक्ति जब जाते हैं संभोग में, उचित होगा कि हम कहें कि अब वे शारीरिक तल पर नहीं मिल रहे हैं, अब यह मिलन बहुत आत्मिक है। शरीर भी बीच में है, लेकिन मिलन शारीरिक नहीं है। शरीर भी मिल रहे हैं, लेकिन मिलन गहरा है और आत्मिक है।

तो पवित्र आत्मा को अगर जन्म देना हो, तो वह सिर्फ बायोलाजिकल घटना नहीं है, सिर्फ जैविक घटना नहीं है। दो शरीर के मिलने से तो सिर्फ हम एक शरीर को जन्मने की सुविधा देते हैं। लेकिन जब दो आत्माएं भी मिलती हैं, तब हम एक विराट आत्मा को उतरने की सुविधा देते हैं।

महावीर या बुद्ध के जन्म इसी तरह के जन्म हैं। जीसस का जन्म तो और भी अदभुत है। इनके संबंध में थोड़ी बात समझनी उचित है। महावीर या बुद्ध के जन्म पूर्व घोषित जन्म हैं, जिनकी प्रतीक्षा वर्षों से की जा रही थी। और पूर्व घोषणाओं ने सब सूचनाएं दी हैं। यहां तक सूचना है कि महावीर के जन्म के पहले उनकी मां को कितने स्वप्न आएंगे। पहला स्वप्न क्या होगा, दूसरा क्या होगा, तीसरा क्या होगा, चौथा क्या होगा। यह महावीर का पिछला जन्म घोषित करके गया है। महावीर अपने पिछले जन्म में यह घोषणा करके गए हैं कि मेरा अगला जन्म इतने स्वप्नों के साथ होगा। जहां इतने स्वप्न घटित हों, समझना कि मैं प्रविष्ट हुआ हूं। तो पूरे प्रतीक दे गए हैं। सफेद हाथी दिखाई पड़ेगा या कमल दिखाई पड़ेगा या और कुछ, ये सारे प्रतीक हैं। वे सारे प्रतीक दे दिए गए हैं। उनकी प्रतीक्षा की जा रही थी कि कौन स्त्री कब घोषणा करे कि उसके ये-ये स्वप्न पूरे हो गए।

बुद्ध के लिए भी प्रतीक दिए गए हैं। और जब बुद्ध का जन्म हुआ, तो दूर हिमालय से एक संन्यासी आया। जो कि प्रतीक्षा कर रहा है और बड़ा चिंतित है कि मैं मर न जाऊं। ऐसा न हो कहीं कि बुद्ध पैदा न हो पाएं और मैं मर जाऊं। और जब वह भिक्षा मांगने आया, तो उसने बुद्ध के पिता को कहा कि घर में नया बच्चा आया है, मैं उसके दर्शन करना चाहता हूं। तो पिता तो बहुत हैरान हुए, क्योंकि वह संन्यासी बहुत ख्यातिनाम था। उसकी बड़ी प्रसिद्धि थी, उसके हजारों भक्त थे। उसकी बड़ी ख्याति थी, उसकी बड़ी कीर्ति थी, वह बड़ा दिव्य पुरुष था। उसने कहा, मैं दर्शन करना चाहता हूं। तो पिता तो बहुत हैरान हुए, लेकिन फिर खुश भी हुए। क्योंकि पत्नी ने भी स्वप्न कहे थे कि ये स्वप्न आए हैं और फिर दूसरे दिन यह संन्यासी उपस्थिति हुआ पहले दिन के बच्चे को देखने के लिए।

और पहले दिन का बच्चा संन्यासी के सामने लाया गया, तो संन्यासी छाती पीटकर रोने लगा। तो बुद्ध के पिता तो बहुत घबड़ा गए। उन्होंने कहा कि क्या कोई अपशकुन है? आप रोते

हैं? संन्यासी ने कहा, तुम्हारे बेटे के लिए कोई अपशकुन नहीं है। रोता हूं अपने लिए कि वह आदमी पैदा हो गया जिसके चरणों में बैठने से कल्पों-कल्पों का आनंद मिल सकता था। लेकिन मेरे तो मरने का वक्त आ गया है और अभी तो इसे देर है कि यह बड़ा हो, प्रकट हो। इतनी देर मैं न रुक सकूंगा। मेरे जाने का क्षण आ गया।

जब जीसस का जन्म हुआ, तो सारी दुनिया में प्रतीक्षा की जा रही थी। विशेषकर सारे मध्य एशिया में प्रतीक्षा की जा रही थी। और सूचना थी कि विशेष रूप से चार तारे प्रकट होंगे जब जीसस का जन्म होगा। और जिन लोगों को भी उस सीक्रेट का पता था...। हिंदुस्तान से भी एक आदमी जीसस के जन्म पर बधाई देने गया था। एक आदमी इजिप्ट से गया था। दो आदमी और दूसरे देशों से गए थे। ये चारों आदमी जब इनको चार तारे दिखाई पड़े आकाश में, जिनको इसकी सूचना थी कि इन चार तारों के साथ जीसस का जन्म होने वाला है, तो ये भागे उस बच्चे की तलाश में कि वह बच्चा कहां है। और पहले से यह प्रतीक सूचित किया गया था कि जो इन तारों को पहचान लेंगे, तारे मार्ग दिखाएंगे। तारे आगे भागते गए और यात्री पीछे गए।

हेरोथ को, जो सम्राट था जीसस के वक्त में...इजिप्ट से जो ज्ञानी उन तारों की खोज में गया था, वह पहले हेरोथ के पास गया और उसने जाकर सम्राट हेरोथ को कहा कि तुम्हें पता नहीं, सम्राट पैदा हो गया! पर हेरोथ तो समझ ही नहीं सकता था कि यह सम्राट का क्या मतलब है। उसने तो समझा कि उसका कोई दुश्मन पैदा हो गया, उसे कोई समाप्त कर देगा। इसलिए उसने जेरूशलम में जितने बच्चे पैदा हुए थे सब कटवा दिए। लेकिन यह खबर मरियम तक पहुंच गई और वह लेकर भाग गई बच्चे को। यह खबर पहले ही पहुंच गई थी, वह पहले ही भाग गई थी। जीसस का जन्म एक अस्तबल में हुआ, जहां घोड़े बंधे थे और गंदगी पड़ी थी और जहां कोई रोशनी नहीं थी। वहां छिपकर एक अस्तबल में जीसस का जन्म हुआ।

जीसस के जन्म की कथा बुद्ध और महावीर के जन्म की कथा से भी एक अर्थ में विशेष है। और वह विशेषता यह है, जैसे तुम पूछ रहे हो कि ऐसे महान पुरुषों को जन्म देना हो तो क्या करना पड़े। जीसस की आत्मा को जन्म लेना था। मां तो उपलब्ध थी, लेकिन बाप उपलब्ध नहीं था। और बड़ी जिच पैदा हो गई थी। मरियम तो इस योग्य थी कि जीसस को जन्म दे सके, लेकिन मरियम का पति इस योग्य नहीं था कि जीसस को जन्म दे सके। इसलिए आज तक कहा जाता है कि जीसस कुंवारी मरियम से पैदा हुए। उसे कहने का कारण है। बाप बेमानी था, वर्जिन से पैदा हुए, कुंवारी से पैदा हुए। उसे कहने का कारण है।

इसलिए एक अशरीरी आत्मा को जीसस के पिता में प्रवेश करना पड़ा, जिसको वे होली घोस्ट कहते हैं। और जीसस के पिता के माध्यम से एक दूसरी आत्मा जीसस के पिता की जगह मौजूद रही। जीसस के पिता मौजूद नहीं थे, शरीर मौजूद था। जैसा मैंने कहा कि शंकर ने किसी शरीर में प्रवेश किया, ऐसे ही एक आत्मा ने जीसस के पिता में प्रवेश किया और जीसस का जन्म हुआ। इसलिए जीसस का पिता कह सका कि मेरा तो कोई हाथ ही नहीं। उसे तो कोई पता भी नहीं है। कब क्या हुआ, उसे कुछ मालूम नहीं। मरियम कुंवारी ही है उसकी दृष्टि में और कुंवारी को बेटा हुआ है। वह बेहोश था पूरा। उसके शरीर का सिर्फ एक माध्यम की तरह उपयोग किया गया है।

लेकिन क्रिश्चियनिटी को यह सूत्र साफ नहीं है। इसलिए क्रिश्चियन पुरोहित बेचारा किसी तरह सिद्ध करता रहता है कि नहीं, वह वर्जिन से पैदा हुए। लेकिन उसे कुछ पता नहीं कि वर्जिन से पैदा होने का मतलब क्या है। वह सिद्ध कर भी नहीं पाता।

और जीसस के खिलाफ पश्चिम में जो सबसे बड़ी बात कही जाती रही है और जिसका उत्तर जीसस को माननेवाला नहीं दे पाया, वह यह है कि कुंवारी लड़की से बेटा पैदा कैसे हो सकता है? यह अवैज्ञानिक है। यह बात ठीक है, कुंवारी लड़की से बेटा पैदा नहीं हो सकता, लेकिन यह बेटा कुंवारी लड़की से इस अर्थ में पैदा हुआ था कि इसका पिता गैर मौजूद था, सिर्फ माध्यम था। इसके पिता का कांशसली पिता होना नहीं था इस घटना में। उसे कुछ भी पता नहीं था, उससे सिर्फ एक इंस्ट्रूमेंट का काम लिया गया है और घटना को जुटाना पड़ा है।

बहुत बार ऐसा हुआ है कि बहुत-सी श्रेष्ठ आत्माएं पैदा होना चाहती हैं, लेकिन श्रेष्ठ गर्भ हम नहीं जुटा पाते। और आज तो बहुत मुश्किल हो गया है, श्रेष्ठ गर्भ जुटाना करीब-करीब असंभव हो गया है। क्योंकि गर्भ का विज्ञान ही खो गया है। आज जिसको हम गर्भाधान कह रहे हैं, वह बिलकुल ही पशुओं जैसा है। उस गर्भाधान में कोई विज्ञान नहीं है। अब जिन्होंने इसका सारा खयाल किया था, उन्होंने सारी बात तय की थी। जैसे, घड़ी और पल-पल का हिसाब रखा था। विशेष घड़ियों में, विशेष क्षणों में...जैसा हमको अंदाज नहीं होता साधारणतः।

आपको शायद पता नहीं होगा कि पूर्णिमा के दिन अधिकतम लोग पागल होते हैं। अमावस के दिन सबसे कम लोग पागल होते हैं। अभी तक विज्ञान साफ नहीं कर पाता कि बात क्या है। जरूर पूरा चांद हमारे भीतर विक्षिप्तता को लाता है। जैसे वह समुद्र में उठाव लाता है, ऐसे ही कुछ हमारी चित्त की वृत्तियों में भी विक्षिप्तता की तरफ उठाव लाता है। अंग्रेजी में एक शब्द है लूनाटिक, उसका मतलब होता है चांदमारा। लूनार यानी चांद, और लूनाटिक यानी चांदमारा। चांद का हमला हुआ है, जो आदमी पागल हो गया है उस पर।

प्रत्येक चौबीस घंटे की प्रत्येक घड़ी और पल का हिसाब है कि प्रत्येक घड़ी और पल के बीच इस पृथ्वी पर किस तरह के प्रभाव उपलब्ध हैं। उन विशेष प्रभावों में अगर गर्भाधान होगा, तो परिणाम बहुत भिन्न होंगे। अगर उन विशेष घड़ियों में गर्भाधान नहीं होगा, तो परिणाम बहुत विपरीत हो सकते हैं। सारा ज्योतिष इसी खयाल से निकला कि कब गर्भाधान हुआ है! वह ठीक घड़ी-पल क्या है! क्योंकि उस घड़ी-पल के प्रभाव कुछ खबर दे सकेंगे। कम से कम मोटी-मोटी सूचनाएं मिल सकेंगी कि उस घड़ी-पल में क्या हो सकता है।

तो घड़ी और पल का भी, समय का बोध। संभोग के पहले ध्यान की सामर्थ्य। संभोग के पूर्व वर्षों का ब्रह्मचर्य—मेरी ब्रह्मचर्य की धारणा का खयाल रखना, दबाया हुआ नहीं, रोका हुआ नहीं; आया हुआ, घटा हुआ—फिर प्रार्थनापूर्ण हृदय से संभोग में गति और पवित्र आत्माओं के लिए आमंत्रण। क्योंकि बहुत आत्माएं उपलब्ध हैं और आत्माओं के बीच भी निरंतर गर्भ में प्रवेश के लिए पूरी होड़ है। उसमें आप अगर विशेष आत्माओं को निमंत्रण दे सकते हैं, तो परिणाम ज्यादा सुस्पष्ट हो जाएंगे। फिर नौ महीने तक उस बच्चे को पेट में एक विशेष मानसिक और आध्यात्मिक वातावरण चाहिए।

जैसे महावीर की मां बहुत विशेष हालतों में रखी गयीं। बुद्ध की मां बहुत विशेष हालतों में रखी गयीं। बुद्ध के जन्म के पहले तो यह भी सूचना थी कि वह खड़ी हुई स्त्री से ही पैदा होंगे। घर के भीतर पैदा नहीं होंगे, घर के बाहर पैदा होंगे। यह अजीब-सी बात थी। तो एक साल वृक्ष के नीचे मायके जाती हुई बुद्ध की मां वृक्ष के नीचे खड़ी हैं और बुद्ध का जन्म हुआ, खुले आकाश के नीचे।

आमतौर से बच्चे अंधेरे में पैदा हो रहे हैं। और आमतौर से संभोग जो है वह अंधेरे कक्षों में, चोरी से, घबड़ाए हुए, अपराधपूर्ण भाव से घटित हो रहा है। उसके परिणाम दुखद होने वाले

हैं। यानी वह कुछ पाप है, कोई अपराध है, जो चोरी-छिपे कहीं घटित हो रहा है, जिसका किसी को पता न चले। उसके लिए मुक्ति, सरलता, पवित्रता अनिवार्य है।

छोटी-छोटी चीजें परिणाम लाएंगी। कमरे के रंग परिणाम लाएंगे, कमरे की आभा परिणाम लाएगी। कमरे की गंध परिणाम लाएगी। उस सबके लिए पूरा का पूरा विज्ञान है। और गर्भाधान के पूरे विज्ञान का प्रयोग किया जाए, तो मनुष्य की संतति को आमूल रूप से रूपांतरित किया जा सकता है। छोटी-छोटी बातें फर्क लाएंगी।

अभी एक वैज्ञानिक छोटा-सा प्रयोग कर रहा है जो आमूल परिवर्तन ला देगा। उसने एक छोटा-सा बेल्ट बनाया है जो कि गर्भवती स्त्री के पेट पर बांध दिया जाएगा। आकस्मिक, कोई बीमार स्त्री के लिए बेल्ट बांधा गया था किसी कारण से, लेकिन बच्चे पर अभूतपूर्व परिणाम हुआ। उस बेल्ट की वजह से बच्चे का जहां सिर था, उस पर दबाव पड़ा और बच्चे का जो बुद्धि-अंक है, आई.क्यू. है, बहुत ज्यादा बढ़ा हुआ पैदा हुआ। उसका बुद्धि-अंक बहुत बढ़ गया। यह आकस्मिक घटना हो गई थी. मस्तिष्क के किसी खास चक्र पर दबाव पड़ गया। फिर तो अब व्यवस्थित रूप से उसने बहुत-से प्रयोग किए हैं। क्योंकि एक तो सहज भी हो सकता है कि वह बच्चा उतनी बुद्धि का पैदा होने वाला था। लेकिन अब उसने सैकड़ों प्रयोग करके सिद्ध किया है कि मां की गर्भ की अवस्था में पेट के विशेष स्थान पर डाले गए दबाव बच्चे की बुद्धि में परिवर्तन ले आते हैं।

तो बहुत-से आसन हैं जो विशेष दबाव के लिए हैं। बहुत-सी श्वास की प्रक्रियाएं हैं जो विशेष दबाव के लिए हैं। बहुत-से शब्दों के उच्चारण हैं जो विशेष दबाव के लिए हैं। वे सब बच्चे की प्रतिभा को, स्वास्थ्य को, उसकी सामर्थ्य को, उसकी संभावनाओं को पूरा का पूरा प्रकट होने में सहयोगी बनते हैं।

अभी तक आदमी और न जाने कितने उपद्रव की चीजें खोज रहा है, लेकिन जो बहुत जरूरी है कि मनुष्य अपना भविष्य खोजे, वह बहुत कम खोज रहा है। लेकिन यह सब एकदम संभव है। और जैसे ही एक बच्चा मां के भीतर प्रवेश करता है, तो उस बच्चे की क्या-क्या संभावनाएं हो सकती हैं, उसका परिदर्शन मां में भी होना शुरू हो जाता है। यह दोहरी प्रक्रिया है। अगर मां क्रोध करती है इन दिनों में, तो बच्चा क्रोधी होगा। और अगर एक क्रोधी आत्मा भीतर आई हो, तो मां जो कभी क्रोध नहीं करती थी, क्रोध करती मालूम पड़ने लगेगी। यह भी बहुत सूचक है। और इस सूचना को देखकर भी प्रयोग किए जा सकते हैं कि उस बच्चे के क्रोध को अभी से बीज से बदला जाए।

आज भी पृथ्वी पर बहुत-सी आत्माएं जन्म ले सकती हैं जो अजन्मी हैं। बड़ी अजीब हालत हो गई है। कुछ ऐसी हालत हो गई है जैसे कोई युनिवर्सिटी हो और वह कुछ लोगों को बी.ए. तक पढ़ा कर छोड़ देती हो और फिर एम.ए. का कोई कोर्स न हो उस युनिवर्सिटी में और रिसर्च करने के लिए कोई सुविधा न हो। और बहुत से बी.ए. हो गए विद्यार्थी घूमते हों कि कहां वे एम.ए. करें, कहां वे रिसर्च करें।

यह हमारी पृथ्वी एक सीमा तक कुछ लोगों की प्रतिभा और आत्मा को विकसित करके छोड़ देती है और उसके बाद के लिए हमारे पास कोई इंतजाम नहीं है। उसके बाद के लिए इंतजाम सुनियोजित रूप से जुटाया जा सकता है। बिलकुल ऐसी संभावनाएं और स्थितियां पैदा की जा सकती हैं जिनमें श्रेष्ठतम आत्माएं प्रवेश पा सकें। दो-चार बुनियादी शब्द दोहरा दूं।

पहली बात, यौन के संबंध में हमारा दृष्टिकोण रुग्ण, बीमार और खतरनाक है। यौन की

पवित्रता जब तक स्वीकृत नहीं होगी पृथ्वी पर, तब तक हम बहुत नुकसान पहुंचाते रहेंगे। यौन के पूर्व जब तक ध्यान संयुक्त नहीं होगा, तब तक यौन पाशविक रहेगा, मानवीय नहीं बन सकता। और संभोग के पूर्व जब तक लंबा ब्रह्मचर्य न होगा, तब तक शक्तिशाली वीर्याणु निर्मित नहीं होता, इसलिए शक्तिशाली आत्माओं को जन्म नहीं दिया जा सकता।

एक आखिरी प्रश्न और पूछ लें।

भगवान श्री, आपने एक बार कहा है कि पचास साल के भीतर पृथ्वी पर यदि कृष्ण, क्राइस्ट, बुद्ध और महावीर जैसे लोग न हुए, तो सारी मनुष्यता मृत हो सकती है। और विवेकानंद की तरह यह भी कहा कि मैं सौ व्यक्तियों की खोज में हूं जो साहसपूर्वक प्रयोग कर आत्मा की उच्चतम ऊंचाइयों पर जा सकें, तो इस मुल्क को और पूरी मनुष्यता को बचाना संभव हो सकेगा। और इसके लिए मैं गांव-गांव जाकर खोजता हूं ऐसी आंखों को जो ज्योति बन सकती हैं। मैं तो पूरा श्रम करने को तैयार हूं। मेरी तरफ से पूरी तैयारी है भीतर ले जाने की। देखना है कि मरते वक्त मैं भी कहीं यह न कहूं कि सौ आदमी खोजता था, वे मुझे नहीं मिले। तुम्हारी तैयारी है, तो आ जाओ।

कृपया 'मेरी तैयारी' और 'तुम्हारी तैयारी' का अर्थ स्पष्ट करें। क्या-क्या तैयारियां करनी चाहिए? कैसी करनी है तैयारी? कृपया इसे समझाएं।

तुम्हारी ही तैयारी का अर्थ समझाऊं, क्योंकि मेरी तैयारी मुझे करनी है। उससे तो तुम्हें कोई प्रयोजन नहीं। और मुझे कोई तैयारी नहीं करनी है, तैयारी है! तुम्हारी तैयारी क्या है? तीन बातें हैं।

एक तो हजारों साल ने हमें विश्वासी बना दिया है, खोजी नहीं। एक बिलीविंग माइंड पैदा हो गया, एक इंक्वायरिंग माइंड नहीं। तो हम विश्वास कर लेते हैं, लेकिन खोजते नहीं हैं। और इस जगत में जो भी महत्वपूर्ण है मिलने को, वह बिना खोजे कभी भी नहीं मिलता है। और सब मिल भी जाए, कम से कम स्वयं का होना तो बिना खोजे नहीं मिलता। तो एक तो जिज्ञासा से भरा हुआ चित्त चाहिए। जिज्ञासा से भरा हुआ चित्त पहली तैयारी है।

शायद तुम कहोगे कि जिज्ञासा है। हम पूछते हैं, सवाल पूछते हैं। लेकिन ध्यान रहे ऐसी जिज्ञासाएं हैं जो सिर्फ उत्तर की तलाश में हैं। इनको मैं जिज्ञासा नहीं कहता हूं। जिज्ञासा ऐसी चाहिए जो सिर्फ उत्तर की तलाश में नहीं है, जो अनुभव की तलाश में है। उत्तर तो कोई दूसरा दे देगा, अनुभव तो कोई दूसरा नहीं दे सकता। तो लोग हैं, जो पूछते हुए मालूम पड़ते हैं—और ऐसा लगता है कि उनका पूछना धार्मिक है—पूछते हुए मालूम पड़ते हैं कि ईश्वर है या नहीं? मोक्ष है या नहीं? लेकिन ऐसा लगता है कि वे उत्तर खोज रहे हैं। कोई उन्हें उत्तर दे दे। और अगर उत्तर की कोई खोज में है, तो आज नहीं कल विश्वास कर लेगा। क्योंकि उत्तर खोजने वाला ज्यादा कठिनाई उठाने के लिए तैयार नहीं है। वह कहता है, कोई मिल जाए, जिसमें मैं विश्वास कर लूं, तो बस मुझे उत्तर मिल जाए, मैं तृप्त हो जाऊं।

मेरे पास कोई भी उत्तर नहीं है किसी को देने को। और उत्तर में मेरी उत्सुकता नहीं है। और अगर मैं थोड़े-बहुत उत्तर की भाषा में बोलता भी हूं, तो वह इसीलिए कि कहीं उत्तर को खोजने वाले बिलकुल भाग ही न जाएं। थोड़ी देर रुके रहें। उनको थोड़ी देर रोक लूं, ताकि शायद उनके प्रश्न की और उत्तर पाने की आकांक्षा को तोड़कर उनमें अनुभव पाने की आकांक्षा का बीज भी जगाया जा सके।

लोग तो हैं जो पूछते हैं, लेकिन ऐसे लोग नहीं हैं जो जानना चाहते हैं। उत्तर बड़ी सस्ती चीज है। किताबों में मिल जाता है। गुरुओं के पास लिखा हुआ है। उत्तर बिलकुल बौद्धिक बात है। पूरे जीवन से, टोटल लिविंग से उसका कोई वास्ता नहीं है। अनुभव की तलाश, अनुभव की जिज्ञासा

चाहिए। उदाहरण के लिए मैं तुम्हें एक घटना बताऊं।

तिब्बत में एक फकीर हुआ मिलारेपा। जब मिलारेपा अपने गुरु के पास गया, तो नियम था तिब्बत में कि पहले गुरु की तीन परिक्रमा करो, फिर सात बार झुककर नमस्कार करो, फिर शिष्टतापूर्वक एक कोने में बैठो और जब समय आए और गुरु पूछे कि क्या पूछना है, तब पूछो। जब मिलारेपा अपने गुरु के पास गया, तो जाकर उसने सीधे गुरु की गरदन पकड़ ली—न तो तीन चक्कर लगाए, न सात बार झुका, न शिष्टतापूर्वक किसी कोने में बैठा—उसने जाकर गुरु की गरदन पकड़ ली और कहा कि जल्दी बोलो, क्या तुम्हें बोलना है? क्योंकि मुझे तो यह भी पता नहीं है कि मैं क्या पूछूं! कहा कि मुझे तो यह भी पता नहीं है कि मैं क्या पूछूं, लेकिन इतना मुझे पता है कि मुझे कुछ भी पता नहीं है। तुम्हें कुछ बोलना हो, तो बोलो। तो गुरु ने कहा कि थोड़ी शिष्टता का व्यवहार करो। तुम्हें भलीभांति मालूम होगा कि तीन परिक्रमाएं करो, सात बार सिर झुकाओ, कोने में शिष्टतापूर्वक बैठकर पूछो। उसने कहा, वह मैं पीछे करूंगा। अगर मैं सात बार झुकने में और तीन बार चक्कर लगाने में और शिष्टतापूर्वक बैठने में मर गया, तो कौन जिम्मेवार होगा? अगर मैं मर गया, तो तुम जिम्मेवार रहोगे कि मैं जिम्मेवार रहूंगा? अगर तुम वायदा करते हो कि इस बीच मैं नहीं मरूंगा, तो मैं सात नहीं, सात सौ चक्कर लगा सकता हूं। पहले उत्तर दे दो, फिर फुर्सत से यह काम कर लेंगे, शिष्टता पीछे भी निभाई जा सकती है। उसके गुरु ने कहा कि बैठो। तुम ऐसे आदमी आए जिसको उत्तर की खोज नहीं, अनुभव की खोज है। और अच्छा हुआ कि तुमने चक्कर नहीं लगाए। क्योंकि वह चक्कर हमने उन्हीं के लिए रखे हैं, जो लगा सकते हैं। वह उन्हीं के लिए इंतजाम है। जब वे लगाते हैं तभी हम समझ जाते हैं कि बेकार आदमी आ गया, जिसके पास चक्कर लगाने की फुर्सत है।

तो पहला तत्व जो मैं अपेक्षा करता हूं वह है जिज्ञासा अनुभव की—उत्तर की नहीं, फिलासफी की नहीं, दर्शन की नहीं—प्राणों की। सिर्फ जानने की नहीं, पाने की। सिर्फ पाने की भी नहीं, होने की। तो यह तो पहली बात है।

दूसरी बात, जब हम कुछ पाने चले हैं, जब भी हम कुछ पाने को निकलते हैं, तब हमें कुछ खोना पड़ता है। इस जगत में बिना खोए कुछ भी नहीं मिलता है। लेकिन धन खोने से सत्य नहीं मिलेगा, कितना ही धन खो दो। न तो धन के होने से सत्य खरीदा जा सकता है न धन के खोने से खरीदा जा सकता है। कुछ लोग हैं, जो समझते हैं, धन बहुत होगा तो खरीद लेंगे। कुछ लोग हैं, जो समझते हैं, धन का त्याग कर देंगे तो मिल जाएगा। लेकिन दोनों ही सोचते हैं कि धन से खरीद लेंगे। धन से सत्य नहीं मिल सकता। असल में हमारे पास क्या है उसे खोने से सत्य नहीं मिल सकता, जब तक कि हम अपने को खोने को तैयार न हों—हैविंग को खोने से नहीं, बीइंग को खोने से मिल सकता है। क्या हमारे पास है, उसको खोने से नहीं मिलेगा। क्या हम हैं, उसको खोने की हिम्मत चाहिए।

तो दूसरा तत्व है कि क्या हम अपने को खोने को, देने को तैयार हैं? और ऐसा नहीं है कि देना पड़ता है, क्योंकि सत्य आपको किसलिए मांगेगा! सिर्फ देने की तैयारी काफी होती है। सिर्फ तैयारी, देना बन जाती है। आप तैयार हैं कि बात खतम हो जाती है। पर आपकी तैयारी पूरी होनी चाहिए कि हम अपने को खो सकें। और जो अपने को नहीं खो सकता है, वह इस महायात्रा पर नहीं निकल सकता।

दूसरा तत्व...हम और कुछ खोने को सदा तैयार हैं। एक आदमी कहता है कि मैं घर छोड़ दूंगा, एक आदमी कहता है कि मैं मां-बाप को छोड़ दूंगा, पत्नी छोड़ दूंगा, बेटा छोड़ दूंगा, धन

छोड़ दूंगा, लेकिन कोई आदमी आकर यह नहीं कहता कि मैं अपने को छोड़ दूंगा। और जब तक कोई नहीं आकर कहता है कि मैं अपने को छोड़ दूंगा, तब तक सत्य के जगत में कोई गति नहीं है। क्योंकि क्या पत्नी आपकी है जिसको आप छोड़ रहे हैं? कोई पति नहीं कह सकता कि पत्नी मेरी है। चौबीस घंटे में चौबीस बार पता चलता है कि मेरी नहीं है। जो मेरा नहीं है, उसे हम छोड़ रहे हैं, हम धोखा दे रहे हैं। किसको धोखा दे रहे हैं? धन आपका है? जो आप कहते हैं, हम छोड़ देंगे। आपके सिवाय आपके पास और है क्या? तो जो है, उसे तो छोड़ने की बात नहीं करते, जो है ही नहीं, उसे छोड़ने की बात करते हैं। उससे नहीं कुछ हो सकता।

दूसरी अपेक्षा है, स्वयं को छोड़ने का साहस। और तीसरी अपेक्षा, तीसरी तैयारी है—प्रतीक्षा, अनंत प्रतीक्षा और धैर्य। असल में यह यात्रा ऐसी है कि यहां जो कोई कहे कि अभी चाहिए, वह जरा बचकानी बात कर रहा है। ऐसा नहीं है कि अभी नहीं मिल सकता। अभी मिल सकता है, लेकिन वह उसी को मिलता है जो अभी नहीं मांगता, जो कहता है कभी मिले, हम राजी हैं। अभी भी मिल जाता है, लेकिन उसको, जो कहता है कभी भी मिला तो हम प्रतीक्षा के लिए राजी हैं। धैर्य चाहिए। और धैर्य बिलकुल नहीं रह गया है।

दुनिया में धर्म के कम होने का और कोई कारण नहीं है, धैर्य का कम हो जाना है। क्योंकि धैर्य धर्म की आधारभूत जड़ है। सिर्फ धैर्यवान ही धार्मिक हो सकता है। क्योंकि इस जगत में और सब चीजें नगद हैं। धर्म बिलकुल ही दिखाई नहीं पड़ता, हाथ से स्पर्श में नहीं आता, तिजोरी में बंद नहीं किया जा सकता, बैंक-बैलेंस में नहीं रखा जा सकता, कोई सेफ डिपाजिट में बंद करके ताला लगाकर घर में आराम से सोया नहीं जा सकता। धर्म एकमात्र ऐसी चीज है कि जिसके पास धैर्य हो, वही उसकी खोज के लिए राजी हो सकता है।

और धर्म के साथ बड़ी कठिनाई यह है कि वह टुकड़ों में नहीं मिलता है कि अभी एक इंच मिल गया, कल दो इंच मिल गया, तो थोड़ी आशा बंधी रहती है। अधैर्यवान को भी बंधी रहती है कि कोई फिक्र नहीं, आज एक रुपया मिला, तो कल दो भी मिल सकते हैं। कल दो मिले, तो परसों चार भी मिल सकते हैं। जब चार मिलते हैं, तो अरब भी मिल सकते हैं। नहीं, धर्म या तो मिलता है तो मिलता है, नहीं मिलता है तो नहीं मिलता है। दोनों के बीच कोई बंटवारा नहीं होता। जिस दिन मिलता है, एकदम मिल जाता है, विस्फोट हो जाता है उसका। और जब तक नहीं मिला, तब तक कुछ भी नहीं होता। घनघोर अंधकार ही बना रहता है।

उस अंधकार के क्षण में जिनके पास धैर्य नहीं है, वे कुछ और खोजने लगते हैं जो अभी मिल सकता है। वे कंकड़-पत्थर बीनने लगते हैं, जो अभी मिल सकते हैं, यहीं पड़े हैं। धन खोजने लगते हैं, यश खोजने लगते हैं, जो मिल सकता है, जिसकी ज्यादा दूरी नहीं मालूम पड़ती, यह रहा...। और एक सुविधा है जगत की सब चीजों में कि आप उनको फ्रैगमेंट्स में, इंसटालमेंट्स में, हिस्सों में पा सकते हैं। धर्म को आप इंसटालमेंट्स में नहीं पा सकते।

तो प्रतीक्षा तीसरा तत्व है—अनंत प्रतीक्षा, इनफिनिट पेसेंस, अवेटिंग। कठिन है बहुत, क्योंकि हमारा मन कहता है कि पता नहीं, मिलेगा कि नहीं मिलेगा। पता नहीं, हम व्यर्थ तो नहीं बैठे हैं। पता नहीं, अब तो काफी देर हो गई, अब उठ जाएं। पता नहीं, इतनी देर में हम और क्या कमा लेते, इतनी देर में और क्या कर लेते। वह चूक गया और यहां कुछ मिला नहीं। ऐसा जो अधैर्य से भरा हुआ चित्त है, यह थिर ही नहीं हो पाता। असल में अधैर्य के साथ शांति का कोई संबंध नहीं है। अधैर्य के साथ संतुलन का कोई संबंध नहीं है। अधैर्य का अर्थ है अशांति, अधैर्य का अर्थ है चहल-पहल। अधैर्य का अर्थ है चंचलता, अधैर्य का अर्थ है भाग-दौड़। तो ऐसा चित्त चूक जाएगा।

धैर्य का अर्थ है जैसे सागर ठहर गया है, एक लहर भी नहीं है, दर्पण बन गया है। और मजा यह है कि चांद तो सदा ऊपर है, अगर सागर जरा दर्पण बन जाए तो अभी पकड़ ले। लेकिन सागर है लहरों से भरा, तो चांद को नहीं पकड़ पाता। सत्य तो सदा मौजूद है, परमात्मा चारों तरफ निकट है, अभी और यहीं।

लेकिन हमारा वह जो अधैर्य से भरा हुआ चित्त है—डावांडोल, डोलता हुआ, कांपता हुआ, वेवरिंग, उसमें कोई पकड़ नहीं बैठ पाती। उसमें प्रतिफलन नहीं बन पाता, वह दर्पण नहीं बन पाता। प्रतीक्षा बना देती है दर्पण चेतना को। और जिस दिन हम दर्पण बन जाते हैं, उसी दिन सब मिल जाता है। क्योंकि सब तो सदा ही मौजूद था, सिर्फ हम मौजूद नहीं थे। दर्पण होकर हम मौजूद हो जाते हैं। और जैसे ही हम दर्पण बने, तो जो मौजूद है वह दिखाई पड़ जाता है।

ये तीन शर्तें आप पूरी करें। ये तीन शर्तें पूरी हों तो बात पूरी हो गई। बाकी जो होना है, वह तो बड़ी सरलता से हो जाएगा। असल में कठिनाई कुछ ऐसी है कि मैं पानी लिये आपके सामने खड़ा हूं और आपसे कह रहा हूं कि जरा आप हाथ दोनों बांध लें कि मैं पानी डालूं तो आपके हाथ में चुल्लू बन सके। आप दोनों हाथ खोले हुए खड़े हैं। थोड़े हाथ बंध जाएं, थोड़े आप ठहर जाएं, खड़े हो जाएं बंधकर एक क्षण को भी, तो वह डाला जा सकता है। और कोई मैं उसे डाल रहा हूं, ऐसी भ्रांति में न पड़ें। जैसे ही आपका हाथ बंध जाता है, वह उतर आता है। मैं भी उसका एक गवाह ही हो सकता हूं, इससे ज्यादा कुछ नहीं हो सकता। एक साक्षी हो सकता हूं, गवाही दे सकता हूं कि हां, ठीक है, इस आदमी ने हाथ बांधे और घटना घट गई।

सच में इनीसिएशन का इतना ही अर्थ है, दीक्षा का इतना ही अर्थ है। आदमी कैसे किसी दूसरे आदमी को दीक्षा देगा? दीक्षा तो सदा परमात्मा से ही मिलती है। हां, इतना ही हो सकता है कि जो थोड़ा आगे गया है, वह गवाह बन सकता है। वह कह सकता है कि हां, ठीक है, हाथ ठीक से बंध गए हैं, दीक्षा हो जाएगी।

मेरी तरफ किसी खास तैयारी की जरूरत नहीं है। तुम्हारी तैयारी पूरी है, तो मैं गवाह बन सकता हूं। और तुम्हारी तैयारी के तीन सूत्र मैंने कहे। इनको सोचो मत, इनको जीने की कोशिश से ये तीनों सूत्र तत्काल पकड़ लिये जा सकते हैं। सोचा तो खोया, सोचा कि चूके। जरा-सा विचार और हम चूक जाते हैं। सोचो मत। इन तीन सूत्रों को समझ लो कि उत्तर की तलाश तो नहीं है भीतर। अनुभव की तलाश पर ध्यान दो कि मैं सिर्फ कोई बौद्धिक सिद्धांत खोजने तो नहीं निकला हूं कि परमात्मा ने दुनिया बनाई या नहीं बनाई! बनाई भी हो तो क्या फर्क पड़ता है, नहीं भी बनाई हो तो क्या फर्क पड़ता है। मैं सच में कोई अनुभव खोजने निकला हूं? इसको साफ कर लो अपने भीतर।

अच्छा होगा, अगर अनुभव खोजने न निकले हो, तो यह भी साफ हो जाना अच्छा होगा कि मुझे सिर्फ उत्तर की ही खोज है, तब भी एक बात साफ होगी और एक आनेस्टी पैदा होगी। तब कम से कम अनुभव की झंझट में हम नहीं पड़ेंगे, उत्तरों को समझ लेंगे, मामला खतम करेंगे।

और ध्यान रहे, जिसको यह भी पता चल जाए कि मैं सिर्फ उत्तर की खोज में निकला हूं, उसको फौरन यह पता चल जाएगा कि मैं बेकार की खोज में निकला हूं। शब्दों में दिए गए उत्तर का करूंगा क्या? शब्दों से न पेट भरता है, न भूख मिटती है, न प्यास बुझती है। शब्दों से कुछ भी नहीं होता। नदी पार करनी है तो नाव चाहिए, शब्दकोश की नाव काम नहीं करेगी। और अगर किताब लेकर नदी के किनारे पहुंच गए, जिसमें लिखा है, नाव और नाव यानी नदी को पार करने वाली चीज, तो किताब भी डूबेगी, आप भी डूबेंगे और नदी हंसेगी कि कैसा पागल आदमी है। अगर किताब की नाव से ही पार करना था, तो किताब की नदी में ही कर लेना था। असली नदी में

किताब की नाव लेकर नहीं आना चाहिए। तो किताब में नाव भी बना ली होती और किताब में नदी भी बना ली होती, तो काम चल जाता।

तो अगर उत्तर की ही खोज है, तो फिर किताब ही काफी है। फिर जिंदगी में कुछ करने की कोई जरूरत नहीं है। मगर यह अगर साफ हो जाए, तो आज नहीं कल किताब से ऊब पैदा हो जाएगी, आज नहीं कल शब्द बेकार मालूम पड़ने लगेगा, सब सिद्धांत कचरा मालूम पड़ने लगेंगे, सब शास्त्र उतारने जैसे लगने लगेंगे कि अब इनको कंधों से नीचे उतारो, और अनुभव की खोज शुरू हो जाएगी। लेकिन ईमानदारी से अपने भीतर साफ कर लेना जरूरी है कि मैं क्या खोज रहा हूं। यह कोई कौतूहल है या जिज्ञासा है? यह सिर्फ जिज्ञासा है या मुमुक्षा है? मुमुक्षा का मतलब, अनुभव की जिज्ञासा।

दूसरी बात कि मैं क्या देने को तैयार हूं। यह अपने भीतर निर्णय करने की बात है। अगर परमात्मा आज सामने खड़ा हो जाए और मुझसे मांगे कि तू क्या-क्या दे सकता है मेरे बदले में, मैं तुझे खुद देने को तैयार हूं। परमात्मा कहे कि मैं तैयार हूं तेरे पास आने को, तू मुझे क्या देने को तैयार है? आप अपने खीसे में से रुपए निकालकर गिनेंगे! अधिक लोग गिनेंगे। सोचेंगे, पांच का दें, दस का दें! या आप क्या देना चाहेंगे? क्या ऐसे क्षण में आप अपने को दे सकेंगे और परमात्मा को कह सकेंगे, मेरे पास मेरे सिवाय और क्या है?

अगर यह आपको साफ हो जाए, तो दूसरा सूत्र आपकी जिंदगी को बदलने वाला हो जाएगा कि मैं अपने को देने को तैयार हूं। यह सिर्फ आपकी सफाई होनी चाहिए, बस काफी है। आपको यह साफ हो जाना चाहिए कि वक्त आए तो मैं अपने को दे सकता हूं। इसमें मैं चूक न जाऊंगा। यह न कहूंगा कि थोड़ी देर ठहरो। मैं घर पूछ आऊं, कि मैं जरा मित्रों से बात कर लूं, कि अभी कैसे दे सकता हूं। अभी दो-चार दिन और रुक जाएं। लड़के की शादी हो जाने दें। यह स्पष्ट हो जाए कि मैं अपने को दांव पर लगा सकता हूं!

धर्म से बड़ा कोई जुआ नहीं है। बाकी सब जुए बड़े छोटे हैं। कुछ आप लगाते हैं और हारते हैं, कुछ लगाते हैं, कुछ जीतते हैं। आप सदा बाहर रहते हैं। धर्म के दांव पर आप ही लग जाते हैं। और हार-जीत नहीं होती, क्योंकि जब आप ही लग गए, तो कौन हारेगा, कौन जीतेगा! दांव पर आप हैं। अब कोई जीत-हार का उपाय नहीं है। अब तो गए। तो यह साफ कर लें।

और तीसरा यह साफ कर लें कि इतनी अनंत की खोज पर जब हम निकले हों, तो इसमें बच्चों जैसा अधैर्य काम नहीं करेगा। इसमें अनंत धैर्य चाहिए। और जो अनंत धैर्य के लिए राजी है, उसे अभी मिल जाता है, यहीं मिल जाता है।

इन तीन बातों को थोड़ा मन में साफ करें, तो तैयारी होती चली जाएगी।

पंद्रहवां प्रवचन

संकल्प से साक्षी और साक्षी से आगे तथाता की परम उपलब्धि

भगवान श्री, आपने कहा है कि यदि कोई साधक तीव्र संकल्प के साथ यह प्रयोग करे कि मैं मरना चाहता हूं, मैं अपने केंद्र पर वापस लौटना चाहता हूं, तो कुछ ही दिनों में उसके प्राण भीतर सिकुड़ने लगेंगे और साधक पहले भीतर से, बाद में बाहर से अपने ही शरीर को मरा हुआ पड़ा देख सकता है, तब उसका मृत्यु का भय सदा के लिए मिट जाता है। तो प्रश्न है कि क्या इस स्थिति में पुनः शरीर में सुरक्षापूर्वक वापस लौट सकें इसके लिए किसी विशेष तैयारी और सावधानी की आवश्यकता है? या वापस लौटना अपने आप हो जाता है? कृपया इस पर प्रकाश डालें।

मनुष्य का जीवन बहुत अर्थों में उसके मन का ही जीवन है। जिसे हम शारीरिक घटना समझते हैं, वह भी गहरे में मानसिक घटना ही होती है। शरीर पर जो भी प्रकट होता है, उसका जन्म भी मन में ही होता है। इस संबंध में दो-चार बातें समझ लें, तो फिर जो प्रश्न पूछा है उसे समझना आसान होगा।

आज से पचास साल पहले तक सारी बीमारियां शारीरिक बीमारियां थीं। इन पचास सालों में बीमारी के संबंध में जितनी समझ बढ़ी है, उतना ही बीमारी का अनुपात शारीरिक कम होता गया और मानसिक ज्यादा होता गया। आज तो बड़े से बड़ा शरीरवादी भी यह स्वीकार करने को राजी है कि पचास प्रतिशत से ज्यादा बीमारियां मानसिक हैं। जो बीमारियां शारीरिक हैं, वे भी आधे से ज्यादा मन से ही प्रभावित होती हैं। मन ही हमारे व्यक्तित्व का आधार-बिंदु है। वहीं से हम जीते हैं, वहीं से हम बीमार पड़ते हैं, वहीं से हम मरते हैं। इसलिए संकल्प का बड़ा मूल्य है।

सम्मोहन का प्रयोग अगर आपने कभी देखा हो, तो सम्मोहन की दो-तीन छोटी-सी बातें इस संबंध में खयाल ले लेने जैसी हैं। अगर एक सम्मोहित व्यक्ति को जो मूर्च्छित है...। और सम्मोहित व्यक्ति का अर्थ इतना ही होता है कि जिसका चेतन मन सो गया है और जिसका अचेतन मन जाग गया है। जिसका चेतन मन सो जाता है, वह संदेह करना बंद कर देता है, क्योंकि समस्त संदेह चेतन मन तक ही होते हैं। और हमारे मन के अगर हम दस खंड करें, तो एक खंड चेतन है और नौ खंड अचेतन हैं। हमारे मन के नौ हिस्से तो अंधेरे में अचेतन में हैं और एक सिर्फ छोटा-सा हिस्सा जागा है, चेतन है। यह चेतन मन ही संदेह करता है, विचार करता है, सोचता है। अगर यह चेतन मन सो जाए, तो फिर नीचे जो नौ खंड मन के रह जाते हैं, वे सिर्फ स्वीकार करते हैं। वहां कोई संदेह नहीं है।

तो सम्मोहित अवस्था का अर्थ है कि आपका संदेह करनेवाला मन सुला दिया गया और अब आपका निःसंदिग्ध रूप से भाव करने वाला मन ही शेष रह गया। फिर हम इस सम्मोहित व्यक्ति के हाथ पर अगर कंकड़ रख दें और कहें कि हमने एक अंगारा रखा है, तो वह व्यक्ति चीख मारकर चिल्लाएगा। वह चीख ठीक वैसी ही होगी जैसे अंगारा रखने पर निकलती है। और हाथ से कंकड़ को वह ऐसे ही फेंक देगा, जैसे आपने उसके हाथ पर अंगारा रखा होता तो फेंकता। लेकिन यहां तक बात चल सकती है। उसके मन को खयाल हो गया। लेकिन आश्चर्य तो तब होता है जब उसका हाथ फफोला भी उठा देता है। उसके हाथ पर फफोला भी आ जाता है जैसा कि अंगारा रखने पर आया होता। रखा था आपने साधारण कंकड़, लेकिन उसके मन ने परिपूर्ण रूप से स्वीकार किया कि यह अंगारा है। तो शरीर के पास मन को इनकार करने का कोई उपाय नहीं है।

इस बात को ध्यान में ले लें। शरीर के पास मन को इनकार करने का कोई भी उपाय नहीं है। अगर मन ने किसी चीज को पूरी तरह स्वीकार कर लिया, तो शरीर को अनुगमन करना ही पड़ेगा। इससे उलटा भी हो जाता है। वह इससे भी ज्यादा चमत्कारपूर्ण है कि हाथ पर आप अंगारा रखें

और कहें कि ठंडा कंकड़ रखा है, तो वह आदमी अंगारे को पकड़े बैठा रहेगा और उसका हाथ अंगारे की वजह से फफोला नहीं उठाएगा। क्योंकि मन की स्वीकृति के बिना शरीर कुछ भी करने में असमर्थ है।

इसीलिए फकीर हैं जो नंगे पैरों से अंगारों पर नाच पाते हैं। उसमें कुछ चमत्कार नहीं है। मन के विज्ञान का छोटा-सा प्रयोग है। और अगर दस फकीर भरे हुए अंगारों के अलाव पर नाच रहे हैं, तो वे यह भी कह देते हैं कि किसी और को नाचना हो, तो वह भी आकर नाच ले। इसलिए धोखाधड़ी का उपाय नहीं है। आप भी नाच सकते हैं। लेकिन आप भी तभी नाचेंगे जब दस आदमियों को नाचते देखकर आपको पक्का भरोसा आ जाए कि वे जल नहीं रहे हैं। और जब आपको यह भरोसा आ गया कि दस नहीं जल रहे हैं तो मैं क्यों जलूंगा, बस आप भी उसी हालत में पहुंच गए, जिसमें सम्मोहित आदमी पहुंचता है। अब आपका एक हिस्सा मन संदेह नहीं कर रहा है, नौ हिस्सा मन विश्वास कर रहा है। अब आप कूद जाएं, आपके पैर भी नहीं जलेंगे। और जिसको थोड़ा-सा संदेह है, वह कूदेगा नहीं। जिसको संदेह नहीं है, वह कूद जाएगा। आग भी न जलाए, अगर मन स्वीकार करने को राजी नहीं है; और ठंडक भी जला दे, अगर मन जलने के लिए तैयार है।

सम्मोहन के प्रयोग मन के संबंध में बड़े गहरे सत्यों को प्रकट करते हैं। एक लड़की पर कुछ दिनों तक मैं प्रयोग कर रहा था। उसके घर ही ठहरा हुआ था। जब वह सम्मोहित थी, तो मैंने उससे कहा कि कमरे में तुम्हारी मां नहीं है। उसकी मां सामने ही बैठी हुई है और कोई आठ लोग बैठे हुए हैं। सब मिलाकर हम दस लोग उस कमरे में हैं। वह लड़की, मैं, और आठ लोग। दस लोग उस कमरे में हैं। मैंने उस लड़की से कहा कि तेरी मां इस कमरे के बाहर चली गई। अब तू आंख खोल और गिनती कर। उसने आंख खोली और गिनती की। गिनती उसने नौ तक की। क्योंकि मां जो सामने बैठी थी वह तो थी नहीं उसके लिए। मैंने उससे बहुत कहा कि सामने के सोफे पर कौन है, तो उसने कहा, आप भी कैसी बातें करते हैं। सोफा खाली है। उसकी मां ने उसको सोफे से आवाज दी, उस लड़की का नाम लेकर। उसने उस सोफे को छोड़कर पूरे कमरे में देखा कि मां की आवाज कहां से आ रही है। उस सोफे पर उसकी मां नहीं है।

फिर उसे दोबारा आंख बंद करने को कहा—और उसके पिता उस कमरे में मौजूद नहीं थे—और उससे कहा, अब तुम्हारे पिता आ गए हैं और सामने की कुर्सी पर आकर बैठे हुए हैं। आंख खोलो। उसने आंख खोली और उससे कहा, अब गिनती करो। उसने गिनती अब दस तक की। मां जो मौजूद थी उस कुर्सी पर, वह मौजूद नहीं है। उससे पूछा कि इस कुर्सी को तू पहले खाली कह रही थी, लेकिन अब गिनती क्यों कर रही है? उसने कहा कि पिता जी आकर बैठ गए हैं। पिता वहां नहीं हैं, लेकिन उसका मन अगर पूरी तरह स्वीकार कर ले, तो घटना घट जाएगी।

मन के संकल्प की बड़ी अदभुत संभावनाएं हैं। जो लोग जिंदगी में हारते हैं, उसमें परिस्थितियां कम होती हैं, उनके मन के हारने की स्वीकृति ज्यादा होती है। जो लोग जिंदगी में असफल ही होते चले जाते हैं, उनकी असफलता में संसार बहुत कम हाथ बंटाता है, सौ में से नब्बे हिस्से वे खुद ही जिम्मेवार होते हैं। और जब कोई आदमी नब्बे प्रतिशत हारने को तैयार है, तो दस प्रतिशत संसार उसका साथ न दे, तो ज्यादती होगी। दस प्रतिशत संसार उसका साथ देता है। इस दुनिया में जो लोग जीतते चले जाते हैं, उनका भी नियम वही है। जो लोग हारते चले जाते हैं, उनका भी नियम वही है। जो लोग स्वस्थ हैं, उनका भी नियम वही है। जो लोग बीमार हैं, उनका भी नियम वही है। इस जिंदगी में जो शांत हैं, उनका भी नियम वही है। जो अशांत हैं, उनका भी नियम वही

है। आप क्या होना चाहते हैं, बहुत गहरे में वही हो जाते हैं। विचार वस्तुएं बन जाती हैं, विचार घटनाएं बन जाती हैं, विचार व्यक्तित्व बन जाता है। तो हम जहां जीते हैं, जैसे जीते हैं, उस जीने में हम ही बहुत गहरे में आधारभूत हैं। सारी बुनियादें हम रखते हैं। यह सत्य खयाल में आ जाए, तो जो पूछा है वह खयाल में आ सकता है।

मैंने कहा है कि व्यक्ति तब तक मृत्यु के भय से मुक्त नहीं हो सकता जब तक वह स्वेच्छा से मृत्यु में प्रवेश न कर जाए, वालेंटरी। एक बार मृत्यु आएगी, लेकिन तब वह वालेंटरी नहीं होगी, स्वेच्छा से नहीं होगी, तब वह आएगी और आपको मजबूरी में प्रवेश करना पड़ेगा। और जिस स्थान पर आपको मजबूरी से जाना पड़ रहा है, वहां अगर आप जाते वक्त आंख बंद कर लें और बेहोश हो जाएं, तो आश्चर्य नहीं है। जहां आप घसीटे जा रहे हैं, वहां आप होशपूर्वक नहीं जा सकते। लेकिन यह अनिवार्यता का बंधन आवश्यक नहीं है। व्यक्ति जीते जी स्वेच्छा से मरकर देख सकता है। यह मृत्यु बहुत अदभुत है। साधारण जो मृत्यु होती है उससे बहुत ज्यादा अदभुत है। क्योंकि इसको स्वेच्छा से देखा गया है। आप कहेंगे, स्वेच्छा से कोई मर कर कैसे देख सकता है?

तो यह और समझ लें कि हमारे व्यक्तित्व में, हमारे शरीर में, हमारे पूरे यंत्र में दो हिस्से हैं—एक वालेंटरी और एक नान-वालेंटरी। कुछ हिस्से हैं, जो हमारी स्वेच्छा से चलते हैं। जैसे मै इस हाथ को जब हिलाता हूं, तब हिलता है। अगर मैं न हिलाना चाहूं, तो नहीं हिलेगा। लेकिन इस हाथ के भीतर जो खून बह रहा है, वह मेरी स्वेच्छा से नहीं चलता कि मैं कहूं कि मत चलो तो न चले। वह नान-वालेंटरी है। मेरा हृदय धड़क रहा है। वह मेरी स्वेच्छा से नहीं धड़क रहा है कि मैं कहूं कि पांच मिनट जरा शांत रहो, तो वह शांत हो जाए। मेरी नाड़ी चल रही है, वह स्वेच्छा से नहीं चल रही है। मेरे पेट में पाचन हो रहा है, वह स्वेच्छा से नहीं हो रहा है कि मैं कहूं आज पाचन मत करो, बंद रखो, तो पेट बंद रख दे।

हमारे व्यक्तित्व के संस्थान के दो हिस्से हैं—स्वेच्छा से चलने वाला और स्वेच्छा के अतीत चलने वाला। लेकिन अगर कोई व्यक्ति अपनी इच्छा की शक्ति को बढ़ाए, तो जो अभी स्वेच्छा के बाहर है, वह स्वेच्छा के भीतर आ जाएगा। अगर किसी व्यक्ति की स्वेच्छा की शक्ति कम हो जाए, तो जो इच्छा के भीतर है, वह इच्छा के बाहर हो जाएगा।

जैसे एक आदमी को लकवा लग गया। सौ में से सत्तर से ज्यादा लकवे मानसिक होते हैं। वस्तुतः लकवा लगा नहीं है, सिर्फ इस आदमी के स्वेच्छा के बाहर चले गए हैं पैर। अब यह कहता है चलो, वे नहीं चलते। असल में पैर बाहर नहीं चले गए, क्योंकि पैरों की क्या सामर्थ्य है बाहर जाने की। इसकी स्वेच्छा का वर्तुल छोटा हो गया है, इसकी इच्छा-शक्ति छोटी हो गई है, पैर बाहर पड़ गए हैं। जैसे चादर छोटी हो गयी है, आप ओढ़े हैं तो पैर बाहर निकल गये हैं। पैर बाहर पड़ गये हैं, इसकी इच्छा-शक्ति की जो सीमा है, वह सिकुड़ गई है।

इसलिए ऐसा बहुत बार हुआ है कि आदमी को लकवा था, वर्षों से बीमार था, उठ नहीं सकता था, रात घर में आग लग गई, सारे लोग घर के बाहर पहुंच गए, तब उन्हें खयाल आया कि जिसको लकवा लगा है उसका क्या होगा। लेकिन वे देख रहे हैं कि वह तो उनके पीछे भागा चला आ रहा है। वह तो उठ नहीं सकता था! वे तो घबड़ा गए हैं, आग तो भूल गए हैं, इस आदमी को देखकर हैरान हैं कि तुम तो चल नहीं सकते थे, तुम चल कैसे रहे हो? और जब उन्होंने उसे टोका और पूछा कि आप चले रहे हैं? तो उसने कहा, मैं? मैं चल कैसे सकता हूं! वह वापिस गिर गया। आग की चोट और आग की घबड़ाहट में उसकी स्वेच्छा का वृत्त बड़ा हो गया। पैर भीतर

आ गए चादर के। वह निकल आया। बाहर आकर उसे याद आया कि मैं चल कैसे सकता हूं! उसका स्वेच्छा का वृत्त फिर छोटा हो गया। पैर फिर बाहर पड़ गए।

नाड़ी की गति भी स्वेच्छा के भीतर आ जाती है। ऐसा नहीं कि बड़े-बड़े योगियों की आ जाती है। आपकी भी आ सकती है। कोई बहुत बड़े प्रयोग करने की जरूरत नहीं है। बैठकर एक मिनट भर नाड़ी की गति घड़ी रखकर नाप लें। फिर दस मिनट तक आंख बंद करके सिर्फ भाव करें कि नाड़ी की गति बढ़ रही है। फिर दस मिनट के बाद नापें, तो शायद ही एकाध आदमी ऐसा हो जिसकी गति न बढ़ जाए।

इसलिए डाक्टर जब आप की नाड़ी नापता है, तो वह उतनी कभी नहीं होती जितनी थी। डाक्टर के हाथ पकड़ने से ही घबराहट आपकी बढ़ गई होती है। और जैसे ही डाक्टर देखता है, आप अस्तव्यस्त हो गए होते हैं। नाड़ी की गति ज्यादा हो जाती है। और अगर लेडी डाक्टर है, तो और ज्यादा हो जाएगी, क्योंकि और घबराहट बढ़ गई।

हृदय की धड़कन भी स्वेच्छा के भीतर आ जाती है। करीब-करीब बंद होने की सीमा पर पहुंचाई जा सकती है। वैज्ञानिक प्रयोग हो चुके हैं और स्वीकृत हो गए हैं कि यह हो सकता है।

आज से कोई चालीस साल पहले बंबई मेडिकल कालेज में ही ब्रह्मयोगी नाम के एक व्यक्ति ने हृदय की सारी गति को बंद करके डाक्टरों को चकित कर दिया था। फिर आक्सफोर्ड में भी उसने प्रयोग किया था, फिर कलकत्ता युनिवर्सिटी में भी प्रयोग किया। वह तीन काम कर सकते थे। नाड़ी बिलकुल बंद कर लेते थे। न केवल नाड़ी बंद कर लेते थे, बल्कि अगर उनकी रक्तवाहिनी नस को काट दिया जाए, तो जब तक वह कहते तब तक खून गिरता और जब वह कहते रुक जाओ, तो खून वहीं ठहर जाता। फिर एक बूंद खून उनकी कटी हुई नस से बाहर नहीं निकल सकता था। तीसरा एक काम वे करते थे जिसमें उनकी मृत्यु हुई अंततः। वह किसी भी तरह का जहर ले लेते थे और आधे घंटे बाद उस जहर को शरीर के बाहर निकाल देते थे। जहर ली हुई हालत में उनके पेट के बहुत एक्सरे लिये गए। जब तक वे आज्ञा न दें, तब तक उनके शरीर का कोई रस, कोई खून उस जहर से मिलता नहीं था। दोनों में फासला बना रहता था। बीच में गैप बना रहता था। रंगून में उनकी मृत्यु हुई। रंगून युनिवर्सिटी में उन्होंने प्रयोग किया और जिस कार में बैठ कर वे घर की तरफ चले—वह आधा घंटे से ज्यादा की उनकी सामर्थ्य नहीं थी—वह कार रास्ते में दुर्घटनाग्रस्त हो गई और घर पहुंचते-पहुंचते उन्हें पैंतालीस मिनट लग गए। वे घर बेहोश पहुंचे, क्योंकि तीस मिनट तक ही अपने संकल्प के वृत्त के बाहर रख सकते थे जहर को। तीस मिनट का अभ्यास था। तीस मिनट चूक गए। पंद्रह मिनट के लिए जहर को स्वेच्छा के भीतर पहुंचने का मौका मिल गया। वह प्रवेश कर गया।

लेकिन हमारे शरीर का ऐसा कोई हिस्सा नहीं है, जो इच्छा के भीतर न लाया जा सके; और ऐसा भी कोई हिस्सा नहीं है, जो इच्छा के बाहर न जा सके। ये दोनों घटनाएं घट सकती हैं। स्वेच्छा से मृत्यु भी इसका गहरा प्रयोग है। वह इस बात का प्रयोग है कि हम संकल्पपूर्वक अपने प्राणों की ऊर्जा को सिकोड़ रहे हैं। ध्यान में रखने की बात यह है कि संकल्प अगर पूरा हो, तो ऊर्जा सिकुड़ेगी ही। कोई उपाय नहीं है उसके पस। असल में हमारी जो जीवन-ऊर्जा फैली है, वह भी संकल्प का ही फल है।

वैज्ञानिक कहते हैं कि जहां आप की आंखें हैं—आमतौर से हम सोचते हैं कि चूंकि यहां आंखें हैं इसलिए हम देख लेते हैं—लेकिन वैज्ञानिक कहते हैं कि सचाई उलटी है। चूंकि हम यहां से देखना चाहते हैं, इसलिए यहां आंखें पैदा हो गई हैं। अन्यथा आंख की चमड़ी में और हाथ की

चमड़ी में कोई बुनियादी फर्क नहीं है। आंख पर भी जो है वह चमड़ी है। लेकिन वह चमड़ी देखनेवाली पारदर्शी हो गई है। वही चमड़ी नाक पर है, लेकिन वह चमड़ी सूंघने वाली है। उसका पारदर्शी होना सूंघने की दिशा में हो गया है। कान पर भी वही चमड़ी है, वही हड्डी है, वही तत्व है, लेकिन वे सुननेवाले हो गए हैं।

ये भी हमारे संकल्प के ही परिणाम हैं। करोड़ों वर्षों में, लाखों वर्षों में हमने जो संकल्प किया है, वह फलित हो गया। एक व्यक्ति का संकल्प नहीं है, कलेक्टिव विल है, समूह संकल्प है। पीढ़ी-दरपीढ़ी ऐसा होता रहा है। वह संकल्प फलित हो गया।

रूस में अभी एक स्त्री है जो अंगुलियों से पढ़ पाती है—ब्रेल नहीं, अंधे की भाषा नहीं—साधारण किताब आंख बंद करके सिर्फ अंगुली अक्षरों पर रख कर पढ़ पाती है। अब ये अंगुलियां जीवन भर प्रयोग करने से इतनी संवेदनशील हो गई हैं कि जरा-सी काली रेखा के भेद को भी कोरे कागज से अलग कर पाती हैं। हमारी अंगुलियां इतना नहीं कर पाएंगी।

एक चित्रकार जब देखता है रंगों को, तो हमें सिर्फ हरे वृक्ष दिखाई पड़ते हैं, उसे हजार ढंग के हरे वृक्ष दिखाई पड़ते हैं। हरे में भी हजार शेड होते हैं। साधारण आदमी के लिए हरा एक रंग है। चित्रकार के लिए जैसे रंगों की संवेदनशीलता है, उसके लिए हरा एक रंग नहीं है, हरा भी हजार रंग है। एक हरे और दूसरे हरे में उतना ही फर्क है जितना हरे और पीले में या हरे और लाल में फर्क है। लेकिन उतने बारीक शेड देखने के लिए आंखों की एक विशेष संवेदनशीलता चाहिए। वह हमें नहीं दिखाई पड़ती।

एक संगीतज्ञ को स्वरों की बहुत बारीक स्थितियां दिखाई पड़ती हैं, जो हमें कभी पकड़ में नहीं आतीं। संगीतज्ञ को न केवल स्वरों की बारीक स्थितियां दिखाई पड़ती हैं, बल्कि दो स्वरों के बीच में जो अंतराल होता है, जो शून्य होता है, वह भी अनुभव होने लगता है। असली संगीत वहीं से पैदा होता है। असली संगीत स्वरों से पैदा नहीं होता, स्वरों के बीच में जो साइलेंस के क्षण हैं, असली संगीत वहीं पैदा होता है। दो तरफ के स्वर उस शून्य को उभारने का काम भर करते हैं, और कुछ भी नहीं करते। लेकिन उस शून्य का हमें कोई पता नहीं है। संगीत हमारे लिए शोरगुल है, आवाज़ें है। संगीतज्ञ के लिए, जिसकी गहरी पैठ है, उसके लिए संगीत का शब्द से, स्वर से कोई संबंध नहीं है। दो स्वर तो सिर्फ बीच के निःस्वर स्थिति को उभारने के लिए हैं, इससे ज्यादा कुछ अर्थ नहीं है उनका। जिस चीज का हम प्रयोग करते हैं निरंतर, संकल्प करते हैं निरंतर, वह प्रकट होने लगती है।

मनुष्य का यह सारा व्यक्तित्व भी...पक्षियों का, पौधों का, पशुओं का सारा व्यक्तित्व उनके संकल्प का ही फल है। हम जो गहरा संकल्प करते हैं, हम वही हो जाते हैं।

रामकृष्ण के जीवन में एक उल्लेख है, जो कीमती है। रामकृष्ण ने अपने जीवन में पांच-सात धर्मों की साधनाएं कीं। उनको यह खयाल आया कि सभी धर्म एक ही जगह पहुंचा देते हैं, तो मैं सभी रास्तों पर चलकर देखूं कि वहां पहुंचा देते हैं कि नहीं पहुंचा देते हैं। तो उन्होंने ईसाइयत की साधना की, उन्होंने सूफियों की साधना की, उन्होंने वैष्णवों की साधना की, उन्होंने शैवों की साधना की, तांत्रिकों की साधना की। जो भी उन्हें उपलब्ध हो सकी साधना, वह उन्होंने की। एक बहुत अदभुत घटना तो तब घटी...क्योंकि ये सारी साधनाएं तो आंतरिक थीं, बाहर से पता नहीं चल सका। रामकृष्ण कहते थे तो ठीक था। जब रामकृष्ण सूफियों की साधना करते थे, तब हम कैसे बाहर से जानें कि उनके भीतर क्या हो रहा है। लेकिन फिर एक ऐसी साधना की पद्धति से वे गुजरे कि बाहर के लोगों को भी देखना पड़ा कि कुछ हो रहा है।

बंगाल में एक सखी-संप्रदाय है, जिसका साधक अपने को कृष्ण की प्रेयसी या पत्नी मानकर ही जीता है। सखी ही हो जाता है। वह पुरुष है या स्त्री, यह सवाल नहीं है। पुरुष एक ही रह जाते हैं कृष्ण और साधक उनकी प्रेयसी होकर, उनकी राधा बनकर, उनकी सखी बनकर जीता है। छह महीने तक रामकृष्ण ने सखी-संप्रदाय की साधना की। और आश्चर्य तो यह हुआ कि उनकी आवाज स्त्रैण हो गई। अगर वे दूर से बोलें, तो कोई भी न समझ पाए कि वे पुरुष हैं। उनकी चाल स्त्रैण हो गई।

असल में स्त्री और पुरुष एक जैसा चल ही नहीं सकते, क्योंकि हड्डियों के कुछ बुनियादी फर्क हैं, चर्बी का कुछ बुनियादी फर्क है। स्त्री को चूंकि बच्चे को पेट में रखना है, इसलिए उसके पेट में एक विशेष जगह है, जो पुरुष के पास नहीं है। इसलिए उन दोनों की चाल में फर्क हो जाता है। उनके पैर अलग ढंग से पड़ते हैं। कोई स्त्री कितना ही संभल कर चले, उसका चलना कभी पुरुष जैसा नहीं हो सकता। स्त्री कभी पुरुष जैसा नहीं दौड़ सकती। कोई उपाय नहीं है। उसके ढांचे का भेद है।

लेकिन रामकृष्ण स्त्रियों जैसा दौड़ने लगे, स्त्रियों जैसा चलने लगे, स्त्रियों जैसी आवाज हो गई। यहां तक भी ठीक था कि कोई आदमी चाहे कोशिश करके स्त्रियों जैसा चलता हो, कोई आदमी कोशिश कर के स्त्रियों जैसा बोलता हो। लेकिन और भी हैरानी की बात हुई। रामकृष्ण के स्तन बड़े हो गए और स्त्रैण हो गए। यहां तक भी बहुत मामला नहीं था, क्योंकि बहुत लोगों को वृद्धावस्था में स्तन बड़े हो जाते हैं, पुरुषों को भी। लेकिन रामकृष्ण को मासिक धर्म शुरू हो गया, जो कि बहुत चमत्कार की घटना थी और नियमित स्त्रियों की भांति उसका वर्तुल चलने लगा। यह मेडिकल साइंस के लिए बहुत चिंतनीय घटना थी कि यह कैसे हो सकता है। और रामकृष्ण ने छह महीने के बाद जब साधना छोड़ दी, तब भी उनके ऊपर कोई डेढ़ साल तक उसके असर रहे। डेढ़ साल लग गया उसको वापस विदा होने में। संकल्प...अगर रामकृष्ण ने पूरे मन से यह मान लिया कि मैं सखी हूं कृष्ण की, तो व्यक्तित्व सखी का हो जाएगा।

यूरोप में बहुत-से ईसाई फकीर हैं जिनके हाथ पर स्टिगमैटा प्रकट होता है। स्टिगमैटा का मतलब है कि जीसस को जब सूली दी गई, तो उनके हाथों में खीले ठोंके गए। खीले टोंकने से उनके हाथ से खून बहा। तो बहुत से फकीर हैं जो शुक्रवार को जिस दिन जीसस को सूली हुई उस दिन सुबह से ही जीसस के साथ अपने को आइडेंटीफाई कर लेते हैं। वे जीसस हो जाते हैं। ठीक सूली का क्षण आते-आते हजारों लोगों की भीड़ देखती रहती है। वे हाथ फैलाए खड़े रहते हैं। फिर उनके हाथ फैल जाते हैं जैसे सूली पर लटक गए हों। और हाथों में, जिनमें खीलें नहीं ठुके हैं, उनसे खून की धाराएं बहनी शुरू हो जाती हैं। वे इतने संकल्प से जीसस हो गए हैं और सूली लग गई है। तो हाथ से छेद होकर खून बहने लगता है बिना किसी उपकरण के, बिना किसी छेद किए, बिना कोई खीला चुभाए।

मनुष्य के संकल्प की बड़ी संभावनाएं हैं। लेकिन हमें कुछ खयाल में नहीं है। यह जो मृत्यु का स्वेच्छा से प्रयोग है, यह संकल्प का गहरा से गहरा प्रयोग है। क्योंकि साधारणतः जीवन के पक्ष में संकल्प करना कठिन नहीं है। हम जीना ही चाहते हैं। मृत्यु के पक्ष में संकल्प करना बहुत कठिन बात है। लेकिन जिन्हें भी सच में ही जीने का पूरा अर्थ जानना हो, उन्हें एक बार मर कर जरूर देखना चाहिए। क्योंकि बिना मर कर देखे वे कभी नहीं जान सकेंगे कि उनके पास कैसा जीवन है, जो नहीं मर सकता। उनके पास कुछ जीवन है जो अमृत की धारा है। इसे जानने के लिए उन्हें मृत्यु के अनुभव से गुजरना जरूरी है। क्योंकि एक बार वे स्वेच्छा से मर कर देख लें, फिर

दोबारा उन्हें मरने का भय नहीं रह जाएगा। फिर मृत्यु है ही नहीं।

तो सिर्फ पूर्ण संकल्प से कि मेरी चेतना सिकुड़ रही है, मैं अपने को चारों तरफ से सिकोड़ लेता हूं। आंख बंद करके मैं अपने को सिकोड़ता हूं कि मेरी चेतना सिकुड़ रही है, उसने पैरों से यात्रा भीतर की तरफ शुरू कर दी, हाथों से भीतर की तरफ शुरू कर दी, मस्तिष्क से भीतर की तरफ शुरू कर दी। उस केंद्र पर ऊर्जा इकट्ठी होने लगी, जहां से फैली थी। वापस सब किरणें लौटने लगीं। इसका सघन मन से किया गया प्रयोग एक क्षण में अचानक सारे शरीर को मृत कर देता है और एक बिंदु कोई भीतर जीवित बिंदु रह जाता है। सारा शरीर अलग मुर्दे की तरह पड़ा रह जाता है, सिर्फ शरीर के भीतर एक बिंदु जीवित हो जाता है। यह जीवित बिंदु अब भलीभांति देखा जा सकता है कि शरीर से भिन्न है। ऐसे ही जैसे बहुत अंधेरे में बहुत-सी किरणें फैली हों और पता न चलता हो कि क्या किरण है और क्या अंधेरा है। लेकिन सारी किरणें सिकुड़ कर एक जगह आ जाएं, तो अंधेरा और किरणों का कंट्रास्ट साफ हो जाए कि अलग हो गया।

जब हमारे भीतर प्राण की ऊर्जा इकट्ठी एक बिंदु पर आकर घनीभूत हो जाती है, कंडेन्स्ड, इकट्ठी हो जाती है तो सारा शरीर अलग और वह बिंदु अलग मालूम होने लगता है। अब जरा-से संकल्प की जरूरत है कि आप शरीर के बाहर हो सकते हैं। सिर्फ सोचें कि मैं बाहर हूं, और आप बाहर हैं। और अब बाहर से खड़े होकर इस शरीर को पड़ा हुआ देख सकते हैं कि यह मुर्दे की तरफ पड़ा हुआ है। छोटा-सा एक धागे की तरह कोई चीज इस शरीर से अब भी जोड़े रहेगी। वही द्वार है आने-जाने का। एक सिलवर कार्ड, एक स्वर्ण धागा इस शरीर की नाभि से आपको जोड़े रहेगा।

जैसे ही यह बिंदु बाहर आएगा, वैसे ही एक और नई हैरानी का अनुभव होगा कि इस बिंदु ने फिर नए शरीर का रुख ले लिया। यह फिर फैलकर एक नया शरीर बन गया। यह शरीर सूक्ष्म शरीर है। यह शरीर बिलकुल इसकी ही प्रतिलिपि है जैसा यह शरीर है। लेकिन बहुत जिसको कहें धूमिल, फिल्मी, ट्रांसपेरेंट, पारदर्शी। अगर हाथ को हिलाएं, तो उसके आर-पार निकल जाएगा, लेकिन उसका कुछ बिगड़ेगा नहीं।

तो पहला तत्व है इस संकल्प की साधना का, सारे प्राणों को एक बिंदु पर इकट्ठा कर लेना। और जब एक बिंदु पर वे इकट्ठे हो जाएं, तो यह ऐसे छलांग लगाकर बाहर निकल जाता है। सिर्फ इच्छा, कि बाहर यानी बाहर। और सिर्फ इच्छा, कि वापिस भीतर तो यानी भीतर। इसमें कुछ करने का नहीं है। बस करने का प्रयोग तो सिर्फ ऊर्जा को इकट्ठा करना है। एक दफा ऊर्जा इकट्ठी हो जाए, तो आप बाहर-भीतर हो सकते हैं। उसमें कोई कठिनाई नहीं है।

और यह अनुभव एक बार साधक को हो जाए, तो उसकी जीवन-यात्रा तत्काल ही बदल जाती है, रूपांतरित हो जाती है। कल तक फिर जिसे वह जीवन कहता था, अब जीवन न कह सकेगा। और कल तक जिसे मृत्यु कहता था, उसे मृत्यु भी न कह सकेगा। और कल तक जिन चीजों के लिए दौड़ रहा था, अब दौड़ जरा मुश्किल हो जाएगी। और कल तक जिन चीजों के लिए लड़ रहा था, अब लड़ना मुश्किल हो जाएगा। और कल तक जिन चीजों की उपेक्षा की थी, अब उपेक्षा न कर सकेगा। जिंदगी बदलेगी, क्योंकि एक ऐसा अनुभव जिंदगी में आया है कि इसके बाद जिंदगी वही नहीं हो सकती जो इसके पहले थी। इसलिए प्रत्येक ध्यान के साधक को एक न एक दिन आउट बाडी एक्सपीरिएंस, यह शरीर के बाहर जाने का अनुभव अनिवार्य चरण है, जो उसके भविष्य के लिए बड़े अदभुत परिणाम ले आने लगता है।

कठिन नहीं है यह, संकल्प भर चाहिए। संकल्प कठिन है, यह प्रयोग कठिन नहीं है। संकल्प कठिन है। और इसलिए कोई सीधा चाहे कि इस प्रयोग को कर ले, तो जरा मुश्किल पड़ेगी। उसे

छोटे-छोटे संकल्प के प्रयोग करने चाहिए। उसे छोटे-छोटे प्रयोग करने चाहिए। जब वह छोटे-छोटे प्रयोगों में सफल होता जाता है, तो उसकी संकल्प की सामर्थ्य बढ़ती चली जाती है।

इस सारे जगत में धर्म की साधनाएं वस्तुतः धर्म की साधनाएं नहीं हैं, संकल्प-पूर्व तैयारियां हैं। जैसे एक आदमी तीन दिन का उपवास कर लेता है, यह सिर्फ संकल्प की साधना है। उपवास से कोई फायदा नहीं होता, फायदा होता है संकल्प से। उपवास से कोई फायदा नहीं हो रहा है, फायदा हो रहा है संकल्प से। कि उसने तीन दिन का संकल्प किया तो उसको पूरा निभाता है। कि एक आदमी कहता है कि मैं बारह घंटे खड़ा रहूंगा एक ही जगह पर। खड़े रहने से कोई फायदा नहीं हो जाता, फायदा होता है खड़े रहने के संकल्प से, उसकी पूर्णता से। धीरे-धीरे क्या हुआ कि मूल बात खयाल से भूल गई है कि ये संकल्प के प्रयोग हैं। अब एक आदमी खड़े होने को ही समझ रहा है कि काफी है, वह खड़ा ही है। वह यह भूल ही गया है कि खड़ा होने से कोई प्रयोजन नहीं है, प्रयोजन है उस भीतरी संकल्प का जो कि खड़े होने का निर्णय करता है, तो उसे पूरा करता है।

ये संकल्प किसी भी तरह से पूरे किए जा सकते हैं। ये बहुत छोटे-छोटे संकल्प हैं, ये कोई बहुत बड़े संकल्प नहीं हैं। कि एक आदमी इस गैलरी में खड़ा हो जाए और संकल्प कर ले कि छह घंटे तक खड़ा रहूंगा, लेकिन नीचे झांक कर न देखूंगा, तो भी काम हो जाएगा। सवाल यह नहीं है कि नीचे झांक कर नहीं देखने से कोई फायदा होने वाला है। सवाल यह है कि उसने तय किया, वह उसे पूरा कर रहा है। जब कोई आदमी जो तय करता है, उसे पूरा कर लेता है, तो उसके भीतर की ऊर्जा बलवान हो जाती है, वह आत्मवान होने लगता है। उसे लगता है कि मैं ऐसा हवा के झोंके पर डोलता हुआ कुछ नहीं हूं। उसके भीतर एक तरह का क्रिस्टलाइजेशन, उसके भीतर कुछ क्रिस्टल बनने शुरू हो जाते हैं। उसके व्यक्तित्व में पहली दफा कुछ बुनियादें पड़नी शुरू हो जाती हैं।

बहुत छोटे-छोटे संकल्पों का प्रयोग करना चाहिए और छोटे-छोटे संकल्पों से ऊर्जा इकट्ठी करनी चाहिए। और हमें जिंदगी में बहुत मौके हैं। आप कार में बैठे जा रहे हैं। आप इतना ही संकल्प कर ले सकते हैं कि आज मैं रास्ते के किनारे लगे बोर्ड नहीं पढूंगा। इसमें किसी का कोई हर्जा नहीं हुआ जा रहा है। इससे किसी का कोई नुकसान-फायदा कुछ भी नहीं हो रहा है। लेकिन आपके संकल्प के लिए मौका मिल जाएगा और किसी को कहने की भी कोई जरूरत नहीं। यह आपकी भीतरी यात्रा है कि आप कहते हैं कि मैं यह नहीं पढूंगा आज, जो किनारे पर बोर्ड लगे हैं। और आप पाएंगे कि आधा घंटा कार में बैठना व्यर्थ नहीं गया। जितने आप कार में बैठे थे, उससे कुछ ज्यादा होकर कार के बाहर उतरे हैं। आपने कुछ उपलब्ध किया, जब कि आप ऐसे बैठकर कुछ भी खोते। यह सवाल बड़ा नहीं है कि आप कहां प्रयोग करते हैं। मैं उदाहरण के लिए कह रहा हूं। कुछ भी प्रयोग कर सकते हैं। जिस प्रयोग से भी आपके संकल्प को ठहरने की सामर्थ्य बढ़ती हो, उसे आप कर सकते हैं। ऐसे छोटे-छोटे प्रयोग करते रहें।

अब एक आदमी को हम कहते हैं कि ध्यान में चालीस मिनट आंख ही बंद रखो। तीन दफे वह आंख खोलकर देख लेता है बीच में। अब यह आदमी संकल्पहीन है, आत्महीन है। आंख बंद करने का बड़ा फायदा और नुकसान नहीं है। लेकिन चालीस मिनट तय किया तो यह आदमी चालीस मिनट आंख भी नहीं बंद रख सकता, तो और इससे बहुत आशा रखना कठिन है। इस आदमी से हम कह रहे हैं कि दस मिनट गहरी श्वास लो। वह दो मिनट के बाद ही धीमी श्वास लेने लगता है। फिर उससे कहो गहरी श्वास लो, फिर एकाध-दो गहरी श्वास लेता है, फिर धीमी लेने लगता है। वह आत्मवान नहीं है। दस मिनट गहरी श्वास लेना कोई बड़ी कठिन बात नहीं है।

और सवाल यह नहीं है कि दस मिनट गहरी श्वास लेने से क्या मिलेगा कि नहीं मिलेगा। एक बात तय है कि दस मिनट गहरी श्वास के संकल्प करने से यह आदमी आत्मवान हो जाएगा। इसके भीतर कुछ सघन हो जाएगा। यह किसी चीज को जीतेगा, किसी रेसिस्टेंस को तोड़ेगा। और वह जो वैगरेंट माइंड है, वह जो आवारा मन है, वह आवारा मन कमजोर होगा। क्योंकि उस मन को पता चलेगा कि इस आदमी के साथ नहीं चल सकता। इस आदमी के साथ जीना है, तो इस आदमी की माननी पड़ेगी।

और आप रोज कार में बैठ कर निकलते हैं, हो सकता है, आप कभी पास के बोर्ड न पढ़ते हों, लेकिन जिस दिन आप तय करेंगे कि आज बोर्ड नहीं पढ़ना है, तो उस दिन मन पूरी कोशिश करेगा कि पढ़ो। क्योंकि मन की ताकत आपके संकल्पहीन होने में निर्भर है। इधर आपका संकल्पवान होना, उधर मन की मौत है। विल जितनी मजबूत हो, मन उतना मुर्दा है। मन जितना मजबूत है, संकल्प उतना क्षीण है। तो वह रोज कभी नहीं कहता था, क्योंकि रोज आपने उसको चुनौती न दी थी। आज यह भी उसके लिए चुनौती का सवाल है। वह हजार बहाने खोजेगा, वह कहेगा, यह तो देखना बिलकुल जरूरी था इसलिए देखा। वह कहेगा, इतने जोर की आवाज आ रही है, दंगाफसाद हो गया, जरा तो बाहर देखो कि क्या हो रहा है! वह भुलाने की कोशिश करेगा, वह दूसरी बातों में लगा लेगा, ताकि आपको यह खयाल भूल जाए और आप एक दफे बाहर झांककर देख लें और बोर्ड पढ़ लें। सारा उपाय करेगा। यह ऐसा ही है।

हम मन के साथ ही जीते हैं। साधक संकल्प के साथ जीना शुरू करता है। जो मन के साथ जीता है, वह साधक नहीं है। जो संकल्प के साथ जीता है, वह साधक है। साधक का मतलब ही यह है कि मन जो है वह अब संकल्प में रूपांतरित हो रहा है।

तो बहुत छोटे-छोटे मुद्दे चुन लें। आप खुद ही चुन लेंगे, इसमें कोई कठिनाई नहीं है, बहुत छोटे-छोटे मुद्दे चुन लें। और चौबीस घंटे में दो-चार प्रयोग कर लें जिनका किसी को पता नहीं चलेगा। अलग बैठकर करने की कोई जरूरत नहीं है, किसी को खबर करने की जरूरत नहीं है, बस चुपचाप कर लें और गुजर जाएं। बहुत छोटे...।

छोटा-सा संकल्प कि जब कोई क्रोध करेगा, तब मैं हंसूंगा। और आपके ऊपर किए गए प्रत्येक क्रोध की इतनी अदभुत कीमत आपको मिल जाएगी कि आप जिसने क्रोध किया, उसको धन्यवाद देंगे। एक छोटा-सा संकल्प कि जब भी मुझ पर कोई क्रोध करेगा, मैं हंसूंगा, चाहे कुछ भी हो जाए। आप एक पंद्रह दिन के बाद पाएंगे कि आप दूसरे आदमी हो गए, आपकी क्वालिटी बदल गई। आप वही आदमी नहीं हैं जो पंद्रह दिन पहले थे। बहुत छोटे-से निर्णय करें और उनको जीने की कोशिश करें। और उस जीने की कोशिश से धीरे-धीरे जब आपको ऐसा भरोसा आने लगे कि अब मैं कोई बड़े संकल्प कर सकता हूं, तो थोड़े बड़े संकल्प करें। और अंतिम संकल्प साधक को करने जैसा है, स्वेच्छा से मरने का। किसी दिन जब आपको यह लगे कि अब मैं यह कर सकता हूं तो करें। जिस दिन आप उस संकल्प को करके शरीर को मुर्दे की तरह देख लेंगे, उस दिन से दुनिया का कोई धर्मशास्त्र आपके लिए कोई नई बात कहने वाला नहीं रह जाएगा। उस दिन से दुनिया का कोई गुरु आपको कोई नई बात न बता सकेगा।

भगवान श्री, आत्म-हत्या करने वाला व्यक्ति भी स्वेच्छा से अपने आप को मार डालने की कोशिश करता है। और जब तक वह पूरा मर नहीं जाता, तब तक उसको मृत्यु की प्रक्रिया का पता चलता रहता है—कि शरीर क्रमशः ठंडा हो रहा है, प्राण सिकुड़ रहे हैं, आदि। लेकिन अंतिम स्थिति से वह लौटकर नहीं आता। तो क्या आत्म-हत्या स्वेच्छा से आयोजित मृत्यु के प्रयोग जैसा ही नहीं है?

आत्म-हत्या का प्रयोग भी किया जा सकता है संकल्प के लिए, लेकिन साधारणतः आत्म-हत्या करने वाले लोग इसके लिए करते नहीं हैं। आमतौर से जो आदमी आत्म-हत्या करता है वह आदमी खुद आत्म-हत्या करता है, ऐसा नहीं है। अक्सर तो वह आदमी यह अनुभव करता है कि कुछ लोग मुझे आत्म-हत्या के लिए मजबूर कर रहे हैं। कुछ परिस्थितियां, कुछ घटनाएं उसे आत्म-हत्या करने के लिए मजबूर कर रही हैं। अगर परिस्थितियां ऐसी नहीं होतीं, तो वह आत्म-हत्या नहीं करता। किसी को उसने प्रेम से चाहा था और वह उसे नहीं मिल सका। अब वह मरने जा रहा है। अगर वह उसको मिल जाता, तो मरने न जाता। असल में आत्म-हत्या करने वाला मरने की तैयारी नहीं दिखा रहा है। उसकी जीने की एक शर्त के साथ तैयारी थी, वह शर्त पूरी नहीं हुई, इसलिए वह जीने से इनकार कर रहा है। मरने में उसका रस नहीं है। उसका जीवन में रस नहीं रह गया। तो एक तो उसकी आत्म-हत्या मजबूरी की है। इसलिए किसी भी आत्म-हत्या करनेवाले को अगर दो क्षण के लिए रोका जा सके, तो फिर शायद दोबारा वह आत्म-हत्या न करे। दो क्षण की देरी काफी हो सकती है। क्योंकि दो क्षण में उसका मन फिर बिखर जाएगा। क्योंकि वह जबर्दस्ती इकट्ठा हुआ था।

और आत्म-हत्या करने वाला व्यक्ति संकल्प नहीं कर रहा है। सच तो यह है कि संकल्प से भाग रहा है। आत्म-हत्या करने वाला व्यक्ति आमतौर से बहादुर नहीं होता, कायर होता है। असल में जिंदगी उससे संकल्प करने की मांग कर रही थी। जिंदगी कह रही थी कि कल जिसे तूने प्रेम किया, अब संकल्प कर, उसे भूल जा। यह उसकी सामर्थ्य नहीं है। जिंदगी कह रही है कि कल जिसे तूने प्रेम किया था अब उसे छोड़, अब किसी और को प्रेम कर। यह उसकी सामर्थ्य नहीं है। जिंदगी उससे कहती है कि कल तू धनी था, आज तू बैंक्रप्ट है, दिवालिया है, फिर भी जी। यह उसकी हिम्मत नहीं है। वह जिंदगी में संकल्प कहीं भी नहीं कर पा रहा है। अब उसको एक ही रास्ता दिखता है कि मौत में डूब जाए। यह वह संकल्पों से बचने के लिए कर रहा है। यह उसका संकल्प नहीं है, यह उसका पाजिटिव विल नहीं है। यह उसका निगेटिव विल है।

तो निगेटिव विल, नकारात्मक संकल्प का कोई फायदा नहीं है। यह आदमी और भी कमजोर आत्मा लेकर पैदा होगा। जितनी कमजोर आत्मा थी, उससे भी कमजोर आत्मा लेकर पैदा होगा। क्योंकि जहां इसे अवसर मिला था संकल्प को जगाने का, वहां से यह भाग खड़ा हुआ है। यह ऐसा ही है कि जैसे एक बच्चे की परीक्षा करीब आई हो और वह क्लास छोड़कर भाग गया है। ऐसे उसने भी संकल्प किया है, क्योंकि जब तीस लोग परीक्षा दे रहे थे, तब वह निकल भागा है। लेकिन यह संकल्प नकारात्मक है। संकल्प था परीक्षा का, वह विधायक था। वहां संघर्ष था। वह संघर्ष से भाग निकला है। एस्केपिस्ट भी संकल्प करता है। जब शेर को देखकर एक आदमी भागता है और झाड़ पर चढ़ता है, तो वह भी संकल्प करता है। लेकिन हम यह नहीं कहेंगे कि उससे वह संकल्पवान हो जाएगा, क्योंकि आखिर भाग रहा है, पलायन कर रहा है। तो सुसाइडल वृत्ति जो है, वह पलायनवादी, एस्केपिस्ट है। उसमें संकल्प नहीं है।

लेकिन हां, मृत्यु का उपयोग संकल्प के लिए किया जा सकता है। वह दूसरी बात है। जैसे कि महावीर की परंपरा में मृत्यु का उपयोग भी संकल्प के लिए किया गया है। अगर कोई साधक मृत्यु का उपयोग करना चाहे संकल्प के लिए, तो सिर्फ महावीर अकेले व्यक्ति हैं सारी दुनिया में, जिन्होंने छूट दी है। बाकी किसी आदमी ने छूट नहीं दी। सिर्फ महावीर ने कहा है कि मृत्यु का उपयोग तुम कर सकते हो साधना के लिए। लेकिन मृत्यु ऐसी नहीं कि जहर खाकर मर जाओ। क्योंकि यह एक क्षण में हो जाएगा। एक क्षण में संकल्प का कभी पता नहीं चलता। संकल्प के

लिए लंबी शृंखला चाहिए क्षणों की।

तो महावीर कहते हैं कि उपवास कर लो और भूखे मर जाओ। साधारण स्वस्थ आदमी हो तो भूखा मरने में नब्बे दिन लगते हैं। अगर जरा भी संकल्प कमजोर है, तो दूसरे ही दिन खाने की इच्छा होगी। तीसरे दिन सोचेगा कि अब कहां हम बचें, किस तरह भागें, यह क्या उपद्रव कर लिया! लेकिन नब्बे दिन तक सस्टेंड, मरने की इच्छा पर कायम रहना बड़ी कठिन बात है। इसलिए इसमें धोखे का डर नहीं है। महावीर ने कहा, भूखे रहो और मर जाओ। इसमें धोखे का डर इसलिए नहीं है कि जो नब्बे दिन में जरा भी संकल्पहीन आदमी होगा, वह कभी का भाग गया होगा। इसका उपाय नहीं है।

हां, जहर लेकर मरने को कहें, नदी में डूबकर मरने को कहें, पहाड़ से कूदकर मरने को कहें, तो एक क्षण की घटना है। एक क्षण के लायक संकल्प हम सभी जुटा लेते हैं। मगर एक क्षण का बहादुर युद्ध के मैदान में काम का नहीं है, क्योंकि दूसरे क्षण वह कायर हो जाएगा। और इतने ही संकल्पपूर्वक जितने संकल्पपूर्वक वह बहादुर हुआ था, उतने ही संकल्पपूर्वक कायर हो जाएगा।

तो महावीर ने संथारा के आत्म-मरण की स्वीकृति दी है साधना के लिए कि कोई व्यक्ति अगर चाहे कि वह अपनी आखिरी कसौटी मृत्यु में भी कसना चाहता है, तो कस ले। वैसे यह बड़ी कीमत की बात है और सोचने जैसी है। क्योंकि महावीर अकेले ही ऐसे व्यक्ति हैं सारी पृथ्वी पर, जिनकी आज्ञा है कि साधक ऐसा कर सकता है। इसके दो कारण हैं।

एक तो कारण यह है कि महावीर को पक्का भरोसा है कि कोई मरता नहीं है, इसलिए मरने के लिए कोई इतनी चिंता करने की जरूरत नहीं है। इसका पक्का भरोसा है कि कोई मरता नहीं है। इसलिए कोई हर्जा नहीं है। एक प्रयोग करते हो, करो। दूसरा, इसका भी अनुभव और पक्का भरोसा है कि कोई आदमी पचास दिन, साठ दिन, सत्तर दिन, अस्सी दिन, नब्बे दिन, सौ दिन तक निःसंदिग्ध भाव से मृत्यु की कामना करे, यह इतनी महान घटना है कि साधारण घटना नहीं है।

एकाध क्षण के लिए मरने का खयाल तो हम सबको आता है। ऐसा आदमी खोजना मुश्किल है जिसने जिंदगी में दो-चार दफे मरना न चाहा हो। नहीं मरा है, यह दूसरी बात है। ऐसे क्षण आ ही जाते हैं, जब आदमी मरना चाहता है। फिर एक चाय का प्याला पी लेता है और भूल जाता है। पत्नी सोचती है कि पति के खिलाफ अब फांसी लगा लो, लेकिन पति आकर कह देता है कि टिकट ले आया हूं पिक्चर की, तो वह छोड़ देती है कि छोड़ो भी, ऐसे मरने में क्या रखा हुआ है।

मैं एक जगह रहता था। और मेरे पड़ोस में एक बंगाली प्रोफेसर रहते थे। पहले दिन ही जब मैं वहां रुका, तो रात पति और पत्नी में बहुत जोर से झगड़ा हो गया। तो दीवाल से आरपार मुझे सुनाई पड़ता था। तो मैं बहुत हैरान हुआ। मैंने कहा कि मुझे जाना चाहिए, क्योंकि कोई है नहीं। क्योंकि पति बिलकुल मरने की धमकी दे रहा था कि मर जाऊंगा। अब अपरिचित लोग थे। मैंने उचित भी नहीं माना कि मैं एकदम जाऊं। पहले ही दिन रुका हूं इस कमरे में और पड़ोस में यह हो रहा है। फिर यह भी लगा कि परिचय-अपरिचय का मामला नहीं है यह, यह आदमी मर जाए तो मैं भी जिम्मेवार हूं। लेकिन फिर भी मैंने संयम रखा कि भई जब यह जाने ही लगें मरने के लिए, तब बाहर जाकर रोक लूंगा। थोड़ी देर बाद बातचीत बंद हो गई, तो मैंने समझा निपटारा हो गया। लेकिन फिर मैंने सोचा कि बाहर जाकर देखूं कि बात क्या है। जाकर देखा, दरवाजा खुला था और पत्नी दरवाजे के अंदर बैठी थी, वह सज्जन तो जा चुके थे।

तो मैंने उससे पूछा, कहां गए आपके पति जिनसे बात हो रही थी? उसने कहा, आप बेफिक्र रहिए, वे ऐसा कई दफे जा चुके हैं। अभी थोड़ी देर में लौट आएंगे। मैंने कहा, वे मरने गए हुए हैं!

उसने कहा, वे बिलकुल लौट आएंगे, आप बेफिक्र रहिए। पंद्रह-बीस मिनट बाद सचमुच वे वापस लौट आए। मैं बाहर रुका हुआ था। मैंने उनसे पूछा कि आप वापस लौट आए! उन्होंने कहा, पानी गिरने के आसार हो रहे हैं। उनको क्या मालूम कि मुझे पता है कि वे मरने गए थे। उन्होंने कहा, पानी गिरने के आसार हो रहे हैं। देख नहीं रहे हैं आप, बादल घिर रहे हैं। इसलिए लौट आया। छाता नहीं ले गया था साथ में। घर में छाता न हो, तो भी मरनेवाला आदमी बाहर नहीं जाता।

हम सभी सोच लेते हैं बहुत बार मरने की। लेकिन जब हम मरने की सोचते हैं, तब वह मरने की बात नहीं होती, वह सिर्फ जीवन में थोड़ी-सी अड़चन होती है। संकल्प की कमी के कारण हम मरने की सोच लेते हैं। जीवन में अड़चन है, कहीं अटकाव आ गया है। जरा-सी जीवन में अड़चन है और चले मरने। जीवन की अड़चन से जो मरने जा रहा है, वह संकल्पवान नहीं है। लेकिन मृत्यु को सीधा पॉजिटिव अनुभव करने कोई जा रहा है, विधायक रूप से मृत्यु क्या है, इसे जानने जा रहा है—जीवन से भाग नहीं रहा है, जीवन से कोई विरोध नहीं है, जीवन का कोई निषेध नहीं है—तब तो यह आदमी मृत्यु में भी जीवन खोजने जा रहा है। यह बात और है।

और भी इसमें महत्वपूर्ण घटना है और वह यह है कि जन्म के लिए तो हम साधारणतया निर्णायक नहीं होते। जन्म भी अंततः तो हम निर्णय करते हैं। लेकिन वह भी अचेतन निर्णय होता है। हमें पता नहीं होता है कि हमने क्यों जन्म लिया, कहां जन्म लिया, किसलिए जन्म लिया। एक अर्थ में मृत्यु ऐसा मौका है, जिसके हम निर्णायक हो सकते हैं। इसलिए मृत्यु जिंदगी में बहुत अनूठी घटना है, जिसको कहना चाहिए, डिसीसिव। क्योंकि जन्म का तो हम पक्का निर्णय नहीं कर सकते, कि हमने कहां जन्म लिया, क्यों जन्म लिया, कैसे जन्म लिया। लेकिन मृत्यु का तो हम निर्णय कर ही सकते हैं कि हम कैसे मरें, कहां मरें, क्यों मरें। मृत्यु का ढंग तो हम निश्चित कर ही सकते हैं।

महावीर ने इसलिए भी आज्ञा दी मृत्यु के इस प्रयोग को करने की कि जो व्यक्ति मृत्यु का प्रयोग करके मरेगा, वह अपने अगले जन्म का भी निर्णायक हो जाएगा। क्योंकि जिसने मरने की स्वेच्छा से व्यवस्था कर ली, उसके लिए प्रकृति उसके जन्म को स्वेच्छा से चुनने का मौका भी दे देती है। वह उसका दूसरा हिस्सा है। जब वह इस दरवाजे से निकलते वक्त शान से निकला है, जानते हुए निकला है, तो दूसरे दरवाजे भी उसके लिए शान से ही स्वागत देंगे और भीतर आने के लिए स्वेच्छा से वरण करेंगे। अगले जन्म का जिन्हें निर्णय करना है, उन्हें इस मृत्यु को स्वेच्छा से गुजरना चाहिए। इसलिए भी आज्ञा दी। लेकिन साधारण आत्म-हत्यारा, साधारणतया आत्मघात करनेवाला संकल्पवान व्यक्ति नहीं है।

भगवान श्री, आपने संकल्प से सूक्ष्म शरीर से अलग होने की बात कही। क्या जो साक्षी का साधक है या जो तथाता की साधना करता है, उसका सूक्ष्म शरीर बिना संकल्प के अलग हो सकता है?

असल में साक्षी की साधना करना बहुत बड़ा संकल्प है और तथाता की साधना करना तो साक्षी से भी बड़ा संकल्प है। यह महासंकल्प है। जब एक आदमी यह तय करता है कि मैं साक्षी बनकर जीऊंगा, तो इससे बड़ा संकल्प नहीं है दूसरा।

उदाहरण के लिए, एक आदमी ने तय किया है कि आज मैं खाना न खाऊंगा। भूखे रहने का निर्णय किया है। एक आदमी ने तय किया कि मैं खाना तो खाऊंगा, लेकिन अपने को खाता हुआ नहीं देखूंगा, देखता हुआ देखूंगा। यह ज्यादा कठिन संकल्प है।

खाना नहीं खाना कोई बहुत बड़ी कठिनाई की बात नहीं है। सच तो यह है कि जिन लोगों को ठीक से खाना मिल रहा है, उनको महीने में एकाध-दो दिन खाना न खाना बड़ी सुगमता की

बात है। इसलिए जब भी समाज में ठीक खाना मिलने लगता है, तो उपवास की कल्ट प्रचलित होना शुरू हो जाती है। जैसे अमरीका में इस वक्त उपवास का सिद्धांत बड़े जोरों से चल रहा है। नेचरोपैथी फौरन लोगों को पकड़ लेती है जब लोगों को ठीक से खाना मिलने लगता है। और जंचती भी है बात कि कभी उपवासे रहो। उपवास ज्यादा हल्का और ज्यादा आनंदपूर्ण मालूम होने लगता है।

असल में गरीब समाज में हो भी सकता है कि भूखा रहना एक संकल्प हो, अमीर समाज में तो भूखा रहना एक सुविधा है, कनवीनिएंस है। असल में जब सारी दुनिया में ठीक से भोजन मिलने लगेगा, तो सभी लोगों के लिए उपवास जरूरी हो जाएगा। कभी-कभी खाली पेट रहना ही होगा। लेकिन साक्षी होना बड़ी कठिन बात है।

इसको ऐसा समझें कि मैं निर्णय कर लूं कि मैं नहीं चलूंगा, मैं इसी कुर्सी पर बैठा रहूंगा आठ घंटे, यह इतनी बड़ी बात नहीं है। क्योंकि नहीं चलना तो नहीं चल रहा। मैं निर्णय कर लूं कि आठ घंटा चलूंगा, वह भी उतनी बड़ी बात नहीं है। क्योंकि निर्णय कर लिया तो चल रहा हूं। साक्षी का मतलब यह है कि मैं चलूंगा भी और अपने को जानूंगा कि मैं नहीं चल रहा हूं। साक्षी का मतलब क्या है? कि मैं चलूंगा भी और जानूंगा भी कि मैं नहीं चल रहा हूं। मैं सिर्फ चलने को देख रहा हूं। यह ज्यादा सूक्ष्म संकल्प है, महासंकल्प है।

और तथाता तो और भी महासंकल्प है। वह आखिरी संकल्प है। उससे बड़ा कोई संकल्प नहीं है। एक आदमी मरने का भी संकल्प करे, यह भी उतना बड़ा संकल्प नहीं है। लेकिन तथाता का मतलब होता है चीजें जैसी हैं वैसी ही स्वीकृत हैं। यह मरने का संकल्प भी तो कुछ अस्वीकृति से आ रहा है, यानी हम जानना चाहते हैं कि मृत्यु क्या है, हम जानना चाहते हैं कि मृत्यु होती है कि नहीं होती है।

नहीं, तथाता का मतलब यह है कि मृत्यु होगी तो मर जाएंगे और जिंदगी रहेगी तो जी जाएंगे। न हमें जिंदगी से मतलब है, न हमें मृत्यु से मतलब है। अंधेरा आएगा तो अंधेरे में बैठे रहेंगे, रोशनी आएगी तो रोशनी में बैठे रहेंगे। अच्छा होगा तो अच्छा झेल लेंगे, बुरा होगा तो बुरा झेल लेंगे। जो होगा, उसके लिए हम राजी हैं। हमारी नाराजी है ही नहीं।

एक उदाहरण से तुम्हें समझाऊं। डायोजनीज एक जंगल से गुजर रहा है। नंगा फकीर है और बड़ा सुंदर है। कुछ आश्चर्य न होगा कि हो सकता है आदमी ने अपने शरीर की कुरूपता को ढांकने के लिए ही वस्त्र पहनने शुरू किए हों। बहुत संभावना इसी की है। शरीर के जो-जो कुरूप अंग हैं उनको हम ढांकने के लिए उत्सुक हैं। बहुत सुंदर आदमी है डायोजनीज। नंगा ही रहता है। गुजर रहा है एक जंगल से। चार आदमियों ने उसे पकड़ने का विचार कर लिया है। ये चारों आदमी गुलामों को पकड़ने का काम करते हैं। और उन्होंने सोचा कि इतना खूबसूरत आदमी अगर चक्कर में आ जाए, तो बिक्री अच्छी हो सकती है। और इसका कोई मालिक भी नहीं दिखाई पड़ता है, कोई धनी-धोरी इसका दिखाई नहीं पड़ता है। अकेला चला जा रहा है। कपड़े-लत्ते भी नहीं हैं। देखने में बड़ा सुंदर है। विशालकाय है, तेजस्वी है। मगर पकड़ें कैसे? क्योंकि वे चारों डरे कि इतना तगड़ा आदमी, कहीं चारों को कठिनाई में न डाल दे। फिर उन्होंने कहा, एक कोशिश तो करो। बहुत से बहुत यही होगा कि थोड़ी मार खाएंगे, तो भाग जाएंगे।

वे चारों गए। उन्होंने बड़ी ताकत लगा करके उसको एकदम से घेरा। तो वह उनके बीच में एकदम शांति से खड़ा हो गया। उसने कहा, क्या इरादा है? अब वे लोग बड़े हैरान हुए। उन्होंने जंजीरें निकालीं, तो उसने हाथ आगे कर दिये। उनके हाथ कांप रहे हैं, डर रहे हैं वे कि यह पता

नहीं मार दे या क्या करे। तो वह कहता है, कंपो मत, हाथ क्यों कंपाते हो? लाओ, मैं जंजीर कस दूं। वह जंजीर बांधने में सहायता करता है। वे बड़े चकित हुए। जब जंजीरें-वंजीरें कस गईं, तब उन्होंने उससे पूछा कि आप आदमी कैसे हो? हम आपके हाथ में जंजीरें डाल रहे हैं और आप सहायता कर रहे हैं। हम तो डरे थे कि झगड़ा होगा, मारपीट होगी, कुछ उपद्रव हो जाएगा। उसने कहा कि नहीं, जब तुम्हें मजा आ रहा है जंजीरें बांधने में, तो हमको भी मजा आ रहा है बंधवाने में। अब झगड़ा क्या करना है इसमें। बड़ा मजा रहा। अब बोलो, कहां चलना है? उन्होंने कहा, अब आपको बताने में हमें शर्म आती है। लेकिन हम तो गुलामों को पकड़ने वाले लोग हैं। तो हम तो बाजार आपको ले चलेंगे बेचने। उसने कहा, चलो। वह इतनी खुशी से चलने लगा कि उनकी चाल कम पड़ती है, वह तेजी से चलता है। वे उससे कहते हैं, जरा धीरे भी चलिए, इतनी जल्दी भी क्या है। तो वह कहता है, लेकिन बाजार चल ही रहे हैं तो जल्दी ही चलें।

फिर वे बाजार में पहुंच गए हैं। बड़ी भीड़ लग गई है जो लोग गुलामों को खरीदने आए हैं—ऐसा गुलाम साधारणतः बिकने नहीं आया था, क्योंकि यह तो शाही सम्राट जैसा आदमी था—बड़ी भीड़ लग गई है। टिकटी पर उसको खड़ा किया गया, जहां गुलाम बेचे जाते हैं। और जो गुलाम बेचने वाला, नीलाम करने वाला था, उसने चिल्ला कर कहा कि एक गुलाम बिकने आया है, किसी को खरीदना हो...। तो उस डायोजनीज ने कहा, चुप नासमझ, उन लोगों से पूछ कि मैं आगे चल रहा था कि वे आगे चल रहे थे? और जंजीरें उन्होंने बांधीं कि मैंने बंधवायीं?

उन लोगों ने कहा कि बात तो यह ठीक ही कह रहा है। अगर हम लोग जंजीरें बांधते, तो हमें अभी भी भरोसा नहीं है कि इसको बांध सकते थे। इसने बंधवायी हैं। और जहां तक आगे चलने का सवाल है, यह इतनी तेजी से चलता है कि हम लोग इसके पीछे दौड़ते चले आ रहे हैं। यानी हम इसे बाजार में लाए हैं, यह कहना गलत है। हम इसके पीछे आए हैं, यही ठीक है। और यह कहना भी ठीक नहीं है कि हमने इसको गुलाम बनाया। यही कहना ठीक है कि यह आदमी गुलाम बनने को तैयार हो गया। हमने इसको बनाया नहीं।

तो डायोजनीज ने कहा, नासमझ, इस तरह की बात मत कर। मैं खुद ही आवाज लगा देता हूं, तेरी आवाज भी कमजोर है, इतनी भीड़ में सुनाई नहीं पड़ेगी। तो डायोजनीज ने चिल्लाकर कहा कि आज एक मालिक इस बाजार में बिकने आया है, किसी को खरीदना हो तो खरीदे। तो किसी ने उससे पूछा कि आप अपने को मालिक कहते हैं? उसने कहा, मैं अपने को मालिक कहता हूं, अपनी मर्जी से मैंने जंजीर बांधी, अपनी मर्जी से मैं आया हूं, अपनी मर्जी से मैं बिक रहा हूं, अपनी मर्जी से मैं जाऊंगा। मेरी मर्जी के खिलाफ कुछ भी नहीं हो सकता, क्योंकि जो भी होता है उसको मैं अपनी मर्जी बना लेता हूं।

समझ रहे हैं न! वह यह कह रहा है कि जो भी होता है, उसे मैं अपनी मर्जी बना लेता हूं।

यह आदमी तथाता को उपलब्ध है। तथाता का यह मतलब है कि जिसमें सारी चीजें, जो भी हो रही हैं, उस के लिए वह राजी है, जिसका कोई विरोध ही नहीं है। जिसको तुम किसी भी हालत में हरा नहीं सकते, क्योंकि वह स्वयं हार जाएगा। जिसको तुम मार नहीं सकते, क्योंकि वह पिटने को राजी हो जाएगा। जिसको तुम दबा नहीं सकते, क्योंकि तुम दबाओगे उसके पहले वह दब जाएगा। जिसके साथ तुम कुछ भी नहीं कर सकते, क्योंकि तुम जो भी करोगे, उसका कोई विरोध नहीं है। यह तो बहुत महासंकल्प है। तथाता परम संकल्प है, वह अल्टीमेट विल है। तो जो तथाता को उपलब्ध है, वह तो परमात्मा को उपलब्ध हो गया है।

इसलिए इस प्रश्न को ऐसे मत पूछो कि साक्षी के साधक को या तथाता के साधक को संकल्प

की साधना से जो मिलता है, वह मिलेगा या नहीं मिलेगा। वह तो मिला ही हुआ है, इसमें कोई कठिनाई नहीं है उसे। संकल्प की साधना अति प्राथमिक है, साक्षी की साधना माध्यमिक है, तथाता की साधना चरम है। संकल्प से शुरू करो, साक्षी पर यात्रा करो, तथाता पर पहुंच जाओ। इन तीनों में विरोध नहीं है।

साक्षी और तथाता में भेद बताने की कृपा करें।

साक्षी में द्वैत मौजूद है। साक्षी अपने को अलग, और जिसे जान रहा है, उसे अलग मानता है। अगर उसके पैर में कांटा गड़ा है, तो साक्षी कहता है, मुझे नहीं गड़ा, मैं जानने वाला हूं। कांटा शरीर को गड़ा है। गड़ना कहीं और है, जानना कहीं और है। 'जानने' और 'होने' में द्वैत है साक्षी की साधना में। इसलिए साक्षी अद्वैत को नहीं उठ सकता।

इसलिए जो साधक साक्षी पर रुक जाएंगे, वे एक तरह के डुआलिज्म, एक तरह के द्वैत से घिर जाएंगे। अंततः वे जगत को दो हिस्सों में तोड़ देंगे, चेतन और जड़। चेतन, वह जो जानता है। जड़, वह जो जाना जाता है। अंततः वे जगत को दो हिस्सों में तोड़े बिना नहीं मानेंगे, पुरुष और प्रकृति।

यह शब्द बड़ा अच्छा है—पुरुष। यह शब्द प्रकृति भी बड़ा अच्छा है। प्रकृति का मतलब शायद कभी खयाल में न आया हो। प्रकृति का मतलब नेचर नहीं होता। असल में अंग्रेजी के पास प्रकृति जैसा कोई शब्द ही नहीं है। प्रकृति का मतलब है, बनने के भी पहले से जो है—प्र-कृति। बनने के पहले से भी जो है। प्रकृति का मतलब सृष्टि नहीं है। सृष्टि का मतलब है, जो बनने के बाद है। प्रकृति का मतलब है, जब कुछ भी नहीं बना था तब भी थी—प्र-कृति। दैट व्हिच वाज बिफोर क्रिएशन। और पुरुष शब्द भी बड़ा अर्थपूर्ण है। पुरुष जैसा शब्द भी दुनिया की भाषा में खोजना बहुत मुश्किल है, क्योंकि ये सारे के सारे शब्द बहुत विशेष अनुभवों से पैदा हुए हैं। पुरुष का वही मतलब होता है...'पुर' तो हम जानते हैं। 'पुर' का मतलब होता है नगर। जैसे कानपुर, नागपुर। वह जो पुर है, वह है नगर। और उस नगर में जो रहने वाला है, वह है पुरुष। तो शरीर तो एक गांव है और उसमें एक निवास कर रहा है, कोई निवासी—वह है पुरुष। तो प्रकृति तो पुर है और प्रकृति में जो रह रहा है अलग-थलग, वह है पुरुष।

तो साक्षी प्रकृति और पुरुष तक जाएगा। वह तोड़ देगा, यह रही प्रकृति, यह रहा जड़ और यह रहा चेतन, जानने वाला। नोअर और नोन का फासला खड़ा हो जाएगा।

तथाता और भी बड़ी बात है। तथाता का मतलब है, कोई द्वैत नहीं है। न कोई जानने वाला है, न कुछ जानने को है। या जो जानने वाला है वही जाना भी जा रहा है। द नोअर इज द नोन। अब ऐसा नहीं है कि कांटा गड़ रहा है और मैं जान रहा हूं। अब ऐसा भी नहीं है कि कांटा अलग है और मैं अलग हूं। अब ऐसा भी नहीं है कि कांटा न गड़ता होता, तो अच्छा होता। अब ऐसा भी नहीं है कि कांटा निकल जाए, तो अच्छा हो। नहीं, अब ऐसा कुछ भी नहीं है। कांटे का होना, गड़ने का होना, गड़ने का पता चलना, पीड़ा का होना, सब स्वीकृत है और सब एक ही चीज के छोर हैं। तो कांटा भी मैं हूं, गड़ना भी मैं हूं, जानना भी मैं हूं, पहचानना भी मैं हूं, सब मैं हूं। इसलिए इस मैं के बाहर कोई जाना नहीं है। न तो ऐसा सोच सकता हूं कि कांटा न गड़ता, क्योंकि कैसे सोच सकता हूं! क्योंकि कांटा भी मैं हूं, गड़ना भी मैं हूं, जानना भी मैं हूं। न मैं ऐसा सोच सकता हूं कि कांटा न गड़े तो अच्छा, क्योंकि अपने को ही कहां काट कर अलग करूंगा।

तथाता जो है, वह परम स्थिति है। वहां जो है, वह है। जो है, उसकी परम स्वीकृति। उसमें कोई भेद नहीं है। लेकिन साक्षी हुए बिना तथाता तक नहीं पहुंचा जा सकता। हालांकि कोई चाहे

तो साक्षी पर रुक सकता है और तथाता पर न पहुंचे। संकल्प के बिना कोई साक्षी तक नहीं पहुंच सकता, हालांकि कोई चाहे तो संकल्प पर रुक जाए और साक्षी तक न पहुंचे।

जो आदमी संकल्प पर रुक जाएगा, वह आदमी शक्तिशाली तो बहुत हो जाएगा, लेकिन ज्ञानवान न हो पाएगा। इसलिए संकल्प के दुरुपयोग भी हो सकते हैं, क्योंकि वहां ज्ञान अनिवार्य नहीं है। शक्ति तो बहुत आ जाएगी, इसलिए उसके दुरुपयोग हो सकते हैं।

सारा ब्लैक मैजिक जो है, वह संकल्प की ही शक्ति से पैदा हुआ है। क्योंकि ज्ञान तो कुछ भी नहीं है, शक्ति बहुत आ गई है, अब उसका कुछ भी उपयोग हो सकता है। संकल्पवान व्यक्ति शक्ति से भर गया है। शक्ति का क्या उपयोग करेगा, यह कहना अभी मुश्किल है। वह बुरा उपयोग कर सकता है। शक्ति तटस्थ है। लेकिन शक्ति होनी तो चाहिए ही। बुरा करने के लिए भी होनी चाहिए, भला करने के लिए भी होनी चाहिए। और मेरा मानना है कि शक्तिहीन होने से चाहे बुरा भी करो, तो भी ठीक है। क्योंकि जो बुरा करता है, वह कभी अच्छा भी कर सकता है। लेकिन जो बुरा भी नहीं कर सकता, वह तो अच्छा भी नहीं कर सकता।

इसलिए निर्वीर्य, शक्तिहीन होने से शक्तिवान होना बेहतर है। फिर शक्तिवान होने में भी शुभ और अशुभ की यात्राएं हैं। तो शक्तिवान होकर शुभ की यात्रा पर होना बेहतर है। लेकिन शक्ति की शुभ की यात्रा अगर ठीक से चले, तो साक्षी पर पहुंचा देगी। अगर अशुभ की यात्रा चले, तो साक्षी पर नहीं पहुंचोगे, संकल्प की शक्ति में ही भटक कर रह जाओगे। तो मेस्मरिज्म होगा, हिप्नोटिज्म होगा, तंत्र होगा, मंत्र होगा, जादू-टोना होगा। सब तरह की चीजें पैदा हो जाएंगी। लेकिन इससे कोई आत्मा की यात्रा नहीं होगी। यह भटकाव हो गया। शक्ति तो हुई, लेकिन भटक गई। अगर शक्ति शुभ की यात्रा पर चले, तो साक्षी का जन्म हो जाएगा। क्योंकि अंततः जब शक्ति पैदा होगी, तो आदमी शक्ति का इसलिए उपयोग करेगा कि स्वयं को जान सके और पा सके। यह उसकी शुभ यात्रा होगी। दूसरे को दबा सके और दूसरे को पा सके, यह अशुभ यात्रा होगी। शक्ति की अशुभ यात्रा का मेरा मतलब है कि दूसरे को दबाऊं, दूसरे का मालिक हो जाऊं, दूसरे को कस लूं, तो अशुभ यात्रा शुरू हो गई। वह ब्लैक मैजिक है। शक्ति से अपने को पाऊं, पहचानूं, जीऊं, जान लूं कि कौन हूं, क्या हूं, यह शुभ यात्रा हो गई। अगर शक्ति शुभ यात्रा पर होगी, तो साक्षी बन जाएगी।

अब अगर साक्षी का भाव, सिर्फ मैं स्वयं को जान लूं, इतने पर तृप्त हो जाए, तो पांचवें शरीर तक बात पहुंचेगी और खतम हो जाएगी। लेकिन साक्षी का भाव अगर और गहरा हो और इसका भी पता लगाए कि मैं अकेला तो नहीं हूं, हूं तो सबके साथ। मेरे होने में चांद-तारे भी सम्मिलित हैं, सूरज भी सम्मिलित है, मेरे होने में पत्थर, मिट्टी, फूल, पौधे सब सम्मिलित हैं, मेरे होने में दूसरों का होना भी सम्मिलित है, मेरा होना सम्मिलित होना है। अगर इस खयाल से यात्रा शुरू हो, तो तथाता तक पहुंच पाएगा।

और तथाता धर्म की परम उपलब्धि है, जहां सब स्वीकार है, टोटल एक्सेप्टीबिलिटी है। जैसा हो रहा है, वह सबके लिए राजी है। और जो आदमी जैसा हो रहा है, उस सबके लिए पूरा राजी है, ऐसा आदमी ही पूर्ण शांत हो सकता है। क्योंकि जो जरा भी नाराज है, उसकी अशांति जारी रहेगी। अगर जो जरा भी शिकायत से भरा है, उसकी अशांति जारी रहेगी। अगर जिसके मन में जरा भी ऐसा है कि ऐसा होना था और ऐसा नहीं हुआ, तो उसके मन में तनाव जारी रहेगा।

परम शांति, परम तनावमुक्तता, परम मुक्ति तथाता में ही संभव है। पर संकल्प हो, तो साक्षी तक जाया जा सकता है। साक्षी भाव हो, तो तथाता तक जाया जा सकता है। क्योंकि जिस व्यक्ति

ने अभी साक्षी होना ही नहीं जाना, वह सर्व-स्वीकार नहीं जान सकता। जिसने अभी यही नहीं जाना कि मैं कांटे से अलग हूं, वह अभी यह नहीं जान सकता कि मैं कांटे से एक हूं। असल में कांटे से अलग होना जो जान ले, वह दूसरा कदम भी उठा सकता है कांटे से एक होने का।

तो तथाता सारभूत है। समस्त साधना में जो श्रेष्ठतम खोज हुई है, वह तथाता की है। इसलिए बुद्ध का एक नाम है तथागत। तथागत शब्द को समझना थोड़ा उपयोगी है, उससे तथाता को समझने में यह सहयोगी होगा।

बुद्ध खुद अपने लिए भी तथागत का उपयोग करते हैं। बुद्ध खुद कहते हैं कि तथागत ने ऐसा कहा। तथागत का मतलब है, दस केम, दस गान। ऐसे आए और ऐसे गए। जैसे हवा का झोंका आए और चला जाए; न कोई प्रयोजन, न कोई अर्थ। बस हवा का झोंका आए भीतर और चला जाए। जो ऐसे ही आए और गए। जिनका आना-जाना ऐसा निष्प्रयोजन, निष्काम है, जैसा हवा का झोंका है। ऐसे व्यक्तित्व को कहते हैं तथागत।

लेकिन हवा के झोंके की तरह कौन आएगा और कौन जाएगा? हवा के झोंके की तरह वही आ और जा सकता है, जो तथाता को उपलब्ध है। जिसको न आने से कोई फर्क पड़ता है, न जाने से कोई फर्क पड़ता है। आए तो आए, गए तो गए। वैसे ही जैसे डायोजनीज चला गया। न इससे फर्क पड़ता है कि जंजीर डालो, न इससे फर्क पड़ता है कि जंजीर मत डालो।

क्योंकि डायोजनीज ने बाद में कहा कि जो गुलाम हो सकता है, वही गुलामी से डरता है, हम तो गुलाम हो ही नहीं सकते, तो हम गुलामी से कैसे डरें। जिसको थोड़ा-सा भी डर है गुलाम होने का, वही तो गुलामी से डर सकता है। और जिसको डर है, वह गुलाम है। हम ठहरे मालिक। तुम हमें गुलाम बना नहीं सकते। हम तुम्हारी जंजीरों के भीतर भी मालिक हैं। हम तुम्हारे कारागृह में जाकर भी मालिक ही होंगे। हम मालिक हैं। इससे क्या फर्क पड़ता है कि तुम हमें कहां डाल देते हो। इससे कोई फर्क नहीं पड़ता। हमारी मालकियत पूरी है।

संकल्प से साक्षी, साक्षी से तथाता, ऐसी यात्रा है।

साक्षी भाव और दृष्टा भाव में कोई अंतर है?

नहीं, कोई अंतर नहीं।

साक्षी भाव और दृष्टा भाव एक ही हैं?

एक ही बात है।

और उसके बाद तथाता है?

उसके बाद ही तथाता है।

आपने कहा कि अंग्रेजी में प्रकृति के लिए कोई शब्द नहीं है। क्या कांस्टीटयूशन प्रकृति जैसा शब्द नहीं है? जैसे कहते हैं कि ही इज कांस्टीटयूशनली लाइक दैट, तो इसका क्या यही अर्थ नहीं होता कि ही इज बॉर्न विद...।

नहीं, वह मतलब नहीं। कांस्टीटयूशनली का मतलब होता है कि उसका विधान ऐसा है। कांस्टीटयूशन का मतलब होता है विधान। हां, जैसे एक आदमी है, कांस्टीटयूशनली का मतलब होता है उस व्यक्ति की संरचना ऐसी है, उस व्यक्ति का विधान ऐसा है। प्रकृति शब्द बहुत और है। हम प्रयोग करते हैं ऐसा कि फलां आदमी की प्रकृति ऐसी है। वह ठीक नहीं है प्रयोग। प्रकृति का मतलब होता है कृति के पूर्व। प्रलय का मतलब होता है कृति के बाद। प्रकृति का मतलब होता है जब कुछ भी नहीं बना था, तब भी जो था। प्रकृति का मतलब होता है जिसे बनने की कोई जरूरत ही नहीं, जो अनादि है, जो है ही। सृष्टि का मतलब होता है वह जो बना।

योरोप की भाषाओं में प्रकृति के लिए शब्द नहीं है, क्योंकि योरोप की भाषाएं ईसाइयत से प्रभावित हैं। तो योरोप में तो क्रिएशन, सृष्टि और स्रष्टा शब्द हैं। इस देश की भाषाओं में प्रकृति का शब्द है। वह भी सबकी भाषाओं में नहीं है। सांख्य, वैशेषिक, जैन—प्रकृति उनकी भाषा है, प्रकृति शब्द उनका है। क्योंकि वे क्रिएशन को नहीं मानते, वे किसी ईश्वर को भी नहीं मानते। वे कहते हैं, जो सदा से है और जिसको कभी नहीं बनाया गया, उसका नाम प्रकृति है। तुम बनाओ उसके पहले वह मौजूद है।

अब जैसे इस मकान को हमने बनाया। तो इस मकान का जो ढांचा है, यह तो कांस्टीट्यूशन है। लेकिन इस मकान के लिए जो मिट्टी हम लाए, वह प्रकृति है। इस मकान के लिए जो हवा हम उपयोग में लाए, वह प्रकृति है। इस मकान के लिए जो आग हम उपयोग में लाए, वह प्रकृति है। जो बनकर तैयार हो गया, वह तो इसका ढांचा है। लेकिन इस ढांचे को बनाने के पहले भी जो मौजूद था जिसको हमने नहीं बनाया, जिसको किसी ने नहीं बनाया, जो अनक्रिएटेड है, जो था ही, उसका नाम प्रकृति है। योरोप की भाषा में प्रकृति के लिए कोई शब्द नहीं है।

एक छोटा सा प्रश्न है। जस्ट अवेयरनेस, केवल होश और तथाता क्या एक ही बात है?

असल में जब हम कहते हैं, जस्ट अवेयरनेस, बस होश मात्र, तो इसमें और तथाता में थोड़ा-सा फर्क है। और इसमें और साक्षी में भी थोड़ा-सा फर्क है। अगर ऐसा समझें कि साक्षी और तथाता के बीच की कड़ी है। जब तुम साक्षी से गुजरोगे तथाता तक, तब यह बीच की एक कड़ी होगी—जस्ट अवेयरनेस। साक्षी होने में मैं हूं और तू है, इसका भाव पक्का है। जस्ट अवेयरनेस में सिर्फ हूं, तू का भाव भूल गया है। सिर्फ होने का भाव है। तथाता में सिर्फ होने का भाव ही नहीं है। यह मेरा होना और तेरा होना एक ही होना है। क्योंकि जब तक जस्ट अवेयरनेस भी है, जब तक सिर्फ होने का भाव भी है, तब तक होने के भाव के बाहर एक सीमा होगी, जो कि मैं नहीं हूं, जहां से मैं अलग हूं। तथाता में कोई सीमा नहीं है। होना ही है। तो अगर कहें तथाता, तो जस्ट बीइंग, जस्ट अवेयरनेस नहीं। बीइंग बड़ा शब्द है।

जस्ट अवेयरनेस सब को नहीं झेल लेगा?

जैसे ही तुम कहते हो जस्ट अवेयरनेस उसमें कुछ को छोड़ दिया। जस्ट शब्द जो है, वह छोड़ने वाला है। जब हम कहते हैं, बस चेतना, तो बस के बाहर हमने कुछ छोड़ दिया, नहीं तो बस क्यों लगाते हो। जब हम कहते हैं सिर्फ चेतना, तो हमने सिर्फ के बाहर कुछ को इनकार कर दिया, नहीं तो सिर्फ क्यों लगाते हो।

केवल अवेयरनेस कहें तो?

हां, केवल अवेयरनेस कहो, तो बात चल जाए। लेकिन 'केवल' मत लगाओ। 'अवेयरनेस' कहा, तो चल जाएगा। फिर कठनाई की कोई बात नहीं है।

आखिरी प्रश्न है, आपने कहा है कि भीतर लौटने के संकल्प से या मृत्यु के समय सारी जीवन ऊर्जा सिकुड़ती है, पुनः बीज बनने के लिए केंद्र पर वापस लौटती है। तो किस केंद्र पर सिकुड़ती है, आज्ञा-चक्र पर या नाभि पर या अन्यत्र? कौन-सा केंद्र सर्वाधिक प्रमुख है और क्यों?

यह थोड़ी सोचने जैसी बात है। मरने के पहले सारी चेतना सिकुड़ेगी। नई यात्रा पर निकलने के पहले इस शरीर में जो-जो बिखराव है, वह वापस लौट जाएगा। जैसे कोई आदमी इस घर से विदा होता हो और फिर इस घर में कभी लौटने को न हो, तो जो भी महत्वपूर्ण है, वह उसको अपनी पोटली में बांध ले। इस घर में फैलाव था जब रह रहा था। एक-एक कमरे में चीजें फैली थीं। बाथरूम से लेकर बैठकखाने तक फैलाव था। फिर जब वह विदा होने लगा इस घर से, तो छांट

लेगा, सब इकट्ठा कर लेगा। जो व्यर्थ होगा, छोड़ देगा। जो सार्थक होगा, उसे ले लेगा और यात्रा पर निकलेगा।

यह यात्रा...जैसे ही हम एक जीवन को छोड़ते हैं, एक शरीर को छोड़ते हैं और दूसरे जीवन में प्रवेश करते हैं और दूसरे शरीर की यात्रा पर निकलते हैं, वैसे ही हमारी चेतना ने जो-जो इस शरीर में फैलाकर रखा था, उसको वापस लौटाएगी, बीज बनेगी फिर से। ऐक्चुअल बन गई थी, अब फिर पोटेंशियल बनेगी। क्योंकि अब नए शरीर में बीज की तरह प्रवेश होगा।

जैसे कोई वृक्ष मरता है, तो फिर बीज छोड़ जाता है। ऐसे ही जब एक शरीर मरता है, तो भी बीज छोड़ जाता है। जिनको हम वीर्यकण कहते हैं या रजकण कहते हैं, वह शरीर के मरते वक्त छोड़े गए बीज हैं, मरने के पहले छोड़े गए बीज हैं, मरने की अपेक्षा में छोड़े गए बीज हैं। एक शरीर अपने बीज छोड़ जाता है। वीर्यकण जो है, उस कण में, तुम्हारे शरीर की पूरी प्रतिमूर्ति है। तुम्हारे शरीर का पूरा का पूरा बिल्ट इन प्रोग्राम है। उस छोटे-से बीज को वह छोड़ जाता है, क्योंकि यह शरीर तो अब विदा होने के करीब है। शरीर भी बीज छोड़ता है। यह एक स्तर पर होता है। चेतना अपने बीज को इकट्ठा करती है और किसी शरीर के बीज में प्रवेश करेगी।

सब यात्रा बीज से शुरू होती है और सब यात्रा बीज पर अंत होती है। ध्यान रहे, जो प्रारंभ है, वही अंत है। जो बिगनिंग है, वही ऐंड है। जहां से यात्रा शुरू होगी, वहीं यात्रा का वृत्त पूरा होगा। एक बीज से हम शुरू होते हैं और एक बीज पर हम पुनः अंत हो जाते हैं।

वह जो चेतना मरते वक्त अपने को सिकोड़ लेगी, बीज बनेगी, वह किस केंद्र पर इकट्ठी होगी? जिस केंद्र पर आप जीए थे! जो आपके जीने का सर्वाधिक मूल्यवान केंद्र था, वहीं इकट्ठी हो जाएगी। क्योंकि जहां आप जीए थे, वही केंद्र सक्रिय है। जहां आप जीए थे, कहना चाहिए, वहीं आपके जीवन का प्राण है।

अगर एक आदमी का सारा जीवन सेक्स से ही भरा हुआ जीवन था, उसके पार उसने कुछ भी नहीं जाना, कुछ भी नहीं जीया, अगर धन भी इकट्ठा किया तो भी काम के लिए, यौन के लिए, अगर पद भी पाना चाहा तो काम और यौन के लिए, स्वास्थ्य भी पाना चाहा तो काम के लिए और यौन के लिए, अगर उसकी जिंदगी का वह सबसे बहुत एमफैटिक केंद्र सेक्स था, तो सेक्स के केंद्र पर ही ऊर्जा इकट्ठी हो जाएगी और उसकी यात्रा फिर वहीं से होगी। क्यों? क्योंकि अगला जन्म भी उसकी सेक्स की केंद्र की ही यात्रा की कंटीन्युटि होगा, उसका सातत्य होगा। तो वह व्यक्ति सेक्स के केंद्र पर इकट्ठा हो जाएगा। और उसके प्राण का जो अंत है, वह सेक्स के केंद्र से ही होगा। उसके प्राण जननेंद्रिय से ही बाहर निकलेंगे।

अगर वह व्यक्ति दूसरे किसी केंद्र पर जीया था, तो उस केंद्र पर इकट्ठा होगा। यानी जिस केंद्र पर हमारा जीवन घूमा था, उसी केंद्र से हम विदा होंगे। जहां हम जीए थे, वहीं से हम मरेंगे। इसलिए कोई योगी आज्ञा-चक्र से विदा हो सकता है। कोई प्रेमी हृदय-चक्र से विदा हो सकता है। कोई परम ज्ञान को उपलब्ध व्यक्ति सहस्रार से विदा होगा। उसका कपाल फूट जाएगा, वह वहां से विदा होगा। हम कहां से विदा होंगे, यह हमारे जीवन का पूरा सारभूत सबूत होगा।

और इन सबके सूत्र खोज लिये गए थे कि मरे हुए आदमी को देखकर कहा जा सकता है कि वह कहां से विदा हुआ। इस सबके सूत्र खोज लिए गये थे। मरे हुए आदमी को देखकर, उसकी लाश को देखकर कहा जा सकता है कि वह कहां से निकला है, किस द्वार का उपयोग किया उसने बहिर्गमन के लिए। ये सब चक्र द्वार भी हैं। ये प्रवेश के द्वार भी हैं, ये विदा होने के द्वार भी हैं। और जो जिस द्वार से निकलेगा, उसी द्वार से प्रवेश करेगा। एक मां के पेट में वह जो नया अणु

बनेगा, उस अणु में आत्मा उसी द्वार से प्रवेश करेगी जिस द्वार से वह पिछली मृत्यु में निकली था। वह उसी द्वार को पहचानती है।

और इसीलिए मां-बाप का चित्त और उनकी चेतना की दशा संभोग के क्षण में निर्णायक होगी कि कौन-सी आत्मा वहां प्रवेश करेगी। क्योंकि मां-बाप की चेतना संभोग के क्षण में जिस केंद्र के निकट होगी, उसी केंद्र को प्रवेश करने वाली चेतना उस गर्भ को ग्रहण कर सकेगी, नहीं तो नहीं कर सकेगी। अगर दो योगस्थ व्यक्ति बिना किसी संभोग की कामना के सिर्फ किसी आत्मा को जन्म देने के लिए प्रयोग कर रहे हैं, तो वे ऊंचे से ऊंचे चक्रों का प्रयोग कर सकते हैं।

इसलिए अच्छी आत्माओं को जन्म लेने के लिए बहुत दिन तक प्रतीक्षा करनी पड़ती है, क्योंकि अच्छा गर्भ मिलना चाहिए। बहुत कठिनाई हो जाती है कि उन्हें ठीक गर्भ मिल सके। इसलिए बहुत सी अच्छी आत्माएं सैकड़ों-सैकड़ों वर्षों तक दोबारा जन्म नहीं ले पातीं। बहुत सी बुरी आत्माओं को भी बड़ी कठिनाई हो जाती है, क्योंकि उनके लिए भी सामान्य गर्भ काम नहीं करता। साधारण आत्माएं तत्काल जन्म ले लेती हैं। इधर मरीं, उधर जन्म हुआ, उसमें ज्यादा देर नहीं लगती। क्योंकि उनके योग्य बहुत गर्भ उपलब्ध होते हैं सारी पृथ्वी पर। प्रतिदिन उनके लिए हजारों-लाखों मौके हैं। बहुत मौके हैं इस वक्त। कोई एक लाख अस्सी हजार लोग रोज पैदा होते हैं। मरने वालों की संख्या काटकर इतने लोग बढ़ते हैं। कोई दो लाख आत्माओं के लिए रोज प्रवेश की सुविधा है। लेकिन ये बिलकुल सामान्य तल पर यह सुविधा है।

असामान्य आत्माओं को अगर हम पैदा न कर पाएं तो यह भी हो सकता है, और बहुत बार हुआ है...। इसकी थोड़ी बात खयाल में लेनी अच्छी होगी। बहुत-सी आत्माएं जो इस पृथ्वी ने बड़ी मुश्किल से पैदा कीं, उनको जन्म किसी दूसरी पृथ्वियों पर लेने पड़े हैं। यह पृथ्वी उनके लिए वापिस जन्म देने में असमर्थ हो गई। ऐसा ही समझो तुम कि जैसे हिंदुस्तान में एक वैज्ञानिक को हम पैदा कर लें, लेकिन नौकरी उसको अमरीका में ही मिले। पैदा हम करें; मिट्टी, भोजन, पानी हम दें; जिंदगी हम दें; लेकिन हम उसे कोई जगह न दे पाएं उसके जीवन के लिए। उसको जगह लेनी पड़े अमरीका में। आज सारी दुनिया के अधिकतम वैज्ञानिक अमरीका में इकट्ठे हो गए हैं। हो ही जाएंगे। ऐसे ही इस पृथ्वी पर जिन आत्माओं को हम तैयार तो कर लेते हैं, लेकिन दोबारा जन्म देने के लिए गर्भ नहीं दे पाते, उनको स्वभावतः दूसरे ग्रहों पर खोज करनी पड़ती है।

यदि हमारे में प्रतिभा है कि वैज्ञानिक पैदा कर सकें, तब तो फिर उसे नौकरी देने की भी प्रतिभा होगी ही।

नहीं, यह जरूरी नहीं है। कठिनाई क्या है कि एक वैज्ञानिक पैदा करना बहुत-सी बातों पर निर्भर है। और एक वैज्ञानिक को नौकरी देना और दूसरी बहुत-सी बातों पर निर्भर है। एक वैज्ञानिक को पैदा करना तो एक वैज्ञानिक आत्मा की पिछली यात्राओं पर निर्भर है। और दो व्यक्तियों के बीच जो संभोग का क्षण है अगर वह क्षण ऐसा है कि उस व्यक्ति को बुद्धि के द्वार से प्रवेश मिल जाए, तो उसे वह प्रवेश मिल जाएगा। वह पैदा भी हो जाएगा। लेकिन एक वैज्ञानिक को नौकरी देना पूरे समाज की व्यवस्था पर निर्भर है। इस वैज्ञानिक को अमरीका में दस हजार रुपए मिल सकते हैं, हिंदुस्तान में हजार मिलेंगे। और फिर इस वैज्ञानिक को अमरीका में एक लेबोरेटरी मिल सकती है जिसके लिए हिंदुस्तान में अभी हजार वर्ष रुकना पड़ेगा तब मिलेगी। और अमरीका में इसका शोध होगा तो वह सरकारी दफ्तरों में पड़ा हुआ सड़ नहीं जाएगा, उसको नोबल प्राइज मिल जाएगी। यहां अगर वह शोध करेगा तो उसका ऊपर का आफिसर ही उसको दबाकर बैठ जाएगा, उसको कभी निकलने नहीं देगा। और निकले भी कभी तो हो सकता है वह नेता के नाम से निकले,

आफिसर के नाम से निकले। उसके नाम से कभी उसके शोध का पता ही न चलेगा। यह हजार बातों पर निर्भर करेगा।

तो जिन व्यक्तियों को हम इस पृथ्वी पर पैदा करते हैं, उनमें बहुत-से व्यक्तियों को दूसरे ग्रहों पर जन्म लेना पड़ता है। असल में इस पृथ्वी तक दूसरे ग्रहों की खबर लाने वाले लोग भी मूलतः किन्हीं दूसरे ग्रहों से आए थे। यह तो आज वैज्ञानिक को खयाल आया है कि कोई पचास हजार ग्रह हैं जिन पर जीवन होगा। लेकिन योगी को यह खयाल बहुत प्राचीन है। योगी के पास कोई उपाय नहीं था कि वह पता लगाए कि और ग्रहों पर कोई होगा। एक ही उपाय था कि ऐसी कुछ आत्माएं जो दूसरे ग्रहों से यहां पैदा हुईं, वे खबर ले आई थीं। या इस ग्रह की खबरें भी दूसरे ग्रहों पर ले जाने वाली दूसरी ही आत्माएं हैं।

मनुष्य की चेतना मरते क्षण में पूरी की पूरी इकट्ठी होगी। अपने सारे संस्कार, अपनी सारी प्रवृत्ति, अपनी सारी वासना, अपने जीवन का सारा सारभूत, एसेंशियल, जिसको कहें परफ्यूम, सारे जीवन की सुगंध या दुर्गंध, उसको इकट्ठी लेकर खड़ी हो जाएगी और यात्रा पर निकल जाएगी।

यह यात्रा साधारणतः अ-चुनी होगी। इसमें कोई चुनाव नहीं होगा, आटोमेटिक होगी। यह वैसे ही होगी जैसे कि हम पानी गिराएं और वह गड्ढे की तरफ बह जाए और गड्ढे में भर जाए। साधारणतः यह ऐसे ही होगा कि एक गर्भ एक गड्ढे का काम करेगा और एक चेतना उपलब्ध होगी निकट और वह प्रवेश कर जाएगी।

इसलिए आम तौर से एक आदमी ज्यादातर अपने ही समाज, अपने ही देश में पैदा होता रहता है। बहुत कम परिवर्तन होते हैं। परिवर्तन तभी होते हैं जब कि गर्भ नहीं मिलता। इसलिए बहुत हैरानी की बात है कि पिछले दो सौ वर्षों में हिंदुस्तान में पैदा हुई बहुत-सी कीमती आत्माओं को योरोप में पैदा होना पड़ा। जैसे एनी बीसेंट हों या ब्लावट्सकी हों या लीड बीटर हों या अल्काट हों, ये सारी की सारी भारत की आत्माएं हैं, लेकिन इनको पैदा होना पड़ा योरोप में। जैसे लोबसांग राम्पा है, वह तिब्बतन आत्मा है, लेकिन पैदा हुई योरोप में। इसके कारण हो गए। क्योंकि वे पैदा जहां हुई थीं वहां फिर गर्भ नहीं मिल सका और गर्भ उन्हें कहीं और खोजना पड़ा।

अन्यथा साधारण व्यक्ति तो तत्काल पैदा हो जाता है। वह ऐसे ही जैसे कि इस मुहल्ले से आप यह घर छोड़ें, तो पहले आप इसी मुहल्ले में घर खोजें स्वभावतः। और यहां न मिले तब कहीं आप दूसरे मुहल्ले में घर खोजने जाएं। और बंबई में न मिले तब आप सबर्ब में जाएं। और सबर्ब में भी न मिले तब कहीं आगे निकलें। लेकिन अगर मिल जाए तो बात खतम हो गई।

इसका बड़ा अदभुत उपयोग किया गया था। उस उपयोग के संबंध में भी दो बातें खयाल में ले लेनी जरूरी हैं और इस समय और भी जरूरी हो गई हैं। इसका एक जो सबसे अदभुत उपयोग किया गया था वह हिंदुस्तान में किया गया था वर्ण बनाकर। उसका उपयोग बड़ा कीमती था।

हिंदुस्तान ने चार वर्णों में तोड़ दिया था पूरे समाज को। और यह कोशिश की थी कि ब्राह्मण की आत्मा मरे तो वह ब्राह्मण के वर्ण में प्रवेश कर जाए, क्षत्रिय की आत्मा मरे तो वह क्षत्रिय के वर्ण में प्रवेश कर जाए। स्वभावतः अगर एक समाज में वर्ण सुनिश्चित हो, तो क्षत्रिय जब मरेगा तो बहुत संभावना नेबरहुड में ही खोजने की है। वह क्षत्रिय में ही प्रवेश कर जाएगा। और अगर एक व्यक्ति की आत्मा दस-पांच जन्मों तक क्षत्रिय रह जाए, तो जैसी क्षत्रिय होगी वैसा क्षत्रिय आप एक दिन मिलिट्री की ट्रेनिंग देकर पैदा नहीं कर सकते हैं। और अगर एक व्यक्ति की आत्मा दस-बीस जन्मों में ब्राह्मण के घर में पैदा होती चली जाए, तो जैसा शुद्धतम ब्राह्मणत्व पैदा होगा, वैसा आप कोई गुरुकुल बनाकर और एक आदमी को शिक्षा देकर तैयार नहीं कर सकते।

यह तुम जानकर हैरान होगे कि एक जिंदगी में हमने शिक्षा का उपाय सोचा है, कुछ लोगों ने अनंत जिंदगियों में भी शिक्षा की व्यवस्था खोजी है। और इसलिए बड़ा अदभुत प्रयोग था, लेकिन वह सड़ गया। सड़ा इसलिए नहीं कि गलत था, सड़ा इसलिए कि उसके मूल सूत्र खो गए। और जो उसके दावेदार हैं, उनके पास कोई भी सूत्र नहीं है। जो दावेदार हैं, उनके पास कोई सूत्र नहीं हैं। ब्राह्मण के पास कोई सूत्र नहीं है, शंकराचार्य के पास कोई सूत्र नहीं है कि वे दावा कर सकें। बस दावा इतना ही है कि हमारे शास्त्र में लिखा हुआ है कि ब्राह्मण ब्राह्मण है, शूद्र शूद्र है। शास्त्र नहीं चल सकते, वैज्ञानिक सूत्र चलते हैं।

इसलिए एक अदभुत घटना है कि इस मुल्क ने एक बड़ा भारी प्रयोग किया था जन्मांतर का। यानी एक जन्म में ही हम आदमी को तैयार नहीं कर रहे हैं, हम आगे जन्मों के लिए भी उसे सुनियोजित चैनलाइजेशन दे रहे हैं, उसे ठीक नहरें दे रहे हैं कि वह अगली यात्रा पर भी फिर एक वर्ग विशेष को पकड़कर यात्रा कर सके। क्योंकि हो सकता है कि एक ब्राह्मण को शूद्र के घर में पैदा होना पड़े और पिछले जन्मों में जो उसने कमाया था, पिछले जन्मों में उसने जो पाया था, वह अगले जन्मों में उसके अनुकूल व्यवस्था पूरी न मिलने से उसे बड़ी अड़चन हो जाए। और यह भी हो सकता है कि जो काम ब्राह्मण के घर में ही पैदा होकर दस दिन में ही हो जाता, वह शूद्र के घर में दस साल में न हो पाए।

तो इतनी दूर तक विकास की धारणा की जो दृष्टि थी, उसने मुल्क को सीधे हिस्सों में तोड़ दिया था। और व्यवस्था की थी नेबरहुड्स की, ताकि इनके भीतर जन्मों-जन्मों तक...।

अब जैसे कि महावीर या बुद्ध के चौबीस जन्म सब क्षत्रिय परंपरा में हैं। वह सारा का सारा व्यवस्थित एक धारा में चल रहा है। तो एक आदमी की पूरी की पूरी तैयारी चल रही है। जहां से तैयारी छूटी थी, दूसरी तैयारी होने में बीच में कोई गैप नहीं हो पाता, कोई अंतराल नहीं हो पाता—एक सातत्य है।

इसलिए हम बहुत अनूठे आदमी पैदा कर पाए। ऐसे अनूठे आदमियों को पैदा करना अब बहुत कठिनाई की बात है। सांयोगिक है कि ऐसे आदमी पैदा हो जाएं, लेकिन व्यवस्थित रूप से ऐसे आदमियों को पैदा करना बहुत ही कठिनाई की बात हो गई है।

□ □ □

ओशो साहित्य

ओशो
संभोग से समाधि की ओर

ओशो
भगति-भजन हरिनाम
(कबीर)

ओशो
गुरु गोविन्द दोऊ खड़े
(कबीर)

ओशो
हीरा पायो गांठ गठियाओ
(कबीर)

ओशो
तेरा साईं तुझ में
(कबीर)

ओशो
बूझे बिरला कोई
(कबीर)

ओशो
शिक्षा - नए प्रयोग

ओशो
मन लागो यार फकीरी में
(कबीर)

ओशो
क्या मेरा क्या तेरा
(कबीर)

ओशो
नहीं जागे नहीं जाए
(कबीर)

ओशो
पाथेय (पत्र संकलन)

ओशो
मौन संगीत

ओशो
अरी, मैं तो नाम के रंग छकी

ओशो
दादू सहज देखिए
(दादू)

ओशो
जस पनिहार धरे सिर गागर

ओशो
मीरा के प्रभु गिरधर नागर

ओशो
राम नाम रस पीजे
(मीरा)

डायमंड बुक्स
X-30, ओखला इंडस्ट्रियल एरिया, फेज-2, नई दिल्ली-110020
फोन नं. 41611861-66, 40712100, फेक्स: 011-41611866,
ईमेल : Sales@dpb.in, Website: www.dpb.in